高等学校文科教材

中国古代文学作品选 下册

◎ 主编 张燕瑾

岳阳楼记／醉翁亭记／桂枝香 登临送目／饮湖上初晴后雨二首
忆怀旧／赤壁赋／黄州快哉亭记／和答钱穆父咏猩猩毛笔
寻觅觅／剑门道中遇微雨／四时田园杂兴／永遇乐 千古江山
厢记／登金陵雨花台望大江／西湖七月半／圆圆曲／黄生借书说
六百宝箱／越调天净沙 枯藤老树昏鸦／风入松 画堂红袖清酣
娄宁／红楼梦 曲演红楼梦／西郊落花歌／少年中国说

中国社会科学出版社

目　录

宋金部分

王禹偁 ···（3）
　　对雪（3）　　村行（4）　　待漏院记（5）
林　逋 ···（7）
　　山园小梅（众芳摇落独暄妍）（8）　　梅花（9）
杨　亿 ···（9）
　　汉武（9）　　书怀寄刘五二首（风波名路壮心残）（11）
刘　筠 ··（12）
　　汉武（12）
范仲淹 ··（13）
　　苏幕遮（碧云天）（13）　　渔家傲（塞下秋来风景异）（14）
　　岳阳楼记（15）
柳　永 ··（17）
　　雨霖铃（寒蝉凄切）（18）　　凤栖梧（伫倚危楼风细细）（19）
　　望海潮（东南形胜）（19）　　八声甘州（对潇潇暮雨洒江天）（21）
张　先 ··（22）
　　天仙子（水调数声持酒听）（22）　　木兰花（龙头舴艋吴儿竞）（23）
晏　殊 ··（24）
　　浣溪沙（一曲新词酒一杯）（24）　　踏莎行（小径红稀）（25）
　　破阵子（燕子来时新社）（26）
梅尧臣 ··（26）
　　鲁山山行（27）　　春寒（27）　　东溪（28）
欧阳修 ··（29）
　　采桑子十首（群芳过后西湖好）（29）　　朝中措（平山栏槛倚晴空）（30）
　　踏莎行（候馆梅残）（31）　　生查子（去年元夜时）（32）　　蝶
　　恋花（庭院深深深几许）（32）　　戏答元珍（33）　　画眉鸟（34）
　　赠王介甫（35）　　再和明妃曲（35）　　醉翁亭记（36）　　秋
　　声赋（38）　　祭石曼卿文（40）　　伶官传序（42）
苏　洵 ··（44）

　　　　六国（44）

曾巩 ·· (46)
　　墨池记（46）

王安石 ·· (47)
　　桂枝香（登临送目）（48）　　明妃曲二首（明妃初出汉宫时）（49）
　　泊船瓜洲（50）　　贾生（51）　　书湖阴先生壁（51）　　北山（52）
　　游褒禅山记（53）　　祭欧阳文忠公文（54）

晏几道 ·· (56)
　　临江仙（梦后楼台高锁）（56）　　鹧鸪天（彩袖殷勤捧玉钟）（57）
　　菩萨蛮（哀筝一弄湘江曲）（58）

苏轼 ·· (58)
　　江城子（十年生死两茫茫）（59）　　江城子（老夫聊发少年狂）（59）
　　水调歌头（明月几时有）（60）　　浣溪沙（旋抹红妆看使君）（62）
　　（籁籁衣巾落枣花）（62）　　卜算子（缺月挂疏桐）（63）　　定风
　　波（莫听穿林打叶声）（64）　　西江月（照野弥弥浅浪）（65）
　　念奴娇（大江东去）（66）　　水龙吟（似花还似非花）（67）
　　贺新郎（乳燕飞华屋）（69）　　八声甘州（有情风万里卷潮来）（70）
　　和子由渑池怀旧（71）　　游金山寺（72）　　六月二十七日望湖
　　楼醉书五绝（黑云翻墨未遮山）（74）　　饮湖上初晴后雨二首（水
　　光潋滟晴方好）（74）　　唐道人言，天目山上俯视雷雨，每大雷
　　电，但闻云中如婴儿声，殊不闻雷震也（75）　　有美堂暴雨（76）
　　百步洪二首并叙（长洪斗落生跳波）（76）　　题西林壁（78）　　惠崇
　　春江晚景二首（竹外桃花三两枝）（78）　　荔支叹（79）　　澄迈驿通
　　潮阁二首（余生欲老海南村）（81）　　六月二十日夜渡海（81）
　　留侯论（82）　　喜雨亭记（84）　　方山子传（86）　　赤壁赋（88）
　　与谢民师推官书（90）

苏辙 ·· (93)
　　黄州快哉亭记（93）

黄庭坚 ·· (95)
　　登快阁（95）　　寄黄几复（96）　　和答钱穆父咏猩猩毛笔（97）
　　题竹石牧牛（98）　　雨中登岳阳楼望君山二首（投荒万死鬓毛斑）（99）

秦观 ··· (100)
　　满庭芳（山抹微云）（100）　　望海潮（梅英疏淡）（101）　　踏莎
　　行（雾失楼台）（102）　　鹊桥仙（纤云弄巧）（103）　　浣溪沙五

一首（漠漠轻寒上小楼）(103)

贺　铸……………………………………………………………(104)
　　　青玉案（凌波不过横塘路）(104)　鹧鸪天（重过阊门万事非）(105)
　　　六州歌头（少年侠气）(106)

陈师道……………………………………………………………(108)
　　　九日寄秦觏(108)　元日(109)　小放歌行二首（春风永巷闭娉婷）(109)

周邦彦……………………………………………………………(110)
　　　苏幕遮（燎沉香）(110)　兰陵王（柳阴直）(111)　西河（佳丽地）(113)　满庭芳（风老莺雏）(114)

李清照……………………………………………………………(115)
　　　如梦令（昨夜雨疏风骤）(115)　醉花阴（薄雾浓云愁永昼）(116)
　　　渔家傲（天接云涛连晓雾）(116)　声声慢（寻寻觅觅）(117)
　　　永遇乐（落日熔金）(118)　武陵春（风住尘香花已尽）(119)

陈与义……………………………………………………………(120)
　　　伤春(120)

张元幹……………………………………………………………(121)
　　　贺新郎（曳杖危楼去）(121)　贺新郎（梦绕神州路）(122)

朱淑贞……………………………………………………………(123)
　　　眼儿媚（迟迟春日弄轻柔）(124)　蝶恋花（楼外垂杨千万缕）(124)

岳　飞……………………………………………………………(124)
　　　小重山（昨夜寒蛩不住鸣）(125)　满江红（怒发冲冠）(125)

陆　游……………………………………………………………(126)
　　　钗头凤（红酥手）(126)　汉宫春（羽箭雕弓）(127)　卜算子（驿外断桥边）(128)　诉衷情（当年万里觅封侯）(128)
　　　游山西村(129)　剑门道中遇微雨(129)　金错刀行(130)
　　　关山月(131)　六月十四日宿东林寺(131)　书愤(132)
　　　临安春雨初霁(133)　秋夜将晓出篱门迎凉有感二首（三万里河东入海）(133)　十一月四日风雨大作二首（僵卧孤村不自哀）(134)　沈园(134)　示儿(135)

范成大……………………………………………………………(136)
　　　催租行(136)　横塘(137)　州桥(137)　鄂州南楼(137)
　　　四时田园杂兴六十首（选八）(138)

杨万里……………………………………………………………(140)

过百家渡四绝句（园花落尽路花开）(140)　小池(140)　插秧歌(141)　初入淮河四绝句（船离洪泽岸头沙）(141)　寄陆务观(142)

朱　熹 ·· (143)
春日(143)　观书有感二首(143)

张孝祥 ·· (144)
六州歌头（长淮望断）(144)　念奴娇（洞庭青草）(145)

辛弃疾 ·· (147)
青玉案（东风夜放花千树）(147)　水龙吟（楚天千里清秋）(148)　菩萨蛮（郁孤台下清江水）(149)　摸鱼儿（更能消几番风雨）(149)　祝英台令（宝钗分）(151)　丑奴儿（少年不识愁滋味）(152)　清平乐（茅檐低小）(152)　破阵子（醉里挑灯看剑）(152)　西江月（明月别枝惊鹊）(153)　沁园春（杯汝前来）(153)　西江月（醉里且贪欢笑）(155)　浣溪沙（父老争言雨水匀）(155)　鹧鸪天（壮岁旌旗拥万夫）(155)　永遇乐（千古江山）(156)

陈　亮 ·· (158)
水调歌头（不见南师久）(158)　水龙吟（闹花深处层楼）(159)

刘　过 ·· (160)
沁园春（斗酒彘肩）(161)

姜　夔 ·· (162)
扬州慢（淮左名都）(162)　踏莎行（燕燕轻盈）(163)　点绛唇（燕雁无心）(164)　暗香（旧时月色）(165)　疏影（苔枝缀玉）(166)

刘克庄 ·· (167)
贺新郎（北望神州路）(168)

吴文英 ·· (169)
八声甘州（渺空烟四远）(169)　风入松（听风听雨过清明）(171)

刘辰翁 ·· (172)
柳梢青（铁马蒙毡）(172)

王沂孙 ·· (173)
眉妩（渐新痕悬柳）(173)

文天祥 ·· (174)
酹江月（乾坤能大）(174)　过零丁洋(175)　金陵驿(176)

正气歌（177）
张　炎···（179）
　　解连环（楚江空晚）（179）
谢　翱···（180）
　　登西台恸哭记（181）
元好问··（183）
　　论诗绝句三十首（池塘春草谢家春）（183）　　壬辰十二月车驾东
　　狩后即事（惨淡龙蛇日斗争）（184）　　甲午除夕（184）

元代部分

关汉卿··（189）
　　窦娥冤（189）　　望江亭第三折（212）　　单刀会第四折（216）
　　南吕一枝花（攀出墙朵朵花）（219）
白　朴···（221）
　　梧桐雨第四折（221）　　墙头马上第三折（227）　　双调沉醉
　　东风（黄芦岸白𬞟渡口）（231）
马致远··（232）
　　汉宫秋第三折（232）　　越调天净沙（枯藤老树昏鸦）（237）　　般
　　涉调耍孩儿（近来时买得匹蒲梢骑）（238）　　双调夜行船（百
　　岁光阴一梦蝶）（240）
王实甫··（241）
　　西厢记第三本第二折（242）　　第四本第二折（249）　　第四
　　本第三折（253）
康进之··（258）
　　李逵负荆（258）
郑光祖··（270）
　　倩女离魂第二折（270）
高　明···（274）
　　琵琶记第二十出　五娘吃糠（274）
杜仁杰··（278）
　　般涉调耍孩儿（风调雨顺民安乐）（279）
王和卿··（280）
　　仙吕醉中天（蝉破庄周梦）（281）

卢　挚 .... (281)
　　双调沉醉东风（恰离了绿水青山那答）(282)　　双调蟾宫曲（沙三伴哥来嗏）(282)
刘　因 .... (283)
　　白沟 (283)
睢景臣 .... (284)
　　般涉调哨遍（社长排门告示）(284)
白　贲 .... (286)
　　鹦鹉曲（侬家鹦鹉洲边住）(286)
张养浩 .... (287)
　　中吕山坡羊（峰峦如聚）(287)
张可久 .... (288)
　　正宫醉太平（人皆嫌命窄）(288)
钟嗣成 .... (289)
　　南吕一枝花（生居天地间）(289)　　录鬼簿序 (292)
张鸣善 .... (293)
　　双调水仙子（铺眉苫眼早三公）(293)
兰楚芳 .... (294)
　　南吕四块玉（我事事村）(294)
杨　讷 .... (295)
　　中吕红绣鞋（小则小偏能走跳）(295)
萨都剌 .... (295)
　　满江红（六代豪华）(296)
虞　集 .... (297)
　　风入松（画堂红袖清酣）(297)
王　冕 .... (298)
　　墨梅 (298)

明代部分

施耐庵 .... (303)
　　水浒传　风雪山神庙 (303)
罗贯中 .... (309)
　　三国演义　失街亭 (309)

吴承恩 ·· (318)
　　西游记　大闹天宫 (318)

兰陵笑笑生 ·· (331)
　　金瓶梅　宋蕙莲自缢 (331)

冯梦龙 ·· (341)
　　崔待诏生死冤家 (341)　　杜十娘怒沉百宝箱 (349)　　蒋兴哥
　　重会珍珠衫 (359)　　卖油郎独占花魁 (379)

李开先 ·· (402)
　　宝剑记第三十七出 (403)

梁辰鱼 ·· (405)
　　浣纱记第四十五出　泛湖 (405)

徐　渭 ·· (408)
　　四声猿　狂鼓史渔阳三弄 (408)

汤显祖 ·· (417)
　　牡丹亭第七出　闺塾 (418)　　第十出　惊梦 (422)　　第十二
　　出　寻梦 (428)

沈　璟 ·· (434)
　　博笑记第五出　起县丞竟日昏眠（上）(434)　　第六出　起县丞
　　竟日昏眠（下）(435)

高　濂 ·· (436)
　　玉簪记第十六出　寄弄 (437)　　第二十二出　追别 (440)

阮大铖 ·· (443)
　　燕子笺第三十八出　奸遁 (443)

高　启 ·· (446)
　　登金陵雨花台望大江 (446)

宋　濂 ·· (448)
　　送东阳马生序 (448)

刘　基 ·· (450)
　　卖柑者言 (450)

于　谦 ·· (452)
　　石灰吟 (452)

李梦阳 ·· (453)
　　秋望 (453)

杨　慎 ·· (454)

临江仙（滚滚长江东逝水）(454)
王世贞 ……………………………………………………………… (455)
　　　登太白楼 (455)
归有光 ……………………………………………………………… (455)
　　　项脊轩志 (456)
宗　臣 ……………………………………………………………… (457)
　　　报刘一丈书 (457)
袁宏道 ……………………………………………………………… (460)
　　　满井游记 (460)
张　岱 ……………………………………………………………… (461)
　　　西湖七月半 (461)
张　溥 ……………………………………………………………… (463)
　　　五人墓碑记 (463)
陈子龙 ……………………………………………………………… (466)
　　　秋日杂感十首（行吟坐啸独悲秋）(466)
夏完淳 ……………………………………………………………… (467)
　　　别云间 (467)
市井小曲 …………………………………………………………… (468)
　　　锁南枝（傻酸角）(468)　　挂枝儿（送情人直送到丹阳路）(469)

清代部分

李　玉 ……………………………………………………………… (473)
　　　清忠谱第二十二折　毁祠 (473)　　千忠戮（惨睹）(476)
李　渔 ……………………………………………………………… (478)
　　　风筝误第二十八出　逼婚 (479)
朱　䌇 ……………………………………………………………… (482)
　　　十五贯第十八出　廉访 (482)
洪　昇 ……………………………………………………………… (486)
　　　长生殿第二十二出　密誓 (487)　　第二十四出　惊变 (490)
孔尚任 ……………………………………………………………… (495)
　　　桃花扇第七出　却奁 (495)　　续四十出　余韵 (500)
方成培 ……………………………………………………………… (509)
　　　雷峰塔第二十六出　断桥 (510)

目录

吴伟业 ································· (512)
　　圆圆曲 (513)

屈大均 ································· (516)
　　壬戌清明作 (516)

侯方域 ································· (516)
　　马伶传 (517)

陈维崧 ································· (519)
　　醉落魄（寒山几堵）(519)

朱彝尊 ································· (520)
　　桂殿秋（思往事）(520)

王士禛 ································· (521)
　　真州绝句五首（江干多是钓人居）(521)

顾贞观 ································· (522)
　　金缕曲（季子平安否）(522)　　（我亦飘零久）(522)

纳兰性德 ································· (524)
　　蝶恋花（辛苦最怜天上月）(524)

方　苞 ································· (525)
　　左忠毅公逸事 (525)　　狱中杂记 (527)

袁　枚 ································· (530)
　　黄生借书说 (531)　　祭妹文 (532)

赵　翼 ································· (535)
　　论诗绝句五首（李杜诗篇万口传）(535)

钱大昕 ································· (536)
　　弈喻 (536)

姚　鼐 ································· (537)
　　登泰山记 (537)

洪亮吉 ································· (539)
　　治平篇 (539)

蒲松龄 ································· (541)
　　青凤 (541)　　婴宁 (544)　　小谢 (549)　　书痴 (552)

吴敬梓 ································· (555)
　　儒林外史　范进中举 (556)

曹雪芹 ································· (563)
　　红楼梦　曲演红楼梦 (563)

近代部分

张维屏 ·· (575)
  三元里 (575)
龚自珍 ·· (576)
  漫感 (576)　　咏史 (577)　　西郊落花歌 (578)　　己亥杂诗
  (浩荡离愁白日斜) (579)　　(不论盐铁不筹河) (580)　　(九州
  生气恃风雷) (580)　　(云英未嫁损华年) (581)　　病梅馆记 (581)
魏　源 ·· (583)
  寰海十章 (千舶东南提举使) (583)　　(城上旌旗城下盟) (584)
郑　珍 ·· (585)
  经死哀 (585)
曾国藩 ·· (586)
  满妹碑志 (586)
蒋春霖 ·· (588)
  卜算子 (燕子不曾来) (588)
薛福成 ·· (588)
  观巴黎油画记 (589)
黄遵宪 ·· (590)
  哀旅顺 (590)　　今别离 (开函喜动色) (591)　　日本杂事诗
  (拔地摩天独立高) (592)　　(六尺湘裙贴地拖) (592)
康有为 ·· (593)
  出都留别诸公五首 (沧海惊波百怪横) (593)
丘逢甲 ·· (594)
  春愁 (595)
谭嗣同 ·· (595)
  狱中题壁 (595)
梁启超 ·· (596)
  读陆放翁集 (诗界千年靡靡风) (597)　　少年中国说 (597)
秋　瑾 ·· (603)
  黄海舟中日人索句并见日俄战争地图 (604)
无名氏 ·· (604)
  打渔杀家 (604)

宋 金 部 分

王禹偁

王禹偁（954—1001），字元之，巨野（今属山东）人。太宗太平兴国八年（983）进士，历官长洲知县、右拾遗、知制诰、翰林学士、黄州知州等。立朝刚直，遇事敢言。自谓"两知制诰，一入翰林。……始贬商于，实因执法；后出滁上，莫知罪名。"（《谢转刑部郎中表》）在创作上继承杜甫、韩愈、白居易的传统，反对五代浮靡之风，为北宋诗文革新运动之先驱。吴之振云："元之独开有宋风气，于是欧阳文忠得以承流接响。"（《宋诗钞·小畜集钞序》）有《小畜集》三十卷、《小畜外集》十三卷（《四部丛刊初编》缩印本）。

对　雪

帝乡岁云暮[1]，衡门昼长闭[2]。五日免常参[3]，三馆无公事[4]。读书夜卧迟，多成日高睡[5]。睡起毛骨寒，窗牖琼花坠[6]。披衣出户看，飘飘满天地。岂敢患贫居，聊将贺丰岁。月俸虽无余，晨炊且相继。薪刍未阙供[7]，酒肴亦能备。数杯奉亲老，一酌均兄弟。妻子不饥寒，相聚歌时瑞[8]。因思河朔民[9]，输挽供边鄙[10]。车重数十斛，路遥几百里。羸蹄冻不行[11]，死辙冰难曳。夜来何处宿，阒寂荒陂里[12]。又思边塞兵，荷戈御胡骑。城上卓旌旗[13]，楼中望烽燧。弓劲添气力，甲寒侵骨髓。今日何处行，牢落穷沙际[14]。自念亦何人，偷安得如是。深为苍生蠹，仍尸谏官位[15]。謇谔无一言，岂得为直士[16]！褒贬无一词，岂得为良史！不耕一亩田，不持一只矢。多惭富人术[17]，且乏安边议。空作对雪吟，勤勤谢知己[18]。

（《小畜集》，商务印书馆《四部丛刊》初编本。下同）

【注释】

[1] 帝乡：京城。此指北宋东京汴梁（今河南开封）。岁云暮：岁暮。云，助词，无义。

[2] 衡门：横木为门。指简陋的住所。

[3] "五日"句：免去五日一朝，参见皇帝的常例。《宋史·礼志》："后唐明宗始诏群臣每五日一随宰相入见，谓之'起居'，宋因其制。"又，"文武官日赴文德殿正衙，曰'常参'，宰相一人押班。"此以五日为常参，未知其详。之所以"免常参"，当是因大雪皇帝不视朝。

[4] 三馆：宋初以史馆、昭文馆、集贤院为三馆。此指作者供职之史馆。

〔5〕日高睡：睡至日上三竿始起。

〔6〕琼花：雪花。以白玉比雪。

〔7〕薪刍（chú）：柴草。按品级供给。（详见《宋史·职官志》）阙：通"缺"，短缺。

〔8〕时瑞：指上文漫天大雪说。所谓瑞雪兆丰年。

〔9〕河朔：河北，黄河以北地区。按，自宋初起，宋王朝与辽（契丹）即南北对峙。太宗太平兴国至端拱年间，辽数次大举南下攻掠，宋亦曾主动攻辽。下文"胡骑"，即指辽兵。

〔10〕"输挽"句：挽车输送给养，以应战争之需。鄙，边境，边邑。

〔11〕羸（léi）蹄：疲弱的拉车牲口。

〔12〕阒（qù）寂荒陂（bēi）：寂寥荒凉的山坡。

〔13〕卓：竖，立。

〔14〕牢落：孤单落寞，无所寄托。穷沙：荒远的沙碛。

〔15〕"仍尸"句：却仍然白占着谏官的职位。尸，尸位素餐之尸，谓在其位而无所作为。谏官，作者是时任右拾遗、直史馆。右拾遗为谏官，有正言进谏之责。直史馆有记事修史之责，故下文提到"良史"。

〔16〕"謇（jiǎn）谔"二句：连一句刚正忠悃的话都没有，怎能称为正直之士！按，作者是年应诏献《端拱箴》一篇，即是謇谔之言。

〔17〕"多惭"句：很惭愧自己没有使人民致富之主张与措施。

〔18〕勤勤：殷诚恳切。谢：告诉。

【题解】

作于太宗端拱元年（988）。开头一段写自己在大雪之时从容有暇，衣食有余，一家团聚。第二段（自"因思河北民"以下）想到河北民与边塞兵在天寒地冻，荒凉艰苦的环境转运军需与守城御敌的辛劳痛楚。第三段（自"自念亦何人"以下）在两相对照的背景下，反躬自省，深为愧疚。全篇言语朴实，情感真诚，直指时事，反映民瘼，正是白居易所提倡的"文章合为时而著，歌诗合为事而作"（《与元九书》）的创作主张的实践。

村　行

马穿山径菊初黄，信马悠悠野兴长[1]。万壑有声含晚籁[2]，数峰无语立斜阳。棠梨叶落胭脂色[3]，荞麦花开白雪香。何事吟余忽惆怅，村桥原树似吾乡[4]。

【注释】

　　[1] 悠悠：安闲的样子。
　　[2] 晚籁(lài)：傍晚从空穴处发出的声响。
　　[3] 棠梨：即杜梨，落叶乔木，果可食。
　　[4] 原：平原旷野。

【题解】

　　作于淳化三年（992）贬居商州时。先写信马游山所见的幽静而又斑斓的秋景，最后说，村边的桥、原野的树引起亲切之感，惆怅之情，兴起了乡思。钱钟书《宋诗选注》："山峰本来是不能语而'无语'的，王禹偁说它们'无语'。或如龚自珍《己亥杂诗》说'送我摇鞭竟东去，此山不语看中原。'并不违反事实；但是同时也仿佛表示它们原先能语、有语、欲语而此刻忽然'无语'。这样，'数峰无语'、'此山不语'才不是一句不消说得的废话。"

待漏院记[1]

　　天道不言[2]，而品物亨岁功成者[3]，何谓也？四时之吏，五行之佐，宜其气矣[4]。圣人不言[5]，而百姓亲万邦宁者，何谓也？三公论道，六卿分职，张其教矣[6]。是知君逸于上，臣劳于下，法乎天也。古之善相天下者，自咎夔至房魏[7]，可数也。是不独有其德，亦皆务于勤尔。况夙兴夜寐以事一人，卿大夫犹然，况宰相乎！朝廷自国初因旧制，设宰臣待漏院于丹凤门之右，示勤政也。

　　至若北阙向曙[8]，东方未明，相君启行[9]，煌煌火城[10]，相君至止，哕哕銮声[11]。金门未辟[12]，玉漏犹滴，彻盖下车，于焉以息。待漏之际，相君其有思乎？其或兆民未安，思所泰之；四夷未附，思所来之[13]；兵革未息，何以弭之；田畴多芜，何以辟之；贤人在野，我将进之；佞臣立朝，我将斥之；六气不和[14]，灾眚荐至[15]，愿避位以禳之[16]；五刑未措[17]，欺诈日生，请修德以厘之[18]。忧心忡忡，待旦而入，九门既启[19]，四聪甚迩[20]，相君言焉，时君纳焉[21]，皇风于是乎清夷[22]，苍生以之而富庶。若然，总百官[23]，食万钱[24]，非幸也，宜也。其或私仇未复，思所逐之；旧恩未报，思所荣之；子女玉帛，何以致之；车马器玩，何以取之；奸人附势，我将陟之[25]；直士抗言，我将黜之；三时告灾[26]，上有忧色，构巧词以悦之；群吏弄法，君闻怨言，进谄容以媚之。私心慆慆[27]，假寐而坐，九门既开，重瞳屡回[28]。相君言焉，时君惑焉，政柄于是乎隳哉，帝位以之而危矣。若然，则死下狱，投远方，非不幸也，亦宜也。

　　是知一国之政，万人之命，悬于宰相，可不慎欤！复有无毁无誉，旅进旅退[29]，窃位而苟禄，备员而全身者[30]，亦无所取焉。

棘寺小吏王某为文[31]，请志院壁[32]，用规于执政者。

【注释】

[1] 待漏院：宰相（及百官）等待上朝时的暂息之所，唐代中期始设。宋因唐制，设待漏院于汴京（开封）皇城之正南门丹凤门。

[2] 天道：大自然的规律。或指有意志的天。

[3] 品物亨：万物顺利生长。岁功成：一年农事成功。

[4] "四时"三句：执掌四时（春夏秋冬）的神，执掌五行（金木水火土）的神，宣导了大自然（或天）的元气。

[5] 圣人：此指皇帝。

[6] "三公"三句：三公（地位最高的官，一般指太师、太傅、太保）与天子讨论治国的根本原则，六卿（朝廷吏、户、礼、兵、刑、工六部的长官）分掌本部门的行政事务，弘扬了天子的教化。

[7] 咎（gāo）夔（kuí）：咎繇（皋陶）与后夔，帝舜时的贤臣。房魏：房玄龄与魏徵，唐太宗时的贤相。

[8] 北阙向曙：宫殿迎着曙色。北阙，宫殿北面的阙门，指代宫禁。

[9] 相君：对宰相的敬称。启行：动身上朝。

[10] 煌煌火城：宰相等显贵上朝时车马周围举烛，明亮如火城。

[11] 哕（huì）哕銮声：銮铃发出清脆而有节奏的哕哕之声。銮，鸾铃，系于马衔两侧。

[12] 金门未辟：宫门尚未开启。金门，汉代宫门名，此为借指。

[13] 来（lài）之：加以安抚，使之归附。

[14] 六气不和：天时不正。六气，自然界的诸多变化。《左传》昭公元年："六气，曰阴、晴、风、雨、晦、明也。"

[15] 灾眚（shěng）荐至：灾害接连来到。

[16] 禳（ráng）：祈祷消灾。古代如有灾变，大臣往往引咎辞位以禳之。

[17] 五刑未措：刑罚尚未放置不用。五刑，《尚书·舜典》指墨、劓、剕、宫、大辟。此泛指各种刑罚。按，古人以刑措不用为太平盛世。

[18] 厘：治理，整顿。

[19] 九门：古代天子之宫有九门。此即指宫门。

[20] 四聪甚迩：皇帝就在面前。《尚书·舜典》说帝舜"询于四岳，辟四门，明四目，达四聪"。四聪，本指四方之言论。能听到四方之言论，指代皇帝。迩，近。

[21] 时君：犹言当今皇帝。

[22] 皇风：朝廷的风气。清夷：清正廉平。

[23] 总百官：宰相总领百官。《宋史·职官志》："宰相之职，佐天子，总百官，平庶政，事无不统。"

[24] 食万钱：《晋书·何曾传》记丞相何曾"日食万钱"，犹言无处下箸。本指奢侈说，

此借指俸禄多。

[25] 陟（zhì）：登高。引申为提拔。

[26] 三时：春、夏、秋三季。

[27] 慆（tāo）慆：久久；无尽。

[28] 重（chóng）瞳：《史记·项羽本纪》说帝舜"重瞳子"（两个瞳仁），后世或以重瞳指代皇帝。屡回：一再顾盼。

[29] 旅进旅退：随人进退。犹今之"随大流"。

[30] 备员：充数。全身：明哲保身。

[31] 棘寺：大理寺，掌司法审议的中央官署。其处植棘以为标志，故称棘寺。

[32] 志：记，写在。

【题解】

作于太宗雍熙四年（987）在京都汴梁时。主旨是借国家设立待漏院一事为执政大臣画像，简单地说，一种是为公的，一种是为私的。在"相君其有思乎"之下，用两个"其或"分别刻画两种宰相的内心活动，笔墨细致而褒贬明确。要求宰相为皇帝分忧，为国家办事，为人民造福。说明作者继承儒家传统的政治伦理思想，希望通过政治家的道德品质的自我修养与自我完善，开拓清明的政治局面。其进步性与局限性都是十分明显的。本篇是吸取了骈文技巧的散文，结构严整（两个"其或"的对比句法似嫌过于整饰），语言明快，在散文发展史上有一定的地位。

【集评】

[1] 将千古贤相奸相心事曲曲描出，辞气严正，可法可鉴。……虽名为记，极似箴体。（吴楚材等《古文观止》卷九）

[2] 古今相品有三：曰贤、曰奸、曰庸。贤相不世出，奸相不恒有，惟庸相却多。故中开贤奸二比，而末以庸相另言之。（王寿康《古文资镜》）

【参考书】

[1]《王禹偁诗文选》，王延梯选注，人民文学出版社1996年版。

林　逋

林逋（967—1028），字君复，钱塘（今浙江杭州）人。终身不仕亦不娶，隐居孤山，以梅鹤为侣，世称其梅妻鹤子。真宗闻其名，赐粟帛，诏长吏岁时劳问。卒，仁宗赐谥"和靖先生"。工诗词，尤以咏梅诗著称。"其诗修词雅秀，颇有意于求工，而意境尚为澄澹。"（《四库全书简明目录》卷十五）有《和靖诗集》四卷（《四库全书》本）。

山园小梅二首（其一）

众芳摇落独暄妍[1]，占尽风情向小园。疏影横斜水清浅，暗香浮动月黄昏。霜禽欲下先偷眼[2]，粉蝶如知合断魂[3]。幸有微吟可相狎[4]，不须檀板共金樽[5]。

（《瀛奎律髓汇评》，方回选评，李庆甲集评校点，上海古籍出版社1986年版。下同）

【注释】

[1] 暄妍：本谓天气和暖，景物明媚。此指梅花在萧瑟寒冷中带来暖意与明丽的色彩。
[2] 霜禽：白色羽毛的鸟，比如说白鹤。
[3] 合：应。推度之词。冬寒无蝶，故用"如"、"合"等字眼。
[4] 狎（xiá）：亲近。
[5] "不须"句：用不着歌唱与饮酒。与上句"微吟"相对。檀板，用来击拍的檀木板。今按，园、昏、魂、樽，《诗韵》属十二元；妍，一先通韵。

【题解】

这是作者咏梅诗的代表作。第二联刻画梅花独特的风姿与神韵，成为千古名句。第三联赞美梅花高洁脱俗的品格。第四联说，只有作者自己的诗（"微吟"）才配与梅花亲近。也就是说，梅格与人品水乳交融，成为一体了。

【集评】

[1]"疏影"、"暗香"之联，初以欧阳文忠公极赏之，天下无异辞。王晋卿尝谓此两句杏与桃李皆可用也。苏东坡云："可则可，但恐杏桃李不敢承当耳。"予谓彼杏桃李者，影能疏乎？香能暗乎？繁秾之花，又与"月黄昏"、"水清浅"有何交涉？且"横斜"、"浮动"四字，牢不可移。（方回《瀛奎律髓》卷二十）

[2] 冯（班）云首句非梅，不知次句"占尽风情"四字亦不似梅。（李庆甲集评校点《瀛奎律髓汇评》卷二十引纪昀）

梅 花

吟怀长恨负芳时,为见梅花辄入诗。雪后园林才半树,水边篱落忽横枝。人怜红艳多应俗,天与清香似有私。堪笑胡雏亦风味,解将声调角中吹[1]。

【注释】

[1]"堪笑"二句:可笑胡儿也有风采,懂得吹奏《梅花落》曲。

【题解】

方回说:"和靖梅花七言律凡八首,前辈以为'孤山八梅'。"(《瀛奎律髓汇评》卷二十)此首以"雪后"一联为黄庭坚所激赏。纪昀也认为"三、四实好。"但指摘"后四句不成诗"(引同上),是说意思离梅花的品格很远了。比如说,第四联忽然联想起胡儿的笛曲中有《梅花落》,是有些唐突孤山之梅了。

【参考书】

[1]《林和靖诗集》,沈幼征校注,浙江古籍出版社1986年版。

杨 亿

杨亿(974—1020),字大年,浦城(今属福建)人。十一岁即有文名,太宗诏送阙下试诗赋,授秘书省正字。淳化三年(992)赐进士及第,仕至翰林学士,兼史馆修撰。真宗景德间(1004—1007)曾与刘筠、钱惟演等十七人禁中唱和,结成《西昆酬唱集》,号西昆体。组织华丽,用事精工,对偶森严,被认为是继承和模仿李商隐而又不如;但其中有些作品也并非空洞无物。方回说:"此昆体诗一变,亦足以革当时风花雪月小巧呻吟之病,非才高学博,未易到此。"(《瀛奎律髓》卷三)议论较为公允。有《武夷新集》二十卷(《四库全书》本)。

汉 武

蓬莱银阙浪漫漫,弱水回风欲到难[1]。光照竹宫劳夜拜[2],露浥金掌费朝餐[3]。力通青海求龙种[4]，死讳文成食马肝[5]。待诏先生齿编贝，那教索米向长安[6]。

（《西昆酬唱集》，杨亿编，周桢等注，上海古籍出版社 1985 年版）

【注释】

[1]"蓬莱"二句：蓬莱仙山的金银宫阙令人神往，但风浪险恶，难以到达。《史记·封禅书》记渤海中有"蓬莱、方丈、瀛洲"三神山，"诸仙人及不死之药皆在焉，其物禽兽尽白，而黄金银为宫阙。"秦始皇求神仙，终未能至。漫漫（mán mán），旷远貌，浩荡貌。弱水，传说中鹅毛不浮险恶难渡的水域。回风，旋风。

[2]竹宫：用竹建成的宫室，甘泉宫（故址在今陕西淳化西北甘泉山）的组成部分。《汉书·礼乐志》："以正月上辛用事甘泉圜丘，使童男女七十人俱歌，昏祠至明。夜常有神光如流星止集于祠坛，天子（汉武帝）自竹宫望拜。"望拜，即遥望"神光"而礼拜。

[3]露溥（tuán）：露水盛多貌。金掌：铜制的仙人掌。汉武帝在建章宫建承露盘，高三十丈，"有铜仙人舒掌捧铜盘玉杯，以承云表之露"。（《三辅黄图》）"和玉屑饮之以求仙。"（《汉武故事》）

[4]青海：即今青海省之青海湖及其周边地区。《北史·吐谷浑传》："青海周回千余里，内有小山。每冬冰合后，以良牝马置此，来春收之，所生得驹，号称龙种。"今按，此或指汉武帝在渥洼水（在今甘肃安西境内）得神马之事。（见《史记·乐书》）。又，武帝通西域，攻大宛（在今中亚哈萨克斯坦与吉尔吉斯斯坦等国交界地区），得良马（即汗血马、天马）。（见《史记·大宛列传》）。与青海龙种说有出入。并录以备考。

[5]文成："齐人少翁，以鬼神方见上（汉武帝）……乃拜少翁为文成将军。"后"其方益衰，神不至。"乃伪造帛书，被识破。武帝"诛文成将军"而隐其事，托言"文成食马肝死耳"。见《史记·封禅书》。

[6]"待诏"二句：如东方朔那样的高士，怎么能让他在长安城中求米充饥呢。待诏先生，指东方朔。汉武帝初即位，东方朔上书求官，"文辞不逊，高自称誉。上伟之，令待诏公车"。久不见用，乃直陈"臣言可用，幸异其礼；不可用，罢之，无令但索长安米"。齿编贝，齿牙白亮如贝而排列齐整。东方朔自言"臣朔年二十二，长九尺三寸，目若悬珠，齿若编贝，勇若孟贲，捷若庆忌，廉若鲍叔，信若尾生"。（见《汉书·东方朔传》）那教（nuó jiāo），怎能使。

【题解】

此题杨亿首唱，刘筠、钱惟演等六人有和。诗的前三联叙汉武帝求神仙，求甘露，以期长生久视，又通青海，求良马，均是劳民伤财之事。更可笑的是杀了弄虚作假的方士少翁却尴尬之极而不能直说。第四联说对东方朔这样的才智之士，反而冷落了。宋真宗远不如汉武帝的雄才大略，事功显赫，而迷信祥瑞，伪造"天书"，大建宫观之类的活动糜费无数，似乎是学汉武帝的。现在看来，这首诗就有了借古讽今的意义了。同类题材的作品，还有《南朝》、《明皇》、《始皇》等。作者是主张"不求神仙，不为奢侈"的。本篇使事用典之繁多，对偶之精工，音节之浏亮，正体现了西昆体的艺术特色。

【集评】

[1] 此诗有说讥武帝求仙徒费心力，用兵不胜其骄；而于人才之地不加意也。诗话称此五、六。（方回《瀛奎律髓》卷三）

[2] 此便欲真逼义山。（《瀛奎律髓汇评》卷三引纪昀）

书怀寄刘五二首（其一）

风波名路壮心残，三径荒凉未得还[1]。病起东阳衣带缓[2]，愁多骑省鬓毛斑[3]。五年书命尘西阁，千古移文愧北山[4]。独忆琼林苦霜霰，清樽岁宴强酡颜[5]。

（《瀛奎律髓汇评》，方回选评，李庆甲集评校点，上海古籍出版社1986年版）

【注释】

[1] 三径：旧居庭院中的小路。典出陶渊明《归去来兮辞并序》（见本书上册）。

[2] 东阳：指南朝沈约，沈约曾任东阳太守。《梁书·沈约传》说沈约因操劳而消瘦："百日数旬，革带常应移孔；以手握臂，率计月减半分。"

[3] 骑省：本为散骑常侍的官署，此代指潘岳。潘岳《秋兴赋并序》："晋十有四年，余春秋三十有二，始见三毛，以太尉掾兼虎贲中郎将，寓于散骑之省"，"斑鬓㶚以承弁兮，素发飒以垂领。"后有愁潘、潘鬓之称。

[4] "五年"二句：意谓自己任翰林学士、知制诰，奉命编《册府元龟》，出入宫廷多年，虽不称职，却未能归隐，很是惭愧。尘，久也。西阁，官署名，设于宫禁之中，掌起草诏诰等类。移文北山，见本书上册孔稚珪《北山移文》。

[5] "独忆"二句：忆及昔日宫禁奔走，生活寒苦，只有岁末勉强饮酒释闷。岁宴，岁暮。宴，通"晏"，晚也。《楚辞·山鬼》："岁既晏兮孰与华。"

【题解】

作者自真宗景德二年（1005）以知制诰参与修《历代君臣事迹》（成书后名《册府元龟》），长期在禁中供职，虽受优礼，亦时时寄慨年华，不安于位，如《小园秋夕》："已是秋来移带眼，可堪玄鬓有霜华。"《直夜》："鼓枕便成鱼鸟梦，岂知名路有机心。"《怀旧居》："北山烟雾迷归辙，南陌风尘化客裾。"其心路清晰可寻。本篇为寄赠刘筠之作,不入《西昆集》,就写得更明白了。在艺术上,方回评为"昆体之平淡者"(《瀛奎律髓》卷六)。吴汝纶认为"稳炼矜重,最足为初学之式,可药浮滑浅易之病"(高步瀛《唐宋诗举要》卷六)。

【参考书】

[1]《西昆酬唱集注》,杨亿编,王仲荦注,中华书局1980年版。

刘　筠

刘筠(971—1031),字子仪,大名(今属河北)人。真宗咸平元年(998)进士,历官秘阁校理、左司谏知制诰、翰林学士承旨兼龙图阁直学士等职。初为杨亿所识拔,后遂与齐名,时人并称"杨刘"。其文辞善对偶,尤工为诗。《西昆酬唱集》收其禁中唱和诗七十三首。著作多佚,《两宋名贤小集》收其《肥川小集》一卷(《四库全书》本)。

汉　武

汉武天台切绛河[1],半涵非雾郁嵯峨[2]。桑田欲看他年变,瓠子先成此日歌[3]。夏鼎几迁空象物[4],秦桥未就已沉波[5]。相如作赋徒能讽,却助飘飘逸气多[6]。

(《西昆酬唱集》,杨亿编,周桢等注,上海古籍出版社1985年版。下同)

【注释】

[1] 天台:《汉书·武帝纪》:"元封二年,作甘泉通天台。"高三十丈。能望见长安城。切绛河:上摩银河。极言其高,上通于天。绛河,即银河(天河)。

[2] "半涵"句:高耸半空,笼罩在祥瑞的云气之中。《史记·天官书》:"卿云,喜气也。若雾非雾,衣冠而不濡。"嵯峨,高貌。

[3] "桑田"二句:武帝求神仙求长寿,希望看到将来的沧海桑田之变,却没有想到眼下就遇到瓠子决河,在抢险中唱起了《瓠子之歌》。《汉书·武帝纪》:元封二年(前109)"夏四月,还祠泰山。至瓠子,临决河,命从臣将军以下皆负薪塞河堤,作《瓠子之歌》。"瓠子,黄河堤名,在今河南濮阳境内,元光三年(前132),黄河决入瓠子河,连岁成灾。

[4] "夏鼎"句:夏禹铸九鼎以象征九州万物归于一统,但数经播迁,其天下归德的说法已经没有什么意义了。按,据《汉书·武帝纪》,元鼎元年,"得鼎汾水上"。

[5] 秦桥：李贺《古悠悠行》："海沙变成石，鱼沫吹秦桥。"王琦《李长吉歌诗汇解》引《初学记》："《三齐记》曰，青城山，秦始皇登此山，筑城，造石桥，人海三十里。"王仲荦《西昆酬唱集注》引《述异记》："秦始皇作石桥于海上，欲渡海观日出处。"综此二说，知传说中的秦桥，仍在说明始皇求神山求神仙之心。

　　[6] "相如"二句：司马相如所作辞赋徒然以讽谏为名，其实反而助长了汉武帝的飘飘欲仙的遐想。《史记·司马相如列传》引扬雄评说："靡丽之赋，劝百风一，犹……曲终而奏雅。"

【题解】

　　此题为和杨亿《汉武》之作，主旨与手法亦相类，都是讥刺汉武求仙之妄与兴建之靡的。第四联角度不同，杨作说武帝不重视才士，此篇则批评文人误导了武帝。

【参考书】

　　[1]《西昆酬唱集注》，杨亿编，王仲荦注，中华书局1980年版。

范仲淹

　　范仲淹（989—1052），字希文，吴县（今江苏苏州）人。真宗大中祥符八年（1015）进士，历官秘阁校理、右司谏、陕西安抚经略招讨使，庆历三年（1043）任参知政事（副相），推行新政。罢政后历知邓、杭、青诸州。卒，谥文正。工古文诗词，有《范文正集》二十卷，《别集》四卷，《补编》五卷（《四库全书》本）。

苏幕遮
怀旧

　　碧云天，黄叶地。秋色连波，波上寒烟翠。山映斜阳天接水。芳草无情[1]，更在斜阳外。　　黯乡魂[2]，追旅思[3]。夜夜除非，好梦留人睡。明月楼高休独倚。酒入愁肠，化作相思泪。

　　　　　　　　　　（《全宋词》，唐圭璋编，中华书局1965年版。下同）

【注释】

[1] 芳草：本指春草，此指秋草。李商隐《献河东公启》："见芳草则怨王孙之不归。"寓有思归之意。

[2] 黯（àn）乡魂：因思乡而黯然神伤。黯，黯然，神情沮丧的样子。

[3] 追：追随。旅思（sī）：久客他乡的愁怀。思，名词，意绪，情怀。句谓羁旅愁思萦怀，挥之不去。

【题解】

从"黯乡魂"与"追旅思"来看，此词或作于边地。上片写碧云、黄叶、秋水、寒烟、斜阳、芳草，织成一幅色彩明丽而又略显凄清的图画，"芳草无情，更在斜阳外"，引入下片的抒情。词藻清华而不堆垛，感情浓郁而不委靡。又，词题"怀旧"当是后人所加，黄昇《花庵词选》标作"别恨"，似更妥帖。

【集评】

[1] 范希文［苏幕遮］一调，前段多入丽语，后段纯写柔情，遂成绝唱。（彭孙遹《金粟词话》，见唐圭璋编《词话丛编》）

[2] 公（范仲淹）之正气塞天地，而情语入妙至此。（冯金伯《词苑萃编》引《词苑》，同上）

[3] 希文，宋一代名臣，词笔婉丽乃尔。比之宋广平赋梅花，才人何所不可，不似世之头巾气重，无与风雅也。（李佳《左庵词话》，同上）

渔家傲
秋　思

塞下秋来风景异，衡阳雁去无留意[1]。四面边声连角起[2]。千嶂里，长烟落日孤城闭。　　浊酒一杯家万里，燕然未勒归无计[3]。羌管悠悠霜满地[4]。人不寐，将军白发征夫泪。

【注释】

[1] 衡阳雁去：秋冬之际，北雁南飞。衡阳，今湖南衡阳有回雁峰，相传雁南飞至此而止。

[2] 边声：边塞的各种声音，如风吼马嘶等。角：军中号角，号角之声。

[3] "燕（yān）然"句：还没有成就破敌立功的大业，不能回家。燕然，燕然山，即今蒙古之杭爱山，东汉元帝永元元年（89），窦宪率军大破北匈奴，登燕然山，刻石纪功而还。

勒，刻。

[4] 羌管：羌笛，出自羌中；羌笛之声。王昌龄《从军行七首》之一："烽火城西百尺楼，黄昏独坐海风秋。更吹羌笛《关山月》，无那金闺万里愁。"

【题解】

作者自仁宗康定元年（1040）任陕西经略安抚副使兼知延州，防御西夏，在边四年，威望极高。但因种种制约，不得尽展其才。上片首句提纲挈领，以下从各个方面写此"异"字。北雁南飞，人不能归，是联想，也是对照。"四面"句写所闻，是悲凉之声；"千嶂"二句写所见，是萧瑟之景。下片抒思乡与报国之情。功不能立，家不能回，听羌笛之悠悠，见银霜之满地，将军发为之白，战士泪为之坠。全篇洋溢着一种激情，反映出一种矛盾。宋代的国力远不如唐，本词却有唐代边塞诗的气概。

【集评】

[1] 一幅绝塞图，已包括于"长烟落日"十字中。唐人塞下诗最工最多，不意词中复有此奇境。（先著等《词洁辑评》卷二，见唐圭璋《词话丛编》）

[2] 沈际飞曰："希文道德未易窥，事业不可笔记。'燕然未勒'句，悲愤郁勃。"按：文正当西夏坐大，因自请镇以制之。所谓"军中有一范，西贼闻之惊破胆"者也。至今读之，犹凛凛有生气。（黄蓼园《蓼园词评》，同上）

岳阳楼记

庆历四年春[1]，滕子京谪守巴陵郡[2]。越明年，政通人和，百废具兴。乃重修岳阳楼[3]，增其旧制，刻唐贤今人诗赋于其上，属予作文以记之[4]。

予观夫巴陵胜状，在洞庭一湖。衔远山，吞长江，浩浩汤汤[5]，横无际涯，朝晖夕阴[6]，气象万千。此则岳阳楼之大观也，前人之述备矣[7]。然则北通巫峡，南极潇湘[8]，迁客骚人多会于此[9]，览物之情，得无异乎[10]？若夫霪雨霏霏，连月不开，阴风怒号，浊浪排空，日星隐曜[11]，山岳潜形。商旅不行，樯倾楫摧[12]，薄暮冥冥，虎啸猿啼。登斯楼也，则有去国怀乡[13]，忧谗畏讥，满目萧然，感极而悲者矣。至若春和景明，波澜不惊，上下天光，一碧万顷。沙鸥翔集[14]，锦鳞游泳[15]，岸芷汀兰[16]，郁郁青青。而或长烟一空[17]，皓月千里，浮光耀金，静影沉璧[18]，渔歌互答，此乐何极。登斯楼也，则有心旷神怡，宠辱皆忘，把酒临风，其喜洋洋者矣。

嗟夫！予尝求古仁人之心，或异二者之为[19]。何哉？不以物喜，不以己悲[20]。居庙堂之高[21]，则忧其民；处江湖之远，则忧其君。是进亦忧，退亦忧。然则何时而乐耶？其必曰："先天下之忧而忧，后天下之乐而乐"欤！噫，微斯人，吾谁与归[22]。

时六年九月十五日。

(《四部丛刊》本《范文正公集》卷七)

【注释】

[1] 庆历：宋仁宗年号（1041—1048）。

[2] 滕子京：滕宗谅，字子京，河南（今河南洛阳）人，与作者为同年进士。因事贬官守岳州。岳州古称巴陵郡，治所在今湖南岳阳。

[3] 岳阳楼：湖南岳阳西门城楼，面临洞庭湖，遥对君山。唐代开元年间大臣张说谪守岳州，在此修楼。滕宗谅重修时，扩大了旧时的规模。后世多次重修。

[4] 属（zhǔ）：通"嘱"，嘱托。

[5] 浩浩汤汤（shāng shāng）：水势盛大壮阔貌。

[6] 朝晖夕阴：上午阳光明丽，傍晚暮霭沉沉。

[7] "前人"句：前人的记述（如上文所指"唐贤今人诗赋"）已经很完备了。

[8] 极：尽，直至。潇湘：潇水源出湖南南部九嶷山，北流至永州入湘水。

[9] 迁客：被黜外调的官员。骚人：诗人。

[10] "览物"二句：观览景物时的心情，能不有所不同吗？

[11] 隐曜（yào）：隐去了光亮。

[12] 樯倾楫摧：桅杆倾倒，船桨摧折。

[13] 去国：离开国都。承上文"迁客"说。

[14] 翔集：或飞翔，或栖止。

[15] 锦鳞：鱼。锦，美之之辞。

[16] 岸芷汀兰：岸边和河洲上的香草。芷，白芷，一种香草。

[17] 一空：全部散尽。

[18] "浮光"二句："皓月"照在波动的水面，金光闪烁；水面静止时，又如沉在水中的白璧。

[19] 二者："感极而悲者"与"其喜洋洋者"。为：作为，表现。

[20] "不以"二句：（古仁人之心的）喜与悲，不因环境的好坏与个人的得失而变化。物、己、喜、悲，互文见义。

[21] 庙堂：朝廷。此指做朝官，下文"江湖"，指做外官或在野不做官。古人多以做朝官为得志。

[22] "微斯"二句：如果没有这样的人（仁人），我还能与谁在一起呢！正面的意思是，我将引仁人为同志。

【题解】

作于庆历六年（1046）知邓州任上。求文者因贬官而心存怅望，作文者亦罢政外任。本文的主题，在于以古仁人的高尚情操勉人并自勉。其基本点是：悲喜之情不应以个人得失为转移（不以物喜，不以己悲），而应努力做到先忧后乐。第一段点明写作缘起。第二段略述巴陵胜状之后，即以"览物之情，得无异乎"为纲，用"若夫"与"至于"分写阴雨天与晴和天的两种景象，两种情绪，造句宏丽，描绘生动，从篇幅说是主体，从意图说只是第三段言志的基础。文章给人印象最深刻的是所表达的二千年间儒家政治家的理想人格。

【集评】

[1] 首尾布置与中间状物之妙，不可及矣。然最妙处在临末断遣一转语，乃知此老胸襟度量，直与岳阳洞庭同其广。（顾充《文章轨范百家评注》卷六引楼昉）

[2] 一肚皮圣贤心地，圣贤学问，发而为才子文章。（金圣叹《天下才子必读书》卷十五）

【参考书】

[1]《范仲淹全集》，四川大学出版社 2002 年版。

柳　永

柳永（987？—1053？），字耆卿，初名三变，字景庄，崇安（今福建武夷山）人。仁宗景祐元年（1034）进士。曾官屯田员外郎，世称柳屯田。宋代第一位专业词人。由于为人落拓不羁，出入秦楼楚馆，有"薄于操行"之讥，因此也把贵人筵席上的雅唱普及到了下层市民社会，加以创造性的改造，使其通俗化了。扩大了词的题材，发展了慢词的创作。其作品音律和谐，长于铺叙；能雅亦能俗（包括通俗和俚俗），故能传播四方，天下咏之，凡有井水处即能歌柳词。有《乐章集》一卷（《四库全书》本）。

雨 霖 铃

  寒蝉凄切，对长亭晚[1]，骤雨初歇。都门帐饮无绪[2]，留恋处，兰舟催发[3]。执手相看泪眼，竟无语凝噎[4]。念去去、千里烟波，暮霭沉沉楚天阔[5]。
  多情自古伤离别，更那堪、冷落清秋节。今宵酒醒何处？杨柳岸、晓风残月。此去经年[6]，应是良辰好景虚设。便纵有、千种风情，更与何人说！

（《全宋词》，唐圭璋编，中华书局1965年版。下同）

【注释】

  [1] 长亭：古代通衢大道上的亭舍，供行人歇息或送别之所。十里一长亭，五里一短亭。
  [2] 都门：京城。北宋京城为汴京（今河南开封）。帐饮：设帐而饮。无绪：情绪低落。
  [3] 兰舟：船。兰（木兰，香木名）是美之之辞。
  [4] 凝噎：犹言哽咽。气结喉塞，说不出话。
  [5] 楚天：楚地的天空。战国时今湖北湖南以至江淮均为楚国之地，此泛指南方。
  [6] 经年：经历一年，年复一年。

【题解】

  词的主题是伤别，被送的人或者就是作者自己。柳永居留汴京时，曾多次外出漫游，经历的种种坎坷，使他虚弱得经不起大的打击了，却遇上了一次万不得已的离别，所以倍感凄苦。上片以叙事写景为主，季节、时间、地点、气氛，实写之景中有情，是以情观景；下片以抒情为主，虚写之景（"今宵"两句，"应是"句）有有如亲历的真实感受，是因情设景。情真则景亦有情，情真则心理状态的刻画能细腻传神，能感染读者。铺叙既委婉又流畅，语言既雅致又清丽。是柳永慢词中的代表作之一。

【集评】

  [1] "千里烟波"，惜别之情已骋；"千种风情"，相期之愿又赊。真所谓善传情者。（唐圭璋《宋词三百首笺注》引李攀龙）
  [2] 词有点，有染。柳耆卿［雨霖铃］云："多情自古伤离别，更那堪冷落清秋节。今宵酒醒何处？杨柳岸晓风残月。"上二句点出离别冷落，"今宵"二句乃就上二句意染之。（刘熙载《艺概》卷四）

凤　栖　梧

伫倚危楼风细细[1]。望极春愁[2]，黯黯生天际[3]。草色烟光残照里，无言谁会凭阑意[4]。　　拟把疏狂图一醉[5]。对酒当歌，强乐还无味。衣带渐宽终不悔，为伊消得人憔悴[6]。

【注释】

[1] 伫（zhù）：久立。危：高。
[2] 望极：极目远望。
[3] 黯（àn）黯：神情沮丧。
[4] 会：理解。
[5] 拟：打算。疏狂：磊落豪放，不受拘束。
[6] 消得：值得。

【题解】

此首写相思之情。上片伫立高楼，凭栏远眺，不说自己见景生愁，却说春愁生自天际，通过残照下的草色烟光，传到了自己心头。下片醉不能消愁，留下的只是一片痴情，"衣带"两句所表露的意思是如此执着，如此专一，如此恒久，以致可以作为某种高境界的象征。王国维《人间词话》："古今之成大事业大学问者，必经过三种之境界：'昨夜西风凋碧树，独上高楼，望尽天涯路。'此第一境也。'衣带渐宽终不悔，为伊消得人憔悴。'此第二境也。'众里寻他千百度，回头蓦见（当作"蓦然回首"），那人正（当作"却"）在灯火阑珊处。'此第三境也。此等语皆非大词人不能道。"

【集评】

[1] 小词以含蓄为佳，亦有作决绝语而妙者，如韦庄"谁家年少足风流，妾拟将身嫁与，一生休。纵被无情弃，不能羞"之类是也。牛峤"须作一生拚，尽君今日欢"，拟亦其次。柳耆卿"衣带渐宽终不悔，为伊消得人憔悴"，亦即韦意，而气加婉矣。（贺裳《皱水轩词筌》）

望　海　潮

东南形胜，三吴都会[1]，钱塘自古繁华。烟柳画桥，风帘翠幕[2]，参差十万人家[3]。云树绕堤沙，怒涛卷霜雪，天堑无涯[4]。市列珠玑[5]，户盈罗绮，竞豪奢。　　重湖叠巘清嘉[6]，有三秋桂子，十里荷花。羌管弄晴，菱歌泛夜[7]，嬉嬉钓叟莲娃。千骑拥高牙[8]，乘醉听箫鼓，吟赏烟霞。异日图将好景，归去凤池夸[9]。

【注释】

　　[1] 三吴：郦道元《水经注》以吴兴、吴郡、会稽三郡为三吴。按，钱塘（今杭州）为吴郡属县。
　　[2] 风帘翠幕：挡风的翠绿色的帘幕。
　　[3] 参差（cēn cī）：约略。此言户口之繁多，约略十万。一说指房屋高低不齐，未妥。
　　[4] 天堑：天然的壕沟。本指长江（语出《南史·孔范传》），此指钱塘江。
　　[5] 市列珠玑：市场上陈列着种种珍贵的商品。珠玑，不仅指珠宝之类。
　　[6] 重（chóng）湖：杭州西湖经白居易治理筑堤，分里湖与外湖。叠巘（yǎn）：重叠的山峰。
　　[7] 菱歌泛夜：采菱船夜泛湖中，传来一片歌声。
　　[8]·"千骑（jì）"句：大队仪仗簇拥着高高的牙旗。千骑，汉乐府《陌上桑》："东方千余骑，夫婿居上头。"后以千骑指代州郡长官。牙，牙旗，以象牙为饰的旗。
　　[9] "异日"二句：不妨将此美景描绘出来，将来回到朝廷，夸赞于同僚。凤池，凤凰池，中央政要机关中书省的美称。

【题解】

　　柳永一生到过许多大都会，汴京之外，还有苏州、扬州、成都、洛阳等地。本篇是词史上第一首引起注意的反映都市景象的作品。全词以"东南形胜，三吴都会"提纲挈领，描写钱塘的人烟稠密，街市繁华富庶，描写钱塘潮的壮观和西湖的优美，钓叟莲娃的生活情景。跳动的镜头让读者亲切而具体地欣赏到了数百千年前的物质文明。这文明是劳动者创造的，把它写出来不一定就是美化了什么，粉饰了什么。篇末"千骑"以下数句，表明作品是送给一位即将赴任或已经在任的杭州长官的，至于这位长官是孙何还是孙沔，已难确考。"归去凤池"是期许的话：您不会久留外任的，是要回到朝廷去的。

【集评】

　　[1] 此词流播，金主亮闻歌，欣然有慕于"三秋桂子，十里荷花"，遂起投鞭渡江之志。近时谢处厚诗云："谁把杭州曲子讴，荷花十里桂三秋。那知草木无情物，牵动长江万里愁。"余谓此词虽牵动长江之愁，然卒为金主送死之媒，未足恨也。至于荷艳桂香，妆点湖山之清丽，使士夫流连于歌舞嬉游之乐，遂忘中原，是则深可恨耳。（罗大经《鹤林玉露》）

八声甘州

对潇潇暮雨洒江天[1],一番洗清秋[2]。渐霜风凄惨[3],关河冷落,残照当楼。是处红衰翠减[4],苒苒物华休[5]。惟有长江水,无语东流。　不忍登高临远,望故乡渺邈,归思难收[6]。叹年来踪迹,何事苦淹留[7]!想佳人、妆楼颙望[8],误几回、天际识归舟[9]。争知我、倚阑干处[10],正恁凝愁[11]。

【注释】

[1] 对:面对。潇潇:小雨的样子。
[2] 洗:洗荡,有涤除扫荡之意,用于自然界,则指风霜雨雪使草木凋落净尽。
[3] 凄惨:一作凄紧,冷而急。
[4] 是处:处处。
[5] 苒苒:即冉冉,渐渐。物华:美好景物。
[6] 归思(sì):思乡之情。思,名词,意绪,情怀。
[7] 何事:为什么。苦:困于,苦于。淹留:久留。
[8] 颙(yóng)望:抬头凝望。
[9] "误几回"句:几回误识天际之归舟。
[10] 争知:怎知。处:时。
[11] 恁:如此。凝愁:凝聚难以解脱之愁,深愁。

【题解】

此词内容点明了"故乡"、"归思",造语表情端重沉挚,写的应该是自己的事,"佳人"就是作者的妻子。他一生飘泊,是不得已的,"何事苦淹留!"却是自责,从中可以看到柳永为人的另一面,也是很重要的一面。上片用一个"洗"字,似不经意,实则分量很重,洗出了一个令人感到凉意的"清秋",连滔滔滚滚的长江水,也浅了,缓了,无声了。下片抒情用对面写法,"望……",实写游子思念家园,多少隐痛和委屈都包含其中了。"想……"通过联想写妻子思念行人。多少担忧与埋怨都包括在内了。开头一个"对"字,似乎没有着落,直到最后两句"争知我、倚阑干处,正恁凝愁。"读者才完全清楚,倚着阑干面对暮雨江天,已经是如许时间了。

【集评】

[1] 世言柳耆卿曲俗,非也。如[八声甘州]云:"风霜凄紧,关河冷落,残照当楼。"此语于诗句不减唐人高处。(赵令畤《侯鲭录》卷七引苏轼)

[2] 词……悲慨处，不在叹逝伤离也。诵耆卿"渐霜风凄紧，关河冷落，残照当楼"句，自觉神魂欲断。盖皆在神不在迹也。（沈祥龙《论词随笔》）

[3] 若屯田之[八声甘州]，东坡之[水调歌头]，则伫兴之作，格高千古，不能以常调论也。（王国维《人间词话》）

【参考书】

[1]《乐章集校注》，薛瑞生校注，中华书局1994年版。

[2]《柳永集》，孙光贵等校注，岳麓书社2003年版。

张　先

张先（990—1078），字子野，湖州乌程（今浙江湖州）人。仁宗天圣八年（1030）进士，历任知县、知州，以尚书都官郎中致仕。晚年优游于湖杭之间，与梅尧臣、苏轼等友善。以词著称，有《安陆集》一卷，《附录》一卷（《四库全书》本）。

天　仙　子

时为嘉禾小倅[1]，以病眠不赴府会。

《水调》数声持酒听[2]，午醉醒来愁未醒。送春春去几时回？临晚镜，伤流景[3]，往事后期空记省[4]。　　沙上并禽池上暝[5]，云破月来花弄影[6]。重重帘幕密遮灯，风不定，人初静，明日落红应满径。

（《全宋词》，唐圭璋编，中华书局1965年版。下同）

【注释】

[1] 嘉禾：秀州（嘉兴府）的别称，治所在今浙江嘉兴。倅（cuì）：副职。此指秀州签书判官。梅尧臣有诗《签判张秘丞赴秀州》，当指张先。此诗朱东润《梅尧臣集编年校注》入庆历三年（1043）。下文"府会"，即嘉兴府之官员聚会。

[2]《水调》：曲调名。相传隋炀帝凿汴河，功成，自制《水调》。

[3] 流景（yǐng）：如流水般逝去的时光。景，音义同"影"。

[4] "往事"句：往日的情事与此后的期约都徒劳地记在心头。省（xǐng），知晓，明白。

[5] 并禽：双栖的鸟，如鸳鸯之类。暝：日色昏暗。

[6] 弄：把玩欣赏。此处有卖弄之意，将花人格化了。有如少女在月影下卖弄风姿，自我欣赏。

【题解】

当作于仁宗庆历三年（1043）或稍后任嘉兴签判时。主题是伤春伤别。上片的"往事"与"后期"当包含有具体的内容，下片"沙上并禽"的联想也写得隐隐约约。"云破月来花弄影"以其描绘自然传神而又富于创意，成为脍炙人口的名句。作者还欣赏己作的另外两句："'云破月来花弄影'，'娇柔懒起，帘幕卷花影。''柳径无人，堕风絮无影。'此余生平所得意也。"（见胡仔《苕溪渔隐丛话》前集卷三十七引《古今诗话》），因自称"张三影"。

【集评】

[1] "云破月来"句，心与景会，落笔即是，着意即非，故当脍炙。（唐圭璋笺注《宋词三百首笺注》引沈际飞）

[2] "云破月来花弄影"，景物如画，画亦不能至此。绝倒绝倒！（同上引杨慎）

[3] "云破月来花弄影"，着一"弄"字，而境界全出矣。（王国维《人间词话》）

木 兰 花

乙卯吴兴寒食

龙头舴艋吴儿竞[1]，笋柱秋千游女并[2]。芳洲拾翠暮忘归[3]，秀野踏青来不定。　　行云去后遥山暝[4]，已放笙歌池院静[5]。中庭月色正清明，无数杨花过无影。

【注释】

[1] 龙头舴（zé）艋（měng）：船首作龙头状的竞赛小船。吴儿：吴中健儿。
[2] 笋柱：秋千架的柱子直立如笋。并：并肩，成双。一说义同"竞"，较量。
[3] 拾翠：捡拾翠鸟遗落的羽毛（可做头饰），亦可泛指采集花草。
[4] 行云：此借指春游女子。
[5] 放：放下，停止。

【题解】

作于神宗熙宁八年（乙卯，1075）。写吴兴（郡治在今浙江湖州）寒食节景象。上片是白天的热闹,健儿赛舟,少女踏青拾翠荡秋千,在秀丽的平野上来往尽欢,络绎不绝。下片是入夜的宁静,笙歌已歇,池院复静,无数杨花,无声无影地飞过月色清明的中庭。杨花是那么轻,那么白,月色是那么清,那么明,这景象与其说是凭着良好的视力观察到了,还不如说是凭着艺术家的敏感想象到了;与其说是观察的细致,还不如说是想象的丰富。论者或以为此一"影"胜过"三影",或以为此一"影"当与"三影"合为"四影"。细品味之,则"云破月来花弄影"与"中庭月色正清明,无数杨花过无影"同为绝唱,余二"影"不及远矣。

【参考书】

《子野词》,张先著,《四部备要》影印本,中华书局1989年版。

晏 殊

晏殊(991—1055),字同叔,抚州临川(今江西抚州)人。七岁知学问,善属文,有神童之称。真宗景德二年(1005)赐同进士出身,仁宗时官至宰相,范仲淹、富弼、韩琦、欧阳修皆得其奖掖,为一时名臣。卒,谥元献。为文温雅,长于诗词。其词继承晚唐五代遗风,形式多取小令,内容多闲情逸致,风格和婉明洁。有《珠玉词》一卷(《四库全书》本)。

浣 溪 沙

一曲新词酒一杯[1],去年天气旧亭台。夕阳西下几时回? 无可奈何花落去,似曾相识燕归来。小园香径独徘徊[2]。

(《全宋词》,唐圭璋编,中华书局1965年版。下同)

【注释】

[1] "一曲"句:言边饮酒边听曲填词。
[2] 香径:有落花的小路。

【题解】

这是一首伤春词。面对晚春薄暮的特有气氛和诗人特有的生活内容,在似乎年年如此的不变之中看到了变化，"花落去"是"无可奈何"的，归来之燕只是"似曾相识"，去了的终归去了，归来的未必是去了的。"小园香径独徘徊"，诗人克制着自己，保持着内心的平静，在沉思中追索着感慨着光阴的流转和人事的变迁。读者从中得到某种启发和美的享受，都是朦胧的，也都是不必刻意深究的。词的风格特色，正在其含蓄蕴藉。

【集评】

[1] 元献尚有《示张寺丞王校勘》七律一首"元巳清明假未开，小园幽径独徘徊。春寒不定斑斑雨，宿醉难禁滟滟杯。无可奈何花落去，似曾相识燕归来。游梁赋客多风味，莫惜青钱万选才。"中三句与此词同，只易一字。细玩"无可奈何"一联，情致缠绵，音调谐婉，的是倚声家语。若作七律，未免软弱矣。（张宗橚《词林纪事》卷三）

踏　莎　行

小径红稀[1]，芳郊绿遍。高台树色阴阴见[2]。春风不解禁杨花[3]，蒙蒙乱扑行人面[4]。　　翠叶藏莺，朱帘隔燕，炉香静逐游丝转。一场愁梦酒醒时，斜阳却照深深院。

【注释】

[1] 红稀：花少。
[2] 阴阴：幽暗，此指树荫浓密。见：音义同"现"。
[3] 禁杨花：约束柳絮。
[4] 蒙蒙：细密纷杂的样子。

【题解】

这首词写暮春景象与惜春情思。上片是郊外，下片是室内。"炉香静逐游丝转"，既是静，却又用一"逐"字，炉香与游丝的情状在这种看似矛盾的描写中准确地传达出来了。这需要细致的观察，还需要敏悟的体验，才能了然于心，并且了然于手。

【集评】

[1] "夕阳如有意，偏傍小窗明"，不若晏同叔"一场愁梦酒醒时，斜阳却照深深院"，更自神到。（沈谦《填词杂说》）

破 阵 子
春 景

　　燕子来时新社[1]，梨花落后清明。池上碧苔三四点，叶底黄鹂一两声。日长飞絮轻。　巧笑东邻女伴[2]，采桑径里逢迎。疑怪昨宵春梦好，元是今朝斗草赢[3]。笑从双脸生。

【注释】

　　[1] 社：社日，春秋两次祭祀土神的节日，立春后第五个戊日为春社，立秋后第五个戊日为秋社。此指春社。

　　[2] 巧笑：美好的笑容。《诗经·硕人》："巧笑倩兮，美目盼兮。"

　　[3] 斗草：斗百草。一般以草茎的坚韧程度分胜负。

【题解】

　　这首词写的是在一个风和日朗的春天里的生活小景。年轻活泼的采桑女孩子们，显得那么轻松活泼，在斗百草的小游戏中得胜了，也很开心，甚至想到是昨宵的好梦应验了。一个一生富贵优游，经常诗酒高会的达官贵人，仍然能够关注民情社俗，仍然能够从民间生活小景中体验欢乐气氛，说明作者思想并不麻木，仍然保持着一个诗人或者一个普通人对健康的美好事物的敏感。

【集评】

　　[1] 如闻香口，如见冶容。（许昂霄《词综偶评》）

【参考书】

　　[1]《二晏词选》，柏寒选注，齐鲁书社1985年版。

梅尧臣

　　梅尧臣（1002—1060），字圣俞，宣州宣城（今安徽宣州）人。屡举进士不第，仁宗皇祐三年（1051）赐同进士出身，官终尚书都官员外郎。工诗，以平淡为宗，自言"因吟适情性，稍欲到平淡"（《依韵和晏相公》）。"作诗无古今，唯造平淡难。"（《读邵不疑学士诗卷……》）与欧阳修友善，参与诗文革新运动，在诗风转变中起了重要作用。有《宛陵集》六十卷，《附录》一卷（《四库全书》本）。

鲁山山行

适与野情惬，千山高复低[1]。好峰随处改，幽径独行迷。霜落熊升树，林空鹿饮溪。人家在何许？云外一声鸡。

（《梅尧臣集编年校注》，朱东润编年校注，上海古籍出版社1980年版。下同）

【注释】

[1]"适与"二句：群山之起伏正好与我爱好大自然的情趣相合。惬（qiè），恰当，合适。

【题解】

作于仁宗康定元年（1040）知襄城县时。鲁山，山名，在鲁山县与襄城县（今均属河南）之间。诗的前四句，似乎不是人随山势走，而是山随人意变，它总是主动地展示自己的美供你欣赏。第三联工整精致，表现了秋天树林的清空爽朗。用"云外一声鸡"来回答"人家在何许"的问题，余韵悠然，比杜牧的"白云生处有人家"更耐人寻味。

【集评】

[1]圣俞诗工于平淡，自成一家。如《东溪》云："野凫眠岸有闲意，老树着花无丑枝。"《山行》云："人家在何许？云外一声鸡。"……似此等句，须细味之，方见其用意也。（胡仔《苕溪渔隐丛话·后集》卷二十四）

[2]圣俞此诗尾句自然，"熊"、"鹿"一联，人皆称其工，然前联尤幽而有味。（方回《瀛奎律髓》卷四）

[3]句句如画，引人入胜，尾句尤有远致。（《瀛奎律髓汇评》卷四引查慎行）

春　　寒

春昼自阴阴，云容薄更深。蝶寒方敛翅，花冷不开心[1]。亚树青帘动[2]，依山片雨临。未尝辜景物，多病不能寻。

【注释】

　　[1]"花冷"句：因寒冷而花心卷缩，不能开放。开，绽。
　　[2]"亚树"句：帘子飘动，拂扫着树枝。亚，拂。

【题解】

　　作于仁宗庆历六年（1046）许昌签书判官任上。前四句将这个春天写得阴沉寒冷，蝶不飞，花不放。第三联的动态似乎也没有妆点多少生气。末联说，好景物也可能有，只是身在病中，不能去探寻了。情与景是一致的。庆历五年（1045），新政失败，范仲淹罢参政，作者好友欧阳修亦贬知滁州，作于同时的《寄滁州欧阳永叔》有云："慎勿思北来，我言非狂痴。洗虑当以净，洗垢当以脂。此语同饮食，远寄入君脾。"可见其忧惧关爱之心。依此，则《春寒》是以实景寓实情。

【集评】

　　[1]三、四托意深微，妙无痕迹，真诗人之笔。（李庆甲集评校点《瀛奎律髓汇评》卷十引纪昀）

东　　溪

　　行到东溪看水时，坐临孤屿发船迟。野凫眠岸有闲意，老树着花无丑枝。短短蒲茸齐似剪[1]，平平沙石净于筛。情虽不厌住不得，薄暮归来车马疲。

【注释】

　　[1]蒲：菖蒲，多年生水生草本植物。茸：状其苗初生细软的样子。

【题解】

　　作于仁宗至和二年（1055）居家宣城时。东溪即宛溪，与句溪合称双溪。李白《秋登宣城谢朓北楼》与杜牧《题宣州开元寺水阁阁下宛溪夹溪居人》均有吟咏，可以参看。本诗写东溪春色，以"行到"开篇，以"归来"结束，层次清晰。第二联在平淡中显出老练，野凫"有闲意"，象征人的自在安居，老树"无丑枝"，象征人也可以有暮年的生机。方回说这是"当世名句"（《瀛奎律髓》卷三十四），陈衍也肯定"三四句是名句"（《宋诗精华录》卷一）。

【参考书】

[1]《梅尧臣诗选》，朱东润选注，人民文学出版社1997年版。

欧阳修

欧阳修（1007—1072），字永叔，四十岁时自号醉翁，晚年又号六一居士，吉州永丰（今属江西）人。仁宗天圣八年（1030）进士，官至枢密副使、参知政事（副相）。因与王安石政见不合，退居颍州，卒，赠太子太师，谥文忠。北宋文坛领袖，诗文革新运动的倡导者。在唐宋八大家中，韩欧并称；又有"韩如潮，柳如泉，欧如澜，苏（轼）如海"之誉。（李涂《文章精义》，又俞樾《茶香室丛钞·韩海苏潮》）著作极为丰富，包括散文、诗、词、史学、金石各个领域，以散文成就最高，内容充实，感情饱满，风格平易明净，而又丰约得宜，从容委婉，开一代新风。凭借政治地位与知贡举的权力，不顾朝野疑怨，坚持以自己的革新理论为取士标准，提拔了一批有才华的青年作家，苏轼、苏辙、曾巩、程颢等人都是他的学生。王安石与苏洵也是由于他的褒扬才知名于世的。有《文忠集》一百五十三卷，《附录》五卷（《四库全书》本）。

采桑子十首（其四）

群芳过后西湖好，狼籍残红[1]，飞絮蒙蒙。垂柳阑干尽日风。　　笙歌散尽游人去，始觉春空。垂下帘栊，双燕归来细雨中。

（《全宋词》，唐圭璋编，中华书局1965年版。下同）

【注释】

[1] 狼籍：同"狼藉"，句谓落花零乱。

【题解】

此西湖是颍州（治所在今安徽阜阳）西湖，是与杭州西湖、扬州瘦西湖并著的名胜。作者于仁宗皇祐元年（1049）知颍州。[采桑子]组词十首，均以"西湖好"起句，为连章鼓子词，咏歌西湖风物之美与自己流连光景的愉悦之情。词前有《西湖念语》，为组词之序。"念语"提到"闲人"，又提到"旧阕之辞"，应是作者晚年归隐颍州(熙宁四年,1071年)之后,整理并补充旧作而成。第四首写"群芳过后","笙歌散尽"之后的清淡平和之美,以一种安详的态度对待自然界的暮春,对待人生的晚年。

【集评】

[1]"始觉春空"语拙,宋人每以春字替人与事用,极不妥。(先著《词洁辑评》卷一)

[2]"始觉春空",四字猛省。(陈廷焯《词则·别调集》卷二)

[3]"群芳过后"句,扫处即生。"笙歌散尽游人去"句,悟语即是恋语。(上彊村民重编、唐圭璋笺注《宋词三百首》引谭献《谭评词辨》)

朝 中 措

送刘仲原甫出守维扬[1]

平山栏槛倚晴空[2],山色有无中。手种堂前垂柳[3],别来几度春风。
文章太守[4],挥毫万字,一饮千钟。行乐直须年少,尊前看取衰翁!

【注释】

[1] 刘仲原甫:当指刘敞。刘敞,字原父(甫),临江军新喻(今江西新余)人,仁宗庆历六年(1046)进士,出知扬州,在嘉祐元年(1056)。维扬:即扬州。《尚书·禹贡》:"淮海惟扬州。"惟,通"维"。

[2] 平山:平山堂,在扬州城西北蜀冈中峰上。庆历八年,欧阳修知扬州时所建,至今尚存。由此南望,远山正与堂平,因名平山堂。

[3] "手种"句:张基邦《墨庄漫录》卷二:"平山堂前,欧阳文忠手植柳一株,人谓之欧公柳。"

[4] 太守:汉代的郡,相当于唐宋的州,汉代的郡守(太守),相当于唐的州刺史,宋的知州。

【题解】

作于仁宗嘉祐元年送刘敞出知扬州时。扬州是作者宦游旧地,平山堂是他亲手所建,有着极温馨的回忆,所以送行词写得情感热烈。上片叙写平山堂的佳胜与自己的怀旧之情。下片"文章太守"指刘敞。刘敞博学多才,能文善诗,作者鼓励他莅任扬州后,不要忘了挥毫饮酒,痛快淋漓地发舒自己的豪气与才华,因为这正是文人乐事啊!欧阳修比刘敞大十二岁,故以衰翁自居,末句幽默地说，看看我吧，不能痛饮了，豪气才华也减了！通篇文字鲜明生动，情感温愉，态度豁达，读来十分亲切。清人曹尔堪说，读欧公［朝中措］，如见公之"须眉生动，偕游于千载之上也"（洪本健《欧阳修资料汇编》）。洵为有得之言。

【集评】

[1] 按君子进德修业欲及时也，无事不须在少年努力者。现身说法，神采奕奕动人。（黄氏《蓼园词评》）

踏 莎 行

候馆梅残[1]，溪桥柳细，草薰风暖摇征辔[2]。离愁渐远渐无穷，迢迢不断如春水。　寸寸柔肠，盈盈粉泪。楼高莫近危阑倚[3]。平芜尽处是春山[4]，行人更在春山外。

【注释】

[1] 候馆：迎候宾客的馆舍，这里泛指旅舍。
[2] 薰：花草香。征：远行。辔（pèi）：驾驭牲口的缰绳。江淹《别赋》："闺中风暖，陌上草薰。"
[3] 危阑：高楼上的栏杆。
[4] 平芜：草木丛生的平原旷野。芜，草木茂盛。

【题解】

此是写离情之作。诸多解说以上下片为两个并列的画面，一为行人，一为思妇，似有未洽。金圣叹之说（见集评）比较可取。上片前三句描绘春天景色。行人见景生情，愁思如水。下片主角仍是行人，"楼高莫近危阑倚"的"莫"字，正是行人内心发出的劝慰闺中人之辞。他说，我知道你在倚栏愁望，可你登楼所见，是平旷的原野，原野的尽头是远山，而我已在远山之外，你是望不见了。在梅、柳、草、风之后，一用"春水"、两用"春山"，在在无非春色，用连绵不断的一望无边的春色，映衬连绵不断的越远越浓的离愁。由于一咏三叹地写春色，行人的离愁更加深刻地感动了读者。

【集评】

[1] 前半是自叙，后半是代家里叙，章法极奇。杜诗"今夜鄜州月，闺中只独看。"此便脱化出"楼高"句。"遥怜小儿女，未解忆长安。"此便脱化出

"平芜"二句。从一个人心里,想出两个人相思,幻绝妙绝。(金人瑞《金圣叹全集》卷六,批欧阳永叔词)

[2]"离愁渐远渐无穷,迢迢不断如春水。"较后主"离恨恰如芳草"二语更绵远有致。(陈廷焯《词则·大雅集》卷二)

生 查 子

去年元夜时[1],花市灯如昼[2]。月到柳梢头,人约黄昏后。　　今年元夜时,月与灯依旧。不见去年人,泪满春衫袖。

【注释】

[1] 元夜:正月十五元宵节之夜称元夜、元夕。
[2] 花市:繁华的街市。

【题解】

此首写一位青年女子的爱情遭际。元宵灯节是一个十分热闹的节日。唐人苏味道的《正月十五夜》:"火树银花合,星桥铁锁开。……金吾不禁夜,玉漏莫相催。"宋代辛弃疾的[青玉案]《元夕》,都写到万人空巷,游乐尽欢的场景。本篇只写前后两个元夜的大场面中的小镜头;也不用华美的藻饰,只通过对比表达喜与悲,温馨与伤痛的感情,风格朴素而明快,有民间风味。女词人朱淑真《断肠集》曾误收此词乃至引起对她的"妇德"的怀疑。《诗经》收有大量情歌,孔夫子却说:"《诗》三百,一言以蔽之,曰思无邪。"(《论语·为政》)

蝶 恋 花

庭院深深深几许?杨柳堆烟,帘幕无重数。玉勒雕鞍游冶处[1],楼高不见章台路[2]。　　雨横风狂三月暮。门掩黄昏,无计留春住。泪眼问花花不语,乱红飞过秋千去。

【注释】

[1] 玉勒雕鞍:华美的车马。游冶处:此处所指,犹今之红灯区。
[2] 章台路:汉代长安城有章台街。此借指北宋汴京的"游冶处"。

【题解】

　　此首写女子的春怨。又见冯延巳《阳春集》，《全宋词》入"存目词"，今依李清照说，定为欧词。上片前三句着重描写深闺的孤独。用"深深"来形容庭院，又用"深几许"发问，进一步加强语气，确实有一种震撼心灵的力量，已足以唤起读者的同情和怜惜。再用"杨柳"二句这样一层又一层的障碍，衬出一个无比深邃的与世隔绝的环境，反映女主人公近乎绝望的心情。"玉勒"二句用暗示法，她登楼倚栏而望的，是近在京城却看不见的章台路。下片描写无情无义的，驱走春光摧残春花的风雨，和伤春人的伤心泪。在这里，花即是人，人即是花。人被抛置于深闺中，正如花被摧落于秋千外。花不语，人又何曾有语！前人或以为此作表达了作者的一种忧患意识。或以为兴到之作，不可刻意求深。

【集评】

　　[1] 人愈伤心，花愈恼人，语愈浅而意愈入，又绝无刻画费力之迹，谓非层深而浑成耶。（王又华《古今词论》引毛先舒）

　　[2] "庭院深深"，闺中既以邃远也。"楼高不见"，哲王又不寤也。"章台"，"游冶"，小人之径。"雨横风狂"，政令暴急也。"乱红飞去"，斥逐者非一人也。殆为韩（琦）范（仲淹）作乎？（张惠言《词选》）

　　[3] 固哉，皋文（张惠言）之为词也。飞卿[菩萨蛮]、永叔[蝶恋花]、子瞻[卜算子]，皆兴到之作，有何命意？皆被皋文深文罗织。（王国维《人间词话删稿》）

戏答元珍[1]

　　春风疑不到天涯，二月山城未见花。残雪压枝犹有橘，冻雷惊笋欲抽芽。夜闻归雁生乡思，病入新年感物华。曾是洛阳花下客[2]，野芳虽晚不须嗟。

　　　　　　（《欧阳修全集》，中国书店据世界书局1936年版影印，1986年版。下同）

【注释】

　　[1] 元珍：丁宝臣，字元珍，晋陵（今江苏常州）人。仁宗景祐元年（1034）进士。与作者友善，时为峡州（治所在今湖北宜昌）军事判官。

　　[2] "曾是"句：欧阳修于仁宗天圣九年（1031）至景祐元年（1034）间初仕西京（洛阳）留守推官，过着诗酒流连的生活，颇为得意。著有《洛阳牡丹记》。

【题解】

作于仁宗景祐四年（1037）春。景祐三年，欧阳修降为峡州夷陵（今湖北宜昌）县令，这首诗以"戏答"为题，实写夷陵初春的景色和自己的感受，表达身处逆境时的乐观态度。"残雪"句是冬景，"冻雷"句却透露了地气回暖的信息，春天的脚步是挡不住的。第四联说，曾经欣赏过洛阳的种种名花的人，对偏僻小邑的野花的迟开不会介意，包含着自信和自勉之意，结得高远有余韵。从全篇看，先有直觉，然后观察与知觉，并由感慨到自慰，过程清晰而流畅，自然工致。

【集评】

[1] 欧公语人曰："某在三峡赋云：'春风疑不到天涯，二月山城未见花。'若无下句，则上句不见佳处。并读之，便觉精神顿出。"文意难评如此，要当着意详味之耳。（蔡正孙《诗林广记》后集卷一引蔡绦《西清诗话》）

[2] 此夷陵作，欧公自谓得意。盖"春风疑不到天涯"一句，未见其妙，若可惊异；第二句云"二月山城未见花"，即先问后答，明言其所谓也。以后句句有味。（方回《瀛奎律髓》卷四）

[3] 结韵用高一层意自慰。又《黄溪夜泊》结韵云："行见江山且吟咏，不因迁谪岂能来。"亦是。（陈衍《宋诗精华录》卷一）

画 眉 鸟

百啭千声随意移[1]，山花红紫树高低。始知锁向金笼听，不及林间自在啼。

【注释】

[1] 移：可作移动解，随意选择花树；亦可作变化解，随意啼叫，不受限制。

【题解】

作于庆历七年（1047）知滁州时。飞出了牢笼（即使是"金"笼），获得了自由的画眉，可以不受约束地随意"移"了——花有红有紫，树有高有低，可以随意选择；偌大的林子里，愿意在哪儿鸣啭就可以在哪儿鸣啭了。咏物即是咏人，表达的是作者自身的心愿。

赠王介甫

翰林风月三千首[1]，吏部文章二百年[2]。老去自怜心尚在，后来谁与子争先[3]。朱门歌舞争新态，绿绮尘埃试拂弦[4]。常恨闻名不相识，相逢尊酒盍留连[5]。

【注释】

[1] 翰林：李白，唐玄宗时曾供奉翰林。李白诗大约一千首。"三千首"言其多。

[2] 吏部：韩愈，唐穆宗时官吏部侍郎。韩愈作品及文名流传到欧阳修时代，是二百年左右。

[3] "老去"二句：上句承上，表示自己仍然愿意继续发扬古道，学习李白韩愈。下句启下，褒扬王安石日后必有成就，超越伦辈。

[4] "朱门"二句：上句以"朱门歌舞"所崇尚的"新态"比喻浮华的时文，下句以重新调试蒙上"尘埃"的"绿绮"琴比喻复兴古道（北宋诗文革新运动是以复古为旗帜的）。绿绮，晋人傅奕《琴赋序》中提到的古代名琴。

[5] "常恨"二句：表示愿意见面交游。盍（hé），何不。

【题解】

作于仁宗嘉祐元年（1056）。时欧阳修五十岁，王安石三十六岁。由于曾巩的极力推荐，欧阳修的奖掖，王安石显名当世，王对欧阳修心怀谢忱和敬意，后来由于政见分歧，才疏远了。这首诗反映了一代文宗爱惜人才关怀后进的热忱。"翰林"二句，历代多有误解，惟清人蔡上翔得其正。

【集评】

[1] 欧阳公诗好李白，文宗韩昌黎，故云"老去自怜心尚在"。三句（按，指"翰林"二句与"老去"一句）作一气读，盖公所以自道也。"后来谁与子争先"，则始及介甫矣。（下引郑谷诗，又引《孙樵集》及欧本人《记旧本韩文》，力证"翰林"指李白，"吏部"指韩愈）（蔡上翔《王荆公年谱考略》卷五）

再和明妃曲[1]

汉宫有佳人，天子初未识。一朝随汉使，远嫁单于国[2]。绝色天下无，一失难再得。虽能杀画工[3]，于事竟何益！耳目所及尚如此，万里安能制夷狄[4]？

汉计诚已拙，女色难自夸[5]。明妃去时泪，洒向枝上花。狂风日暮起，飘泊落谁家。红颜胜人多薄命，莫怨春风当自嗟。

【注释】

[1] 明妃：西汉元帝宫人王嫱字昭君，南郡秭归（今属湖北，昭君村已划归兴山县）。竟宁元年（前33）嫁匈奴呼韩邪单于为阏氏。事见《汉书》之《元帝纪》《匈奴传》等。晋避司马昭讳，改昭君为明君，后人称明妃。

[2] 单（chán）于：匈奴王。

[3] 画工：指毛延寿。晋葛洪《西京杂证·画工弃市》说，元帝嫔妃众多，不能常见，乃命画工画像，按图召幸。王嫱不肯贿赂画工，画工毛延寿丑化昭君，遂不得见幸。及许嫁单于，才发现昭君貌为后宫第一。元帝悔之无及，画工皆被杀。画工图形虽非史实，但却成为后世文学描写的题材。

[4]"耳目"二句：眼前的美丑真假尚且不能辨别，哪里还能安定边疆呢？制，制服，控制。夷狄，指边疆少数民族。

[5]"汉计"二句：意本唐戎昱《咏史》："汉家青史上，计拙是和亲。社稷依明主，安危托妇人。岂能将玉貌，便拟静胡尘。地下千年骨，谁为辅佐臣？"汉计诚已拙，汉家的和亲政策实在拙劣。

【题解】

作于仁宗嘉祐四年（1059），为和王安石《明妃曲二首》之第二首。开篇一段述明君远嫁匈奴故事。"耳目"二句是一个重点，指斥君主的昏昧，措辞极为严厉。后段述明妃的悲惨遭遇。"红颜"二句又是一个重点，正确的解释应该是：红颜之所以薄命，是因为美貌胜过了他人；正如花之飘零，不须怨恨春风。这是以愤激之辞表痛惜之情。才色遭忌，自古皆然。世上美女如此，贤人君子何尝不如此！画工，或以为指毛延寿。

【集评】

[1] 欧公一日被酒，语其子棐曰："吾诗《庐山高》，今人莫能为，惟太白能之。《明妃曲》后篇，太白不能为，惟杜子美能之。至于前篇，则子美亦不能为，惟吾能之也。"（蔡正孙《诗林广记》后集卷一节录《石林诗话》）

醉翁亭记

环滁皆山也[1]。其西南诸峰，林壑尤美。望之蔚然而深秀者，琅邪也[2]。山行六七里，渐闻水声潺潺而泻出于两峰之间者，让泉也[3]。峰回路转，有亭翼然临于泉上者[4]，醉翁亭也。作亭者谁？山之僧曰智仙也。名之者谁？太守自谓也[5]。太守与客来饮于此，饮少辄醉而年又最高，故自号曰醉翁也。醉翁之意不在酒，在乎山水之间也。山水之乐，得之心而寓之酒也。

若夫日出而林霏开，云归而岩穴暝，晦明变化者，山间之朝暮也。野芳发而幽香，佳木秀而繁阴，风霜高洁，水落而石出者，山间之四时也。朝而往，暮而归，四时之景不同，而乐亦无穷也。

至于负者歌于途，行者休于树，前者呼，后者应，伛偻提携往来而不绝者[6]，滁人游也。临溪而渔，溪深而鱼肥；酿泉为酒[7]，泉香而酒洌[8]。山肴野蔌，杂然而前陈者，太守宴也。宴酣之乐，非丝非竹。射者中[9]，弈者胜，觥筹交错，起坐而喧哗者，众宾欢也。苍颜白发，颓然乎其间者[10]，太守醉也。

已而夕阳下山，人影散乱，太守归而宾客从也。树林阴翳，鸣声上下，游人去而禽鸟乐也。然而禽鸟知山林之乐而不知人之乐，人知从太守游而乐，而不知太守之乐其乐也[11]。醉能同其乐，醒能述以文者，太守也。太守谓谁，庐陵欧阳修也[12]。

【注释】

[1] 环滁皆山：这是文学的夸张。后人多说滁州州城只西南有山。不备述。

[2] 琅邪（yá）：山名，或写作"瑯邪"。晋琅邪王司马睿渡江时曾驻于此，称帝（东晋元帝）后因以名山。

[3] 让泉：泉名。别本作"酿泉"。或以为本当作"让泉"，"酿"字涉后文而误。

[4] 翼然：形容飞檐高耸，如鸟之展翅。临：居高临下。

[5] 太守自谓：太守如此称呼自己。作者《赠沈遵》诗："我时四十犹强力，自号醉翁聊戏客。"

[6] 伛偻（yǔ lǚ）：驼背。指老人。提携：需提携者。指幼儿。

[7] 酿泉为酒：酿让泉之水为酒。参见注〔3〕。

[8] "泉香"句：读作"泉香洌而酒香洌"。互文见义法。别本作"泉洌而酒香"。洌，清澈。

[9] 射：当指投壶一类游戏。山野之间，取其简便易行。中（zhòng）：中的。

[10] 颓然：心情宽舒，身体完全放松的坐姿。与正襟危坐相对。颓，此处不当解为萎靡不振。

[11] 乐其乐："其"字指"滁人"、"禽鸟"、"宾客"。

[12] 庐陵：欧阳修为吉州永丰人。吉州古为庐陵郡，治所又是庐陵（今江西吉安），故常自称庐陵人。按，本文自始至终，用第三人称。

【题解】

作于仁宗庆历五年（1045）知滁州任上。第一段交代醉翁与醉翁亭，点出乐在山水的题旨。第二段写朝暮四时的景色。第三段在"滁人游"的大背景下，叙写"太守与客"的宴乐。第四段揭示与民同乐的思想。全文以"乐"字为线索，字里行间流露一种安闲适意之情，一种暖色调。作于同时，可视为本文姊妹篇的《丰乐亭记》，反复说滁民"安于畎亩衣食，以乐生送死"。"修之来此，乐其地僻而事简，又爱其俗之安闲……又幸其民乐其岁物之丰成，而喜与予游也。"思想感情是一致的。乐是真乐，不是假乐；醉是陶醉，不是借酒浇愁。全文叙述场景，描绘风物，层次极为清晰，先、后、面、点，井然有序，正如电影技巧中之推镜头。章法句法都经过精心推敲而又自然天成，毫无雕琢痕迹。骈散兼行而明朗流畅，无奇字，无拗句。委婉纡余，平易流转，正是欧文特色。前人评之为文章中之洞天，记体中之千古创调，这充分肯定了欧文的创造性与开拓性。

【集评】

[1] 文中之画。昔人读此文，谓如游幽泉邃石，入一层才见一层，路不穷，兴亦不穷。读已，令人神骨 然长往矣。此是文章中洞天也。（茅坤《唐宋八大家文钞·欧阳文忠公文钞》卷二十一）

[2] 六一公之守滁也，尝与民乐岁物之丰，而兴幸生无事之感。……是以乘兴而来，尽兴而返，得山水之乐于一心，不同愚者之喜笑眷慕而不能去焉。然此记也，直谓有文正（按，指范仲淹）之规勉，无白傅（白居易）之牢愁，有东坡（苏轼）之超然，无柳子（柳宗元）之抑郁。岂可哉，岂不可哉？（黄仁辅《古文笔法百篇》书后卷六）

秋 声 赋

欧阳子方夜读书[1]，闻有声自西南来者，悚然而听之，曰："异哉！"初淅沥以萧飒，忽奔腾而砰湃，如波涛夜惊，风雨骤至。其触于物也，鏦鏦铮铮[2]，金铁皆鸣。又如赴敌之兵，衔枚疾走[3]，不闻号令，但闻人马之行声。

余谓童子："此何声也？汝出视之。"

童子曰："星月皎洁，明河在天，四无人声，声在树间。"

余曰："噫嘻悲哉！此秋声也，胡为而来哉？盖夫秋之为状也，其色惨淡，烟霏云敛；其容清明，天高日晶；其气栗冽，砭人肌骨；其意萧条，山川寂寥。故其为声也，凄凄切切，呼号愤发。丰草绿缛而争茂，佳木葱笼而可悦；草拂之而色变，木遭之而叶脱。其所以摧败零落者，乃其一气之馀烈[4]。

"夫秋，刑官也，于时为阴；又兵象也，于行用金[5]。是谓天地之义气，常以肃杀而为心[6]。天之于物，春生秋实。故其在乐也，商声主西方之音[7]，夷则为七月之律[8]。商，伤也，物既老而悲伤。夷，戮也，物过盛而当杀[9]。

"嗟乎！草木无情，有时飘零；人为动物，惟物之灵。百忧感其心，万事劳其形。有动于中，必摇其精[10]；而况思其力之所不及，忧其智之所不能！宜其渥然丹者为槁木，黟然黑者为星星[11]。奈何以非金石之质，欲与草木而争荣？念谁为之戕贼[12]，亦何恨乎秋声！"

童子莫对，垂头而睡。但闻四壁虫声唧唧，如助余之叹息。

【注释】

[1] 欧阳子：作者自称。子，本对人之尊称，后世又用以自指，如欧阳修之前，柳宗元自称柳子；之后，苏轼自称苏子。

[2] 鏦鏦（cōng cōng）铮铮：金属相撞击声。

[3] 枚：其形如箸，行军时衔于口中，以免出声。

[4] 一气：秋天肃杀之气。馀烈：馀威。

[5] "夫秋"五句：古人以四时（四季）、四方（或五方）与阴阳五行相配，并寓以象征意义。比如秋，在四时中属阴，在方位中属西，在五行中属金，主刑杀，所以说它是刑官，又是兵（战争）象。《周礼》六官中，司寇为秋官，掌刑狱。

[6] "是谓"二句：这（秋）被称为天地的正义刚烈之气，其用心常常是严酷、摧杀的。

[7] 商声：古人以秋季与五声之商及五方之西方相配。在时为春，配角声、东方；在时为夏，配徵（zhǐ）声、南方；在时为季夏，配宫声、中方；在时为秋，配商声、西方；在时为冬，配羽声、北方。

[8] 夷则：十二律之一。十二律与十二月配合，孟秋（七月）为夷则（见《礼记·月令》）。

[9] "商，伤"六句：商，它的含义就是伤，万物到衰老时就悲伤。夷，有摧杀之义，万物过盛就要被摧损清减。按，这是从训诂学角度解释"商"与"夷则"，用以说明秋的特性，也符合四季变化的自然法则。

[10] "有动"二句：内心被外物触动，会损折精气。

[11] "宜其"二句：合当由青壮变为衰老，由黑发变为白发。渥（wò）然丹者，红润的脸色肌肤。黟（yǒu）然黑者，黑发。星星，白发。

[12] "念谁"句：想一想是谁做了这摧残身心之事。言外之意是自己害了自己。戕（qiāng），贼，害。

【题解】

作于仁宗嘉祐四年（1059）任翰林学士兼龙图阁学士时。官位渐高，年亦渐老，朝政人事方面的困扰使其情绪不佳，"而况思其力之所不及，忧其智之所不能"。"奈何以非金石之质，欲与草木而争荣？"正好反映了这种苦闷心情。辞赋一体，"受命于诗人，拓宇于楚辞"（《文心雕龙·诠赋》）。至宋，因受古文运动的强大影响，赋亦趋向散文化，《秋声赋》是其早期的典范之作。继承赋的传统形式，如铺张渲染，主客问答与押韵；而语句多用散行，韵律更加自由。本篇写秋，切定一个"声"字，反复比喻，使人惊悚。用大段文字描摹"其色"、"其容"、"其气"、"其意"，突出秋之为状与秋的特质和意义，秋的肃杀与伤感，然后转入议论，在感叹之中寓警悟之意。

【集评】

[1] 模写之工，转折之妙，悲壮顿挫，无一字尘浣。（楼昉《崇古文诀》卷十八）

[2] ……故《离骚》之悲，隐而不露；《九辩》之悯，感而遂通。古人托物言情，无论目睹心思，所以兴悲，其致一也。先生感光阴之荏苒，叹时事之已非，一旦触景撼怀，闻声致慨，其萧瑟之情，固同《九辩》，而悲伤之隐，实类《离骚》。（黄仁辅《古文笔法百篇》书后卷十五）

祭石曼卿文

维治平四年七月日[1]，具官欧阳修谨遣尚书都省令史李敭至于太清[2]，以清酌庶羞之奠[3]，致祭于亡友曼卿之墓下[4]，而吊之以文曰：

呜呼曼卿！生而为英，死而为灵。其同乎万物生死而复归于无物者，暂聚之形[5]；不与万物共尽而卓然其不朽者，后世之名。此自古圣贤莫不皆然。而著在简册者，昭如日星。

呜呼曼卿！吾不见子久矣[6]，犹能仿佛子之平生[7]，其轩昂磊落，突兀峥嵘。而埋藏于地下者，意其不化为朽壤而为金玉之精；不然，生长松之千尺，产灵芝而九茎[8]。奈何荒烟野蔓，荆棘纵横，风凄露下，走磷飞萤[9]，但见牧童樵叟歌吟而上下，与夫惊禽骇兽悲鸣踯躅而咿嘤[10]。今固如此，更千秋而万岁兮，安知其不穴藏狐貉与鼯鼪[11]！此自古圣贤亦皆然兮，独不见夫累累乎旷野与荒城[12]！

呜呼曼卿！盛衰之理，吾固知其如此；而感念畴昔，悲凉凄怆，不觉临风而陨涕者，有愧乎太上之忘情[13]。尚飨[14]！

【注释】

[1] 维：句首语气词，或作"唯"、"惟"。七月日：七月某日，具体日期在用时填上。

[2] 具官：唐宋以来，官员在奏疏函牍等文字中，将当时具有的官衔职位简括为"具官"或"具位"。一是为了简省，二是表示谦敬。写作本文时，作者的主要官职是观文殿学士，刑部尚书，知亳州。尚书都省：即尚书省。因其统管六部，亦称都省。令史：官名。敭（yáng）：古"扬"字。或作"敭（yì）"。太清，乡名或地名。

[3] 酌：酒。庶羞：多种食品。

[4] 曼卿：石延年（994—1041），字曼卿，宋城（今河南商丘）人。作者挚友。官太子中允、秘阁校理。少有豪气，关心边防。纵酒不羁，诗风豪放。有《石曼卿诗集》。

[5] 形：躯体，形骸。

[6] "吾不"句：石延年卒于康定二年（1041）二月，至此已二十七年。

[7] 仿佛：依稀想象出来。平生：这里指日常的言谈举止。

[8] 灵芝九茎：古人以灵芝为瑞草。一干九茎的灵芝更为难得。《汉书·武帝纪》："元封二年，甘泉宫产芝九茎。"

[9] 走磷：磷火（俗称鬼火）闪烁不定。

[10] 踯躅（zhí zhú）：徘徊。指"骇兽"说。咿嘤（yī yīng）：悲鸣。指"惊禽"说。

[11] 貉（hé）：兽名。似狐，俗名狗獾。鼯鼪（wú shēng）：鼯是大飞鼠，鼪即黄鼠狼。

[12] 荒城：荒凉的墓地。城，墓地称佳城。

[13] 太上：修养的最高境界。《世说新语·伤逝》记晋人王衍（一说王戎）语云："圣人忘情，最下不及情，情之所钟正在我辈。"

[14] 尚飨：希望死者之灵前来享受祭品。

【题解】

作于英宗治平四年（1067）知亳州任上。文中三呼曼卿。第一段赞美石延年"生而为英，死而为灵"。名留后世，卓然不朽。第二段则着重写感情与理智的冲突，倾诉对亡友的思念与自己的悲哀：一、回忆曼卿生平的磊落峥嵘，想必死后化为精金美玉或长松仙草；二、用"奈何"一转，回到现实的"荒烟"、"荆棘"，而千秋万岁后更是如此，这是何等痛苦的事；三、在难以自拔之中，再一转折，用自古圣贤莫不如此来聊为化解。第三段又起波澜，盛衰之"理"如彼，而感念畴昔之"情"又如此，不觉临风坠泪。唯其明理，更见理不胜情之痛。正是此文抒情之沉挚处。

【集评】

[1] 胸中自有透顶解脱，意中却是透骨相思，于是一笔已自透顶写出去，不觉一笔又自透骨写入来。不知者乃惊其文字一何跌荡，不知非跌荡也。（金人瑞《评注才子古文》卷十二）

[2]文亦轩昂磊落、突兀峥嵘之甚。既知盛衰如环,而又不免临风陨泪,何哉?盖古今深情,人皆至性人,"太上忘情"四字,我生平人人不喜言也。(王之绩,见金人瑞《评注才子古文》卷十二)

伶官传序[1]

呜呼!盛衰之理,虽曰天命,岂非人事哉!原庄宗之所以得天下[2],与其所以失之者,可以知之矣。

世言晋王之将终也,以三矢赐庄宗而告之曰[3]:"梁,吾仇也,燕王吾所立[4],契丹与吾约为兄弟[5],而皆背晋以归梁。此三者,吾遗恨也。与尔三矢,尔其无忘乃父之志!"庄宗受而藏之于庙[6]。其后用兵,则遣从事以一少牢告庙[7],请其矢,盛以锦囊,负而前驱,及凯旋而纳之[8]。

方其系燕父子以组[9],函梁君臣之首[10],入于太庙,还矢先王而告以成功,其意气之盛,可谓壮哉!及仇雠已灭,天下已定,一夫夜呼,乱者四应,仓皇东出,未及见贼而士卒离散,君臣相顾,不知所归[11],至于誓天断发,泣下沾襟,何其衰也!

岂得之难而失之易欤?抑本其成败之迹[12],而皆自于人欤?

《书》曰[13]:"满招损,谦得益。"忧劳可以兴国,逸豫可以亡身,自然之理也!故方其盛也,举天下之豪杰莫能与之争;及其衰也,数十伶人困之而身死国灭[14],为天下笑。夫祸患常积于忽微[15],而智勇多困于所溺,岂独伶人也哉!作《伶官传》。

(《唐宋八大家》,上海古籍出版社影印本,1993年版)

【注释】

[1]《伶官传序》:欧阳修撰《新五代史》七十四卷,本文为《伶官传》之前序。伶官,伶人(演艺者)之担任宫廷官职者。

[2]原:推究。庄宗:李存勖。其父李克用,唐代末年以功封晋王。与另一军阀朱温(后梁高祖)争战数十年,终为所败。存勖继承父志,灭梁(923)称帝(后唐庄宗)。

[3]三矢:三支表示誓愿的箭。

[4]燕王:指刘仁恭父子。刘仁恭得李克用之助,得以割据幽州。后背叛李克用,投靠朱温,其子刘守光受封为燕王。

[5]契丹:指契丹族首领耶律阿保机(史称辽太祖)。约:结盟。

[6]庙:宗庙。

[7]从事:这里指属官,办事官员。少牢:祭祀之礼,以牛、羊、猪为太牢,不用牛为少牢。

[8] 纳之：将誓箭放回太庙。

[9] 组：丝带；绳索。李存勖于后梁乾化二年（912）攻破幽州，生擒刘氏父子。

[10] "函梁"句：用匣子装了后梁君臣的首级。函，用如动词。李存勖于同光元年（923）灭后梁，梁末帝自杀。

[11] "一夫"六句：庄宗同光四年（926）二月，贝州（治所在今河北清河）军士皇甫晖倡乱（"一夫夜呼"），开州沧州相继响应（"乱者四应"），受命平叛的李嗣源（李克用养子）被部众拥戴为帝。庄宗从洛阳出走东奔，闻李嗣源已占汴京（开封），又匆忙西退（"君臣相顾，不知所归"）。

[12] 抑：或。本：追本探原。

[13] 《书》：《尚书》。以下引文见《大禹谟》。

[14] 身死国灭：庄宗自汴京退回洛阳，从马直指挥使郭从谦（艺名"门高"，伶人之为军官者）举兵反，庄宗中箭，重伤而死。夺得政权者李嗣源（后唐明宗）非李克用亲生之子，故言庄宗身死国灭。

[15] 忽微：极言其小。忽与微，古代称极微小的计数单位。

【题解】

本文的主旨在于说明：盛衰之理在于人事。这是庄宗数十年苦战得来的天下失之一旦的历史经验的总结，同时带有普遍意义（"岂独伶人也哉！"）。在这个主题下，可以注意两点。一是"忧劳可以兴国，逸豫可以亡身"。二是"祸患常积于忽微，智勇多困于所溺"。伶官乱政，只是一个方面，可以举一反三。在写作上运用正反对照，尤其是同一个人的成与败的气象（"可谓壮哉！""何其衰也！"）的对照，极富形象性。又言语精炼，议论明快，反复咏叹，理见乎情。这是欧阳修史论的一个特色。刘熙载云："欧阳公《五代史》诸论，深得'畏天悯人'之旨。"（《艺概》卷一）

【集评】

[1] 篇中以"盛"、"衰"二字作线，步步发出感慨，而归本于人事。……其行文悲壮淋漓，可以与子长（按，司马迁）、孟坚（班固）颉颃，《五代史》中有数文字也。（林云铭《古文析义》评语卷十四）

[2] 跌宕遒逸，风神绝似史迁。（高步瀛《唐宋文举要》引刘大櫆）

【参考书】

[1] 《欧阳修选集》，陈新等选注，上海古籍出版社1986年版。

[2] 《唐宋八大家书系·欧阳修卷》，廖仲安等选注，中国工人出版社1997年版。

苏　洵

　　苏洵（1009—1066），字明允，眉州眉山（今属四川）人。出身于一个屡世不显而有文化素养的家庭，屡试不中，乃绝意科举，全力为古文。仁宗嘉祐元年（1056）携二子轼、辙入京，上其所著书于翰林学士欧阳修，二子均中进士，由此父子名动京师，天下皆知三苏文章。自言"洵著书无他长，及言兵事，论古今形势，至自比贾谊"（《上韩枢密书》）。"天下无事，臣每每狂言，以迂阔为世笑；然臣以为必将有时而不迂阔也。"（《上皇帝十事书》）有《嘉祐集》十六卷，附录二卷（《四库全书》本）。

六　国

　　六国破灭[1]，非兵不利，战不善，弊在赂秦[2]。赂秦而力亏[3]，破灭之道也。或曰：六国互丧，率赂秦耶[4]？曰：不赂者以赂者丧。盖失强援，不能独完，故曰弊在赂秦也。

　　秦以攻取之外，小则获邑，大则得城。较秦之所得与战胜而得者，其实百倍。诸侯之所亡与战败而亡者[5]，其实亦百倍。则秦之所大欲，诸侯之所大患，固不在战矣。思厥先祖父暴霜露[6]，斩荆棘，以有尺寸之地，子孙视之不甚惜，举以予人，如弃草芥。今日割五城，明日割十城，然后得一夕安寝，起视四境，而秦兵又至矣。然则诸侯之地有限，暴秦之欲无厌，奉之弥繁，侵之愈急，故不战而强弱胜负已判矣；至于颠覆，理固宜然。古人云："以地事秦，犹抱薪救火，薪不尽，火不灭[7]。"此言得之。

　　齐人未尝赂秦，终继五国迁灭，何哉？与嬴而不助五国也[8]。五国既丧，齐亦不免矣。燕、赵之君始有远略，能守其土，义不赂秦。是故燕虽小国而后亡，斯用兵之效也。至丹以荆卿为计[9]，始速祸焉。赵尝五战于秦，二败而三胜[10]。后秦击赵者再，李牧连却之[11]，洎牧以谗诛[12]，邯郸为郡，惜其用武而不终也。且燕、赵处秦革灭殆尽之际，可谓智力孤危，战败而亡，诚不得已。向使三国各爱其地，三国，谓楚、魏、韩也。齐人勿附于秦，刺客不行，良将犹在，则胜负之数，存亡之理，当与秦相较，或未易量[13]。

　　呜呼！以赂秦之地封天下之谋臣，以事秦之心礼天下之奇才，并力向西，则吾恐秦人食之不得下咽也。悲夫！有如此之势，而为秦人积威之所劫，日削月割以趋于亡。为国者无使为积威之所劫哉！夫六国与秦皆诸侯，其势弱于秦，而犹有可以不赂而胜之之势。苟以天下之大，下而从六国破亡之故事，是又在六国下矣！

(《苏洵集》，邱少华校点，中国书店2000年版)

【注释】

[1] 六国破灭：战国时韩（前230）、魏（前225）、楚（前223）、赵（前222）、燕（前222）、齐（前221）等六国先后为秦国攻灭。

[2] 赂秦：贿赂秦国，此处指割地。贾谊《过秦论》："于是从散约败，争割地而赂秦。"

[3] 力亏：国力亏损。《战国策·魏策一》："夫事秦，必割地效质，故兵未用而国已亏矣。"

[4] "或曰"三句：六国彼此攻伐损害而招致灭亡，难道都是由于赂秦吗！

[5] 所亡：用以赂秦而失去的土地。下"亡"字同义。

[6] 厥先祖父：他们的先人、祖、父。暴（pù）霜露：暴露于霜露之下，与下文"斩荆棘"同为艰苦创业之意。

[7] "以地"四句：见《战国策·魏策三》孙臣说魏王语，又见《史记·魏世家》苏代说魏王语。

[8] 与：助也，亲附也。嬴：秦为嬴姓之国。

[9] 丹：燕太子丹。荆卿：荆轲。荆轲刺秦在燕王喜二十八年（前227）。

[10] "赵尝"二句：《战国策·燕策一》苏秦说燕文侯语。鲍彪注："设辞也。"

[11] 李牧：赵国大将，因功封武安君。赵王中秦之反间计，牧被杀。连却之：接连击退秦军。

[12] 洎（jì）：及至。下句说赵国被攻灭，成为秦国的郡县。邯郸，赵都。

[13] "当与"二句：宜与秦国较量，胜负存亡或者不易裁定。

【题解】

本文是一篇史论，同时又是一篇政论，借评论史事来讽喻时政。开篇即点出"六国破灭"，其"弊在赂秦"，以土地换取和平，结果是招致灭亡。北宋朝廷对契丹（辽国）与西夏，一贯采取妥协政策，以钱绢（每年数十万）购买和平而不敢用兵，乃至积弱积贫。两相对照，何其相似（苏洵死后六十年，北宋灭亡）！最后"苟以"三句，是明确无误地指向本朝的，以一个大国而继踵六国之覆辙，那就连六国都不如了。苏洵文章有《孟子》及战国纵横家之风，立论精辟，往往出语惊人，笔锋犀利，气势雄阔，感情色彩强烈。本文是其代表作之一。

【集评】

[1] 一篇议论，由《战国策》纵人之说来，却能与《战国策》相伯仲。（茅

坤《唐宋八大家文钞》卷一百十三）

[2] 谓此悲六国乎？非也。……借古伤心，淋漓深痛。（高步瀛《唐宋文举要》引储欣）

【参考书】

[1]《嘉祐集笺注》，曾枣庄笺注，上海古籍出版社1993年版。

曾　巩

　　曾巩（1019—1083），字子固，世称南丰先生，建昌军南丰（今属江西）人。仁宗嘉祐二年（1057）进士，历任知州、史馆修撰、中书舍人等职。唐宋八大家之一。为文"本原六经，斟酌于司马迁、韩愈。一时工作文词者，鲜能过也"（《宋史·曾巩传》）。有《元丰类稿》五十卷（《四库全书》本）。

墨　池　记

　　临川之城东[1]，有地隐然而高，以临于溪，曰新城。新城之上，有池洼然而方以长，曰王羲之之墨池者，荀伯子《临川记》云也[2]。羲之尝慕张芝[3]，临池学书，池水尽黑。此为其故迹，岂信然邪？方羲之之不可强以仕[4]，而尝极东方[5]，出沧海[6]，以娱其意于山水之间，岂有徜徉肆恣，而又尝自休于此邪？

　　羲之之书晚乃善，则其所能，盖亦以精力自致者，非天成也。然后世未有能及者，岂其学不如彼邪？则学固岂可以少哉！况欲深造道德者邪？

　　墨池之上，今为州学舍[7]。教授王君盛恐其不彰也，书"晋王右军墨池"之六字于楹间以揭之[8]，又告于巩曰："愿有记。"推王君之心，岂爱人之善，虽一能不以废，而因以及乎其迹邪？其亦欲推其事以勉其学者邪？夫人之有一能而使后人尚之如此，况仁人庄士之遗风余思[9]，被于来世何如哉！

（茅坤《唐宋八大家文钞》，上海古籍出版社1993年版）

【注释】

　　[1] 临川：今江西临川，北宋抚州治所在此。

　　[2] 荀伯子：南朝宋人，曾任临川内史，著《临川记》六卷，述及王羲之任临川内史时，置宅于郡城东之高坡（即"新城"），有墨池。

[3] 张芝：字伯英，酒泉（今属甘肃）人，东汉书法家。

[4] 强（qiǎng）以仕：勉强作官。

[5] 极东方：（游览的足迹）到了东方的尽头。

[6] 出沧海：乘船出游大海。沧海，实指东海。

[7] 州学：宋代在州（府）、县都设立儒学，此指抚州州学。下句"教授"，教官，掌训导诸生之职。

[8] 揭：高举。

[9] 庄士：庄敬有德之人。

【题解】

　　作于仁宗庆历八年（1048）。文以"记"标题，但内容重点在议论。从"临池学书，池水尽黑"出发，指出王羲之的书法"晚乃善"，凭借的是持久的工夫。由"书"及"学"，再进一步论及"道德"的深造。州学正好建于墨池之旁，州学的目的是培养"学"、"德"兼备的人才，而求记者又是州学教授。作者因此借"墨池"与练字引申，发挥重学重道的思想（作者对书法的一技之能与此墨池是否为真古迹，似乎并无兴趣）。联想自然，比拟合理，就文法说，是既巧妙又得体的。还有，文章虽短，波折却多，波折虽多，却又从容不迫。问句的使用，使议论更加委婉而又更加警醒，态度的诚恳与愿望的热烈，尽在这亲切的相询相问之中了。

【集评】

　　[1]"待"与"学"两层到底。因其地为州学舍，而求文记之者即教授，故推而论之。非若今人腔子之文也。此篇如放笔数千言，即无味矣。词高旨远，后人无此雄厚。（何焯《义门读书记》卷四十二）

【参考书】

　　[1]《曾巩集》，陈杏珍等校点，中华书局1984年版。

王安石

　　王安石（1021—1086），字介甫，晚年号半山，抚州临川（今属江西）人。仁宗庆历二年（1042）进士，官至宰相。神宗朝大力推行新法。晚年退居江宁（今南京）。封荆国公，卒，谥文，世称王荆公、王文公。唐宋八大家之一。散文多议论之作，尤多议论政治利害得失之作，立论严峻而文辞奇警犀利。诗歌之前期创作多政治诗，晚年多写景抒怀小诗，尤工七绝，风格清新，诗律精严。有《临川集》一百卷（《四库全书》本）。

桂 枝 香
金陵怀古

登临送目，正故国晚秋[1]，天气初肃[2]。千里澄江似练[3]，翠峰如簇。归帆去棹残阳里[4]，背西风酒旗斜矗。彩舟云淡，星河鹭起[5]，画图难足。　念往昔、繁华竞逐，叹门外楼头[6]，悲恨相续[7]。千古凭高，对此谩嗟荣辱[8]。六朝旧事随流水，但寒烟衰草凝绿。至今商女，时时犹唱，《后庭》遗曲[9]。

（《全宋词》，唐圭璋编，中华书局1965年版）

【注释】

[1] 故国：旧都。此指南朝建都之金陵（今南京）。

[2] 肃：肃杀，萧瑟。《礼记·月令》：孟秋之月，"天地初肃"。

[3] 澄江似练：澄澈的江水有如白色绸带。江，指长江。谢朓《晚登三山还望京邑》："澄江静如练"。

[4] 归帆去棹：来来往往的船只。帆、棹，指代船。互文见义。归，一作"征"。

[5] "彩舟"二句："二句盖谓秦淮，承上'残阳''酒旗'，接下'画图''豪华'。'彩舟'，河上之舟，与上文'征帆去棹'的江上之舟有别。空水相映，雪羽上下，灯火沿流，华星倒落，皆凭高眺望中秦淮河晚景。"（俞平伯《唐宋词选释》）按，诸解中此得其正。

[6] 门外楼头：隋军大将韩擒虎已攻到朱雀门，陈后主和张丽华还在结绮楼诗酒作乐。杜牧《台城曲》："门外韩擒虎，楼头张丽华。"

[7] 悲恨相续：六朝（吴、东晋、宋、齐、梁、陈）灭亡之悲与恨前后相接。

[8] 谩嗟荣辱：徒然地感叹兴之荣，败之辱。荣辱，偏重在辱。

[9] "至今"三句：杜牧《泊秦淮》："商女不知亡国恨，隔江犹唱后庭花。"商女，歌女。《后庭》遗曲，陈后主所作并流传下来的《玉树后庭花》，后世视为亡国之音。

【题解】

或作于英宗治平四年（1067）知江宁府（治所即今南京）任上。上片写登高望远，气象开阔，山河壮丽，风物美好，市井繁华。下片由"念往昔"引出怀古之思，同是这座名城，曾经数历兴衰荣辱，"悲恨相续"，今日又如何呢？"至今"，是杜牧的至唐呢，还是作者的至宋呢？这三句集中地反映了对现实政治的隐忧，而作者对本朝积贫积弱的形势的了解是深刻的，当时歌舞升平奢侈糜费的现象又是很普遍的。不过，这种通过对史事的伤感所寄寓的对现实的隐忧，未必引起了社会的关注。"但寒烟衰草凝绿"，只有这寒烟衰草还凝聚着这么一点点绿意！

【集评】

　　[1] 王荆公〔桂枝香〕……清空中有意趣，无笔力者未易到。（张炎《词源》）

　　[2] 金陵怀古，诸公寄调于〔桂枝香〕凡三十馀首，独介甫最为绝唱。东坡见之，不觉叹息曰："此老乃野狐精也！"（杨湜《古今词话》）

明妃曲二首（其一）

　　明妃初出汉宫时，泪湿春风鬓脚垂[1]。低徊顾影无颜色[2]，尚得君王不自持[3]。归来却怪丹青手，入眼平生未曾有。意态由来画不成，当时枉杀毛延寿[4]。一去心知更不归，可怜着尽汉宫衣。寄声欲问塞南事[5]，祇有年年鸿雁飞。家人万里传消息，好在毡城莫相忆[6]。君不见咫尺长门闭阿娇[7]，人生失意无南北。

　　　　　　（《王文公文集》，唐武标校，上海人民出版社1974年版。下同）

【注释】

　　[1] 春风：脸，以春风状其美丽。杜甫《咏怀古迹五首》之三："画图省识春风面。"
　　[2] 无颜色：满面愁容，气色不好。
　　[3] 不自持：为绝色所倾倒动心，情不自禁。
　　[4] 枉：包含冤枉与徒然二义。
　　[5] 塞（sài）南：指中原地区与汉朝廷。
　　[6] 毡城：北方游牧民族以毡帐为居室。
　　[7] 阿娇：陈阿娇，汉武帝皇后。失宠后退居长门宫。

【题解】

　　作于仁宗嘉祐四年（1059），一时名流（如欧阳修、刘敞、司马光）和者甚众，而原作尤为脍炙人口。开篇八句通过多方衬托来赞美明妃的绝色。"一去"四句，写明妃思汉，"可怜着尽汉宫衣"，何等悲苦深切。最后四句借家人劝解口气，说人生失意无南北之分，昭君远嫁漠北，是不幸；陈皇后被禁闭于长门宫，近在咫尺，不是同样不幸吗！同题之二甚至说了"汉恩自浅胡自深"的话，这在当时已有异议，到南宋初年，更被指斥为"以胡虏有恩而遂忘君父，非禽兽而何？"辩之者也只能说，南北之分不当深求；恩深恩浅之叹，也是"诗人务一时为新奇，求出前人所未道，而不知其言之失也"（详见蔡上翔《王荆公年谱考略》卷七）。作者的两首《明妃曲》确实出了新意，比李白、王维、白居易等人的作品，内容丰富了。不过，在一个民族处于弱势时，民族心理也是比较脆弱的，这就惹出了麻烦。即使在今天，王作《明妃曲》仍然可能引起争论。而陈衍则说，这些看起来过头的话，只不过王安石自己说自己罢了！

【集评】

　　[1] 此等题各有寄托，借题立论而已。如太白只言其乏黄金，乃自叹也。公此诗言失意不在近君，近君而不为国士知，犹泥涂也。（方东树《昭昧詹言》卷十二）

　　[2] "低徊"二句，言汉帝之犹有眼力，胜于神宗；"意态"句言人不易知；"可怜"句用意忠厚；末言君恩之不可恃。（陈衍《宋诗精华录》卷二）

泊船瓜洲

　　京口瓜洲一水间[1]，钟山只隔数重山[2]。春风又绿江南岸，明月何时照我还。

【注释】

　　[1] 京口：今江苏镇江，位于长江南岸。瓜洲：亦作瓜州，位于长江北岸，在今江苏邗江县南。
　　[2] 钟山：即今南京市东紫金山。

【题解】

　　作于神宗熙宁八年（1075）二月。王安石于熙宁七年罢相，知江宁府（治所在南京）。八年二月复相，由江宁经京口渡江北上，泊船瓜洲渡。回首江南，一派大好春光，景色是明媚的；展望前途，变法事业也可能更上一层楼，心情是开朗的。这首七绝正好鲜明而准确地反映了这明媚的景色与开朗的心情。他想说的是，什么时候完成了变法的伟业，我就会回到这美丽幽雅的旧居之地（离城七里，离钟山也是七里的半山园）。如果认为这首诗暗藏了什么内心矛盾，那是会错了意。还有，本诗的"绿"字，据说是更改了十数次才定下来的，成为文字频改,功夫自出的佳例。而钱钟书说,"绿"字的这种用法,唐人早就有了,如李白写过"东风已绿瀛洲草"(《宋诗选注》)。无论是独创还是借鉴,都不妨碍我们欣赏其精彩。

【集评】

　　[1] 东坡海南诗、荆公钟山诗,超然迈伦,能追逐李、杜、陶、谢。(许𫖮《彦周诗话》)

贾　　生[1]

　　一时谋议略施行[2],谁道君王薄贾生?爵位自高言尽废,古来何啻万公卿!

【注释】

　　[1] 贾生:贾谊(前200—前168),汉文帝召为博士,迁太中大夫。后被贬,今人集有《贾谊集》。传见《史记·屈原贾生列传》。
　　[2] 略:副词,全,皆。

【题解】

　　西汉政论家贾谊英年早逝,历来诗文都是表示同情与惋惜。王安石却说,他的政治主张大都被采纳施行了,怎么可以得出汉文帝薄待了他的结论呢?自古以来名高位重而言论不被采纳无补于世的公卿何止万数!一个真正的政治家,看重的是事业,是实绩,而不是虚名。王安石即使在罢相之后,退居江宁之时,他的新法仍然是在雷厉风行地推行,这首诗表达了他的坚强与自信,也能反映他诗文风格的一个方面。

书湖阴先生壁

　　茅檐长扫静无苔[1],花木成畦手自栽。一水护田将绿绕,两山排闼送青来[2]。

【注释】

　　[1] 静:通"净"。
　　[2] 闼(tà):小门,门。

【题解】

作于神宗元丰六年（1083）。王安石在江宁（南京）有一位邻居兼朋友湖阴先生杨德逢，他在湖阴先生的壁上题了这首诗，赞美其住宅的清洁、安静、幽雅。山水都人格化了：水知道"护"田，山懂得"排"闼（推门），显得多么亲切，多么富有人情味。这两句诗因为极其工整妥帖，还引起了后人的一番议论，说作者对对偶的要求是多么严格。因为《汉书·西域传》中可以凑出"护"、"田"二字，而《汉书·樊哙传》中有"排闼"字样。如此推究，反而有可能妨碍我们领略这浓郁的诗味。

【集评】

[1] 荆公诗用法甚严，尤精于对偶。尝云："用汉人语，止可以汉人语对，若参以异代语，便不相类。"如"一水护田将绿绕，两山排闼送青来"之类，皆汉人语也。此法惟公用之，不觉拘窘卑凡。（蔡正孙《诗林广记》后集引《石林诗话》）

北　山

北山输绿涨横陂[1]，直堑回塘滟滟时[2]。细数落花因坐久，缓寻芳草得归迟。

【注释】

[1] 绿：指绿水。陂（bēi）：池塘。
[2] 堑：沟。回塘：曲折的池塘。滟（yàn）滟：水光闪耀。

【题解】

作于元丰六年或七年（1083或1084）。北山即钟山（今南京紫金山）。春天来了，春水涨了，从北山流向陂堤，流满了直的沟堑，回旋的池塘，水波盈满，在阳光下闪烁着。这使得诗人心情愉悦而恬静，坐的时间长了，是由于"细数落花"；回家晚了，是因为"缓寻芳草"。作品所要表达的是一种对待生活的悠闲散淡的态度，一种摒弃现实纷扰的取得心理平衡的方式。

【集评】

[1]"细数落花"、"缓寻芳草"，其语轻清。"因坐久"、"得归迟"，则其语典重。以轻清配典重，所以不堕入唐末人句法中。盖唐末人诗轻佻耳。（吴可《藏

海诗话》)

[2] 荆公诗律，至"细数落花因坐久，缓寻芳草得归迟"之句，但见舒闲容与之态耳。而字字细考之，皆经櫽括权衡者，其用意亦深刻矣。(蔡正孙《诗林广记》后集引《石林诗话》)

游褒禅山记

褒禅山[1]，亦谓之华山。唐浮图慧褒始舍于其址[2]，而卒葬之，以故其后名之曰褒禅。今所谓慧空禅院者，褒之庐冢也[3]。距其院东五里，所谓华山洞者，以其乃华山之阳名之也。距洞百余步有碑仆道[4]，其文漫灭，独其为文犹可识曰"花山"。今言"华"如"华实"之"华"者，盖音谬也[5]。

其下平旷，有泉侧出，而记游者甚众，所谓前洞也。由山以上五六里，有穴窈然，入之甚寒。问其深，则其好游者不能穷也。谓之后洞。余与四人拥火以入，入之愈深，其进愈难，而其见愈奇。有怠而欲出者，曰："不出，火且尽。"遂与之俱出。盖予所至，比好游者尚不能十一[6]，然视其左右，来而记之者已少[7]。盖其又深，则其至又加少矣[8]。方是时，予之力尚足以入，火尚足以明也。既其出，则或咎其欲出者，而予亦悔其随之，而不得极夫游之乐也。

于是予有叹焉。古之人观于天地，山川，草木，虫鱼，鸟兽，往往有得，以其求思之深而无不在也[9]。夫夷以近，则游者众；险以远，则至者少。而世之奇伟瑰怪非常之观，常在于险远，而人之所罕至焉。故非有志者不能至也。有志矣，不随以止也，然力不足者，亦不能至也。有志与力而又不随以怠，至于幽暗昏惑，而无物以相之[10]，亦不能至也。然力足以至焉，于人为可讥，而在己为有悔。尽吾志也而不能至者，可以无悔矣。其孰能讥之乎！此予之所得也。余于仆碑，又以悲夫古书之不存，后世之谬其传而莫能名者，何可胜道也哉！此所以学者不可以不深思而慎取之也。

四人者：庐陵萧君圭君玉[11]，长乐王回深父，余弟安国平父、安上纯父。

至和元年七月某甲子，临川王某记。

【注释】

[1] 褒禅山：在今安徽含山县北十五里，旧名华山，其北三里又曰华阳山，俱有泉洞之胜。

[2] 浮图：此指僧人说。舍：筑室居住。

[3] 褒之庐冢：慧褒的房舍与坟墓。

[4] 仆道：倒在路上。下文两句说，碑上的文字已经模糊不清，只有在残留的字中可以

辨识出"花山"。上句"文",指一篇文字,下句"文",犹今言"字"。

　　[5] 音谬:字音或读音方面产生的乖误或差别。

　　[6] 不能十一:不到十分之一。

　　[7] "然视"二句:不过,看看两旁洞壁上,来到这个深度并题署留记的人已经少了。

　　[8] 加少(shǎo):更少。

　　[9] "以其"句:由于他们处处都深入地探求思索。无不在,到处。

　　[10] 相(xiàng):帮助,支援。

　　[11] 庐陵:古之庐陵郡,宋代为吉州(治所在今江西吉安)。萧君圭:萧圭,字君玉。下文"长乐",今属福建。"王回",字深父。"安国",王安国,字平父。"安上",王安上,字纯父。以上"父"读"甫"。

【题解】

　　作于仁宗至和元年(1054)通判舒州任上。第一段介绍褒禅山概况。第二段叙述举着火把入洞览奇的经过,不说奇在何处,只说中途退出,没有尽兴,后悔不已。第三段一边感慨,一边议论:要想见识既"险"又"远"的"奇伟瑰怪非常之观",一要有志,二要有力,三要不随人而止,四要有外物外力的支援;但最重要的是志,"尽吾志也而不能至者,可以无悔矣"。这里说出来的是探胜寻幽,没有说出来的主旨是读书,做事,道德修养,必须矢志不渝,坚忍不拔,坚持到底,决不能浅尝辄止,半途而废。通过一个小故事,讲出一番大道理,而如此自然亲切,难能可贵。

【集评】

　　[1] 此游所至殊浅,偏留取无穷深至之思,真乃赠遗不尽。当持此为劝学篇。而洞之窅渺,亦使人神远矣。(浦起龙《古文眉诠》卷七十)

　　[2] 荆公《游褒禅山记》云:"入之愈深,其进愈难,而其见愈奇。"余谓"深"、"难"、"奇"三字,公之学与文得失并见于此。(刘熙载《艺概》卷一)

祭欧阳文忠公文

　　夫事有人力之可致,犹不可期;况乎天理之溟漠,又安可得而推[1]。

　　惟公生有闻于当时,死有传于后世,苟能如此,足矣,而亦又何悲!如公器质之深厚,智识之高远,而辅学术之精微。故充于文章,见于议论,豪健俊伟,怪巧瑰奇。其积于中者,浩于江河之停蓄;其发于外者,烂如日星之光辉。其清音幽韵,凄如飘风急雨之骤至;其雄辞闳辩,快如轻车骏马之奔驰。世之学者,无问乎识与不识,而读其文,则其人可知。

呜呼！自公仕宦四十年[2]，上下往复[3]，感世路之崎岖；虽屯邅困踬[4]，窜斥流离，而终不可掩者，以其公议之是非[5]。既压复起，遂显于世。果敢之气，刚正之节，至晚而不衰。方仁宗皇帝临朝之末年，顾念后事[6]，谓如公者可寄以社稷之安危。及夫发谋决策，从容指顾[7]，立定大计，谓千载而一时。功名成就，不居而去[8]，其出处进退，又庶乎英魄灵气，不随异物腐散，而长在乎箕山之侧与颍水之湄[9]。然天下之无贤不肖，且犹为涕泣而歔欷。而况朝士大夫，平昔游从，又予心之所向慕而瞻依！

呜呼！盛衰兴废之理，自古如此；而临风想望，不能忘情者，念公之不可复见，而其谁与归[10]！

【注释】

[1] "夫事"四句：人力可以达到的事，尚且不能期待其必然如愿，又何况天道幽远微茫，又怎么能推知呢。

[2] 四十年：欧阳修于仁宗天圣八年（1030）中进士，次年出任西京留守推官，神宗熙宁四年（1071）致仕，为官四十年。

[3] 上下往复：上下指官位升降，往复指外任或回朝。

[4] 屯邅（zhūn zhān）困踬：处境艰难，遭受挫折。踬，跌倒。

[5] "而终"二句：终于不被埋没的原因，在于是非自有公论。

[6] 后事：指皇位继承之事。仁宗有三子，皆早卒。因以宗室子宗实养于宫中，其后立为皇子，更名曙，但尚无皇太子名义。嘉祐八年（1063）三月，仁宗暴卒，仓猝之间，韩琦、欧阳修等协助皇后立定大计，迎皇子赵曙即皇帝位（史称英宗），克服了一次政治危机，欧阳修得封功臣。

[7] 指顾：手指目顾。描摹其安排布置之胸有成竹，有条不紊。

[8] 不居而去：不居功不恋位，离开朝廷。欧阳修于英宗治平二年（1065）、三年，多次上表求去。四年，出知亳州。

[9] "又庶"三句：欧公的英灵，大概不会随着遗体腐败散去，而会永远地留在高人隐士居住的箕山之侧与颍水之滨吧。异物，特指遗体，对英灵而言，肉体为异物。箕山，在今河南登封东南，颍水源出登封境内的颍谷。相传帝尧让天下于许由。由不受，逃于箕山颍水之间。欧死葬新郑，接近箕山颍水。

[10] 其谁与归：我还能归心于谁呢！（我还能引谁为同道呢！）

【题解】

作于神宗熙宁五年（1072）任宰相时。欧阳修生前，于王安石有揄扬奖掖之德，而晚年不满王之新法（如青苗法）。欧去世后，王为文以祭，给予崇高评价，表示无限敬仰。这固然因为是非自有公论，同时也说明王不忘旧谊的品质。第二段由衷地称颂欧的学问文章的巨大成就，第三段叙述其一生经历与"立定大计"的功勋，最后说自己"临风想望，不能忘情。"文字简洁生动而有力，感情沉挚。以散体为主，兼用骈偶，既整饬，又奔放。有人说，祭欧公文，此为第一，胜过苏轼之所作。

【集评】

[1] 一气浑脱，短长高下皆宜。祭文入圣之笔。（储欣《唐宋八大家类选》卷十四）

[2] 一气奔驰，不可控抑。（沈德潜《唐宋八家古文读本》卷三十）

【参考书】

[1]《王荆公诗文沈氏注》，沈钦韩注，中华书局上海编辑所1959年版。

[2]《王荆公诗笺注》，李璧笺注，中华书局上海编辑所1958年版。

晏几道

晏几道（生卒年未详，陶尔夫、诸葛忆兵定为约1038—1106），字叔原，号小山，宰相晏殊幼子。性情孤傲而痴，疏于顾忌，仕宦不显，一生潦倒。专意词的创作，风格与乃父相近，世称"二晏"。有《小山词》一卷（《四库全书》本）。

临 江 仙

梦后楼台高锁，酒醒帘幕低垂[1]。去年春恨却来时[2]，落花人独立，微雨燕双飞。　记得小蘋初见[3]，两重心字罗衣[4]，琵琶弦上说相思。当时明月在，曾照彩云归。

（《全宋词》，唐圭璋编，中华书局1965年版。下同）

【注释】

[1]"梦后"二句：无论梦后还是酒醒，都是楼台高锁，帘幕低垂。互文见义。醒，读平声。

[2] 却来：再次涌上心头。

[3] 小蘋：歌女名。据作者《小山词跋》，他的朋友家有歌女莲鸿蘋云（或是二人，或是四人），每得一曲，即授之演唱，为一笑乐。

[4]"两重"句：当是绣有重叠的心形图案的丝衣。

【题解】

　　这首词是追忆歌女小蘋之作。上片写别后相思，"人独立"与"燕双飞"形成鲜明的对照，备感凄清孤独。下片前三句写初见时印象，最后两句又回到今天：当时曾照彩云（比喻小蘋）归去的明月，今天仍然抬头可见；而人呢，只留下了一个难忘的倩影，一段迷惘之别情。语言平易而又清雅，造句精工而又流畅。可与南唐后主李煜的作品媲美。

【集评】

　　[1]名句（"落花"二句）千古不能有二。结笔，所谓柔厚在此。（龙榆生《唐宋名家词选》引《谭评词辨》卷一）

　　[2]小山词如"去年……"又"当时……"既闲婉，又沉着，当时更无敌手。（陈廷焯《白雨斋词话》卷一）

鹧　鸪　天

　　彩袖殷勤捧玉钟，当年拚却醉颜红。舞低杨柳楼心月，歌尽桃花扇底风。从别后，忆相逢，几回魂梦与君同。今宵剩把银釭照，犹恐相逢是梦中。

【题解】

　　词的上片极力写"当年"对方殷勤劝酒，自己不惜大醉一场的情景；唱歌跳舞，直到杨柳楼心之月低下去了，桃花扇底之风停下来了（人乏了，扇子不再挥动了）。这狂欢场面所表达的热情与活力，真令人吃惊！下片写"别后"的相思和"今宵"的重逢，与当年情景比照，确实有"相对如梦寐"的感觉。情之深，语之挚，不得以一般"艳词"视之。

【集评】

　　[1]晏叔原"今宵剩把银釭照，犹恐相逢是梦中"，盖出于老杜"夜阑更秉烛，相对如梦寐"，戴叔伦"还作江南梦，翻疑梦里逢"，司空曙"乍见翻疑梦，相悲各问年"之意。（王楙《野客丛书》）

　　[2]"舞低"二句，比白香山"笙歌归院落，灯火下楼台"更觉浓至。惟愈浓情愈深，今昔之感，更觉凄然。（黄蓼园《蓼园词评》）

菩 萨 蛮

哀筝一弄湘江曲[1],声声写尽湘波绿。纤指十三弦,细将幽恨传。当筵秋水慢[2],玉柱斜飞雁[3]。弹到断肠时,春山眉黛低。

【注释】

[1] 筝:拨弦乐器,形似瑟,唐宋时多为十三弦。弄:乐曲,曲调。非拨弄、弹奏之义。湘江曲:或作"湘水曲",当是关于传说中湘水女神(帝舜之二妃娥皇女英,湘妃)的曲子。《乐府诗集》卷九十五有张籍《湘江曲》,但不咏湘妃事。

[2] 秋水慢:犹言凝眸。秋水,比喻清澈的眼波。

[3] 柱:支弦的筝柱。美称之曰玉柱或宝柱。斜飞雁:弦柱排列的形状如雁行。李商隐《昨日》诗:"二八月轮蟾影破,十三弦柱雁行斜。"

【题解】

这首词写弹筝女弹筝的情景以及听筝者的感受。上片说筝是哀筝,弹奏的曲子又十分凄婉幽怨。"声声"句化听觉形象为视觉形象,听筝者的眼前展现出一片迷茫渺远的湘水绿波,这绿波是美的,不过,是一种凄清的美。"纤指"二句是听筝者从筝声中领会弹奏的指法,和从指弦之间流出的绵长而细腻的怨意。下片是一个特写镜头,由听觉印象又转到视觉,着重刻画弹筝女的表情,客观形象中有听筝者的内心活动。白居易有一首《夜闻筝中弹潇湘送神曲感旧》诗,从内容和情思上都似乎给本词某种影响,今附录如下,以供参考:"缥缈巫山女,归来七八年。殷勤湘水曲,留在十三弦。苦调吟还出,深情咽不传。万重云水思,今夜月明前。"

【集评】

[1] 按,写筝耶?寄托耶?意致却极凄婉。末句意浓而韵远,妙在能蕴藉。(黄蓼园《蓼园词评》)

苏 轼

苏轼(1037—1101),字子瞻,号东坡居士,宋代眉州眉山(今属四川)人。与父洵弟辙合称三苏。仁宗嘉祐二年(1057)进士,官至翰林学士,礼部尚书。一生中在朝八年,遭贬十一年,仕游四方二十年，北至宋辽边境，东抵登州，南尽岭海，足迹几乎踏遍了宋王朝的版图，卒后追谥文忠。北宋诗文革新运动最杰出的代表人物，同时又是一代新词风的开拓者。苏轼以文为诗，即以古文之汪洋闳肆溢而为诗（并非取代以诗为诗，而是增加了一种表现风格）；又以诗为词，"东坡先生以文章余事作诗，溢而作词曲"（王灼《碧鸡漫志》卷二）。他总结了前人和自己古文创作的成果和经验，推广到诗与词的领域，使诗艺与词艺走出了一条新路，对后世产生了巨大的影响。有《东坡全集》一百十五卷（《四库全书》本）。

江城子
乙卯正月二十日夜记梦[1]

十年生死两茫茫，不思量，自难忘[2]。千里孤坟，无处话凄凉。纵使相逢应不识，尘满面，鬓如霜。　夜来幽梦忽还乡。小轩窗[3]，正梳妆。相顾无言，惟有泪千行。料得年年肠断处，明月夜，短松冈[4]。

（《全宋词》，唐圭璋编，中华书局1965年版。下同）

【注释】

[1] 乙卯：宋神宗熙宁八年（1075）。
[2] 思量（liáng）、难忘（wáng）：量、忘，按律均读阳平。
[3] 小轩窗：小窗。轩，窗户。
[4] 短松冈（gāng）：指王弗墓地。墓地常植松柏。

【题解】

作于神宗熙宁八年（乙卯，1075）知密州时。作者妻王弗，卒于英宗治平二年（1065），葬眉山东北之彭山县，故有"千里孤坟"之句。上片写历经十年沧桑之痛，下片写梦里还乡，瞬间一见。以朴素的言语表达深挚的感情，悼亡与伤己相结合，倍加凄切。

江城子
密州出猎[1]

老夫聊发少年狂，左牵黄，右擎苍[2]。锦帽貂裘，千骑卷平冈[3]。为报倾城随太守[4]，亲射虎，看孙郎[5]。　　酒酣胸胆尚开张[6]，鬓微霜，又何妨！持节云中，何日遣冯唐[7]？会挽雕弓如满月，西北望[8]，射天狼[9]。

【注释】

[1] 密州：州名，治所在今山东诸城。
[2] "左牵"二句：左手牵着猎犬，右臂架着苍鹰。
[3] 千骑（jì）：参加围猎的人马。又暗示作者知州的身份。
[4] "为报"句：为了酬谢全城的人追随太守，观看太守围猎。太守，以前代太守指宋之知州，二者职位相当。
[5] 孙郎：指三国吴之孙权。孙权曾经"亲乘马射虎于庱亭"。（见《三国志·吴书·吴主传》）庱（chěng）亭，亭名，当在今江苏丹阳境内。
[6] 尚开张：更加开阔舒张。
[7] "持节"二句：借用汉代魏尚故事，冀求朝廷起用自己，以便报效国家。魏尚在文帝时为云中太守（云中郡治所在今内蒙古托克托东北），抵御匈奴进犯，有战功，因小过被削职。经郎官冯唐劝谏，文帝"令冯唐持节赦魏尚，复以为云中守"。冯唐亦晋升为车骑都尉（见《汉书·冯唐传》）。节，符节，奉命出使者用以示信的凭证。
[8] 西北：北宋王朝之西北，为西夏政权（首府在兴庆府，今宁夏银川），常为边患。
[9] 射天狼：寓以武御侮之意。天狼，星名。旧说天狼星主侵扰。

【题解】

作于神宗熙宁八年（1075）冬。上片以华美的辞藻与夸张的手法写壮观的围猎场面；下片引用历史上因小过而黜贤才之事，委婉而又明确地表达了不甘沉沦小郡，希望得到朝廷谅解而重新起用，得以在疆场上杀敌报国的雄心壮志。由围猎联想到御侮，极为自然。本篇感情奔放，气势豪迈，应是苏轼豪放词风已经形成的标志。作者自己也意识到了这一点。《与鲜于子骏书》中说："近却颇作小词，虽无柳七郎风味，亦自是一家。呵呵。数日前猎于郊外，所获颇多，作得一阕，令东州壮士抵掌顿足而歌之，吹笛击鼓以为节，颇壮观也。"正好说明这种开创新词风的自觉精神。又，作于同时的七律《祭常山回小猎》："青盖前头点皂旗，黄茅冈下出长围。弄风骄马跑空立，趁兔苍鹰掠地飞。回望白云生翠巘，归来红叶满征衣。圣明若用西凉簿，白羽犹能效一挥。"其壮观豪放与热切，与词作相得益彰，可以互参。

水调歌头

丙辰中秋，欢饮达旦，大醉，作此篇，兼怀子由[1]。

明月几时有？把酒问青天[2]。不知天上宫阙，今夕是何年[3]。我欲乘风归去，唯恐琼楼玉宇，高处不胜寒[4]。起舞弄清影，何似在人间！　　转朱阁，低绮户，照无眠[5]。不应有恨，何事长向别时圆。人有悲欢离合，月有阴晴圆缺，此事古难全。但愿人长久，千里共婵娟[6]。

【注释】

[1] 子由：苏辙，字子由，作者之弟。兄弟之情甚笃，而相别已有五六年之久。

[2] "明月"二句：李白《把酒问月》："青天有月来几时？我今停杯一问之。"此用其意。几时，犹言何时。

[3] "不知"二句：意谓人间之今夕，在天上神仙宫阙（即下文之"琼楼玉宇"，指月宫）不知是何年。唐人传奇《周秦行纪》有诗云："香风引到大罗天，月地云阶拜洞仙。共道人间惆怅事，不知今夕是何年。"此谓不知人间是何年。

[4] 不胜（shēng）寒：禁不起月宫的凉意。月有广寒宫之说。

[5] "转朱阁"三句：描写月光随时间转移。转向华美的楼阁，低低地透过雕花的窗户，照映着未眠之人。无眠，因为欢饮达旦。

[6] 婵娟：指明月，亦可指月之清光。唐人许浑《怀江南同志》："唯应洞庭月，万里共婵娟。"苏轼《十二月十七日夜坐达晓，寄子由》："雷州别驾应危坐，跨海清光与子分。"

【题解】

作于熙宁九年（丙辰，1076）知密州任上。上片由李白诗引发，兴游仙之想，写出世与入世的矛盾；下片怀念久未见面的弟弟。触动情思的一种媒介是中秋的一轮明月，饮酒赏月是叙写的线索，游仙与念弟是全诗的两个内容；而表达的是一种旷达的积极的人生态度：在人间（入世）虽然壮志未酬，不尽如意，在天上（出世）亦未必好。"此事古难全"，对悲欢离合的一种理性的认识，"人长久"，"共婵娟"，则是一种良好的祝愿。苏词大体可分豪放、超旷、清丽三种风格（陆侃如、冯沅君《中国诗史》分苏词为"清旷，豪放，婉丽"三类），本词可以作为超旷的代表作。其后作于黄州的［念奴娇］《中秋》"玉宇琼楼，乘鸾归去，人在清凉国"。"便欲乘风，翻然归去，何用骑鹏翼！"说法与本词不同，其超然旷达则无二致。

【集评】

[1] 中秋词，自东坡［水调歌头］一出，余词尽废。（胡仔《苕溪渔隐丛话》后集卷三十九）

[2] 凡兴象高即不为字面碍。此词前半，自是天仙化人之笔，惟后半"悲欢离合"、"阴晴圆缺"等字，苛求者未免指此为累。然再三读去，抟捖运动，何

损其佳!……诗家最上一乘,固有以神行者矣,于词何独不然?(先著《词洁辑评》卷三)

[3] 此老不特兴会高骞,直觉有仙气缥缈于毫端。(上彊村民重编、唐圭璋笺注《宋词三百首笺注》引《左庵词话》)

浣　溪　沙

徐门石潭谢雨[1],道上作五首。潭在城东二十里,常与泗水增减、清浊相应[2]。

其　二

旋抹红妆看使君[3],三三五五棘篱门[4],相排踏破蒨罗裙[5]。　　老幼扶携收麦社[6],乌鸢翔舞赛神村[7],道逢醉叟卧黄昏。

其　四

簌簌衣巾落枣花[8],村南村北响缫车[9],牛衣古柳卖黄瓜[10]。　　酒困路长惟欲睡,日高人渴漫思茶[11],敲门试问野人家[12]。

【注释】

[1] 徐门:指徐州(今属江苏)。谢雨:祭谢上天降雨。宋神宗元丰元年徐州春旱,知州苏轼往石潭祈雨。雨降,谢雨归来的路上作[浣溪沙]五首。

[2] 泗水:亦名清水、清泗,源于山东泗水东蒙山山麓,流径徐州。

[3] 旋(xuàn)抹:临时仓猝涂抹。使君:对州郡长官的尊称。

[4] 棘篱门:篱笆门。

[5] 蒨(qiàn):同"茜",红色。

[6] 收麦社:麦收后祭土神的活动。

[7] 乌鸢(yuān):指吃祭品的乌鸦。鸢为鹰类。

[8] 簌(sù)簌:形容落花的细碎声音。也作坠落解,形容花落的样子。

[9] 缫(sāo)车:把蚕茧放在滚水中抽线的工具。

[10] 牛衣:用粗麻或草编织的披于牛背的衣物,此指老农粗糙的衣服。古柳:老柳树。

[11] 漫:随便,不甚经意的意思。

[12] 野人家:村野人家,乡村人家。

【题解】

作于神宗元丰元年（1078）知徐州任上。组词五首，集中地表现农村和村民是多么可爱，自己又是多么热爱农村和村民。"旋抹红妆"的"旋"字，"敲门试问"的"试"字，写出自己既是受农民欢迎的亲民官，又是一个随和的普通过路人。有麦收后的赛神，有响得好听的缫车，有醉卧黄昏的老叟，有悠闲自在的卖瓜者，只要没有外力的干扰，农村本来是宁静的，农民本来是和乐的。组词第五首的最后一句"使君元是此中人"，作者认为自己本来就是农村中人，农民中人。言语清新而亲切有味，感情真实，脱去了官老爷的习气。农村题材入词，前此不多见，这也是一种开拓。

【集评】

[1]"牛衣古柳卖黄瓜"，非坡仙无此胸次。（王士禛《花草蒙拾》）

卜 算 子
黄州定惠院寓居作

缺月挂疏桐，漏断人初静。谁见幽人独往来[1]，缥缈孤鸿影[2]。　惊起却回头，有恨无人省[3]。拣尽寒枝不肯栖，寂寞沙洲冷[4]。

【注释】

[1] 幽人：苏轼《定惠院寓居月夜偶出》诗："幽人无事不出门，偶逐东风转良夜。"与词意正合，指隐居之人，幽独之人。

[2] 缥缈：高远隐约的样子。

[3] 省（xǐng）：懂得，理解。

[4] "拣尽"二句：鸿雁本不栖于木，这里说"拣尽寒枝"云云，取兴于鸟择木而栖，喻贤者不随波逐流，无所依托之意。曹操《短歌行》："绕树三匝，何枝可依？"

【题解】

作于神宗元丰三年（1080）初到黄州（治所在今湖北黄冈）贬所之时。定惠院在州治之东南。苏轼因作诗"谤讪"朝政得罪，自湖州知州任上被捕入狱百余日，被贬黄州。王宗稷《东坡先生年谱》："（元丰二年）十二月二十九日，责授黄州团练副使，本州安置。""（三年）二月一日至黄州，寓居定惠院，有《初到黄州》诗。"本词以鸿雁喻人，鸿是孤鸿，人是幽人（幽独之人，被斥之人，不肯迁就而甘心寂寞之人），鸿与人融为一体，塑造了一个清高自赏的艺术形象。

【集评】

[1] 东坡道人在黄州，[卜算子]云……语意高妙，似非吃烟火食人语，非胸中有数万卷书，笔下无一点尘俗气，孰能至此！（胡仔《苕溪渔隐丛话》前集卷三十九引黄庭坚）

[2] 盖"拣尽寒枝不肯栖"，取兴鸟择木之意，所以谓之高妙。（陈鹄《耆旧续闻》卷二）

[3] 此词乃东坡自写在黄州之寂寞耳。初从人说起，言如孤鸿之冷落。第二阕，专就鸿说，语语双关。格奇而语隽，斯为超诣神品。（黄蓼园《蓼园词评》）

定 风 波

三月七日，沙湖道中遇雨[1]，雨具先去，同行皆狼狈，余独不觉。已而遂晴，故作此。

莫听穿林打叶声，何妨吟啸且徐行[2]。竹杖芒鞋轻胜马[3]，谁怕！一蓑烟雨任平生[4]。　料峭春风吹酒醒[5]，微冷，山头斜照却相迎。回首向来萧瑟处[6]，归去，也无风雨也无晴。

【注释】

[1] 沙湖：苏轼《东坡志林·游沙湖》："黄州东南三十里为沙湖，亦曰螺师店，予买田其间。"本词为去沙湖看田路上遇雨所作。

[2] 吟啸：吟诗长啸。啸，嘬口出声，犹今之打口哨，是古人的一种抒情方式。句谓边吟啸边徐行。

[3] 芒鞋：芒为多年生草木植物，茎之外皮所编织之鞋称芒鞋。词中代指草鞋。

[4] 蓑：蓑衣，用竹叶或草、棕编成的雨披子。

[5] 料峭：微寒。

[6] 向来：刚才。萧瑟：指风雨声。

【题解】

作于元丰五年（1082），黄州贬所。通过"道中遇雨"而雨具已被带走，因此受到风雨侵袭这样一件具体的小事，感悟人生。"也无风雨也无晴"，并非既没有风雨，也没有晴；而是自己的心态与精神不以风雨和晴而转移变化，将风雨与晴置之度外。这风雨与晴，是自然界的，也是政治上的。作者在黄州贬所的生活是贫乏的，思想则是处逆境而力求心安。在超旷达观之中，还有一种兀傲倔强之气。后来作者远贬儋州时作《独觉》诗，又用了"回首向来萧瑟处，也无风雨也无晴"这两句，指的完全是政治环境和个人之荣辱得失。

【集评】

[1] 此足征是翁坦荡之怀，任天而动。琢句亦瘦逸，能道眼前景。以曲笔直写胸臆，倚声能事尽之矣。（郑文焯《大鹤山人词话》）

西 江 月

顷在黄州，春夜行蕲水中[1]。过酒家，饮酒醉，乘月至一溪桥上，解鞍，曲肱醉卧少休[2]。及觉已晓，乱山攒拥[3]，流水锵然，疑非尘世也。书此语桥柱上。

照野弥弥浅浪[4]，横空隐隐层霄[5]。障泥未解玉骢骄[6]，我欲醉眠芳草。可惜一溪风月，莫教踏碎琼瑶[7]。解鞍欹枕绿杨桥[8]，杜宇一声春晓[9]。

【注释】

[1] 蕲（qí）水：县名，今湖北浠水。又，水名。
[2] 曲肱（gōng）：弯臂为枕。
[3] 攒（cuán）拥：攒集拥挤。
[4] 照野：月光照耀着野水，如池塘沼泽。弥弥：水满盈貌。
[5] "横空"句：层层云气横于天宇，隐约可见。此用以反衬月光明亮。
[6] "障泥"句：大意谓所乘之马壮健而神气十足。障泥，马荐，置于鞍下以障蔽泥土。《晋书·王济传》，济"善解马性。尝乘一马，着连乾障泥，前有水，（马）终不肯渡。济曰，'此必是惜障泥。'使人解去，便渡。"玉骢（cōng），毛色青白相杂的马。按，此处借用以说马之矫健，与渡水无关。
[7] 琼瑶：当指花草而言，与上文"芳草"照应。时当春天，道路间已多花草，琼瑶喻其美丽，如言琼花瑶草，琼草瑶华（花）。苏轼［水调歌头］："瑶草一何碧，春入武陵溪。"
[8] 欹枕：犹言侧枕，侧卧。
[9] 杜宇：即杜鹃鸟。

【题解】

作于元丰五年（1082）三月。春天骑马夜行，有水明月白风清之美，有花鲜草嫩柳绿之美，酒醉人，美的景色更醉人，引起"醉眠芳草"的雅趣（或者说野兴亦可)。于是解鞍为荐,曲肱而卧,尽情享受,直到天亮。今按,解者多指蕲水为水名,琼瑶为水中月色,似不妥。本词情节明言是骑马陆行,所谓"行蕲水中",是行于蕲水(今湖北浠水)县境之内,非谓行于水中(亦非行于水滨)。蕲水(水名)在蕲春(今属湖北)境内,自东北向西南流,入大江。

【集评】

[1] 蕲水杨菊庐比部,因此词于玉台山作春晓亭子,一时名士多为赋之,亦佳话也。(冯金伯《词苑萃编》卷十一)

念 奴 娇
赤壁怀古[1]

大江东去,浪淘尽、千古风流人物[2]。故垒西边[3],人道是、三国周郎赤壁[4]。乱石穿空,惊涛拍岸,卷起千堆雪。江山如画,一时多少豪杰。　　遥想公瑾当年,小乔初嫁了[5],雄姿英发[6]。羽扇纶巾[7],谈笑间、樯橹灰飞烟灭[8]。故国神游[9],多情应笑我,早生华发[10]。人间如梦,一尊还酹江月[11]。

【注释】

[1] 赤壁:本词所言赤壁,在湖北黄冈城西北,长江北岸,名赤鼻矶。孙刘联军破曹之赤壁,在湖北蒲圻(1998年改赤壁市)西北,长江南岸。苏轼《与范子丰书》:"黄州少西,山麓斗入江中,石室如丹,传云曹公败所,所谓赤壁者。或曰非也。"朱彧《萍洲可谈》:"(黄州)州治之西,距江名赤鼻矶。俗呼'鼻'为'弼',后人往往以此为赤壁。……坡非不知自有赤壁,故言'人道是'者,以明俗记尔。"又有赤壁有三或有五之说,不赘述。

[2] 淘:淘洗,冲刷。风流人物:成就巨大的出类拔萃的人物,英雄人物。

[3] 故垒:旧时的营垒。垒,军营周边的墙。

[4] 周郎:周瑜,字公瑾,三国时吴将,二十四岁任为建威中郎将,人皆呼为周郎。汉献帝建安十三年(208),曹操大军南征,周瑜指挥孙刘联军用火攻破之,曹军北撤,一举奠定三国鼎立的局面。

[5] 小乔:周瑜之妻,姓乔,《三国志》作"桥"。《周瑜传》,周瑜从孙策(孙权之兄)攻皖,"得桥公两女,皆国色也。策自纳大桥,瑜纳小桥"。时在建安三、四年,在赤壁之战前十年。说"初嫁",是为了突出周瑜的形象。

[6] 雄姿英发:姿貌雄健,言谈卓越。《周瑜传》:"瑜长壮有姿貌。"《吕蒙传》,孙权谓吕蒙"言议英发"不及周瑜。

[7] 羽扇纶(guān)巾:鸟羽做的扇子,丝带做的头巾。仍指周瑜,以便服指挥作战,言其儒雅从容。

[8]樯橹：船的桅杆与划船的桨，指代战船。李白《赤壁歌送别》："二龙争战决雌雄，赤壁楼船扫地空。烈火张天照云海，周瑜于此破曹公。"即指赤壁之战以火烧战船取胜。

[9]故国神游：在想象之中回到当时赤壁之战的现场。故国，本指旧都或故乡，此指旧地。

[10]"多情"二句：人们会笑我头发都白了，还如此多情，感叹自己不似周郎之少年时即能建大功立大业。笑之人，不必实指；笑，是同情，没有恶意。按，周瑜破曹时，年三十四，诸葛亮二十八岁，鲁肃三十八岁。苏轼作赤壁词，年四十七。

[11]"一尊"句：还是举起一杯酒，向这照鉴古今的大江与明月表示酬谢吧。酹（lèi），以酒浇地以祭。

【题解】

当作于元丰五年（1082），在黄州贬所。苏轼豪放词的代表作。用激情洋溢的笔墨，刻画一位染上了作者理想光辉的历史英雄人物，既英气逼人，又儒雅风流，谈笑间击败强敌。写周瑜，正是写自己的理想。最后写现实中的自己的悲凉，也是壮士与志士的悲凉，一种有志者事未成的悲凉。上下两片，赤壁、周郎、自己三个重点，核心是周郎，赤壁因周郎而著，自己的感慨因周郎而生，对壮丽山川的赞美，对英雄人物的仰慕，对壮志未酬的喟叹，纵横千里，上下千年，以如椽大笔一气写出。气势开阔，胸怀高远，感情激越奔放，言语鲜明热烈，有高度的艺术概括力与艺术表现力。

【集评】

[1]昔人谓铜将军、铁绰板，唱苏学士"大江东去"，十八九岁好女子唱柳屯田"杨柳外晓风残月"，为词家三昧。然学士此词，亦自雄壮，感慨千古，果令铜将军于大江奏之，必能使江波鼎沸。（王世贞《弇州山人词评》）

[2]总而言之，题是赤壁，心实为自己而发，周郎是宾，自己是主，借宾定主，寓主于宾，是主是宾，离奇变幻，细思方得其主意处，不可但诵其词而不知其命意所在也。（黄蓼园《蓼园词评》）

水　龙　吟

次韵章质夫杨花词[1]

似花还似非花[2]，也无人惜从教坠。抛家傍路，思量却是，无情有思[3]。萦损柔肠，困酣娇眼，欲开还闭。梦随风万里，寻郎去处，又还被莺呼起[4]。

不恨此花飞尽，恨西园、落红难缀。晓来雨过，遗踪何在？一池萍碎[5]。春色三分,二分尘土,一分流水[6]。细看来、不是杨花,点点是离人泪。

【注释】

[1] 章质夫:章楶(jié),字质夫,浦城(今属福建)人,官至同知枢密院事。与苏轼友善。其词作〔水龙吟〕为传诵一时之名篇。

[2] 非花:杨花本不是花。

[3] 无情有思(sī):看似无情,实则自有愁思。思,名词。

[4] 呼起:唤醒。随风万里之梦被莺声呼起。金昌绪《春怨》诗:"打起黄莺儿,莫教枝上啼。啼时惊妾梦,不得到辽西。"

[5] 萍碎:化为细碎的浮萍。作者自注:"杨花落水为浮萍,验之信然。"按,事实不如此,观察有误。

[6] "春色"三句:一说,杨花大部分委于尘土,小部分随流水而去。一说,杨花三分之二飘落路旁,三分之一飘落水面。一说,二分就园花言,尘土指花落地;一分就杨花言,流水指花化萍。今按,以花落总结春尽,落花不在地面,即在水面。

【题解】

作于哲宗元祐二年(1087)春,作者与章质夫同在朝廷任职。这是一首次韵的咏物词,通过咏杨花来表达惜春之意;同时又是一首言情词,通过伤春表达伤别之情。二者是结合在一起的。开头几句,是形神兼备的杨花形象,从"萦损"句起,又暗喻一个思妇的形象。二者也是结合在一起的。这飘荡无定的杨花,如若断若续的思绪,一个恍兮惚兮的梦,梦醒之后,杨花又是伤春惜别的离人泪。本词刻画精微,抒情细腻,属于清丽词一类,但仍无绮罗香泽之态。

【集评】

[1] 章楶质夫作〔水龙吟〕咏杨花,其命意用事,清丽可喜。东坡和之,若豪放不入律吕,徐而视之,声韵谐婉,便觉质夫词有织绣工夫。(朱弁《曲洧旧闻》卷五)

[2] 章质夫咏杨花词,东坡和之。晁叔用以为"东坡如毛嫱西施,净洗脚面,与天下妇人斗好,质夫岂可比!"是则然矣。余以为质夫词中所谓"傍珠帘散漫,垂垂欲下,依前被、风扶起",亦可谓曲尽杨花妙处。东坡所和虽高,恐未能及。诗人议论不公如此耳。(魏庆之《诗人玉屑》卷二十一)

[3] 与原作均是绝唱,不容妄为轩轾。(许昂霄《词综偶评》)

附章楶〔水龙吟〕:燕忙莺懒花残,正堤上、柳花飘坠。轻飞点画青林,谁道全无才思。闲趁游丝,静临深院,日长门闭。傍珠帘散漫,垂垂欲下,依前被、风扶起。 兰帐玉人睡觉,怪春衣、雪沾琼缀。绣床旋满,香球无数,才圆却碎。时见蜂儿，仰粘轻粉，鱼吹池水。望章台路杳，金鞍游荡，有盈盈泪。

贺 新 郎
夏　景

乳燕飞华屋[1]，悄无人、桐阴转午[2]，晚凉新浴。手弄生绡白团扇[3]，扇手一时似玉[4]。渐困倚、孤眠清熟[5]。帘外谁来推绣户，枉教人、梦断瑶台曲[6]。又却是，风敲竹。　　石榴半吐红巾蹙[7]，待浮花浪蕊都尽[8]，伴君幽独[9]。秾艳一枝细看取[10]，芳心千重似束，又恐被、秋风惊绿[11]。若待得君来向此，花前对酒不忍触，共粉泪，两簌簌[12]。

【注释】

[1] 乳燕：幼燕。

[2] 桐阴转午：桐树影随时光而转动，已过正午。

[3] 生绡：生丝制成的白绸子。

[4] "扇手"句：团扇和持扇的手都像玉一样洁白。《世说新语·容止》："王夷甫容貌整丽，妙于谈玄。恒捉白玉柄麈尾，与手都无分别。"

[5] 倚：指倚枕。清熟：熟睡。

[6] 瑶台：传说中神仙所居之处。《离骚》："望瑶台之偃蹇兮，见有娀之佚女。"曲：幽深之处。

[7] "石榴"句：石榴花半开就像是有绉褶的红巾。蹙，绉褶。白居易《题孤山寺山石榴花示诸僧众》有"山榴花似结红巾"之句。

[8] 浮花浪蕊：指那些争春早开而花期又短的花。韩愈《杏花》："浮花浪蕊镇长有，才开还落瘴雾中。"

[9] 幽独：寂静孤独。石榴夏季开花，诸花已谢，故云幽独。

[10] 秾（móng）艳：繁盛艳丽。看取：看。"取"为语助词。

[11] 秋风惊绿：秋风一起，惊落榴花，只剩绿叶。

[12] "共粉"二句：石榴落花与女子眼泪一起坠落。簌（sù）簌，落花声，落花貌。

【题解】

作之之时未详。上片以晚凉新浴的夏景为背景，描写一位高洁的敏感而又孤独的女子形象，她在晚凉困倦而"孤眠"，又能在"风吹竹"时惊醒，以为是有人敲门，枉然失去了一个好梦，其所怀之人仍在远方而不得见。下片看似专咏石榴，实则石榴与人融为一体，石榴从"红巾半吐"到"秋风惊绿"，即是抒发美人迟暮之感,且暗寓志士身世之慨。由景及人,由人及物,又借物喻人以抒情,融贯浑成,神完意足,自然高妙。其他附会(详见唐圭璋《宋词纪事》)均不足为信。

【集评】

[1] 东坡此词冠绝古今,托意高远……("帘外"四句)用古诗"卷帘风动竹,疑是故人来"之意……("石榴"五句)盖初夏之时,千花事退,榴花独芳,因以中写幽闺之情。(胡仔《苕溪渔隐丛话·后集》卷三十九)

[2] 本咏夏景,至换头单说榴花。高手作文,语意到处即为之,不当限以绳墨。又,榴花开,榴花谢,似芳心共粉泪想象,咏物妙境。(沈际飞《草堂诗余》正集卷六)

[3] 前一阕是写所居之幽僻,次阕又借榴花以比此心蕴结,未获达于朝廷,又恐其年已老也。末四句是花是人,婉曲缠绵,耐人寻味不尽。(黄蓼园《蓼园词评》)

八 声 甘 州

寄参寥子[1]

有情风、万里卷潮来,无情送潮归。问钱塘江上,西兴浦口[2],几度斜晖?不用思量今古,俯仰昔人非[3]。谁似东坡老[4],白首忘机[5]。　　记取西湖西畔,正暮山好处,空翠烟霏。算诗人相得[6],如我与君稀[7]。约他年、东还海道,愿谢公、雅志莫相违[8]。西州路,不应回首,为我沾衣[9]。

【注释】

[1] 参寥子:僧道潜,字参寥,於潜(已并入浙江临安)人,能文善诗。苏轼好友,苏出知杭州,卜地智果精舍使居之。苏因诗得罪,远斥岭南,参寥亦受牵连,被夺僧籍,反初服。

[2] 西兴:在浙江萧山西二十里,与杭州隔钱塘江相望。《傅幹注坡词》:"钱塘、西兴,并吴中之绝景。"

[3] "俯仰"句:俯仰之间,物换星移,人事亦非。谓光阴易逝,人生易老。王羲之《兰亭集序》:"向之所欣,俯仰之间已为陈迹。"俯仰,一俯一仰,表示时间的短暂。

[4] 东坡老:作者自称。苏轼因诗获罪,贬居黄州之次年(1081),生计维艰,"故人马正卿哀余乏食,为于郡中请故营地,使得躬耕其中"(《东坡八首》序)。又,傅藻《东坡纪年录》:"马正卿为于郡中请得故营地数十亩,使得躬耕其中,地既久荒,垦辟之劳,释耒而

叹,乃作《东坡》八诗。自是始号东坡居士。"

[5] 白首:白发。指年老。忘机:消去机巧之心。不计较利害得失,与世无争。《庄子·天地》:"有机械者必有机事,有机事者必有机心。"又,"功利机巧必忘夫人之心"。夫(fú)人,那种人,道家理念中的圣人。

[6] 相得:相投合,友善。

[7] 君:指参寥子。

[8] "约他年"二句:大意谓但愿能够实现归隐杭州之志,将来与君(参寥)重见于此。他年,将来。东还海道,经海道还东。《傅幹注坡词》:谢安虽是朝廷倚重之大臣,然而归隐东山之志,始终不变。"及镇新城(按,实指广陵,今江苏扬州),尽室而行,造泛海之装,欲须经略粗定,自江道还东。雅志不就,遂疾,有诏还都。"按,谢安归隐东山之雅志未遂;而作者说要归隐杭州之志亦未遂。东山,在浙江上虞西南四十五里,风光幽美,谢安所居。又作者[水调歌头]:"安石在东海……准拟东还海道,扶病入西州。雅志困轩冕,遗恨寄沧洲。"可以参看。

[9] "西州"三句:本意是说,即使我死葬杭州,你偶然路过此地,也不必为我感伤流泪。仍用谢安故事。谢安因病还都(东晋都建康,今江苏南京),路经西州门,因不遂还乡之志,而慨然兴叹。安死后,其甥羊昙醉后偶过西州门,触及往事,悲感不已,恸哭而去。按,西州,指建康城西之西州门。

【题解】

作于元祐六年(1091)知杭州任上。上片用钱塘江大潮的来来去去比喻历史潮流,"有情"还是"无情"?解释自然现象似乎比较容易,回答历史问题就很难了。"俯仰昔人非",大有"浪淘尽千古风流人物"之慨。"谁似东坡老",结上启下。下片说杭州风光如此美好,自己愿意隐居于此,死葬于此。是大气磅礴之作,不宜看作郁闷激烈之言。

【集评】

[1] 突兀雪山,卷地而来,真似钱塘江上看潮时,添得此老胸中数万甲兵,是何气象雄且杰!妙在无一字豪宕,无一语险怪,又出以闲逸感喟之情,所谓骨重神寒,不食人间烟火气者。词境至此,观止矣!云锦成章,天衣无缝,是作从至情流出,不假熨贴之工。(郑文焯《大鹤山人词话》)

和子由渑池怀旧[1]

人生到处知何似?应似飞鸿踏雪泥。泥上偶然留指爪,鸿飞那复计东西。老僧已死成新塔[2],坏壁无由见旧题[3]。往日崎岖还记否[4]?路长人困蹇驴嘶[5]。

（《苏轼诗集》，清王文诰辑注，孔凡礼点校，中华书局1982年版。下同）

【注释】

[1] 渑（miǎn）池：县名，今属河南。
[2] 老僧：名奉闲。塔：僧人葬所。
[3] 旧题：苏辙原作《怀渑池寄子瞻兄》有句云："旧宿僧房壁共题。"自注云："昔与子瞻应举，过宿县中寺舍，题老僧奉闲之壁。"
[4] "往日"句：作者自注："往岁马死于二陵，骑驴至渑池。"往日，指仁宗嘉祐元年（1056）三苏父子入京，途经二陵。二陵，即今河南灵宝东南崤山之东西二崤，陕豫间交通孔道。西崤有南北二陵。
[5] 蹇（jiǎn）：跛。

【题解】

作于仁宗嘉祐六年（1061）十一月赴凤翔签判任，路过渑池之时。前四句以生动的比喻，说明人生经历之难测，又含有生活永远向前的一番深意，积极引导有浓重怀旧情绪的弟弟，激发昂扬的意气。以其发自性灵，自然超妙，后代浓缩为脍炙人口的成语"雪泥鸿爪"，即往事遗留的痕迹。后四句紧承雪泥鸿爪之意，记今日重经旧地之所见，联想到往年行路之艰苦亦为陈迹，叙事与提问中暗示哲理。语言流畅，胸襟旷达。按，此为和韵，今录子由原作如下。《怀渑池寄子瞻兄》："相携话别郑原上，共道长途怕雪泥。归骑还寻大梁陌，行人已度古崤西。曾为县吏民知否？旧宿僧房壁共题。遥想独游滋味少，无言骓马但鸣嘶。"自注云："辙为此县簿，未赴而中第。"

【集评】

[1] 此《东坡集》律诗第一首……此诗若绳以唐人律体，大概疏直欠工。然"鸿泥"之喻，真是造理，前人所未到也。且悠然感慨，令人动情，世不可率尔读之，要须具眼。（刘埙《隐居通议》卷十）

[2] 前四句单行入律，唐人旧格，而意境恣逸，则东坡本色。（纪昀评点《苏文忠公诗集》）

游金山寺[1]

我家江水初发源[2]，宦游直送江入海[3]。闻道潮头一丈高，天寒尚有沙痕在[4]。中泠南畔石盘陀[5]，古来出没随涛波[6]。试登绝顶望乡国，江南江北青山多。羁愁畏晚寻归楫[7]，山僧苦留看落日。微风万顷靴纹细[8]，断霞半空鱼尾赤。是时江月初生魄[9]，二更月落天深黑。江心似有炬火明，飞焰照山栖鸟惊。怅然归卧心莫识，非鬼非人竟何物[10]？江山如此不归山，江神见怪警我顽[11]。我谢江神岂得已，有田不归如江水[12]。

【注释】

[1] 金山寺：在今江苏镇江金山上。金山本为屹立江中之岛，故诗中有"寻归楫"之语。后因泥沙淤积，而与南岸相连。

[2] "我家"句：古人以为长江上游为岷江，岷江流经眉山，故有此说。家，家在，居家。

[3] 江入海：镇江在长江下游，离入海口已不远。

[4] 沙痕：冬天江水下落，崖岸上显露的涨潮时泥沙留下的痕迹。

[5] 中泠（líng）：中泠泉，在金山西北，有名泉之称。盘陀：大石堆垛貌。

[6] 出没（mò）：潮落则露出，潮涨则淹没。

[7] 归楫（jí）：回岸上的船。楫，船桨，指代船。

[8] 靴文细：水纹之细，有如皮靴之纹。

[9] 初生魄：指阴历初三日。魄，通"霸"，光。指月初出或将将没时的微光；一说指月初出或圆而始缺时的不明亮之处。《礼记·乡饮酒义》："象月之三日而成魄也。"

[10] "江心"四句：作者自注："是夜所见如此。"炬火，或指所谓阴火，一种自然现象。施宿引《岭表异物志》："海中遇阴晦，波如然火，满海，以物击之，迸散如星火。有月即不复见。木元虚《海赋》云，'阴火潜然。'岂谓此乎。"飞焰，炬火迸射出来的光亮。

[11] "江神"句：江神特意显露此一怪异景象警示我的冥顽愚钝。见（xiàn），显现。

[12] "我谢"二句：我告诉江神，出仕是不得已的，一旦有了田产可供衣食，即归隐家乡。如江水，指江水为誓。《左传》僖公二十四年（前636）记晋公子重耳对狐偃说："所不与舅氏同心者，有如白水！"

【题解】

作于神宗熙宁四年（1071）赴杭州通判任，途经润州（今镇江）时。全诗的线索是乡愁，主要内容是风光景物，乡愁由风景引发，激荡，变得愈来愈强烈，最后作为主题点出。写景精细生动，波纹、断霞、炬火、飞焰，色彩斑斓，陪衬作者的心理，自然引出江神的警示。作者在少年得志时即有乡情与宦情的矛盾，进取与退隐的矛盾。此次乡思由自然美景激发，政治上的失意也许不是主要原因。

【集评】

[1] 起二句将万里行程半生事一笔道尽，恰好由岷山导江至此处海门归宿为入题之语。中间"望乡国"句，故作羁望语以环应首尾。"微风万顷"二句写出空旷幽静之致。忽接入"是时江月"一段，此不过记一时阴火潜燃景象耳，思及江神见怪，而终之以归田。矜奇之语，见道之言，想见登眺徘徊，俯视一切。（汪师韩《苏诗选评笺释》卷一）

[2] 一起高屋建瓴，为蜀人独足夸口处。通篇遂全就望乡归山落想，可作《庄子·秋水篇》读。（陈衍《宋诗精华录》卷二）

六月二十七日望湖楼醉书五绝（其一）

黑云翻墨未遮山，白雨跳珠乱入船。卷地风来忽吹散，望湖楼下水如天。

【题解】

作于熙宁五年（1072）杭州通判任上。望湖楼在杭州西湖，为五代十国时吴越王钱氏所建。第一句写云，第二句写雨，第三句写风，第四句写晴，高度概括。以极其敏锐的感觉，捕捉瞬间的事物特征，对比鲜明。

【集评】

[1] 阴阳变化，开阖于俄顷之间。气雄语壮，人不能及也。（纪昀评点《苏文忠公诗集》）

饮湖上初晴后雨二首（其二）

水光潋滟晴方好[1]，山色空蒙雨亦奇[2]。若把西湖比西子，淡妆浓抹总相宜。

【注释】

[1] 潋（liàn）滟（yàn）：波光闪动的样子。
[2] 空蒙：雨雾迷茫的样子。

【题解】

作于熙宁六年（1073）杭州通判任上。第一句写晴景，不仅指水；第二句写雨景，不仅指山。这是一幅高度概括的西湖全景图。后两句用古代美人西施比喻西湖（西湖亦因此诗而称西子湖），"淡妆"扣第二句雨景，"浓抹"扣第一句晴景。概括不是越来越抽象，疏远，而是越来越具体，亲近。从审美角度说，明朗是一种美，朦胧也是一种美。

【集评】

[1] 多少西湖诗被二语（按，指"若把"二句）扫尽，何处着一毫脂粉颜色。（查慎行《初白庵诗评》卷中）

[2] 此是名篇，可谓前无古人，后无来者。公凡西湖诗，皆加意出色，变尽方法。然皆在《钱唐集》中。其后帅杭，劳心裁赈，已无复此种杰构，但云"不见跳珠十五年"而已。（王文诰《苏轼诗集》卷九）

[3] 后二句遂成为西湖定评。（陈衍《宋诗精华录》卷二）

唐道人言，天目山上俯视雷雨，每大雷电，但闻云中如婴儿声，殊不闻雷震也[1]

已外浮名更外身[2]，区区雷电若为神[3]？山头只作婴儿看，无限人间失箸人[4]。

【注释】

[1] 天目山：在今浙江杭州西，接於潜县境。上有雷神宅。

[2] "已外"句：意谓自己已看破世事，把虚名和自身境遇都置之度外。

[3] "区区"句：小小的雷电怎么能算神呢？

[4] "山头"二句：站在山顶之上（言超出尘世），把雷看得如同小孩；而置身人间（处尘世，不忘名利得失），就会被雷电惊吓。失箸人，指刘备。曹操与刘备论天下英雄，说只有曹、刘两人，刘备闻言大惊，筷子坠地，适逢雷声，刘备伪装怕雷以掩饰胸怀大志，见《三国志·蜀书·先主传》及注。

【题解】

作于熙宁六年（1073）。唐道人，唐道士，字子霞。一个人如果把浮名乃至自身都能置之度外，还有什么可怕的呢！"山头只作婴儿看"的雷震之声，却能吓倒人间许许多多藏着心事的人。手法是借他人之言，抒自己之志。作者确实是少有的胸襟坦荡，至诚待人，不仅无害人之心，亦且无防人之心。尽管如此，也未能做到闻变不惊，他很善良，没有很大的胆子。

有美堂暴雨

　　游人脚底一声雷[1]，满座顽云拨不开。天外黑风吹海立，浙东飞雨过江来。十分潋滟金樽凸[2]，千杖敲铿羯鼓催。唤起谪仙泉洒面[3]，倒倾鲛室泻琼瑰[4]。

【注释】

　　[1] 脚底雷：堂在山巅，而雨前乌云低压，故云雷在脚下响起。
　　[2] 潋滟：此作水满解。
　　[3] 谪仙：据孟棨《本事诗·高逸》，贺知章读了李白《蜀道难》诗，号李白为谪仙。又，据《旧唐书·李白传》，唐玄宗召李白赋诗，李白酒醉，"以水洒面，即令秉笔"。
　　[4] 鲛室：鲛人所居之室。南海外有鲛人，居于水底，其眼能泣珠。见晋张华《博物志·异人》。

【题解】

　　作于熙宁六年（1073）任杭州通判时。有美堂在杭州城内吴山最高处。这是一首全力描摹暴雨景象的诗。通过形容和比喻，极度夸张暴雨的声势，"吹海立"是视觉形象，"羯鼓催"是听觉形象，简直惊心动魄。前人或以为犷气太重，实则豪而不犷。最后说这样的暴雨对于诗人来说，不过是洒面醒酒之水，可以激发诗思，倾泻出许多珠玉般的美辞佳句。

【集评】

　　[1] 写暴雨非此杰句不称。但以用杜赋中字为采藻鲜新，浅之乎论诗矣。且亦必有"浙东"句作对，情景乃合。（乾隆御选《唐宋诗醇》卷三十四）

百步洪二首并叙[1]（其一）

　　长洪斗落生跳波[2]，轻舟南下如投梭。水师绝叫凫雁起，乱石一线争磋磨[3]。有如兔走鹰隼落，骏马下注千丈坡[4]。断弦离柱箭脱手，飞电过隙珠翻荷。四山眩转风掠耳，但见流沫生千涡。险中得乐虽一快，何异水伯夸秋河[5]。我生乘化日夜逝[6]，坐觉一念逾新罗[7]。纷纷争夺醉梦里，岂信荆棘埋铜驼[8]！觉来俯仰失千劫，回视此水殊委蛇[9]。君看岸边苍石上，古来篙眼如蜂窠[10]。但应此心无所住，造物虽驶如吾何[11]！回船上马各归去，多言哓哓师所呵[12]。

【注释】

[1]百步洪：在江苏徐州铜山东南。洪，陡窄而滩多流急的河道。叙，同"序"，苏轼祖父名序，因避讳用叙。按，叙长不录。

[2]斗落：陡然下落。斗，通"陡"。

[3]"乱石"句：窄如一线的航道中的乱石，似乎争着来磋磨（碰撞）船身。

[4]"骏马"句：有如骏马从高坡上驰骤而下。王水照《苏轼选集》引周必大《益公题跋》卷十二《书东坡宜兴事》："军中谓壮士驰骏马下峻坂为注坡。"

[5]"何异"句：与河伯向海若夸耀秋河有什么不同。《庄子·秋水》："秋水时至，百川灌河，泾流之大，两涘渚崖之间不辨牛马。于是焉河伯欣然自喜，以天下之美为尽在己。"及至见到大海，才知道自己见闻如此浅陋，感慨自己"长见笑于大方之家"。按，此即小智与大智的区别。

[6]乘化：顺应自然的变化。日夜逝：如流水般不停地向前远逝。《论语·子罕》："子在川上曰：'逝者如斯夫，不舍昼夜！'"

[7]"坐觉"句：意谓意念的变化转移极其迅速。化用佛家语："新罗在海外，一念已逾。"（《传灯录》卷二三）坐，即，就。新罗，国名，在今朝鲜半岛南部。

[8]荆棘埋铜驼：宫殿门前的铜驼，掩没在荆棘荒草之中。比喻世事巨变。（见《晋书·索靖传》）

[9]"觉来"二句：大意是说，一旦觉悟过来，俯仰之间已度过千劫，再回头看这百步洪，变化就不足道了。千劫，佛家语，指旷远的时间与无数的生灭成毁。劫，梵语"劫波"的省略，指久远的时间，包括世界"成"、"住"、"坏"、"空"四个阶段。委蛇（tuó），或作委佗，从容自得貌。此处当解作迟滞而变化小。

[10]篙眼：船篙抵触岸石所形成的凹处。

[11]"但应"二句：只要自己的心无所执着（即上文"乘化"之意），自然的变迁虽然如此迅疾，也无奈我何！无所住，佛家语，指不被任何意念或事物所牵制拘束。《金刚经·妙行无住分》："菩萨于法应无所住。"造物，天，大自然。

[12]哓哓：辩论争执声。师：指僧人参寥。《百步洪》二首，此首送参寥，另一首寄王巩。呵（hē），大声喝斥制止。

【题解】

作于元丰元年（1078）知徐州任上。自开篇至"但见流沫生千涡"，为第一大段，写轻舟急驶于百步洪中的感受，其中四句连用七个比喻（兔走，鹰落，骏马注坡，断弦离柱，箭脱手，电光过隙，水珠翻荷）来描写水流之急，行船之险，即使是局外人也会头晕目眩，惊心动魄。自"险中得乐虽一快"以下，转入议论。融化《论语》、《庄子》，尤其是佛家语，感叹人生之短暂与宇宙之无穷。以河伯与海若的对比，说明百步洪的经历实在微不足道。解决这个有限与无限的矛盾的方法，或者说态度，就是一种"我心无所住"的理性，一种积极的乐观的理性。这一点，在作者的诗文中多次流露出来。

【集评】

[1] 用譬喻为文，是轼所长。此篇摹写急浪轻舟，奇势迭出，笔力破余地，亦真是险中得乐也。后幅养其气以安舒，犹时见警策，收煞得住。（汪师韩《苏诗选评笺释》卷二）

[2] 惜抱先生（按，姚鼐）曰："此诗之妙，诗人无及之者也，惟有《庄子》耳。"余谓此全从《华严》来。又，余喜说理，谈至道，然必于此等闲题出之，乃见入妙。若正题实说，乃为学究伧气俗子也。（方东树《昭昧詹言》卷十二）

题西林壁

横看成岭侧成峰，远近高低总不同。不识庐山真面目，只缘身在此山中。

【题解】

作于元丰七年（1084）自黄州量移汝州，途经庐山时，题于庐山之西林寺（宋初改乾明寺）。这是一首哲理诗，从不同的角度看，庐山的面目各不相同。要全面地认识庐山真相，应该站在庐山之外之上，高瞻远瞩，才能避免褊狭的局限性。

【集评】

[1] 凡此种诗，皆一时性灵所发，若必胸中有释典，而后炉锤出之，则意味索然矣。（王文诰《苏文忠公诗编注集成》卷二三）

[2] 亦是禅偈，而不甚露禅偈气，尚不取厌。以为高唱，则未然。（纪昀评点《苏文忠公诗集》）

惠崇春江晚景二首[1]（其一）

竹外桃花三两枝，春江水暖鸭先知。蒌蒿满地芦芽短[2]，正是河豚欲上时[3]。

【注释】

[1] 惠崇：一称慧崇，建阳（今属福建）人。宋释，画家，善画禽鸟及小景，所绘《春江晚景》已佚。晚景，一作晓景。

[2] 蒌（lóu）蒿（hāo）：水生草本植物，幼芽可食。芦芽：芦笋。

[3] 河豚：近海鱼种，四五月入江河产卵。味鲜美，有巨毒。梅尧臣《范饶州坐中客语食河豚鱼》："春洲生荻芽，春岸飞杨花。河豚当是时，贵不数鱼虾。"盖河豚食蒌芦则肥（见王士禛《渔洋诗话》卷中），烹煮河豚也以用蒌蒿相宜（见张耒《明道杂志》）。

【题解】

作于元丰八年（1085）冬在朝任职时。这是一首题画诗。惠崇的画所描绘的春天景象，所传递的生意盎然的信息，给作者带来由衷的喜悦，亲切的感受。作者的心与自然万物之心交融在一起了。正是河豚"欲"上时，可见画面上还没有河豚，是作者根据桃花初绽和群鸭嬉水而生的联想，诗情发挥并补充了画意，诗与画也是相互辉映的。

【集评】

[1] 与汪蛟门舍人论宋诗，舍人举东坡诗"春江水暖鸭先知"、"正是河豚欲上时"，不远胜唐人乎？予曰：此正效唐人而未能者。"花间觅路鸟先知"，唐人（按，张谓《春园家宴》诗）句也。觅路在人，先知在鸟，以鸟习花间故也。此"先"，先人也；若鸭，则先谁乎？水中之物，皆知冷暖，必先以鸭，妄矣。且细绎二语，谁胜谁负？若第以"鸭"字、"河豚"字为不数见，不经人道过，遂矜为过人事，则江鳅、土鳖皆物色矣。（毛奇龄《西河诗话》卷五）

[2] 指点境象，饶有馀味，正以题画佳耳。若实赋则味减。（赵克宜《角山楼苏诗评注汇钞》卷一二）

荔　支　叹

十里一置飞尘灰，五里一堠兵火催[1]。颠坑仆谷相枕藉[2]，知是荔支龙眼来。飞车跨山鹘横海[3]，风枝露叶如新采。宫中美人一破颜，惊尘溅血流千载。永元荔支来交州，天宝岁贡取之涪。至今欲食林甫肉，无人举觞酹伯游[4]。我愿天公怜赤子，莫生尤物为疮痏[5]。雨顺风调百谷登，民不饥寒为上瑞[6]。君不见武夷溪边粟粒芽[7]，前丁后蔡相笼加[8]。争新买宠各出意，今年斗品充官茶[9]。吾君所乏岂此物，致养口体何陋耶！洛阳相君忠孝家[10]，可怜亦进姚黄花[11]。

【注释】

　　[1]"十里"二句：道路上十里一置，五里一堠，尘土飞扬，急如兵火。置、堠（hòu），标识道路里程的土堆，指代驿站。

　　[2]"颠坑"句：因飞速行驶跌入坑谷而死亡者甚众。枕藉，交错重叠。

　　[3]鹘（hú）横海：比喻运送荔枝的车马翻山越岭之速如鹰隼掠过大海。

　　[4]"永元"四句：作者自注："汉永元中，交州进荔支龙眼。十里一置，五里一堠，奔腾死亡，罹猛兽毒虫之害者无数。唐羌，字伯游，为临武长，上书言状，和帝罢之。唐天宝中，盖取涪州荔支，自子午谷路进入。"永元，汉和帝年号。交州，汉之交州刺史部，包括今两广与越南北部地区。涪，今重庆涪陵。林甫，李林甫，唐玄宗时权相。酹（lèi），洒酒于地以示祭奠。作者说，李林甫献媚邀宠，至今人皆恨之；而唐伯游谏止进荔枝，却无人纪念。

　　[5]尤物：美好珍贵之物。此指荔枝龙眼。疮痏（wěi）：创伤，伤痕。

　　[6]上瑞：最好的祥瑞。瑞，吉祥的徵兆。

　　[7]武夷：武夷山，在福建西北部，风景优美，盛产名茶。粟粒芽：武夷初春芽茶，品最贵。

　　[8]"前丁"句：作者自注："大小龙茶，始于丁晋公，而成于蔡君谟。欧阳永叔闻君谟进小龙团，惊叹曰：'君谟，士人也，何至作此事。'"丁，丁谓，字谓之，官至宰相，封晋国公。蔡，蔡襄，字君谟，官龙图阁直学士，出知福州、泉州。相笼加，或是抢先收罗之意。

　　[9]斗品：参加比赛斗胜负的茶品。官茶：进贡的茶。

　　[10]"洛阳"句：作者自注："洛阳贡花，自钱惟演始。"钱惟演，五代十国时吴越王钱俶全境十三州降宋，宋太宗称其"以忠孝保社稷"，钱惟演又以使相身份任西京（洛阳）留守，故称洛阳相君，又是忠孝传家。

　　[11]可怜：可惜（惋惜）。姚黄花：姚家所培养的牡丹品种。洛阳牡丹珍品，有姚黄魏紫等名目。

【题解】

　　作于哲宗绍圣二年（1095）贬居惠州时。前半叙汉唐时贡荔枝之事，"颠坑"、"惊尘"二句，惊心动魄；随之评论人物。"我愿"四句结上启下。"君不见"陡然一转直刺时事，抨击当代人争新买宠的恶劣行为。真正的写作意图至此方才显露，真正的诗题，应该是武夷茶叹，洛阳花叹。全篇通过历史的对比（前朝与当代的对比，佞臣与贤人的对比）寄寓褒贬，杜牧诗"一骑红尘妃子笑，无人知是荔枝来"，意思尖锐而手法委婉，苏诗用直揭法，主观感情更为沉痛强烈。

【集评】

　　[1]"君不见"一段，百端交集，一篇之奇横在此。诗本为荔枝发叹，忽说

到茶，又说到牡丹，其胸中郁勃有不可以已者，惟不可以已而言，斯至文至言也。（汪师韩《苏诗选评笺释》卷六）

[2]（"君不见"至末）耳闻目见，无不可供我挥霍者。乐天讽喻诸作，不过就题还题，那得如许开拓。（查慎行《初白庵诗评》卷中）

澄迈驿通潮阁二首[1]（其二）

余生欲老海南村，帝遣巫阳招我魂[2]。杳杳天低鹘没处，青山一发是中原。

【注释】

[1] 澄迈驿：澄迈县（治所在今海南澄迈之北）驿馆。通潮阁在驿西。

[2] "帝遣"句：实指苏轼蒙恩量移至内地。哲宗绍圣四年（1097），苏轼自广东惠州再贬海南昌化军（治所在今海南儋州西北）安置。元符三年（1100）正月，哲宗死，徽宗即位；苏轼以登极恩移廉州（治所在今广西合浦）安置。《楚辞·招魂》："帝告巫阳曰，'有人在下，我欲辅之。魂魄离散，汝筮予之。'……巫阳乃下招曰：'魂兮归来。'"此以天帝喻新皇帝，以招魂喻自海外召还。

【题解】

作于哲宗元符三年六月自昌化军赴廉州途中。在做好了老死海外的充分思想准备之后，突然接到了可回内地的命令，没有惊喜若狂，没有感激涕零，也没有回想多年被贬的委屈；只是用极其沉静的口气说，没有料到我可以回去了。在幽深渺茫的鹰隼隐没的天际，若有若无的青山的轮廓，轻细如一发，那就是中原地区了，那就是我非常熟悉的久别了的现在仍十分遥远的中原地区了！

六月二十日夜渡海

参横斗转欲三更[1]，苦雨终风也解晴[2]。云散月明谁点缀[3]，天容海色本澄清。空余鲁叟乘桴意[4]，粗识轩辕奏乐声[5]。九死南荒吾不恨，兹游奇绝冠平生。

【注释】

[1] 参（shēn）横斗（dǒu）转：用星座的移动说明时间。参、斗，星名。

[2] 苦雨终风：比喻艰难的环境。苦雨，久雨。终风，终日刮的风。《诗经·终风》："终风且暴。"毛传："终日风为终风。"解：懂得。

[3] 谁点缀：是谁遮蔽了明净的月色。
　　[4] "空余"句：徒然地留下了曾经有过的乘桴浮海的想法。意谓自己毕竟重返大陆了。鲁叟，指孔子。《论语·公冶长》："道不行，乘桴浮于海。"桴（fú），竹木筏子。
　　[5] "粗识"句：粗略地体会到了轩辕奏乐的妙理。《庄子·天运》编了个轩辕（黄帝）演奏"《咸池》之乐于洞庭之野"的故事，借以阐说"愚故道"（无知无识乃合大道）的哲理。

【题解】

　　作于元符三年（1100）渡琼州海峡北归时。第一句写实，也有寓意。第二句"苦雨终风"比喻政治上的风雨。第三句喻自己本来清白，被政敌诬陷了。第四句说"天容海色"喻朝廷本来清明。五、六句喻海外的经历增长了见识，眼界大开，思想境界高远了。故最后说，这是我平生最奇特的一次旅游，即使死在南荒也不感遗憾。

留 侯 论[1]

　　古之所谓豪杰之士者，必有过人之节。人情有所不能忍者，匹夫见辱，拔剑而起，挺身而斗，此不足为勇也。天下有大勇者，卒然临之而不惊，无故加之而不怒，此其所挟持者甚大，而其志甚远也。

　　夫子房受书于圯上老人也[2]，其事甚怪。然亦安知其非秦之世有隐君子者出而试之？观其所以微见其意者，皆圣贤相与警戒之义，而世不察，以为鬼物[3]，亦已过矣。且其意不在书[4]。当韩之亡，秦之方盛也，以刀锯鼎镬待天下之士，其平居无罪夷灭者，不可胜数。虽有贲育[5]，无所复施。夫持法太急者，其锋不可犯，而其末可乘。子房不忍忿忿之心，以匹夫之力而逞于一击之间[6]。当此之时，子房之不死者，其间不能容发，盖亦已危矣。千金之子，不死于盗贼，何者？其身之可爱，而盗贼之不足以死也[7]。子房以盖世之才，不为伊尹、太公之谋[8]，而特出于荆轲、聂政之计[9]，以侥幸于不死，此固圯上老人之所为深惜者也。是故倨傲鲜腆而深折之[10]，彼其能有所忍也，然后可以就大事，故曰"孺子可教也"。

　　楚庄王伐郑，郑伯肉袒牵羊以逆[11]。庄王曰："其君能下人，必能信用其民矣。"遂舍之。勾践之困于会稽，而归臣妾于吴者，三年而不倦[12]。且夫有报人之志而不能下人者，是匹夫之刚也。夫老人者，以为子房才有余，而忧其度量之不足，故深折其少年刚锐之气，使之忍小忿而就大谋。何则？非有平生之素[13]，卒然相遇于草野之间，而命以仆妾之役，油然而不怪者，此固秦皇之所不能惊，而项籍之所不能怒也。观夫高祖之所以胜而项籍之所以败者，在能忍与不能忍之间而已矣。项籍唯不能忍，是以百战百胜而轻用其锋；高祖忍之，养其全锋而待其弊，此子房教之也。当淮阴破齐而欲自王[14]，高祖发怒，见于词色。由此观之，犹有刚强不忍之气，非子房其谁全之。

太史公疑子房[15]，以为魁梧奇伟；而其状貌乃如妇人女子，不称其志气。呜呼，此其所以为子房欤！

（《苏轼文集》，孔凡礼校点，中华书局1986年版。下同）

【注释】

[1] 留侯：张良（？—前186），字子房，韩国人，其祖与父相韩五世，秦灭韩，立志为韩报仇，曾在博浪沙椎击秦王。后归刘邦，为重要谋士，重大主张多被采纳。汉朝建立，封留侯。

[2] "夫（fú）子"句：据《史记·留侯世家》，张良在下邳（秦代县名）圯（yí，桥）上遇一老人（黄石公），忍受了他的故意折辱，得到"孺子可教"的赞许，与《太公兵书》。

[3] 鬼物：鬼怪之类。圯上老人自言："济北谷城山下黄石，即我矣。"

[4] 意不在书：其用心不在于授予张良一部兵书。

[5] 贲（bēn）育：孟贲与夏育，均战国时勇士。

[6] 逞于一击：指张良使人袭击秦始皇之事。逞，得逞。《史记·留侯世家》：张良为报韩之仇，尽出家财，"得力士，为铁锤重百二十斤。秦皇帝东游，良与客狙击秦皇帝于博浪沙（地名，在今河南原阳）中，误中副车"。

[7] "千金"五句：富贵人家之子弟，珍重自己，不会与盗贼以死相拼。

[8] 伊尹、太公：古代大臣。伊尹相商汤灭夏，姜太公相周武王灭商，都是凭借智慧与谋略，而不是逞匹夫之勇。

[9] 荆轲、聂政：古代著名刺客。荆轲，战国时卫人，为燕太子丹刺秦王，事败被杀。聂政，战国时韩人，为严遂刺相国侠累，事成自杀。均见《史记·刺客列传》。

[10] 鲜腆（xiǎn tiǎn）：少礼，无善意。折：摧折凌辱。

[11] "楚庄"二句：《左传》宣公十二年（前597），楚庄王攻郑，围之三月而克，郑襄公肉袒（袒露上身）牵羊而迎庄王，辞气谦卑。庄王说："其君能下人（屈居人下），必能信用其民矣。"乃不灭郑而退兵讲和。

[12] "勾践"三句：《史记·越王勾践世家》，越王勾践被吴王夫差困于会稽之后，不得已求和，派大夫文种前往吴国致意，"勾践愿为臣，妻为妾"。甘为奴隶，三年之间，不敢稍有懈怠。以忍辱求生存，终于灭吴。

[13] 素：素交。一向熟悉，有交情。此指张良与圯上老人之关系。

[14] 淮阴：淮阴侯韩信。《史记·淮阴侯列传》，汉王（刘邦）四年（前203），刘邦被项羽困于荥阳，形势危急，而韩信攻得齐地，要求立为"假王"以镇之。刘邦大怒，张良暗示刘邦此时决不可以得罪韩信，刘邦醒悟，乃复骂曰："大丈夫定诸侯，即为真王耳，何以

假为!"即遣张良立韩信为齐王,并就此向他征兵攻楚,化险为夷。

[15] 太史公:太史令之尊称。司马迁之父司马谈曾为太史令,故有此称。此处为司马迁自指。

【题解】

作于仁宗嘉祐六年(1061)应制科考试时,《进论》之一。全篇主旨在于能忍与不能忍之辨。匹夫见辱,拔剑而斗,不足为勇;能忍常情之所不能忍,方为大勇。只有胸怀博大志向高远之人,才能有此大勇。张良先是不能忍,事败身危;其后能忍,终成大业。"其意不在书"一句,翻空出奇,扫旧说而立新论,说明张良的成功,不在于得到一部兵书,而在于经受了圯上老人的折辱而学会了坚强能忍。然后又列举史实,反复对照论证匹夫之勇的无用,与坚忍之可贵。文势开合自如,极尽变化流转之妙。前人或以为此文思想倾向源于《老子》的柔弱胜刚强,其实孔子就说过:"小不忍则乱大谋。"(《论语·卫灵公》)

【集评】

[1] 东坡文如长江大河,一泻千里,至其浑浩流转,曲折变化之妙,则无复可以名状。而尤长于陈述叙事。《留侯》一论,其立论超卓如此。(杨慎《三苏文范》卷七)

[2] 此文若断若续,变幻不羁,曲尽操纵之妙。(茅坤《唐宋八大家文钞》卷一百三十引王慎中评)

[3] 博浪沙击秦,一事也;圯桥进履,又一事也。于绝不相蒙处连而合之,可以开拓万古之心胸。(储欣《唐宋十大家全集录·东坡集录》卷二)

喜雨亭记

亭以雨名,志喜也。古者有喜则以名物,示不忘也。周公得禾,以名其书[1];汉武得鼎,以名其年[2];叔孙胜狄,以名其子[3]。其喜之大小不齐,其示不忘,一也。

余至扶风之明年[4],始治官舍,为亭于堂之北,而凿池其南,引流种木,以为休息之所。是岁之春,雨麦于岐山之阳[5],其占为有年。既而弥月不雨,民方以为忧。越三月乙卯乃雨[6],甲子又雨,民以为未足;丁卯大雨,三日乃止。官吏相与庆于庭,商贾相与歌于市,农夫相与忭于野,忧者以乐,病者以愈,而吾亭适成。

于是举酒于亭上以属客而告之曰[7]:"五日不雨可乎?"曰:"五日不雨则无

麦。""十日不雨可乎？"曰："十日不雨则无禾。"无麦无禾，岁且荐饥，狱讼繁兴，而盗贼滋炽，则吾与二三子虽欲优游以乐于此亭，其可得耶？今天不遗斯民，始旱而赐之以雨，使吾与二三子得相与优游而乐于此亭者，皆雨之赐也。其又可忘耶？

既以名亭，又从而歌之。曰：使天而雨珠，寒者不得以为襦；使天而雨玉，饥者不得以为粟。一雨三日，繄谁之力[8]？民曰太守[9]，太守不有[10]；归之天子，天子曰不[11]；归之造物，造物不自以为功；归之太空，太空冥冥，不可得而名[12]。吾以名吾亭。

【注释】

[1] "周公"二句：《史记·鲁周公世家》："天降祉福，唐叔得禾，异母同颖，献之成王。成王命唐叔以馈周公于东土，作《馈禾》。周公既受命禾，嘉天子命，作《嘉禾》。"按，异母同颖，即异株同穗。

[2] "汉武"二句：汉武帝元狩六年（前117）得宝鼎于河东汾水，乃改年号为元鼎（元年为前116），或以为后来追改，见《资治通鉴》卷二十，不详述。

[3] "叔孙"二句：《左传·文公十一年》（前616）记北方长狄国侵鲁，鲁大夫叔孙得臣奉文公之命，出师败敌，俘获长狄侨如，乃命名其子（宣伯）为侨如。

[4] 扶风：宋之凤翔府（治所在今陕西凤翔），即前代之扶风郡。

[5] 雨（yù）麦：天上下麦子。今按，此或实有其事，或只是说播种麦子。岐山：在今陕西岐山。阳：山南水北曰阳。

[6] 乙卯：与下文之"甲子"、"丁卯"均以干支纪日。乙卯之后第九天为甲子，甲子之后第三天为丁卯。

[7] 属（zhǔ）客：给客人斟酒劝饮。

[8] 繄谁之力：是谁的功劳呢？繄（yī），惟，是。力，功。

[9] 太守：郡之长官，相当于宋之知府知州。此时知凤翔府为宋选（依王文诰说）。

[10] 不有：不占有，即不居功。

[11] 不（fǒu）：同"否"。意谓皇帝也不居功。

[12] "归之"三句：那就把功劳归于太空吧，可是太空渺渺茫茫，不可能说出什么。

【题解】

作于嘉祐七年（1062）凤翔签判任上。全篇主旨在一个"喜"字，即禾稼得雨之喜，与民同乐之喜。先说古人以喜事名书，名年，名子，最后说我则以喜事名亭。中间一大段，把盼雨而得雨，而"吾亭适成"两件事联结起来，也就是把雨和四民之忧乐联结起来。前人或以为"浅制"，或以为"滑稽"；实则是甘霖时雨激起了作者极其兴奋的心情，而以轻松流丽的笔墨写出之，庄重俨然寓于潇洒之中。其风格与范仲淹的《岳阳楼记》迥然不同，意思却颇有相通之处。

【集评】

　　[1] 此篇题小而语大，议论干涉国政民生大体，无一点尘俗气，自非具眼者未易知也。(杨慎《三苏文范》卷十四引虞集)

　　[2] 志不忘，是名亭主意，即是通篇命意，作者分明点出。(浦起龙《古文眉诠》卷六十九)

方山子传

　　方山子，光、黄间隐人也[1]。少时慕朱家、郭解为人[2]，闾里之侠皆宗之[3]。稍壮，折节读书[4]，欲以此驰骋当世，然终不遇。晚乃遁于光、黄间，曰岐亭[5]。庵居蔬食，不与世相闻。弃车马，毁冠服，徒步往来山中，人莫识也。见其所着帽方屋而高[6]，曰："此岂古方山冠之遗像乎[7]?"因谓之方山子。

　　余谪居于黄，过岐亭，适见焉。曰：呜呼，此吾故人陈慥季常也[8]，何为而在此？方山子亦矍然问余所以至此者[9]。余告之故。俯而不答，仰而笑，呼余宿其家。环堵萧然[10]，而妻子奴婢皆有自得之意。余既耸然异之，独念方山子少时使酒好剑，用财如粪土。前十有九年，余在岐下[11]，见方山子从两骑，挟二矢，游西山。鹊起于前，使骑逐而射之，不获。方山子怒马独出，一发得之。因与余马上论用兵及古今成败，自谓一世豪士；今几日耳，精悍之色犹见于眉间，而岂山中之人哉！

　　然方山子世有勋阀，当得官，使从事于其间，今已显闻[12]。而其家在洛阳，园宅壮丽与公侯等。河北有田，岁得帛千匹，亦足以富乐。皆弃不取，独来穷山中，此岂无得而然哉[13]！

　　余闻光、黄间多异人，往往阳狂垢污[14]，不可得而见，方山子傥见之与[15]！

【注释】

　　[1] 光：光州，治所在定城县（今河南潢川）。黄：黄州，治所在今湖北黄冈。隐人：隐士。
　　[2] 朱家、郭解（xiè）：均西汉游侠，事见《史记·游侠列传》。
　　[3] 闾里之侠皆宗之：乡里的侠义之士都崇拜他。宗，推崇并效法。
　　[4] 折节：改变以前的志节和行为。
　　[5] 岐亭：宋时镇名，在今湖北宜昌西北长江西陵峡口。

[6] 方屋：指帽顶为方形。

[7] 方山冠：又称巧士冠，用五采縠制做，前高七寸，后高三寸，长八寸，汉代祭礼宗庙时乐舞人所戴。

[8] 慥（zào）：陈慥字季常，陈希亮第四子，《宋史》卷二九八《陈希亮传》附其事。

[9] 矍（jué）然：惊视貌。

[10] 环堵萧然：居室狭小，简陋萧条。堵，古代筑墙单位。版筑法筑墙，一版之长、五版之高为堵。环堵即每面都是一堵的墙，这里犹言四壁。

[11] 岐下：岐山（在今陕西凤翔）之下。宋仁宗嘉祐七年（1062）陈希亮任凤翔知府，苏轼任凤翔府判官，与陈慥结为朋友，至写本文时已十九年。

[12] "然方"四句：是说陈家世代有功勋，陈慥本应当荫补得官。假使陈慥做官的话，现在就该很有名声了。勋，功勋；阀，功绩。陈希亮字公弼，进士出身，历知长沙、临津诸县及房州、凤翔等府、开封府判官、京西、京东转运使、太常寺少卿等，卒赠工部侍郎。为人清正，见义勇为，不计祸福。苏轼《陈公弼传》说："当荫补子弟，辄先其族人，卒不及其子慥。"

[13] "此岂"句：这难道是没有造诣修养的人能做得到的吗？得，指内在修养品质。

[14] 阳狂：佯狂，假颠狂。

[15] 傥：或者，也许。

【题解】

　　作于神宗元丰三年（1080）赴黄州贬所，途经岐亭时。陈慥字季常，本贵家子，又很自负。少年任侠，其后折节读书而不遇，终于隐遁穷山中。作者先见到他一家人"皆有自得之意"；然后却推测他如果入仕，一定有作为，能显达；既而又说"此岂无所得而然哉！"如此反复曲折，陈之隐居究竟有什么得，始终朦胧着；而"……精悍之色犹见于眉间，而岂山中之人哉！"却明明白白暗示读者，《方山子传》是一篇"感士不遇赋"。写侠写隐，是文章脉络，"然终不遇"之叹，才是文章主旨。

【集评】

　　[1] 此篇《三苏文粹》不载。余特爱其烟波生色处，往往能令人涕洟，故录入之。（茅坤《唐宋八大家文钞》卷一三九）

　　[2] 始侠而今隐，侠处写得豪迈，须眉生动；则隐处益复感慨淋漓，传神手也。（储欣《唐宋八大家类选》卷十三）

赤 壁 赋

壬戌之秋，七月既望，苏子与客泛舟游于赤壁之下。清风徐来，水波不兴。举酒属客，诵明月之诗[1]，歌窈窕之章。少焉，月出于东山之上，徘徊于斗牛之间[2]，白露横江，水光接天。纵一苇之所如[3]，凌万顷之茫然。浩浩乎如凭虚御风[4]，而不知其所止；飘飘乎如遗世独立，羽化而登仙[5]。

于是饮酒乐甚，扣舷而歌之。歌曰："桂棹兮兰桨，击空明兮溯流光[6]。渺渺兮余怀，望美人兮天一方[7]。"客有吹洞箫者[8]，倚歌而和之，其声呜呜然，如怨如慕，如泣如诉，余音袅袅，不绝如缕，舞幽壑之潜蛟，泣孤舟之嫠妇[9]。

苏子愀然，正襟危坐而问客曰："何为其然也？"

客曰："'月明星稀，乌鹊南飞[10]。'此非曹孟德之诗乎？西望夏口[11]，东望武昌[12]，山川相缪[13]，郁乎苍苍，此非孟德之困于周郎者乎？方其破荆州，下江陵，顺流而东也[14]，舳舻千里[15]，旌旗蔽空，酾酒临江[16]，横槊赋诗[17]，固一世之雄也，而今安在哉！况吾与子渔樵于江渚之上，侣鱼虾而友麋鹿，驾一叶之扁舟，举匏尊以相属[18]，寄蜉蝣于天地，渺沧海之一粟[19]。哀吾生之须臾，羡长江之无穷；挟飞仙以遨游，抱明月而长终。知不可乎骤得，托遗响于悲风[20]。"

苏子曰："客亦知夫水与月乎？逝者如斯，而未尝往也，盈虚者如彼，而卒莫消长也[21]。盖将自其变者而观之，则天地曾不能以一瞬；自其不变者而观之，则物与我皆无尽也。而又何羡乎！且夫天地之间，物各有主，苟非吾之所有，虽一毫而莫取。惟江上之清风，与山间之明月，耳得之而为声，目遇之而成色，取之无禁，用之不竭，是造物者之无尽藏也，而吾与子之所共食[22]。"

客喜而笑，洗盏更酌。肴核既尽，杯盘狼籍。相与枕藉乎舟中，不知东方之既白。

【注释】

[1] 明月之诗：指《诗经·月出》篇。其首章云，"月出皎兮，佼人僚兮。舒窈纠兮，劳心悄兮。"窈纠，即窈窕。今按，如何理解此诗情景，意见不同。可参阅陈子展《国风选译》关于《月出》篇之"汇注"与"解题"。

[2] 徘徊：形容月出舒缓的样子。斗牛：星宿（xiù）名，二十八宿中的斗宿与牛宿。

[3] 纵：听任。一苇：比喻船小如一片苇叶。《诗经·河广》："谁谓河广，一苇杭（航）之。"如：动词。往：向前。

[4] 凭虚御风：凌空驾风。凭，借助，依托。虚，指太空。

［5］羽化：道教徒所说的成仙。葛洪《抱朴子·对俗》："古之得仙者，或身生羽翼，变化飞行。"

［6］"桂棹（zhào）"二句：船桨击打着澄澈的江水，迎着闪闪的波光前进。桂、兰，香木，美之之辞。棹，桨一类的摇船工具。屈原《九歌·湘君》："桂棹兮兰枻。"空明，透明如无物。流光，月照水面所生跳动的光。

［7］"渺渺"二句：我的心怀是那么悠远，想望的美人在天的一边。美人，借指所向往的人，比如明主贤君。王逸《楚辞章句》："灵修美人，以媲于君。"

［8］客：指杨世昌，字子京，绵竹（今属四川）道士，识音律，善吹箫。洞箫：底端不用蜡封之箫。

［9］"舞幽"二句：使潜藏于深涧中的蛟龙起舞，使独处孤舟中的寡妇悲泣。嫠（lí）妇，寡妇。

［10］"月明"二句：曹操《短歌行》中的两句。此诗既有"忧从中来，不可断绝"的感叹，又有"周公吐哺，天下归心"的理想。

［11］夏口：城名，在今湖北武昌。

［12］武昌：今湖北鄂州。在黄州东南，隔江相望。

［13］相缪（liáo）：互相交错纠结。缪，同"缭"，缭绕。

［14］"方其"三句：史载，东汉建安十三年（208），曹操大军南下，攻克荆州（今湖北襄樊）、江陵（今湖北荆州），顺长江东进，为周瑜所统率之孙刘联军败于赤壁（今湖北赤壁）。

［15］舳（zhú）舻（lú）千里：指曹军舰船首尾相接，连绵不断。舳，船后把舵处。舻，船前使桨处。指代舰船。

［16］酾（shī）酒临江：面对大江，酹酒致意。

［17］横槊（shuò）赋诗：横执长矛，吟诵诗篇。

［18］匏（páo）尊：用匏（葫芦的一种）做的酒尊。

［19］"寄蜉蝣"二句：寄托短暂的生命于天地之间，渺小得有如大海中的一颗粟米。蜉蝣，朝生夕死之小虫。

［20］"挟飞"四句：盼望着借同飞仙一起遨游，借同明月一起直到永远，知道这心愿是不可骤然而得的，只能将表示遗憾的洞箫曲的余音，寄托在悲凉的秋风之中。挟，带。抱，怀抱。

［21］"逝者"四句：流逝的就如这江水，其实这一江水还在；时圆（盈）时缺（虚）的就如那月亮，始终没有减损或增长。孔子说："逝者如斯夫。"指时光说。这里指水说。往，犹言消去。

［22］食：犹言享受。

【题解】

作于神宗元丰五年（壬戌，1082）贬居黄州时。赤壁，参见［念奴娇］词。第一段写月夜泛舟大江，飘然欲仙之乐。第二段由清丽的歌曲引发悲凉的箫声，由乐而悲。第三段（"苏子愀然"起）怀古伤今（伤己），人生短暂，功业未成。所谓"客曰"一大节，可以看作作者思想矛盾的一个方面。第四段（"苏子曰"至结尾）以水月为喻，以达观的态度解脱烦恼，化悲为喜。全文线索是感伤与喜乐的矛盾，是自然无穷与人生有限的矛盾，大英雄亦难免有之，是文学史上的一大主题，许多作家作品都写到过。苏轼的解说是勉强的，但态度是积极的，他是一个乐观主义者。本文在写作上是景、情、理紧密结合的，先是触景生情，然后因情入理，最终悟理移情。行文与音律节奏极为自然流畅，成为文体赋中优秀代表作。言语词藻极为优美清新，如"清风徐来，水波不兴"、"白露横江，水光接天"，简洁明净，脍炙人口。尤其是"纵一苇之所如"以下六句，写在宽阔的江面上，清泠的月色下，小舟"凌"水，"如凭虚御风"，有"飘飘"之感，连千百年后的读者也产生了羽化登仙的错觉，实在是神来之笔。

【集评】

[1] 此赋学《庄》、《骚》文法，无一句与《庄》、《骚》相似，非超然之才，绝伦之识，不能为也。潇洒神奇，出尘绝俗，如乘云御风而立乎九霄之上，俯视六合，何物茫茫，非惟不挂之齿牙，亦不足入其灵台丹府也。（谢枋得《文章轨范》卷七）

[2] 所见无绝殊者，而文境邈不可攀，良由身闲地旷，胸无杂物，触处流露，斟酌饱满，不知其所以然而然。岂惟他人不能摹效，即使子瞻更为之，亦不能如此调适而畅遂也。（姚鼐《古文辞类纂》卷七十一引方苞）

[3] 此所谓文章天成偶然得之者。是知奇妙之作，通于造化，非人力也。（同上引吴汝纶）胸襟既高，识解亦复绝非常，不得如方氏之说，谓"所见无绝殊"也。（同上引吴汝纶）

与谢民师推官书[1]

轼启：近奉违[2]，亟辱问讯[3]，具审起居佳胜，感慰深矣。轼受性刚简，学迂才下，坐废累年[4]，不敢复齿缙绅[5]。自还海北，见平生亲旧，惘然如隔世人，况与左右无一日之雅[6]，而敢求交乎？数赐见临，倾盖如故[7]，幸甚过望，不可言也。

所示书教及诗赋杂文，观之熟矣。大略如行云流水，初无定质[8]，但常行于所当行，常止于所不可不止，文理自然，姿态横生。孔子曰："言之不文，行而不远[9]。"又曰："辞，达而已矣[10]。"夫言止于达意，则疑若不文。是大不然。求物之妙，如系风捕影，能使是物了然于心者，盖千万人而不一遇也，而况能使了然于口与手者乎？是之谓辞达。辞至于能达，则文不可胜用矣。扬雄好为艰深之词[11]，以文浅易之说[12]，若正言之，则人人知之矣。此正所谓雕虫篆刻者，其《太玄》、《法言》皆是类也；而独悔于赋，何哉？终身雕虫而独变其音节[13]，便谓之"经"，可乎！屈原作《离骚经》，盖《风》、《雅》之再变者[14]，虽与日月争光可也，可以其似赋而谓之"雕虫"乎！使贾谊见孔子[15]，升堂有余矣[16]，而乃以赋鄙之，至与司马相如同科[17]！雄之陋，如此比者甚众。可与知者道，难与俗人言也。因论文偶及之耳。欧阳文忠公言：文章如精金美玉，市有定价，非人所能以口舌定贵贱也。纷纷多言，岂能有益于左右。愧悚不已。

所须惠力法雨堂字[18]，轼本不善作大字，强作终不佳，又舟中局迫难写，未能如教。然轼方过临江[19]，当往游焉。或僧欲有所记录[20]，当作数句留院中，慰左右念亲之意[21]。今日已至峡山寺[22]，少留即去。愈远。惟万万以时自爱，不宣[23]。

【注释】

[1] 谢民师：名举廉，字民师，新淦（今江西新干）人，神宗元丰八年（1085）进士。曾在广东任推官（掌刑狱之事），苏轼遇赦，自海南北归，路经广州时，民师以自己诗文谒见请教，受到称赞。

[2] 近奉违：犹言告别以来。近，不久。作者与谢民师广州相晤后，北行至清远（今广东清远），作此复信。奉，敬词。违，违离。

[3] 亟（qì）辱问讯：多次蒙来信问候。

[4] 坐废累年：因罪废黜已经多年。按，苏轼因受政敌排挤，先后贬居黄州（1080—1084）、惠州（1094—1097）、儋州（1097—1100），共计十余年。

[5] 复齿缙绅：重新回到士大夫的行列之中。齿，并列，在……之中。

[6] "况与"句：何况与您素昧平生呢？左右，左右之人。表示不敢直指对方说话，以左右指代对方。雅，交情，交往。

[7] 倾盖如故：初次见面就如老友一样意气相投。邹阳《狱中上书自明》："语曰：'白头如新，倾盖如故。'"倾盖，两车相靠近，车盖（车上的篷顶）稍稍倾斜。

[8] 初无定质：本来就没有一定的形质。质，形态，型式。

[9] "言之"二句：言语没有文采和条理，就不能传播久远。（语出《左传·襄公二十五年》）

[10] "辞，达"句：文辞或言辞，做到达也就罢了。语出《论语·卫灵公》。达，通达顺畅，意旨清楚。

[11] 扬雄：字子云，西汉成都人，学者，辞赋家。仿《周易》作《太玄》，仿《论语》作《法言》。少时好辞赋，晚年悔之，认为辞赋只不过是"童子雕虫篆刻"，"壮夫不为也"。（见《法言·吾子》）雕虫篆刻，比喻微不足道的小技。虫、刻，两种书体；雕、篆，指细致的手法。

[12] 文（wèn）：文饰，修饰。说：道理。

[13] 变其音节：换个调门儿。《太玄》与《法言》不用辞赋体的格调。作者说，扬雄为什么只悔少时辞赋，而不悔作《太玄》与《法言》呢，难道其间有什么实质的区别吗！

[14] 再变：《诗经》的《国风》和二《雅》中有些篇章是怨刺之作，《毛诗序》称为变风变雅。《离骚》继承并发展了这个优秀传统，所以称为再变。

[15] 贾谊：西汉初政论家，辞赋家。历任太中大夫、长沙王太傅等。关心国家大事，注重总结历史经验，其《过秦论》三篇及《陈政事疏》都是传世名作。

[16] 升堂：《论语·先进》："由也升堂矣，未入于室也。"入门，升堂，入室，比喻进德修业的层次与阶段。苏轼认为，即使以孔门弟子的标准来要求贾谊，也早就升堂了。

[17] "而乃"二句：扬雄却以贾谊也作过辞赋而表示鄙薄，乃至以之与司马相如相提并论。司马相如，西汉辞赋家，其代表作如《子虚赋》、《上林赋》等体制宏大，气势雄肆，亦有华而不实之弊。《法言·吾子》："如孔氏之门用赋也，则贾谊升堂，相如入室矣。"

[18] 须：求。惠力：或作慧力，佛寺名。法雨堂字：法雨堂的"法雨"二字。

[19] 临江：临江军，治所在今江西临江西。

[20] "或僧"句：也许惠力寺僧人要我留下点纪念。如题壁之类。

[21] 念亲之意：思念亲人的情意。按，谢民师家乡新淦，为临江军属县，或者是谢民师曾在惠力寺为亲人祈福，故代惠力寺求墨宝以做酬谢。

[22] 峡山寺：在清远（今属广东）东峡山上。

[23] 不宣：犹言未尽，书不尽意。书信结尾之套语。

【题解】

作于哲宗元符三年（1100）北归途经清远时。这是一封复信，更是一篇著名的文论。它集中地论述了苏轼文学思想的一个重要观点：文贵自然。一、文章应如行云流水，自然流美。二、认为孔子所说"言之不文，行而不远"与"辞达而已"并不矛盾，"求物之妙"，不但了然于心，而且了然于口与手，就是辞达。这并不神秘，但做到却很不容易。三、以扬雄与屈原比较，前者以艰深掩饰其浅陋，即使是自以为"经"，也不过是雕虫小技；后者虽是辞赋，却可以媲美并继承发扬经典的优良传统。这就不仅指文贵自然说，同时也涉及思想内容了。

【集评】

[1] 此书大抵论文。曰"行云流水"数语，此长公（苏轼）文字本色。至贬扬雄之《太玄》、《法言》为雕虫，却当。（杨慎《三苏文范》卷十二引陈献章）

[2] 贬扬以伸屈贾，议论千古。前半"行云流水"数言，即东坡自道其行文之妙。（沈德潜《唐宋八家文读本》卷二十三）

【参考书】

[1]《经进东坡文集事略》,郎晔选注,文学古籍刊行社1957年版。

[2]《苏轼选集》,王水照选注,上海古籍出版社1984年版。

苏　辙

　　苏辙（1039—1112），字子由，眉山（今属四川）人。神宗嘉祐元年（1056）随父兄入京，二年成进士，哲宗元祐七年（1092），官至尚书右丞、门下侍郎。晚年退居颍川，号颍滨遗老，杜门谢客凡十年。卒，谥文定。文学创作以散文成就最高，风格汪洋澹泊，深醇温粹，时见一波三折之致。有《栾城集》五十卷，《栾城后集》二十四卷，《栾城第三集》十卷（《四库全书》本）。

黄州快哉亭记[1]

　　江出西陵[2]，始得平地，其流奔放肆大，南合湘沅[3]，北合汉沔，其势益张。至于赤壁之下，波流浸灌，与海相若。清河张君梦得谪居齐安，即其庐之西南为亭，以览观江流之胜。而余兄子瞻名之曰"快哉"。

　　盖亭之所见，南北百里，东西一舍[4]，涛澜汹涌，风云开阖，昼则舟楫出没于其前，夜则鱼龙悲啸于其下，变化倏忽，动心骇目，不可久视。今乃得玩之几席之上，举目而足，西望武昌诸山，冈陵起伏，草木行列，烟消日出，渔夫樵父之舍皆可指数。此其所以为快哉者也！

　　至于长洲之滨，故城之墟[5]，曹孟德孙仲谋之所睥睨[6]，周瑜陆逊之所驰骛[7]。其流风遗迹，亦足以称快世俗。昔楚襄王从宋玉景差于兰台之宫[8]，有风飒然至者。王披襟当之曰："快哉此风！寡人所与庶人共者耶？"宋玉曰："此独大王之雄风耳。庶人安得共之！"玉之言盖有讽焉。夫风无雄雌之异，而人有遇不遇之变。楚王之所以为乐与庶人之所以为忧，此则人之变也，而风何与焉[9]。士生于世，使其中不自得[10]，将何往而非病；使其中坦然，不以物伤性，将何适而非快？

　　今张君不以谪为患，收会计之余功[11]，而自放山水之间，此其中宜有以过人者。将蓬户瓮牖无所不快[12]，而况乎濯长江之清流，挹西山之白云，穷耳目之胜以自适也哉！不然，连山绝壑，长林古木，振之以清风，照之以明月，此皆骚人思士之所以悲伤憔悴而不能胜者[13]，乌睹其为快也哉！

（《唐宋八大家文钞》，茅坤编，上海古籍出版社1985年版）

【注释】

　　[1] 黄州：宋代黄州（齐安郡）治所在今湖北黄冈。

　　[2] 西陵：西陵峡，长江三峡之一。

　　[3] 湘沅：今湖南境内之湘水沅水。下文"汉沔"，汉水上源为沔水，出陕南，东南流入湖北，注长江。

　　[4] 一舍：三十里。

　　[5] 故城之墟：旧时城池的遗址。或以为指黄州对岸鄂州（武昌）之孙权故宫遗址。

　　[6] 睥（pì）睨（nì）：斜视貌，高傲蔑视的样子。

　　[7] 陆逊：三国时东吴名将，曾先后击败蜀军与魏军。后任荆州牧，久镇武昌（即今鄂州），官至丞相。驰骛：驰驱奔逐，施展才华。

　　[8] 楚襄王：战国时楚国国王。楚辞赋家宋玉《风赋》："楚襄王游于兰台之宫，宋玉景差侍，有风飒然而至"云云。宋玉景差，皆好辞，而以赋见称。

　　[9] 风何与：和风有什么干系。

　　[10] 其中：其内心。

　　[11] 会计：掌管钱粮赋税之事。指代政务。余功：闲暇。

　　[12] 蓬户瓮牖：编蓬草为门户，以破瓮为窗。贫者之所居。

　　[13] 骚人：哀怨的诗人。思士：忧思伤感之人。不能胜（shēng）：经受不起。

【题解】

　　作于神宗元丰六年（1083）贬为监筠州（治所在今江西高安）酒税任上。第一段写长江与赤壁的大环境，张梦得建亭，苏子瞻名亭之缘起。第二段写"亭之所见"，描绘如此壮观的景象。第三段由怀古起论，强调"不遇"之人，应该保持内心的自得与坦然，这是隐隐地包含建亭者、名亭者、作记者三人同为逐臣的实况说的。第四段从"张君不以谪为患"生发，指出同样的山川景物，可以触动不同的情绪，收束全文。全篇紧紧把握一个"快"字为线索，记叙与议论相结合，从"名之曰快哉"到"此其所以为快者也！"到"将何适而非快？"到"乌睹其为快也哉！"文势雄放，意境开阔，而又有汪洋淡泊一唱三叹之妙。

【集评】

　　[1] 入宋调，而其风旨自佳。（茅坤《唐宋八大家文钞》卷一六三）今按，此所谓"宋调"，指"记"体之文议论渐多乃至以议论为主，"记"成为"论"的

线索。

[2] 上太尉书，高奇豪迈；《快哉亭记》，汪汪若千顷波。皆次公（按，指苏辙）集中第一乘文字。（储欣《唐宋八大家类选》卷十二）

【参考书】

[1]《栾城集》，曾枣庄等校点，上海古籍出版社1987年版。

黄庭坚

　　黄庭坚（1045—1105），洪州分宁（今江西修水）人，字鲁直，号山谷、涪翁，"苏门四学士"（黄庭坚、秦观、晁补之、张耒）之一。英宗治平四年（1067）进士，历任叶县尉、北京国子监教授、知吉州太和县、集贤校理。虽未直接参与当时新旧党争，却受其牵连，两次被贬，先谪黔州（今四川彭水），又编管宜州（今广西宜县）而卒。论诗有"以俗为雅"、"以故为新"之说，创作实践重视在学习前人成果基础上力求独创，自成一家。其影响所及，竟造成了一个颇有声势的，在中国诗史上占有重要地位的江西诗派。有《豫章黄先生文集》三十卷（《四部丛刊》本）。

登　快　阁[1]

　　痴儿了却公家事，快阁东西倚晚晴。落木千山天远大，澄江一道月分明。朱弦已为佳人绝[2]，青眼聊因美酒横[3]。万里归船弄长笛，此心吾与白鸥盟[4]。

　　　　　　（《黄庭坚全集》，刘琳等校点，四川大学出版社2001年版。下同）

【注释】

　　[1] 快阁：阁名。《清一统志·吉安府》："在太和县治东澄江（赣江）之上，以江山广远，景物清华得名。"

　　[2] "朱弦"句：世上没有知音，因而绝弦不再抚琴（引申而言，即不再展现自己的才华）。古时伯牙善琴，钟子期知音。钟子期死，伯牙破琴断弦，终身不复鼓琴，"以为世无足复为鼓琴者"。（见《吕氏春秋·本味》）佳人，指知己。

　　[3] "青眼"句：只有美酒在前，才肯投一青眼。晋代阮籍能为青白眼，以青眼（正眼）表示敬重，以白眼表示轻蔑。（见《晋书·阮籍传》）

[4]"此心"句：我的心愿是要与鸥鸟为友。有暗示退隐之意。一个没有机巧诡诈之心的隐士，喜与鸥鸟游，"每旦之海上，从鸥鸟游，鸥鸟之至者百数而不止"。有害物之心者来，则鸥鸟远避而去。（见《列子·黄帝》）

【题解】

作于神宗元丰五年（1082）知太和县任上。主旨写个人怀抱，一是腻烦官场生活，二是痛惜无有知音，见到江山胜美，遂有归隐之心。景象开阔，意境高远，句法平易精炼，对偶工整，而无晦涩之处。这是黄诗风格畅达明快的一面。所谓"痴儿"，是作者自嘲之辞。

【集评】

[1] 起句山谷习气，后六句意境殊阔。（《瀛奎律髓汇评》卷一引纪昀）

[2] 起四句且叙且写，一往浩然。五六句对意流行，收尤豪放。此所谓寓单行之气于排偶之中者。姚先生云："能移太白歌行于律诗。"（方东树《昭昧詹言》卷二十）

寄黄几复[1]

我居北海君南海[2]，寄雁传书谢不能[3]。桃李春风一杯酒，江湖夜雨十年灯。持家但有四立壁，治病不蕲三折肱[4]。想得读书头已白，隔溪猿哭瘴烟藤[5]。

【注释】

[1] 黄几复：黄介，字几复，南昌（今江西南昌）人。作者友人，时知四会县（今属广东），仕于岭南者十年。元祐三年（1089）卒于京师。

[2] 北海：作者时任监德州（治所在今山东陵县）德平镇，近渤海。南海：四会县近南海。

[3] "寄雁"句：托大雁传书，大雁辞谢不能。按，旧说北雁南飞，不过衡阳回雁峰。四会更远在衡阳之南。

[4] 不蕲（qí）：不求。蕲，通"祈"。三折肱（gōng）：胳膊折断三次。《左传》定公十三年："三折肱知为良医。"这里反其意而用之，是说不成为良医而三折肱，意思是黄几复不想用自己的历练经验以求闻达。

[5] "想得"二句：意谓黄几复不因环境荒凉而有误读书。

【题解】

作于元丰八年（1085）监德州德平镇任上。抒写对挚友的深切怀念，其中包含一种狂放兀傲之气。前半用强烈的对比（北海与南海极言相隔之路远，一杯酒与十年灯痛惜相隔之时长），纪事抒情。后半则对长期沉沦下僚的朋友表示惋惜，对世道表示愤慨。这是黄诗学杜，试验拗律的成功之作。全诗七句合律，惟"持家但有四立壁"为平平仄仄仄仄仄，在和谐中有不和谐音，用以救圆熟，求奇崛，表达一种狂傲之气。黄诗为了求变求新，在拗律创作中也有过分的，如《题落星寺岚漪轩》："落星开士深结屋，龙阁老翁来赋诗。小雨藏山客坐久，长江接天帆到迟。宴寝清香与世隔，画图妙绝无人知。蜂房各自开户牖，处处煮茶藤一枝。"八句诗只有第二第三两句合律，其余全拗，似不足为训。乃至编黄诗者或以此置《外集》古诗中，亦不认可其为格律诗。

【集评】

[1] 亦是一起浩然，一气涌出。……山谷兀傲纵横，一气涌现；然专学之，恐流入空滑，须慎之。（方东树《昭昧詹言》卷二十）

[2] 次句语妙，化臭腐为神奇也。三四为此老最合时宜语，五六则狂奴故态矣。（陈衍《宋诗精华录》卷二）按，次句用苏武雁足传书，终得还汉故事，本是可能之事，今反说"寄雁传书谢不能"，是反用现成典故而以故为新，故有化臭腐为神奇之评。

和答钱穆父咏猩猩毛笔[1]

爱酒醉魂在[2]，能言机事疏[3]。平生几两屐[4]，身后五车书[5]。物色看王会，勋劳在石渠[6]。拔毛能济世，端为谢杨朱[7]。

【注释】

[1] 钱穆父（fǔ）：钱勰，字穆父，临安（今浙江杭州）人，官至尚书、翰林学士。曾奉使高丽，带回猩猩毛笔（用猩猩毛制成的笔），并以赠人。

[2] 爱酒：任渊注引《通典》等书云，猩猩喜饮酒，又喜着屐（木底有齿的鞋）。山乡人以酒、屐诱捕之，猩猩明知是陷阱，但经不起诱惑，终于人彀。

[3] "能言"句：意谓猩猩虽然能言，毕竟疏于机巧之事，被人诱捕。今按，猩猩能言，（见《礼记·曲礼》）当是传说。

[4] "平生"句：《晋书·阮孚传》："未知一生能着几两屐。"两，双。此指猩猩喜着屐而言。

[5]"身后"句：指猩猩毛可制笔，笔可书写。《庄子·天下》："惠施多方，其书五车。"

[6]"物色"二句：大意谓猩猩毛笔来自外国，而为中华文化事业服务。物色，访求。王会，《汲冢周书》有《王会》篇，任渊注引郑玄说，"王城既成，大会诸侯及四夷也。"石渠，石渠阁，汉代皇家藏书之所。

[7]"拔毛"二句：真应该告诉杨朱，拔毛（如猩猩毛之制成毛笔）是能够有助于社会的。端，实，真。谢，告。杨朱，战国时思想家，主张"贵生"、"重己"。《孟子·尽心上》："杨子取为我，拔一毛而利天下，不为也。"

【题解】

作于哲宗元祐元年（1086）。这是一首咏物诗，由猩猩说到毛笔，归结为猩猩"拔"毛为笔，有功社会。八句诗用了六个典故（首联二句可以只算一个），几乎都与毛笔无关，但一经组织，无不熨帖，似乎都为毛笔预设。黄诗喜用典，对江西派影响深远。本篇作为"山谷体"的标本之一，后人评价颇有分歧。王若虚斥之为"俗子谜"（《滹南诗话》卷三），张载华引王士禛论此诗三四句则云："超脱而精切，一字不可移易。"（李庆甲集评校点《瀛奎律髓汇评》卷二十七）被视为"西昆体"之反动的"江西派"，实际上与"西昆体"（由此而上推为李商隐）存在着某种继承关系，善于使事用典与善于组织锻炼即其显证。

【集评】

[1]此诗所以妙者，"平生"、"身后"、"几两屐"、"五车书"，自是四个出处，于猩猩毛笔何干涉？乃善能融化斡排至此。（方回《瀛奎律髓》卷二十七）

题竹石牧牛

子瞻画丛竹怪石，伯时增前坡牧儿骑牛[1]，甚有意态，戏咏。

野次小峥嵘[2]，幽篁相倚绿。阿童三尺棰[3]，御此老觳觫[4]。石吾甚爱之，勿遣牛砺角[5]。牛砺角尚可，牛斗残我竹。

【注释】

[1]伯时：宋代画家李公麟字伯时，舒州（今安徽舒城）人，善画马、人物，兼画山水。

[2]野次：野外，郊野。小峥嵘：小怪石。峥嵘，状貌怪异。

[3]棰（chuí）：牛马鞭子。

[4]觳（hú）觫（sù）：本指因恐惧而战栗，《孟子·梁惠王上》载，梁惠王看到即将被

宰杀的牛,说:"舍之,吾不忍其觳觫,若无罪而就死地。"这里代指牛。

　　[5] 砺角:磨角。

【题解】

　　作于元祐三年(1088)与苏轼、李公麟(字伯时,画家)同在礼部试院时。苏轼以翰林学士知贡举,作者为参详官,李公麟点检试卷。这是一首题画小诗。无论是对景象的描写,还是对画意的议论,都倾注了作者的主观感受,表达了对画作和画家的赞赏。造语看似随意拈来,不加雕琢,实则新鲜有味。"峥嵘"指怪石说,"觳觫"指牛说。

【集评】

　　[1] 或称鲁直"桃李春风一杯酒,江湖夜雨十年灯"以为极至。鲁直自以此犹砌合;须"石吾甚爱之,勿使牛砺角。牛砺角尚可,牛斗残我竹"。此乃可言至耳。(蔡正孙《诗林广记》后集卷五引《吕氏童蒙训》)

　　[2] 用太白《独漉篇》调,甚妙;但须少加以理耳。(陈衍《宋诗精华录》卷二)今按,李白《独漉篇》有云:"水浊不见月,不见月尚可,水深行人没。"

雨中登岳阳楼望君山二首(其一)

　　投荒万死鬓毛斑[1],生出瞿塘滟滪关[2]。未到江南先一笑[3],岳阳楼上对君山[4]。

【注释】

　　[1] 投荒:贬谪、流放至荒远之地。柳宗元《别舍弟宗一》:"一身去国六千里,万死投荒十二年。"
　　[2] 瞿塘:长江三峡之一,在今四川奉节。滟(yàn)滪(yù)关:即滟滪堆,位当瞿塘峡口。
　　[3] 江南:此指诗人故乡江西分宁(宋属江南西路)。
　　[4] 君山:一名洞庭山,在岳阳西南。原在洞庭湖中,现与陆地相连。

【题解】

　　作于徽宗崇宁元年(1102)。作者坐元祐党籍,流放黔州、戎州,其后放还出川,经荆州至岳阳。"投荒万死",说尽贬谪生活的艰难。化用柳宗元《别舍弟宗一》之"万死投荒十二年。"第二句说,总算活着出了三峡。后二句紧承"万死"与"生出"之意，写登楼之感受。这感受很复杂，用"先一笑"来涵蓄，其中有欣慰，有苦涩，还有一种"我毕竟回来了！"的兀傲之气，颇似刘禹锡在再游玄都观绝句中说的："种桃道士归何处，前度刘郎今又来！"

【参考书】

[1]《山谷内集注》，任渊等注，《四库全书》本。
[2]《黄庭坚诗选》，陈永正选注，广东人民出版社1984年版。

秦 观

秦观（1049—1100），字太虚，改字少游，号淮海居士，扬州高邮（今属江苏）人。神宗元丰八年（1085）进士，历任蔡州教授、秘书省正字兼国史院编修官、杭州通判。其后徙郴州，编管横州，卒于滕州。文学创作以词的成就最高，风格淡雅清丽，情韵兼胜。论者或以为得《花间》遗韵，开美成（周邦彦）先路，词至是乃一变。有《淮海集》四十卷，《后集》六卷，《长短句》三卷（《四库全书》本）。

满 庭 芳

山抹微云，天粘衰草，画角声断谯门[1]。暂停征棹，聊共引离尊[2]。多少蓬莱旧事[3]，空回首、烟霭纷纷。斜阳外，寒鸦数点，流水绕孤村[4]。　销魂，当此际，香囊暗解[5]，罗带轻分。谩赢得、青楼薄幸名存[6]。此去何时见也，襟袖上、空惹啼痕。伤情处，高城望断，灯火已黄昏。

（《全宋词》，唐圭璋编，中华书局1965年版。下同）

【注释】

[1] 谯（qiáo）门：谯楼，建在城上的望楼。
[2] 引离尊：在饯别的宴席上不断地劝饮。引，有延长牵连义，引酒即连续地喝酒（此依俞平伯说）。
[3] 蓬莱旧事：实指欢乐场中的往事。蓬莱，传说中的海上仙山。
[4] "寒鸦"二句：隋炀帝诗："寒鸦千万点，流水绕孤村。""数点"，一作"万点"。
[5] 香囊：装香料的小袋，与下文"罗带"（丝带）同为随身饰物，此用为临别相赠留念。

[6] 谩：通"漫"，空，徒然。青楼薄幸：杜牧《遣怀》："十年一觉扬州梦，赢得青楼薄幸名。"青楼，妓院。

【题解】

作于神宗元丰二年（1079）客游会稽时。上片描写岁暮的衰飒景象，从反面衬托对"蓬莱旧事"的留恋，下片抒发惜别之情，"高城"二句说，回头看对方所在之处，唯有一片昏黄灯火。余韵悠长，不绝如缕，令人黯然神伤。也有人说，这首词写的是艳情，寄托的是身世之感："将身世之感，打并入艳情，又是一法。"（见周济《宋四家词选》）

【集评】

[1] 近世以来作者皆不及秦少游，如"斜阳外，寒鸦数点，流水绕孤村"，虽不识字人，亦知是天生好言语。（魏庆之《诗人玉屑》卷二十一引晁补之）

[2] 其词极为东坡所称道，取其首句，呼之为"山抹微云君"。（胡仔《苕溪渔隐丛话》后集卷三三引《艺苑雌黄》）

望 海 潮

梅英疏淡，冰澌溶泄，东风暗换年华。金谷俊游[1]，铜驼巷陌[2]，新晴细履平沙[3]。长记误随车[4]。正絮翻蝶舞，芳思交加[5]。柳下桃蹊，乱分春色到人家。　　西园夜饮鸣笳[6]。有华灯碍月，飞盖妨花[7]。兰苑未空，行人渐老，重来是事堪嗟。烟暝酒旗斜，但倚楼极目，时见栖鸦。无奈归心，暗随流水到天涯。

【注释】

[1] 金谷：古地名，在今河南洛阳，西晋石崇在此建金谷园，宴集宾客，极尽豪奢。俊游：快意的游赏。

[2] 铜驼巷陌：铜驼街，在洛阳，有汉代所铸铜驼二座，高九尺。骆宾王《艳情代郭氏答卢照邻》："铜驼路上柳千条，金谷园中花几色。"刘禹锡《杨柳枝词》九首之四："金谷园中莺乱飞，铜驼陌上好风吹。"

[3] 细履：轻步慢行。履，作动词用。

[4] 长记：一直记着。误随车：跟踪跟错了车子。韩愈《嘲少年》诗："只知闲信马，不觉误随车。"是嘲人。此是自嘲在游赏中的忘形之举。

[5] 芳思（sī）交加：春日的情思纷至杳来。

[6] 西园：当时西京（洛阳）与东京（开封）均有西园，此当指外戚王诜（字晋卿）所

有之东京西园，苏轼、苏辙、黄庭坚、秦观、陈师道、李伯时、米芾等曾宴集其中，为一时盛会。下文"兰苑"，即指西园说。鸣笳：奏乐助兴。笳，管乐器。

[7] 盖：车盖，代指车。

【题解】

当作于哲宗绍圣元年（1094）春。是时作者坐元祐党籍，出为杭州通判，即将离京。上片首三句写梅绽冰融的春景，然后借用"金谷"、"铜驼"属于西京的古代名胜赞美东京以及西园的繁华景象，游赏名苑的热烈气氛。下片前三句，说灿烂的灯光照淡了月亮，飞驰的车子碰坏了花丛，形象而夸张地记录当年的盛况。"兰苑"以下，感慨旧地重来，园林依旧，人事已非，自己也即将远贬"天涯"，要离开京城，离开这群贤毕集的俊游之地了！今昔对比，黯然神伤。

踏莎行

雾失楼台，月迷津渡[1]，桃源望断无寻处[2]。可堪孤馆闭春寒，杜鹃声里斜阳暮。　驿寄梅花，鱼传尺素[3]，砌成此恨无重数。郴江幸自绕郴山[4]，为谁流下潇湘去[5]。

【注释】

[1] "雾失"二句：雾霭掩没了楼台，月色笼罩着渡口。

[2] 桃源：桃花源，陶渊明在《桃花源记》中创造的理想乐园，相传其地在今湖南桃源。

[3] "驿寄"二句：亲友们的问候。南朝陆凯自江南寄梅花一枝与在长安之范晔，并赠诗云："折梅逢驿使，寄与陇头人。江南无所有，聊赠一枝春。"古乐府《饮马长城窟行》："客从远方来，遗我双鲤鱼。呼儿烹鲤鱼，中有尺素书。"

[4] 郴江：源出今湖南郴州黄岑山，北流入耒水，耒水北流入湘水。幸自：本自。

[5] 为谁：为何。

【题解】

作于哲宗绍圣四年（1097）徙谪郴州时。上片写景，用递进法，层层加深气氛。景中之情，亦是一句一种失意，楼台、津渡、桃源，都带着象征色彩，失、迷、断，是接二连三的失望。"可堪"二句写现实，四种景象（孤馆、春寒、杜鹃、斜阳）组合为一种绝望之感。下片抒情，用衬托法，亲友的寄赠与慰问，反而加重了痛苦。"砌"字比上片的"闭"字更为沉重。最后二句，郴江终于北去，非人力所能挽留，比喻自己离群远徙，亦徒唤奈何！作者性格敏感，情思细腻，词风多凄伤色彩，此为代表作。

【集评】

[1]"郴江幸自绕郴山，为谁流下潇湘去。"千古绝唱。秦殁后，坡公尝书此于扇云："少游已矣，虽万人何赎！"高山流水之悲，千载而下，令人腹痛。（王士禛《花草蒙拾》）

[2]少游词境，最为凄惋。至"可堪孤馆闭春寒，杜鹃声里斜阳暮"，则变而凄厉矣。东坡赏其后二语，犹为皮相。（王国维《人间词话》卷上）

鹊 桥 仙

　　纤云弄巧[1]，飞星传恨[2]，银汉迢迢暗度。金风玉露一相逢[3]，便胜却、人间无数。　　柔情似水，佳期如梦，忍顾鹊桥归路[4]。两情若是久长时，又岂在朝朝暮暮。

【注释】

[1]"纤云"句：细薄的云呈现巧妙的形态。
[2]恨：指牛郎织女不能相聚的离愁。
[3]金风玉露：秋风白露。
[4]忍顾：不忍回顾，何忍回顾。

【题解】

　　词的上片前三句写两地相思，离恨深沉。后二句写一年一度相逢的难得与可贵。下片前三句具体地写这一次相逢的柔情蜜意。后二句议论，说真正的爱情在于忠贞不渝，地久天长，不在于朝夕厮守。借牛女故事歌颂纯真的爱情，立意之新在后二句的翻案。"相逢胜人间，会心之语。两情不在朝暮，破格之谈。七夕歌以双星会少别多为恨，独少游此词谓'两情若是久长'二句，最能醒人心目。"（李攀龙《草堂诗余隽》卷三）

浣溪沙五首（其一）

　　漠漠轻寒上小楼[1]，晓阴无赖似穷秋[2]，淡烟流水画屏幽[3]。　　自在飞花轻似梦，无边丝雨细如愁。宝帘闲挂小银钩。

【注释】

[1] 漠漠：广阔。

[2] 晓阴：早晨阴天。无赖：无聊，使人厌烦。穷秋：暮秋。

[3] 淡烟流水：指屏风上的山水画。

【题解】

这是一首伤春词，抒情主人公当是一位年轻女子。全篇用轻笔，描淡景，状静态。一个令人讨厌的阴雨的春晨，有如萧然的晚秋，有一种无处不在的凉意，幽静得不知如何适应，连画屏上的景致都是淡的，连挂窗帘的钩子都是闲的。"自在"二句之比喻尤为新奇，飞花轻得如在梦境，丝雨细得如一缕缕愁思，这既是写景，又是写人的感受，人的精神状态。

【参考书】

[1]《淮海词笺注》，杨世明笺注，四川人民出版社1984年版。

[2]《淮海居士长短句》，徐培均校注，上海古籍出版社1985年版。

贺 铸

贺铸（1052—1125），字方回，原籍会稽山阴（今浙江绍兴），生长卫州（今河南汲县）。以外戚授右班殿直。转为文职，通判泗州。晚年退居苏州，自号庆湖遗老。博学强记，长于度曲，追求风格的多样化，颇有豪迈劲健之作；又善于锤炼字面，隐括前人成句，自言"吾笔端驱使李商隐温庭筠，常奔命不暇"（《宋史·贺铸传》）。有《庆湖遗老集》九卷（《四库全书》本），《东山词》（《彊村丛书》本）。

青 玉 案

凌波不过横塘路[1]，但目送、芳尘去。锦瑟华年谁与度[2]？月桥花院，琐窗朱户[3]，只有春知处。　　飞云冉冉蘅皋暮[4]，彩笔新题断肠句。若问闲情都几许[5]？一川烟草，满城风絮，梅子黄时雨。

（《全宋词》，唐圭璋编，中华书局1965年版。同下）

【注释】

[1] 凌波：女子轻盈的步履。曹植《洛神赋》："凌波微步，罗袜生尘。"横塘：地名，在苏州城西南，贺铸有别墅在此。

[2] 锦瑟华年：美好的青春时光。李商隐《无题》："锦瑟无端五十弦，一弦一柱思华年。"

[3] 琐窗朱户：华美的窗户。琐，门窗上雕刻或描绘的连环形花纹。

[4] 蘅皋：长着香草的水边高地。蘅，杜蘅，香草名。

[5] 若问闲情：别本作"试问闲愁"。

【题解】

词的主旨是感春伤怀，借美人以自伤。上片写偶然一见的美人，揣度她的居处，她的生活，她的内心世界，带有浓厚的主观色彩。怎么知道她的孤寂？推己及人。"新题断肠句"的是谁？是美人，也是自己。由己及人之后，是以人喻己。屈原《离骚》："惟草木之零落兮，恐美人之迟暮。"作者寄居苏州，是不得已的，不得志的，他把一种沉重的失落感写出来了。最后三句，不厌其烦地用三种景象来比喻自己的"闲愁"，尤为脍炙人口。

【集评】

[1] 工妙之至，无迹可寻。语句思路，亦在目前，而千人万人不能凑泊。山谷云："解道江南断肠句，只今惟有贺方回。"其为当时称许如此！（先著《词洁辑评》卷二）

[2] 此词《骚》情《雅》意，哀怨无端，读者亦不自知何以心醉，何以泪堕。（郭预衡主编《中国古代文学史长编》引陈廷焯《白雨斋词话》）

[3] 贺方回〔青玉案〕词，收四句云……其末句好处，全在"试问"句呼起，及以上"一川"二句并用耳。或以方回有"贺梅子"之称，专赏此句，误矣。（刘熙载《艺概·词概》）

鹧 鸪 天

重过阊门万事非，同来何事不同归[1]？梧桐半死清霜后[2]，头白鸳鸯失伴飞[3]。　　原上草，露初晞。旧栖新垄两依依。空床卧听南窗雨，谁复挑灯夜补衣？

【注释】

[1] 何事：为什么。

[2] 梧桐半死：枚乘《七发》："龙门之桐……其根半死半生。"以桐制琴，琴瑟喻夫妇，梧桐半死喻丧偶。

[3] 头白鸳鸯：鸳鸯头上本有白毛，李商隐《石城》诗有"鸳鸯两头白"句。这里语意双关，喻老年夫妻。

【题解】

此为悼亡之作。作者夫妇客居苏州时，妻子病故。如今重过阊门（苏州古城西门），已人事全非。"同来何事不同归？"问得无理，却是痛心之语。下二句极写中年丧偶之大不幸。下片"原上"三句，以汉代相和歌辞《薤露》之"薤上露，何易晞。露晞明朝更复落，人死一去何时归"言人命奄忽，死者长已，无论是旧居还是新坟，徘徊伤感，不忍离去。最后二句对生活细节中的温馨的回忆，更添酸楚。

六州歌头

少年侠气，交结五都雄[1]。肝胆洞，毛发耸，立谈中，死生同[2]，一诺千金重[3]。推翘勇，矜豪纵，轻盖拥，联飞鞚，斗城东[4]。轰饮酒垆，春色浮寒瓮，吸海垂虹[5]。闲呼鹰嗾犬，白羽摘雕弓[6]，狡穴俄空[7]。乐匆匆。　似黄粱梦[8]，辞丹凤，明月共，漾孤篷[9]。官冗从，怀倥偬，落尘笼，簿书丛[10]。鹖弁如云众，供粗用，忽奇功[11]。笳鼓动，渔阳弄[12]，思悲翁[13]。不请长缨，系取天骄种，剑吼西风[14]。恨登山临水，手寄七弦桐，目送飞鸿[15]。

【注释】

[1] 五都雄：各地英雄。五都，汉唐时代均有五都（首都之外的五个大都会）之目，如汉代有洛阳、邯郸、临菑、宛、成都。

[2] "肝胆"四句：肝胆相照，意气激昂，顷刻之间，结成生死之交。洞，洞开，无所隐。立谈，不待坐谈，指时间短。

[3] "一诺"句：说话算数，绝不改易。《史记·季布栾布列传》："得黄金百斤，不如得季布一诺。"

[4] "推翘"五句：彼此推重勇敢精神，欣赏豪放作风，轻车快马，在长安城中驰骋。盖，车盖，指车说。鞚（kòng），有嚼口的马络头，指马说。斗（dǒu）城：汉代长安故城。城北略呈北斗形，城南略呈南斗形。

[5] "轰饮"三句：在酒店里大肆喧哗地饮酒，酒瓮中的酒色香俱美，喝起来就像垂虹吸海。杜甫《饮中八仙歌》："饮如长鲸吸百川。"

[6] 白羽：箭名。摘（tí）：发。此指弯弓射箭。
[7] 狡穴俄空：猎物顷刻间被狩猎殆尽。狡穴，取狡兔三窟之义。
[8] 黄粱梦：故事见唐代沈既济传奇小说《枕中记》。比喻虚幻的好事或理想。
[9] "辞丹"三句：在明月相伴之下，飘着一叶孤舟，离开了帝都。丹凤，唐代长安城有丹凤门。
[10] "官冗"四句：担任属员闲职，情怀不爽，为尘俗事务所困，在文书案卷中讨生活。
[11] "鹖弁（hé biàn）"三句：武士如云，却不得重用，耽误立功的机会。弁，以羽为饰的武士冠，借指武士。
[12] "笳鼓"二句：暗示战争的爆发。白居易《长恨歌》："渔阳鼙鼓动地来，惊破霓裳羽衣曲。"渔阳，北方郡名，安禄山于此称兵作乱。弄，弄兵。
[13] 思悲翁：情思悲凉慷慨之士。思（sì），名词。翁，不必指实为老人。
[14] "不请"三句：不能得到朝廷授命，出战擒敌，连宝剑也在西风吹袭下吼叫。《汉书·终军传》：汉武帝时，终军"自请愿受长缨，必羁南越王而致之阙下"。天骄，汉代匈奴自称天之骄子。泛指强悍的边地少数民族。
[15] "手寄"二句：嵇康《赠秀才入军》："目送征鸿，手挥五弦。"七弦桐，桐木制作的七弦琴。

【题解】

这首词自叙平生志趣，叹惋用武无地，报国无门。或以为作于晚年；或以为作于哲宗元祐三年（1088）和州管界巡检任上。视文意，当是壮年时作。上片借汉代游侠的豪纵恣肆的性格气质与生活，抒发自己的生平理想。下片以"似黄粱梦"陡然转折，写自己如何只身离京，远在偏僻，沉沦下僚，在尘俗中消磨岁月。"笳鼓"二句，可能实指当时的边患。作者对此只能坐视，无路请缨御敌，感慨不平之气，用"剑吼西风"来衬托；闲来无事登山临水之恨，用弹琴远望来寄寓。全篇句短而韵密，节促而气急，如飘风骤雨，不可稍已。激昂慷慨之情，表达得淋漓尽致。作者的豪放词，此为代表作。显得不足的，是遣词造句或有生硬粗疏之处。

【集评】

[1] 柳（永）何敢知世间有《离骚》，惟贺方回、周美成时时得之。贺［六州歌头］、［望湘人］、［吴音子］诸曲……最奇崛。或谓深劲乏韵，此遭柳氏野狐涎吐不出者也。（王灼《碧鸡漫志》卷二）

[2] 与［小梅花］三曲同样功力，雄姿壮采，不可一世。（夏敬观《手批东山词》）

陈师道

陈师道（1053—1101），字履常，一字无己，号后山居士，彭城（今江苏徐州）人。哲宗元祐二年（1087），苏轼荐其文行，起为徐州教授。久之，召为秘书省正字。"苏门六君子"（黄庭坚、秦观、晁补之、张耒、陈师道、李廌）之一。高介有节操，安贫乐道，一生清苦。文学以诗著名，与黄庭坚并称"黄陈"，又列为江西诗派"一祖三宗"（一祖，杜甫；三宗，黄庭坚、陈师道、陈与义）的三宗之一。有《后山集》二十四卷（《四库全书》本）。

九日寄秦觏[1]

疾风回雨水明霞[2]，沙步丛祠欲暮鸦[3]。九日清樽欺白发，十年为客负黄花。登高怀远心如在[4]，向老逢辰意有加。淮海少年天下士，可能无地落乌纱[5]。

（《后山诗注》，任渊注，中华书局1985年版。下同）

【注释】

[1] 九日：九月九日重阳节。秦觏（gòu），字少章，高邮人，秦观之弟，诗中称之为淮海少年。

[2] 水明霞：水光反映霞光，格外鲜明。杜甫《月》诗："四更山吐月，残夜水明楼。"

[3] 沙步：沙滩边可以系舟供人上下的地方。丛祠：丛林中的庙宇。

[4] 心如在：心在朋友（秦觏）。

[5] 可能：岂能，难道。落乌纱：晋人孟嘉为征西大将军桓温部属，才华颇受赏识。九月九日随桓温宴饮龙山，风吹帽落，桓温命孙盛作文嘲之，孟嘉作答，文辞甚美，见《晋书·孟嘉传》。后以之为九日登高的美谈。杜甫《九日蓝田崔氏庄》："羞将短发还吹帽，笑倩旁人为正冠。"

【题解】

作于哲宗元祐二年（1087）被任为徐州州学教授，还乡赴官途中。首联写自己的重阳佳节过得不怎么样，甚至有些狼狈。次联由此生发，说酒力也欺负上了年纪的人；由于颠沛潦倒，辜负了重阳赏菊。末联是对秦觏的称美与祝福：如你这样的少年才俊之士，岂能没有登高作赋展示才华的机会！身世之感与怀友之情结合起来写，锻炼工整老健。前半萧瑟，后半稍稍振起，因为重点还在朋友。

【集评】

[1]"无地落乌纱",极佳。孟嘉犹有一桓温客之,秦并无之也。(方回《瀛奎律髓》卷十六)

元 日

老境难为节,寒梢未得春。一官兼利害,百虑孰疏亲。积雪无归路,扶行有醉人。望乡仍受岁[1],回首望松筠。

【注释】

[1] 受岁:增加一岁。

【题解】

作于哲宗绍圣元年(1094)颍州学官任上,写的是元旦佳节的感受。人一老,连过节也难了,正如寒冬的树梢还没有感受春的气息,语意双关。为一官而牵动百虑,总觉无味。道路虽被雪阻,但不是不能走了,连醉人也正扶持而归。在徒增一岁怀念故乡的时候,看到了傲寒的松竹。方回称赞这首诗说:"全是骨,全是味,不可与拈花簇叶者相较量也。"(《瀛奎律髓》卷十六)骨,指骨力说,正如刘勰《文心雕龙·风骨》指出的"沉吟铺辞,莫先于骨"。"辞之待骨,如体之待骸"。味,指余味说,正如《文心雕龙·宗经》所指出的"辞约而旨丰,事近而喻远,是以往者虽旧,余味日新"。

小放歌行二首(其一)

春风永巷闭娉婷[1],长使青楼误得名[2]。不惜卷帘通一顾,怕君着眼未分明。

(录自《诗林广记》后集卷六)

【注释】

[1] 永巷:宫中长巷。
[2] 长使:总是使,常常使。

【题解】

诗的第一句说美丽的宫女被禁闭在"永巷"里,不得见君王,使得"青楼"(所谓大家闺秀所居之所)女子赢得虚名。她本想卷起帘子,略一顾盼,却担心看到她的是一双分不清妍媸的朦胧浊眼!古人以美人香草比贤人君子,本诗以美人不遇比贤士不遇。"不惜"二句,既自信,又自重,正是作者宁肯困厄一生也不肯趋走权门的矜持性格的生动写照。本篇也展示了陈诗风格的另一面,就是不那么高古,显得有些炫耀。

周邦彦

周邦彦(1056—1121),字美成,号清真居士,钱塘(今浙江杭州)人。神宗时以太学士入仕,历任内外官。史传称其在徽宗时曾提举大晟府(皇家音乐机关),讨论古音,审定古调。精通音律,能自度曲。其创作言情体物,曲尽其妙,长调尤善铺叙,富艳精工。又善于融化前人成语,如自己出。后人评之为词之集大成者。有《片玉词》二卷,《补遗》一卷(《四库全书》本)。

苏 幕 遮

燎沉香[1],消溽暑[2],鸟雀呼晴,侵晓窥檐语[3]。叶上初阳干宿雨,水面清圆,一一风荷举。 故乡遥,何日去,家住吴门,久作长安旅[4]。五月渔郎相忆否?小楫轻舟,梦入芙蓉浦。

(《全宋词》,唐圭璋编,中华书局1965年版。下同)

【注释】

[1] 燎:燃。沉香:沉水香,香气很浓。
[2] 溽(rù)暑:潮湿闷热天气,今云桑拿天。
[3] 侵晓:清晨。
[4] 长安:一说借指汴京;一说实指长安(今陕西西安)。

【题解】

此词为消夏思乡之作。以写景来写情,写心态。上片叙述煨着沉水香,消遣难耐的盛夏酷暑。禽鸟窥檐而语,似乎在报告天气放晴的好消息,这才带着喜悦的心情去看荷花。下片由眼前景引起乡思,回忆旧时在家乡赏荷的欢乐。吴门,苏州地区,借代杭州;长安,借代汴京。周词以富艳精工著称,此首清新淡雅,说明大家风格的多样化。荷花这一物象前后映照,成为最重要的视觉联想线索与感情线索。王国维评"叶上"三句:"此真能得荷之神理者。"(《人间词话》)

【集评】

[1] 若有意若无意,使人神眩。(周济《宋四家词选目录序论·附录》)

兰 陵 王

柳

柳阴直[1],烟里丝丝弄碧。隋堤上[2],曾见几番,拂水飘绵送行色[3]。登临望故国[4],谁识京华倦客[5]。长亭路[6],年去岁来,应折柔条过千尺[7]。　闲寻旧踪迹[8],又酒趁哀弦[9],灯照离席。梨花榆火催寒食[10]。愁一箭风快,半篙波暖,回头迢递便数驿[11],望人在天北[12]。　凄恻,恨堆积。渐别浦萦回[13],津堠岑寂[14],斜阳冉冉春无极[15]。念月榭携手,露桥闻笛。沉思前事,似梦里,泪暗滴。

【注释】

[1] 柳阴直:柳树排列整齐,树阴连成一条直线。一说,直,宋元语,视线所及处,非弯直之直。意谓远望隋堤杨柳。(孙虹)

[2] 隋堤:隋炀帝开通济渠,沿渠筑堤植柳,称隋堤。

[3] 行色:出行前后的情景。

[4] 故国:此指故乡。

[5] 京华倦客:客居京城感到厌倦的人。作者自谓。

[6] 长亭路:古代的通衢大道,道旁设有供行人息或送别用的亭舍。十里一长亭,五里一短亭。

[7] 折柔条:古人有折柳送别的风俗。《三辅黄图·桥》:"灞桥在长安东,跨水作桥。汉人送客至此桥,折柳赠别。"

[8] 闲寻旧踪迹:指追忆往事。

[9] 趁:伴随,顺着。哀弦:哀怨的乐声。

[10] "梨花"句:意谓送别时正值花盛开的寒食节前。榆火,指寒食节后的另换新火。《周礼·夏官·司爟》:"四时变国火,以救时疾。"郑玄注:"春取榆柳之火。"寒食,节令名,在清明前一二日。换新火即熄旧火,后传为禁火三日,寒食。见宗懔《荆楚岁时记》。后又

附会为介之推事。春秋时介之推跟随晋公子重耳出亡,多有大功。重耳得国,是为晋文公,有负介之推,介之推遂隐于绵山。文公焚山以逼介之推出山入仕,介之推抱木而死。后于介之推死日禁火冷食,谓之寒食。见《琴操》。

[11] 迢递:遥远。驿:水驿,水陆码头。

[12] 人:指岸上送行之人。飞舟南下,转瞬之间,送行的人已远在天北了。

[13] 别浦:江河支流的入水口或渡口。萦回:回旋盘绕。

[14] 津:渡口。堠(hòu):码头上可供守望和休息的土堡。

[15] 冉冉:慢慢移动的样子。

【题解】

本篇以《柳》标题,但并非咏物词,只是以折柳送别的传统文化意蕴引出惜别之情。词分三片(三叠)。第一片写自己是久客京城的倦游之士,曾多次给人饯行。第二片叙眼前实景,自己离京,他人饯别,伤感却是一样的。第三片"凄恻"以下数句写旅途的孤寂心情,回忆起"月榭携手,露桥闻笛"这些温馨的旧事,倍感酸楚。这种留不如愿,去又不舍的矛盾,刻画得十分突出,似乎不是最后一次离京,作之之时似在中年。结构精工,表达缠绵沉郁,在艺术上是成功的。

【集评】

[1] 客中送客,一"愁"字代行者设想。以下不辨是情是景,但觉烟蔼苍茫。"望"字、"念"字尤幻。(周济《宋四家词选目录叙论·附录》)

[2] 美成词极其感慨,而无处不郁,令人不能遽窥其旨。[兰陵王](柳)云:"登临……倦客"二语,是一篇之主,上有"隋堤……送行色"之句,暗伏倦客之根,是其法密处。故其下接云"长亭路……过千尺",久客淹留之感,和盘托出。他手至此,以下便直抒愤懑矣,美成则不然,"闲寻旧踪迹"二叠,无一语不吞吐,只就眼前景物约略点缀,更不写淹留之故,却无处非淹留之苦,直至收笔云"沉思……"。遥遥挽合,妙在才欲说破,便自咽住,其味正自无穷。(陈廷焯《白雨斋词话》卷一)

[3] 托柳起兴,非咏柳也。"弄碧"一留,却出"隋堤";"行色"一留,却出"故国";"长亭路"复"隋堤上","年去岁来"复"曾见几番","柔条千尺"复"拂水飘绵",全为"京华倦客"四字出力。第二段"旧踪"往事一留,"离席"今情又一留,于是以"梨花榆火"一句脱开。"愁一箭"至"数驿"三句逆提。然后以"望人在天北"一句,复上"离席"作歇拍。第三段"渐别浦"至"岑寂"乃证上"愁一箭"至"波暖"二句。盖有此"渐",乃有此"愁"也。"愁"是逆提,"渐"是逆挽。"春无极"遥接"催寒食"。"催寒食"是脱,"春无

极"是复。结则所谓"闲寻旧踪迹"也。"踪迹"虚提,"月榭"、"露桥"实证。(陈洵《海绡翁说词稿》)

西 河
金 陵

佳丽地[1],南朝盛事谁记?山围故国绕清江[2],髻鬟对起[3]。怒涛寂寞打孤城,风樯遥度天际。　断崖树,犹倒倚,莫愁艇子曾系[4]。空余旧迹郁苍苍,雾沉半垒[5]。夜深月过女墙来,伤心东望淮水。　酒旗戏鼓甚处市[6],想依稀王谢邻里[7]。燕子不知何世,入寻常巷陌人家,相对如说兴亡,斜阳里[8]。

【注释】

[1] 佳丽地:风光人物都美好的地方。谢朓《入朝曲》:"江南佳丽地,金陵帝王州。"金陵(建业、建康)为三国吴、东晋及南朝(宋、齐、梁、陈)都城,有六朝金粉之称。

[2] "山围"句:刘禹锡《金陵五题》之《石头城》:"山围故国周遭在,潮打空城寂寞回。淮水(按,即南京秦淮河)东边旧时月,夜深还过女墙来。"

[3] 髻鬟对起:青山如妇女发髻,相对耸起。

[4] "莫愁"句:莫愁女曾在这倒挂断崖的树上系过小艇。莫愁为传说中的女子,一为洛阳人,一为石城(即郢州,在今湖北锺祥)人。词中为石城莫愁。(见《旧唐书·音乐志二》)南京有莫愁湖,遂误以为石城即石头城。

[5] 雾沉半垒:城垒半在水雾笼罩之中。

[6] 酒旗戏鼓:指代酒楼戏院。

[7] 王谢邻里:刘禹锡《金陵五题》之《乌衣巷》:"朱雀桥边野草花,乌衣巷口夕阳斜。旧时王谢堂前燕,飞入寻常百姓家。"

[8] 里:繁体作"裏",与上文"邻里"之"里"不同。

【题解】

金陵为六朝旧都,其中南朝(420—589)共计不过一百七十年,极尽繁荣而又转眼成空,成为后人吟咏的重要题材。本篇隐括刘禹锡的名作,主题也是寄寓沧桑之感与兴亡之叹的,但一经精心的融化铺展,成为一百五字的长篇,倍增曲折顿挫、沉雄悲壮之感,得到高度称许,说是连王安石的[桂枝香]也"独步不得"了(沈际飞《草堂诗余正集》)。梁启超也说:张玉田谓清真最长处,在善融化古人诗句,如自己出。读此词可见此中三昧。(《饮冰室评词》)

满 庭 芳

  风老莺雏,雨肥梅子,午阴嘉树清圆[1]。地卑山近,衣润费炉烟。人静乌鸢自乐,小桥外、新绿溅溅。凭栏久,黄芦苦竹,拟泛九江船[2]。　年年,如社燕[3],飘流瀚海[4],来寄修椽[5]。且莫思身外,长近尊前。憔悴江南倦客,不堪听、急管繁弦。歌筵畔,先安簟枕,容我醉时眠。

【注释】

  [1]"风老"三句:雏莺在春风中长大,雨使梅子肥硕,正午树影清晰圆正。嘉树,树的美称。

  [2]"黄芦"二句:自己所居之处,与当年白居易在江州(治所在今江西九江)的情景相仿佛,本来想着仿效白的饮酒听乐,聊以消遣。白居易《琵琶行》:"住近湓江地低湿,黄芦苦竹绕宅生。"

  [3]社燕:燕子是候鸟,春社时北飞,秋社时南飞。社,春秋两季祭祀社神(土地神)。

  [4]瀚海:沙漠。此泛指荒远地区。

  [5]修椽:支撑屋面的长椽子,此代指屋檐。

【题解】

  作于哲宗元祐八年至绍圣三年间(1093—1096)知溧水县(今江苏溧水)任上。上片前数句写夏景,真正江南本色,既是美的,又有点烦闷。"凭栏久"之后,终于体验到了白居易作江州司马时的那种滋味,想听音乐了。下片却另起一意,感叹自己身世飘零,身心憔悴,虽有醉酒之需,而无听乐之兴。白居易听琵琶女的弹奏,是很关注很动情的,我是连这个雅趣都没有了,还不如先放了竹席枕头,准备着随时醉眠歌筵之旁。话说得煞风景,情却是真实的。用生机蓬勃的夏日风光反衬自己的百无聊赖,用平淡含蓄的方式表达一种深深的苦涩情怀。

【集评】

  [1]"歌筵"三句:最颓唐语,却最含蓄。(梁启超《饮冰室评词》)

  [2]方喜嘉树,旋苦地卑;正羡乌鸢,又怀芦竹。人生苦乐万变,年年为客,何时了乎!"且莫思身外",则一齐放下。急管繁弦,徒增烦恼,固不如醉眠之自在耳。(陈洵《海绡翁说词稿》)

【参考书】

[1]《清真集》，周邦彦撰，吴则虞校点，中华书局1981年版。

[2]《清真集校注》，周邦彦撰，孙虹校注，中华书局2007年版。

李清照

李清照（1084—1155?），号易安居士，济南章丘（今山东章丘）人。徽宗建中靖国元年（1101），与太学士赵明诚结婚。曾共撰《金石录》。高宗建炎三年（1129），赵明诚知湖州，卒于赴任途中。李清照流寓浙东，尝再嫁张汝舟，未几离异。绍兴四年（1134），寓居金华。工诗能文，以词的成就最高。前期多写闺阁生活，后期多国破家亡夫死之痛，流连颠沛之苦。作品极富个性，缠绵悱恻，曲折含蓄，语言平易而精美。又作《词论》，遍论本朝作手，强调词"别是一家"。《四库全书提要》之《漱玉词提要》云："清照以一妇人而词格乃抗轶周、柳，虽篇帙无多，固不能不宝而存之，为词家一大宗矣。"有《漱玉词》一卷（《四库全书》本）、《漱玉集》五卷（《冷雪盦丛书》本）。

如 梦 令

昨夜雨疏风骤，浓睡不消残酒。试问卷帘人，却道海棠依旧。知否？知否？应是绿肥红瘦。

（《全宋词》，唐圭璋编，中华书局1965年版。下同）

【题解】

此为伤春之作。用对话的方式表现一个很小的生活细节，尽管浓睡未消残酒，却对花事极关心，极敏感，卷帘的侍女不关心，不敏感，回答是"海棠依旧"。而还来不及起身的抒情女主人公却肯定而痛惜地说，应该是绿叶多了，红花少了！一番风雨，春光去了。言语近于白描，而情景如影视画面一样生动。

【集评】

[1] 李易安工造语，故《如梦令》"绿肥红瘦"之句，天下称之。（陈郁《藏一话腴》甲集卷一）

[2] 一问极有情，答以"依旧"，答得极淡，跌出"知否"二句来。而"绿肥红瘦"，无限凄婉，却又妙在含蓄。短幅中藏无数曲折，自是圣于词者。(黄蓼园《蓼园词评》)

醉花阴

薄雾浓云愁永昼，瑞脑消金兽[1]。佳节又重阳，玉枕纱厨[2]，半夜凉初透。东篱把酒黄昏后[3]，有暗香盈袖。莫道不销魂，帘卷西风，人比黄花瘦。

【注释】

[1] 瑞脑：瑞龙脑，一种香料。金兽：兽形的铜香炉。
[2] 纱厨：防蚊的纱帐。
[3] 东篱：陶渊明《饮酒二十首》之五："采菊东篱下，悠然见南山。"

【题解】

此首写一位闺阁女子在重阳佳节时的寂寞心情。她愁的是白天太长，怕的是夜晚太凉，因为太孤单了。饮酒赏菊，也无法排遣，西风一起，感受着"人比黄花瘦"的凄清而黯然销魂。

【集评】

[1] 指取温柔，词归蕴藉。……语情则"红雨飞愁"，"黄花比瘦"，可谓雅畅。(毛先舒《诗辨坻》引柴虎臣)按，"红雨飞愁"见僧如晦[卜算子]《送春》。

[2] 无一字不秀雅。深情苦调，元人词曲往往宗之。(陈廷焯《云韶集》卷十)

渔家傲

天接云涛连晓雾，星河欲转千帆舞[1]。仿佛梦魂归帝所[2]，闻天语，殷勤问我归何处。　我报路长嗟日暮，学诗谩有惊人句。九万里风鹏正举[3]，风休住，蓬舟吹取三山去[4]。

【注释】

[1] 星河欲转：星斗动摇，指星移斗转。星河，银河。此为天上景象。千帆舞：此为海

面景象。

　　[2] 帝所：天帝的住所。下句"天"，仍指天帝。

　　[3] "九万"句：《庄子·逍遥游》："鹏之徙于南冥也，水击三千里，抟扶摇而上者九万里。"

　　[4] "蓬舟"：轻如蓬草的船。三山：传说中的海上三仙山，蓬莱、方丈、瀛洲。

【题解】

　　此首他本多题作《记梦》。上片写在一个无比壮阔的动态的背景下，梦魂直上重霄，叩阍问天。下片回答天帝之问，畅言自己的远大抱负。三山，喻指自己的理想境界。"学诗谩有惊人句"，是不满于徒有名作而人不知呢，还是不满于仅仅只有名作而别有追求呢？在封建社会里，女子还能做什么呢？无论怎么说，全篇表达的豪迈壮美之气，是令人赞叹的。作者有一首《夏日绝句》诗："生当作人杰，死亦为鬼雄。至今思项羽，不肯过江东。"可资参照。

声　声　慢

　　寻寻觅觅[1]，冷冷清清，凄凄惨惨戚戚[2]。乍暖还寒时候[3]，最难将息[4]。三杯两盏淡酒，怎敌他、晚来风急。雁过也，正伤心，却是旧时相识[5]。　　满地黄花堆积，憔悴损[6]，如今有谁堪摘[7]。守着窗儿，独自怎生得黑[8]。梧桐更兼细雨，到黄昏、点点滴滴。这次第[9]，怎一个愁字了得[10]。

【注释】

　　[1] 寻寻觅觅：若有所失，徬徨不安的样子。

　　[2] 戚戚：忧伤。

　　[3] 乍暖还寒时候：天气正是由暖变冷的季节（指深秋）。乍，正，恰。一说，忽热忽冷季节。

　　[4] 将息：保养休息。将，养也。

　　[5] 旧时相识：雁曾为赵明诚、李清照夫妇传书，"云中谁寄锦书来？雁字回时，月满西楼"（李清照［一剪梅］）。一说，秋雁南翔，来自她沦陷的家乡。

　　[6] 损：副词，煞，极。

　　[7] 谁：何，什么，指菊。一说指人，谁可与共摘。

　　[8] 怎生：怎样。生，语助词。

　　[9] 次第：光景，景况。

　　[10] 了得：了却，结束。

【题解】

当作于高宗建炎三年(1129)八月赵明诚卒后。经历了国破、家亡、夫死的惨痛,又是一个乍暖还寒的季节,无论怎样将息调养,身心都不得安宁。酒不驱寒,菊不堪摘(人无采菊之兴,菊亦不堪摘)。北雁南来,又勾起怀旧怀乡之情,认定"旧时相识",只不过是一种微妙的心理作用,一种寻求慰藉的需要,事实不得见如此。梧桐细雨,点点滴滴,是那样沉闷,迟重,更加深了度日如年的感受。这一切,不是一个"愁"字可以了结的。人物的内心世界的刻画与人物的身份与生活紧密结合,作者的命运与在国难和战乱之中流离颠沛的普通百姓(尤其是妇女)的苦难紧密结合,风格是凄美的。

【集评】

[1] 连用十四叠字,后又四叠字,情景婉绝,真是绝唱。后人效颦,便觉不妥。(茅暎《词的》卷四)

[2] [声声慢]用仄韵。从来此体皆收易安所作。盖其遒逸之气,如生龙活虎,非描塑可拟。其用字奇横而不妨音律,故卓绝千古。(万树《词律》卷十)

[3] 双声叠韵字要着意布置。有宜双不宜叠,宜叠不宜双处。重字则既双且叠,尤宜斟酌。如李易安之"凄凄惨惨戚戚",三叠韵,六双声,是锻炼出来,非偶然拈得也。(周济《宋四家词选·序论》)

[4] 此(指十四叠字)却不是难处。……其佳处,后又下"点点滴滴"叠四字,与前照映有法,不是草草落句。玩其笔力,本自矫拔,词家少有,庶几苏辛之亚。(陆昶《历朝名媛诗词》卷十一)

永 遇 乐

落日镕金,暮云合璧,人在何处?染柳烟浓,吹梅笛怨[1],春意知几许?元宵佳节,融和天气,次第岂无风雨[2]?来相召、香车宝马,谢他酒朋诗侣。

中州盛日[3],闺门多暇,记得偏重三五[4]。铺翠冠儿[5],捻金雪柳,簇带争济楚[6]。如今憔悴,风鬟雾鬓,怕见夜间出去。不如向、帘儿底下,听人笑语。

【注释】

[1] 吹梅笛怨:郭茂倩《乐府诗集》卷二十四有《梅花落》,本笛中曲。此泛指音乐。

[2] 次第:犹言转眼之间。

[3] 中州:指北宋都城汴京(开封)。

[4] 偏重(chóng)三五:偏偏有两个元宵节。三五,十五日,特指正月十五日。徽宗

政和六年（1116）闰正月，有两个元宵节（依胡国瑞说）。依词律，此说为是。诸注本解"偏重"为特别看重，"重"读去声。未妥。

　　[5] 铺翠冠儿：以翠羽为饰的帽子。下句"捻（niǎn）金雪柳"，加入金线捻丝的绢花或纸花。按，铺翠与捻金，均为华贵的装饰。

　　[6] 簇带：插戴。簇，攒聚，形容多。济楚：整齐鲜亮。济，通"齐"。

【题解】

　　此首疑作于高宗绍兴三年或四年（1133 或 1134）元宵。依王仲闻《李清照事迹编年》，时作者在南宋都城临安（杭州），年约五十。篇中有"酒朋诗侣"与"香车宝马""来相召"等字样，应是临安写照。上片一边写临安的元宵节景象，一边设问："人在何处"？"次第岂无风雨？"这是乱离中人初得安定而尚有余悸的情绪的真实反映。"谢他"句说明心理与精神的伤痛还远远没有痊愈。下片以无限眷念之情描述"中州盛日"的元宵，"如今"以下数句又回到现实。同样的一个节日，不同的环境与不同的思想情感前后对比，浓缩着无限伤心与盛衰之慨。刘辰翁在宋王朝即将覆灭之时作 [永遇乐]，其序云："余自乙亥（1275）上元诵李易安 [永遇乐]，为之涕下。"可见其感染力之久远。

【集评】

　　[1] 易安居士李氏，赵明诚之妻。《金石录》亦笔削其间。南渡以来，常怀京洛旧事。晚年赋 [元宵·永遇乐] 词云："落日镕金，暮云合璧"，已自工致。至于"染柳烟浓，吹梅笛怨，春意知几许"，气象更好。后叠云："于今憔悴，风鬟霜鬓，怕见夜间出去"，皆以寻常语度入音律。炼句精巧则易，平淡入调者难。（张端义《贵耳集》卷上）

武　陵　春
春　晚

　　风住尘香花已尽，日晚倦梳头。物是人非事事休，欲语泪先流。　　闻说双溪春尚好，也拟泛轻舟。只恐双溪舴艋舟，载不动、许多愁。

【题解】

　　作于绍兴五年（1135）流寓金华时。双溪指东港、南港，在金华城下会合。上片写物是人非之痛，下片说即使是如此美好的双溪春色，也不敢去游赏了。语言风格自然洗练，形象鲜明。古人写愁，有说如何多的，如李煜 [虞美人]：

"问君能有几多愁,恰似一江春水向东流。"秦观[千秋岁]:"飞红万点愁如海。"有说如何长的,如李白《秋浦歌》之十七:"白发三千丈,缘愁似个长。"有说如何重的,如本篇之"只恐双溪舴艋舟,载不动、许多愁"。

【参考书】

[1]《李清照集校注》,王仲闻校注,人民文学出版社1979年版。
[2]《漱玉集注》,李清照著,王延梯注,山东文艺出版社1984年版。

陈与义

陈与义(1090—1138),字去非,号简斋,洛阳(今属河南)人。高宗绍兴七年(1137),官至参知政事。江西诗派所谓"一祖三宗"中"三宗"之一,诗歌创作推崇杜甫,南渡之后,多忧国伤时之作,"造次不忘忧爱,以简严扫繁缛,以雄浑代尖巧"(刘克庄《后村诗话》前集卷二)。虽是一诗之评,亦能代表其总体风格。有《简斋集》十六卷(《四库全书》本)。

伤 春

庙堂无策可平戎,坐使甘泉照夕烽[1]。初怪上都闻战马[2],岂知穷海看飞龙。孤臣霜发三千丈[3],每岁烟花一万重[4]。稍喜长沙向延阁[5],疲兵敢犯犬羊锋。

(《陈与义集》,吴书荫等校点,中华书局1982年版)

【注释】

[1] "坐使"句:借前代故事指金兵南侵。甘泉,汉代甘泉宫,在今陕西三原甘泉山。《汉书·匈奴传》:孝文帝十四年,匈奴十四万人入侵,"骑兵入烧回中宫,候骑至雍、甘泉。"
[2] 上都:指临安(杭州)。《宋史·高宗本纪》载建炎三年(1129)十二月,金兀术(zhú)进犯临安,宋高宗(即下文之"飞龙")逃往明州(今宁波),入海至温州,始免于难。
[3] 孤臣:不受重视远离朝廷的臣子。
[4] 烟花:绮丽的春天景色。杜甫《伤春》:"西京疲百战,北阙任群凶。关塞三千里,烟花一万重。"
[5] 向延阁:向子諲,字伯恭,曾任直龙图阁,故以向延阁称之。建炎四年知潭州(治

所在今湖南长沙），金兵（即下文"犬羊"）围城，子諲率军民固守抵抗，浴血苦战十日。

【题解】

作于高宗建炎四年（1130）春。前二联指责朝中大臣没有平戎良策，致使金兵长驱南下，皇帝蒙尘。第三联用李白《秋浦歌》句与杜甫《伤春》句，美好的春光与惨烈的战祸形成鲜明对照，表达自己的忧伤。第四联赞扬向子諲敢于以疲兵抗敌之忠勇无畏。纪昀评"此首真有杜意"。（《瀛奎律髓汇评》卷三十二）当包括思想与艺术的忠悫沉郁而言。

【参考书】

[1]《陈与义集校笺》，白敦仁校笺，上海古籍出版社1990年版。

张元幹

张元幹（1091—1161），字仲宗，号芦川居士，福州永福（今福建永泰）人。徽宗时入仕，靖康初，李纲聘为幕僚。高宗时曾任将作监丞、抚谕使。文学创作以词著名，南渡后多伤时忧国、慷慨悲凉之作。其豪迈作风上承苏轼，下启张孝祥及辛弃疾等人。有《芦川词》一卷（《四库全书》本）。

贺　新　郎
寄李伯纪丞相[1]

曳杖危楼去。斗垂天，沧波万顷，月流烟渚。扫尽浮云风不定，未放扁舟夜渡。宿雁落、寒芦深处。怅望关河空吊影，正人间、鼻息鸣鼍鼓[2]。谁伴我，醉中舞[3]？　　十年一梦扬州路[4]。倚高寒[5]，愁生故国，气吞骄虏。要斩楼兰三尺剑[6]，遗恨琵琶旧语[7]。谩暗拭，铜华尘土[8]。唤取谪仙平章看[9]，过苕溪、尚许垂纶否[10]？风浩荡，欲飞举。

（《全宋词》，唐圭璋编，中华书局1965年版。下同）

【注释】

[1] 李伯纪：李纲，字伯纪，邵武（今属福建）人。钦宗时力主抗金，反对迁都。高宗

即位（1127），用为宰相，图谋恢复，在职七十日，被妥协派排挤去位。

[2] 鸣鼍（tuó）鼓：熟睡的人们鼾声如鼍鼓之鸣声。鼍鼓，鼍皮蒙制的鼓。

[3] "谁伴"二句：用晋代祖逖与刘琨相互勉励闻鸡起舞故事。

[4] "十年"句：建炎元年（1127）高宗南逃至扬州，又匆匆渡江，三年，金兵陷扬州，至此约已十年。

[5] 倚高寒：倚楼眺望。高寒，承上"危楼"说。

[6] 楼兰：西域古国名。王昌龄《从军行》七首之四："黄沙百战穿金甲，不破楼兰誓不还。"此以楼兰喻金。

[7] "遗恨"句：此以汉代昭君和亲事比喻宋主对金妥协投降政策。杜甫《咏怀古迹》五首之三："千载琵琶作胡语，分明怨恨曲中论。"

[8] 谩：通"漫"，徒然。铜华尘土：蒙上尘土的宝剑上的铜锈。

[9] 谪仙：李白。借指李纲。平章：评议，裁断。

[10] 苕溪：水名。在浙江北部，至湖州注入太湖。风景优美。垂纶：垂钓。纶，钓丝。

【题解】

当作于高宗绍兴八年（1138）或九年。作者在福州，李纲罢相闲居长乐，两地仅一水之隔，故有"扁舟夜渡"之想。上片写夜深人静，倚楼眺望所见所感。"谁伴"二句，引李纲为知音。下片暗含对朝廷妥协求和的不满；即使国势如此危急，连苕溪亦非优游之地，而爱国志士仍然报国无门，壮志难酬。忠愤不平之气跃然纸上，感人至深。

贺 新 郎

送胡邦衡谪新州[1]

梦绕神州路。怅秋风，连营画角，故宫离黍[2]。底事昆仑倾砥柱[3]，九地黄流乱注？聚万落千村狐兔。天意从来高难问[4]，况人情老易悲难诉。更南浦，送君去。　　凉生岸柳催残暑。耿斜河[5]，疏星淡月，断云微度。万里江山知何处？回首对床夜语[6]。雁不到，书成谁与？目尽青天怀今古，肯儿曹、恩怨相尔汝[7]！举大白[8]，听金缕[9]。

【注释】

[1] 胡邦衡：胡铨，字邦衡，庐陵（今江西吉安）人。高宗时任翰林院编修官，坚决主战，上书请斩秦桧等人以谢天下，被除名，编管新州（今广东新兴）。作者本人，亦以此词除名。

[2] 故宫离黍：旧时宫殿（指北宋都城汴京）已经荒芜。《诗经·黍离》："彼黍离离，

彼稷之苗。"描写西周故都已成庄稼地。

[3] 砥柱：似是兼指传说中昆仑山铜柱（见《神异经·中荒经》）与黄河之砥柱山。

[4] 天意：上天的意旨，实指朝廷的对金方略。下句"人情老易"即人情（人的抗战热情）易老（衰落）。一说，老年人容易伤心动情，而这种伤情却又"难诉"。（刘逸生）杜甫《暮春江陵送马大卿公恩命追赴阙下》："天意高难问，人情老易悲。"

[5] 耿：明亮。斜河：斜转的银河。

[6] 对床夜语：知心朋友深夜谈心。

[7] 恩怨：偏义复词，恩爱。相尔汝：彼此以你我相称，表示亲密。

[8] 举大白：举杯畅饮。大白，酒杯。

[9] 金缕：《金缕曲》，即词调[贺新郎]。

【题解】

作于绍兴十二年（1142）。上片以天灾喻人祸，痛陈金兵南侵，中原大地一片荒芜，狐兔出没，而朝廷一味求和，令人悲愤，何况你又远贬呢！下片写送别时的凄清景象，回想过去的友谊，感慨今后雁书难达。最后情绪振起，在悲愤之中见激昂：目尽青天，心怀今古，又怎能如儿女子沉湎于个人恩怨之中，还是浮一大白，听一曲《金缕》吧！慷慨悲歌，传诵当时。"数百年后，尚想其抑塞磊落之气。"（《四库全书总目》卷一九八）

【参考书】

[1]《芦川词》，曹济平校注，上海古籍出版社1991年版。

朱淑贞

朱淑贞（生卒年未详），号幽栖居士，钱塘（今杭州）人，一说海宁（今属浙江）人。出身仕宦家庭，善丹青，工诗词，文学成就可追步李清照。嫁非其偶，有彩凤随鸦之叹，悒郁而死（或云其夫汪纲，理宗时权户部侍郎，朱随夫宦游；后来汪纲娶妾家庭失和）。（见邓红梅《朱淑真事迹新考》，《文学遗产》1994年第2期）有《断肠集》二卷（《四库全书》本），《断肠词》一卷（《四库全书》本）。

眼 儿 媚

迟迟春日弄轻柔，花径暗香流。清明过了，不堪回首，云锁朱楼。　午窗睡起莺声巧，何处唤春愁？绿杨影里，海棠亭畔，红杏梢头。

（《全宋词》，唐圭璋编，中华书局 1965 年版。下同）

【题解】

此首写春天的愁思。"迟迟春日"出自《诗经·七月》的"春日迟迟"，以此展开一幅明丽的春色图，但带来的却是不堪回首的伤感。午觉醒来，听到莺声巧啭，似乎在唤起人的春愁。这莺声在哪里呢？在最美的景物中，在绿杨影里，海棠亭畔，红杏梢头。春愁总是与美景同在的。

蝶 恋 花
送 春

楼外垂杨千万缕，欲系青春，少住春还去。犹自风前飘柳絮，随春且看归何处。　绿满山川闻杜宇，便做无情，莫也愁人苦？把酒送春春不语，黄昏却下潇潇雨。

【题解】

此首写与春天依依惜别之情。上片是杨柳留春，千丝万缕，欲系住青春（青翠葱茏的春天），风中柳絮还追踪春的去向。下片是人在杜鹃声中，把酒送春；而春天终于在黄昏的潇潇雨声中黯然离去了。写景与写情，融化无痕，而余韵悠长。

【参考书】

[1]《朱淑贞集注》，郑元佐注，冀勤校点，浙江古籍出版社 1985 年版。

岳 飞

岳飞（1103—1142），字鹏举，相州汤阴（今属河南）人。北宋末年投军。南宋初抗金名将，屡败金兵，历神武后军都统制，武胜、定国军节度使，河南北诸路招讨使，枢密副使，位至少保。因坚决反对议和，终为秦桧构陷，以"莫须有"之罪名下狱死。孝宗时追谥武穆，宁宗时追封鄂王。有《岳武穆遗文》一卷（《四库全书》本）。

小 重 山

昨夜寒蛩不住鸣，惊回千里梦，已三更。起来独自绕阶行，人悄悄，帘外月胧明。　白首为功名，旧山松竹老，阻归程。欲将心事付瑶琴，知音少，弦断有谁听！

（《全宋词》，唐圭璋编，中华书局1965年版。下同）

【题解】

当作于高宗绍兴八年（1138）宋金和议将成之际。岳飞反对和议，认为"金人不可信，和好不可恃，相臣谋国不臧，恐贻后世讥"（《宋史·岳飞传》）。直斥秦桧。上片写蟋蟀鸣声凄切，夜不能寐，心绪不宁。下片慨叹功业难成，不能退隐故乡，又有知音难得的孤独之感。在委婉从容的写景抒情之中，仍然透露出一股勃郁不平之气。

满 江 红
写 怀

怒发冲冠[1]，凭栏处、潇潇雨歇。抬望眼、仰天长啸[2]，壮怀激烈。三十功名尘与土，八千里路云和月[3]。莫等闲、白了少年头，空悲切。　靖康耻[4]，犹未雪；臣子恨，何时灭。驾长车踏破，贺兰山缺[5]。壮志饥餐胡虏肉，笑谈渴饮匈奴血。待从头、收拾旧山河，朝天阙[6]。

【注释】

[1] 怒发冲冠：《史记·刺客列传》：荆轲"复为羽声慷慨，士皆瞋目，发尽上指冠"。下句"处"，……时，之时。

[2] 抬望眼：举目远眺。望眼，远眺的目光。

[3] "三十"二句：概括多年来转战数千里的艰苦卓绝经历。作者《池州翠微亭》诗有句云："经年尘土满征衣。"云和月，无论昼夜阴晴。

[4] 靖康：钦宗年号。元年（1126）冬，金兵攻陷东京（开封），二年四月北去，掳走徽钦二宗与后妃宗室等数千人，以及大量财宝文物，京城为之一空。北宋灭亡。

[5] 贺兰山：在宁夏与内蒙古交界处之黄河西侧，南北走向，山间垭口为东西交通要

冲。此借以泛指北方关口。

[6] 天阙：皇宫前两旁的楼观，指代皇帝。

【题解】

　　或作于绍兴十年（1140）。是年岳飞大破金兵于郾城（今属河南），乘胜进军至朱仙镇，直逼开封，大有恢复河朔之势。上片写在潇潇急雨中凭栏远眺时激昂振奋的情怀，回想多年征战的历程，与及时努力的自励。下片展望今后的宏愿大志，要扫灭敌人，收复失地，安定国家。这是爱国主义和英雄主义的强音，千百年来感动激励过无数的读者。正如清人陈廷焯所说："何等气概，何等志向！千载下读之凛凛有生气焉。"（《白雨斋词话》）

【参考书】

　　[1]《岳飞集辑注》，郭光辑注，中州古籍出版社1997版。

陆　游

　　陆游（1125—1210），字务观，号放翁，越州山阴（今浙江绍兴）人。高宗绍兴二十八年（1158）以恩荫入仕，孝宗即位（1162），赐同进士出身，历任通判、知州、宝章阁待制等。与尤袤、杨万里、范成大并称"中兴四大家"，早年作诗宗法江西派，穷极工巧而仍归雅正。中年入蜀，在陕南四川前后九年，爱国主义成为诗歌创作的基调，反对妥协，力主抗战，表达人民大众击退金兵、恢复中原的强烈愿望，风格闳肆豪壮，忠愤感激。晚年退居山阴，诗风渐趋平淡，但仍然关怀国计民生。古体与律绝，各体皆工，尤精于七律。其词作或激昂感慨，或飘逸高妙，风格亦多样化。有《渭南文集》五十卷、《逸稿》二卷（《四库全书》本）、《剑南诗稿》八十五卷（《四库全书》本）。

钗　头　凤

　　红酥手，黄縢酒[1]，满城春色宫墙柳[2]。东风恶，欢情薄[3]，一怀愁绪，几年离索[4]。错，错，错。　　春如旧，人空瘦。泪痕红浥鲛绡透[5]。桃花落，闲池阁。山盟虽在，锦书难托[6]。莫[7]，莫，莫！

　　　　　　　　（《全宋词》，唐圭璋编，中华书局1965年版。下同）

【注释】

[1] 黄縢（téng）酒：以黄纸或黄绢封口的官酒。縢，封。

[2] 宫墙：山阴（今浙江绍兴）是南宋陪都，故有宫墙。

[3] 欢情：欢爱之情，夫妻之情。

[4] 离索：离居。

[5] 红浥（yì）：泪湿。红，女子眼泪。鲛绡：相传海中有鲛人室，水居如鱼，所织丝极薄，是为鲛绡（见任昉《述异记》），可制巾帕，此代指手帕。

[6] 锦书：前秦窦滔妻苏蕙，尝织锦为回文诗，寄给窦滔以表相思。（见《晋书·列女传》）。这里代指书信。

[7] 莫：表否定的副词，犹算了，别提了。

【题解】

此首依旧说如宋人陈鹄《耆旧续闻》（卷十）及周密《齐东野语》（卷一）等书，指为陆游怀念前妻唐婉之作。今视其词意，恐未必然。陆唐离异，为母氏所逼。似不得斥为"东风恶"，又"山盟虽在，锦书难托"，尤为不经之辞。所传唐婉和作有"世情薄，人情恶"，亦极可疑。姑存以备考。词中所咏女子疑指作者曾经恋慕的歌妓。参见《沈园》二首注释。

汉 宫 春
初自南郑来成都作[1]

羽箭雕弓，忆呼鹰古垒，截虎平川[2]。吹笳暮归，野帐雪压青毡。淋漓醉墨，看龙蛇、飞落蛮笺[3]。人误许[4]，诗情将略，一时才气超然。　　何事又作南来，看重阳药市，元夕灯山。花时万人乐处，欹帽垂鞭[5]。闻歌感旧，尚时时、流涕尊前。君记取，封侯事在，功名不信由天。

【注释】

[1] 南郑：今陕西汉中。孝宗乾道八年（1172）春，陆游赴南郑前线任四川宣抚使王炎幕下干办公事兼检法官。十一月，改成都府安抚使司参议官。

[2] 截虎：陆游诗中多次提到在山南打猎刺虎之事。

[3] 龙蛇：比喻作书时之笔势飞动。李白《草书歌行》："恍恍如闻神鬼惊，时时只见龙蛇走。"蛮笺：蜀地所产的名贵彩色笺纸。

[4] 人误许：他人言过其实的称许。

[5] 欹（qī）帽垂鞭：形容游赏时的从容随意。欹帽，帽子倾侧着。垂鞭，垂下马鞭，不用驱策。

【题解】

作于孝宗乾道九年（1173）在成都时。上片写在南郑前线呼鹰刺虎的武事，醉墨淋漓写诗文的文事，都是豪情激荡的，十分得意的，以至耸动视听，朋友们都赞许他既有将略，又有诗情，认为他才气超群。下片"何事"一转，写在成都的悠闲生活。两相对比，感慨系之。最后说，请朋友们记着，我对万里封侯的事业仍然寄予希望。

卜算子
咏梅

驿外断桥边，寂寞开无主。已是黄昏独自愁，更着风和雨。　　无意苦争春，一任群芳妒。零落成泥碾作尘，只有香如故。

【题解】

词当作于旅次。上片写梅花的遭遇，地点是驿外，是断桥边，时间是风雨交加的黄昏。寂寞孤苦，备受摧残。下片写梅花的品格，一是不争春，二是香如故，清高拔俗而坚贞不渝。咏物与言志融为一体。梅是梅花，又是作者自己。虽是失意之时，但基调却是积极的，是对艰难人生道路的挑战，是对美好人生理想的歌颂。作者酷爱梅花，写过多首梅花绝句，其中一首云："闻道梅花坼晓风，雪堆遍满四山中。何方可化身千亿？一树梅花一放翁。"

诉衷情

当年万里觅封侯，匹马戍梁州[1]。关河梦断何处，尘暗旧貂裘[2]。　　胡未灭，鬓先秋，泪空流。此生谁料，心在天山，身老沧洲！

【注释】

[1]"当年"二句：指宋孝宗乾道八年（1172）在四川宣抚使王炎幕府襄理军务，从军南郑（今陕西汉中）事。觅封侯，奔赴疆场，寻找建功立业的机会。

[2]尘暗旧貂裘：本指战国苏秦说秦王，书十上而说不行，裘敝金尽事（《战国策·秦策》），此指戎装闲置生尘。

【题解】

当作于晚年退隐山阴时。梁州，《禹贡》九州之一，此指汉中地区。天山，指代抗金前线。沧洲，滨水的地方，隐士之所居。词的上片回忆当年从戎西北的壮举，"尘暗旧貂裘"，从艰苦的军事生活气息中透露出一股豪迈之情。下片写壮志难酬的悲愤。联系〔汉宫春〕的"封侯事在，功名不信由天"，其内心的痛苦是深沉的，因为理想终于被现实击破了。

游山西村

莫笑农家腊酒浑[1]，丰年留客足鸡豚。山重水复疑无路，柳暗花明又一村。箫鼓追随春社近[2]，衣冠简朴古风存[3]。从今若许闲乘月，拄杖无时夜叩门[4]。

（《陆放翁全集》，中国书店出版社1986年版，据世界书局1936年本影印。下同）

【注释】

[1] 腊酒：腊月酿造的酒。浑：清酒为佳，浑酒，写农村生活纯朴。

[2] "箫鼓"句：春社日将近，村里迎神的箫鼓声一阵接着一阵。春社，立春后第五个戊日祭土地神，以祈丰年。

[3] 古风：古朴的民风。

[4] 无时：随时。

【题解】

作于孝宗乾道三年（1167）居山阴三山时。首联与第三联写丰收之年的农村生活，次联写山阴山水的特点，一步不前可以失去好景，经过努力，可得意外之奇，别有一番天地。全诗洋溢着热爱农村与农民的深挚感情，可能还暗含对比的意思，即官场的龌龊与世风的浇薄。

【集评】

[1] 以游村情事作起，徐言境地之幽，风俗之美，愿为频来之约。（方东树《昭昧詹言》卷二〇）

剑门道中遇微雨

衣上征尘杂酒痕，远游无处不消魂。此身合是诗人未[1]？细雨骑驴入剑门。

【注释】

  [1] 合是诗人未：该是诗人了吧？未，疑问副词。

【题解】

  作于乾道八年（1172）自汉中赴成都任职，途经剑门（剑门山，在今四川剑阁之北）时。诗人骑驴故事，前代常见，带有潇洒浪漫色彩。消魂，不应解作黯然惆怅之类的意思，而是表示情绪兴奋，极其快乐。其《夜与子通说蜀道因作长句示之》："忆自梁州入剑门，关山无处不消魂。"说的是同一件事。本篇的特点在于"征尘"与"酒痕"的巧妙结合。作者认为自己是到过前线的勇敢的战士，如今细雨骑驴，又找到了兴会淋漓的诗人的感觉。他是非常得意这两种身份融为一体的。

金错刀行

  黄金错刀白玉装[1]，夜穿窗扉出光芒。丈夫五十功未立，提刀独立顾八荒。京华结交尽奇士，意气相投共生死。千年史策耻无名，一片丹心报天子。尔来从军天汉滨[2]，南山晓雪玉嶙峋[3]。呜呼！楚虽三户能亡秦[4]，岂有堂堂中国空无人！

【注释】

  [1] "黄金"句：极言刀之名贵。金错，用黄金在刀上涂饰或镶嵌文字图案。
  [2] 天汉：汉水。
  [3] 南山：终南山。嶙峋（lín xún）：山崖突兀层叠貌。
  [4] "楚虽"句：《史记·项羽本纪》："故楚南公曰：楚虽三户，亡秦必楚也。"言楚人怨秦最深，只要尚存三户人家，就足以灭亡秦朝。三户，虚设之辞，极言其少。

【题解】

  作于乾道九年（1173）摄知嘉州（治所在今四川乐山）任上，时年四十九岁。从刀的装饰华贵与光芒逼人写起，着意刻画一个意气豪迈，渴望建功立业而留名千古的侠士的形象。最后以"三户亡秦"说自己的决心，一定要扫灭金兵，收复河山，一定要用事实证明中原大国不是没有志士人才！从构思命意到遣辞造句，使人想起鲍照的那些慷慨任气、磊落使才的歌行作品。

关　山　月[1]

　　和戎诏下十五年[2]，将军不战空临边。朱门沉沉按歌舞[3]，厩马肥死弓断弦。戍楼刁斗催落月[4]，三十从军今白发。笛里谁知壮士心[5]，沙头空照征人骨。中原干戈古亦闻，岂有逆胡传子孙。遗民忍死望恢复[6]，几处今宵垂泪痕。

【注释】

　　[1] 关山月：汉乐府横吹曲名，乐器用笛。多述征戍之苦和相思离别之情。王昌龄《从军行七首》其一："更吹羌笛关山月，无那金闺万里愁。"
　　[2] "和戎"句：隆兴元年（1163）宋孝宗遣王之望等为金国通问使进行议和，次年订立和约，见《宋史·孝宗纪》。
　　[3] 朱门沉沉：富贵人家重门深院。沉沉，深远的样子。按：击节，弹奏。
　　[4] 戍楼：边疆瞭敌情的岗楼。刁斗：古代军中用具，白天可用为炊具，夜则敲击巡更。
　　[5] 笛里：即《关山月》曲中。
　　[6] 遗民：此指金人统治下的北方汉族人民。

【题解】

　　作于孝宗淳熙四年（1177）在成都时。全诗设为守边老战士的口吻，谴责妥协投降政策，矛头是指向朝廷和议派的（而和议是皇帝的意思）。在那封"和戎"的诏书里，说宋朝皇帝可以"正皇帝之称"了，不必称"臣"了，"岁贡"改称"岁币"，数目也减少了，似乎是占便宜了。这令人悲慨。"朱门"二句与"戍楼"四句的强烈对比，又令人激愤。一想到"逆胡"要在中原大地繁衍子孙了，更令人无法忍受！作者——战士——遗民的感情紧紧地结合在一起了。这是全民族的共同感情，由于受到压抑而表达得非常沉郁，风格与《金错刀行》不同。

六月十四日宿东林寺

　　看尽江湖千万峰，不嫌云梦芥吾胸[1]。戏招西塞山前月[2]，来听东林寺里钟。远客岂知今再到，老僧能记昔相逢。虚窗睡熟谁惊觉，野碓无人夜自舂[3]。

【注释】

　　[1] 云梦：古大泽名。一般的说法，北至长江以北，南包洞庭湖。芥：小草，比喻细小的梗阻物。

　　[2] 西塞山：在今湖北大冶东九十里，长江南岸。下句"东林寺"，在庐山。

　　[3] 野碓（duì）：田野间的碓臼，以水为动力。

【题解】

　　作于淳熙五年（1178）自蜀中东归途经九江游庐山时。第一联夸张地说自己经历不凡，胸襟多么广阔。司马相如《子虚赋》："吞若云梦者八九于其胸中，曾不蒂芥。"第二联为流水对，上句之"月"为下句主语，作者入川时是途经九江庐山和西塞山的，此时忽发奇想，把相去数百里的两处景点和相隔若干年的两种印象叠印在一起了，生动活泼而又意趣横生。第四联是以野碓自舂之动衬托出夜宿东林寺之格外幽静。韦应物的《滁州西涧》："春潮带雨晚来急，野渡无人舟自横。"也是动静相生的。

书　愤

　　早岁那知世事艰，中原北望气如山。楼船夜雪瓜洲渡[1]，铁马秋风大散关[2]。塞上长城空自许[3]，镜中衰鬓已先斑。《出师》一表真名世，千载谁堪伯仲间。

【注释】

　　[1] 瓜洲渡：在今江苏长江北岸，大运河入江处，向为水运交通要冲。高宗绍兴三十一年（1161），金主完颜亮大举南侵，一路直逼瓜洲渡至采石矶沿江一线，虞允文等率舟师击退之。

　　[2] 大散关：在陕西宝鸡西南大散岭上，当秦岭咽喉，古代兵家必争之地。绍兴三十一年，吴璘击退另一路金兵于此。

　　[3] 长城：比喻可以依赖的人。南朝宋之名将檀道济曾自比"万里长城"。

【题解】

　　作于淳熙十三年（1186）春在山阴时。第一联回顾年轻时气吞山河的报国豪情。第二联特别强调抗金事业也曾有过辉煌的激动人心的纪录。第三联一转，上句与"早岁"句呼应，用一"空"字，下句说多年来壮志难酬，用一"已"字，倍感沉痛。第四联说，与诸葛亮不相上下的人物，千载之下是没有了，叹息南宋朝廷没有谁以北伐中原为终身事业，鞠躬尽瘁，死而后已。激昂悲愤，标题即是主题。第二联气象雄阔，内涵丰富，力量饱满，音节浏亮，尤为后人赞赏。

【集评】

[1] 通篇沉郁顿挫，而三、四雄浑，不但句中力量饱满，抑且言外神彩飞动。此等句集中颇多，如……此类或含蕴，或豪健，或沉着，皆集中上乘。（李庆甲集评校点本《瀛奎律髓汇评》卷三十二引许印芳）

[2] 志在立功，而有才不遇，奄忽就衰，故思之而有愤也。妙在三四句兼写景象，声色动人，否则近于枯竭。（方东树《昭昧詹言》卷二〇）

临安春雨初霁

世味年来薄似纱，谁令骑马客京华。小楼一夜听春雨，深巷明朝卖杏花。矮纸斜行闲作草[1]，晴窗细乳戏分茶[2]。素衣莫起风尘叹，犹及清明可到家。

【注释】

[1] 矮纸：短纸。

[2] 细乳：烹茶时水面泛起的白色泡沫。分茶：给茶分等级，品茶。

【题解】

作于淳熙十三年（1186）春，作者受命知严州（治所在今浙江建德），入京（临安，今杭州）陛辞，暂居西湖时。春末返里，七月抵严州任。首句是一篇宗旨所在，"谁令（líng）"句简直就是自责。第二三联以美好的春光与无聊的生活作对照，强调首句的内涵。写草书是费时间的，古人说过"匆匆不暇草书"（《三国志·魏书·刘劭传》）的话；分茶作为一种茶道，也是费时间的。作者百无聊赖，不得不借这些费时的消遣来打发春光。最后说，也不必叹息风尘污染了素衣，好歹在清明节赶回家里。陆游的苦闷，不是一般的仕途失意，而是理想不能实现，因而腻烦官场的庸俗，是爱国思想的曲折反映。

秋夜将晓出篱门迎凉有感二首（其二）

三万里河东入海，五千仞岳上摩天。遗民泪尽胡尘里，南望王师又一年。

【题解】

作于光宗绍熙三年（1192）家居山阴时。前二句以黄河与西岳华山为象征，高度概括北中国地域之辽阔，河山之壮美。后二句用"尽"字"又"字，表达遗民年年寄望又年年失望，眼泪已干而恢复无期的强烈感情，其中包含了谴责朝廷偏安思想的意思。

十一月四日风雨大作二首（其二）

僵卧孤村不自哀，尚思为国戍轮台。夜阑卧听风吹雨，铁马冰河入梦来。

【题解】

作于绍熙三年（1192）居山阴时。轮台，今新疆轮台，汉代为屯戍之所。此处指代抗金前线。风雨大作之声，引发了作者对汉中前线的军旅生活的回忆，僵卧孤村与铁马冰河，衰翁与战士的两种环境与两种形象交织起来，在鲜明的对照中透露出壮志未酬的悲凉。

沈　园

城上斜阳画角哀，沈园非复旧池台[1]。伤心桥下春波绿，曾是惊鸿照影来[2]。

梦断香消四十年[3]，沈园柳老不吹绵。此身行作稽山土，犹吊遗踪一泫然。

【注释】

[1] 沈园：故址在会稽（今绍兴）禹迹寺南。今按，刘克庄《后村先生大全集》卷一百七十八："放翁少时，二亲教督甚严。初婚某氏（不言姓唐名婉或名琬），伉俪相得。"后屈于二亲之意而离异，"某氏改适某官（不言是宗室子赵士程）"。一日偶遇于沈园，"坐间目成而已（不言"遣致酒肴"及赋［钗头凤］之事）"。此事刘克庄得闻于曾黯，曾黯是陆游的学生，陆游老师曾几的孙子，所述当可信。周密《齐东野语》，近乎小说家言，不足取。

[2] 惊鸿：曹植《洛神赋》："其形也翩若惊鸿，婉若游龙。"此借指某氏。

[3] 四十年：当是某氏死（"梦断香消"）于此前大约四十年。

【题解】

当作于宁宗庆元五年（1199）居山阴时，陆游七十五岁。第一首前二句写今日之景象，日已西斜，画角声哀，沈园亦非旧时面貌。后二句说，昔日此地的一个春波照影，情意缠绵的小镜头，却铭心刻骨，留下了永远的记忆，同时又是一个永远无法愈合的伤痕。第二首既是对死者的缅怀与感念，又是自伤。作者已经七十五岁了，行将就木了，回顾四十馀年事，仍是潸然泣下，可见感情之真挚坚贞。陆游诗多次写到沈园事，如此前之《禹迹寺南有沈氏小园……》，作于光宗绍熙三年（1192），六十八岁。此后之《十二月二日夜梦游沈氏园亭》（二首）作于宁宗开禧元年（1205），八十一岁；《城南》，作于开禧二年（1206），八十二岁；《春游》（四首之四），作于嘉定元年（1208），八十四岁。止于哀伤叹息，并无怨愤指斥之辞。两年后，陆游亦离开人世。

【集评】

　　[1] 无此绝等伤心之事，亦无此绝等伤心之诗。就百年论，谁愿有此事？就千秋论，不可无此诗。(陈衍《宋诗精华录》卷三) 又：古今断肠之作，无如此前后三首者。(同上) 按，前后三首指《禹迹寺南……》一首与此《沈园》二首。

示　儿

　　死去元知万事空，但悲不见九州同。王师北定中原日，家祭无忘告乃翁。

【题解】

　　作于宁宗嘉定三年（1210）春。这是陆游的绝笔。他告诉他的儿子们：原知人死万事皆空，感到悲愤的是国家没有统一；王师北定中原之日，一定要报告他的亡灵。这种数十年如一日的至死不渝的伟大爱国精神，一直激励着千百年间的志士仁人，产生了巨大的精神力量。

【集评】

　　[1] 忠愤之气，落落二十八字间。林景熙收宋二帝遗骨，树以冬青，为诗纪之，复有歌《题放翁卷后》云："青山一发愁蒙蒙，干戈况满天南东。来孙却见九州同，家祭如何告乃翁？"每读此，未尝不为滴泪也。(胡应麟《诗薮》杂编卷五)

　　[2] 君国之念，至瞑不忘。翁之生平大节，可概睹矣。(陆鎣《问花楼诗话》卷二)

【参考书】

[1]《陆游诗选》，游国恩等选注，人民文学出版社1957年版。

[2]《剑南诗稿校注》，钱仲联校注，上海古籍出版社1985年版。

范成大

范成大（1126—1193），字致能，号石湖居士，吴县（今江苏苏州）人。高宗绍兴二十四年（1154）进士，曾奉命使金，四任镇帅，官至参知政事（副宰相）。诗歌创作题材广泛，有爱国伤时的，有山川行役的，有民俗民生的，有日常风光的，尤以《四时田园杂兴》六十首著称。其风格或清新淡雅，或奔逸隽永，或在平易中见精工。有《石湖诗集》三十四卷（《四库全书》本）。

催 租 行

输租得钞官更催[1]，踉跄里正敲门来。手持文书杂嗔喜[2]："我亦来营醉归耳！"床头悭囊大如拳[3]，扑破正有三百钱："不堪供君成一醉，聊复偿君草鞋费。"

（《范石湖集》，富寿荪校点，上海古籍出版社1981年版。下同）

【注释】

[1] 钞：户钞，纳赋后的收据。

[2] 文书：官府催租的公文。

[3] 悭（qiān）囊：即扑满，陶制的储钱罐，打破后方能取出铜钱，故下文说"扑破"。

【题解】

农民已经输了租，有了收据，里正还是找上门来勒索，踉踉跄跄的步伐说明已经喝得半醉，还说只不过是求个一醉回家。农民不得不用仅存的三百钱打发了他。草鞋费，也就是跑路钱，小费。里正的无赖与农民的无奈，在生动的描述中表现得淋漓尽致。犹今之喜剧小品，幽默中含着苦涩。

横　　塘

南浦春来绿一川，石桥朱塔两依然。年年送客横塘路，细雨垂杨系画船。

【题解】

横塘在吴县（今江苏苏州）胥门外，张继《枫桥夜泊》诗中的枫桥在其北。诗的主题不是写某次具体的送别，而是歌咏这个风景如画的经常作为饯别场所的地方。屈原《九歌》有"送美人兮南浦"，江淹《别赋》有"送君南浦，伤如之何！"南浦成为分手送别之地的代称。长安城的灞桥，汴京城的隋堤，都有杨柳，本篇的"细雨垂杨系画船"，是典型的江南色彩。

州　　桥

州桥南北是天街，父老年年等驾回。忍泪失声询使者："几时真有六军来？"

【题解】

作于孝宗乾道六年（1170）奉命使金过北宋故都汴京时，使金绝句七十二首之一。州桥，即天汉桥，在宫城南，横跨汴河。作者自注云："南望朱雀门（按，汴京正南门），北望宣德楼（宫城正南门楼），皆旧御路（即天街）也。"借遗民的口气表示对朝廷的谴责，沦陷区人民与作者的爱国之情与恢复之志是相通的，遗民问使者，亦即遗民与使者同声问朝廷，问得伤感沉痛，一个"真有"的"真"含意深远。按诸史实，断无遗民父老拦使询问之理，但诗却写出了遗民心理，合情合理。参见钱锺书《宋诗选注》。

【集评】

[1] 沉痛不可多读，此则七绝至高之境，超大苏而配老杜者矣。（潘德舆《养一斋诗话》卷九）

鄂州南楼[1]

谁将玉笛弄中秋[2]？黄鹤飞来识旧游。汉树有情横北渚[3]，蜀江无语抱南楼。烛天灯火三更市，摇月旌旗万里舟[4]。却笑鲈乡垂钓手[5]，武昌鱼好便淹留[6]！

【注释】

[1] 鄂州：宋代鄂州（江夏郡），治所在今湖北武汉之武昌。南楼：故址在江夏（武昌）城西隅黄鹤山上，山上有黄鹤楼。崔颢有《黄鹤楼》诗。

[2] 玉笛：笛之美称。李白《与史郎中钦听黄鹤楼上吹笛》："黄鹤楼中吹玉笛，江城五月落梅花。"

[3] 汉树：崔颢《黄鹤楼》："晴川历历汉阳树。"

[4] 万里舟：杜甫《绝句四首》之三："门泊东吴万里船。"

[5] 鲈乡：鲈鱼之乡。晋人张翰见秋风起，乃思吴中菰菜、莼羹、鲈鱼脍，即命驾还乡。

[6] 武昌鱼：三国时孙权欲自建业（今南京）迁都武昌，建业人作歌以示反对："宁饮建业水，不食武昌鱼。"此武昌实指现今湖北黄冈对岸之鄂州，后人用此典多含混，不详论。

【题解】

作于孝宗淳熙四年（1177）自四川东归途中。诗的主题是倦于仕宦，回乡心切。用了许多的前人诗意与典故，都指向这个主题，紧扣吴中；却一点儿也不堆砌，不艰涩。中二联对偶工整，语意沉雄。末联说，可笑自己本该是在菰菜鲈鱼之乡垂钓的人，莫非由于武昌鱼好就淹留不走了！

四时田园杂兴六十首（选八）

土膏欲动雨频催，万草千花一饷开。舍后荒畦犹绿秀，邻家鞭笋过墙来。
（春日之二）

胡蝶双双入菜花，日长无客到田家。鸡飞过篱犬吠窦，知有行商来买茶。
（晚春之三）

昼出耘田夜绩麻，村庄儿女各当家。童孙未解供耕织，也傍桑阴学种瓜。
（夏日之七）

采菱辛苦废犁锄，血指流丹鬼质枯。无力买田聊种水，近来湖面亦收租。
（夏日之十一）

朱门巧夕沸欢声，田舍黄昏静掩扃。男解牵牛女能织，不须徼福渡河星。
（秋日之二）

垂成穑事苦艰难,忌雨嫌风更怯寒。笺诉天公休掠剩,半偿私债半输官。

(秋日之五)

新筑场泥镜面平,家家打稻趁霜晴。笑歌声里轻雷动,一夜连枷响到明。

(秋日之八)

黄纸蠲租白纸催,皂衣旁午下乡来。长官头脑冬烘甚,乞汝青钱买酒回。

(冬日之十)

【题解】

作于孝宗淳熙十三年(1186)在吴县石湖旧居养病时。分"春日"、"晚春"、"夏日"、"秋日"、"冬日"五组,各十二首。通过各种不同的角度描写一年四季的农村景象与农民生产生活,表达他们的思想感情,富有浓郁的乡土气息。语言平易、清新、流畅,风格近似中唐在民歌基础上加工提炼的竹枝词(如刘禹锡的作品)。范成大的"《四时田园杂兴》不但是他的最传诵最有影响的诗篇,也算得中国古代田园诗的集大成……仿佛把《七月》(《诗经·豳风》)、《怀古田舍》(陶渊明)、《田家词》(元稹)这三条线索打成一个总结,使脱离现实的田园诗有了泥土和血汗的气息,根据他的亲切的观感,把一年四季的农村劳动和生活鲜明地刻画出一个比较完全的面貌"(钱钟书《宋诗选注》)。

【集评】

[1] 且如农桑樵牧之诗,当以《毛诗·豳风》及石湖《田园杂兴》比熟看。(吴沆《环溪诗话》,转引自《中国古代文学史长编·宋辽金卷》,下同)

[2] 范石湖《四时田园杂兴》诗,于陶、柳、王、储之外,别设藩篱。王载南评曰:"纤悉毕登,鄙俚尽录,曲尽田家况味。"知言哉!(宋长白《柳亭诗话》)

【参考书】

[1]《范成大诗选》,周汝昌选注,人民文学出版社1984年版。

杨万里

　　杨万里（1127—1206），字廷秀，号诚斋，吉州吉水（今属江西）人。高宗绍兴二十四年（1154）进士，历任知县、知州、监司、秘书监。诗歌创作初学江西派与王安石以及晚唐，后乃摆脱前人，认为"闭门觅句非诗法，只是征行自有诗"，从大自然和现实生活中吸取诗材，启发诗思，形成新鲜活泼、圆转通畅的风格。严羽《沧浪诗话》中列有"杨诚斋体"。存诗四千二百余首，有《诚斋集》一百三十三卷（《四库全书》本）。

过百家渡四绝句（其二）

　　园花落尽路花开，白白红红各自媒。莫问早行奇绝处，四方八面野香来。

（《诚斋诗集》，四部备要本。下同）

【题解】

　　作于孝宗隆兴元年（1163）任零陵（今湖南永州）县丞时。百家渡是零陵城外湘水渡口。春季出城郊行，似乎置身于花的海洋里，白白红红就是如火如荼，生机勃勃。"各自媒"，就是花儿们各展风姿，向行人介绍自己是多么美丽，唤起行人的审美情趣。

小　　池

　　泉眼无声惜细流，树阴照水爱晴柔。小荷才露尖尖角，早有蜻蜓立上头。

【题解】

　　杨万里特别善于描摹自然风物。这首小诗前二句写泉眼的涓涓细流用一个"惜"字，树阴轻拂水面用一个"爱"字，都有创意，显得鲜活。后二句用的是今天的所谓"抓拍"、"抢拍"手法，留下一个转瞬即逝的生动的镜头。这些都能体现作者的"活法"与聪明灵巧的写生本领。

插 秧 歌

田夫抛秧田妇接,小儿拔秧大儿插。笠是兜鍪蓑是甲[1],雨从头上湿到胛。唤渠朝餐歇半霎[2],低头折腰只不答。秧根未牢莳未匝[3],照管鹅儿与雏鸭。

【注释】

[1] 兜鍪(móu):头盔。甲:铠甲。
[2] 渠:他。半霎:极短暂的时间。
[3] 莳(shì):移植,栽。匝:周遍。此有结束之义。

【题解】

作于孝宗淳熙六年(1179)。通过旅途中经历的一个场景,反映农民生产的勤劳与忙碌。"笠是"一句将斗笠比作头盔,蓑衣比作铠甲,也就是将农民比作战士,将春耕大忙比作一场战斗。全家出动,组织有序,节奏紧张,连一会儿的休息时间也没有。还要想到管住鹅鸭,不让它们伤害刚刚栽下扎根未牢的秧苗。作者对农民的劳动不仅是怜惜与关切,而且洋溢着赞美欣赏之情。

初入淮河四绝句(其一)

船离洪泽岸头沙,人到淮河意不佳。何必桑干方是远,中流以北即天涯。

【题解】

作于淳熙十六年(1189)奉命迎接金国使者时。据绍兴十年(1140)的宋金和议,西以大散关东以淮河为国界,作者离开洪泽湖,进入淮河,就有到了天涯海角的感受,因为河水中分线以北广大地区已经沦陷半个世纪了。前人说遥远,说穷边,往往提起桑干河,现在大不相同了。组诗之三云:"只余鸥鹭无拘管,北去南来自在飞。"之四说:"却是归鸿不能语,一年一度到江南。"是人不如鸥鹭鸿雁。杨万里表达爱国思想的诗篇,可能不如陆游那样悲愤激昂,但同样深沉。

寄陆务观

君居东浙我江西[1],镜里新添几缕丝?花落六回疏信息,月明千里两相思。不应李杜翻鲸海[2],更羡夔龙集凤池[3]。道是樊川轻薄杀,犹将万户比千诗[4]。

【注释】

[1]"君居"句:句法同黄庭坚《寄黄几复》的"我居北海君南海"。东浙,即浙东,当时陆游家居山阴(浙江绍兴),作者家在江西吉水。

[2]翻鲸海:比喻才力之雄大。杜甫《戏为六绝句》之四:"或看翡翠兰苕上,未掣鲸鱼碧海中。"因以碧海掣鲸比喻诗文之伟力。

[3]夔龙:帝舜的二臣名,夔为乐正,龙为谏官,见《尚书·舜典》。后世喻指辅弼大臣。凤池:中书省(中央政务机关,长官中书令为宰相之职),借代高官。杜甫《紫宸殿退朝口号》:"宫中每出归东省,会送夔龙集凤池。"

[4]"道是"二句:即使是有"轻薄"之讥的杜牧,也懂得文学成就重于仕途官位。道是,人说也。樊川,在长安南,有杜氏祖居。指代杜牧。轻薄杀,犹言轻薄得要死。杜牧《遣怀》:"十年一觉扬州梦,赢得青楼薄幸名。"万户,万户侯。杜牧《登池州九峰楼寄张祜》:"谁人得似张公子,千首诗轻万户侯。"称赞张祜轻爵禄而重诗歌。

【题解】

作于绍熙五年(1194)。诗的前二联叙友情,六年没有见面,消息也少了,彼此想念,是否又多了几缕白发?后二联说,已经有了文学上的巨大成就,不必再追求官位了。作者与陆游都是高产作家,都享有诗坛盛誉,"李杜翻鲸海",是对陆游的褒扬,也是对自己的安慰。不要再想着做官了这层意思,既是勉人,也是自勉。陆游晚年因人口多,家累重,多次叹贫,有再出的念头,杨万里可能了解这个情况。诗写得端重,诚恳,亲切,委婉,雅致,典故也是经过认真挑选的,可以看出彼此情谊的深厚,也可以看出作者诗风的另一面。

【参考书】

[1]《杨万里选集》,周汝昌选注,上海古籍出版社1979年版。

[2]《杨万里诗文选注》,于北山选注,上海古籍出版社1988年版。

朱　熹

朱熹（1130—1200），字元晦，号晦庵，徽州婺源（今属江西）人，侨居建州建阳（今属福建）之考亭。高宗绍兴十八年（1148）进士，历官知州、秘阁修撰、焕章阁待制。卒，追谥文。一生精力用于讲学著述，程朱学派的代表人物，宋代理学的集大成者。在观念上重道轻文，以义理为本，文学为末，但诗文成就亦为后世推崇，称为大家。有《晦庵集》一百卷、《续集》五卷、《别集》七卷（《四库全书》本）。

春　日

胜日寻芳泗水滨，无边光景一时新。等闲识得东风面，万紫千红总是春。

（《朱熹集》，四川教育出版社1996年版。下同）

【题解】

此为郊游赏春之作。万紫千红，光景无边，气象与眼界都很高远很开阔，而且很"新"，主观世界是这么容易地与客观世界相契合，心情也就特别愉悦。"泗水"在古鲁国地，与"洙水"合称"洙泗"，是孔夫子聚徒讲学之地，在南宋已入金国版图，作者"寻芳"，不可能远至洙泗。这就使人想到诗的主题有可能是描写一种美好的崇高的境界。我们认为，这首诗既实写了大好春光，又寄寓了作者所憧憬的理想。

观书有感二首

半亩方塘一鉴开[1]，天光云影共徘徊。问渠那得清如许[2]，为有源头活水来。

昨夜江边春水生，蒙冲巨舰一毛轻。向来枉费推移力，此日中流自在行。

【注释】

[1] 鉴：镜，指铜镜。平时用镜袱蒙盖，用时打开。
[2] 渠：它，指方塘。

【题解】

　　此二首都是哲理诗，难得的是作者能用鲜活生动的形象来说理，是诗，而不是"语录讲义之押韵者"。第一首说因为有了源头活水，这池塘之水明澈如镜，能照见天光云影；比喻勤于读书，不断地汲取新知识和新思想来充实自己，就可以保证修养的日新日日新。第二首以蒙冲巨舰在高涨的大水中轻松航行，比喻读书的功用，犹今日所说之"知识就是力量"！不读书，没有深厚广博的知识，"船"是随时都会搁浅的！

张孝祥

　　张孝祥（1132—1169），字安国，号于湖居士，历阳乌江（今安徽和县）人。高宗绍兴二十四年（1154）进士第一。历仕秘书郎、知州、安抚使等职，以显谟阁直学士致仕。力主抗金，文学作品充满爱国激情，艺术成就以词为高，多豪放雄健之作。有《于湖集》四十卷，《于湖词》三卷（均《四库全书》本）。

六州歌头

　　长淮望断，关塞莽然平[1]。征尘暗，霜风劲，悄边声。黯销凝[2]。追想当年事[3]，殆天数，非人力，洙泗上，弦歌地，亦膻腥。隔水毡乡[4]，落日牛羊下，区脱纵横[5]。看名王宵猎，骑火一川明。笳鼓悲鸣，遣人惊。　　念腰间箭，匣中剑，空埃蠹[6]，竟何成！时易失，心徒壮，岁将零。渺神京[7]。干羽方怀远[8]，静烽燧，且休兵。冠盖使[9]，纷驰骛，若为情？闻道中原遗老，常南望，翠葆霓旌[10]。使行人到此，忠愤气填膺，有泪如倾。

（《全宋词》，唐圭璋编，中华书局1965年版。下同）

【注释】

　　[1]"长淮"二句：极目远望淮河一线，草木繁密，与关塞齐平。指边防废弛。宋金绍兴和议（1141），以淮河为分界线。

　　[2]黯销凝：黯然伤感而出神。

　　[3]当年事：金兵南侵，占领广大北中国地区，掳去徽钦二帝之事。下文说，这大概是天意而非人力（这是激愤之辞），连洙泗（洙水泗水，在古鲁国境内）这样的礼乐弦歌之地也充斥着牛羊的膻腥之气。

[4] 隔水毡乡：淮水北边成为游牧民族（金人）聚居地。北方游牧民族以毡帐为家，故称毡乡。

[5] 区（ōu）脱：匈奴族用为屯戍守望的土堡。此借指金兵的工事。

[6] 空埃蠹：徒然地被尘封蠹蚀。

[7] 渺神京：汴京（东京开封府）已很遥远。

[8] "干羽"句：《尚书·大禹谟》记帝舜执干（盾）羽（雉尾）而舞，修文德而不用武力，使有苗（少数民族）来归顺。这是南宋朝廷屈辱求和的借口。

[9] 冠盖使：指对金媾和或通好的使节。

[10] 翠葆霓旌：天子的仪仗。意谓希望朝廷收复失地。

【题解】

当作于孝宗隆兴元年（1163）任建康留守时。上片通过对照手法，写长淮之南边备废弛，边声不作，而"隔水毡乡"却壁垒森严，名王夜间出猎，操练军事，声势盛大，使人惊悚。下片感慨徒有雄心壮志，而无用武之地，并揭示以冠冕堂皇的虚辞掩饰屈膝求和的奇耻大辱，直斥朝廷这样做，又何以为情？国家民族的尊严哪里去了？忠愤之气难以自已，喷薄而出，如石滩之急流，激促冲激，声势呜咽悲壮。

【集评】

[1] 张孝祥［六州歌头］一阕，淋漓痛快，笔饱墨酣，读之令人起舞。惟"忠愤气填膺"一句，提明忠愤，转浅、转显、转无余味，或亦耸当途之听，出于不得已耶？（陈廷焯《白雨斋词话》卷六）

[2] 张孝祥安国于建康留守席上赋［六州歌头］，致感重臣（指张浚，南宋大臣，力主抗金，封魏国公）罢席。然则词之兴观群怨，岂下于诗哉！（刘熙载《艺概》卷四）

念奴娇
过洞庭

洞庭青草[1]，近中秋、更无一点风色。玉鉴琼田三万顷[2]，着我扁舟一叶。素月分辉，明河共影，表里俱澄澈。悠然心会，妙处难与君说。　　应念岭海经年[3]，孤光自照[4]，肝肺皆冰雪。短发萧骚襟袖冷[5]，稳泛沧浪空阔[6]。尽吸西江[7]，细斟北斗[8]，万象为宾客。扣舷独笑，不知今夕何夕。

【注释】

[1] 洞庭青草：洞庭湖与青草湖，二湖相连，总称洞庭湖。

[2] 玉鉴：玉镜。琼田：玉田。

[3] 岭海：两广北倚五岭、南临南海，故称。经年：经过一年。词人任广南西路（今广西和广东西南一带地区）经略安抚使自宋孝宗乾道元年（1165）七月，次年六月罢官。

[4] 孤光：指月光。

[5] 萧骚：稀少。

[6] 沧浪：大水浩淼的样子，指洞庭湖。

[7] 西江：指长江。此言以长江为酒。

[8] 细斟北斗：言以北斗星为酒具酌酒而饮。

【题解】

作于孝宗乾道二年（1166）因谗言罢任（广南西路经略安抚使）北归，舟行至洞庭湖时。上片描写将近中秋之际风平浪静的洞庭夜色，"素月"三句说，洁白的月亮分出辉光与湖面，银河映照湖水能见到倒影，上下里外融为一体，作者扁舟一叶，置身其中，真有苏东坡《赤壁赋》"飘飘乎如遗世独立，羽化而登仙"的感觉。下片回顾岭外经历，如月光照冰雪，内心是如此纯洁清白，磊落光明；在这稍有凉意的无边空阔之地，要以北斗为酒勺，尽吸西来长江水，与宇宙万物一起痛饮！无论写景抒情，都借助于新鲜的形象，奇特的想象，达到主客一体，物我交融，而不知"今夕何夕"的神仙境界，有极强的艺术感染力。

【集评】

[1] 张于湖有英姿奇气，著之湖湘间，未为不遇。洞庭所赋，在集中最为杰特。方其吸江酌斗，宾客万象时，讵知世间有紫微青琐哉！（魏了翁《鹤山题跋》卷二）

[2] 写景不能绘情，必少佳致。此题咏洞庭，若只就洞庭落想，纵写得壮观，亦觉寡味。此词开首从洞庭说至"玉界琼田三万顷"，题已说完，即引入"扁舟一叶"，以下从舟中人心迹与湖光映带写，隐现离合，不可端倪。镜花水月，是二是一。自尔神采高骞，兴会洋溢。（黄蓼园《蓼园词选》）

[3] 飘飘有凌云之气，觉东坡[水调]犹有尘心。（王闿运《湘绮楼词选》）

【参考书】

[1]《于湖居士文集》，徐鹏校点，上海古籍出版社1980年版。

辛弃疾

辛弃疾（1140—1207），字幼安，号稼轩居士，历城（今山东济南）人。高宗绍兴三十一年（1161），率众起义抗金，次年，南渡归宋。历任通判、提刑、知府、安抚使，试兵部侍郎，进枢密都承旨，未受命而卒。南宋豪放词派的代表人物，数量多，品位高，影响大。辛词的主要特点，一是无事不可入词，写景、抒情、咏物、说理、言志、记事、应酬，凡是诗所能表达的，几乎都用词来表达了；二是艺术风格上豪迈雄阔慷慨淋漓与曲折缠绵深厚含蓄相结合，"辛稼轩，词中之龙也，气魄极雄大，意境却极沉郁"（陈廷焯《白雨斋词话》卷一）。"其秾纤绵密者，亦不在小晏、秦郎之下"（刘克庄《辛稼轩集序》）。三是在语言运用方面能雅能俗，融化前人成句，吸收民间语言，均极自然。许多篇章有嬉笑怒骂皆成文章之妙。描写农村生活的作品，多清新明净，又是一种风格。有《稼轩词》四卷（《四库全书》本）。

青玉案
元　夕

东风夜放花千树[1]，更吹落、星如雨。宝马雕车香满路。凤箫声动，玉壶光转[2]，一夜鱼龙舞[3]。　　蛾儿雪柳黄金缕[4]，笑语盈盈暗香去。众里寻他千百度。蓦然回首，那人却在，灯火阑珊处。

（《全宋词》，唐圭璋编，中华书局1965年版。下同）

【注释】

[1] 花：与下文的"星"，均指元宵灯火。一说，花与星分指彩灯与焰火。
[2] 玉壶：比喻月亮。
[3] 鱼龙：各种形制的灯，如鱼灯、蚌灯、龙灯。
[4] "蛾儿"句：妇女的头饰衣饰。当断作蛾儿、雪柳、黄金缕，为三物。

【题解】

当作于南归之初，任职临安时。上片与过片用华美的词语，生动的比喻，渲染元夕的热闹繁华景象。最后说，所要寻找的"那人"（是作者自己，还是另外的理想人物？）不在"众里"，而在灯火冷落稀疏之处。词的主题或是咏歌不慕荣华自甘寂寞的人品与襟抱。参见柳永〔凤栖梧〕词〔题解〕。

【集评】

[1] 自怜幽独，伤心人别有怀抱。（梁令娴《艺蘅馆词选》引梁启超）

水 龙 吟
登建康赏心亭[1]

楚天千里清秋，水随天去秋无际。遥岑远目，献愁供恨，玉簪螺髻[2]。落日楼头，断鸿声里，江南游子。把吴钩看了[3]，栏干拍遍，无人会、登临意。

休说鲈鱼堪脍。尽西风、季鹰归未[4]？求田问舍[5]，怕应羞见，刘郎才气。可惜流年，忧愁风雨，树犹如此[6]！倩何人，唤取盈盈翠袖，揾英雄泪。

【注释】

[1] 赏心亭：在建康（今南京）城西下水门之城上，下临秦淮河，尽观览之胜。

[2] "遥岑"三句：遥望远山，有如妇人发髻与玉簪，显露出愁恨之状。

[3] 吴钩：吴地所锻造的弯形宝刀。李贺《南园》之五："男儿何不带吴钩，收取关山五十州！"

[4] 季鹰：西晋吴人张翰，字季鹰，仕于洛阳，见秋风起，思念家乡的鲈鱼脍与莼菜羹，即辞官归乡。（见《世说新语·识鉴》）

[5] 求田问舍：购置田产与房舍。《三国志·魏书·陈登传》记刘备批评许汜只顾"求田问舍"，有国士之名，而无救世之意。

[6] 树犹如此：东晋桓温率师北伐，路过金城，见到昔日手种柳树已大十围，叹息说："木犹如此，人何以堪！"（《世说新语·言语》）

【题解】

作于孝宗淳熙元年（1174）在建康任职时。上片写景与抒情结合，用描绘具体的自然形象来表达内心感受，以忧苦之心接景，景亦忧苦。"落日"三句，是孤独之形，"吴钩"三句，是愤激之情。下片着重议论，特点是用精炼的语言组织历史典故，表达复杂的内心世界，张翰与许汜是反衬，桓温是正衬。最后三句，仍是希冀之辞，切盼有知己者。

菩萨蛮

书江西造口壁

郁孤台下清江水,中间多少行人泪[1]。东北是长安,可怜无数山[2]。青山遮不住,毕竟江流去。江晚正愁予,山深闻鹧鸪。

【注释】

[1] 行人:被金兵追赶而逃跑的人。
[2] 可怜:可惜。

【题解】

作于淳熙二年或三年(1175—1176)江西提刑任上。造口在今江西万安西南。郁孤台在今江西赣州西北江南岸。建炎三年(1129),金兵一路自湖北攻入江西追隆裕太后,大肆骚扰掠夺,人民涂炭。数十年后,抗金局势仍未改观,作者为之痛惜不已。长安在西北,而说"东北是长安",是以长安直指汴京。词的下片,暗示江流无阻,而自己滞留不得如志,古人摹鹧鸪之声为"行不得哥哥",意味深长。正可联想李白《登金陵凤凰台》的"总为浮云能蔽日,长安不见使人愁",及崔颢《黄鹤楼》的"日暮乡关何处是,烟波江上使人愁"。所言之事不尽相同,意境与韵味则相似。

【集评】

[1] 慷慨生哀。(陈廷焯《词则·大雅集卷二》)

摸鱼儿

淳熙己亥,自湖北漕移湖南[1],同官王正之置酒小山亭[2],为赋。

更能消、几番风雨,匆匆春又归去。惜春常恨花开早,何况落红无数。春且住,见说道、天涯芳草迷归路。怨春不语。算只有殷勤,画檐蛛网,尽日惹飞絮。　　长门事[3],准拟佳期又误,蛾眉曾有人妒。千金纵买相如赋,脉脉此情谁诉?君莫舞,君不见、玉环飞燕皆尘土[4]!闲愁最苦,休去倚危栏,斜阳正在，烟柳断肠处。

【注释】

[1] 漕：漕司，转运使司，掌财赋转运等事务。作者由湖北转运副使调任湖南转运副使。

[2] 王正之：王正己，字正之，时任湖北转运判官，故称同官。小山亭：亭名，在鄂州（湖北武昌）漕衙之内。

[3] 长门：长门宫。司马相如《长门赋序》说，汉武帝皇后陈阿娇失宠，别居长门宫，以重金求司马相如作赋，感悟君王，得复亲幸。李白《白头吟》："闻道阿娇失恩宠，千金买赋要君王。"

[4] 玉环：唐玄宗贵妃杨玉环，安史之乱起，缢死于马嵬坡。飞燕：汉成帝皇后，平帝时废为庶人，自杀。玉环、飞燕皆妒而善舞。

【题解】

作于孝宗淳熙六年（1179）。上片首二句说春又归去，"惜春"句一转，"何况"句一转，"春且"二句一转，"怨春"句又一转，通过反复转折，极写惜春之情。下片以蛾眉遭妒为关键，屈原《离骚》："众女嫉余之蛾眉兮。"蛾眉遭妒，则君臣之心不通，报国之志难酬。以下两个"君"字，均指得宠骄纵而善妒之人。"休去"数句，照应上片，正面点出"闲愁"，凸显年华易逝，事业难成的主题。

【集评】

[1] "更能消几番风雨"一章，词意殊怨，然姿态飞动，极沉郁顿挫之致。起处"更能消"三字，是从千回万转后倒折出来，真是有力如虎。（陈廷焯《白雨斋词话》卷一）

[2] 敛雄心，抗高调，变温婉，成悲凉。（周济《宋四家词选》）

[3] 回肠荡气，至于此极，前无古人，后无来者。（梁启超《饮冰室评词》）

[4] 时春未去也，然"更能消几番风雨"乎？言只消几番风雨，则春去矣。倒提起。"惜春"七字，复用逆溯，然后跌落下句，思力沉透极矣。"春且住"，咽住。"无归路"，复为春计不得。"怨春不语"，又咽住。"蛛网""飞絮"，复为怨春者计亦不得，极力逼起下阕"佳期"。果有佳期，则不怨春矣，如"又误"何。至佳期之误，则以蛾眉之见妒也。纵有相如之赋，亦无人能谅此情者，然后佳期真无望矣。"君"字承"谁"字来。既无诉矣，则君亦安所用舞乎？咽住。环燕尘土，复推开，言不独长门一事也，亦以为提勒法。然后

以"闲愁最苦"四字,作上下脱卸。言此皆往事,不如眼前春去之"闲愁"为"最苦"耳。斜阳烟柳,便无风雨,亦只匆匆。如此开合,全自龙门得来,为词家独辟之境。"佳期"二字,是全篇点睛。稼轩南归十八年矣,《应问》三篇,《美芹》十论,以讲和方定议,不行。佳期之误,谁误之乎?读公词,为之三叹。寓幽咽怨断于浑灏流转中,此境亦惟公有之,他人不能为也。(陈洵《海绡说词》)

祝英台令
晚 春

宝钗分[1],桃叶渡[2],烟柳暗南浦。怕上层楼[3],十日九风雨。断肠片片飞红,都无人管,倩谁唤、流莺声住。　　鬓边觑,试把花卜心期,才簪又重数。罗帐灯昏,呜咽梦中语:是他春带愁来,春归何处?却不解、将愁归去。

【注释】

[1] 宝钗分:钗为古代妇女簪发首饰,两股,情人分别时各执一股为纪念。

[2] 桃叶渡:夫妇分别的渡口,在今南京秦淮河与青溪合流处。《古今乐录》:"晋王献之爱妾名桃叶,其妹曰桃根。献之曾临渡歌以送之,后人因名渡曰桃叶。"

[3] 层楼:高楼。

【题解】

此为伤春怀人之作。上片"宝钗"三句,写烟柳迷濛的渡口,分钗送别。以下写春光在流莺声里逝去,却不敢登楼眺望的郁闷与惆怅。下片写怀念远人,用鬓边花朵占卜归期,数(shǔ)完了簪上,簪上了又取下来重数,希望得个吉兆,细腻委婉地刻画女主人公的内心活动。最末的怨恨,在无理中见深情:愁是春天带来的,春天却不懂得将愁带走!这是作者婉约词的代表作之一,或以为其中必有所寄托,而借闺怨以抒志,似求之过深。

【集评】

[1] 稼轩词以激扬奋厉为工。至"宝钗分,桃叶渡"一曲,昵狎温柔,魂销意尽,才人伎俩,真不可测。(沈谦《填词杂说》)

丑奴儿
书博山道中壁

少年不识愁滋味,爱上层楼。爱上层楼,为赋新词强说愁。　　而今识尽愁滋味,欲说还休。欲说还休,却道天凉好个秋。

【题解】

博山在江西广丰南三十餘里。道途中有感而书壁,似是随意之举,实则凝结了长期的人生体验。少年时无愁而勉强说愁,是为文设愁,无病呻吟;如今愁绪多了,反而不知从何说起,甚至无心去说。悲极无泪,愁极无语,亦人之常情,用"天凉好个秋"来掩饰,更显深沉。

清平乐

茅檐低小,溪上青青草。醉里蛮音相媚好,白发谁家翁媪。　　大儿锄豆溪东,中儿正织鸡笼。最喜小儿亡赖,溪头卧剥莲蓬。

【题解】

当作于带湖闲居初期,写的是农家的平常生活。上片说不知谁家翁媪喝了些酒,用蛮音(他本作"吴音",江南方言)聊得很亲切。下片写孩子们在劳动,最有意思的是小儿子的"亡(wú)赖",那顽皮可爱的样子。这是作者随手画出的一幅写生画,纯用白描手法。

破阵子
为陈同甫赋壮语以寄[1]

醉里挑灯看剑,梦回吹角连营。八百里分麾下炙[2],五十弦翻塞外声[3]。沙场秋点兵。　　马作的卢飞快[4],弓如霹雳弦惊。了却君王天下事,赢得生前身后名。可怜白发生!

【注释】

[1]陈同甫:陈亮,字同甫。生平介绍见后。壮语:他本作"壮词"。

[2]"八百"句：与众多战士们饱餐一顿烤牛肉。八百里，《世说新语·汰侈》载，王恺"有牛名八百里驳"。后因以八百里指代壮牛。
[3]五十弦：瑟。翻：演奏。
[4]的（dí）卢：骏马名，见《三国志·蜀书·先主传》注。后指代骏马。

【题解】

当作于带湖闲居时。以壮词写悲情，有志不能伸，有才不能用，杀敌报国的宏愿，只能在醉梦或想象中实现。就结构而言是上下两片，在内容上，则最后一句是一段，痛快淋漓之后，至此陡然逆转，倍觉沉痛悲凉。

【集评】

[1]无限感慨，哀同甫，亦自哀也。（梁令娴《艺蘅馆词选》引梁启超）

西 江 月

夜行黄沙道中

明月别枝惊鹊[1]，清风半夜鸣蝉。稻花香里说丰年，听取蛙声一片。七八个星天外，两三点雨山前。旧时茅店社林边[2]，路转溪桥忽见。

【注释】

[1]别枝：斜枝。
[2]社林：土地庙旁的树林。

【题解】

当作于带湖闲居时。黄沙岭在上饶县西数十里。上片写幽静中的热闹，盛夏时的生命力的活跃，下片写突然遇到小雨，匆忙赶路的情景。说丰年的，是稻花香里的蛙声；忽然出现的，是土地庙周围树林子旁边的茅店。两个倒装句，前一个表达欣喜之情，后一个表示惊喜之意。作者此时的心境是难得的宽舒畅快，与大自然沟通无碍了。

沁 园 春

将止酒，戒酒杯使勿近。

杯汝来前，老子今朝，点检形骸。甚长年抱渴[1]，咽如焦釜；于今喜睡，气似奔雷。汝说"刘伶[2]，古今达者，醉后何妨死便埋"。浑如此，叹汝于知己，真少恩哉！　更凭歌舞为媒，算合作、平居鸩毒猜[3]。况怨无大小，生于所爱；物无美恶，过则为灾。与汝成言[4]："勿留亟退，吾力犹能肆汝杯[5]！"杯再拜，道"麾之即去，招则须来"。

【注释】

[1] 甚：怎么，为什么。抱渴：口渴思饮，得了酒渴病。下文"焦釜（fǔ）"，烧干的锅。

[2] 刘伶：魏晋间名士，"竹林七贤"之一，藐视礼教，放情肆志。常乘鹿车，携一壶酒，使人荷锸随之，曰：死便埋我。见《世说新语·文学》及注。

[3] "更凭"二句：再加上以歌舞助兴为诱人喝酒的媒介，这酒就简直成了鸩毒了！鸩为毒鸟，其羽泡酒即成毒酒。猜，怀疑。

[4] 成言：订约。

[5] 肆：处死刑后陈尸示众。《论语·宪问》记鲁国大夫子服景伯语："吾力犹能肆诸市朝。"此指打碎。

【题解】

作于宁宗庆元二年（1196）。为了戒酒，给酒杯发了一道檄文，体裁用了辞赋的主客问答方式，语言散文化、议论化，却又形象生动。开头喝令酒杯前来，老夫今天要检查身体了，并进而疾言厉色指斥它的罪过，又说它的言论对于知己（嗜酒者是酒杯的知己）太寡恩太无情了！进而又申述如有歌舞助兴，酒更是毒药。作者说，你赶紧走开，我还有足够的力量处置你！酒杯回答说：我是挥之即去，招之即来。辛弃疾将苏东坡立帜奠基的豪放词发挥到了极致，经史诸子，诗歌小说，无一不可入词，"别开天地，横绝古今"（吴衡照《莲子居词话》），嬉笑怒骂皆成文章。酒杯最后的答辞，不仅是妙趣横生，看来作者免不了还要借酒止"渴"，或曰浇愁！

【集评】

[1] 又"止酒"[沁园春]云……此又如《宾戏》、《解嘲》等作，乃是把作古文手段寓之于词。（杨慎《词品》卷四）

西 江 月
遣 兴

醉里且贪欢笑,要愁那得工夫。近来始觉古人书,信着全无是处。　　昨夜松边醉倒,问松"我醉何如?"只疑松动要来扶,以手推松曰"去!"

【题解】

《孟子·尽心下》:"尽信《书》,则不如无《书》。"孟子说的是正面的意思,他确实怀疑《尚书》的某一记载不准确,不符合他对史实的理解。这里说的"古人书",是记载古代圣贤大德至理名言的典籍,今天的现实不符合这些大道理,那肯定是古人说错了!这是反话,是愤激之辞。在活灵活现的醉态描写中,透露出一股兀傲不平之气。

浣 溪 沙

父老争言雨水匀,眉头不似去年颦。殷勤谢却甑中尘。　　啼鸟有时能劝客,小桃无赖已撩人。梨花也作白头新。

【题解】

当作于宁宗庆元六年(1200)家居瓢泉(在江西铅山县东二十五里)时。上片说今年雨水调匀,丰收有望,父老眉头稍展,饭甑中的尘土也该扫除了。下片用啼鸟和桃梨的生机蓬勃来衬托这种喜悦的气氛。

鹧 鸪 天

有客慨然谈功名,因追念少年时事[1],戏作。

壮岁旌旗拥万夫,锦襜突骑渡江初[2]。燕兵夜娖银胡䩮,汉箭朝飞金仆姑[3]。　　追往事,叹今吾,春风不染白髭须。都将万字平戎策[4],换得东家种树书。

【注释】

[1] 少年时事:辛弃疾生于金国地区,二十一岁聚众二千人起义抗金。次年,率轻骑五十馀夜袭金营,生擒叛将,兼程南渡,献俘朝廷。

[2] 锦襜(chān)突骑(jì):着装华美的精锐骑兵部队。突,冲锋陷阵。

[3] "燕兵"二句:描写昼夜作战的紧张激烈场面。燕,指金。汉,指宋。娖(chuō),整顿,准备。银胡觮(lù),银色的箭袋。金仆姑,箭名。夜、朝,互文见义。

[4] 平戎策:作者南归后坚持抗金立场,曾向南宋朝廷上《美芹十论》、《九议》等,条陈抗金策略。

【题解】

当作于庆元六年(1200)家居瓢泉时。因有客谈功名引起感慨,痛惜自己髭须已白而功业无成。辛弃疾体格魁梧,膂力过人,红颊青眼,目光有棱,人称"青兕",是真正上马能杀贼的战士,不止于能文。结果落得个"平戎策"换了"种树书",成为避世隐居之士(韩愈《送石处士赴河阳幕》诗:"长把种树书,人云避世士。"),虽云"戏作",却在牢愁中见悲凉之情。

【集评】

[1] 稼轩[鹧鸪天]云:"却将万字平戎策,换得东家种树书。"衰而壮,得毋有烈士暮年之慨耶!(陈廷焯《白雨斋词话》卷一)

永 遇 乐
京口北固亭怀古[1]

千古江山,英雄无觅,孙仲谋处[2]。舞榭歌台,风流总被,雨打风吹去。斜阳草树,寻常巷陌,人道寄奴曾住[3]。想当年,金戈铁马,气吞万里如虎。元嘉草草[4],封狼居胥[5],赢得仓皇北顾。四十三年[6],望中犹记,烽火扬州路。可堪回首,佛狸祠下[7],一片神鸦社鼓。凭谁问,廉颇老矣[8],尚能饭否?

【注释】

[1] 北固亭:一名北顾楼,在京口(今江苏镇江)城北北固山上。三国时孙权曾建治于京口。

[2] 孙仲谋:孙权,字仲谋,三国时吴国国君。能坚守父(坚)兄(策)基业,对抗曹刘,为作者所赏识。

［3］寄奴：刘裕，字德裕，小字寄奴，京口人。出身贫贱。先后灭南燕，收巴蜀，攻后秦，代晋称帝，国号宋。此下数句，即写刘裕北伐南征的业绩。

［4］元嘉草草：南朝宋文帝刘义隆（裕之子）轻信虚夸之辞，草率兴师北伐，落得大败，仓皇南逃。元嘉二十七年（450），文帝遣王玄谟等攻北魏，魏主太武帝拓跋焘（小字佛狸）反攻，追宋军直至瓜步（今江苏六合东南），扬言渡江，建康大震。宋文帝登石头城北望，追悔莫及。

［5］封狼居胥：汉武帝元狩四年（前119），大将霍去病出击匈奴，进军二千馀里，封狼居胥山（当在今蒙古乌兰巴托东）而还。封，筑坛祭天，以报成功。此借史事说元嘉北伐的奢望。

［6］四十三年：作者南归至此，正四十三年。

［7］佛（bì）狸祠：建在瓜步山上之北魏太武帝行宫，后改为佛狸祠。

［8］廉颇：战国时赵国名将。因被谗避居魏国。赵王欲重新起用之，先遣使探视。使者回报，谎称"廉将军虽老，尚健饭；然与臣坐顷之，三遗矢（屎）矣"。详见《史记·廉颇蔺相如列传》。

【题解】

作于宁宗开禧元年（1205）知镇江府时。上片就地取材，追怀前代英雄，一是能北拒曹操，坚守父兄基业的孙权，一是能北伐中原，收复失地的刘裕。这就与南宋统治者形成鲜明的对照，为英雄事业的流风馀韵在风吹雨打中消逝而叹惋。下片提到元嘉北伐的沉痛，结合当前形势，申述自己雄心尚在，愿为国家出力。历史与现实的交织，千古兴亡与个人遭遇的交织，风格苍凉悲壮，杨慎评为辛词第一。

【集评】

［1］发端便欲涕落，后段一气奔注，笔不得遏。廉颇自拟，慷慨壮怀，如闻其声。谓此词用人名多者，尚是不解词味。（先著《词洁辑评》卷五）

［2］使事太多，宜为岳氏所讥。非稼轩之盛气，勿轻染指也。（谭献《复堂词话》）今按，岳珂（岳飞之孙）曾于筵间委婉指出"新作微觉用事多耳"。辛弃疾闻之而喜，说"实中馀痼"。（见《桯史》）

［3］拉杂使事，而以浩气行之，如五都市中，百宝杂陈；又如淮阴将兵，多多益善。风雨纷飞，鱼龙百变，天地奇观也。（陈廷焯《词则·放歌集卷一》）

【参考书】

［1］《稼轩词编年笺注》（增订本），邓广铭笺注，上海古籍出版社1993年版。

[2]《辛弃疾词选》，朱德才选注，人民文学出版社1997年版。

陈　亮

　　陈亮（1143—1194），字同甫，世称龙川先生，婺州永康（今属浙江）人。为人才气豪迈，颇喜谈兵，极论时事，力主抗金。提倡事功，批评理学。光宗绍熙四年（1193）进士，未仕而卒。辛派词人，作品多写忧国愤世之情与平生经济之怀。有《龙川文集》三十卷（《四库全书》本）。

水调歌头

送章德茂大卿使虏[1]

　　不见南师久，谩说北群空[2]。当场只手，毕竟还我万夫雄[3]。自笑堂堂汉使，得似洋洋河水，依旧只流东[4]？且复穹庐拜，会向藁街逢[5]。　　尧之都，舜之壤，禹之封。于中应有，一个半个耻臣戎。万里腥膻如许[6]，千古英灵安在，磅礴几时通[7]。胡运何须问[8]，赫日自当中！

（《全宋词》，唐圭璋编，中华书局1965年版。下同）

【注释】

　　[1] 章德茂：章森，字德茂，曾两次奉命出使金国。大卿：对寺卿官如太常寺卿、大理寺卿等的尊称。
　　[2]"谩说"句：莫要说没有人才。韩愈《送温处士赴河阳军序》："伯乐一过冀北之野，而马群遂空（马群中良马全被伯乐选走了）。"
　　[3]"当场"二句：称许章森正是敢于独当一面，勇气可敌万夫的人才。只手，独自一人。
　　[4] 流东：河水东流，朝宗于海。
　　[5]"且复"二句：姑且再拜一次虏廷吧，总有一天在藁街再见。穹庐，北方游牧民族的圆顶毡帐，如今之蒙古包。藁（gǎo）街，汉代长安街名，外藩使臣所居之地。元帝时陈汤发兵袭杀北匈奴郅支单于，并奏请悬其头于藁街。此用其意。
　　[6] 万里腥膻：指广大北中国被异族占领，一片牛羊腥膻之气。
　　[7] 磅礴：此处有阻塞郁积之意。
　　[8] 胡运：金国的气运。下句"赫日"，指代南宋王朝。

【题解】

　　当作于孝宗淳熙十一年（1184）章森第一次出使金国时。据绍兴和议（1139），金、宋为君、臣之国，据隆兴和议（1164），金、宋为叔侄之国，受尽欺侮。作者写这首送行词，思想感情是极复杂的。他首先说，不要因为王师久不北伐，就以为大宋无人了！并称赞章森是万夫之雄。"自笑"三句，拟行者口气，既不得不面对积弱受辱的现实，使金朝拜，又不能忘了大"汉"（即大宋）的尊严，大"汉"使臣的身份与气节。"且复"二句，则寄望于未来。下片强调已有数千年文明传统的中原地区，总会有不少耻于臣服戎虏的志士，千古英灵之气与复兴机会总会存在。"安在"，"几时通"，既痛心于现实，又寓肯定必定在，必能通的信心。最后斩钉截铁地说，金国必亡，大宋必兴！现实与理想的深刻矛盾，使得词意苦涩而悲壮，词笔曲折而顿挫，顽强地喷射出作者浓郁的爱国热情。

【集评】

　　[1] 精警奇肆，几乎握拳透爪，可作中兴露布读。就词论，则非高调。（陈廷焯《白雨斋词话》卷一）

　　[2] 忠愤之气随笔涌出，并足唤醒当时聋聩，正不必论词之工拙也。（冯煦《蒿庵论词》）

水 龙 吟
春 恨

　　闹花深处层楼，画帘半卷东风软。春归翠陌[1]，平莎茸嫩[2]，垂杨金浅[3]。迟日催花[4]，淡云阁雨[5]，轻寒轻暖。恨芳菲世界[6]，游人未赏，都付与莺和燕。　　寂寞凭高念远，向南楼、一声归雁。金钗斗草[7]，青丝勒马[8]，风流云散。罗绶分香[9]，翠绡封泪[10]，几多幽怨。正销魂，又是疏烟淡月，子规声断[11]。

【注释】

　　[1] 翠陌：绿色的田野。
　　[2] 平莎（suō）茸嫩：平坦的小草细嫩柔软。
　　[3] 垂杨金浅：新春的柳枝淡黄色。
　　[4] 迟日：春日。《诗·豳风·七月》："春日迟迟。"
　　[5] 阁雨：云含雨而未下。阁，搁置，含着。

[6] 芳菲世界：花草美丽的大地。

[7] 金钗斗草：以金钗赌斗草的输赢。唐郑谷《采桑》："何如斗百草，赌取凤凰钗。"斗草，见晏殊［破阵子］注。

[8] 青丝：指青丝绳做的马络头、马缰绳。

[9] 罗绶分香：见秦观［满庭芳］注。

[10] 翠绡封泪：唐末名妓灼灼，与意中人分别，常以软绡巾包红泪相寄。唐韦庄有《伤灼灼》诗及注、宋曾慥《类说》卷二九引《丽情集》等，均记其事。

[11] 子规：即鹈鴂（鹈鹕）、杜鹃，常于春末夏初鸣叫。屈原《离骚》："恐鹈鴂之先鸣兮，使夫百草为之不芳。"晁补之［满江红·寄内］："归去来、莫教子规啼，芳菲歇。"

【题解】

此首上片写观景。"闹花"（盛开的繁花）深处，隐隐约约有人登楼，看到一片大好春光；观景的感受是"游人未赏"，这芳菲世界却付与了"莺和燕"，点出"恨"字。下片写"念远"。这个"远"字，既指地域，又指时间，似乎是想象着远方的过去，可能有过的繁华生活与亲密情感。末了"正销魂"三句叹惜春光又逝，再点"恨"字。作者词风豪迈恣肆，而本篇却以曲折含蓄见长，论者或以为言近旨远，通过春恨来抒中原未复之慨。

【注评】

[1] 史称其千言立就，气迈才雄，推倒智功，开拓心胸。授金书建康府判官厅事，未至官而卒。其策言恢复之事甚剀切，无如当事者志图逸乐，狃于苟安，此《春恨》词所以作也。（黄蓼园《蓼园词评》）

[2] 同甫［水龙吟］云："恨芳菲世界，游人未赏，都付与莺和燕。"言近指远，直有宗留守大呼渡河之意。（刘熙载《艺概·词曲概》）

【参考书】

[1]《陈亮龙川词笺注》，姜书阁笺注，人民文学出版社1980年版。

刘　过

刘过（1154—1206），字改之，号龙洲道人，太和（今江西泰和）人。屡试不第，浪迹江湖，与陆游、辛弃疾、陈亮等友善。为人尚气节，力主抗金，以功业自许，出语豪纵。辛派词人。有《龙洲集》四十卷,《附录》二卷(《四库全书》本)。

沁 园 春
寄稼轩承旨[1]

斗酒彘肩[2],风雨渡江,岂不快哉!被香山居士[3],约林和靖,与东坡老,驾勒吾回[4]。坡谓西湖,正如西子,浓抹淡妆临镜台。二公者,皆掉头不顾,只管衔杯。 白云天竺飞来[5]。图画里、峥嵘楼观开。爱东西双涧[6],纵横水绕;两峰南北,高下云堆。逋曰不然,暗香浮动,争似孤山先探梅。须晴去,访稼轩未晚,且此徘徊。

(《全宋词》,唐圭璋编,中华书局1965年版)

【注释】

[1] 稼轩承旨:辛弃疾为枢密都承旨,在宁宗开禧三年(1207),未受命而卒。此标题疑是后人所加。他本多作"寄辛稼轩"。

[2] 斗酒彘(zhì)肩:《史记·项羽本纪》记项羽在鸿门宴上赏识樊哙为壮士,赐之斗酒彘肩(猪前肘)。

[3] 香山居士:白居易。下文"林和靖",林逋。"东坡老",苏轼。

[4] 驾勒吾回:犹言强行拉我回来。

[5] 白云:白居易说。天竺:山名,在西湖灵隐山之南,分上、中、下三天竺,各有寺庙。飞来:他本作"去来"。来字无义。

[6] 东西双涧:与下文"两峰南北",化用白诗《寄韬光禅师》"东涧水流西涧水,南山云起北山云"。西湖灵隐有东西二涧与南高峰北高峰。

【题解】

当作于宁宗嘉泰三年(1203)。时辛弃疾知绍兴府兼浙东安抚使,邀请刘过相聚,刘过在杭州,因事不及成行,以词作答。大意说在风雨中渡钱塘江,到你处大碗喝酒,大块吃肉,自然痛快。不过,白居易、林和靖、苏东坡非要把我强留在杭州,共赏西湖美景。还是等到天晴了,再访稼轩吧!上下片一气贯通,请出与西湖有特殊关系的古人,融化他们描绘西湖的名句,采用对话(似乎还有"争执")的方式,组织全篇;构思之奇特,造句之活泼,气度之豪爽,命意之幽默,直追辛词风范。或以为粗,则仍以别调视之,其说不足取。

【参考书】

[1]《龙洲集》，上海古籍出版社1978年版。

姜　夔

　　姜夔（1155？—1221？谢桃坊考定生年为1159），字尧章，号白石道人，宋代鄱阳（今江西波阳）人。一生布衣，飘泊江湖，游食于名人钜公之门，与杨万里、范成大、辛弃疾、朱熹等相识。文学成就以词最著，骚雅派代表作家，辞句精美，意境高妙，"不惟清虚，又且骚雅，读之使人神观飞越。"（张炎《词源》）题材多为伤时、抒怀、恋情、咏物。精通音律，能自度曲，今存旁注工尺谱之作十七首，为极宝贵之音乐史资料。有《白石道人歌曲》四卷、《别集》一卷（《四库全书》本）。

扬　州　慢

　　淳熙丙申至日[1]，予过维扬。夜雪初霁、荠麦弥望。入其城，则四顾萧条，寒水自碧，暮色渐起，戍角悲吟。予怀怆然，感慨今昔，因自度此曲。千岩老人以为有黍离之悲也[2]。

　　淮左名都[3]，竹西佳处[4]，解鞍少驻初程。过春风十里[5]，尽荠麦青青。自胡马窥江去后[6]，废池乔木，犹厌言兵。渐黄昏，清角吹寒，都在空城。
　　杜郎俊赏[7]，算而今、重到须惊。纵豆蔻词工[8]，青楼梦好[9]，难赋深情。二十四桥仍在[10]，波心荡、冷月无声。念桥边红药[11]，年年知为谁生！

（《全宋词》，唐圭璋编，中华书局1965年版。下同）

【注释】

[1] 至日：此指冬至日。
[2] 千岩老人：萧德藻，字东夫，自号千岩老人，以诗著名。姜夔为其侄女婿。黍离之悲：感慨故都衰微的悲思。《诗经·黍离序》："《黍离》，悯宗周也。"此指中原故土。
[3] 淮左：淮南东路。扬州属之。
[4] 竹西：扬州地名。杜牧《题扬州禅智寺》："谁知竹西路，歌吹是扬州。"
[5] 春风十里：昔日扬州的繁华街道。杜牧《赠别》："娉娉袅袅十三余，豆蔻梢头二

月初。春风十里扬州路,卷上珠帘总不如。"

[6] 胡马窥江:高宗建炎三年(1129)及绍兴三十一年(1161),金兵两次大举南侵,扬州残破。

[7] 杜郎俊赏:指杜牧曾经游赏之地(扬州)。俊赏,卓尔不凡的鉴赏。

[8] 豆蔻词工:"豆蔻"诗写得很工致。参见注[5]。

[9] 青楼梦好:杜牧《遣怀》:"十年一觉扬州梦,赢得青楼薄倖名。"

[10] 二十四桥:杜牧《寄扬州韩绰判官》:"二十四桥明月夜,玉人何处教吹箫。"一说二十四桥即吴家砖桥,一名红药桥。一说,扬州名桥可记者有二十四座。依文意,此处用前说。

[11] 红药:即芍药花。

【题解】

作于孝宗淳熙三年(丙申,1176)冬。上片描写扬州劫后的残破景象,多年不得恢复;下片将杜牧关于扬州的诗意连缀起来,巧妙地进行历史的对比,突出往昔的繁华与今日的荒凉。这些意思又与开篇的"淮左名都"相照映。全篇从城外写到城内,从目之所见,耳之所闻,到心之所感,线索井然,组织精工是姜词的重要特色。与辛弃疾相比,风格是悲而不壮,表示出一种伤心而无可奈何的低沉的情绪。又,杜甫的《春望》,刘禹锡的《乌衣巷》,元稹的《行宫》,所咏之事各不相同,作者与所咏之事的关系亦不相同,但艺术构思却有相同之处,可以参照体会。

【集评】

[1] 白石[扬州慢]云:"自胡马窥江去后……都在空城。"数语写兵燹后情景逼真。"犹厌言兵"四字,包括无限伤乱语。他人累千百言,亦无此韵味。(陈廷焯《白雨斋词话》卷二)

[2] "二十四桥仍在,波心荡、冷月无声",是"荡"字着力。所谓一字得力,通首光采,非炼字不能,然炼亦未易到。(先著《词洁》)

踏 莎 行

自沔东来[1],丁未元日至金陵[2],江上感梦而作。

燕燕轻盈,莺莺娇软[3],分明又向华胥见[4]。夜长争得薄情知,春初早被相思染[5]。　　别后书辞,别时针线,离魂暗逐郎行远[6]。淮南皓月冷千山[7],冥冥归去无人管[8]。

【注释】

[1] 沔（miǎn）：州名，治所在汉阳县（今湖北武汉汉阳）。姜夔〔探春慢〕词序："予自孩幼从先人宦于古沔，女须（姐姐）因嫁焉。"

[2] 丁未：宋孝宗淳熙十四年（1187）。元日：正月初一。金陵：今南京。

[3] "燕燕"二句：互文见义，是说燕燕、莺莺都体态纤柔、声音娇软。

[4] 华胥：代指梦境。《列子·黄帝》："（黄帝）昼寝而梦，游于华胥氏之国。华胥氏之国在弇州之西，台州之北……"

[5] "夜长"二句：是梦中女子所言。争得，怎得。薄情，指词人，是对所爱的昵称。

[6] 郎行（háng）：郎身边。行，宋元口语，用在人称、自称之后，表示方位。

[7] 淮南：淮南路，合肥属之。

[8] 冥冥：黑夜。用杜甫《咏怀古迹》写昭君"环佩空归月夜魂"诗意，写出词人对所爱的忧念。

【题解】

作于孝宗淳熙十四年（丁未）初自沔至金陵时。苏轼《张子野年八十五尚闻买妾述古令作诗》："诗人老去莺莺在，公子归来燕燕忙。"夏承焘《姜白石词编年笺校》："此词明云'淮南'，为怀合肥人无疑。""其人或是勾栏中姊妹。"姜夔在合肥曾有一段不能忘怀的恋情，作品中反复吟咏。本篇上片记梦，在梦中与以"燕燕"、"莺莺"指代的恋人相见，隐约感到恋人的牵挂与哀怨。下片写醒后，前三句睹伊人别时所缝衣物、别后所寄书辞，"魂"不离"郎行"；后二句写对伊人月夜魂归的设想，尽见怜惜之情。

点 绛 唇
丁未冬过吴松作

燕雁无心，太湖西畔随云去。数峰清苦，商略黄昏雨。　　第四桥边，拟共天随住。今何许？凭阑怀古，残柳参差舞。

【题解】

作于淳熙十四年（1187）冬自湖州前往苏州见范成大，途经吴松（今吴江）时。上片写景，燕（yān）雁从北方飞来，似乎无意留驻，要继续南去。几处山峰，似乎在酝酿着一阵雨，景色不叫人开心。下片怀古述慨，在这第四桥（桥名，即吴江城外之甘泉桥）边，作者想起了身世与自己极其相似的唐末诗人陆龟蒙（号天随子，居松江），因为他们同处衰世，同样漂泊人间，同样心境悲苦。"今何许"(犹今何处)三句,正是这些相似之处的生动写照。

【集评】

　　[1] 白石长调之妙,冠绝南宋。短章亦有不可及者,如[点绛唇]一阕,通首只写眼前景物,至结处云:"今何许?凭栏怀古,残柳参差舞。"感伤时事,只用"今何许"三字提唱;"凭栏怀古"下仅以"残柳"五字咏叹了之,无穷哀感,都在虚处。令读者吊古伤今,不能自止。洵推绝调。(陈廷焯《白雨斋词话》卷二)

暗　香

　　辛亥之冬,余载雪诣石湖[1]。止既月,授简索句,且征新声。作此两曲,石湖把玩不已,使工妓隶习之[2],音节谐婉,乃名之曰[暗香]、[疏影]。

　　旧时月色,算几番照我,梅边吹笛。唤起玉人,不管清寒与攀摘[3]。何逊而今渐老[4],都忘却、春风词笔。但怪得、竹外疏花[5],香冷入瑶席。　　江国,正寂寂。叹寄与路遥[6],夜雪初积。翠尊易泣[7],红萼无言耿相忆[8]。长记曾携手处,千树压、西湖寒碧。又片片、吹尽也,几时见得?

【注释】

　　[1] 载雪:冒雪。石湖:范成大,晚年退居苏州石湖,号石湖居士。按,范成大向姜夔"征新声"(征求新的词调),姜乃自度二曲,取林逋咏梅名句"疏影横斜水清浅,暗香浮动月黄昏",题为[暗香]、[疏影]。

　　[2] 工妓:乐工和歌妓。隶(yì)习:练习。隶,同肄,练习。

　　[3] 与:共,一起。

　　[4] 何逊:南朝梁诗人。曾在扬州作过著名的《咏早梅》诗。"后居洛思之,请再往。抵扬州,花方盛开,逊对树彷徨终日。"(唐圭璋《宋词三百首笺注》)

　　[5] 竹外疏花:指梅花。苏轼《和秦太虚梅花》:"江头千树春欲暗,竹外一枝斜更好。"

　　[6] 寄与路遥:寄赠梅花之路很遥远。南朝宋代陆凯自江南寄赠梅花与在长安之友人范晔,并有诗云:"折梅逢驿使,寄与陇头人。江南无别信,聊赠一枝春。"(《太平御览》卷九七○引盛弘之《荆州记》)

　　[7] 翠尊:翠绿色酒杯。易泣:伤心流泪。

　　[8] 红萼:红梅。耿:悲伤。

【题解】

作于光宗绍熙二年（辛亥，1191）冬。词的主旨既是咏梅，又兼怀人，所怀之人，当是合肥情侣。上片追忆在清寒的月色中与"玉人"吹笛赏梅的往事，感叹自己年华"渐老"，才思也迟钝了，写不出美好的文句了，只是惊怪这幽冷的花香又袭入了雅致的座席。下片倾诉如今身在江南，又是雪中绽之时，面对红梅而感伤泣下。"长记"数句忽然阑入著名的西湖孤山的梅林，但似是幻笔，"西湖"未必是实指。姜夔词以清空骚雅著称，咏梅二调可为代表，语言雅丽而不秾缛，构思空灵而不凝涩。此首梅与人若离若即，情事若无若有，所谓野云孤飞，去留无迹。词旨尚有他说，疑其附会，不取。

【集评】

[1] 盖此章立言，以赏梅之人为主，而言其经历，述其感想，就梅之盛时、衰时、开时、落时，反复论叙，无限情事即寓其中……特其旨隐微，其词浑脱，不见寄托之迹，只运化梅花故实，说看梅者之心事。（陈匪石《宋词举》卷上）

疏　　影

　　苔枝缀玉[1]，有翠禽小小，枝上同宿[2]。客里相逢[3]，篱角黄昏，无言自倚修竹[4]。昭君不惯胡沙远，但暗忆、江南江北。想佩环、月夜归来，化作此花幽独[5]。　　犹记深宫旧事，那人正睡里，飞近蛾绿[6]。莫似春风，不管盈盈[7]，早与安排金屋[8]。还教一片随波去，又却怨、玉龙哀曲[9]。等恁时、重觅幽香，已入小窗横幅[10]。

【注释】

[1] 苔枝：长有苔藓的梅枝。苔梅的品种，有的苔丝极长，垂于枝间。见范成大《梅谱》、周密《武林旧事》卷七。

[2] "有翠禽"二句：传为柳宗元撰《龙城录》载，隋开皇中赵师雄醉卧梅树下，遇淡妆素服女子，相与饮酒，有绿衣童笑歌戏舞。醒后见梅树上"有翠羽啾嘈相顾"。女即梅神，绿衣童乃翠鸟所化。

[3] 客里相逢：离乡客寄中与梅相遇。

[4] "无言"句：杜甫《佳人》："绝代有佳人，幽居在空谷……天寒翠袖薄，日暮倚修竹。"此以佳人喻梅。

[5] "昭君"四句：化用杜甫《咏怀古迹》其三诗意："一去紫台连朔漠，独留青冢向

黄昏。画图省识春风面,环珮空归月夜魂。"佩环,身上所佩玉饰,代指昭君。

[6] "犹记"三句:《太平御览》卷九七〇引《宋书》:"武帝女寿阳公主,人日卧于含章檐下。梅花落公主额上,成五出之华,拂之不去。皇后留之,自后有梅花妆。"那人,指寿阳公主。

[7] 盈盈:美好的样子,代指梅。

[8] 金屋:据《汉武故事》,汉武幼时,尝云:"若得阿娇作妇,当作金屋贮之也。"

[9] 玉龙:笛名。哀曲:指笛曲《梅花落》。李白《与史郎中饮听黄鹤楼上吹笛》:"黄鹤楼中吹玉笛,江城五月落梅花。"

[10] 横幅:横挂的梅花画图。

【题解】

此首的主旨、手法、风格,与[暗香]略同。通过咏梅怀人,且寓身世之感,孤标高格,冷韵幽香的特征,将梅与人融为一体。上片开头数句是回忆与现实的叠印,"昭君"数句,从杜甫《咏怀古迹》之三化出,以昭君比梅花,其孤高寂寞亦相同。下片"深宫"二字,上承昭君,又下启南朝宋武帝之女寿阳公主"梅花妆"故事(见《太平御览》卷九七〇引《宋书》,梅花妆亦称"寿阳妆"),仍是人梅相亲,人梅互衬。"蛾绿",犹言眉黛,这梅花瓣正好是落在公主的额上眉间的。"莫似"以下,用金屋藏娇故事表达希望;用古曲《梅花落》("玉龙",指笛说,《梅花落》正是笛曲)寓梅花飘落之意,表达失望。最后,只能在一幅小小的图画("小窗横幅")中见到她了!

【集评】

[1] 别有炉鞴熔铸之妙,不仅以隐括旧人诗句为能。又:宋人咏梅,例以弄玉、太真为比,不若以明妃拟之尤有情致也。(许昂霄《词综偶评》)

【参考书】

[1]《姜白石词编年笺校》,夏承焘笺校,上海古籍出版社1981年版。
[2]《姜夔词新释辑评》,刘乃昌编著,中国书店出版社2001年版。

刘克庄

刘克庄(1187—1269),字潜夫,号后村居士,莆田(今属福建)人。理宗淳祐六年(1246)赐同进士出身,历任秘书少监、知州、侍郎，加龙图阁学士。辛派词人中的重要作家，多忧时嫉俗之作，或以为效稼轩而不及者。有《后村集》五十卷（《四库全书》本）。

贺 新 郎
送陈真州子华[1]

北望神州路，试平章、这场公事，怎生分付？记得太行山百万，曾入宗爷驾驭[2]，今把作、握蛇骑虎[3]。君去京东豪杰喜[4]，想投戈、下拜真吾父[5]。谈笑里，定齐鲁。　两河萧瑟惟狐兔[6]。问当年、祖生去后[7]，有人来否？多少新亭挥泪客[8]，谁梦中原块土！算事业、须由人做。应笑书生心胆怯，向车中、闭置如新妇。空目送，塞鸿去[9]。

（《全宋词》，唐圭璋编，中华书局1965年版。下同）

【注释】

[1] 陈真州：陈韡，字子华，以仓部员外郎知真州（治所在今江苏仪征）。由于南宋国力日衰，真州已接近抗金前线。

[2]"记得"二句：靖康、建炎间，宗泽任东京留守，招募今河北地区及太行山义兵百万之众，团结抗金，屡挫敌锋。宗泽"威名日著，北方闻其名，常尊惮之，对南人言，必曰'宗爷爷'"。（《宋史·宗泽传》）山，他本作"兵"。

[3] 把作：当作。握蛇骑虎：比喻处于险境。蛇虎为害人之物，南宋统治者疑惧河北义兵危害朝廷，不敢信用。

[4] "君去"句：言陈韡此去，定会受抗金义军的欢迎。东京，宋路名，真州属之。

[5] 真吾父：岳飞以书招张用，"用得书曰：'果吾父也！'遂降"。（《宋史·岳飞传》）

[6] 两河：北宋所设之河北东路与河北西路，包括白沟以南之今河北与黄河以北之今河南，为金人所占已数十年。

[7] 祖生：东晋名将祖逖，元帝时统军北伐，一度收复黄河以南地区。此以喻指宗泽、岳飞等抗金人物。

[8] 新亭：在建康（东晋都城，今南京）城南。西晋灭亡后，若干过江名士曾邀聚新亭，周顗叹曰："风景不殊，正自有河山之异。"座中皆相视流泪，惟丞相王导曰："当共戮力王室，克复神州，何至作楚囚相对！"（刘义庆《世说新语·言语》）

[9] 塞鸿：北方边塞的鸿雁。喻指陈韡。

【题解】

作于理宗宝庆三年（1227）。上片开头即提出一个重大的问题：如何看待当前的抗金局势，批评朝廷视北方义兵为蛇虎，无心抗金。"君去"数句，寄厚望于陈韡。下片痛陈中原沦陷，自宗泽岳飞之后，再也无人过问，士大夫除了新亭对泣，别无作为。最后说自己也只能是目送陈韡北去干一番事业了，他自嘲"心胆怯"，"如新妇"，是爱国热情受到压抑的激愤之辞。作者是颇有些慷慨从戎的意气的。

【集评】

[1] 后村《别调》一卷，大抵直致近俗，效稼轩而不及也。……送陈子华帅真州云……庄语亦可起懦。（杨慎《词品》卷五）

【参考书】

[1]《后村词笺注》，刘克庄撰，钱仲联笺注，上海古籍出版社1980年版。
[2]《刘克庄词新释辑评》，欧阳代发等编著，中国书店2001年版。

吴文英

吴文英（1212？—1272？），字君特，号梦窗，四明（今浙江宁波）人。一生未仕，以布衣作幕，或出入侯门，曾受知于丞相吴潜。以词著名，通音律，能自度曲。骚雅派中成就较高的作家，沈义父《乐府指迷》引相与论词之言云：音律欲其协，下字欲其雅，用字不可太露，发意不可太高。内容多文酒应酬、人生失意及怀人感旧等，亦偶有伤时之作。有《梦窗稿》四卷，《补遗》一卷（《四库全书》本）。

八声甘州
陪庾幕诸公游灵岩[1]

渺空烟四远，是何年、青天坠长星[2]？幻苍崖云树，名娃金屋[3]，残霸宫城[4]。箭径酸风射眼[5]，腻水染花腥[6]。时靸双鸳响，廊叶秋声[7]。　　宫里吴王沉醉，倩五湖倦客[8]，独钓醒醒[9]。问苍波无语，华发奈山青[10]。水涵空、阑干高处，送乱鸦、斜日落渔汀。连呼酒，上琴台去[11]，秋与云平。

（《全宋词》，唐圭璋编，中华书局1965年版。下同）

【注释】

[1] 庾幕诸公：转运使的僚属。庾，漕运谷仓。灵岩：山名，在姑苏（今苏州）城西三十里，有春秋时吴国遗迹。

[2] 坠长星：幻想灵岩山是天上陨落的一颗星辰。

[3] 名娃金屋：名娃指西施，金屋指馆娃宫。越王勾践献西施与吴王夫差，夫差为建馆娃宫居之。

[4] 残霸：夫差败越之后，曾大会诸侯，又北上与晋争霸，后反为越王所败，身死国灭。故讥之为残霸。

[5] 箭径：即采香径，在灵岩山前。酸风射眼：李贺《金铜仙人辞汉歌》："魏官牵车指千里，东关酸风射眸子。"下文即说铜人潸然泪下。

[6] "腻水"句：连花上也沾染着浓烈的脂粉气味。杜牧《阿房宫赋》："渭流涨腻，弃脂水也。"腻水指吴宫香水溪，俗云西施浴处，人呼为脂粉塘。吴王宫人濯妆于此，至今犹香。

[7] "时靸（sǎ）"二句：当时宫女们穿着精致的拖鞋在走廊里发出清脆的响声，如今是秋风落叶的景象。廊，指响屧廊，在灵岩山。

[8] 五湖倦客：指范蠡。范辅勾践灭吴后，不恋功名，扁舟入于五湖（今太湖流域），隐遁全身，后以经商致富。

[9] 独钓醒醒（xīng xīng）：借隐居生活保全自己，说明他头脑清醒。

[10] "华发"句：头发易白而山色长青。

[11] 琴台：在灵岩山上，吴国遗迹。

【题解】

当作于理宗绍定年间（1228—1234）在苏州仓台为幕僚时。游灵岩山，很自然地遥想当年吴王夫差，曾如何地不可一世，如何地奢靡逸乐，又如何地转眼覆亡，霸业成空。头脑还算清醒的，就是功成之后扁舟游于五湖的范蠡了。在这乱鸦斜日的萧瑟气氛中，作者感慨万千，只有呼酒凭高，痛饮浇愁了。词人想象中的当年情景，与似乎身处其中的具体感受，巧妙地结合起来，融为一体，亦真亦幻，亦古亦今，怀古伤时，有浓重的沧桑之慨。作者对于自己所处的时代已经失去了信心，正如他所"看到"的夫差末日。此首时空的转换，线索清楚，题旨亦高远明朗，并无七宝楼台，拆碎下来不成片段之弊，是梦窗词中的佳作。

【集评】

[1] 换头三句，不过言山容水态，如吴王、范蠡之醉醒耳。"苍波"承"五湖"，"山青"承"宫里"，独醒无语，沉醉奈何！是此词最沉痛处。……北宋已矣，南渡宴安，又将岌岌，五湖倦客，今复何人？一"倩"字有众人皆醉

意。不知当时庾幕诸公,何以对此。(陈洵《海绡说词》)

风 入 松

听风听雨过清明,愁草《瘗花铭》[1]。楼前绿暗分携路[2],一丝柳、一寸柔情。料峭春寒中酒[3],交加晓梦啼莺。　　西园日日扫林亭[4],依旧赏新晴。黄蜂频扑秋千索[5],有当时、纤手香凝。惆怅双鸳不到[6],幽阶一夜苔生。

【注释】

[1] 草:起草,草拟,即写作。瘗(yì)花铭:庾信有《瘗花铭》。瘗,埋葬。铭,文体名。

[2] 分携:分手。

[3] 中(zhòng)酒:醉酒。

[4] 西园:代指二人同游之园林。

[5] 黄蜂:指蜜蜂。

[6] 双鸳:美人鞋,指代美人踪迹。

【题解】

此首或题作《春晚感怀》,写的是对一个女子的思念。上片说清明节是在风雨愁人的气氛中度过的。《瘗花铭》可以指庾信所作,也可以是自作,葬花之词总是凄苦的。下片提到的"西园"在杭州,当是作者常住之地,亦是与所思者相聚又相离之处。"双鸳",用绣鞋指代女子的步履。如今风雨之后又是新晴,而人已远去,顿生无限孤独寂寞之感。"黄蜂"二句,笔法细腻,想象奇特,颇为后人激赏。

【集评】

[1] 见秋千而思纤手,因蜂扑而念香凝,纯是痴望神理。"双鸳不到",犹望其到;"一夜苔生",踪迹全无,则惟日日惆怅而已。当味其词意酝酿处,不徒声容之美。(陈洵《海绡说词》)

【参考书】

[1]《梦窗词》,陈邦炎点校,上海古籍出版社1988年版。

[2]《吴梦窗词笺释》,杨铁夫笺释,广东人民出版社1992年版。

刘辰翁

　　刘辰翁（1232—1297），字会孟，号须溪，庐陵（今江西吉安）人。理宗景定三年（1262）进士，请为赣州濂溪书院山长，又被荐为临安府学教授。曾入文天祥幕府，参预抗元。宋亡不仕，隐居终身。其词"多真率语，满心而发，不假追琢……风格遒上，略与稼轩旗鼓相当"（况周颐《餐樱庑词话》）。晚年作品，颇多愤世之音与亡国之恨。有《须溪集》十卷（《四库全书》本），《须溪词》一卷，《补遗》一卷（《彊村丛书》本）。

柳梢青
春　感

　　铁马蒙毡[1]，银花洒泪[2]，春入愁城。笛里番腔[3]，街头戏鼓[4]，不是歌声。　　那堪独坐青灯[5]，想故国、高台月明[6]。辇下风光[7]，山中岁月[8]，海上心情[9]。

（《全宋词》，唐圭璋编，中华书局1965年版）

【注释】

　　[1] 铁马蒙毡：战马披着防寒的毛毡。铁马，战马，指蒙古骑兵。
　　[2] 银花：元宵夜之花灯。泪：烛泪，双关眼泪。
　　[3] 番腔：少数民族音乐。王世贞《曲藻》："自金元人主中国，所用胡乐，嘈杂凄紧，缓急之间，词不能按。"
　　[4] 戏鼓：北曲杂剧演出的锣鼓。
　　[5] 青灯：即灯，因其光青荧故称。
　　[6] "故国"句：化用李煜〔虞美人〕"故国不堪回首月明中""雕栏玉砌应犹在"等词意。
　　[7] 辇下：皇帝车驾之下，指京城，此指临安。
　　[8] 山中岁月：词人隐居山中的生活。
　　[9] 海上心情：此句有多种理解。吴熊和认为："用苏武在北海矢志守节事……刘辰翁宋亡后的危心苦志，庶几近之。"南宋最后一个皇帝赵昺于祥兴二年（1279）为陆秀夫背负，投海死。此词作于其后，已无海上抗元牵挂。

【题解】

　　或作于端宗景炎二年（1277）春。上年正月，元军前锋至南宋都城临安，宋帝奉表请降，三月，宋帝与太后等被掳北行。上片写蒙古骑兵入城之后，元宵节的火树银花，已成为亡国之泪，音乐戏耍全都是异民族的腔调，刺耳难听。下片表达故国之思。"辇下"句说都城，"山中"句说自己，在明净的词句中含蓄着沉痛的黍离之悲。"海上"句，则仍然寄希望于在南方沿海地区坚持抗元斗争的文天祥与张世杰等人的有力回天。

【参考书】

[1]《须溪词》，吴企明校注，上海古籍出版社1998年版。

王沂孙

王沂孙（1240？—1291？），字圣与，号碧山，会稽（今浙江绍兴）人。与周密、张炎等人交游。工词，以咏物见长，风格疏空清雅，运意高远，宋亡之后，颇多故国之思。清人周济编《宋四家词选》，以周邦彦、辛弃疾、吴文英、王沂孙四家为主，其他四十馀人为附。有《碧山乐府》(《花外集》)二卷(《丛书集成初编》本)。

眉　妩
新　月

渐新痕悬柳，淡彩穿花，依约破初暝[1]。便有团圆意，深深拜[2]，相逢谁在香径？画眉未稳，料素娥、犹带离恨[3]。最堪爱、一曲银钩小[4]，宝帘挂秋冷。千古盈亏休问，叹慢磨玉斧[5]，难补金镜。太液池犹在[6]，凄凉处、何人重赋清景？故山夜永，试待他、窥户端正。看云外河山，还老尽、桂花影。

（《全宋词》，唐圭璋编，中华书局1965年版）

【注释】

[1]"渐新"三句：描写新月渐渐升起，悬于柳梢，淡淡的光彩，依稀照亮了夜色。

[2]深深拜：指妇女拜新月。唐李端《拜新月》诗："开帘见新月，即便下阶拜。"

[3]"画眉"二句：新月有如还没有画好的嫦娥的愁眉。

[4]一曲银钩：一弯新月。构思似从秦观[浣溪沙]的"宝帘闲挂小银钩"化出。不过秦词的银钩实指帘钩。

[5]慢磨玉斧：细细地磨砺斧子。下文"金镜"指月亮。关于玉斧修月的故事，见唐

段成式《酉阳杂俎》卷一，文繁不录。

　　[6] 太液池：汉唐时宫内池名，借指宋代禁中池沼。

【题解】

　　或作于南宋亡国前夕，文天祥等人尚在南方一隅勉强支撑之时。全篇都在描绘新月的形态和光彩，又都紧紧地与国势联结融合为一体，寄托作者深沉的忧思与微茫的希望。上片先写新月升起，转而说即便有团圆之意，却拜月无人，而月亦如愁眉，再一转说，新月仍是可爱。下片叹惜玉斧难补金镜，却又说在故山长夜，仍然期盼着一个照进窗户的"端正"的圆月，最后又一转说，重整这破碎的"云外河山"，只怕要等到桂花树（月中桂）影也要老尽之时了！描写的技巧是高超的，词藻是精致的，审美的境界是凄清的，表达的情感是极其伤痛而又极其隐约的。

文天祥

　　文天祥（1236—1283），字宋瑞，号文山，宋末吉州吉水（今江西吉水）人。理宗宝祐四年（1256）进士第一。元兵攻宋，临安危急，自赣州起兵勤王（1275），官至右丞相，加少保，封信国公。转战浙江、福建、江西各地，于广东海丰五坡岭兵败被俘（1279）。元世祖至元十九年十二月（1283.1），终以不屈就义。"天祥平生大节照耀今古，而著作亦极雄赡……'亦斯文间气之发见也。'"（《四库全书总目》卷一六四）有《文山集》二十一卷（《四库全书》本）。

酹　江　月

和[1]

　　乾坤能大[2]，算蛟龙、元不是池中物。风雨牢愁无着处，那更寒虫四壁。横槊题诗，登楼作赋，万事空中雪[3]。江流如此，方来还有英杰。　　堪笑一叶漂零，重来淮水[4]，正凉风新发。镜里朱颜都变尽，只有丹心难灭。去去龙沙[5]，江山回首，一线青如发[6]。故人应念，杜鹃枝上残月。

（《全宋词》，唐圭璋编，中华书局1965年版）

【注释】

　　[1] 和（hè）：文天祥的朋友与幕僚邓剡（亦是被俘不屈者）作有[酹江月]词一首，此为同调原韵之和作。

　　[2] 能大：张相《诗词曲语辞汇释》："能大，如许大也。"能，犹言这样。

　　[3] "横槊"三句：如曹操那样横槊赋诗的壮举（参见苏轼《赤壁赋》）与王粲登楼作赋（《登楼赋》）那样的雅事，于自己是不可能了。

　　[4] 淮水：此指金陵（今南京）之秦淮河。

　　[5] 去去龙沙：实指自己将被押赴北方之元都（今北京）。龙沙，塞外荒漠之地。

　　[6] "一线"句：苏轼《澄迈驿通潮阁》："青山一发是中原。"发乃髪之简写。

【题解】

　　作于帝昺祥兴元年（1278）兵败被俘后北上元都，路经金陵（1279）时。上片开头二句，即伸决不屈服之志。作者有《指南录后序》一篇，述其九死一生的历险经过与顽强斗志。"风雨"句以下写失去自由的内心痛苦。"江流"二句，犹寄热望于后来人。下片再伸无论内外环境如何艰难，"只有丹心难灭！"最后向故人（邓剡）倾诉自己即将远行，回首中原，痛彻心肝之情。在顿挫之中见悲壮，在真实中见英雄之气，可与《金陵驿》诗互参。

过零丁洋

　　辛苦遭逢起一经[1]，干戈寥落四周星。山河破碎风飘絮，身世浮沉雨打萍。惶恐滩头说惶恐[2]，零丁洋里叹零丁。人生自古谁无死，留取丹心照汗青[3]。

（《文山先生全集》，商务印书馆《四部丛刊》本。下同）

【注释】

　　[1] "辛苦"句：宋代科举考试，精通五经（《诗》《尚书》《礼记》《周易》《春秋》）之一种即可考进士。文天祥于宋理宗宝祐四年（1256）考取进士第一。句谓从中进士入仕开始，就为国事历尽艰辛。

　　[2] "惶恐"句：景炎二年文天祥在江西吉水附近被元军打败，曾由惶恐滩撤退至福建。惶恐滩，急流险恶，是赣江十八滩之一。说，这里是回忆的意思。

　　[3] 留取：留得，留下。汗青：古代用竹简书写。制竹简时为便于书写和防裂，要烤去竹片水分，水渗出如汗，故称书册为汗青，此指史册。

【题解】

作于祥兴二年（1279）初。元军主帅张弘范挟被俘之文天祥攻厓山，逼其劝降张世杰，乃作此明志。首联说自己以一儒经应试入仕，遭逢国家多难，从恭宗德祐元年（1275）起兵勤王至今，已是四年了。第三联申"辛苦"、"寥落"之意，景炎二年（1277）在江西万安赣江之黄公滩（惶恐滩）作战受挫，如今又在广东兵败被俘，挟持至此（零丁洋在今珠江口外）。末联大义凛然，彪炳千秋。全篇由沉痛叙事转为激昂明志，语言流畅，音节铿锵，对偶精工而自然生动，思想和艺术是高度统一的。

金　陵　驿[1]

草合离宫转夕晖[2]，孤云飘泊复何依[3]？山河风景元无异[4]，城郭人民半已非[5]。满地芦花和我老[6]，旧家燕子傍谁飞[7]？从今别却江南路，化作啼鹃带血归[8]。

【注释】

[1] 金陵：即今南京。驿：驿馆，驿站，供公务人员休息的住所。

[2] 草合：长满草。离宫：行宫，皇帝出巡时住的地方。高宗建炎、绍兴年间曾三次至此，建行宫于天津桥之北。

[3] 孤云：作者自喻。陶渊明《咏贫士》："万族皆有托，孤云独无依。"

[4] "山河"句：见刘克庄［贺新郎］词注［8］。

[5] "城郭"句：道士丁令威学道于灵虚山，后化鹤归辽，空中下望云："有鸟有鸟丁令威，去家千年今始归，城郭犹是人民非。"见《搜神后记》。

[6] "满地"句：言芦花同我一样迟暮。时为八月末，深秋芦花已无生命力。

[7] "旧家"句：用刘禹锡《乌衣巷》诗意。

[8] 啼鹃带血：传说杜鹃乃蜀王杜宇魂魄所化，鸣声悲苦，叫后口角流血。见《尔雅翼·释鸟》。

【题解】

作于祥兴二年（1279）被囚北上途经金陵时。作者把个人的命运与国家民族的命运紧紧结合在一起，比如第一联的上句与第三联的下句说国家，第一联的下句与第三联的上句，说自己，都是见景生情，因情寓意，将国破家亡之痛与壮志未酬之恨打成一片。第二联用丁令威故事写沧桑之慨。末句说，死后化作啼血的杜鹃，也要回归故国，表达忠贞不渝的爱国精神。

正 气 歌

天地有正气，杂然赋流形。下则为河岳，上则为日星；于人曰浩然，沛乎塞苍冥。皇路当清夷，含和吐明庭[1]。时穷节乃见[2]，一一垂丹青。在齐太史简[3]，在晋董狐笔[4]，在秦张良椎[5]，在汉苏武节[6]。为严将军头[7]；为嵇侍中血[8]，为张睢阳齿[9]，为颜常山舌[10]。或为辽东帽[11]，清操厉冰雪；或为《出师表》，鬼神泣壮烈；或为渡江楫[12]，慷慨吞胡羯；或为击贼笏[13]，逆竖头破裂。是气所旁薄，凛烈万古存。当其贯日月，生死安足论[14]！地维赖以立[15]，天柱赖以尊。三纲实系命，道义为之根。嗟予遘阳九[16]，隶也实不力。楚囚缨其冠，传车送穷北[17]。鼎镬甘如饴，求之不可得。阴房阒鬼火[18]，春院闷天黑[19]。牛骥同一皂，鸡栖凤凰食[20]。一朝蒙雾露，分作沟中瘠[21]。如此再寒暑，百沴自辟易[22]。哀哉沮洳场[23]，为我安乐国。岂有他缪巧，阴阳不能贼。顾此耿耿存，仰视浮云白。悠悠我心悲，苍天曷有极[24]！哲人日已远，典刑在夙昔[25]。风檐展书读，古道照颜色。

【注释】

[1]"皇路"二句：国家政局清明安定之时，此种浩然之气就在朝廷上平和地显现出来。明，圣明，英明。

[2]节乃见（xiàn）：做人的气节（节操）即显现出来。下文"垂丹青"：画像麒麟阁，留传后世之意。

[3]太史：春秋时齐国崔杼杀齐庄公，太史（史官）即书简册曰："崔杼弑其君。"崔杼杀之，其弟二人又坚持这样写，又死，又一弟仍坚持这样写，崔杼"乃舍之"。（见《左传》襄公二十五年）

[4]董狐：春秋时晋国赵穿杀晋灵公，董狐（太史）书曰："赵盾弑其君。"认为事在赵穿，责在赵盾。（见《左传》宣公二年）

[5]张良椎（chuí）：指张良为韩报仇，在博浪（láng）沙以大铁椎伏击秦始皇事。（见《史记·留侯世家》）

[6]苏武节：指苏武持节出使匈奴被留十九年，在北海牧羊，节毛尽脱，而终不屈服事。（见《汉书·苏武传》）

[7]严将军：刘备入蜀，张飞攻巴郡，太守严颜兵败被俘，曰："我州但有断头将军，无有降将军也！"（见《三国志·张飞传》）

[8]嵇侍中：在西晋皇室内讧中，侍中嵇绍以身护惠帝，被乱箭射死，血溅惠帝衣，左右欲洗此衣，惠帝曰："此嵇侍中血，勿去！"（见《晋书·嵇绍传》）

[9]张睢阳：唐安史之乱，张巡守睢阳（今河南商丘），每与贼战，必大呼誓师，眦裂流血，齿牙皆碎。被俘后不屈，被刀绞口舌而死。（见《旧唐书·张巡传》）

[10] 颜常山：唐安禄山反，常山（治所在今河北正定）太守颜杲卿起兵讨贼，被俘后骂贼不绝，贼钩断其舌。（见《旧唐书·颜杲卿传》）

[11] 辽东帽：东汉末年高士管宁，避乱辽东，终身不仕，在家常著皂帽以明志。（见《三国志·魏书·管宁传》）

[12] 渡江楫：东晋元帝时，将军祖逖率师渡江北伐，征石勒（羯族，五胡之一），击楫（船桨）发誓，必清中原而后复济。（见《晋书·祖逖传》）

[13] 击贼笏（hù）：唐德宗时，朱泚谋反，召段秀实等议事，段秀实以笏击其面，遂遇害。（见《旧唐书·段秀实传》）笏，朝会时所持手板。

[14] 论：动词，读平声。与下"尊"、"根"押韵。

[15] 地维：系地之绳。下文"天柱"，支天之柱。此以天柱地维指天地之间的原则。

[16] 遘阳九：遭逢厄运。阳九，不吉利的时刻。下句大意谓自己未能竭尽臣职。隶，臣属，作者自指。

[17] "楚囚"二句：指自己被囚至北方元都。楚囚，见《左传》成公九年。传（zhuàn）车，驿站的车。

[18] 阴房：幽暗的囚室。阒（qù）：寂静。

[19] "春院"句：院落暗无天日。闭（bì），闭。杜甫《大云寺赞公房》诗之三："天黑闭春院。"本谓春天的院落天黑即关闭，显得安静。

[20] "牛骥"二句：贤人与庸辈混杂在一起。牛，喻凡人。骥，骏马，喻贤士。皂，牲口食槽。鸡栖，鸡舍。

[21] "分（fèn）作"句：料应成为沟壑中遗尸。

[22] "如此"二句：这样的状态经过两度寒暑，种种灾气即为之退避。沴（lì），致灾之气。

[23] 沮洳（jù rù）场：卑湿之地。

[24] "悠悠"二句：我心中的悲愤没有尽头。痛苦呼天之辞。《诗经·鸨羽》："悠悠苍天，曷其有极。"

[25] 典刑：典型，榜样。《诗经·荡》："虽无老成人，尚有典刑。"

【题解】

作于元世祖至元十八年（1281），原有序，文长未录。大意谓被囚燕京一土室，遭受种种恶气之摧残煎熬，两年无恙，凭借的是自己所养的浩然正气（《孟子·公孙丑上》："我善养吾浩然之气。"）。因作此歌。开头第一段说天地之正气赋予各种形物，在人则为孟子所说的至大至刚而配义与道的浩然之气，无论时世如何，都会显露出来。"在齐"句以下为第二段，列举历史上种种可歌可泣之人与事，描写这种浩然正气的巨大影响与作用。"嗟予"句以下为第三段，叙述自己被俘被囚，在土室中两度寒暑，经受各种灾气的侵袭而居然不病，就是因为有此浩然正气的保护，并伸言决心向典型学习，坚持道义，宁死不屈。文诗多袭石介《击蛇笏铭》、苏轼《韩文公庙碑》,是其短处。

【集评】

[1] 从容慷慨,全是浩然之气洋溢笔墨间。读之,百世犹为兴起,洵有功世教之文。(许宝善《自怡轩古文选》卷十)

【参考书】

[1]《文天祥全集》,熊飞等点校,江西人民出版社1987年版。

张 炎

张炎(1248—1320?),字叔夏,号玉田,晚号乐笑翁,临安(今浙江杭州)人。南渡功臣张俊(封清河郡王)之后,宋亡后家资尽失,浪迹江浙间,落魄而死。与王沂孙、周密等遗民交游,词学周邦彦、姜夔,标榜清空骚雅,擅长咏物写景,晚年作品多苍凉激越,颇寄故国之思,身世之感。有《山中白云词》八卷(《四库全书》本)。

解 连 环

孤 雁

楚江空晚[1],怅离群万里,恍然惊散。自顾影、欲下寒塘[2],正沙净草枯,水平天远。写不成书,只寄得、相思一点[3]。料因循误了[4],残毡拥雪[5],故人心眼[6]。　　谁怜旅愁荏苒,谩长门夜悄[7],锦筝弹怨[8]。想伴侣、犹宿芦花,也曾念春前,去程应转[9]。暮雨相呼,怕蓦地、玉关重见[10]。未羞他、双燕归来,画帘半卷[11]。

(《全宋词》,唐圭璋编,中华书局1965年版)

【注释】

[1] 楚江:即楚天,指南国。回雁峰在衡阳,雁飞又过潇湘,故称楚江。

[2] 自顾影:顾影自怜,自怜孤单。崔涂《孤雁二首》其二:"暮雨相呼失,寒塘欲下迟。"

[3]"写不成"二句:雁飞成字(如一字、人字),孤雁单飞故"写不成书";雁能传书(《汉书·苏武传》),一只孤雁故只寄得"一点"。

［4］因循：迁延耽搁。

［5］残毡拥雪：《汉书·苏武传》：匈奴"幽武置大窖中，绝不饮食。天雨雪，武卧啮雪与毡毛并咽之，数日不死。"

［6］故人：指像苏武一样被幽囚的有节之士。同为宋臣民，故称故人。心眼：心意，胸怀。此上三句谓因失群耽搁了时日，误了故人的企盼之情。

［7］长门：长门宫，见辛弃疾［摸鱼儿］注。杜牧《早雁》："仙掌月明孤影过，长门灯暗数声来。"

［8］锦筝弹怨：筝琴弦柱排列如雁行。以筝所弹哀怨之曲，喻雁鸣之哀怨。

［9］"想伴侣"三句：意谓伙伴们还在芦苇丛中栖息，它们一定在盼望我来年春前，转回程飞回北方相聚。《礼记·月令》："季冬之月……雁北乡。"季冬之月即春前。

［10］怕：倘，如其。蓦地：忽然。玉关：这里泛指北方。以上二句为"怕蓦地玉关重见，暮雨相呼"的倒装。

［11］"未羞"二句：意谓当画帘半卷燕子双双归来之时，自己也旧侣重逢，便不会因孤单而羞愧了。

【题解】

　　当作于宋亡之后。着意描绘孤雁的形象，同时寄托家国覆灭的痛苦与个人身世飘零的哀愁。咏物即是伤己。上片开头以一"楚"字泛指南国，以下数句写"恍然惊散"（自然是在群飞中经历了某种重大的变故）而失群的孤雁，面对沙净草枯、水平天远的空阔寂寥的晚景，几乎无处栖身。"写不"以下五句，反用大雁传书故事，担心误了故人心意。下片"长门"用陈皇后（阿娇）故事，"锦筝弹怨"用钱起《归雁》诗意，反复抒发离群之苦，然后叙述自己思念伴侣，臆想伴侣思念自己，并且还有一丝微茫的突然相逢（合群）的希望，苟如此，也就不羞见双飞的归燕了！感情深沉细腻，表达曲折宛转，又有寄托，是咏物佳作。

谢　翱

　　谢翱（1249—1295），字皋羽，号晞发子，浦城（今属福建）人。试进士不中。端宗景炎元年（1276），率乡兵投文天祥，任咨议参军。宋亡，漫游两浙山水间。"翱志节特高，诗文亦奇气兀傲，一扫宋季之庸音。"（《四库全书简明目录》卷十六）有《晞发集》十卷等（《四库全书》本）。

登西台恸哭记[1]

　　始，故人唐宰相鲁公[2]，开府南服[3]，予以布衣从戎。明年[4]，别公漳水湄。后明年[5]，公以事过张睢阳及颜杲卿所尝往来处，悲歌慷慨，卒不负其言而从之游[6]。今其诗具在[7]，可考也。

　　予恨死无以藉手见公[8]，而独记别时语，每一动念，即于梦中寻之。或山水池榭，云岚草木，与所别处，及其时适相类，则徘徊顾盼，悲不敢泣。又后三年[9]，过姑苏。姑苏，公初开府旧治也[10]。望夫差之台[11]，而始哭公焉。又后四年[12]，而哭之于越台。又后五年，及今，而哭于子陵之台。

　　先是一日[13]，与友人甲、乙若丙约，越宿而集。午，雨未止，买榜江涘[14]。登岸谒子陵祠，憩祠旁僧舍。毁垣枯甃，如入墟墓，还与榜人治祭具。须臾雨止，登西台，设主于荒亭隅[15]，再拜跪伏，祝毕，号而恸者三[16]，复再拜，起。又念予弱冠时，往来必谒拜祠下。其始至也，侍先君焉[17]。今予且老，江山人物，眷然若失。复东望，泣拜不已。有云从西南来，渹渹淳郁，气薄林木，若相助以悲者。乃以竹如意击石，作楚歌招之曰："魂朝往兮何极？暮归来兮关水黑[18]，化为朱鸟兮有咮焉食[19]！"歌阕，竹石俱碎，于是相向感唶。复登东台，抚苍石，还憩于榜中。榜人始惊予哭，云："适有逻舟之过也，盍移诸[20]？"遂移榜中流，举酒相属，各为诗以寄所思。薄暮，雪作风凛，不可留。登岸宿乙家，夜复赋诗怀古。明日，益风雪，别甲于江，予与丙独归。行三十里，又越宿乃至。其后，甲以书及别诗来，言"是日风帆怒驶，逾久而后济。既济，疑有神阴相[21]，以著兹游之伟。"予曰："呜呼！阮步兵死[22]，空山无哭声且千年矣！若神之助，固不可知，然兹游亦良伟，其为文词因以达意，亦诚可悲已。"

　　予尝欲仿太史公，著季汉月表[23]，如秦楚之际。今人不有知予心，后之人必有知予者。于此宜得书[24]，故纪之，以附季汉事后。时，先君登台后二十六年也。先君讳某字某[25]，登台之岁在乙丑云。

　　　　　　　　　　　　　　（《南宋文录》卷十三，清光绪苏州书局刻本）

【注释】

　　[1] 西台：在今浙江桐庐富春山，与东台对峙，相传为东汉隐士严光（字子陵）垂钓之所，亦称钓台（本文又称"子陵之台"），其下有严光祠。

　　[2] 鲁公：唐代大臣颜真卿，封鲁国公。其地位与忠烈大节与文天祥相类，因以隐指文天祥。

　　[3] 开府南服：端宗景炎元年（1276），文天祥在南剑州（治所在今福建南平）建立府

署,筹划抗元斗争。开府,建立府署。南服,南方;服,王畿以外的地方。

[4] 明年:景炎二年。下文"漳水",似当作"章水",赣江西源,流经江西西南境。"湄",水滨。

[5] 后明年:帝昺祥兴元年(1278)。下文"以事",暗指文天祥被俘北行事。"张睢阳"、"颜常山",均见文天祥《正气歌》及注。

[6] 从之游:与他们交往,暗指文天祥与张巡、颜杲卿同样壮烈殉国。

[7] 其诗具在:文天祥《指南后录》有歌颂这些英烈的诗篇。

[8] "予恨"句:我所恨的,是死后无面目见文公。无以藉手,手中无凭借(抗元事业无成绩)。

[9] 又后三年:似应作后五年,元世祖至元二十年(1283)。

[10] 开府旧治:文天祥于恭宗德祐元年(1275)八月以浙西江东制置使兼知平江府,建署姑苏(苏州)。

[11] 夫差之台:姑苏台,春秋时吴王夫差所筑,在姑苏城西南。

[12] 又后四年:至元二十三年(1286)。下文"越台",大禹陵,在今浙江绍兴东南会稽山上。

[13] 先是一日:前一天。下文甲、乙、丙三人,据黄宗羲考证,甲为吴思齐,乙为严侣,丙为冯桂芳(见《南雷文定前集》卷一)。若,与。

[14] 买榜(bàng)江涘(sì):雇船于江边。榜,摇船工具,指代船。江,富春江。

[15] 设主:设置(文天祥的)神主。神主,亦称牌位,通常为木制。

[16] "号(háo)而"句:放声痛哭三次。号,大声哭。恸,痛哭。

[17] 先君:称去世的父亲。

[18] 关水黑:关塞与水面昏暗无光。杜甫《梦李白》诗:"魂来枫林青,魂返关塞黑。"

[19] "化为"句:即使死者(文天祥)化为朱鸟归来,也不能歆飨祭品了。按,南宋已亡,不能为文天祥立庙祭祀。朱鸟,鸟名,可象征南方。咮(zhòu),鸟嘴。

[20] "适有"二句:正有(元军)巡逻船只经过,何不移舟别处?

[21] 阴相(xiàng):冥冥中保佑庇护。下句说,彰显了此次祭拜活动的壮伟。

[22] 阮步兵:阮籍,字嗣宗,曾任步兵校尉。西晋名士,常率意驾车出游,遇穷途则恸哭而返。此谓动真情的恸哭,自阮籍之后,千年无闻了。

[23] 季汉月表:实为《季宋月表》。季,末期。《史记》体裁,立十表通史事,其中有《秦楚之际月表》。

[24] 宜得书:应当写下来。此指本文写作。

[25] 讳某字某:作者之父名钥,字君殷。讳,避讳。下文"乙丑",宋度宗咸淳元年(1265),距本文之作已二十六年。

【题解】

作于元世祖至元二十七年(1290)十二月。谢翱之于文天祥,既为僚属,又是同志，相知极深，情义极重。文遇难后，谢始哭于姑苏台，再哭于越台，本篇重点写第三次哭于钓台之事，无论是记事，是写景，还是抒情，都是饱含血泪的。"号而恸者三"，"乃以竹（一作'铁'）如意击石"而"竹石俱碎"，连"滃浡渀郁"的冬云亦似在"助悲"，其悲愤激越之情跃然纸上，感人肺腑。作者说，阮籍穷途恸哭后，"空山无哭声千年矣！"作者此哭，则是意义大大超越阮籍的宋末遗民的摧心裂眦的一哭；此记，亦为宋末遗民文学的代表作。张丁《登西山恸哭记注》说："若其恸西台，则恸乎丞相也；恸丞相，则恸乎宋之三百年也！"

元好问

元好问（1190—1257），字裕之，号遗山，金代太原秀容（今山西忻县）人。宣宗兴定五年（1221）进士，历任县令、员外郎。金亡不仕，隐居著述。十三世纪北中国最重要的作家，金代文坛领袖，继承从《诗经》至李、杜、苏（轼）、陆（游）的传统，众体兼备，诗的成就最高。早期作品广泛地反映了社会生活，如统治阶级的腐败，人民的苦难，战乱带来的破坏，国破家亡的悲愤，有人称之为金元之际的诗史。晚年多描绘自然山水，抒发亡国之思，亦有应酬闲适之作。有《遗山集》四十卷，《附录》一卷（《四库全书》本）。

论诗绝句三十首（其二十九）
丁丑岁三乡作

池塘春草谢家春，万古千秋五字新。传语闭门陈正字，"可怜无补费精神"。

（《元遗山诗集笺注》，施国祁注，麦朝枢校，人民文学出版社1958年版，下同）

【题解】

作于金宣宗兴定元年（丁丑，1217），因避乱移居三乡镇（在今河南宜阳西南）时。论诗绝句，始自杜甫《戏为六绝句》，宋以后作者甚多。元好问《论诗绝句三十首》评论自汉魏至唐宋的重要作家和流派，以其态度严肃与观点鲜明而受到后人高度重视。本首肯定南朝诗人谢灵运"池塘生春草"（《登池上楼》）的清新活泼，并借用王安石《韩子》诗中的一句"可怜无补费精神"批评陈师道"闭门觅句"（黄庭坚《病起荆江亭即事》："闭门觅句陈无己。"）的雕刻生硬。

壬辰十二月车驾东狩后即事五首[1]（其二）

惨淡龙蛇日斗争，干戈直欲尽生灵。高原水出山河改[2]，战地风来草木腥。精卫有冤填瀚海[3]，包胥无泪哭秦庭[4]。并州豪杰今谁在？莫拟分军下井陉[5]！

【注释】

[1] 狩（shòu）：帝王出逃或被俘的婉辞。东狩，即指出奔归德事。

[2] "高原"句：高原无水，出水则为灾异现象，故下云山河改。

[3] 精卫：上古炎帝之女女娃溺于东海，化为鸟名精卫，衔木石以填东海。见《山海经·北山经》。

[4] "包胥"句：伍子胥率吴兵伐楚，破郢都。楚大夫申包胥赴秦求救，于秦庭哭七日七夜，秦哀公感动，发兵救楚。见《史记·伍子胥列传》。

[5] "莫拟"句：没有人打算出兵井陉攻打蒙古军。井陉（xíng），山名，在今河北井陉县西北，为军事要地。

【题解】

作于金哀宗天兴元年（壬辰，1232）。蒙古大军围汴京，哀宗出奔归德（今河南商丘）。前四句写战争频繁而残酷，生灵涂炭，山河改易，草木带腥，形象地反映蒙古初期征战的屠城政策。第三联用精卫填海故事申述自己的冤苦悲愤，用申包胥哭秦庭求救的史实责备自己的救国无方。抒情极为辛酸痛切。末联说，"并（bīng）州豪杰"（泛指河朔一带将领）还有谁在？为什么不分兵进战，收复失地呢！莫拟，不准备。下井陉，用唐代安史之乱中，大将李光弼率朔方军出井陉关，收复常山事。（说见高步瀛《唐宋诗举要》）

甲午除夕

暗中人事忽推迁，坐守寒灰望复然。已恨太官余曲饼[1]，争教汉水入胶船[2]。神功圣德三千牍，大定明昌五十年[3]。甲子两周今日尽[4]，空将衰泪洒吴天[5]。

【注释】

[1] 太官：《汉书·百官公卿表》颜师古注："太官主膳食。"余曲饼：《晋书·愍帝纪》记京师大饥，严重缺粮，太仓仅余曲饼数十，以供帝用。刘祁《归潜志》记金末饥荒，"贫民往往食人，殍死者相望"。

[2] 胶船：以胶黏合之船。周昭王济汉水，楚人进胶船，至中流胶船解体，昭王溺水死。

[3] "神功"二句：自金世宗（1161—1189在位）至章宗（1189—1208在位）约五十年，为金朝全盛时期。大定，世宗年号；明昌，章宗年号。三千牍，语出《史记·滑稽列传》，极言奏牍之多。

[4] 甲子两周：金自完颜阿骨打称帝建国（1115）至哀宗亡国（1234），共传九帝，一百二十年，为甲子两周。

[5] 吴天：犹言南国，对北方之蒙古而言。

【题解】

作于哀宗天兴三年（甲午，1234）除夕。二年六月，哀宗自归德至蔡州（今河南汝南）。三年正月，宋蒙联军攻破蔡州，哀宗自杀，金亡。《礼记·乐记》云："亡国之音哀以思。"此篇足以当之。除夕之夜，"坐守寒灰"，犹望死灰"复然（燃）"，粮尽民贫，帝死国灭，灾难接连而至，复国已然绝望。"神功"二句，深深地怀恋金朝鼎盛时期的功德文治，声调铿锵有力。最后二句，则成为对国家覆灭的最沉痛的悼词！在思想的矛盾与转折中表达悲苦之情。沉郁顿挫，颇类杜甫风格。

【参考书】

[1]《元好问诗选》，郝树侯选注，人民文学出版社1983年版。

元 代 部 分

关汉卿

关汉卿，名不详，字汉卿，号已斋，大都（今北京）人。约生于金朝末年，卒于元大德（1297—1307）年间。为人风流倜傥，博学能文，滑稽多智，追求洒脱不拘的生活，有着宁折不屈的坚强性格，是玉京书会里最有成就的戏剧家。既能写戏，又能粉墨登场，使关汉卿熟谙戏剧艺术规律，成为卓越的戏剧家。创作杂剧见于记载的六十七部，今存十八部左右及散曲套数十二套、小令三十五首。关汉卿艺术风格多样，既创作了出色的喜剧如《救风尘》、《望江亭》等，也创作了卓越的悲剧如《窦娥冤》、《西蜀梦》等，正剧《单刀会》也是一部力作。他刻画出了叱咤风云的英雄，如关羽；更善于塑造女性形象，窦娥、赵盼儿、谭记儿等栩栩如生。关汉卿始终关注着社会和人生，奠定了中国写实戏剧的基础。是当时的剧坛领袖。是元曲四大家之一。吴晓铃等编校有《关汉卿戏曲集》。

窦娥冤
楔　子[1]

（卜儿蔡婆上[2]，诗云）花有重开日，人无再少年。不须长富贵，安乐是神仙。老身蔡婆婆是也。楚州人氏[3]，嫡亲三口儿家属。不幸夫主亡逝已过，止有一个孩儿，年长八岁，俺娘儿两个，过其日月。家中颇有些钱财。这里一个窦秀才，从去年问我借了二十两银子，如今本利该银四十两。我数次索取，那窦秀才只说贫难，没得还我。他有一个女儿，今年七岁，生得可喜，长得可爱。我有心看上他，与我家做个媳妇，就准了这四十两银子[4]，岂不两得其便？他说今日好日辰，亲送女儿到我家来。老身且不索钱去，专在家中等候。这早晚窦秀才敢待来也。（冲末扮窦天章[6]，引正旦扮端云上，诗云）读尽缥缃万卷书[7]，可怜贫煞马相如[8]。汉庭一日承恩召，不说当垆说《子虚》。小生姓窦，名天章，祖贯长安京兆人也。幼习儒业，饱有文章；争奈时运不通，功名未遂。不幸浑家亡化已过，撇下这个女孩儿，小字端云。从三岁上亡了他母亲，如今孩儿七岁了也。小生一贫如洗，流落在这楚州居住。此间一个蔡婆婆，他家广有钱物；小生因无盘缠，曾借了他二十两银子，到今本利该对还他四十两。他数次问小生索取。教我把什么还他？谁想蔡婆婆常着人来说，要小生女孩儿做他儿媳妇。况如今春榜动,选场开,正待上朝取应[9],又苦盘缠缺少。小生出于无奈,只得将女孩儿端云送与蔡婆婆做儿媳妇去。(做叹科[10],云)嗨!这个那里是做媳妇?分明是卖与他一般。就准了他那先借的四十两银子,分外但得些少东西,勾小生应举之费,便也过望了。说话之间,早来到他家门首。婆婆在家么?(卜儿上,云)秀才,请家里坐,老身等候多时也。(做相见科,窦天章云)小生今日一径的将女孩儿送来与婆婆,怎敢说做媳妇,只与婆婆早晚使用。小生目下就要上朝进取功名去,留下女孩儿在此,只望婆婆看觑则个[11]。(卜儿云)这等,你是我亲家了。你本利少我四十两银子,兀的是借钱的文书[12],还了你;再送与你十两银子做盘缠。亲家,你休嫌轻少。(窦天章做谢科,云)多谢了婆婆!先少你许多银子,都不要我还了,今又送我盘缠,此恩异日必当重报。婆婆,女孩儿早晚呆痴,看小生薄面,看觑女孩儿咱。(卜儿云)亲家,这不消你嘱咐,令爱到我家,就做亲女儿一般看承他,你只管放心的去。(窦天章云)婆婆,端云孩儿该打呵,看小生面则骂几句;当骂呵,则处分几句[13]。孩儿,你也不比在我跟前,我是你亲爷,将就的你。你如今在这里,早晚若顽劣呵,你只讨那打骂吃。儿哝,我也是出于无奈!(做悲科,唱)

【仙吕】【赏花时】[14]我也只为无计营生四壁贫,因此上割舍得亲儿在两处分。从今日远践洛阳尘,又不知归期定准,则落的无语暗消魂[15]。(下)

(卜儿云)窦秀才留下他这女孩儿与我做媳妇儿,他一径上朝应举去了。(正旦做悲科,云)爹爹,你直下的撇了我孩儿去也[16]!(卜儿云)媳妇儿,你在我家,我是亲婆,你是亲媳妇,只当自家骨肉一般。你不要啼哭,跟着老身前后执料去来[17]。(同下)

【注释】

[1] 楔(xiē)子:元代及明初指一段戏的首曲;明中期以后才把正戏之外用来交代情节、介绍人物的场子,同剧本的正场戏区分出来,名之为"楔子"。此指后者。

[2] 卜儿:元剧中扮演老年妇人的角色。

[3] 楚州:州郡名,治所在山阳县(今江苏淮安)。

[4] 准:抵偿,折兑。

[5] 早晚:有多种含意,此为"时候"。下文"早晚使用"为"随时使用"、"早晚痴呆"为"有时痴呆"。敢待:可能要,大概要。敢为推测之词。

[6] 冲末:元剧中的次要男演员,一般情况下为开场时首先上场的男角。元剧中的男主角为正末,女主角为正旦,简称末、旦。

[7] 缥缃(piǎo xiāng):青色与黄色丝织品,古人用以做书套,常作书籍的代称。

[8] 马相（xiāng）如：西汉辞赋家司马相如，字长卿，成都人。在临邛（今四川邛崃）琴挑卓王孙新寡女卓文君，私奔，家贫，夫妻卖酒为生，文君当垆（lú），相如涤器。因所作《子虚赋》受到汉武帝的赏识和信任。《史记》、《汉书》有传。垆为酒店前放酒瓮的土台，用为酒店的代称。当垆，卖酒。

[9] 取应：朝廷开科取士，士子应选，即赶考。

[10] 科：元剧中舞台提示术语，也叫"介"，指示人物的表情动作和舞台效果。

[11] 看觑（qù）：照看，照顾。则个：语尾助词，无义。

[12] 兀（wù）的：此作指示词，这，这个。

[13] 处分：这里是责备、批评的意思。

[14] 仙吕：元杂剧宫调名。宫调即乐律，用来限定声调的高低缓急，表现乐曲的感情色彩。赏花时：曲调名，属仙吕宫。同一宫调所属的若干曲调连在一起使用，即成套曲，押同一韵脚。元杂剧每折唱词，在音乐上要求叶宫调，唱套曲；楔子则只唱支曲，不唱套曲。

[15] 暗消魂：即黯销魂，精神沮丧，失魂落魄的样子。江淹《别赋》："黯然销魂者，唯别而已矣。"

[16] 直下的：真忍心。下的，忍心，舍得。

[17] 执料：操持照料。

第一折[1]

（净扮赛卢医上[2]，诗云）行医有斟酌，下药依《本草》[3]。死的医不活，活的医死了。自家姓卢，人道我一手好医，都叫做赛卢医。在这山阳县南门开着生药局[4]。在城有个蔡婆婆，我问他借了十两银子，本利该还他二十两；数次来讨这银子，我又无的还他。若不来便罢，若来呵，我自有个主意。我且在这药铺中坐下，看有什么人来。（卜儿上，云）老身蔡婆婆。我一向搬在山阳县居住，尽也静办。自十三年前窦天章秀才留下端云孩儿与我做儿媳妇，改了他小名，唤做窦娥。自成亲之后，不上二年，不想我这孩子害弱症死了[5]。媳妇儿守寡，又早三个年头，服孝将除了也。我和媳妇儿说知，我往城外赛卢医家索钱去也。（做行科，云）蓦过隅头[6]，转过屋角，早来到他家门首。赛卢医在家么？（卢医云）婆婆，家里来。（卜儿云）我这两个银子长远了，你还了我罢。（卢医云）婆婆，我家里无银子，你跟我庄上去取银子还你。（卜儿云）我跟你去。（做行科）（卢医云）来到此处，东也无人，西也无人，这里不下手，等什么？我随身带的有绳子。兀那婆婆[7]，谁唤你哩？（卜儿云）在那里？（做勒卜儿科。孛老同副净张驴儿冲上[8]，赛卢医慌走下。孛老救卜儿科）（张驴儿云）爹，是个婆婆，争些勒杀了。(孛老云)兀那婆婆，你是那里人氏？姓甚名谁？因甚着这个人将你勒死？(卜儿云)老身姓蔡，在城人氏，止有个寡媳妇儿，相守过日。因为赛卢医少我二十两银子，今日与他取讨；谁想他赚我到无人去处，要勒死我，赖这银子。若不是遇着老的和哥哥呵，那得老身性命来！(张驴儿云)爹，你听的他说么？他家还有个媳妇哩！救了他性命，他少不得要谢我。不若你要这婆子，我要他媳妇儿，何等两便？你和他说去。(孛老云)兀那婆婆，你无丈夫，我无浑家，你肯与我做个老婆，意下如何？(卜儿云)是何言语！待我回家，多备些钱钞相谢。(张驴儿云)你敢是不肯，故意将钱钞哄我？赛卢医的绳子还在，我仍旧勒死了你罢。(做拿绳科)(卜儿云)哥哥，待我慢慢地寻思咱！(张驴儿云)你寻思些什么？你随我老子，我便要你媳妇儿。(卜儿背云)[9]我不依他，他又勒杀我。罢、罢、罢，你爷儿两个，随我到家中去来。(同下)(正旦上，云)妾身姓窦，小字端云，祖居楚州人氏。我三岁上亡了母亲，七岁上离了父亲。俺父亲将我嫁与蔡婆婆为儿媳妇，改名窦娥。至十七岁与夫成亲，不幸丈夫亡化，可早三年光景，我今二十岁也[10]。这南门外有个赛卢医，他少俺婆婆银子，本利该二十两，数次索取不还。今日俺婆婆亲自索取去了。窦娥也，你这命好苦也呵！(唱)

【仙吕】【点绛唇】满腹闲愁，数年禁受[11]，天知否？天若是知我情由，怕不待和天瘦[12]。

【混江龙】则问那黄昏白昼，两般儿忘餐废寝几时休？大都来昨宵梦里[13]，和着这今日心头。催人泪的是锦烂熳花枝横绣闼[14]，断人肠的是剔团圞月色挂妆楼[15]。长则是急煎煎按不住意中焦，闷沉沉展不彻眉尖皱，越觉的情怀冗冗，心绪悠悠。

(云)似这等忧愁，不知几时是了也呵！(唱)

【油葫芦】莫不是八字儿该载着一世忧？谁似我无尽头！须知道人心不似水长流。我从三岁母亲身亡后，到七岁与父分离久。嫁的个同住人，他可又拔着短筹[16]；撇的俺婆妇每都把空房守[17]，端的个有谁问[18]，有谁偢[19]？

【天下乐】莫不是前世里烧香不到头[20]，今也波生招祸尤[21]？劝今人早将来世修。我将这婆侍养，我将这服孝守，我言词须应口。

(云)婆婆索去钱了，怎生这早晚不见回来？(卜儿同孛老、张驴儿上)(卜儿云)你爷儿两个且在门首，等我先进去。(张驴儿云)奶奶[22]，你先进去，就说女婿在门首哩。(卜儿见正旦科)(正旦云)奶奶回来了。你吃饭？(卜儿做哭科，云)孩儿也，你教我怎生说波！(正旦唱)

【一半儿】为什么泪漫漫不住点儿流？莫不是为索债与人家惹争斗？我这里连

忙迎接慌问候,他那里要说缘由。(卜儿云)羞答答的,教我怎生说波!(正旦唱)则见他一半儿徘徊一半儿丑[23]。

(云)婆婆,你为什么烦恼啼哭那?(卜儿云)我问赛卢医讨银子去,他赚我到无人去处,行起凶来,要勒死我。亏了一个张老并他儿子张驴儿,救得我性命。那张老就要我招他做丈夫,因这等烦恼。(正旦云)婆婆,这个怕不中么!你再寻思咱:俺家里又不是没有饭吃,没有衣穿,又不是少欠钱债,被人催逼不过;况你年纪高大,六十以外的人,怎生又招丈夫那?(卜儿云)孩儿也,你说的岂不是!但是我的性命全亏他这爷儿两个救的。我也曾说道:"待我到家,多将些钱物酬谢你救命之恩。"不知他怎生知道我家里有个媳妇儿,道我婆媳妇又没老公,他爷儿两个又没老婆,正是天缘天对。若不随顺他,依旧要勒死我。那时节我就慌张了,莫说自己许了他,连你也许了他。儿也,这也是出于无奈。(正旦云)婆婆,你听我说波。(唱)

【后庭花】避凶神要择好日头[24],拜家堂要将香火修[25]。梳着个霜雪般白鬏髻,怎将这云霞般锦帕兜[26]?怪不的"女大不中留"[27]。你如今六旬左右,可不道到中年万事休[28]!旧恩爱一笔勾,新夫妻两意投,枉教人笑破口!

(卜儿云)我的性命都是他爷儿两个救的,事到如今,也顾不得别人笑话了。(正旦唱)

【青哥儿】你虽然是得他、得他营救,须不是笋条、笋条年幼[29],划的便巧画蛾眉成配偶[30]?想当初你夫主遗留,替你图谋,置下田畴,早晚羹粥,寒暑衣裘。满望你鳏寡孤独,无挂无靠,母子每到白头。公公也,则落得干生受[31]!

(卜儿云)孩儿也,他如今只待过门。喜事匆匆的,教我怎生回得他去?(正旦唱)

【寄生草】你道他匆匆喜,我替你倒细细愁:愁则愁兴阑珊咽不下交欢酒[32],愁则愁眼昏腾扭不上同心扣,愁则愁意朦胧睡不稳芙蓉褥。你待要笙歌引至画堂前[33],我道这姻缘敢落在他人后。

(卜儿云)孩儿也,再不要说我了。他爷儿两个都在门首等候。事已至此,不若连你也招了女婿罢。(正旦云)婆婆,你要招你自招,我并然不要女婿。(卜儿云)那个是要女婿的?争奈他爷儿两个自家捱过门来,教我如何是好?(张驴儿云)我们今日招过门去也。帽儿光光,今日做个新郎;袖儿窄窄,今日做个娇客[34]。好女婿,好女婿,不枉了,不枉了。(同孛老入拜科)(正旦做不礼科,云)兀那厮[35],靠后!(唱)

【赚煞】我想这妇人每休信那男儿口。婆婆也,怕没的贞心儿自守,到今日招着个村老子[36]，领着个半死囚[37]。（张驴儿做嘴脸科[38]，云）你看我爷儿两个这等身段，尽也选得女婿过，你不要错过了好时辰，我和你早些儿拜堂罢。（正旦不礼科，唱）则被你坑杀人燕侣莺俦。婆婆也，你岂不知羞！俺公公撞府冲州[39]，阅阅的铜斗儿家缘百事有[40]。想着俺公公置就，怎忍教张驴儿情受？（张驴儿做扯正旦拜科，正旦推跌科，唱）兀的不是俺没丈夫的妇女下场头！（下）

（卜儿云）你老人家不要恼懆。难道你有活命之恩，我岂不思量报你？只是我那媳妇儿气性最不好惹的，既是他不肯招你儿子，教我怎好招你老人家？我如今拚的好酒好饭，养你爷儿两个在家，待我慢慢的劝化俺媳妇儿。待他有个回心转意，再作区处[41]。（张驴儿云）这歪剌骨[42]！便是黄花女儿，刚刚扯的一把，也不消这等使性，平空的推了我一交，我肯干罢！就当面赌个誓与你：我今生今世不要他做老婆，我也不算好男子！（词云）美妇人我见过万千向外，不似这小妮子生得十分念赖[43]。我救了你老性命死里重生，怎割舍得不肯把肉身陪待？（同下）

【注释】

[1] 折：在元代杂剧原不分折，以剧中人上下场为界分若干场，一场场连写。《元刊杂剧三十种》中提到的"折"即是场。钟嗣成《录鬼簿》（初稿成于元顺帝至顺元年）里，才以一宫调之一套曲为一折；折也是剧情段落，相当于明清传奇的"出"、现代戏的"幕"。元杂剧一般一本四折演一个完整故事，由正旦或正末一个角色（可扮不同人物）主唱。

[2] 净：以扮演刚猛人物为主的角色，一般由男角扮演，也可由女角扮演。赛卢医：赛过卢医。卢医，战国时家住卢地的名医秦越人，世称扁鹊。庸医取名"赛卢医"乃反语打诨的讥笑语。

[3] 《本草》：我国最早的药书，相传为神农所作，被称为"本草经"。

[4] 生药局：兼为人治病的中药店。

[5] 弱症：肺病。

[6] 蓦（mò）过隅头：转过墙角。蓦，迈。隅，角落。

[7] 兀那：那。兀为发语词，无义。

[8] 孛（bó）老：戏曲中老年男子的通称，末、外、净均可扮演。副净：次要净角。

[9] 背云：也叫背工、背躬，背着同台其他剧中人向观众讲心里话，犹今之旁白。

[10] "至十七岁"四句：依本折蔡婆上场白及第二折窦娥［隔尾］曲，窦娥成亲二年而夫死，守寡三年，则窦娥当为十五岁成亲；依窦娥本段独白及第四折道白，十七岁成婚，则窦娥死时年二十二岁。"十七岁"当为"十五岁"之误。

[11] 禁受：忍受。

[12] 怕不待：岂不要。和天瘦：连天也消瘦。

[13] 大都来：总之，多半。

[14] 绣闼（tà）：闺房。
[15] 煞：程度副词，很，非常。团圞（luán）：圆。
[16] 筹：古时记数、占卜用的竹签。拔着短筹，犹抽了坏签，说明短命。
[17] 每：们。
[18] 端的：真的，究竟。
[19] 偢：同"瞅"，看，看顾，理睬。
[20] 烧香不到头：敬佛礼神须烧整支全香，烧折断或已烧过的残香，即烧无头香、烧香不到头，会遭贫穷、分离、无子、功名及婚姻不顺、夫妻不能偕老等报应。
[21] 也波：句中衬字，无义。
[22] 奶奶：对老年妇女的敬称。
[23] 丑：羞耻，惭愧。
[24] 日头：日子。
[25] 家堂：摆放祖先牌位供家人祭祀的祠堂。
[26] 锦帕：指新娘子的绣花盖头巾。
[27] 女大不中留：女子长大须及时出嫁，久留不嫁，必惹是非。
[28] 可不道：岂不知。
[29] 笋条：竹子的嫩芽，比喻年轻。
[30] 刬（chǎn）的：怎地，怎么就，有责怪口气。巧画蛾眉：蛾眉，妇女的美眉。汉代京兆尹张敞为妇画眉。（见《汉书·张敞传》）后以画眉为夫妇相爱的典故。
[31] 干（gān）生受：白受苦。
[32] 阑珊：零落，不旺盛。兴阑珊，懒散，打不起精神。
[33] 笙歌引至画堂前：指举行婚礼。画堂，华丽的厅堂，指举行婚礼的地方。
[34] "帽儿"四句：元剧中用为对新郎的赞辞。娇客，女婿。
[35] 厮：对男子的蔑称。那厮，犹那家伙。
[36] 村：粗鄙无文，粗俗。老子：老人，老头儿。
[37] 半死囚：死囚为死刑犯；半死囚，快死的人。
[38] 做嘴脸：做鬼脸，出怪样。
[39] 撞府冲州：走南闯北。
[40] 铮㨂（zhèng chuài）：挣揣，挣扎，拼力挣得。铜斗儿家缘：家产殷实牢固得如铜斗一般。百事有：样样有。
[41] 区处：处理。
[42] 歪剌骨：骂女人的话，不是正经货，臭货。
[43] 憨赖：赖皮、泼辣、难缠。

第 二 折

（赛卢医上，诗云）小子太医出身[1]，也不知道医死多人。何尝怕人告发，关了一日店门？在城有个蔡家婆子，刚少的他二十两花银，屡屡亲来索取，争些捻断脊筋。也是我一时智短，将他赚到荒村，撞见两个不识姓名男子，一声嚷道："浪荡乾坤[2]，怎敢行凶撒泼，擅自勒死平民！"吓得我丢了绳索，放开脚步飞奔。虽然一夜无事，终觉失精落魂。方知人命关天关地，如何看做壁上灰尘？从今改过行业，要得灭罪修因。将以前医死的性命，一个个都与他一卷超度的经文。小子赛卢医的便是。只为要赖蔡婆婆二十两银子，赚他到荒僻去处，正待勒死他，谁想遇见两个汉子，救了他去。若是再来讨债时节，教我怎生见他？常言道的好："三十六计，走为上计。"喜得我是孤身，又无家小连累，不若收拾了细软行李，打个包儿，悄悄的躲到别处，另做营生，岂不干净？（张驴儿上，云）自家张驴儿。可奈那窦娥百般的不肯随顺我[3]；如今那老婆子害病，我讨服毒药与他吃了，药死那老婆子，这小妮子好歹做我的老婆。（做行科，云）且住，城里人耳目广，口舌多，倘见我讨毒药，可不嚷出事来？我前日看见南门外有个药铺，此处冷静，正好讨药。（做到科，叫云）太医哥哥，我来讨药的。（赛卢医云）你讨什么药？（张驴儿云）我讨服毒药。（赛卢医云）谁敢合毒药与你？这厮好大胆也！（张驴儿云）你真个不肯与我药么？（赛卢医云）我不与你，你就怎地我？（张驴儿做拖卢云）好呀，前日谋死蔡婆婆的不是你来！你说我不认的你哩，我拖你见官去！（赛卢医做慌科，云）大哥，你放我，有药有药。（做与药科。张驴儿云）既然有了药，且饶你罢。正是：得放手时须放手，得饶人处且饶人。（下）（赛卢医云）可不晦气！刚刚讨药的这人，就是救那婆子的。我今日与了他这服毒药了，以后事发，越越要连累我。趁早儿关上药铺，到涿州卖老鼠药去也。（下）（卜儿上，做病伏几科）（孛老同张驴儿上，云）老汉自到蔡婆婆家来，本望做个接脚[4]，却被他媳妇坚执不从。那婆婆一向收留俺爷儿两个在家同住，只说"好事不在忙"，等慢慢里劝转他媳妇，谁想那婆婆又害起病来。孩儿，你可曾算我两个的八字，红鸾天喜几时到命哩[5]？（张驴儿向古门云[6]）要看什么天命！只赌本事，做得去，自去做。（孛老云）孩儿也，蔡婆婆害病好几日了，我与你去问病波。（做见卜儿问科，云）婆婆，你今日病体如何？（卜儿云）我身子十分不快哩。（孛老云）你可想些什么吃？（卜儿云）我思量些羊肚儿汤吃。（孛老云）孩儿，你对窦娥说，做些羊肚儿汤吃,快安排将来[7]。(正旦持汤上,云)妾身窦娥是也。有俺婆婆不快,想羊肚汤吃,我亲自安排了与婆婆吃去。婆婆也,我这寡妇人家,凡事也要避些嫌疑,怎好收留那张驴儿父子两个?非亲非眷的,一家儿同住,岂不惹外人谈议?婆婆也,你莫要背地里许了他亲事,连我也累做不清不洁的。我想这妇人心,好难保也呵!(唱)

【南吕】【一枝花】他则待一生鸳帐眠,那里肯半夜空房睡;他本是张郎妇,又做了李郎妻。有一等妇女每相随,并不说家克计[8],则打听些闲是非。说一会不明白打凤的机关[9],使了些调虚嚣捞龙的见识[10]。

【梁州第七】这一个似卓氏般当垆涤器,这一个似孟光般举案齐眉[11],说的来藏头盖脚多伶俐[12]!道着难晓,做出才知。旧恩忘却,新爱偏宜;坟头上土脉犹湿,架儿上又换新衣。那里有奔丧处哭倒长城[13]?那里有浣纱时甘投大水[14]?哪里有上山来便化顽石[15]?可悲,可耻!妇人家直恁的无仁义[16]。多淫奔,少志气。亏杀前人在那里,更休说本性难移。

(云)婆婆,羊肚儿汤做成了,你吃些儿波。(张驴儿云)等我拿去。(做接尝科,云)这里面少些盐醋,你去取来。(正旦下)(张驴儿放药科)(正旦上,云)这不是盐醋!(张驴儿云)你倾下些。(正旦唱)

【隔尾】你说道少盐欠醋无滋味,加料添椒才脆美。但愿娘亲早痊济,饮羹汤一杯,胜甘露灌体,得一个身子平安倒大来喜[17]。

(孛老云)孩儿,羊肚汤有了不曾?(张驴儿云)汤有了,你拿过去。(孛老将汤云)婆婆,你吃些汤儿。(卜儿云)有累你。(做呕科,云)我如今打呕,不要这汤吃了,你老人家吃罢。(孛老云)这汤特做来与你吃的,便不要吃,也吃一口儿。(卜儿云)我不吃了,你老人家请吃。(孛老吃科)(正旦唱)

【贺新郎】一个道你请吃,一个道婆先吃,这言语听也难听,我可是气也不气!想他家与咱家有甚的亲和戚?怎不记旧日夫妻情意,也曾有百纵千随?婆婆也,你莫不为"黄金浮世宝,白发故人稀[18]",因此上把旧恩情,全不比新知契?则待要百年同墓穴,那里肯千里送寒衣。

(孛老云)我吃下这汤去,怎觉昏昏沉沉的起来?(做倒科)(卜儿慌科,云)你老人家放精细着,你挣扎着些儿。(做哭科,云)兀的不是死了也!(正旦唱)

【斗虾蟆】空悲戚,没理会,人生死,是轮回。感着这般病疾,值着这般时势,可是风寒暑湿,或是饥饱劳役,各人证候自知[19]。人命关天关地,别人怎生替得?寿数非干今世。相守三朝五夕,说甚一家一计[20]?又无羊酒段匹,又无花红财礼[21];把手为活过日,撒手如同休弃。不是窦娥忤逆,生怕傍人论议。不如听咱劝你，认个自家晦气，割舍的一具棺材停置，几件布帛收拾，出了咱家门里，送入他家坟地。这不是你那从小儿年纪指脚的夫妻[22]。我其实不关亲，无半点恓惶泪。休得要心如醉，意似痴，便这等嗟嗟怨怨，哭哭啼啼。

（张驴儿云）好也啰！你把我老子药死了，更待干罢[23]！（卜儿云）孩儿，这事怎了也？（正旦云）我有什么药在那里？都是他要盐醋时，自家倾在汤儿里的。（唱）

【隔尾】这厮搬调咱老母收留你，自药死亲爷待要唬吓谁？（张驴儿云）我家的老子，倒说是我做儿子的药死了，人也不信。（做叫科，云）四邻八舍听着：窦娥药杀我家老子哩！（卜儿云）罢么，你不要大惊小怪的，吓杀我也！（张驴儿云）你可怕么？（卜儿云）可知怕哩[24]。（张驴儿云）你要饶么？（卜儿云）可知要饶哩。（张驴儿云）你教窦娥随顺了我，叫我三声嫡嫡亲亲的丈夫，我便饶了他。（卜儿云）孩儿也，你随顺了他罢。（正旦云）婆婆，你怎说这般言语！（唱）我一马难将两鞍鞴，想男儿在日曾两年匹配，却教我改嫁别人，其实做不得。

（张驴儿云）窦娥，你药杀了俺老子，你要官休？要私休？（正旦云）怎生是官休？怎生是私休？（张驴云）你要官休呵，拖你到官司，把你三推六问[25]！你这等瘦弱身子，当不过拷打，怕你不招认药死我老子的罪犯！你要私休呵，你早些与我做了老婆，倒也便宜了你。（正旦云）我又不曾药死你老子，情愿和你见官去来。（张驴儿拖正旦、卜儿下）（净扮孤引祗候上[26]，诗云）我做官人胜别人，告状来的要金银。若是上司当刷卷[27]，在家推病不出门。下官楚州太守桃杌是也[28]。今早升厅坐衙，左右，喝撺厢[29]。（祗候幺喝科）（张驴儿拖正旦、卜儿上，云）告状，告状！（祗候云）拿过来！（做跪见、孤亦跪科，云）请起。（祗候云）相公，他是告状的，怎生跪着他？（孤云）你不知道，但来告状的，就是我衣食父母。（祗候幺喝科，孤云）那个是原告？那个是被告？从实说来！（张驴儿云）小人是原告张驴儿，告这媳妇儿，唤做窦娥，合毒药下在羊肚汤儿里，药死了俺的老子。这个唤做蔡婆婆就是俺的后母。望大人与小人做主咱！（孤云）是那一个下的毒药？（正旦云）不干小妇人事。（卜儿云）也不干老妇人事。（张驴儿云）也不干我事。（孤云）都不是，敢是我下的毒药来？（正旦云）我婆婆也不是他后母，他自姓张，我家姓蔡。我婆婆因为与赛卢医索钱，赚到郊外，勒死我婆婆；却得他爷儿两个救了性命。因此我婆婆收留他爷儿两个在家，养膳终身，报他的恩德。谁知他两个倒起不良之心，冒认婆婆做了接脚，要逼勒小妇人做他媳妇。小妇人元是有丈夫的,服孝未满,坚执不从。适值我婆婆患病,着小妇人安排羊肚汤儿吃。不知张驴儿那里讨得毒药在身,接过汤来,只说少些盐醋,支转小妇人,暗地倾下毒药。也是天幸,我婆婆忽然呕吐,不要汤吃,让与他老子吃;才吃的几口便死了,与小妇人并无干涉。只望大人高抬明镜,替小妇人做主咱!(唱)

【牧羊关】大人你明如镜,清似水,照妾身肝胆虚实。那羹本五味俱全,除了外百事不知。他推道尝滋味,吃下去便昏迷。不是妾讼庭上胡支对,大人也,却教我平白地说甚的?

(张驴儿云)大人详情:他自姓蔡,我自姓张。他婆婆不招俺父亲接脚,他养我父子两个在家做什么?这媳妇儿年纪虽小,极是个赖骨顽皮,不怕打的。(孤云)人是贼虫,不打不招。左右,与我选大棍子打着!(祗候打正旦,三次喷水科)(正旦唱)

【骂玉郎】这无情棍棒教我捱不的。婆婆也,须是你自做下,怨他谁?劝普天下前婚后嫁婆娘每,都看取我这般傍州例[30]。

【感皇恩】呀!是谁人唱叫扬疾[31],不由我不魄散魂飞。恰消停,才苏醒,又昏迷。捱千般打拷,万种凌逼,一杖下,一道血,一层皮。

【采茶歌】打的我肉都飞,血淋漓,腹中冤枉有谁知!则我这小妇人毒药来从何处也?天那,怎么的覆盆不照太阳晖!

(孤云)你招也不招?(正旦云)委的不是小妇人下毒药来。(孤云)既然不是你,与我打那婆子!(正旦忙云)住住住,休打我婆婆。情愿我招了罢:是我药死公公来。(孤云)既然招了,着他画了伏状[32],将枷来枷上,下在死囚牢里去。到来日判个"斩"字,押付市曹典刑[33]。(卜儿哭科,云)窦娥孩儿,这都是我送了你性命。兀的不痛杀我也[34]!(正旦唱)

【黄锺尾】我做了个衔冤负屈没头鬼,怎肯便放了你好色荒淫漏面贼[35]!想人心不可欺,冤枉事天地知,争到头,竞到底,到如今待怎的?情愿认药杀公公,与了招罪。婆婆也,我若是不死呵,如何救得你?(随祗候押下)

(张驴儿做叩头科,云)谢青天老爷做主!明日杀了窦娥,才与小人的老子报的冤。(卜儿哭科,云)明日市曹中杀窦娥孩儿也,兀的不痛煞我也!(孤云)张驴儿、蔡婆婆,都取保状,着随衙听候。左右,打散堂鼓,将马来,回私宅去也。(同下)

【注释】

[1] 太医：本指御医，也用为对医生的美称。

[2] 浪荡：广大，广远，辽廓。

[3] 可奈：怎奈。

[4] 接脚：接脚婿，寡妇招的后夫。

[5] 红鸾：星相家认为，红鸾星为吉星，主婚姻等喜事。天喜：吉日。

[6] 古门：也叫鬼门，舞台上的上场门和下场门。因戏曲常演古人古事，故称。

[7] 将（jiāng）：持，端，拿。

[8] 说家克计：说持家之道。

[9] 打凤的机关：捕凤的器械、计谋。与下文"捞龙的见识"，都指设圈套陷害人。

[10] 调虚器：弄虚假，玩伪诈。

[11] 举案齐眉：夫妻相敬的典故。孟光为梁鸿妻。鸿贤而贫，"每归，妻为具食，不敢于鸿前仰视，举案齐眉"。（见《后汉书·梁鸿传》）案，盛食品的有脚托盘。有脚为案，无脚为盘。

[12] 伶俐：干净，正当，清楚。此是反话。

[13] 哭倒长城：古代传说，秦始皇时孟姜女给筑长城的丈夫范杞梁送寒衣，送到时夫已死，孟姜女于城下恸哭，城为之坍倒，露出丈夫尸骨，孟姜女葬夫殉情。（见刘向《列女传》及《孟姜女变文》等）路工编有《孟姜女千里寻夫集》。

[14] 浣纱投水：春秋时楚伍员（子胥）为楚王追杀，投奔吴国途中乞食于浣纱女，伍嘱其勿泄。女为表明心诚不欺而投水死。（见赵晔《吴越春秋》）

[15] 上山化石：望夫石故事。夫外出，妻山上望夫，久化为石。（见刘义庆《幽明录》等）

[16] 直恁的：竟这样。

[17] 倒大：绝大，极其。来，衬字，无义。

[18] "黄金"二句：世俗所珍贵的是黄金而不是友情，故白发少故人。

[19] 证候：症候，病症。

[20] 一家一计：一家人，一条心。

[21] "又无"二句：是说张家并未送财礼，未正式成婚。

[22] 指脚的夫妻：原配夫妻，结发夫妻。

[23] 更待干罢：岂肯干休。

[24] 可知：当然。

[25] 三推六问：反复审讯。

[26] 孤：元杂剧中官员的代称。祗（zhī）候：供奔走的衙役。

[27] 刷卷：主管上司清查所属衙门的诉讼案卷。

[28] 桃杌（wù）：即梼（táo）杌，传说中的四恶人之一，（见《左传·文公十八年》）又为凶兽名。（见《神异经·西荒经》）作者用此鞭挞昏官。

[29] 喝撺厢：宋元官府审案时，衙役高叫"在衙人马平安，抬书案！"遂抬过投状纸

的箱子，取状审案，叫喝撺厢或喝撺箱。喝，高声呐喊；撺，移动和开启；厢，即箱，盛状纸的箱子。

[30] 傍州例：例子，榜样，案例。

[31] 唱叫扬疾：大声喊叫。

[32] 伏状：招供，供词。

[33] 市曹：闹市。典刑：正法，此指杀头。

[34] 兀的：与"不"连用，表反诘语气，犹怎不、岂不、好不。

[35] 漏面贼：宋元时在犯人脸上刺字漏面，称做恶的坏人为漏面贼。

第 三 折

（外扮监斩官上[1]，云）下官监斩官是也。今日处决犯人，着做公的把住巷口，休放往来人闲走。（净扮公人，鼓三通、锣三下科[2]。刽子磨旗、提刀[3]，押正旦带枷上。刽子云）行动些，行动些，监斩官去法场上多时了！（正旦唱）

【正宫】【端正好】没来由犯王法，不堤防遭刑宪[4]，叫声屈动地惊天！顷刻间游魂先赴森罗殿[5]，怎不将天地也生埋怨[6]？

【滚绣球】有日月朝暮悬，有鬼神掌着生死权，天地也，只合把清浊分辨，可怎生糊突了盗跖、颜渊[7]？为善的受贫穷更命短，造恶的享富贵又寿延。天地也，做得个怕硬欺软，却元来也这般顺水推船。地也，你不分好歹何为地？天也，你错勘贤愚枉做天[8]！哎，只落得两泪涟涟。

（刽子云）快行动些，误了时辰也。（正旦唱）

【倘秀才】则被这枷扭的我左侧右偏，人拥的我前合后偃，我窦娥向哥哥行有句言[9]。（刽子云）你有什么话说？（正旦唱）前街里去心怀恨，后街里去死无冤，休推辞路远。

（刽子云）你如今到法场上面，有什么亲眷要见的，可教他过来，见你一面也好。（正旦唱）

【叨叨令】可怜我孤身只影无亲眷，则落的吞声忍气空嗟怨。（刽子云）难道你爷娘家也没的？（正旦云）止有个爹爹，十三年前上朝取应去了，至今杳无音信。（唱）早已是十年多不睹爹爹面。（刽子云）你适才要我往后街里去，是什么主意？（正旦唱）怕则怕前街里被我婆婆见。（刽子云）你的性命也顾不得，怕他见怎的？（正旦云）俺婆婆若见我披枷带锁赴法场餐刀去呵，（唱）枉将他气杀也哥[10]，枉将他气杀也哥！告哥哥，临危好与人行方便。

（卜儿哭上科，云）天那，兀的不是我媳妇儿！（刽子云）婆子靠后！（正旦云）既是俺婆婆来了，叫他来，待我嘱咐他几句话咱。（刽子云）那婆子，近前来，你媳妇要嘱付你话哩。（卜儿云）孩儿，痛杀我也！（正旦云）婆婆，那张驴儿把毒药放在羊肚儿汤里，实指望药死了你，要霸占我为妻。不想婆婆让与他老子吃，倒把他老子药死了。我怕连累婆婆，屈招了药死公公，今日赴法场典刑。婆婆此后遇着冬时年节[11]，月一十五[12]，有瀽不了的浆水饭[13]，瀽半碗儿与我吃；烧不了的纸钱，与窦娥烧一陌儿[14]。则是看你死的孩儿面上！（唱）

【快活三】念窦娥葫芦提当罪愆[15]，念窦娥身首不完全，念窦娥从前已往干家缘[16]。婆婆也，你只看窦娥少爷无娘面。

【鲍老儿】念窦娥伏侍婆婆这几年，遇时节将碗凉浆奠[17]；你去那受刑法尸骸上烈些纸钱[18]，只当把你亡化的孩儿荐[19]。（卜儿哭科，云）孩儿放心，这个老身都记得。天那，兀的不痛杀我也！（正旦唱）婆婆也，再也不要啼啼哭哭，烦烦恼恼，怨气冲天。这都是我做窦娥的没时没运，不明不暗，负屈衔冤。

（刽子做喝科，云）兀那婆子靠后，时辰到了也。（正旦跪科）（刽子开枷科）（正旦云）窦娥告监斩大人，有一事肯依窦娥，便死而无怨。（监斩官云）你有什么事？你说。（正旦云）要一领净席，等我窦娥站立；又要丈二白练，挂在旗枪上[20]；若是我窦娥委实冤枉，刀过处头落，一腔热血休半点儿沾在地下，都飞在白练上者。（监斩官云）这个就依你，打什么不紧[21]。（刽子做取席站科，又取白练挂旗上科）（正旦唱）

【耍孩儿】不是我窦娥罚下这等无头愿[22]，委实的冤情不浅，若没些儿灵圣与世人传，也不见得湛湛青天[23]。我不要半星热血红尘洒，都只在八尺旗枪素练悬。等他四下里皆瞧见，这就是咱苌弘化碧[24]，望帝啼鹃[25]。

（刽子云）你还有甚的说话？此时不对监斩大人说，几时说那？（正旦再跪科，云）大人，如今是三伏天道，若窦娥委实冤枉，身死之后，天降三尺瑞雪，遮掩了窦娥尸首。（监斩官云）这等三伏天道，你便有冲天的怨气，也召不得一片雪来，可不胡说！（正旦唱）

【二煞】你道是暑气暄，不是那下雪天；岂不闻飞霜六月因邹衍[26]？若果有一腔怨气喷如火，定要感的六出冰花滚似绵[27]，免着我尸骸现。要什么素车白马[28]，断送出古陌荒阡[29]！

（正旦再跪科，云）大人，我窦娥死的委实冤枉，从今以后，着这楚州亢旱三年！（监斩官云）打嘴！那有这等说话！（正旦唱）

【一煞】你道是天公不可期，人心不可怜，不知皇天也肯从人愿。做什么三年不见甘霖降[30]？也只为东海曾经孝妇冤[31]，如今轮到你山阳县。这都是官吏每无心正法，使百姓有口难言！

（刽子做磨旗科，云）怎么这一会天阴了也？（内做风科，刽子云）好冷风也！（正旦唱）

【煞尾】浮云为我阴，悲风为我旋，三桩儿誓愿明题遍。（做哭科，云）婆婆也，直等待雪飞六月，亢旱三年呵，（唱）那其间才把你个屈死的冤魂这窦娥显！

（刽子做开刀，正旦倒科）（监斩官惊云）呀，真个下雪了，有这等异事！（刽子云）我也道平日杀人，满地都是鲜血。这个窦娥的血都飞在那丈二白练上，并无半点落地，委实奇怪。（监斩官云）这死罪必有冤枉。早两桩儿应验了，不知亢旱三年的说话，准也不准？且看后来如何。左右[32]，也不必等待雪晴，便与我抬他尸首，还了那蔡婆婆去罢。（众应科，抬尸下）

【注释】

[1] 外：主角之外的次要演员，可扮男也可扮女，有外末、外旦、外净。此指外末。

[2] 通（tòng）：敲鼓一个段落为一通。

[3] 磨旗：摇旗，挥动旗。

[4] 堤防：提防，防备。遭刑宪：触犯刑法。宪，法令。

[5] 森罗殿：阎王殿。

[6] 生：非常、极其。生埋怨，深深埋怨。

[7] 盗跖（zhí）：跖为春秋末年鲁国人，柳下惠之弟，《庄子·盗跖》说他是大盗，《孟子·滕文公》、《荀子·不苟》中都有记载。后世以"盗跖"、"柳盗跖"作为恶人的代表。颜渊：名回，字子渊，春秋时鲁国人，孔子的学生，勤奋好学，安贫乐道，是有名的贤者，只活了三十二岁。

[8] 勘：判。枉做天：白做了天，不配做天。

[9] 行（háng）：方位词，犹这边，那里。

[10] 杀：程度副词，同"煞"。气杀，气坏。也么哥：语尾助词无义。[叨叨令]曲牌格律要求本句叠用，且用"也么哥"三字结尾。

[11] 冬时：冬至日，又称冬节，这一天人们互相问候、祝愿。年节：春节。

[12] 月一十五：每月的初一和十五。

[13] 瀽（jiǎn）：泼，倒。

[14] 陌（mò）：百文钱。一陌儿，一点儿，很少的意思。

[15] 念：考虑，想到。葫芦提：宋元时口语，糊里糊涂，不明不白。当罪愆（qiān）：承担罪过。愆，罪过，错误。

[16] 干家缘：操持家务。

[17] 遇时节：逢年过节。奠：祭。

[18] 烈：烧。

[19] 荐：佛、道超度亡灵的法事活动。

[20] 旗枪：旗杆。古时旗杆顶端有枪头形饰物，故称旗枪。

[21] 打什么不紧：不打紧，没什么要紧。

[22] 罚：发。无头愿：不着边际、没头没脑的誓愿。

[23] "也不见得"句：也显不出上天的公正。不见得，显不出。湛湛，清澈的样子。

[24] 苌（cháng）弘化碧：苌弘是周朝大夫，含冤被杀，其血三年化而为碧。（见《庄子·外物》、王嘉《拾遗记》）碧，青绿色玉石。

[25] 望帝啼鹃：望帝名杜宇，古蜀国君主。洪水大作，望帝不能治，传位于相，自己隐入深山化为杜鹃鸟，鸣声悲切，叫后口常出血。（见《蜀王本纪》、《寰宇记》等）

[26] 邹衍：邹衍是战国时燕惠王的忠臣，无罪而下狱，仰天长叹，当下五月天降霜雪。（见王充《论衡·感虚》）后以六月飞霜喻指冤狱的感应。

[27] 冰花：雪花，为六角形结晶体，故云六出。绵：柳絮、棉、丝绵均可称绵，这里似指柳絮。

[28] 素车白马：指送葬的车马。（典出《后汉书·张式传》）

[29] 断送：葬送，发送，送出。古陌荒阡（qiān）：荒郊野外。田间小路南北为阡、东西为陌。

[30] 做什么：为什么。

[31] 东海孝妇：汉代东海地方有年轻寡妇周青，事奉婆母甚孝。婆母不愿给周青添累赘，自缢而死。周青的小姑诬告周青杀死婆婆，周青含冤被杀。周青临死，立十丈竹竿，悬挂旗幡，发誓说，若周青有罪，血当顺流而下；若冤枉，血当逆流。被斩时果然鲜血顺竿逆流而上，当地大旱三年。后经太守于公祭奠，天方大雨。（见干宝《搜神记》、《汉书·于定国传》等）

[32] 左右：站在左右的人，指随从。

第 四 折

（窦天章冠带引丑张千、祗从上[1]，诗云）独立空堂思黯然，高峰月出满林烟。非关有事人难睡，自是惊魂夜不眠。老夫窦天章是也。自离了我那端云孩儿，可早十六年光景。老夫自到京师，一举及第，官拜参知政事[2]。只因老夫廉能清正，节操坚刚，谢圣恩可怜，加老夫两淮提刑肃政廉访使之职[3]，随处审囚刷卷，体察滥官污吏，容老夫先斩后奏。老夫一喜一悲：喜呵，老夫身居台省[4]，职掌刑名[5]，势剑金牌[6]，威权万里；悲呵，有端云孩儿，七岁上与了蔡婆婆为儿媳妇。老夫自得官之后，使人往楚州问蔡婆婆家。他邻里街坊道，自当年蔡婆婆不知搬在那里去了，至今音信皆无。老夫为端云孩儿，啼哭的眼目昏花，忧愁的须发斑白。今日来到这淮南地面，不知这楚州为何三年不雨？老夫今在这州厅安歇。张千，说与那州中大小属官，今日免参，明日早见。（张千向古门云）一应大小属官：今日免参，明日早见。（窦天章云）张千，说与那六房吏典[7]：但有合刷照文卷，都将来，待老夫灯下看几宗波。（张千送文卷科）（窦天章云）张千，你与我掌上灯。你每都辛苦了，自去歇息罢。我唤你便来，不唤你休来。（张千点灯，同祗从下）（窦天章云）我将这文卷看几宗咱。"一起犯人窦娥，将毒药致死公公。……"我才看头一宗文卷就与老夫同姓；这药死公公的罪名，犯在十恶不赦[8]。俺同姓之人，也有不畏法度的。这是问结了的文书，不看他罢。我将这文卷压在底下，别看一宗咱。（做打呵欠科，云）不觉的一阵昏沉上来，皆因老夫年纪高大，鞍马劳困之故。待我搭伏定书案，歇息些儿咱。（做睡科。魂旦上，唱）

【双调】【新水令】我每日哭啼啼守住望乡台[9]，急煎煎把仇人等待，慢腾腾昏地里走，足律律旋风中来[10]。则被这雾锁云埋，撺掇的鬼魂快[11]。

（魂旦望科，云）门神户尉不放我进去。我是廉访使窦天章女孩儿。因我屈死，父亲不知，特来托一梦与他咱。（唱）

【沉醉东风】我是那提刑的女孩，须不比现世的妖怪。怎不容我到灯影前，却拦截在门桯外[12]？（做叫科，云）我那爷爷呵，（唱）枉自有势剑金牌，把俺这屈死三年的腐骨骸，怎脱离无边苦海？

（做入见哭科，窦天章亦哭科，云）端云孩儿，你在那里来？（魂旦虚下[13]）（窦天章做醒科，云）好是奇怪也！老夫才合眼去，梦见端云孩儿，恰便似来我跟前一般，如今在那里？我且再看这文卷咱。（魂旦上，做弄灯科）（窦天章云）奇怪，我正要看文卷，怎生这灯忽明忽灭的？张千也睡着了，我自己剔灯咱。（做剔灯，魂旦翻文卷科）（窦天章云）我剔的这灯明了也，再看几宗文卷。"一起犯人窦娥药死公公……"（做疑怪科，云）这一宗文卷，我为头看过[14]，压在文卷底下，怎生又在这上头？这几时问结了的，还压在底下，我别看一宗文卷波。（魂旦再弄灯科）（窦天章云）怎么这灯又是半明半暗的？我再剔这灯咱。（做剔灯，魂旦再翻文卷科）（窦天章云）我剔的这灯明了，我另拿一宗文卷看咱。"一起犯人窦娥药死公公……"呸！好是奇怪！我才将这文书分明压在底下，刚剔了这灯，怎生又翻在面上？莫不是楚州后厅里有鬼么？便无鬼呵，这桩事必有冤枉。将这文卷再压在底下，待我另看一宗如何？（魂旦又弄灯科）（窦天章云）怎么这灯又不明了，敢有鬼弄这灯？我再剔一剔去。（做剔灯科，魂旦上，做撞见科，窦天章举剑击桌科，云）呸！我说有鬼！兀那鬼魂：老夫是朝廷钦差，带牌走马肃政廉访使[15]。你向前来，一剑挥之两段。张千，亏你也睡的着！快起来，有鬼，有鬼。兀的不吓杀老夫也！（魂旦

唱)

【乔牌儿】则见他疑心儿胡乱猜,听了我这哭声儿转惊骇。哎,你个窦天章直恁的威风大,且受你孩儿窦娥这一拜。

(窦天章云)兀那鬼魂,你道窦天章是你父亲,"受你孩儿窦娥拜"。你敢错认了也?我的女儿叫做端云,七岁上与了蔡婆婆为儿媳妇。你是窦娥,名字差了,怎生是我女孩儿?(魂旦云)父亲,你将我与了蔡婆婆家,改名做窦娥了也。(窦天章云)你便是端云孩儿?我不问你别的,这药死公公是你不是?(魂旦云)是你孩儿来。(窦天章云)嗏声!你这小妮子,老夫为你啼哭的眼也花了,忧愁的头也白了,你划地犯下十恶大罪,受了典刑!我今日官居台省,职掌刑名,来此两淮审囚刷卷,体察滥官污吏。你是我亲生之女,老夫将你治不的,怎治他人?我当初将你嫁与他家呵,要你三从四德。三从者:在家从父,出嫁从夫,夫死从子;四德者:事公姑,敬夫主,和妯娌,睦街坊。今三从四德全无,划地犯了十恶大罪[16]。我窦家三辈无犯法之男,五世无再婚之女。到今日被你辱没祖宗世德,又连累我的清名。你快与我细吐真情,不要虚言支对。若说的有半厘差错,朕发你城隍祠内,着你永世不得人身,罚在阴山永为饿鬼[17]。(魂旦云)父亲停嗔息怒,暂罢狼虎之威,听你孩儿慢慢地说一遍咱!我三岁上亡了母亲,七岁上离了父亲。你将我送与蔡婆婆做儿媳妇,至十七岁与夫配合。才得两年,不幸儿夫亡化,和俺婆婆守寡。这山阳县南门外有个赛卢医,他少俺婆婆二十两银子。俺婆婆去取讨,被他赚到郊外,要将婆婆勒死。不想撞见张驴儿父子两个,救了俺婆婆性命。那张驴儿知道我家有个守寡的媳妇,便道:"你婆儿媳妇既无丈夫,不若招我父子两个。"俺婆婆初也不肯,那张驴儿道:"你若不肯,我依旧勒死你。"俺婆婆惧怕,不得已含糊许了,只得将他父子两个领到家中,养他过世。有张驴儿数次调戏你女孩儿,我坚执不从。那一日俺婆婆身子不快,想羊肚儿汤吃。你孩儿安排了汤。适值张驴儿父子两个问病,道:"将汤来我尝一尝。"说:"汤便好,只少些盐醋。"赚的我去取盐醋,他就暗地里下了毒药,实指望药杀俺婆婆要强逼我成亲。不想俺婆婆偶然发呕,不要汤吃,却让与他老子吃,随即七窍流血药死了。张驴儿便道:"窦娥,药死了俺老子,你要官休要私休?"我便道:"怎生是官休?怎生是私休?"他道:"要官休,告到官司,你与俺老子偿命;若私休,你便与我做老婆。"你孩儿便道:"好马不鞴双鞍,烈女不更二夫。我至死不与你做媳妇,我情愿和你见官去。"他将你孩儿拖到官中,受尽三推六问,吊拷绷扒[18],便打死孩儿,也不肯认。怎当州官见你孩儿不认,便要拷打俺婆婆;我怕婆婆年老,受刑不起,只得屈认了。因此押赴法场,将我典刑。你孩儿对天发下三桩誓愿:第一桩,要丈二白练,挂在旗枪上,若系冤枉,刀过头落,一腔热血休滴在地下,都飞在白练上;第二桩,现今三伏天道,下三尺瑞雪,遮掩你孩儿尸首;第三桩,着他楚州大旱三年。果然血飞上白练,六月下雪,三年不雨,都是为你孩儿来。(诗云)不告官司只告天,心中怨气口难言。防他老母遭刑宪,情愿无辞认罪愆。三尺琼花骸骨掩,一腔鲜血练旗悬。岂独霜飞邹衍屈,今朝方表窦娥冤。(唱)

【雁儿落】你看这文卷曾道来不道来,则我这冤枉要忍耐如何耐?我不肯顺他人,倒着我赴法场;我不肯辱祖上,倒把我残生坏。

【得胜令】呀,今日个搭伏定摄魂台[19],一灵儿怨哀哀。父亲也,你现掌着刑名事,亲蒙圣主差。端详这文册,那厮乱纲常,当合败。便万剐了乔才[20],还道报冤仇不畅怀!

(窦天章做泣科,云)哎,我那屈死的儿,则被你痛杀我也!我且问你:这楚州三年不雨,可真个是为你来?(魂旦云)是为你孩儿来。(窦天章云)有这等事!到来朝,我与你做主。(诗云)白头亲苦痛哀哉,屈杀了你个青春女孩。只恐怕天明了,你且回去,到来日我将文卷改正明白。(魂旦暂下)(窦天章云)呀,天色明了也。张千,我昨日看几宗文卷,中间有一鬼魂来诉冤枉。我唤你好几次,你再也不应,直恁的好睡那?(张千云)我小人两个鼻子孔一夜不曾闭,并不听见女鬼诉什么冤状,也不曾听见相公呼唤。(窦天章做叱科,云)咄!今早升厅坐衙,张千,喝撺厢者。(张千做幺喝科,云)在衙人马平安!抬书案!(禀云)州官见。(外扮州官入参科)(张千云)该房吏典见。(丑扮吏入参见科)(窦天章问云)你这楚州一郡,三年不雨,是为着何来?(州官云)这个是天道亢旱,楚州百姓之灾,小官等不知其罪。(窦天章做怒云)你等不知罪么?那山阳县,有用毒药谋死公公犯妇窦娥,他问斩之时曾发愿道:"若是果有冤枉,着你楚州三年不雨,寸草不生。"可有这件事来?(州官云)这罪是前升任桃州守问成的,现有文卷。(窦天章云)这等糊涂的官,也着他升去!你是继他任的,三年之中,可曾祭这冤妇么?(州官云)此犯系十恶大罪,元不曾有祠,所以不曾祭得。(窦天章云)昔日汉朝有一孝妇守寡,其姑自缢身死,其姑女告孝妇杀姑,东海太守将孝妇斩了。只为一妇含冤,致令三年不雨。后于公治狱,仿佛见孝妇抱卷哭于厅前。于公将文卷改正,亲祭孝妇之墓,天乃大雨。今日你楚州大旱,岂不正与此事相类?张千,分付该房金牌下山阳县[21],着拘张驴儿、赛卢医、蔡婆婆一起人犯,火速解审,毋得违误片刻者。(张千云)理会得。(下)(丑扮解子,押张驴儿、蔡婆婆同张千上，禀云）山阳县解到审犯听点。（窦天章云）张驴儿。（张驴儿云）有。（窦天章云）蔡婆婆。（蔡婆婆云）有。（窦天章云）怎么赛卢医是紧要人犯不到？（解子云）赛卢医三年前在逃，一面着广捕批缉拿去了[22]，待获日解审。（窦天章云）张驴儿，那蔡婆婆是你的后母么？（张驴儿云）母亲好冒认的？委实是。（窦天章云）这药死你父亲的毒药，卷上不见有合药的人，是那个合的毒药？（张驴儿云）是窦娥自合就的毒药。（窦天章云）这毒药必有一个卖药的医铺。想窦娥是个少年寡妇，那里讨这药来？张驴儿，敢是你合的毒药么？（张驴儿云）若是小人合的毒药，不药别人，倒药死自家老子？（窦天章云）我那屈死的儿咳，这一节是紧要公案，你不自来折辩，怎得一个明白？你如今冤魂却在那里？（魂旦上，云）张驴儿，这药不是你合的，是那个合的？（张驴儿做怕科，云）有鬼，有鬼，撮盐入水[23]！太上老君急急如律令，敕[24]！（魂旦云）张驴儿，你当日下毒药在羊肚儿汤里，本意药死俺婆婆，要逼勒我做浑家。不想俺婆婆不吃，让与你父亲吃，被药死了。你今日还敢赖哩！（唱）

【川拨棹】猛见了你这吃敲材[25]，我只问你这毒药从何处来？你本意待暗里栽排[26]，要逼勒我和谐，倒把你亲爷毒害，怎教咱替你耽罪责！

（魂旦做打张驴儿科）（张驴儿做避科，云）太上老君急急如律令，敕！大人说这毒药，必有个卖药的医铺，若寻得这卖药的人来和小人折对，死也无词。（丑扮解子解赛卢医上，云）山阳县续解到犯人一名赛卢医。（张千喝云）当面[27]。（窦天章云）你三年前要勒死蔡婆婆，赖他银子，这事怎么说？（赛卢医叩头科，云）小的要赖蔡婆婆银子的情是有的。当被两个汉子救了，那婆婆并不曾死。（窦天章云）这两个汉子，你认的他叫做什么名姓？（赛卢医云）小的认便认得，慌忙之际可不曾问的他名姓。（窦天章云）现有一个在阶下，你去认来。（赛卢医做下认科，云）这个是蔡婆婆。（指张驴儿云）想必这毒药事发了。（上云）是这一个。容小的诉裏：当日要勒死蔡婆婆时，正遇见他爷儿两个，救了那婆婆去。过得几日，他到小的铺中讨服毒药。小的是念佛吃斋人，不敢做昧心的事。说道："铺中只有官料药[28]，并无什么毒药。"他就睁着眼道："你昨日在郊外要勒死蔡婆婆，我拖你见官去！"小的一生最怕的是见官，只得将一服毒药与了他去。小的见他生相是个恶的，一定拿这药去药死了人，久后败露，必然连累。小的一向逃在涿州地方，卖些老鼠药。刚刚是老鼠被药杀了好几个，药死人的药其实再也不曾合。（魂旦唱）

【七弟兄】你只为赖财，放乖[29]，要当灾。（带云）这毒药呵，（唱）原来是你赛卢医出卖张驴儿买，没来由填做我犯由牌，到今日官去衙门在。

(窦天章云)带那蔡婆婆上来！我看你也六十外人了，家中又是有钱钞的。如何又嫁了老张，做出这等事来？(蔡婆婆云)老妇人因为他爷儿两个救了我的性命，收留他在家养膳过世。那张驴儿常说要将他老子接脚进来，老妇人并不曾许他。(窦天章云)这等说，你那媳妇就不该认做药死公公了。(魂旦云)当日问官要打俺婆婆，我怕他年老，受刑不起，因此咱认做药死公公，委实是屈招个。(唱)

【梅花酒】你道是咱不该，这招状供写的明白。本一点孝顺的心怀，倒做了惹祸的胚胎。我只道官吏每还覆勘，怎将咱屈斩首在长街！第一要素旗枪鲜血洒，第二要三尺雪将死尸埋，第三要三年旱示天灾：咱誓愿委实大。

【收江南】呀，这的是"衙门从古向南开，就中无个不冤哉"！痛杀我娇姿弱体闭泉台，早三年以外，则落的悠悠流恨似长淮。

(窦天章云)端云儿也，你这冤枉，我已尽知，你且回去。待我将这一起人犯并原问官吏另行定罪。改日做个水陆道场[30]，超度你生天便了。(魂旦拜科，唱)

【鸳鸯煞尾】从今后把金牌势剑从头摆，将滥官污吏都杀坏，与天子分忧，万民除害。(云)我可忘了一件：爹爹，俺婆婆年纪高大，无人侍养，你可收恤家中，替你孩儿尽养生送死之礼，我便九泉之下，可也瞑目。(窦天章云)好孝顺的儿也！(魂旦唱)嘱付你爹爹，收养我奶奶。可怜他无妇无儿，谁管顾年衰迈！再将那文卷舒开，(带云)爹爹，也把我窦娥名下，(唱)屈死的招伏罪名儿改。(下)

(窦天章云)唤那蔡婆婆上来。你可认的我么？(蔡婆婆云)老妇人眼花了，不认的。(窦天章云)我便是窦天章。适才的鬼魂，便是我屈死的女孩儿端云。你这一行人，听我下断：张驴儿毒杀亲爷，谋占寡妇，合拟凌迟，押付市曹中，钉上木驴[31]，剐一百二十刀处死。升任州守桃杌并该房吏典，刑名违错，各杖一百，永不叙用。赛卢医不合赖钱，勒死平民；又不合修合毒药，致伤人命，发烟瘴地面，永远充军。蔡婆婆我家收养。窦娥罪改正明白。(词云)莫道我念亡女与他灭罪消愆，也只可怜见楚州郡大旱三年。昔于公曾表白东海孝妇，果然是感召得灵雨如泉。岂可便推诿道天灾代有，竟不想人之意感应通天。今日个将文卷重行改正，方显的王家法不使民冤。

题目　　秉鉴持衡廉访法[33]
正名[32]　　感天动地窦娥冤

(《关汉卿全集校注》，王学奇等校注，河北教育出版社1988年版。下同)

【注释】

[1] 冠带：官员的装束。冠，帽子；带，系帽子的丝带。丑：戏曲中扮演喜剧性人物的角色名。这里扮张千。祗从：随从。

[2] 参知政事：权位相当于副宰相。

[3] 加：原职之外加其他官衔。两淮提刑肃政廉访使：掌管纠察江北淮东道和淮西江北道官吏监察和刑狱的官员。可以覆审地方已断之民间案件。

[4] 台省：台指御史台，廉访使属之；省指中书省，参知政事属之。

[5] 刑名：刑律。执掌刑名，掌刑事案件的审判裁决权。

[6] 势剑：皇帝赐给官员的宝剑，可先斩后奏，俗称"尚方宝剑"。金牌：元代武官万户佩金虎符，千户佩金符，百户佩银符，是权位的标志。

[7] 六房：地方政府组织分吏、户、礼、兵、刑、工六个职能部门，分房办公。吏典：衙门里的低级官吏。

[8] 十恶不赦：谋反、谋大逆、谋叛、恶逆、不道、大不敬、不教、不睦、不义、内乱等十罪，触犯者罪在不赦。

[9] 望乡台：旧言人死后鬼魂可登之以望阳世家乡的地方。

[10] 足律律：快速旋转的样子，多用来形容风。

[11] 揎掇：催促，催逼。

[12] 门桯（tíng）：门槛，门限。

[13] 虚下：戏曲中对舞台表演的提示语。演员虚下非真下，演员立于舞台边缘，背转身不动表示暂时下场。

[14] 为头：一开始，开头。

[15] 带牌走马：身佩金牌马驰驿道巡察。

[16] 划地：这里作转折词，反而，却。

[17] 阴山：传说中阴间有阴山，为拘押鬼魂之所。

[18] 吊拷绷扒：泛指各种酷刑。吊拷，吊起来拷打。绷扒，剥去衣服用绳子绑起来。

[19] 摄魂台：传说中阴间拘押鬼魂的地方。

[20] 乔才：坏家伙，恶人。乔，有恶劣义。

[21] 金牌：签发公文。

[22] 着广捕批缉拿：命令大范围行文通缉捉拿。

[23] 撒盐入水：盐入水即消，令鬼魂速退语。

[24] "太上老君"二句：如律令，按律令办事，为汉代公文末的例行用语，后为道士念咒书符时采用。意为：太上老君火速依符咒的要求去办。敕，道士用于符咒上的命令。

[25] 吃敲材：该死的家伙。据《元典章》，凡死罪杖杀者曰敲。材，才。

[26] 裁排：安排。

[27] 当面：将犯人押上堂见官，验明正身。

[28] 官料药：合法药物。

[29] 放乖：耍赖。

[30] 水陆道场：为死者追冥福、超度水陆亡灵的佛事活动。

[31] 钉上木驴：挨千刀万剐。木驴，刑具名，为带铁刺的木桩，下有四条腿，形略同驴。处剐刑时，先把犯人绑上木驴游街示众，然后行刑。

[32] 题目、正名：元杂剧用二或四句对文概括戏的内容，叫题目正名。一般取其末句为剧的全名，取末句中能代表该剧内容的几个字作剧的简名。题目、正名只是同一事物的不同叫法，所以有的戏只标"正名"，有的则标"题目正名"。其位置，有的在戏的开头，有的则在末尾。有人认为题目正名在戏剧结束后由众演员唱出；有人认为放在开场，犹如今天的报幕；还有人认为书写于纸上，类似今天的海报。

[33] 秉鉴：手拿着镜子。持衡：手持着天平。表示官员的清明、公平。

【题解】

戏的全名《感天动地窦娥冤》，是关汉卿的悲剧代表作。剧情的铺衍虽然受了"东海孝妇"故事和"邹衍下狱"故事的启发和影响，但其题材仍然来自元代的社会现实，是一部写实戏剧，是中国戏剧史上杰出的悲剧。戏里成功塑造了窦娥形象。窦娥是人生苦难的化身。她想按自己的意愿，遵从封建道德生活下去，却被无辜杀害了，从而暴露了贤愚颠倒、善恶对立的不合理社会现实。被斩前窦娥提出了三桩誓愿，对现实秩序的合理性以及世俗社会所信奉的天地鬼神的公正性提出了怀疑和抗议；三桩誓愿的实现，完成了对社会的警示作用。戏的语言朴实本色，剧作家让主人公用普通平凡的语言原原本本地把内心深处的感情表达出来，看似不加修饰，却最能揭示人物心灵，体现了关汉卿的语言风格。超现实的想象手法的运用以及对婆婆的爱与对恶势力的恨造成对比，都有助于悲剧氛围的创造。明代叶宪祖据此改编为传奇《金锁记》，后世许多剧种都有改编本演出。

【集评】

[1] 汉卿曲如繁弦促调，风雨骤集，读之觉音韵泠泠，不离耳上，所以称为大家。……《窦娥冤》剧词调快爽，神情悲吊，尤关之铮铮者也。（孟称舜《古今名剧合选·酹江集》）

[2] 明以后，传奇无非喜剧，而元则有悲剧在其中。……其最有悲剧之性质者，则如关汉卿之《窦娥冤》，纪君祥之《赵氏孤儿》。剧中虽有恶人交构其间，而其蹈汤赴火者，仍出于其主人翁之意志，即列之于世界大悲剧中亦无愧色也。……此一曲（按，第二折［斗虾蟆］）直是宾白，令人忘其为曲。元初所谓当行家，大率如此；至中叶以后，已罕觏矣。（王国维《宋元戏曲史·元剧之文章》）

【参考书】

[1]《元曲选》第四册，臧晋叔编，中华书局1961年版。
[2]《全元戏曲》第一卷，王季思主编，人民文学出版社1999年版。

望 江 亭
第 三 折

（衙内领张千、李稍上）（衙内云）小官杨衙内是也。颇奈白士中无理，量你到的那里！岂不知我要取谭记儿为妾，他就公然背了我，娶了谭记儿为妻，同临任所。此恨非浅！如今我亲身到潭州，标取白士中首级。你道别的人为什么我不带他来？这一个是张千，这一个是李稍。这两个小的，聪明乖觉，都是我心腹之人，因此上则带的这两个人来。（张千去衙内鬓边做拿科）（衙内云）喂！你做什么？（张千云）相公鬓边一个虱子。（衙内云）这厮倒也说的是，我在这船只上个月期程，也不曾梳篦的头。我的儿好乖！（李稍去衙内鬓上做拿科）（衙内云）李稍，你也怎的？（李稍云）相公鬓上一个狗鳖。（衙内云）你看这厮！（亲随、李稍同去衙内鬓上做拿科）（衙内云）弟子孩儿，直恁的般多！（李稍云）亲随，今日是八月十五日中秋节令，我每安排些酒果，与大人玩月，可不好？（张千云）你说的是。（张千同李稍做见科，云）大人，今日是八月十五日中秋节令，对着如此月色，孩儿每与大人把一杯酒赏月，何如？（衙内做怒科，云）喂！这个弟子孩儿，说什么话！我要来干公事，怎么教我吃酒？（张千云）大人，您孩儿每并无歹意，是孝顺的心肠。大人不用，孩儿每一点不敢吃。（衙内云）亲随，你若吃酒呢？（张千云）我若吃一点酒呵，吃血。（衙内云）正是，休要吃酒。李稍，你若吃酒呢？（李稍云）我若吃酒，害疔疮。（衙内云）既是您两个不吃酒，也罢，也罢，我则饮三杯，安排酒果过来。（张千云）李稍，抬果桌过来。（李稍做抬果桌科，云）果桌在此，我执壶，你递酒。（张千云）我儿，酾满着！（做递酒科，云）大人满饮一杯。（衙内做接酒科）（张千倒退自饮科）（衙内云）亲随，你怎么自吃了？（张千云）大人，这个是摄毒的盏儿。这酒不是家里带来的酒，是买的酒，大人吃下去，若有好歹，药杀了大人，我可怎么了？（衙内云）说的是，你是我心腹人。（李稍做递酒科，云）你要吃酒，弄这等嘴儿。待我送酒。大人满饮一杯。（衙内接科）（李稍自饮科）（衙内云）你也怎的？（李稍云）大人，他吃的，我也吃的。（衙内云）你看这厮！我且慢慢的吃几杯。

亲随，与我把别的民船都赶开者！（正旦拿鱼上，云）这里也无人。妾身白士中的夫人谭记儿是也。妆扮做个卖鱼的，见杨衙内去。好鱼也！这鱼在那江边游戏，趁浪寻食，却被我驾一孤舟，撒开网去，打出三尺锦鳞，还活活泼泼的乱跳，好鲜鱼也！（唱）

【越调】【斗鹌鹑】则这今晚开筵，正是中秋令节，只合低唱浅斟，莫待他花残月缺。见了的珍奇，不消的咱说，则这鱼鳞甲鲜滋味别。这鱼不宜那水煮油煎，则是那薄批细切。

（云）我这一来，非容易也呵！（唱）

【紫花儿序】俺则待稍关打节，怕有那惯施舍的经商，不请言赊。则俺这篮中鱼尾，又不比案上罗列。活计全别，俺则是一撒网，一蓑衣，一箬笠，先图些打捏。只问那肯买的哥哥，照顾俺也些些。

（云）我缆住这船，上的岸来。（做见李稍，云）哥哥，万福。（李稍云）这个姐姐，我有些面善。（正旦云）你道我是谁？（李稍云）姐姐，你敢是张二嫂么？（正旦云）我便是张二嫂。你怎么不认的我了？你是谁？（李稍云）则我便是李阿鳖。（正旦云）你是李阿鳖？（正旦做打科，云）儿子！这些时吃得好了，我想你来。（李稍云）二嫂，你见我亲么？（正旦云）儿子，我见你可不知亲哩。你如今过去，和相公说一声，着我过去切鲙，得些钱钞，养活我来也好。（李稍云）我知道了。亲随，你来。（张千云）弟子孩儿，唤我做什么？（李稍云）有我个张二嫂，要与大人切鲙。（张千云）什么张二嫂？（正旦见张千科，云）媳妇孝顺的心肠，将着一尾金色鲤鱼特来献新，望与相公说一声咱。（张千云）也得，也得，我与你说去。得的钱钞，与我些买酒吃。你随着我来。（做见衙内科，云）大人，有个张二嫂，要与大人切鲙。（衙内云）什么张二嫂？（正旦见科，云）相公，万福！（衙内做意科，云）一个好妇人也！小娘子，你来做什么？（正旦云）媳妇孝顺的心肠，将着这尾金色的鲤鱼，一径的来献新。可将砧板、刀子来，我切鲙哩。（衙内云）难的小娘子如此般用意！怎敢着小娘子切鲙，俗了手！李稍拿了去，与我姜辣煎熝了来。（李稍云）大人，不要他切就村了。（衙内云）多谢小娘子来意！抬过果桌来，我和小娘子饮三杯。将酒来，小娘子满饮一杯。（张千做吃酒科）（衙内云）你怎的？（张千云）你请他，他又请你，你又不吃，他又不吃，可不这杯酒冷了？不如等亲随乘热吃了，倒也干净。（衙内云）哎！靠后！将酒来，小娘子满饮此杯。（正旦云）相公请。（张千云）你吃便吃，不吃我又来了。（正旦做跪衙内科）（衙内扯正旦科，云）小娘子请起。我受了你的礼，就做不得夫妻了。（正旦云）媳妇来到这里，便受了礼，也做得夫妻。（张千同李稍拍桌科，云）妙，妙，妙！（衙内云）小娘子请坐。（正旦云）相公，你此一来何往？（衙内云）小官有公差事。（李稍云）二嫂，专为要杀白士中来。（衙内云）咦！你说什么！（正旦云）相公，若拿了白士中呵，也除了潭州一害。只是这州里怎么不见差人来迎接相公？（衙内云）小娘子，你却不知：我恐怕人知道，走了消息，故此不要他们迎接。（正旦唱）

【金蕉叶】相公，你若是报一声着人远接，怕不的船儿上有五十座笙歌摆设。你为公事来到这些，不知你怎生做兀的关节？

（衙内云）小娘子，早是你来的早，若来的迟呵，小官歇息了也。（正旦唱）

【调笑令】若是贱妾，晚来些，相公船儿上黑鞠鞠的熟睡歇。则你那金牌势剑身旁列，见官人远离一射，索用甚从人拦当者，俺只待拖狗皮的拷断他腰截。

（衙内云）李稍，我央及你，你替我做个落花媒人。你和张二嫂说：大夫人不许他，许他做第二个夫人，包髻、团衫、绣手巾，都是他受用的。

（李稍云）相公放心，都在我身上。（做见正旦科，云）二嫂，你有福也！相公说来，大夫人不许你，许你做第二个夫人，包髻、团衫、袖腿绷……（正旦云）敢是绣手巾？（李稍云）正是绣手巾。（正旦云）我不信，等我自问相公去。（正旦见衙内科，云）相公，恰才李稍说的那话，可真个是相公说来？（衙内云）是小官说来。（正旦云）量媳妇有何才能，着相公如此般错爱也。（衙内云）多谢，多谢，小娘子就靠着小官坐一坐，可也无伤。（正旦云）妾身不敢。（唱）

【鬼三台】不是我夸贞烈，世不曾和个人儿热。我丑则丑、刁决古懒，不由我见官人便心邪，我也立不的志节。官人你救黎民，为人须为彻；拿滥官，杀人须见血。我呵，只为你这眼去眉来，（正旦与衙内做意儿科，唱）使不着我那冰清玉洁。

（衙内做喜科，云）勿、勿、勿！（张千与李稍做喜科，云）勿、勿、勿！
（衙内云）你两个怎的？（李稍云）大家耍一耍。（正旦唱）

【圣药王】珠冠儿怎戴者，霞帔儿怎挂者，这三檐伞怎向顶门遮？唤侍妾，簇捧者，我从来打鱼船上扭的那身子儿别，替你稳坐七香车。

（衙内云）小娘子，我出一对与你对：罗袖半翻鹦鹉盏。（正旦云）妾对：玉纤重整凤凰衾。（衙内拍桌科，云）妙，妙，妙！小娘子，你莫非识字么？（正旦云）妾身略识些撇竖点划。（衙内云）小娘子既然识字，小官再出一对：鸡头个个难舒颈。（正旦云）妾对：龙眼团团不转睛。（张千同李稍拍桌科，云）妙，妙，妙！（正旦云）妾身难的遇着相公，乞赐珠玉。
（衙内云）哦，你要我赠你什么词赋？有，有，有。李稍，将纸笔砚墨来。

（李稍做拿砌末科，云）相公，纸墨笔砚在此。（衙内云）我写就了也，词寄［西江月］。（正旦云）相公，表白一遍咱。（衙内做念科，云）夜月一天秋露，冷风万里江湖，好花须有美人扶，情意不堪会处。仙子初离月浦，嫦娥忽下云衢，小词仓卒对君书，付与你个知心人物。（正旦云）高才！高才！我也回奉相公一首，词寄［夜行船］。（衙内云）小娘子，你表白一遍咱。（正旦做念科，云）花底双双莺燕语，也胜他凤只鸾孤。一霎恩情，片时云雨，关连着宿缘前注。天保今生为眷属，但则愿似水如鱼。冷落江湖，团圞人月，相连着夜行船去。（衙内云）妙，妙，妙！你的更胜似我的。小娘子，俺和你慢慢的再饮几杯。（正旦云）敢问相公，因什么要杀白士中？（衙内云）小娘子，你休问他。（李稍云）张二嫂，俺相公有势剑在这里！（衙内云）休与他看。（正旦云）这个是势剑。衙内见爱媳妇，借与我拿去治三日鱼好那？（衙内云）便借与你。（张千云）还有金牌哩！（正旦云）这个是金牌？衙内见爱我，与我打戒指儿罢。再有什么？（李稍云）这个是文书。（正旦云）这个便是买卖的合同？（正旦做袖文书科，云）相公，再饮一杯。（衙内云）酒勾了也。小娘子休唱前篇，则唱幺篇。（做醉科）（正旦云）冷落江湖，团圞人月，相随着夜行船去。（亲随同李稍做睡科）（正旦云）这厮都睡着了也。（唱）

【秃厮儿】那厮也忒懵懂玉山低趄，着鬼祟醉眼乜斜，我将这金牌虎符都袖褪者。唤相公，早醒些，快迭！

【络丝娘】我且回身将杨衙内深深的拜谢，您娘向急飐飐船儿上去也，到家对儿夫尽分说，那一番周折。

（带云）惭愧，惭愧！（唱）

【收尾】从今不受人磨灭，稳情取好夫妻百年喜悦。俺这里美孜孜在芙蓉帐笑春风，只他那冷清清杨柳岸伴残月。（下）

（衙内云）张二嫂！张二嫂那里去了？（做失惊科，云）李稍，张二嫂怎么去了？看我的势剑金牌，可在那里？（张千云）就不见了金牌，还有势剑共文书哩！（李稍云）连势剑、文书都被他拿去了！（衙内云）似此怎了也！（李稍唱）

【马鞍儿】想着想着跌脚儿叫。（张千唱）想着想着我难熬。（衙内唱）酪子里愁肠酪子里焦。（众合唱）又不敢着傍人知道，则把他这好香烧，好香烧，咒的他热肉儿跳！

（衙内云）这厮每扮戏那！（众同下）

【题解】

　　戏的全名《望江亭中秋切鲙旦》，是关汉卿的喜剧代表作之一。写谭记儿寡居愁闷，在清安观与新丧妻的白士中相遇。经做了道姑的白士中姑母撮合，二人结为夫妻，同往潭州上任。杨衙内贪美谭记儿颜色，奏请皇帝，带势剑金牌前往潭州，欲杀白士中而夺其妻。白士中惶恐无措，谭记儿乃扮做渔妇，以献鱼为名登上白衙内泊船的望江亭，骗取了杨衙内的势剑金牌。杨衙内妄奏不实，被皇帝贬为庶民，白士中仍旧为官。本剧成功刻画了谭记儿的形象，她依靠自己的智慧和勇敢，玩弄以皇权为依恃的敌人于股掌之上，战而胜之，保卫了美满婚姻。是对女性才华的颂歌。关目奇巧，曲文本色而时有俊语。第三折尾曲【马鞍儿】为南曲，对了解北杂剧与南戏之关系有帮助。京剧、川剧都有改编本演出。

单 刀 会
第 四 折

　　（鲁肃上，云）欢来不似今朝，喜来那逢今日？小官鲁子敬是也。我使黄文持书去请关公，欣喜许今日赴会。荆襄地合归还俺江东。英雄甲士已暗藏壁衣之后，令人江上相候，见船到便来报我知道。（正末关公引周仓上，云）周仓，将到那里也？（周云）来到大江中流也。（正末云）看了这大江，是一派好水呵！（唱）

【双调】【新水令】大江东去浪千叠，引着这数十人驾着这小舟一叶。又不比九重龙凤阙，可正是千丈虎狼穴。大丈夫心别，我觑这单刀会似赛村社。

　　（云）好一派江景也呵！（唱）

【驻马听】水涌山叠，年少周郎何处也？不觉的灰飞烟灭，可怜黄盖转伤嗟。破曹的樯橹一时绝，鏖兵的江水犹然热，好教我情惨切！（带云）这也不是江水，（唱）二十年流不尽的英雄血！

　　（云）却早来到也，报复去。（卒报科）（做相见科）（鲁云）江下小会，酒非洞里之长春，乐乃尘中之菲艺，猥劳君侯屈高就下，降尊临卑，实乃鲁肃之万幸也！（正末云）量某有何德能，着大夫置酒张筵？既请必至。（鲁云）黄文，将酒来。二公子满饮一杯。（正末云）大夫饮此杯。（把盏科）（正末云）想古今咱这人过日月好疾也呵！（鲁云）过日月是好疾也。光阴似骏马加鞭，浮世似落花流水。（正末唱）

【胡十八】想古今立勋业，那里也舜五人、汉三杰？两朝相隔数年别，不付能见者,却又早老也。开怀的饮数杯,(云)将酒来!(唱)尽心儿待醉一夜。

(把盏科)(正末云)你知"以德报德,以直报怨"么?(鲁云)既然将军言"以德报德,以直报怨",借物不还者谓之怨。想君侯文武全材,通练兵书,习《春秋》、《左传》,济拔颠危,匡扶社稷,可不谓之仁乎?待玄德如骨肉,觑曹操若仇雠,可不谓之义乎?辞曹归汉,弃印封金,可不谓之礼乎?坐服于禁,水淹七军,可不谓之智乎?且将军仁义礼智俱足,惜乎止少个"信"字,欠缺未完。再若得全个"信"字,无出君侯之右也。(正末云)我怎生失信?(鲁云)非将军失信,皆因令兄玄德公失信。(正末云)我哥哥怎生失信来?(鲁云)想昔日玄德公败于当阳之上,身无所归,因鲁肃之故,屯军三江夏口。鲁肃又与孔明同见我主公,即日兴师拜将,破曹兵于赤壁之间。江东所费巨万,又折了首将黄盖。因将军贤昆玉无尺寸地,暂借荆州以为养军之资;数年不还。今日鲁肃低情曲意,暂取荆州,以为救民之急;待仓廪丰盈,然后再献与将军掌领。鲁肃不敢自专,君侯台鉴不错。(正末云)你请我吃筵席来那,是索荆州来?(鲁云)没、没、没,我则这般道,孙、刘结亲,以为唇齿,两国正好和谐。(正末唱)

【庆东原】你把我真心儿待,将筵宴设,你这般攀今览古,分甚枝叶?我根前使不着你"之乎者也"、"诗云子曰",早该豁口截舌!有意说孙、刘,你休目下翻成吴、越!

(鲁云)将军原来傲物轻信!(正末云)我怎么傲物轻信?(鲁云)当日孔明亲言:破曹之后,荆州即还江东。鲁肃亲为代保。不思旧日之恩,今日恩变为仇,犹自说"以德报德,以直报怨"!圣人道:"信近于义,言可复也"。"去食去兵,不可去信"。"大车无輗,小车无軏,其何以行之哉"?今将军全无仁义之心,枉作英雄之辈。荆州久借不还,却不道"人无信不立"!(正末云)鲁子敬,你听的这剑界么?(鲁云)剑界怎么?(正末云)我这剑界,头一遭诛了文丑,第二遭斩了蔡阳,鲁肃呵,莫不第三遭到你也?(鲁云)没、没,我则这般道来。(正末云)这荆州是谁的?(鲁云)这荆州是俺的。(正末云)你不知,听我说。(唱)

【沉醉东风】想着俺汉高皇图王霸业,汉光武秉正除邪,汉献帝将董卓诛,汉皇叔把温侯灭,俺哥哥合情受汉家基业。则你这东吴国的孙权,和俺刘家却是甚枝叶?请你个不克己先生自说!

(鲁云)那里什么响?(正末云)这剑界二次也。(鲁云)却怎么说?(正末云)这剑按天地之灵,金火之精,阴阳之气,日月之形;藏之则鬼神遁迹,出之则魑魅潜踪;喜则恋鞘沉沉而不动,怒则跃匣铮铮而有声。今朝席上，倘有争锋，恐君不信，拔剑施呈。吾当摄剑，鲁肃休惊。这剑果有神威不可当，庙堂之器岂寻常。今朝索取荆州事，一剑先交鲁肃亡。（唱）

【雁儿落】则为你三寸不烂舌，恼犯我三尺无情铁。这剑饥餐上将头，渴饮仇人血。

【得胜令】则是条龙向鞘中蛰，虎在坐间踅。今日故友每才相见，休着俺弟兄每相间别。鲁子敬听者，你内心休乔怯，畅好是随邪，休怪我十分酒醉也。

（鲁云）臧宫动乐。（臧宫上，云）天有五星，地攒五岳；人有五德，乐按五音。五星者：金、木、水、火、土。五岳者：常、恒、泰、华、嵩。五德者：温、良、恭、俭、让。五音者：宫、商、角、徵、羽。（甲士拥上科）（鲁云）埋伏了者。（正末击案，怒云）有埋伏也无埋伏？（鲁云）并无埋伏。（正末云）若有埋伏，一剑挥之两段！（做击案科）（鲁云）你击碎菱花。（正末云）我特来破镜！（唱）

【搅筝琶】却怎生闹炒炒军兵列，上来的休遮当，莫拦截。（云）当着我的，呵呵！（唱）我着他剑下身亡，目前流血！便有那张仪口、蒯通舌，休那里躲闪藏遮。好生的送我到船上者，我和你慢慢的相别。

（鲁云）你去了倒是一场伶俐。（黄文云）将军，有埋伏哩。（鲁云）迟了我的也。（关平领众将上，云）请父亲上船，孩儿每来迎接哩。（正末云）鲁肃，休惜殿后。（唱）

【离亭宴带歇指煞】我则见紫袍银带公人列，晚天凉风冷芦花谢，我心中喜悦。昏惨惨晚霞收，冷飕飕江风起，急飑飑云帆扯。承管待、承管待，多承谢、多承谢。唤梢公慢者，缆解开岸边龙，船分开波中浪，棹搅碎江心月。正欢娱有甚进退，且谈笑不分明夜。说与你两件事先生记者：百忙里称不了老兄心，急且里倒不了俺汉家节。（下）

  题 目 孙仲谋独占江东地
       请乔公言定三条计
  正 名 鲁子敬设宴索荆州
       关大王独赴单刀会

【题解】

  戏的全名《关大王独赴单刀会》，是关汉卿的正剧代表作。其本事虽见于《三国志·吴书·鲁肃传》及裴松之注引《吴书》、元刊《三分事略》和《三国志平话》，但剧作不受史实的拘束，进行了全新的创造，成功地刻画了关羽一身正气、大义凛然、威武不屈的盖世英雄形象，成为民族精神和气节的赞歌。

戏剧矛盾尖锐激烈,第四折是全剧的高潮,情节上更多地受了平话的启发和影响。生死攸关的冲突中,善于利用唱段抒发人物心理,表现精神风貌。尤其是【新水令】【驻马听】二曲,融入了作家的历史感叹和人生体味,虽从苏轼【念奴娇·赤壁怀古】词化出,却更为苍凉悲壮,感慨生哀,成为千古传唱的佳句。至今昆曲尚能以原词演唱,京、川、汉、徽、秦腔、诸路梆子等剧种都有改编本演出。

【集评】

[1] 其意致与常调迥别,此必元人所作。"大江东"一折,可以证今日歌者之讹。(祁彪佳《远山堂剧品》)

[2] 所谓《单刀会》者,余固习见之也。第二支演帝登舟后,掀髯凭眺,声情激越,不减东坡〔酹江月〕。当场高唱,几欲裂铁笛而碎唾壶。(杨恩寿《词馀丛话》卷二)

[3] 就曲文论之,第四折之【新水令】、【驻马听】二支,感慨苍凉,洵为绝唱。而"是二十年流不尽的英雄血"一句,尤为神来之笔。(王季烈《孤本元明杂剧提要》)

【参考书】

[1]《元曲选外编》第一册,隋树森编,中华书局1959年版。

[2]《全元戏曲》第一卷,王季思主编,人民文学出版社1999年版。

南吕一枝花
不伏老

攀出墙朵朵花,折临路枝枝柳。花攀红蕊嫩,柳折翠条柔,浪子风流。凭着我折柳攀花手,直煞得花残柳败休。半生来折柳攀花,一世里眠花卧柳。

[梁州] 我是个普天下郎君领袖[1],盖世界浪子班头。愿朱颜不改常依旧,花中消遣,酒内忘忧。分茶攧竹[2],打马藏阄[3],通五音六律滑熟,甚闲愁到我心头?伴的是银筝女、银台前理银筝、笑倚银屏,伴的是玉天仙、携玉手并玉肩、同登玉楼,伴的是金钗客、歌《金缕》捧金樽、满泛金瓯[4]。你道我老也,暂休!占排场风月功名首[5],更玲珑又剔透!我是个锦阵花营都帅头,曾玩府游州!

[隔尾] 子弟每是个茅草冈、沙土窝初生的兔羔儿、乍向围场上走[6],我

是个经笼罩、受索网、苍翎毛老野鸡、蹅踏的阵马儿熟[7]。经了些窝弓冷箭蜡枪头[8]，不曾落人后。恰不道人到中年万事休，我怎肯虚度了春秋。

〔尾〕我是个蒸不烂、煮不熟、捶不扁、炒不爆、响珰珰一粒铜豌豆[9]，恁子弟每谁教你钻入他锄不断、斫不下、解不开、顿不脱慢腾腾千层锦套头[10]。我玩的是梁园月[11]，饮的是东京酒[12]，赏的是洛阳花，攀的是章台柳[13]。我也会围棋、会蹴踘、会打围、会插科[14]，会歌舞、会吹弹、会咽作、会吟诗、会双陆[15]。你便是落了我牙、歪了我嘴、瘸了我腿、折了我手，天赐与我这几般儿歹症候，尚兀自不肯休！则除是阎王亲自唤，神鬼自来勾，三魂归地府，七魄丧冥幽；天那，那其间才不向烟花路儿上走[16]。

（《全元散曲》，隋树森编，中华书局1986年版）

【注释】

[1] 郎君：指嫖客。

[2] 分茶：古代茶道，把茶均匀地分注到小杯里待客，带有某种游戏娱乐的性质。攧竹：画竹。

[3] 打马：弹棋博戏名。其玩法见李清照《打马赋》。藏阄：游戏名，始于汉代，以是否能猜中对方手握之字或东西赌输赢。

[4] 金钗客：带金钗的女子。也指妓女。《金缕》：即《金缕曲》，唐代曲子名。金樽：和下文"金瓯"均指名贵的酒器。

[5] 排场：这里指演戏。风月：指男女情爱。

[6] 兔羔儿：小兔子，喻指缺乏社会经验的年轻子弟（嫖客）。围场：打猎的地方。

[7] 蹅踏的阵马儿熟：意为非常熟悉逃避猎人追捕的方法。

[8] 窝弓：猎人埋伏在草丛中的弓弩，触动机关，箭即发出射中猎物。蜡枪头：应为镴枪头，原意为铅锡合金的枪头，不锋利，比喻中看不中用。这里是表示对冷枪暗箭的蔑视。

[9] 铜豌豆：元代妓院中称老嫖客为"铜豌豆"或"铁豌豆"。

[10] 锦套头：软手段，圈套。

[11] 梁园：汉代梁孝王所建，在今河南商丘东。这里泛指名园。

[12] 东京：指开封，又称汴京。

[13] 章台柳：泛指妓女，典出唐许尧佐传奇《柳氏传》。

[14] 蹴踘：古代踢球游戏。插科：插科打诨，说笑话逗趣。打围：打猎。

[15] 咽作：歌唱。朱有燉〔双调新水令〕《赠歌者》："赛秦青，似这般咽作堪人听。"双陆：一种棋类游戏。

[16] 向烟花路儿上走：指混迹于秦楼楚馆，与歌妓混在一起。

【题解】

　　这篇套曲塑造了一个风流浪子的鲜明形象。他毫不讳言自己生性喜好眠花宿柳，公然以"郎君领袖"和"浪子班头"自居、自豪，极力铺张、夸耀自己留恋诗酒，醉心声色，混迹秦楼楚馆的风流放荡生活，而且斩钉截铁地向世人宣布，这些坏毛病就是死了也不改悔！这是一种对传统、世俗和社会的挑战和叛逆精神，反映了在元王朝统治下文人没有出路而故作癫狂的心态与决绝偏激的情绪。这篇套曲在思想精神上的新颖独特和语言上的泼辣恣肆，成为中国诗歌史上前所未有的奇作，也是探讨戏剧家关汉卿精神世界的宝贵资料。

白　朴

　　白朴（1226—1306以后），初名恒，字仁甫，后更名朴，字太素，号兰谷，祖籍隩州（今山西曲沃），生于金南京开封府。金哀宗天兴二年（1233）蒙古军围攻汴京，朴父白华随金哀宗出逃，朴乱中失母，赖父执元好问抚养长成。后随父寓居真定（今河北正定）。白朴终身不仕，飘泊江湖，后卜居建康又迁平江。但属上层文士，与其交往者或为公卿名流，如杨果、胡祗遹、卢挚等，或为青楼歌妓。其子白镛官位较高，朴以子贵，死后赠嘉议大夫，掌礼仪院太卿。白朴散曲或清丽典雅，或通俗活泼，不拘一格，是元曲四大家之一。今存杂剧三种、散曲小令三十六首、套数四套。王文才《白朴戏曲集校注》收其戏曲、散曲及词集《天籁集》，最为完备。

梧　桐　雨
第　四　折

　　（高力士上，云）自家高力士是也。自幼供奉内官，蒙主上抬举，加为六宫提督太监[1]。往年主上悦杨氏容貌，命某取入宫中，宠爱无比，封为贵妃，赐号太真。后来逆胡称兵[2]，伪诛杨国忠为名，逼的主上幸蜀。行至中途，六军不进，右龙武将军陈玄礼奏过，杀了国忠，祸连贵妃。主上无可奈何，只得从之，缢死马嵬驿中[3]。今日贼平无事，主上还国，太子做了皇帝。主上养老，退居西宫，昼夜只是想贵妃娘娘。今日教某挂起真容，朝夕哭奠，不免收拾停当，在此伺候咱。（正末上，云）寡人自幸蜀还京,太子破了逆贼,即了帝位,寡人退居西宫养老,每日只是思量妃子。教画工画了一轴真容供养着,每日相对,越增烦恼也呵!(做哭科,唱)

【正宫】【端正好】自从幸西川还京兆[4],甚的是月夜花朝[5]。这半年来白发添多少,怎打迭愁容貌[6]!

【幺篇】瘦岩岩不避群臣笑,玉叉儿将画轴高挑;荔枝花果香檀桌[7],目觑了伤怀抱。

(做看真容科,唱)

【滚绣球】险些把我气冲倒,身谩靠[8],把太真妃放声高叫。叫不应,雨泪嚎咷。这待诏[9],手段高,画的来没半星儿差错。虽然是快染能描[10],画不出沉香亭畔回鸾舞[11],花萼楼前上马娇[12],一段儿妖娆。

【倘秀才】妃子呵,常记得千秋节华清宫宴乐[13],七夕会长生殿乞巧[14],誓愿学连理枝比翼鸟;谁想你乘彩凤返丹霄,命夭。

(带云)寡人越看越添伤感,怎生是好?(唱)

【呆骨朵】寡人有心待盖一座杨妃庙,争奈无权柄谢位辞朝。则俺这孤辰限难熬[15],更打着离恨天最高[16]。在生时同衾枕,不能够死后也同棺椁。谁承望马嵬坡尘土中,可惜把一朵海棠花零落了[17]。

(带云)一会儿身子困乏。且下这亭子去闲行一会咱。(唱)

【白鹤子】那身离殿宇,信步下亭皋[18],见杨柳袅翠蓝丝,芙蓉拆胭脂萼。

【幺】见芙蓉怀媚脸,遇杨柳忆纤腰。依旧的两般儿点缀上阳宫[19],他管一灵儿潇洒长安道[20]。

【幺】常记得碧梧桐阴下立,红牙筋手中敲[21];他笑整缕金衣,舞按霓裳乐。

【幺】到如今翠盘中荒草满[22],芳树下暗香消。空对井梧阴,不见倾城貌。

(做叹科,云)寡人也怕闲行,不如回去来。(唱)

【倘秀才】本待闲散心追欢取乐,倒惹的感旧恨天荒地老。快快归来凤帏悄,甚法儿,捱今宵,懊恼!

(带云)回到这寝殿中,一弄儿助人愁也。(唱)

【芙蓉花】淡氤氲串烟袅,昏惨剌银灯照;玉漏迢迢,才是初更报。暗觑清宵,盼梦里他来到。却不道口是心苗,不住的频频叫。

(带云)不觉一阵昏迷上来,寡人试睡些儿。(唱)

【伴读书】一会家心焦躁,四壁厢秋虫闹。忽见掀帘西风恶,遥观满地阴云罩。俺这里披衣闷把帏屏靠,业眼难交[23]。

【笑和尚】原来是滴溜溜绕闲阶败叶飘,疏剌剌刷落叶被西风扫,忽鲁鲁风闪得银灯爆,厮琅琅鸣殿铎[24],扑簌簌动朱箔[25],吉丁当玉马儿向檐间闹[26]。

（做睡科，唱）

【倘秀才】闷打颏和衣卧倒[27]，软兀剌方才睡着[28]。（旦上云）妾身贵妃是也。今日殿中设宴，宫娥，请主上赴席咱。（正末唱）忽见青衣走来报[29]，道太真妃将寡人邀、宴乐。

（正末见旦科，云）妃子，你在那里来？（旦云）今日长生殿排宴，请主上赴席。（正末云）分付梨园子弟齐备着[30]。（旦下）（正末做惊醒科，云）呀，元来是一梦，分明梦见妃子，却又不见了。（唱）

【双鸳鸯】斜軃翠鸾翘[31]，浑一似出浴的旧风标[32]，映着云屏一半儿娇[33]。好梦将成还惊觉，半襟情泪湿鲛绡。

【蛮姑儿】懊恼，窨约[34]。惊我来的又不是楼头过雁，砌下寒蛩，檐前玉马，架上金鸡；是兀那窗儿外梧桐上雨潇潇。一声声洒残叶，一点点滴寒梢，会把愁人定虐[35]。

【滚绣球】这雨呵，又不是救旱苗，润枯草，洒开花萼，谁望道秋雨如膏。向青翠条，碧玉梢，碎声儿剐剥，增百十倍歇和芭蕉[36]。子管里珠连玉散飘千颗，平白地瀽瓮翻盆下一宵，惹的人心焦。

【叨叨令】一会价紧呵，似玉盘中万颗珍珠落；一会价响呵，似玳筵前几簇笙歌闹；一会价清呵，似翠岩头一派寒泉瀑；一会价猛呵，似绣旗下数面征鼙操[37]。兀的不恼杀人也么哥[38]！兀的不恼杀人也么哥！则被他诸般儿雨声相聒噪。

【倘秀才】这雨一阵阵打梧桐叶凋，一点点滴人心碎了。枉着金井银床紧围绕[39]，只好把泼枝叶做柴烧，锯倒。

（带云）当初妃子舞翠盘时，在此树下；寡人与妃子盟誓时，亦对此树。今日梦境相寻，又被他惊觉了。（唱）

【滚绣球】长生殿那一宵，转回廊说誓约[40]。不合对梧桐并肩斜靠，尽言词絮絮叨叨。沉香亭那一朝，按霓裳舞六幺[41]，红牙筯击成腔调，乱宫商闹闹吵吵。是兀那当时欢会栽排下，今日凄凉厮凑着，暗地量度。

（高力士云）主上，这诸样草木，皆有雨声，岂独梧桐？（正末云）你那里知道，我说与你听者。（唱）

【三煞】润濛濛杨柳雨，凄凄院宇侵帘幕；细丝丝梅子雨，装点江干满楼阁；杏花雨红湿阑干，梨花雨玉容寂寞；荷花雨翠盖翩翩，豆花雨绿叶萧条。都不似你惊魂破梦，助恨添愁，彻夜连宵。莫不是水仙弄娇，蘸杨柳洒风飘[42]。

【二煞】味味似喷泉瑞兽临双沼[43]，刷刷似食叶春蚕散满箔。乱洒琼阶，水传宫漏，飞上雕檐，酒滴新槽。直下的更残漏断，枕冷衾寒，烛灭香消。可知道夏天不觉，把高凤麦来漂[44]。

【黄钟煞】顺西风低把纱窗哨，送寒气频将绣户敲。莫不是天故将人愁闷搅，前度铃声响栈道[45]。似花奴羯鼓调[46]，如伯牙水仙操[47]。洗黄花，润篱落；渍苍苔，倒墙角；渲湖山，漱石窍；浸枯荷，溢池沼；沾残蝶粉渐消，洒流萤焰不着，绿窗前促织叫，声相近雁影高，催邻砧处处捣，助新凉分外早。斟量来这一宵，雨和人紧厮熬，伴铜壶点点敲，雨更多泪不少。雨湿寒梢，泪染龙袍，不肯相饶，共隔着一树梧桐直滴到晓。（下）

  题目 安禄山反叛兵戈举 陈玄礼拆散鸾凤侣
  正名 杨贵妃晓日荔枝香 唐明皇秋夜梧桐雨

    （《白朴戏曲集校注》，王文才校注，人民文学出版社1984年版。下同）

【注释】

  [1] 六宫提督太监：皇帝后宫太监的总管。郑玄注《周礼·天官·内宰》云："王后寝宫有六：正寝一，燕寝五，合为六宫。"
  [2] 逆胡：指安禄山。安禄山始名轧荦山，母嫁突厥人安延偃，遂冒姓安。营州柳城（今辽宁朝阳南）胡人。
  [3] 马嵬驿：在今陕西兴平县西之马嵬坡。
  [4] 京兆：府名，唐开元元年置，治所在长安、万年二县（今陕西西安）。
  [5] 甚的是：不知什么是，从不曾。月夜花朝：古以八月十五为月夜，二月十五为花朝。这里代指美时佳节。
  [6] 打迭：收拾，料理。
  [7] 荔枝花果：杨贵妃嗜荔枝。（见《新唐书·后妃传》）
  [8] 谩靠：胡乱一靠，随便靠，姑且靠。
  [9] 待诏：应皇帝征召而随时待命，以备咨询顾问。玄宗时以待诏命官，此指宫廷画家。
  [10] 快染：犹善画。快：能，善。
  [11] 沉香亭：在唐长安兴庆宫内。回鸾舞：舞曲名。
  [12] 花萼楼：即花萼相辉楼，也在兴庆宫内。上马娇：图画名，元陶宗仪《南村辍耕录》卷五《题跋》有陈绎曾题《杨妃上马娇图》。
  [13] 千秋节：开元十七年定唐玄宗诞日八月五日为千秋节。（见《唐会要·节日》）华清宫：唐宫名，旧址在今陕西临潼之骊山上。
  [14] 长生殿：天宝元年造，在华清宫内。乞巧：七月七日为牛郎织女聚会之夜，富裕之家于庭中结彩楼，谓之乞巧楼，陈设泥塑小童、瓜果、针线等，焚香拜祷，妇女望月穿针，过者谓之得巧之候，谓之乞巧。晋宗懔《荆楚岁时记》等有载。唐宫中也沿此风。（见五代王仁裕《开元天宝遗事·乞巧楼》）
  [15] 孤辰限：孤独寡居的时日，是旧时星命家的说法。

[16] 打着：加上。离恨天：佛教经典所载三十三天中，无离恨天，曲中认为离恨天最高，多用为男女相思烦恼的境界。

[17] 海棠花：唐玄宗曾以海棠喻杨贵妃。（见宋惠洪《冷斋夜话》卷一等）

[18] 亭皋：水边平地。上句"那"，同"挪"。

[19] 上阳宫：本为唐东都洛阳宫殿名，这里泛指宫殿。

[20] 一灵儿：灵魂。潇洒：凄凉，寂寞。

[21] 红牙筯：檀木做的用以调节乐曲节拍的拍板。檀木色红质坚，故称红牙。

[22] 翠盘：供舞蹈用的设施。宋元时称表演伎艺的场地为盘子。

[23] 业眼难交：难合眼。业眼，造孽的眼，自怨自恨之词。

[24] 殿铎：殿铃。

[25] 朱箔：朱帘。

[26] 玉马：即风铃，又叫檐马。房檐下悬挂的小铁片或铃铛，宫中或以玉制成。

[27] 闷打颏：愁闷的样子。打颏，也作打孩，语助词。

[28] 软兀剌：软软地，无力的样子。兀剌，语助词。

[29] 青衣：古代贱者之服，此指丫鬟，宫女。

[30] 梨园子弟：唐玄宗知音律，于梨园训练乐伎，称梨园子弟。（见《新唐书·礼乐志》）

[31] 斜軃（duǒ）：斜坠，偏斜。翠鸾翘：镶有珠翠的鸾形首饰。

[32] 风标：风韵，仪态。

[33] "映着"句：云母装饰的屏风半掩身体，故云"一半儿娇"。

[34] 窨（yìn）约：苦闷，烦恼。

[35] 定虐：打搅，扰乱。

[36] 歇和芭蕉：即雨打芭蕉。歇和，声相应和，行动配合。

[37] 征鼙：战鼓。

[38] 兀的不：怎不，好不。也么哥：语尾助词，无义。[叨叨令]曲牌格律要求本句叠用，且用"也么哥"三字结尾。

[39] 金井银床：华美的井及井栏。常用来指宫廷园林里的井。银床，指井栏。

[40] 说誓约：指明皇对天盟誓，与杨妃"今生偕老，百年以后，世世永为夫妇"。见第一折。

[41] 六幺：亦作绿腰、录要，唐大曲名。

[42] "水仙"二句：观音有南海水月观音之称，又有手持杨柳枝往人间蘸洒雨水之说。

[43] 唪唪（chuáng）：象声词，状水声。瑞兽：指池沼中石雕的瑞兽形喷水口。

[44] 高凤麦漂：东汉高凤庭中晒麦，遇暴雨，他专心读书全然不觉，致雨水漂麦。（见《后汉书·逸民传》）

[45] 前度铃声：明皇入蜀经斜谷时，连日淫雨，又闻栈道铃声，悼念杨妃，仿其声制[雨霖铃]曲。（见唐郑处诲《明皇杂录》）

[46] 花奴：唐汝阳王李琎小字花奴，善击羯鼓，宋璟说他"头如青山峰，手如白雨

点"（见唐南卓《羯鼓录》）此以"白雨点"状雨声。

[47] 伯牙水仙操：春秋时人伯牙，善鼓琴，曾向成连先生学琴曲《水仙操》，三年不成。成连乃置之东海蓬莱山移情，闻海水声、鸟鸣声，乃成天下之妙。（见《渊鉴类函》卷一八八"琴二"引《乐府解题》）

【题解】

戏的全名《唐明皇秋夜梧桐雨》，写唐明皇李隆基与贵妃杨玉环生死离别的爱情故事，取材多据宋人乐史《杨太真外传》。戏的题目虽出自白居易《长恨歌》"秋雨梧桐叶落时"一句，但大关节目却与《长恨歌》不同，如李杨遇合时，不是"杨家有女初长成，养在深闺人未识"，而是恢复了她寿王妃的真相，也描写了贵妃与安禄山的丑秽事，结尾也由蓬莱幻境改成了雨夜长恨。与洪昇《长生殿》也不相同。所以郑振铎《插图本中国文学史》称之为"很完美的悲剧"，"像这样纯粹的悲剧，元剧中是绝少见到的"。白朴幼经丧乱，失母流离，反思亡国之痛，故剧中批判李杨因歌舞坏江山，要抒发积郁的感伤，而安史之乱后的唐明皇既失去了皇位，又失去了美人，是一个不幸者，与作者的情怀有共同之处，于是借失意君王寄托人生失意之感，宣泄人生体味，在唐明皇的雨泪交流中，也融进了作家的丧母亡国之痛，故孟称舜曰："此下只说雨声，而愁恨千端，如飞泉喷瀑，一时倾泻。"（《古今名剧合选·酹江集》）元剧擅写雨，随情节和人物身份不同雨亦各异。本折辞语华美，连用作比喻的意象也透着贵族气息。日人青木正儿《元人杂剧概说》誉本剧与杨显之《临江驿潇湘秋夜雨》为写秋雨的双璧，不过情趣相反："《梧桐雨》是宫殿的雨"而"《潇湘雨》是荒野的雨"。

【集评】

[1] 此剧与《孤雁汉宫秋》格套既同，而词华亦足相敌。一悲而豪，一悲而艳；一如秋空泪鹤，一如春月啼鹃。使读者一愤一痛，淫淫乎不知泪之何从，固是填词家钜手也。（孟称舜《古今名剧合选·酹江集》）

[2]《梧桐雨》与《长生殿》，亦互有工拙处：《长生殿》按《长恨歌传》为之，删去几许秽迹；《梧桐雨》竟公然出自禄山之口。《长生殿·惊变》折，于深宫欢宴之时，突作国忠直入，草草数语，便尔启行，事虽急遽，断不至是；《梧桐雨》则中间用一李林甫得报，转奏，始而议战，战既不能而后定计幸蜀，层次井然不紊。（梁廷柟《曲话》卷三）

[3] 元人咏马嵬事无虑数十家，白仁甫《梧桐雨》剧为最。（李调元《雨村曲话》卷上）

[4] 白仁甫《秋夜梧桐雨》剧，沉雄悲壮，为元曲冠冕。然所作《天籁词》，粗浅之甚，不足为稼轩奴隶。岂创者易工，而因者难巧欤？抑人各有能有不能也？读者观欧秦之诗远不如词，足透此中消息。（王国维《人间词话》六四）

墙头马上
第三折

（裴尚书上，云）自从少俊去洛阳买花栽子回来，今经七年。老夫常是公差，多在外，少在里。且喜少俊颇有大志，每日只在后花园中看书，直等功名成就，方才娶妻。今日是清明节令，老夫待亲自上坟去，奈畏风寒，教夫人和少俊替祭祖去咱。（下）（裴舍引院公上，云）自离洛阳，同小姐到长安七年也。得了一双儿女。小厮儿叫做端端，女儿唤做重阳；端端六岁，重阳四岁，只在后花园中隐藏，不曾参见父母。皆是院公伏侍，连宅里人也不知道。今日清明节令，父亲畏风寒，我与母亲郊外坟茔中祭奠去。院公，在意照顾，怕老相公撞见。（院公云）哥哥，一岁使长百岁奴，这宅中谁敢提起个李字！若有一些差失，如同那赵盾便有灾难，老汉就是灵辄扶轮；王伯当与李密叠尸，为人须为彻。休道老相公不来，便来呵，老汉凭四方口，调三寸舌，蒯文通、李左车。哥哥你放心，倚着我呵，万丈水不教泄漏了一点儿。（裴舍云）若无疏失，回家多多赏你。（下）（正旦引端端、重阳上，云）自从跟了舍人来此呵，早又七年光景，得了一双儿女，过日月好疾也呵！（唱）

【双调】【新水令】数年一枕梦庄蝶，过了些不明白好天良夜。想父母关山途路远，鱼雁信音绝。为甚感叹咨嗟，甚日得离书舍？

【驻马听】凭男子豪杰，平步上万里龙庭双凤阙；妻儿贞烈，合该得五花官诰七香车。也强如带满头花，向午门左右把状元接；也强如挂拖地红，两头来往交媒谢。今日个改换别，成就了一天锦绣佳风月。

（云）我掩上这门，看有甚人来此。（院公持扫帚上，云）哥哥祭奠去了，嫂嫂跟前回复去咱。（见科，云）嫂嫂，舍人祭奠去了，院公特地说与嫂嫂得知。（正旦云）院公，可要在意者，则怕老相公撞将来。（院公云）老汉有句话敢说么？今日清明节，有甚节令酒果，把些与老汉吃饱了，只在门首坐着，看有甚的人来。（旦与酒肉吃科，院公云）夜来两个小使长把墙头上花都折坏了，今日休教出来，只教书房中耍，则怕老相公撞见。

（正旦唱）

【乔牌儿】当拦的便去拦，我把你个院公谢。想昨日被棘针都把衣袂扯，将孩儿指尖都挝破也。

（端端云）奶奶，我接爹爹去来。（正旦云）还未来哩！（唱）

【幺篇】便将球棒儿撇，不把胆瓶藉。你哥哥，这其间未是他来时节，怎抵死的要去接？

（院公云）我门口去吃了一瓶酒，一分节食，觉一阵昏沉。倚着湖山睡些儿咱。（端端打科）（院公云）谎杀人也小爷爷！你要到房里耍去。（又睡科，重阳打科）（院公云）小奶奶，女孩家这般劣！（又睡科，二人齐打介）（院公云）我告你去也，快书房里去！（裴尚书引张千上，云）夫人共少俊祭奠去了，老夫心中闷倦，后花园内走一遭去，看孩儿做下的功课咱。（见院公云）这老子睡着了。（做打科，院公做醒，着扫帚打科，云）打你娘。那小厮……（做见慌科，尚书云）这两个小的是谁家？（端端云）是裴家。（尚书云）是那个裴家？（重阳云）是裴尚书家。（院公云）谁道不是裴尚书家花园？小弟子还不去！（重阳云）告我爹爹奶奶说去。（院公云）你两个采了花木，还道告你爹爹奶奶去。跳起你公公来也打你娘！（两人走科，院公云）你两个不投前面走，便往后头去！（二人见旦科，云）我两人接爹爹去，见一老爷，问是谁家的。（正旦云）孩儿也，我教你休出去，兀的怎了！（尚书做意科，云）这两个小的，不是寻常之家。这老子其中有诈，我且到堂上看来。（正旦唱）

【豆叶儿】接不着你哥哥，正撞见你爷爷。魄散魂消，肠慌腹热，手脚獐狂去不迭。相公把拄杖掂详，院公把扫帚支吾，孩儿把衣袂掀者。

（尚书云）咱房里去来。（到书房，正旦掩门科）（尚书云）更有谁家个妇人？（院公云）这妇人折了俺花，在这房藏来。（正旦唱）

【挂玉钩】小业种把拢门掩上些，道不的跳天撅地十分劣。被老相公亲向园中撞见者，谎的我死临侵地难分说。（尚书云）拿的芙蓉亭上来！（正旦唱）氲氲的脸上羞，扑扑的心头怯；喘似雷轰，烈似风车。

（院公云）这妇人折了两朵儿花，怕相公见，躲在这里。合当饶过，教家去。（正旦云）相公可怜见，妾身是少俊的妻室。（尚书云）谁是媒人？下了多少钱财？谁主婚来？（旦做低头科，尚书云）这两个小的是谁家？（院公云）相公不合烦恼，合欢喜。这的是不曾使一分财礼，得这等花枝般媳妇儿，一双好儿女。合做一个大筵席，老汉买羊去，大嫂请回书房去者。（尚书怒科，云）这妇人决是娼优酒肆之家！（正旦云）妾是官宦人家，不是下贱之人。（尚书云）嗓声！妇人家共人淫奔，私情来往，这罪过逢赦

不赦。送与官司问去，打下你下半截来。（正旦唱）

【沽美酒】本是好人家女艳冶，便待要兴词讼，发文牒，送到官司遭痛决。人心非铁，逢赦不该赦。

【太平令】随汉走怎说三贞九烈，勘奸情八棒十挟。谁识他歌台舞榭，甚的是茶房酒舍。相公便把贱妾、拷折、下截，并不是风尘烟月。

（尚书云）则打这老汉，他知情。（张千云）这个老子，从来会勾大引小。（院公云）相公，七年前舍人哥哥买花栽子时，都是这厮搬大引小，着舍人刁将来的。（张千云）老子攀下我来也。（尚书云）是了，敢这厮也知情？（正旦唱）

【川拨棹】赛灵辄、蒯文通、李左车，都不似季布喉舌。王伯当尸叠，更做道向人处无过背说。是和非须辩别。

（尚书云）唤的夫人和少俊来者。（夫人、裴舍上，见科）（尚书云）你与孩儿通同作弊，乱我家法。（夫人云）老相公，我可怎生知道？（尚书云）这的是你后园中七年做下的"功课"！我送到官司，依律施行者。（裴舍云）少俊是卿相之子，怎好为一妇人，受官司凌辱，情愿写与休书便了。告父亲宽恕。（正旦唱）

【七弟兄】是那些、劣懒、痛伤嗟也，时乖运蹇遭磨灭，冰清玉洁肯随邪。怎生的拆开我连理同心结！

（尚书云）我便似八烈周公，俺夫人似三移孟母。都因为你个淫妇，枉坏了我少俊前程，辱没了我裴家上祖。兀那妇人，你听者！你既为官宦人家，如何与人私奔？昔日无盐采桑于村野，齐王车过见了，欲纳为后，同车。而无盐曰：不可，禀知父母，方可成婚；不见父母，即是私奔。呸！你比无盐，败坏风俗。做的个男游九郡，女嫁三夫。（正旦云）我则是裴少俊一个。（尚书怒云）可不道女慕贞洁，男效才良；聘则为妻，奔则为妾。你还不归家去！（正旦云）这姻缘也是天赐的！（尚书云）夫人，将你头上玉簪来。你若天赐的姻缘，问天买卦，将玉簪向石上磨做了针儿一般细。不折了，便是天赐姻缘；若折了，便归家去也。（正旦唱）

【梅花酒】他毒肠狠切，丈夫又软揸些些，相公又恶噷噷乖劣，夫人又叫丫丫似蝎蜇。你不去望夫石上变化身，筑坟台上立个碑碣。待教我慢懒懒，愁万缕，闷千叠；心似醉，意如呆；眼似瞎，手如瘸；轻拈掇，慢拿捻。

【收江南】呀！珰叮当掂做了两三截。有鸾胶难续玉簪折，则他这夫妻儿女两离别。总是我业彻，也强如参辰日月不交接。

（尚书云）可知道玉簪折了也，你还不肯归家去？再取一个银壶瓶来，将着游丝儿系住，到金井内汲水。不断了，便是夫妻；瓶坠簪折，便归家

去。(正旦云)可怎了也？(唱)

【雁儿落】似陷人坑千丈穴，胜滚浪千堆雪。恰才石头上损玉簪，又教我水底捞明月。

【得得令】冰弦断，便情绝；银瓶坠，永离别。把几口儿分两处。(尚书云)随你再嫁别人去。(正旦唱)谁更待双轮碾四辙。恋酒色淫邪，那犯七出的应拚舍；享富贵豪奢，这守三从的谁似妾！

(尚书云)既然簪折瓶坠，是天着你夫妻分离。着这贼丑生与你一纸休书，便着你归家去。少俊，你只今日便与我收拾琴剑书箱，上朝求官应举去。将这一儿一女，收留在我家。张千，便与我赶离了门者！(下)(裴舍与旦休书科)(正旦云)少俊，端端，重阳，则被你痛杀我也！(唱)

【沉醉东风】梦惊破情缘万结，路迢遥烟水千叠。常言道有亲娘有后爷，无亲娘无疼热。他要送我到官司，逞尽豪杰。多谢你把一双幼女痴儿好觑者，我待信拖拖去也。

(云)端端，重阳，儿也！你晓事些儿个，我也不能勾见你了也！(唱)

【甜水令】端端共重阳，他须是你裴家枝叶。孩儿也，啼哭的似痴呆，这须是我子母情肠厮牵厮惹，兀的不痛杀人也。

【折桂令】果然人生最苦是离别。方信道花发风筛，月满云遮。谁更敢倒凤颠鸾，撩蜂剔蝎，打草惊蛇。坏了咱墙头上传情简帖，拆开咱柳阴中莺燕蜂蝶。儿也咨嗟，女又拦截。既瓶坠簪折，咱义断恩绝。

(张千云)娘子，你去了罢！老相公便着我回话哩。(正旦云)少俊，你也须送我归家去来。(唱)

【鸳鸯煞】休把似残花败柳冤仇结，我与你生男长女填还彻。指望生则同衾，死则共穴。唱道题柱胸襟，当垆的志节。也是前世前缘，今生今业。少俊呵，与你干驾了会香车，把这个没气性的文君送了也！(下)

(裴舍云)父亲，你好下的也！一时间将俺夫妻子父分离，怎生是好？张千，与我收拾琴剑书箱，我就上朝取应去。一面瞒着父亲，悄悄送小姐回到家中，料也不妨。(诗云)正是：石上磨玉簪，欲成中央折；井底引银瓶，欲上丝绳绝。两者可奈何，似我今朝别。果若有天缘，终当做瓜葛。(下)

【题解】

戏的全名《裴少俊墙头马上》，故事的最早来源是唐白居易的新乐府诗《井底引银瓶》，宋代有官本杂剧《裴少俊伊州》，金院本有《墙头马（上）》。白朴剧写李千金在后花园游玩，在墙头与来洛阳采买花卉骑马经过的裴少俊相见,相爱。千金约少俊花园幽会又被女仆发觉,于是二人私奔至裴府后花园同居七年,生一子一女。裴尚书发觉后立逼少俊休妻;少俊中状元后任洛阳县尹,找千金认亲,千金不肯,经裴尚书陪情、儿女哀求,方一家和好。剧的成功之处在于,刻画了一个大胆主动追求自主婚姻、敢于理直气壮为自主婚姻的合理性进行辩护的李千金形象,对自主婚姻进行了讴歌。

【集评】

　　[1] 白仁甫号兰谷,赠太常礼仪院卿。昔人评其词如大鹏之起北溟,奋翼凌乎九霄,有一举万里之志。而此剧潇洒俊丽,又是一种。《梧桐雨》摹写明皇玉环得意失意之状,悲艳动人;《墙头马上》说佳人求偶处,亦自奕奕神动。真大家手笔也!(孟称舜《古今名剧合选·柳枝集》)

　　[2] 言情之作,贵在含蓄不露,意到即止。其立言尤贵雅而忌俗。然所谓雅者,固非浮词取厌之谓。此顺手有语妙,非深入堂奥者不知也。元人每作伤春语,必极情尽态而出。白仁甫《墙头马上》云……(按,第一折[混江龙])偶尔思春,出语那便如许浅露!况此时尚未两相期遇,不过春情偶动,相思之意,并未实着谁人,则"男游别郡"语,究竟一无所指。至云……(按,第一折[后庭花])此时四目相觑,闺女子公然作此种语,更属无状。大抵如此等类,确为元曲通病,不能止摘一人一曲而索其瑕也。(梁廷枏《曲话》卷二)

【参考书】

　　[1]《元曲选》第一册,臧晋叔编,中华书局 1961 年版。
　　[2]《全元戏曲》第一卷,王季思主编,人民文学出版社 1999 年版。

双调沉醉东风

渔　父

　　黄芦岸白蘋渡口,绿柳堤红蓼滩头。虽无刎颈交,却有忘机友,点秋江白鹭沙鸥。傲杀人间万户侯,不识字烟波钓叟。

(《全元散曲》,隋树森编,中华书局 1986 年版)

【题解】

　　这首小令写秋江垂钓的渔夫,遗世独立,与鸥鹭为伴,视王侯将相如粪土,过着逍遥江湖,淡泊自在的渔隐生活。这其实是作者不与统治者合作精神的写照。笔调潇洒超脱,意境清旷俊逸,富有浓郁的书卷气息。

马致远

马致远(约1250—1321或1324),名不详,字致远,号东篱,大都(今北京)人。早年热衷功名,龙楼献诗,纵酒挟妓,颇有佐国拿云心志,晚年在杭州附近隐居。曾任江浙省务提举(一说为江浙行省务官),是元贞书会成员,是元曲四大家之一。贾仲明[凌波仙]吊曲称之为"曲状元",颇有声望,"姓名香,贯满梨园"。作杂剧十五种,今存七种,散曲今存小令一百一十五首,套数十六套及七首残套。

汉 宫 秋
第 三 折

(番使拥旦上[1],奏胡乐科,旦云)妾身王昭君[2]。自从选入宫中,被毛延寿将美人图点破[3],送入冷宫。甫能得蒙恩幸[4],又被他献与番王形像。今拥兵来索,待不去,又怕江山有失。没奈何将妾身出塞和番。这一去,胡地风霜,怎生消受也[5]!自古道:"红颜胜人多薄命,莫怨春风当自嗟[6]。"(驾引文武内官上[7],云)今日灞桥饯送明妃,却早来到也。(唱)

【双调】【新水令】锦貂裘生改尽汉宫妆[8],我则索看昭君画图模样。旧恩金勒短,新恨玉鞭长。本是对金殿鸳鸯,分飞翼怎承望!

(云)您文武百官计议,怎生退了番兵,免明妃和番者?(唱)

【驻马听】宰相每商量,大国使还朝多赐赏[9]。早是俺夫妻悒怏,小家儿出外也摇装[10]。尚兀自渭城衰柳助凄凉[11],共那灞桥流水添惆怅。偏您不断肠。想娘娘那一天愁都撮在琵琶上[12]。

(做下马科)(与旦打悲科)(驾云)左右慢慢唱者,我与明妃饯一杯酒。(唱)

【步步娇】您将那一曲阳关休轻放,俺咫尺如天样。慢慢的捧玉觞,朕本意待尊前捱些时光[13]。且休问劣了宫商[14],您则与我半句儿俄延着唱。

(番使云)请娘娘早行,天色晚了也。(驾唱)

【落梅风】可怜俺别离重,你好是归去的忙。寡人心先到他李陵台上[15]。回头儿却才魂梦里想,便休题贵人多忘。

（旦云）妾这一去,再何时得见陛下?把我汉家衣服都留下者。（诗云）正是:今日汉宫人,明朝胡地妾。忍着主衣裳,为人作春色。（留衣服科）（驾唱）

【殿前欢】说什么留下舞衣裳,被西风吹散旧时香。我委实怕宫车再过青苔巷[16],猛到椒房[17],那一会想菱花镜里妆,风流相,兜的又横心上。看今日昭君出塞,几时似苏武还乡[18]?

（番使云）请娘娘行罢,臣等来多时了也。（驾云）罢罢罢,明妃,你这一去,休怨朕躬也。（做别科,驾云）我那里是大汉皇帝!（唱）

【雁儿落】我做了别虞姬楚霸王,全不见守玉关征西将[19]。那里取保亲的李左车,送女客的萧丞相[20]?

（尚书云）陛下不必挂念。（驾唱）

【得胜令】那里也架海紫金梁[21]?枉养着那边庭上铁衣郎。您也要左右人扶侍,俺可甚糟糠妻不下堂[22]!您但提起刀枪,却早小鹿儿心头撞。今日央及煞娘娘,怎做的男儿当自强!

（尚书云）陛下,咱回朝去罢。（驾唱）

【川拨棹】怕不待放丝缰,咱可甚鞭敲金镫响[23]。你管燮理阴阳[24],掌握朝纲;治国安邦,展土开疆。假若俺高皇[25],差你个梅香,背井离乡,卧雪眠霜;若是他不恋恁春风画堂,我便官封你一字王[26]。

（尚书云）陛下,不必苦死留他,着他去了罢。（驾唱）

【七弟兄】说什么大王、不当、恋王嫱,兀良[27],怎禁他临去也回头望!那堪这散风雪旌节影悠扬[28],动关山鼓角声悲壮。

【梅花酒】呀!俺向着这迥野悲凉。草已添黄,兔早迎霜[29];犬褪得毛苍,人搠起缨枪;马负着行装,车运着糇粮[30],打猎起围场。他、他、他伤心辞汉主,我、我、我携手上河梁[31]。他部从入穷荒,我銮舆返咸阳。返咸阳,过宫墙;过宫墙,绕回廊;绕回廊,近椒房;近椒房,月昏黄;月昏黄,夜生凉;夜生凉,泣寒螿[32];泣寒螿,绿纱窗;绿纱窗,不思量。

【收江南】呀!不思量除是铁心肠,铁心肠也愁泪滴千行。美人图今夜挂昭阳[33],我那里供养,便是我高烧银烛照红妆。

（尚书云）陛下回銮罢,娘娘去远了也。（驾唱）

【鸳鸯煞】我则索大臣行说一个推辞谎,又则怕笔尖儿那火编修讲[34]。不见他花朵儿精神,怎趁那草地里风光[35]?唱道伫立多时[36],徘徊半晌;猛听的塞雁南翔,呀呀的声嘹亮。却原来满目牛羊,是兀那载离恨的毡车半坡里响。

（下）

（番王引部落拥昭君上，云）今日汉朝不弃旧盟，将王昭君与俺番家和亲。我将昭君封为宁胡阏氏[37]，坐我正宫[38]。两国息兵，多少是好。众将士，传下号令，大众起行，望北而去。（做行科）（旦问云）这里甚地面了？（番使云）这是黑龙江，番汉交界去处。南边属汉家，北边属我番国。（旦云）大王，借一杯酒，望南浇奠；辞了汉家，长行去罢。（做奠酒科，云）汉朝皇帝，妾身今生已矣，尚待来生也。（做跳江科）（番王惊救不及，叹科，云）嗨，可惜可惜！昭君不肯入番，投江而死。罢罢罢，就葬在此江边，号为青冢者[39]。我想来，人也死了，枉与汉朝结下这般仇隙，都是毛延寿那厮搬弄出来的[40]。把都儿[41]，将毛延寿拿下，解送汉朝处治。我依旧与汉朝结和，永为甥舅[42]，却不是好！（诗云）则为他丹青画误了昭君，背汉主暗地私奔；将美人图又来哄我，要索取出塞和亲。岂知道投江而死，空落的一见消魂。似这等奸邪逆贼，留着他终是祸根。不如送他去汉朝哈喇[43]，依还的甥舅礼，两国长存。（下）

（《全元戏曲》第二卷，王季思主编，人民文学出版社1999年版）

【注释】

[1] 番使：此指匈奴呼韩邪（剧中作耶）单于的使节。古代称少数民族和外国为番。

[2] 王昭君：西汉元帝妃王嫱字昭君，南郡秭归（今属湖北）人。晋时避司马昭讳，改称明君、明妃。竟宁元年（前33）嫁匈奴呼韩邪单于为阏氏。

[3] 毛延寿：汉代杜陵（在今陕西长安东北）人，善画人像。元帝命其画后宫美人，按图召幸。诸宫人皆贿赂画工，独王嫱不肯。帝将王嫱许嫁匈奴，召见，貌为后宫第一。追究其事，画工皆被斩。这本非史实，乃晋人葛洪《西京杂记》小说家言。

[4] 甫能：好不容易，刚刚能。

[5] 消受：承受，忍受。

[6] "红颜"二句：出自宋欧阳修诗《明妃曲》。

[7] 驾：戏曲小说中用为对皇帝的尊称，这里代指皇帝。

[8] "锦貂裘"句：言昭君脱去汉装，改穿胡装。生，硬。

[9] "大国"句：意思是，派去与匈奴和谈的使臣，如果能退得番兵，回朝后要多加赏赐。

[10] "小家儿"句：是说连普通百姓出远门还有摇装风俗，堂堂皇家却说走就走。摇装，古代远行送别时择吉出门，亲友于江边饯行，行人登舟启行，随即返回，另日再正式启行远走，谓之摇装。（见明人姜唯《歧海琐谈》）

[11] 尚兀自：尚且，还。渭城衰柳：根据王维《送元二使安西》诗改编成的送别曲《阳关三叠》，也称《渭城曲》、《阳关曲》。作秋柳秋景解，也可。

[12] "想娘娘"句：料想娘娘的满腔愁怨，今后只有通过弹琵琶来抒发了。按，明妃

出嫁时以琵琶寄情事，史无明载，出自晋石崇《王明君辞并序》的想象之词。

[13] 尊：同"樽"，酒杯。尊前即筵席前。捱（ái）：拖延。

[14] "且休问"句：且不要管乐曲是否合腔合调。

[15] 李陵台：李陵字少卿，陇西成纪（今甘肃秦安）人，为名将李广之孙。汉武帝时为骑都尉，率五千兵出击匈奴，被匈奴八万人包围，矢尽粮绝，战败投降。元平元年（前74）病死于匈奴，其墓即李陵台，在今内蒙古自治区正蓝旗南黑城。（事见《汉书·李广传》）

[16] 青苔巷：明妃旧居人去房空，长满青苔。

[17] 椒（jiāo）房：本为汉代宫殿名，在未央宫，为皇后所居。殿内以花椒子和泥涂壁，取芳香保暖及多子之意。此指明妃旧居宫室。

[18] 苏武还乡：苏武字子卿，杜陵（今陕西西安东南）人。汉武帝时出使匈奴，被扣十九年，昭帝时返汉。（事见《汉书·苏武传》）

[19] 玉关：玉门关，在今甘肃敦煌西北小方盘城。征西将：指班超。班超在东汉明帝时出使西域，使西域五十余国归附汉朝，被封为西域都尉，驻守西域三十一年。（见《后汉书·班超传》）

[20] "那里取"二句：哪里有只会保媒的李左车，只能送亲的萧何？是说朝中文臣武将无退兵之策，只能让明妃和亲。李左车，秦末汉初谋士，军事上善出奇计。（见《史记·淮阴侯列传》）萧丞相，萧何，佐刘邦建立汉政权，任相国。（见《史记·萧相国世家》）

[21] 架海紫金梁：戏曲小说中常用"擎天白玉柱，架海紫金梁"比喻栋梁之材和国家倚重的权臣将相。

[22] 俺可甚：我可真是。糟糠妻不下堂：汉光武帝欲把姊姊湖阳公主嫁给宋弘，宋弘婉言拒绝曰："臣闻贫贱之交不可忘，糟糠之妻不下堂。"（见《后汉书·宋弘传》）糟糠妻，共过患难的妻子。下堂，离开堂屋，指妻被夫休弃。

[23] 鞭敲金镫响："鞭敲金镫响，人唱凯歌还"为戏曲小说中胜利而归时的习用语，剧中省略后句，为歇后语。

[24] 燮（xiè）理阴阳：调和阴阳，使国家太平。（语出《尚书·周官》）后用为宰相重臣的职责。燮理，调和治理。阴阳，指各种矛盾变化。

[25] 高皇：汉高祖刘邦。

[26] 一字王：用一个字作封号的王，如赵王、魏王等，诸王中最尊贵。汉代无此制，元代仅亲王封一字王。

[27] 兀良：曲中衬词，无义，用以调节音节、加强语气，犹今之"唉呀"，"真是的"之类。

[28] 旌：旌旗。节：使者所持作为凭信的节杖。

[29] 兔早迎霜：迎霜兔，白兔。

[30] 猴（hóu）粮：干粮。猴，干粮，食粮。

[31] 河梁：桥梁，常用作送别之地。此指灞桥。

[32] 泣寒螀（qiāng）：寒蝉悲鸣。

[33] 昭阳：汉代宫殿名，这里泛指后宫。

[34] "我则索"二句：我本想在大臣那里说一个谎，不让昭君和番，又怕被那伙史官们记录下来，说我失信于匈奴。行（háng），方位词，犹这里、那边。火，伙。

[35] 趁：奔走，奔波。

[36] 唱道：也作"畅道"，正是。[鸳鸯煞]曲谱要求此处用"唱道"二字。

[37] 宁胡阏氏（yān zhī）：王昭君在匈奴被封为宁胡阏氏，见《汉书·匈奴传》等。

[38] 正宫：为区别于东宫、西宫，俗称皇后为正宫。匈奴阏氏为单于和诸王妻的通称，本无妻与妾、后与妃的区别，只有第一、第二……次序的分别。呼韩耶有五、六个阏氏，昭君是最后一个。因此昭君实非"正宫"。

[39] 青冢：昭君墓，在今内蒙古自治区呼和浩特市南。昭君出塞不过黑龙江，青冢也不在黑龙江畔。

[40] 那厮：那家伙，那东西。厮，卑贱之称。

[41] 把都儿：蒙古语，勇士。

[42] 甥舅：汉高祖九年（前198）刘敬奉宗室女翁主（汉代诸王之女，犹后世之郡主）为冒顿（mò dú）单于阏氏（见《汉书·匈奴传》），惠帝、吕后也仿其例。以此论之，呼韩耶为汉朝外甥。

[43] 哈喇：蒙古语，杀头。

【题解】

本戏的全名《破幽梦孤雁汉宫秋》。关于昭君和亲的记载，见于正史的有《汉书》的《元帝纪》和《匈奴传》、《后汉书》的《南匈奴传》，传说则有晋人葛洪的《西京杂记》等。马致远不依正史，而是依据传说敷衍为一代名作。剧中的王昭君既不用贿赂手段买宠，得宠后又为江山社稷、为一国生灵挺身和亲，使国家和人民避免了一场战争灾难。脱汉衣、投江死既是忠君，也是对故国家园和民族社稷的忠贞。汉元帝既昏庸暗弱又对昭君的爱情执着不渝。而对民族败类毛延寿和无能大臣则进行了鞭挞和嘲讽。体现了马致远的爱国情怀和民族感情。第三折是全剧的高潮，把帝妃间的生离死别作为主要冲突，以刻画男女主人公的内心世界作为重点。巧妙运用诗词的艺术技巧处理情与景、现实与想象的关系，体现了鲜明的诗剧风格。孟称舜云："全折俱极悲壮，不似喁喁小窗前语也。"（《古今名剧合选·酹江集》）本剧对后世影响很大，明清以降昭君故事演绎不绝，如《和戎记》、《昭君出塞》等，京昆及地方戏至今有改编本演出。

【集评】

[1] 马东篱之词如朝阳鸣凤。其词典雅清丽，可与《灵花》、《景福》相颉

颜，有振鬣长鸣、万马皆瘖之意；又若神凤飞鸣于九霄，岂可与凡鸟共语哉！宜列群英之上。(朱权《太和正音谱》六三)

[2] 元明以来，作昭君杂剧者有四家，马东篱《汉宫秋》一剧，可称绝调，臧晋叔《元曲选》取为第一，良非虚美。……又本青冢事，谓昭君死于江，而以元帝一梦作结。薛旦反此，作《昭君梦》，则谓已嫁单于，而梦入汉宫也。惟陈玉阳《昭君出塞》一折，一本《西京杂记》，不言其死，亦不言其嫁，写至出玉门关即止，最为高妙。尤西堂作《吊琵琶》，前三折全本东篱，末一折写蔡文姬祭青冢，弹胡笳十八拍以吊之，虽为文人狡狯，而别致可观。元人张时起有《昭君出塞》剧，今不传。(焦循《剧说》卷五)

[3] 至写景之工者，则马致远之《汉宫秋》第三折：……(按，引〔梅花酒〕、〔收江南〕、〔鸳鸯煞〕曲文) 以上数曲，真所谓写情则沁人心脾，写景则在人耳目，述事则如其口出者。第一期之元剧，虽浅深大小不同，而莫不有此意境也。(王国维《宋元戏曲史·元剧之文章》)

【参考书】

[1]《元曲选》第一册，臧晋叔编，中华书局1958年版。

越调天净沙
秋　思

枯藤老树昏鸦，小桥流水人家。古道西风瘦马。夕阳西下，断肠人在天涯。

(《全元散曲》，隋树森编，中华书局1986年版。下同)

【题解】

这首小令写天涯游子在秋日黄昏里的思绪和感受。头三句为鼎足对，叠用九种富有意象特征的秋日景物，营造苍凉凄迷的境界和氛围，抒发天涯游子孑然一身的孤独寂寞。"古道西风瘦马"既写出了他尘灰满面疲惫不堪的身影，也写出了他今夜不知落谁家的悲哀，表现了作者由人生沦落所产生的孤独感和疲惫感。曲子意象丰富深沉，韵味悠长，富有哲理意蕴。

【集评】

[1] 北方士友传沙漠小词三阕，颇能状其景。词云……(盛如梓《庶斋老

学丛谈》卷三）

　　[2] 前三对，更瘦马二字，极妙。秋思之祖也。（周德清《中原音韵·定格》）

　　[3] 寥寥数语，深得唐人绝句妙境。有元一代词家，皆不能办此也。（王国维《人间词话》六三）

般涉调耍孩儿
借　　马

　　近来时买得匹蒲梢骑[1]，气命儿般看承爱惜。逐宵上草料数十番，喂饲得膘息胖肥[2]。但有些污秽却早忙刷洗，微有些辛勤便下骑。有那等无知辈，出言要借，对面难推。

　　[七煞] 懒设设牵下槽[3]，意迟迟背后随，气忿忿懒把鞍来鞴。我沉吟了半晌语不语？不晓事颓人知不知[4]？他又不是不精细，道不得他人弓莫挽[5]，他人马莫骑。

　　[六] 不骑呵西棚下凉处拴，骑时节拣地皮平处骑，将青青嫩草频频的喂。歇时节肚带松松放[6]，怕坐的困尻包儿款款移[7]。勤觑着鞍和辔，牢踏着宝镫，前口儿休提[8]。

　　[五] 饥时节喂些草，渴时节饮些水，着皮肤休使粗毡屈[9]。三山骨休使鞭来打[10]，砖瓦上休教隐着蹄[11]。有口话你明明记：饱时休走，饮时休驰。

　　[四] 抛粪时教干处抛，尿绰时教净处尿[12]，栓时节拣个牢固桩橛上系。路途上休要踏砖块，过水处不要践起泥。这马知人意，似云长赤兔，如翼德乌骓。

　　[三] 有汗时休去檐下拴，渲时节休教浸着颏[13]，软煮料草铡底细[14]。上坡时款把身来耸，下坡时休教走得疾。休道人忒寒碎[15]，休教鞭飚着马眼[16]，休教鞭擦损毛衣[17]。

　　[二] 不借时恶了弟兄[18]，不借时反了面皮。马儿行嘱咐叮咛记："鞍心马户将伊打，刷子去刀莫作疑[19]。"则叹的一声长吁气，哀哀怨怨，切切悲悲。

　　[一] 早晨间借与他，日平西盼望你，倚门专等来家内。柔肠寸寸因他断，侧耳频频听你嘶。道一声"好去"，早两泪双垂。

　　[尾] 没道理没道理，忒下的忒下的[20]。恰才说来的话君专记，一口气不违借与了你。

【注释】

[1] 蒲梢:骏马名,指代好马。

[2] 膘息:肉膘。

[3] 懒设设:懒洋洋,磨磨蹭蹭。

[4] 颓人:骂人的话。颓,北方口语,指雄性生殖器。

[5] 道不得:常言道,岂不闻。

[6] "歇时节"句:停歇时要给马把肚带放松,好让它休息解乏。肚带,绑在马肚子上固定马鞍的皮带。

[7] "怕坐的"句:意谓骑马人累了,屁股要缓缓地挪动。千万不要在马上瞎折腾。尻(kāo)包儿,今俗语屁股蛋子。

[8] 前口儿:马嘴里的铁嚼口。

[9] "着皮肤"句:意为不要用粗糙的毛毡垫马鞍,以免使马的皮肤受屈。

[10] 三山骨:指马尾上凸起处,脊骨、腿骨和肋骨的结合部,是马的敏感区,加鞭则狂奔。

[11] 隐(yìn)着蹄:硌坏马蹄。隐,硌。黄庭坚《山谷集》卷三十记唐王梵志诗:"梵志翻着袜,人皆道是错。乍可刺你眼,不可隐我脚。"

[12] 尿绰:撒尿。

[13] 渲:给马刷洗。

[14] 底细:仔细。

[15] 寒碎:寒酸小气,说话琐碎。

[16] 飔(diū):甩,指鞭梢扫过。

[17] 毛衣:毛皮。

[18] 恶:得罪,伤害关系。

[19] "鞍心"二句:意谓坐在马鞍中的那个家伙胆敢打你,他就是个驴屌。用拆字法骂人。马、户合起来是"驴"字;刷字去掉立刀是个"屌"字,即"屌"字的俗写体。

[20] 忒下的:太忍心,太残忍。

【题解】

本曲是马致远的名作之一,运用喜剧代言体的叙述方式,刻画主人公爱马如命,舍不得借,但又碍于面子不得不借的复杂心理。采用生活化的口语方言,摹写马主人不厌其烦唠唠叨叨的叮咛,心里忿忿然而又不便发作的牢骚抱怨,把主人公因疼爱马而近于吝啬的滑稽性格表现得惟妙惟肖,活灵活现。幽默诙谐,极具喜剧价值。作者成功运用了戏谑调侃法,收到了良好的艺术效果。

双调夜行船
秋　思

　　百岁光阴一梦蝶[1]，重回首往事堪嗟。今日春来，明朝花谢。急罚盏夜阑灯灭[2]。

　　[乔木查]想秦宫汉阙[3]，都做了衰草牛羊野。不恁么渔樵无话说。纵荒坟横断碑，不辨龙蛇[4]。

　　[庆宣和]投至狐踪与兔穴[5]，多少豪杰！鼎足虽坚半腰里折[6]，魏耶？晋耶[7]？

　　[落梅风]天教你富，莫太奢，没多时好天良夜。富家儿更做道你心似铁，争辜负了锦堂风月[8]。

　　[风入松]眼前红日又西斜，疾似下坡车。晓来镜里添白雪[9]，上床与鞋履相别[10]。休笑鸠巢计拙[11]，葫芦提一向装呆[12]。

　　[拨不断]利名竭，是非绝。红尘不向门前惹，绿树偏宜屋角遮，青山正补墙头缺，更那堪竹篱茅舍。

　　[离亭宴煞]蛩吟罢一觉才宁帖[13]，鸡鸣时万事无休歇[14]。争名利何年是彻？看密匝匝蚁排兵，乱纷纷蜂酿蜜，闹穰穰蝇争血。裴公绿野堂[15]，陶令白莲社[16]。爱秋来时那些？和露摘黄花，带霜分紫蟹，煮酒烧红叶。想人生有限杯，浑几个重阳节。人问我顽童记者：便北海探吾来[17]，道东篱醉了也。

【注释】

　　[1]"百岁"句：犹言人生如梦。用庄子化蝶故事。（见《庄子·齐物论》）
　　[2]罚盏：酒筵间猜拳行令，输者被罚喝酒。
　　[3]秦宫汉阙：互文见义，秦朝和汉朝所建的华丽宫殿。
　　[4]龙蛇：指碑文字迹。
　　[5]投至：及至，这里是至于的意思。
　　[6]"鼎足"句：喻指魏、蜀、吴三国鼎立，结果时间不长就全归灭亡。
　　[7]魏耶？晋耶？：魏灭吴、蜀，又为晋代替，晋又被刘宋所代。究竟谁是胜利者呢？
　　[8]锦堂：昼锦堂，北宋韩琦任相州知州时所筑，这里指清闲隐居之地。风月：清风明月，指美好的自然风光。
　　[9]白雪：白发。本句极言生命之短暂。
　　[10]"上床"句：意谓今晚上床，可能永远不再起来，极言生命之无常。

[11] 鸠巢计拙：传说斑鸠生性笨拙，不善营巢，常占据喜鹊巢中。(典出《诗经·召南·鹊巢》) 这里自喻生性疏懒，不善钻取营私。

[12] 葫芦提：糊涂。

[13] 蛩：蟋蟀。宁帖：熨帖，安宁。

[14] "鸡鸣"句：鸡一叫就又要起床为名利奔波。

[15] 裴公绿野堂：唐代宰相裴度辞官后在洛阳隐居，筑绿野草堂，宴游其间，不问世事。(见《新唐书·裴度传》)

[16] 陶令白莲社：东晋僧人慧远于庐山东林寺结白莲社修净土之业，约陶渊明参加。陶实未入社。(见晋无名氏《莲社高贤传·不入社诸贤传》)

[17] 北海：汉末北海太守孔融，以好客好酒闻名，常自述愿"座上客常满，樽中酒不空"。(见《后汉书·孔融传》)

【题解】

这篇套曲是马致远的代表作，感叹宇宙人生和历史兴废的变化无常，否定帝王将相及其功业的价值和意义，对政治官场中如蚂蚁排兵、蜜蜂酿蜜、苍蝇争血般的丑恶极为反感。与此相对，则极力铺写田园隐居生活的自由、美好，表现了作者遗世独立、超拔世俗的人生理想。大量采用色彩鲜明的词语，营造出五彩缤纷、绚丽多姿的意象，唱出了一代文士的愤慨和无奈，理想和追求。在结构上，古今并陈、美丑对举，表现与再现同体，开拓了晋唐以来山水田园诗的审美新天地。

【集评】

[1] 此方是乐府，不重韵，无衬字，韵险语俊。谚云"百中无一"，余曰万中无一。(周德清《中原音韵·定格》)

[2] 马致远"百岁光阴"，放逸宏丽，而不离本色，押韵尤妙。……元人称为第一，真不虚也。(王世贞《艺苑卮言》)

王实甫

王实甫，生卒年不详，大都(今北京)人。名德信，字实甫。创作活动在元成宗元贞、大德年间(1295—1307)。王实甫同杂剧艺人和妓女有着密切的关系，有助于他熟悉艺术规律和了解下层人民的感情，对他的创作是有帮助的。王实甫的创作文辞华美，开戏曲文采派的先河，深受戏剧家们的尊重和佩服。明人贾仲明在为元人钟嗣成

《录鬼簿》增写的［凌波仙］吊王实甫曲中说："风月营密匝匝列旌旗，莺花寨明飚飚排剑戟，翠红乡雄纠纠施智谋。作词章风韵美，士林中等辈伏低。新杂剧，旧传奇，《西厢记》天下夺魁。"作杂剧十四种，今存完整剧作三种和一些散曲，《西厢记》是他的代表作。

西 厢 记
第三本　第二折

（旦上云）红娘伏侍老夫人，不得空，偌早晚敢待来也。困思上来，再睡些儿咱。（睡科）（红上云）奉小姐言语，去看张生，因伏侍老夫人，未曾回小姐话去。不听得声音，敢又睡哩。我入去看一遭。

【中吕】【粉蝶儿】风静帘闲，透纱窗麝兰香散[1]，启朱扉摇响双环。绛台高[2]，金荷小[3]，银釭犹灿[4]。比及将暖帐轻弹，先揭起这梅红罗软帘偷看[5]。

【醉春风】则见他钗軃玉横斜，髻偏云乱挽。日高犹自不明眸，畅好是懒，懒。（旦做起身长叹科）（红唱）半晌抬身，几回摇耳，一声长叹。

我待便将简帖儿与他，恐俺小姐有许多假处哩。我则将这简帖儿放在妆盒儿上，看他见了说什么。（旦做照镜科，见帖看科）（红唱）

【普天乐】晚妆残，乌云軃[6]，轻匀了粉脸，乱挽起云鬟。将简帖儿拈，把妆盒儿按，开拆封皮孜孜看，颠来倒去不害心烦。

（旦怒叫）红娘！（红做意云[7]）呀，决撒了也[8]！

厌的早扢皱了黛眉[9]。

（旦云）小贱人，不来怎么！（红唱）

忽的波低垂了粉颈，氲的呵改变了朱颜[10]。

（旦云）小贱人，这东西那里将来的？我是相国的小姐，谁敢将这简帖来戏弄我？我几曾惯看这等东西？告过夫人，打下你个小贱人下截来。（红云）小姐使将我去，他着我将来，我不识字，知他写着什么？

【快活三】分明是你过犯[11]，没来由把我摧残；使别人颠倒恶心烦。你不"惯"，谁曾"惯"？

姐姐休闹，比及你对夫人说呵，我将这简帖儿，去夫人行出首去来[12]！（旦做揪住科）我逗你耍来。（红云）放手，看打下下截来！（旦云）张生两日如何？（红云）我则不说。（旦云）好姐姐，你说与我听咱！（红唱）

【朝天子】张生近间、面颜，瘦得来实难看。不思量茶饭，怕见动弹[13]；晓夜将佳期盼，废寝忘餐。莫昏清旦，望东墙淹泪眼。

（旦云）请个好太医看他证候咱[14]。（红云）他证候吃药不济。

病患、要安，则除是出几点风流汗。

（旦云）红娘，不看你面时，我将与老夫人看，看他有何面目见夫人！虽然我家亏他，只是兄妹之情，焉有外事。红娘，早是你口稳哩，若别人知呵，什么模样！（红云）你哄着谁哩！你把这个饿鬼，弄的他七死八活，却要怎么？

【四边静】怕人家调犯[15]，"早共晚夫人见些破绽，你我何安。"问什么他遭危难？撺断、得上竿，掇了梯儿看[16]。

（旦云）将描笔儿过来，我写将去回他，着他下次休是这般！（旦做写科）（起身科云）红娘，你将去说："小姐看望先生，相待兄妹之礼如此，非有他意。再一遭儿是这般呵，必告夫人知道。"和你个小贱人都有说话！（旦掷书下）（红唱）

【脱布衫】小孩儿家口没遮拦[17]，一迷的将言语摧残[18]。把似你使性子[19]，休思量秀才，做多少好人家风范[20]。（红做拾书科）

【小梁州】他为你梦里成双觉后单，废寝忘餐。罗衣不奈五更寒，愁无限，寂寞泪阑干[21]。

【幺篇】似这等辰勾空把佳期盼[22]，我将这角门儿世不曾牢拴[23]，则愿你做夫妻无危难。我向这筵席头上整扮，做一个缝了口的撮合山[24]。

（红云）我若不去来，道我违拗他，那生又等我回报，我须索走一遭。

（下）（末上云）那书倩红娘将去，未见回话。我这封书去，必定成事。这早晚敢待来也。（红上）须索回张生话去。小姐，你性儿忒惯得娇了！有前日的心，那得今日的心来？

【石榴花】当日个晚妆楼上杏花残，犹自怯衣单；那一片听琴心清露月明间[25]。昨日个向晚，不怕春寒，几乎险被先生馔[26]。那其间岂不胡颜[27]？为一个不酸不醋风魔汉[28]，隔墙儿险化做了望夫山[29]。

【斗鹌鹑】你用心儿拨雨撩云，我好意儿传书寄简。不肯搜自己狂为，则待要觅别人破绽。受艾焙权时忍这番[30]，畅好是奸[31]。

"张生是兄妹之礼，焉敢如此！"

对人前巧语花言；

　　没人处便想先生，

背地里愁眉泪眼。

（红见末科）（末云）小娘子来了，擎天柱[32]，大事如何了也？（红云）不济事了，先生休傻。（末云）小生简帖儿，是一道会亲的符箓，则是小娘子不用心,故意如此。(红云)我不用心?有天哩!你那简帖儿好听!

【上小楼】这的是先生命悭,须不是红娘违慢。那简帖儿到做了你的招状[33],他的勾头[34],我的公案[35]。若不是觑面颜,厮顾盼,担饶轻慢[36]。

先生受罪,礼之当然。贱妾何辜?

争些儿把你娘拖犯[37]!

【幺篇】从今后相会少,见面难。月暗西厢[38],凤去秦楼[39],云敛巫山[40]。你也赸[41],我也赸,请先生休讪[42],早寻个酒阑人散。

(红云)只此再不必申诉足下肺腑,怕夫人寻,我回去也。(末云)小娘子此一遭去,再着谁与小生分剖?必索做一个道理,方可救得小生一命。

(末跪下揪住红科)(红云)张先生是读书人,岂不知此意,其事可知矣。

【满庭芳】你休要呆里撒奸[43]。你待要恩情美满,却教我骨肉摧残。老夫人手执着棍儿摩娑看[44],粗麻线怎透得针关[45]?直待我拄着拐帮闲钻懒,缝合唇送暖偷寒[46]。

待去呵,小姐性儿撮盐入火[47],

消息儿踏着泛[48];

待不去呵,(末跪哭云)小生这一个性命,都在小娘子身上。(红唱)

禁不得你甜话儿热趱[49]。好着我两下里做人难。

我没来由分说,小姐回与你的书,你自看者。(末接科,开读科)呀,有这场喜事!撮土焚香,三拜礼毕,早知小姐简至,理合远接;接待不及,勿令见罪。小娘子,和你也欢喜。(红云)怎么?(末云)小姐骂我都是假,书中之意,着我今夜花园里来,和他"哩也波,哩也啰"哩[50]!(红云)你读书我听。(末云)"待月西厢下,迎风户半开。隔墙花影动,疑是玉人来。"(红云)怎见得他着你来?你解与我听咱。(末云)"待月西厢下",着我月上来;"迎风户半开",他开门待我;"隔墙花影动,疑是玉人来",着我跳过墙来。(红笑云)他着你跳过墙来,你做下来[51]。端的有此说么?(末云)俺是个猜诗谜的社家[52],风流隋何,浪子陆贾[53]。我那里有差的勾当?(红云)你看我姐姐,在我行也使这般道儿[54]。

【耍孩儿】几曾见寄书的颠倒瞒着鱼雁,小则小心肠儿转关。写着道西厢待月等得更阑,着你跳东墙"女"字边"干"。元来那诗句儿里包笼着三更枣[55],简帖儿里埋伏着九里山[56]。他着紧处将人慢。怎会云雨闹中取静,我寄音书忙里偷闲[57]。

【四煞】纸光明玉板[58],字香喷麝兰,行儿边洇透非春汗[59]?一缄情泪红犹湿[60],满纸春愁墨未干。从今后休疑难,放心波玉堂学士[61],稳情取金雀鸦鬟[62]。

【三煞】他人行别样的亲,俺根前取次看[63],更做道孟光接了梁鸿案[64]。别人行甜言美语三冬暖,我根前恶语伤人六月寒。我为头儿看[65]:看你个离魂倩女[66],怎发付掷果潘安[67]。

（末云）小生读书人,怎跳得那花园过也。（红唱）

【二煞】隔墙花又低,迎风户半拴,偷香手段今番按[68]。怕墙高怎把龙门跳[69]?嫌花密难将仙桂攀[70]。放心去,休辞惮。你若不去呵,望穿他盈盈秋水,蹙损了淡淡春山[71]。

（末云）小生曾到那花园里,已经两遭,不见那好处。这一遭,知他又怎么?（红云）如今不比往常。

【煞尾】你虽是去了两遭,我敢道不如这番。你那隔墙酬和都胡侃[72],证果的是今番这一简[73]。（红下）

（末云）万事自有分定,谁想小姐有此一场好处。小生是猜诗谜的社家,风流隋何,浪子陆贾,到那里扢扎帮便倒地[74]。今日颩天百般的难得晚[75]。天,你有万物于人,何故争此一日?疾下去波!读书继晷怕黄昏[76],不觉西沉强掩门。欲赴海棠花下约,太阳何苦又生根?（看天云）呀,才晌午也,再等一等。（又看科）今日万般的难得下去也呵!碧天万里无云,空劳倦客身心。恨杀鲁阳贪战[77],不教红日西沉。呀,却早倒西也,再等一等咱。无端三足乌[78],团团光烁烁。安得后羿弓[79],射此一轮落!谢天地,却早日下去也。呀,却早发擂也!呀,却早撞钟也!拽上书房门,到得那里,手挽着垂杨,滴流扑跳过墙去。（下）

【注释】

[1] "风静"二句:金圣叹《第六才子书》云:"帘内是窗,窗外是帘。有风则下帘,无香则开窗。今因无风,故不下帘;却因有香,故不开窗。只十一字,写女儿深闺便如图画。"

[2] 绛台:插蜡烛的红色烛台。

[3] 金荷:烛台上部承接蜡油的荷花形铜盘。

[4] 银釭（gāng）犹灿:还亮着灯。

[5] 梅红罗软帘:绫罗做的红色帐帘,多用于闺房床帐。梅红,像红梅一样的颜色。

[6] 乌云亸（dǎn）:发髻偏坠。亸,下垂的样子。本读duǒ,剧中叶寒山韵。

[7] 做意:做出某种表情,此指做出警觉、注意的样子。

[8] 决撒:败露,坏了事。

[9] 厌（yǎn）的:猛地,突然。扢（gē）皱:皱,皱紧。

[10] 氲（yūn）的:脸发怒变色的样子。

[11] 过犯:过错,罪过。

[12] 出首：自首，告发。

[13] 怕见：懒得。

[14] 太医：本指御医，这里是对医生的美称。证候：病情，症状，症候。

[15] 调（tiáo）犯：说闲话，嘲讽。

[16] "撺断"二句：意谓鼓动别人登梯子爬上竿去，自己却撤走梯子，看人家下不来的样子。是说莺莺惹得张生得了相思病，却又撒手不管。撺断，撺掇，怂恿，从旁鼓动。

[17] 口没遮拦：嘴不严，说话没把门儿的。

[18] 一迷的：一味的，一个劲儿的。

[19] 把似：与其，假如。

[20] 风范：行为的模范，楷模。

[21] "罗衣"三句：是说张生彻夜不眠，凄凉无限，泪流满面。不奈，即不耐，不能抵挡。五更，夜将明的时候。阑干，纵横的样子。

[22] "似这"句：盼望佳期到来，就像等待辰勾星出来一样困难。辰勾，水星，很难看到。

[23] 角门儿：旁门儿，指张生与莺莺幽会出入之门。世：从来。

[24] "我向"二句：凌濛初云："婚姻筵席，媒人与焉，故戏言筵席间整备，做不泄露的媒人。"整扮，妆扮整齐，指红娘。撮合山，媒人的代称。

[25] "当日"三句：是说莺莺平日晚妆怕冷，偷听张生弹琴却不怕冷。

[26] "昨日"三句：是说昨晚偷听张生弹琴，不怕春寒，差点儿被张生弄到手。先生馔（zhuàn），语出《论语·为政》。馔，本指吃喝，这里谐音"赚"，获得。

[27] 胡颜：丢人现眼，出丑。

[28] 不酸不醋：即酸醋，酸溜溜。"不"字助音无义。风魔汉：着魔入迷的男子，指张生。

[29] 望夫山：望夫石。夫外出，妻望夫归，久化为石。（事见刘义庆《幽明录》等书）这里嘲讽莺莺隔墙偷听张生弹琴久立。

[30] 艾焙（bèi）：艾为药用植物，点燃艾卷灸灼患处以治病痛。这里引申为责备、训斥。

[31] 畅好是奸：真正是奸诈。

[32] 擎天柱：古人认为天四周有支撑天的柱子。（见《淮南子·天文训》）这里比喻红娘。

[33] 招状：犯人招认罪行的供词。

[34] 勾头：逮捕人的拘票。

[35] 公案：重要事件，依法判断的案件。

[36] "若不是"三句：若不是看彼此的面子，容忍了你的冒失行为。担饶，担待宽恕。

[37] 争些：差点儿。拖犯：连累犯案。

[38] 月暗西厢：莺莺借居普救寺之西厢，下文约张生相会有"待月西厢"之语，月暗则其事无成。

[39] 凤去秦楼：秦穆公女弄玉与萧史居于秦楼，吹箫引凤，夫妻乘凤升天为仙。（见《太平广记》卷四引《神仙传拾遗》）秦楼无凤则夫妻难成。

[40] 云敛巫山：楚怀王游云梦，有云气名朝云，夜与巫山神女欢会，女自称："旦为朝云，暮为行雨。"（见宋玉《高唐赋》）后以巫山云雨、云雨代指男女欢会。巫山云敛则男女无从欢会。

[41] 赸（shàn）：走开，散伙。

[42] 讪（shàn）：埋怨，毁谤。

[43] 呆里撒奸：外表诚实而内藏奸诈。

[44] 摩娑：抚摸。言老夫人手摸着棍子早有准备。

[45] 针关：穿线的针孔。

[46] "直待"二句：竟要我做做不到的事。帮闲钻懒，管别人的闲事，此指为男女传情，须手脚便利，拄着拐则难以胜任。送暖偷寒，男女间暗传情意，须口舌灵俐，缝合唇则有口难开。

[47] 撮盐入火：盐入火即爆，喻性子急躁。

[48] 消息儿踏着泛：踩着了机关的泛子，中人圈套的意思。消息儿，捕兽、陷人的机关。泛，泛子，即枢纽，触动泛子机关才能转动。

[49] 甜话儿热趱（zǎn）：说好话紧着催。《集韵》："趱，音赞，逼使走也。"

[50] 哩也波哩也啰：代指不便明言之事，犹"如此这般"。

[51] 做下来：做出不正当的事来，指男女私通。

[52] 猜诗谜的社家：解诗的行家。猜诗谜是宋元时伎艺的一种，其团体称"猜诗谜社"（见《都城纪胜》等），入社人即称社家。

[53] 隋何、陆贾：都是汉初人，都长于说辞。隋何，《史记·黥布列传》载其事；陆贾，《史记》有传。但二人均无风流浪子事迹。戏曲用典灵活，不拘于史实。

[54] 道儿：圈套儿。

[55] 三更枣：约会的暗语，"三更早来"的意思。（典出《高僧传》）

[56] 九里山：在今江苏徐州。楚汉相争时，韩信在九里山前设十面埋伏，项羽中计，败走乌江，自刎于垓下。事不见史书，小说戏曲多称其事，如《前汉书平话》等。

[57] "恁会云雨"二句：你们闹中取静幽会偷欢，我忙中抽空为你们传书寄信。

[58] 玉板：玉板宣，白宣纸的一种。

[59] 行儿边洇（yīn）透：指莺莺书信字行墨迹在纸上漾开浸透纸背。春汗：男女欢会的汗水，这是对莺莺的调侃。

[60] "一缄"句：意谓信是用相思的泪水写成，泪渍犹湿。女子的眼泪称红泪，故云红犹湿。

[61] 玉堂学士：喻出众的人才。玉堂为官署名，为学士待诏之所，宋以后翰林院称为玉堂。

[62] 金雀鸦鬓：代指美女。金雀，妇女头上的钗簪。鸦鬓，乌黑的鬓发。

[63] 取次看：小看，不重视。

[64] 更做道：甚至于，再加上。孟光接梁鸿案：据《后汉书·梁鸿传》，孟光为梁鸿妻。梁鸿贤而贫，"每归，妻为具食，不敢于鸿前仰视，举案齐眉"。案为放食品的有脚托盘，无脚为盘，有脚为案。故事本为妻敬夫，梁鸿接孟光案，这里反用其事，用妻接夫案讥讽莺莺主动约张生幽会。

[65] 为头看：从头看，从此看着你。

[66] 离魂倩女：唐陈玄祐《离魂记》云，张倩娘与王宙相爱至深。王宙赴京，倩娘魂离躯体，随王宙而去。同居五年，生二子。后偕归，魂与体合一。倩女，此指莺莺。

[67] 发付：对付，处置。潘安：即潘岳，字安仁，晋人。美姿容，少时每乘车出，妇人围绕掷果满车。（见刘义庆《世说新语·容止》及刘孝标注）此以潘安指张生。

[68] 按：考验。

[69] 跳龙门：龙门在山西河津与陕西韩城之间，相传鱼跃过龙门则为龙，故以跳龙门比喻科举进士及第。（见《文选》谢朓《观朝雨》李善注引《三秦记》及唐人封演《封氏闻见记·贡举》）

[70] 攀仙桂：亦称折桂，喻科举及第。（典出《晋书·郤诜传》）

[71] 春山：比喻妇女美丽的眉毛。

[72] 胡侃：胡闹。

[73] 证果：成功，达到目的。

[74] 扢（gē）扎帮：一下子，言其迅速。亦可用为象声词。

[75] 颏：詈词，犹"屌"。

[76] 继晷（guǐ）：夜以断日。晷，日影。

[77] 鲁阳贪战：《淮南子·览冥训》："鲁阳公与韩构难，战酣，日暮，援戈而挥之，日为之反三舍。"

[78] 三足乌：传说日中有三足乌鸦，用以代指太阳。（见《淮南子·精神训》及高诱注）

[79] 后羿（yì）：神话中射落九个太阳的人。（见《山海经·海内经》）

【题解】

《西厢记》故事的最早来源是唐人元稹的传奇小说《莺莺传》，此后崔张故事广为流传，歌咏其事的作品很多，到金代有董解元《西厢记诸宫调》（简称《董西厢》），王实甫是在《董西厢》的基础上创作的，戏的全名《崔莺莺待月西厢记》，简称《西厢记》，也被称为《王西厢》。剧写唐朝崔相国因病身亡，夫人郑氏携女莺莺送灵柩回故乡安葬。路经普救寺，莺莺与四海游学的书生张珙相遇相恋。由于封建家长的阻挠，使他们的自主婚姻遭受了种种波折。在丫鬟红娘的帮助下莺莺张生幽会成合，事发后，张生又在老夫人的逼迫下状元及第，最终有情人终成眷属。剧中歌颂了青年男女追求爱情的精神，表达了"愿天下有情的都成了眷属"的良好愿望，被称为元剧中的"夺魁"之作。全剧五本二十折,第三本第二折围绕莺莺给张生的一封情书展开戏剧情节,表现莺莺在追求爱情过程中的心理冲突,戏剧性很强,很能体现《西厢记》戏剧冲突的风格,人们简称本折为"闹柬"。

第四本　第二折

(夫人引俫上云[1])这几日窃见莺莺语言恍惚,神思加倍,腰肢体态,比向日不同。莫不做下来了么?(俫云)前日晚夕,奶奶睡了,我见姐姐和红娘烧香,半晌不回来,我家去睡了。(夫人云)这桩事都在红娘身上,唤红娘来!(俫唤红科)(红云)哥哥唤我怎么?(俫云)奶奶知道你和姐姐去花园里去,如今要打你哩!(红云)呀,小姐,你带累我也!小哥哥你先去,我便来也。(红唤旦科)(红云)姐姐,事发了也。老夫人唤我哩,却怎了?(旦云)好姐姐,遮盖咱!(红云)娘呵,你做的稳秀者[2]——我道你做下来也!(旦念)月圆便有阴云蔽,花发须教急雨催。(红唱)

【越调】【斗鹌鹑】则着你夜去明来,到有个天长地久;不争你握雨携云[3],常使我提心在口。则合带月披星,谁着你停眠整宿?老夫人心数多,情性㑇[4],使不着我巧语花言,将没做有。

【紫花儿序】老夫人猜那穷酸做了新婿,小姐做了娇妻,"这小贱人做了牵头"[5]。俺小姐这些时春山低翠,秋水凝眸。别样的都休,试把你裙带儿拴,纽门儿扣,比着你旧时肥瘦,出落得精神,别样的风流[6]。

(旦云)红娘,你到那里,小心回话者。(红云)我到夫人处,必问:"这小贱人!"

【金蕉叶】"我着你但去处行监坐守[7],谁着你迤逗的胡行乱走[8]?"若问着此一节呵如何诉休[9]?你便索与他个知情的犯由[10]。

姐姐,你受责理当,我图什么来?

【调笑令】你绣帏里效绸缪[11],倒凤颠鸾百事有。我在窗儿外几曾轻咳嗽,立苍苔将绣鞋儿冰透。今日个嫩皮肤倒将粗棍抽,姐姐呵,俺这通殷勤的着甚来由?

姐姐在这里等着,我过去。说过呵,休欢喜;说不过,休烦恼。(红见夫人科)(夫人云)小贱人,为什么不跪下!你知罪么?(红跪云)红娘不知罪。(夫人云)你故自口强哩[12]。若实说呵,饶你;若不实说呵,我直打死你这个贱人!谁着你和小姐花园里去来?(红云)不曾去,谁见来?(夫人云)欢郎见你去来,尚故自推哩!(打科)(红云)夫人,休闪了手[13]。

且息怒停嗔，听红娘说。

【鬼三台】夜坐时停了针绣，共姐姐闲穷究，说张生哥哥病久，咱两个背着夫人向书房问候。

（夫人云）问候呵，他说什么？（红云）他说来，
道"老夫人事已休，将恩变为仇，着小生半途喜变做忧。"他道："红娘你且先行，教小姐权时落后。"

（夫人云）他是个女孩儿家，着他落后怎么？（红唱）

【秃厮儿】我则道神针法灸，谁承望燕侣莺俦。他两个经今月余则是一处宿，何须你一一问缘由？

【圣药王】他每不识忧，不识愁，一双心意两相投。夫人得好休，便好休，这其间何必苦追求？常言道"女大不中留"[14]。

（夫人云）这端事，都是你个贱人！（红云）非是张生、小姐、红娘之罪，乃夫人之过也。（夫人云）这贱人到指下我来，怎么是我之过？（红云）信者，人之根本，"人而无信，不知其可也。大车无輗，小车无軏，其何以行之哉[15]？"当日军围普救，夫人所许退军者，以女妻之。张生非慕小姐颜色，岂肯建区区退军之策？兵退身安，夫人悔却前言，岂得不为失信乎？既然不肯成其事，只合酬之金帛，令张生舍此而去。却不当留请张生于书院，使怨女旷夫[16]，各相早晚窥视，所以夫人有此一端。目下老夫人若不息其事，一来辱没相国家谱，二来张生日后名重天下，施恩于人，忍令反受其辱哉！使至官司[17]，夫人亦得治家不严之罪。官司若推其详[18]，亦知老夫人背义而忘恩，岂得为贤哉？红娘不敢自专，乞望夫人台鉴：莫若恕其小过，成就大事，捐之以去其污[19]，岂不为长便乎[20]？

【麻郎儿】秀才是文章魁首，姐姐是仕女班头[21]；一个通彻三教九流，一个晓尽描鸾刺绣。

【幺篇】世有、便休、罢手[22]，大恩人怎做敌头？起白马将军故友[23]，斩飞虎叛贼草寇。

【络丝娘】不争和张解元参辰卯酉[24]，便是与崔相国出乖弄丑。到底干连着自己骨肉，夫人索穷究。

（夫人云）这小贱人也道得是。我不合养了这个不肖之女[25]。待经官呵，玷辱家门。罢，罢，俺家无犯法之男，再婚之女，与了这厮罢！红娘，唤那贱人来！（红见旦云）且喜姐姐，那棍子则是滴溜溜在我身上，吃我直说过了[26]，我也怕不得许多。夫人如今唤你来，待成合亲事。（旦云）羞人答答的，怎么见夫人？（红云）娘根前有什么羞！

【小桃红】当日个月明才上柳梢头，却早人约黄昏后。羞的我脑背后将牙儿衬

着衫儿袖。猛凝眸,看时节则见鞋底尖儿瘦。一个恣情的不休,一个哑声儿厮
耨[27]。呸!那其间可怎生不害半星儿羞?

（旦见夫人科）（夫人云）莺莺,我怎生抬举你来?今日做这等的勾当!则
是我的孽障[28],待怨谁的是!我待经官来,辱没了你父亲,这等事,不
是俺相国人家的勾当。罢罢罢,谁似俺养女的不长俊[29]!红娘,书房里
唤将那禽兽来!（红唤末科）（末云）小娘子,唤小生做什么?（红云）你
的事发了也。如今夫人唤你来,将小姐配与你哩。小姐先招了也,你过
去。（末云）小生惶恐,如何见老夫人?当初谁在老夫人行说来?（红云）
休伴小心,过去便了。

【小桃红】既然泄漏怎干休,是我相投首[30]。俺家里陪酒陪茶到捆就[31],你
休愁,何须约定通媒媾[32]?我弃了部署不收[33],你元来"苗而不秀"[34]。呸!
你是个银样镴枪头[35]。

（末见夫人科）（夫人云）好秀才呵!岂不闻"非先王之德行不敢行"[36]?
我待送你去官司里去来,恐辱没了俺家谱。我如今将莺莺与你为妻,则是
俺三辈儿不招白衣女婿[37],你明日便上朝取应去,我与你养着媳妇。得
官呵,来见我;驳落呵,休来见我。（红云）张生早则喜也。

【东原乐】相思事,一笔勾,早则展放从前眉儿皱,美爱幽欢恰动头[38]。既能
勾,张生,你觑兀的般可喜娘庞儿也要人消受[39]。

（夫人云）明日收拾行装,安排果酒,请长老一同送张生,到十里长亭
去[40]。（旦念）寄语西河堤畔柳,安排青眼送行人[41]。（同夫人下）（红
唱）

【收尾】来时节画堂箫鼓鸣春昼,列着一对儿鸾交凤友。那其间才受你说媒
红[42],方吃你谢亲酒[43]。（并下）

【注释】

[1] 倈(lài):也称倈儿,戏中扮演少年儿童的角色。此指莺莺之弟欢郎。

[2] 稳秀:隐秀,隐蔽,藏而不露。稳,通"隐"。

[3] 不争:因为。握雨携云:云雨,男女欢会。

[4] 㤘(zhòu):怊,固执,不灵活。

[5] 牵头:男女私通的拉线人。

[6] "试把"五句:意谓试着旧日衣服,与从前之体态相比,如今变得特别精神、特别风流。

[7] 但去处:只是去呀。处,语气词。

[8] 迤逗(tuó dòu):引诱,挑逗。

[9] 诉休:诉说呀。休,语气词。

[10] 犯由：犯罪缘由，罪状。
[11] 绸缪（móu）：紧紧捆缚，引申作缠绵解。
[12] 故自：也作"尚故自"，仍然，还。
[13] 闪：扭伤。
[14] 女大不中留：女子长大，须及时出嫁，久留不嫁必惹是非。
[15] "人而无信"五句：语出《论语·为政》。大车，牛拉的车。小车，马拉的车。车辕前有驾牲口用的横木。輗（ní）为大车辕端与横木连接的关键（活销），軏为小车辕端与横木连接的关键。没有輗軏就不能套牲口。
[16] 怨女旷夫：成年而未婚嫁的男女。
[17] 官司：此指官府。
[18] 推详：追究详细情况。推，追究审问。
[19] 挼（ruán）：本指摩弄、揉搓，此为迁就、撮合成就之意。
[20] 长便：长久之计，好办法。
[21] 仕女班头：女中领袖。仕女，大家闺秀。班头，首领。
[22] "世有"句：既然张生莺莺已经做出了这种事，就只能罢休，放开手不去追究。世有，已经如此。
[23] 起：举荐。
[24] 参（shēn）辰：参星与辰星，亦称参商，二星此出彼落不同时出现，比喻不睦或不能相见。卯酉（yǒu）：十二地支中的两支。从时间言，卯时为清晨五至七时，酉时为黄昏十七时到十九时，从方位言，卯为东方，酉为西方。故用来比喻互不相见或对立不和。
[25] 不肖：子弟不贤，不似父母。肖，似。
[26] 吃：被。直：竟。
[27] 厮耨（nòu）：纠缠戏弄。
[28] 孽（niè）障：为业障之讹。佛教认为所做恶业（坏事）妨碍正道，故称业障。
[29] 长（zhǎng）俊：即长进，要强，有出息。
[30] 投首：投案自首。
[31] 到陪茶酒：婚姻一般由男家备茶酒向女家求婚，现在反其道而行，由崔家备茶酒撮合成婚，故云倒陪。茶，聘礼之代称，取茶不移本，植必子生之意。（见许次纾《茶疏·考本》）挼就：义同"挼"。
[32] 媒媾（gòu）：媒人。媾，结婚。
[33] 弃部署不收：宋元时的枪棒师傅、拳棒比赛的主持人都可称部署，此指前者。言我不做师傅，不收你为徒，意谓不再为你出主意。
[34] 苗而不秀：庄稼苗长得好，却不开花吐穗，比喻无用之人。（语出《论语·子罕》）
[35] 银样镴（là）枪头：枪头看似银的，实为镴做的。比喻好看而不中用的样子货。镴，铅锡合金，样子似银。
[36] 非先王之德行（xìng）不敢行（xíng）：语出《孝经·卿大夫章》。是说不敢做不

[37] 白衣：平民。古代无官职者穿白衣。

[38] 恰动头：才开始。

[39] 兀（wù）的：这样的。消受：受用，享用。

[40] 十里长亭：古代设在路旁供行人停宿、休息用的公用房舍，十里一长亭，五里一短亭。常用作送别饯行的地方。

[41] "寄语"二句：语出高汝励临终诗。（见《中州集》）青眼，指柳叶，也指与白眼相对的青眼，表示对人喜爱和器重。（见《晋书·阮籍传》）这里语义双关。

[42] 说媒红：给媒人的谢礼。

[43] 谢亲酒：婚后第三天男往女家谢亲所备的酒席。

【题解】

《西厢记》的矛盾冲突有两条线：一条以争取爱情婚姻的莺莺、张生、红娘为一方，与以老夫人为代表的封建家长的冲突，是矛盾冲突的主线；另一条为因误会引起的莺莺与张生、红娘之间的冲突，是矛盾冲突的副线。在红娘的帮助下，莺莺、张生幽会偷欢，次要矛盾冲突结束。事情败露，老夫人拷问红娘，引起青年男女与封建势力尖锐的冲突，成为全剧的高潮，本折戏被称为"拷红"。紧张激烈，唇枪舌剑，杀气腾腾，扣人心弦。主要刻画红娘伶牙俐齿、从容镇定的性格和支持自主婚姻、勇担风险的精神品质。戏里虽然老夫人认可了莺张婚姻，但又提出不招白衣女婿，逼令张生赶考，留下悬念，开启新的情节，造成新的波澜。

第四本　第三折

（夫人长老上云）今日送张生赴京，十里长亭安排下筵席。我和长老先行，不见张生、小姐来到。（旦末红同上）（旦云）今日送张生上朝取应，早是离人伤感，况值那暮秋天气，好烦恼人也呵！悲欢聚散一杯酒，南北东西万里程。

【正宫】【端正好】碧云天，黄花地，西风紧，北雁南飞。晓来谁染霜林醉？总是离人泪[1]。

【滚绣球】恨相见得迟，怨归去得疾。柳丝长玉骢难系。恨不倩疏林挂住斜晖。马儿迍迍的行[2]，车儿快快的随。却告了相思回避，破题儿又早别离[3]。听得一声"去也"，松了金钏[4]；遥望见十里长亭，减了玉肌。此恨谁知[5]！

（红云）姐姐，今日怎么不打扮？（旦云）你那知我的心里呵！

【叨叨令】见安排着车儿、马儿，不由人熬熬煎煎的气；有什么心情花儿、靥儿[6]，打扮的娇娇滴滴的媚；准备着被儿、枕儿，则索昏昏沉沉的睡；从今后衫儿、袖儿，都揾做重重叠叠的泪。兀的不闷杀人也么哥[7]，兀的不闷杀人也么哥！久已后书儿、信儿，索与我恓恓惶惶的寄。

（做到见夫人科）（夫人云）张生和长老坐，小姐这壁坐，红娘将酒来。张生，你向前来，是自家亲眷，不要回避。俺今日将莺莺与你，到京师休辱末了俺孩儿，挣揣一个状元回来者[8]。（末云）小生托夫人余荫，凭着胸中之才，视官如拾芥耳[9]。（洁云）夫人主见不差，张生不是落后的人。

（把酒了，坐）（旦长吁科）

【脱布衫】下西风黄叶纷飞，染寒烟衰草萋迷。酒席上斜签着坐的[10]，蹙愁眉死临侵地[11]。

【小梁州】我见他阁泪汪汪不敢垂，恐怕人知；猛然见了把头低，长吁气，推整素罗衣。

【幺篇】虽然久后成佳配，奈时间怎不悲啼[12]。意似痴，心如醉，昨宵今日，清减了小腰围。

（夫人云）小姐把盏者。（红递酒，旦把盏长吁科云）请吃酒。

【上小楼】合欢未已，离愁相继。想着俺前暮私情，昨夜成亲，今日别离。我谂知这几日相思滋味，却元来此别离情更增十倍[13]。

【幺篇】年少呵轻远别，情薄呵易弃掷。全不想腿儿相挨，脸儿相偎，手儿相携。你与俺崔相国做女婿，妻荣夫贵[14]，但得一个并头莲，煞强如状元及第。

（夫人云）红娘把盏者。（红把酒科）（旦唱）

【满庭芳】供食太急，须臾对面，顷刻别离。若不是酒席间子母每当回避，有心待与他举案齐眉。虽然是厮守得一时半刻，也合着俺夫妻每共桌而食。眼底空留意，寻思起就里，险化做望夫石。

（红云）姐姐不曾吃早饭，饮一口儿汤水。（旦云）红娘，什么汤水咽得下。

【快活三】将来的酒共食，尝着似土和泥；假若便是土和泥，也有些土气息，泥滋味。

【朝天子】暖溶溶玉醅[15]，白泠泠似水。多半是相思泪。眼面前茶饭怕不待要吃[16]，恨塞满愁肠胃。蜗角虚名[17]，蝇头微利[18]，拆鸳鸯在两下里。一个这壁，一个那壁，一递一声长吁气。

（夫人云）辆起车儿，俺先回去，小姐随后和红娘来。（下）（末辞洁科）

（洁云）此一行别无话儿，贫僧准备买登科录看[19]，做亲的茶饭，少不得贫僧的。先生在意，鞍马上保重者。从今经忏无心礼，专听春雷第一声。

（下）（旦唱）

【四边静】霎时间杯盘狼藉,车儿投东,马儿向西。两意徘徊,落日山横翠。知他今宵宿在那里?有梦也难寻觅。

张生,此一行得官不得官,疾便回来。(末云)小生这一去,白夺一个状元。正是:青霄有路终须到,金榜无名誓不归。(旦云)君行别无所赠,口占一绝[20],为君送行:弃掷今何在,当时且自亲。还将旧来意,怜取眼前人[21]。(末云)小姐之意差矣,张珙更敢怜谁?谨赓一绝[22],以剖寸心:人生长远别,孰与最关亲?不遇知音者,谁怜长叹人?(旦唱)

【耍孩儿】淋漓襟袖啼红泪,比司马青衫更湿[23]。伯劳东去燕西飞[24],未登程先问归期。虽然眼底人千里,且尽生前酒一杯。未饮心先醉,眼中流血,心里成灰。

【五煞】到京师服水土,趁程途节饮食[25],顺时自保揣身体[26]。荒村雨露宜眠早,野店风霜要起迟。鞍马秋风里,最难调护,最要扶持。

【四煞】这忧愁诉与谁?相思只自知,老天不管人憔悴。泪添九曲黄河溢,恨压三峰华岳低[27]。到晚来闷把西楼倚,见一些夕阳古道,衰柳长堤。

【三煞】笑吟吟一处来,哭啼啼独自归。归家若到罗帏里,昨宵个绣衾香暖留春住,今夜个翠被生寒有梦知。留恋你别无意,见据鞍上马,阁不住泪眼愁眉。

(末云)有甚言语,嘱付小生咱?(旦唱)

【二煞】你休忧文齐福不齐[28],我则怕你停妻再娶妻。休要一春鱼雁无消息[29],我这里青鸾有信频须寄[30],你却休金榜无名誓不归。此一节君须记:若见了那异乡花草,再休似此处栖迟[31]。

(末云)再谁似小姐,小生又生此念?(旦唱)

【一煞】青山隔送行,疏林不做美,淡烟暮霭相遮蔽。夕阳古道无人语,禾黍秋风听马嘶。我为什么懒上车儿内?来时甚急,去后何迟[32]!

(红云)夫人去好一会,姐姐,咱家去!(旦唱)

【收尾】四围山色中,一鞭残照里。遍人间烦恼填胸臆,量这些大小车儿如何载得起[33]?

(旦红下)(末云)仆童,赶早行一程儿,早寻个宿处。泪随流水急,愁逐野云飞。(下)[34]

(《西厢记》,张燕瑾校注,人民文学出版社2002年版)

【注释】

[1]"晓来"二句,意谓是离人带血的眼泪,把深秋清晨的枫林染得红如醉酒人的脸色。枫叶经霜变红,俗称红叶。

[2] 迍（tún）迍：行动缓慢，留连不进的样子。张生骑马故行迟，莺莺乘车，故快随。写难离难舍情状。

[3] "却告"二句：才了却相思愁，又开始别离苦。却，才，刚。告，宣告，表明。回避，离开，告退。破题，唐宋诗赋多在开头几句点明题意，称为破题，元曲中用以表示开始、起始、第一次。

[4] 金钏（chuàn）：古代的臂环，今称手镯。松金钏，人瘦故手镯松脱。

[5] 恨：怨，遗憾，不满足。《正字通》："恨与憾声义微别。憾意浅，恨意深；憾音轻，恨音重。"与今"仇恨"、"仇视"义有不同。

[6] 花儿：花钿（diàn），用金翠珠宝制成的花形首饰。靥（yè）儿：古代妇女贴于眉间或面颊的饰物，以薄金属片或彩纸剪成花鸟形状制成，也叫靥钿。

[7] 兀的不：反诘语，岂不，怎不，好不。也么哥：语尾助词，无义。[叨叨令]曲牌要求本句叠用，以"也么哥"三字结尾。

[8] 挣揣（zhèng chuài）：争取，夺得。

[9] 视官如拾芥：把得官看得像从地上拾取一根小草一样容易。下文"洁"，僧称洁郎或杰郎，简称"洁"，此指长老。

[10] 斜签着坐：侧身半坐。封建时代晚辈在长辈面前不能实坐。

[11] 死临侵：呆呆的，没精打采的样子。临侵，语助词，无义。

[12] "奈时间"句：怎奈眼前凄凉，怎能不悲啼？时间，眼前，目下。

[13] "我谂（shěn）知"二句：这几天我深知相思的痛苦，原来这别离之情比相思更苦十倍。谂，知悉，知道。

[14] 妻荣夫贵：封建时代妻因夫贵，故云夫荣妻贵。这里反用其事，说与崔相国做女婿已因妻而贵，不必再去求取功名。

[15] 玉醅（pēi）：美酒。

[16] 怕不待要：宋元时口语，难道不要，何尝不想。

[17] 蜗角虚名：比喻微小的浮名。《庄子·则阳》："有国于蜗之左角者，曰触氏；有国于蜗之右角者，曰蛮氏。时相与争地而战，伏尸数万，逐北旬有五日而后反。"反，同"返"。

[18] 蝇头微利：喻利之微小。班固《难庄论》："众人之逐世利，如青蝇之赴肉汁也。青蝇嗜肉汁而忘溺死，众人贪世利而陷罪祸。"（《艺文类聚》卷九七"蝇"）

[19] 登科录：登载录取进士姓名的名册。

[20] 口占（zhàn）：不打草稿，随口成文。

[21] "弃置"四句：诗出元稹《莺莺传》，是莺莺被张生抛弃后所作，剧中改为莺莺送行所作，用来表示对张生富贵变心的忧虑。

[22] 赓：续。

[23] 司马青衫湿：典出白居易《琵琶行》："座中泣下谁最多？江州司马青衫湿。"

[24] "伯劳"句：语出古乐府《东飞伯劳歌》："东飞伯劳西飞燕。"伯劳，鸟名，与燕一东一西，不能比翼齐飞，比喻夫妻分离。

[25] 趁程途：赶路程。趁，赶。节：节制。

[26] "顺时"句：顺应季节变化，估量自己的身体情况，自己多加保重。自保揣（chuǎi）身体，"揣身体而自保"的倒装。揣，揣度，估量。

[27] 华岳三峰：华山的中峰莲花峰、东峰仙人掌、南峰落雁峰，代指华山。

[28] 文齐福不齐：有文才而少福分，指不能考中。齐，备，全。

[29] 鱼雁：代指书信。鱼传书，见古乐府《饮马长城窟行》；雁传书，见《汉书·苏武传》。

[30] 青鸾：神话传说中能报信的鸟。（见《汉武故事》）

[31] 栖迟：逗留，留连。

[32] "来时"二句：句中"时"、"后"都是表示语气间歇的词，如"啊"、"呀"。

[33] "量（liàng）这些"句：是说烦恼之多，量这些小小车儿如何装得下？量，审度，估量。大小，偏义复词，只取"小"义。

[34] 下：张生与莺莺的分别，当在"再谁似小姐，小生又生此念"之后，[一煞][收尾]为张生去后莺莺怅望的情景：山林遮蔽，暮霭笼罩，已看不到张生。但张生并未下场，莺张同台，张乘马前行，莺徘徊目送，表演两地相望、两情依依之状，体现了戏曲舞台不受空间限制的特点。

【题解】

本折通过分别来表现和深化莺莺张生之间的爱情。人们称《西厢记》为诗剧，本折诗情画意，美不胜收。写景、叙事为抒情服务。戏曲中的景物都带有浓郁的感情色彩。[端正好][滚绣球][脱布衫][一煞][收尾]等曲，化景为情，情景一体，以哀景（秋景）写悲情（离情），烘托渲染，很是感人。本折情节发展缓慢，几句简单的情节交代也是为抒情做铺垫，抒情是本折的艺术旨归。景也非实境，比如送别的时间，既云晓来、不曾吃早饭，又言斜晖、夕阳、残照，看似矛盾实为意到便成，可以神会而不能形求的造境妙笔。对待张生赶考，写了老夫人、张生、莺莺三种不同的态度和心理，性格刻画鲜活如生。"但得个并头莲，煞强如状元及第"，爱情重于功名富贵，进一步深化了主题思想。本折被称为"长亭送别"。

【集评】

[1] 王实甫之词，如花间美人。铺叙委婉，深得骚人之趣。极有佳句，若玉环之出浴华清，绿珠之采莲洛浦。（朱权《太和正音谱》卷上）

[2]《西厢》妙处，不当以字句求之。其联络顾盼，斐亹（měi，文彩绚丽貌）映发，如长河之流、率然之蛇，是一部片断好文字，他曲莫及。（王伯良《新校注古本西厢记》）

［3］此亦元词习例。如《墙头马上》剧，亦有"愿普天下姻眷皆完聚"类。但此称"有情的"，此是眼目，盖概括《西厢》（全）书也，故下曲即以"无情的郑恒"反结之。(毛奇龄《毛西河论定西厢记》第二十折［清江引］批语)

［4］《西厢》等记，以极灵极巧之文心，写至微至渺之春思，只须淡淡写来，曲曲引进，目数行下，便觉恋恋，游思相扰，情兴顿浓，如饮醇醪，不觉自醉……(《文昌帝君谕禁淫书天律证注》，引自王利器《元明清三代禁毁小说戏曲史料》)

【参考书】

［1］《凌濛初鉴定西厢记》，《暖红室汇刻传剧》本。

［2］《集评校注西厢记》，王季思校注，张人和集评，上海古籍出版社1987年版。

康进之

康进之，一说姓陈，棣州（今山东惠民）人，生平事迹不详。作杂剧二种，今存一种。

李逵负荆

第一折

（冲末扮宋江同外扮吴学究、净扮鲁智深领卒子上，宋江诗云）涧水潺潺绕寨门，野花斜插渗青巾。杏黄旗上七个字，替天行道救生民。某姓宋名江字公明，绰号顺天呼保义者是也。曾为郓州郓城县把笔司吏，因带酒杀了阎婆惜，送配江州牢城，路经这梁山过，遇见晁盖哥哥，救某上山。后来哥哥三打祝家庄身亡，众兄弟推某为头领。某聚三十六大伙，七十二小伙，半垓来的小偻罗，威镇山东，令行河北。某喜的是两个节令：清明三月三，重阳九月九。如今遇这清明三月三，放众弟兄下山上坟祭扫，三日已了，都要上山，若违令者，必当斩首。(诗云)俺威令谁人不怕，只放你三日严假。若违了半个时辰，上山来决无干罢。(下)(老王林上云)曲律竿头悬草蔕，绿杨影里拨琵琶。高阳公子休空过，不比寻常卖酒家。老汉姓王名林，在这杏花庄居住，开着一个小酒务儿,做些生意。嫡亲的三口儿家属。婆婆早年亡化过了,止有一个女孩儿,年长十八岁,唤做满堂娇,未曾许聘他人。俺这里靠着这梁山较近,但是山上头领都在俺家买酒吃。今日烧的旋锅儿热着,看有什么人来。(净扮宋刚、丑扮鲁智恩上)(宋刚云)柴又不贵,米又不贵,两个油嘴,正是一对。某乃宋刚,这个兄弟叫做鲁智恩。俺与这梁山泊较近,俺两个则是假名托姓,我便认做宋江,兄弟便认做鲁智深。来到这杏花庄老王林家买一钟酒吃。(见王林科,云)老王林,有酒么?(王林云)哥哥,有酒,有酒,家里请坐。(宋刚云)打五百长钱酒来。老王林,你认得我两人么?(王林云)我老汉眼花,不认的哥哥们。(宋刚云)俺便是宋江,这个兄弟便是鲁智深。俺那山上头领,多有来你这里打搅,若有欺负你的,你上梁山来告我,我与你做主。(王林云)你山上头领,都是替天行道的好汉,并没有这事。只是老汉不认的太仆,休怪休怪。早知太仆来到,只合远接,接待不及,勿令见罪。老汉在这里,多亏了头领哥哥照顾老汉。(做递酒科,云)太仆请满饮此杯。(宋刚饮科)(王林云)再将酒来。(鲁智恩饮酒科,云)哥哥好酒。(宋刚云)老王,你家里还有什么人?(王林云)老汉家中并无什么人,有个女孩儿,唤做满堂娇,年长一十八岁,未曾许聘他人。老汉别无什么孝顺,着孩儿出来与太仆递盅酒儿,也表老汉一点心。(宋刚云)既是闺女,不要他出来罢。(鲁智恩云)哥哥怕什么?着他出来。(王林云)满堂娇孩儿,你出来。(旦儿扮满堂娇上,云)父亲唤我做什么?(王林云)孩儿,你不知道,如今有梁山上宋公明亲身在此,你出来递他一盅儿酒。(旦儿云)父亲,则怕不中?(王林云)不妨事。(旦儿做见科)(宋刚云)我一生怕闻脂粉气,靠后些。(王林云)孩儿,与二位太仆递一盅儿酒。(旦做递酒科)(宋刚云)我也递老王一盅酒。(做与王林酒科)(宋刚云)你这老人家,这衣服怎么破了?把我这红绢褡膊与你补这破处。(老王林接衣科)(鲁智恩云)你还不知道,才此这杯酒是肯酒,这褡膊是红定。把你这女孩儿与俺宋公明哥哥做压寨夫人。只借你女孩儿去三日,第四日便送来还你。俺回山去也。(领旦下)(王林云)老汉眼睛一对,臂膊一双,只看着这个女孩儿,似这般可怎么了也?(做哭科)(正末扮李逵做带醉上,云)吃酒不醉,不如醒也。俺梁山泊上山儿李逵的便是。人见我生得黑,起个绰号叫俺做黑旋风。奉宋公明哥哥将令,放俺三日假限,踏青赏玩。不免下山去老王林家再买几壶酒,吃个烂醉也呵。(唱)

【仙吕】【点绛唇】饮兴难酬,醉魂依旧,寻村酒,恰问罢王留。(云)俺问王留道:"那里有酒?"那厮不说便走。俺喝道:"走那里去?"被俺赶上一把揪住张口毛,恰待要打,那王留道:"休打休打!爹爹,有。"(唱)王留道兀那里人家有。

【混江龙】可正是清明时候,却言风雨替花愁。和风渐起,暮雨初收。俺则见杨柳半藏沽酒市,桃花深映钓鱼舟。更和这碧粼粼春水波纹绉,有往来社燕,远近沙鸥。

（云）人道我梁山泊无有景致,俺打那厮的嘴!（唱）

【醉中天】俺这里雾锁着青山秀,烟罩定绿杨洲。（云）那桃树上一个黄莺儿,将那桃花瓣儿唊阿唊阿,唊的下来,落在水中,是好看也!我曾听的谁说来?我试想咱。哦,想起来了也,俺学究哥哥道来。（唱）他道是"轻薄桃花逐水流"。（云）俺绰起这桃花瓣儿来,我试看咱,好红红的桃花瓣儿!（做笑科,云）你看我好黑指头也!（唱）恰便是粉衬的这胭脂透。（云）可惜了你这瓣儿,俺放你趁那一般的瓣儿去。我与你赶,与你赶,贪赶桃花瓣儿,（唱）早来到这草桥店垂杨的渡口。（云）不中,则怕误了俺哥哥的将令,我索回去也。（唱）待不吃呵又被这酒旗儿将我来相迤逗,他、他、他舞东风在曲律竿头。

（云）兀那王林,有酒么?不则这般白吃你的,与你一抄碎金子,与你做酒钱。（王林做抹泪科,云）要他那碎金子做什么!（正末笑科,云）他口里说不要,可揣在怀里。老王,将酒来。（王林云）有酒,有酒。（做筛酒科）（正末云）我吃这酒在肚里,则是翻也翻的,不吃更待干罢!（唱）

【油葫芦】往常时酒债寻常行处有,十欠着九。（带云）老王也,（唱）则你这杏花庄压尽他谢家楼。你与我便熟油般造下春醅酒,你与我花羔般煮下肥羊肉。一壁厢肉又熟,一壁厢酒正笃,抵多少锦封未拆香先透,我则待乘兴饮两三瓯。

【天下乐】可正是一盏能消万种愁。（云）老王也,咱吃了这酒呵,（唱）把烦恼都也波丢,都丢在脑背后。这些时吃一个没了休。（带云）我醉了呵,（唱）遮莫我倒在路边,遮莫我卧在瓮头。（做吐科,云）老王咪,（唱）直醉的来在这搭里呕。

（云）老王,这酒寒,快旋热酒来。（王林云）老汉知道。（做换酒科,哭云）我那满堂娇儿也!（正末云）快酾热酒来!（王林又哭云）我那满堂娇儿也!（正末云）老王,我不曾与你酒钱来?你怎么这般烦恼?（王林云）哥哥,不干你事。我自有撇不下的烦恼哩,你则吃酒。（正末唱）

【赏花时】咱两个每日尊前语话投,今日呵为甚将咱伴不瞅?（王林云）你不知道,我自嫁我的女孩儿,为此着恼。（正末唱）哎,你个呆老子畅好是忒挡搜。（云）比似你这般烦恼,休嫁他不的?（王林哭科,云）哎哟,我那满堂娇儿也。（正末唱）你何不养着他那苍颜皓首?（云）你晓的世上有三不留么?（王林云）哥,是那三不留?（正末云）蚕老不中留,人老不中留,（唱）呆老子,常言道"女大不中留"。

（云）我问你，那女孩儿嫁了个什么人？（王林云）哥，我那女孩儿嫁人，我怎么烦恼？则是晦气，被一个贼汉夺将去了！（正末做打科，云）你道是贼汉，是我夺了你女孩儿来？（唱）

【金盏儿】我这里猛睁睁，他那里巧舌头，是非只为多开口。但半星儿虚谬，恼翻我，怎干休！一把火将你那草团瓢烧成为腐炭，盛酒瓮摔做碎瓷瓯。（带云）绰起俺两把板斧来，（唱）砍折你那蟠根桑枣树，活杀您那阔角水黄牛。

（云）兀那老王，你说的是，万事皆休；说的不是，我不道的饶你哩！（王林云）太仆停嗔息怒，听老汉慢慢的说与你听。有两个人来吃酒，他说：我一个是宋江，一个是鲁智深。老汉便道，正是梁山泊上太仆，我无甚孝顺，我只一个十八岁女孩儿，叫做满堂娇，着他出来拜见，与太仆递一杯儿酒，也表老汉的一点心。我叫出我那女孩儿来，与那宋江、鲁智深递了三杯酒，那宋江也回递了我三盅酒。他又把红褡膊揣在我怀里。那鲁智深说：这三盅酒是肯酒，这红褡膊是红定，俺宋江哥哥有一百八个头领，单只少一个人哩。你将这十八岁的满堂娇，与俺哥哥做个压寨夫人。则今日好日辰，俺两个便上梁山泊去也。许我三日之后，便送女孩儿来家。他两个说罢，就将女孩儿领去了。老汉偌大年纪，眼睛一对，臂膊一双，则觑着我那女孩儿。他平白地把我女孩儿强抢将去，哥，教我怎么不烦恼！（正末云）有什么见证？（王林云）有红绢褡膊便是见证。（正末云）我待不信来，那个士大夫有这东西？老王，你做下一瓮好酒，宰下一个好牛犊儿，只等三日之后，我轻轻的把着手儿，送将你那满堂娇孩儿来家，你意下如何？（王林云）哥，便杀身也报答大恩不尽。（正末唱）

【赚煞】管着你目下见仇人，则不要口似无梁斗。一句句言如劈竹，（带云）宋江咪，（唱）不争你这一度风流倒出一度丑。誓今番泼水难收，到那里问缘由，怎敢便信口胡诌！则要你肚囊里揣着状本熟，不要你将无来作有，则要你依前来依后。（云）我如今回去，见俺宋公明，数说他这罪过，就着他辞了三十六大伙，七十二小伙，半垓来小偻罗，同着鲁智深，一径离了山寨，到你庄上。那时节我若叫你出来，你可休似乌龟一般，缩了头再也不肯出来。（王林云）老汉若不见他，万事休论；我若见了他，我认的他两个，恨不的咬掉他一块肉来，我怎么肯不出见他？（正末云）老王，兀的不是俺宋江哥哥？他道没也。老儿，俺逗你耍哩。（唱）你可也休翻做了镶枪头！（下）

（王林云）李逵哥哥去了，我也收拾过铺面，专等三日之后，送满堂娇孩儿来家。满堂娇孩儿，则被你痛杀我也！（下）

第二折

（宋江同吴学究、鲁智深领卒子上）（宋江诗云）旗帜无非人血染，灯油尽是脑浆熬。鸦衔肝肺扎煞尾，狗啃骷髅抖搜毛。某乃宋江是也。因清明节令，放众头领下山踏青赏玩去了。今日可早三日光景也，在那聚义堂上，三通鼓罢，都要来齐。小偻罗，寨门首觑着，看是那一个先来。（卒子云）理会得。（正末上云）自家李山儿的便是。将着这红褡膊，见宋江走一遭来。（唱）

【正宫】【端正好】抖搜着黑精神，扎煞开黄髭髯，则今番不许收拾。俺可也磨拳擦掌，行行里按不住莽撞心头气。

【滚绣球】宋江这是甚所为，甚道理？不知他主着何意，激的我怒气如雷。可不道他是谁，我是谁，俺两个半生来岂有些嫌隙？到今日却做了日月交食。不争几句闲言语，我则怕恶识多年旧面皮，展转猜疑。

（云）小偻罗报复去，道我李山儿来了也。（卒子做报科，云）喏，报的哥哥得知，有李山儿来了也。（宋江云）着他过来。（卒子云）着过去。（做见科）（正末云）学究哥哥，诺！帽儿光光，今日做个新郎；袖儿窄窄，今日做个娇客。俺宋公明在那里？请出来和俺拜两拜，俺有些零碎金银在这里，送与嫂嫂做拜见钱。（宋江云）这厮好无礼也！与学究哥哥施礼，不与我施礼。这厮胡言乱语的，有什么说话？（正末唱）

【倘秀才】哎，你个刎颈的知交庆喜，（宋江云）庆什么喜？（正末唱）则你那压寨夫人在那里？（指鲁智深，云）秃驴，你做的好事来！（唱）打干净球儿不道的走了你！（宋江云）怎么？智深兄弟，也有你那？（正末唱）强赌当，硬支持，要见个到底。

（宋江云）山儿，你下山去，有什么事，何不就明对我说？（正末做恼不言语科）（宋江云）山儿，既然不好和我说，你就对学究哥哥跟前说波。（正末唱）

【滚绣球】俺哥哥要娶妻，这秃厮会做媒。（宋江云）智深兄弟，说你曾做什么媒来？（鲁智深云）你看这厮，到山下去噇了多少酒，醉的来似踹不杀的老鼠一般，知他支支的说什么哩！（正末唱）元来个梁山泊有天无日！（做拔斧斫旗科）（唱）就恨不斫倒这一面黄旗！（众做夺斧科）（宋江云）你这铁牛，有什么事也不查个明白，就提起斧来，要斫倒我杏黄旗，是何道理！（学究云）山儿，你也忒口快心直哩！（正末唱）你道我忒口快，忒心直，还待要献勤出力。（做喊科，云）众兄弟都来！（宋江云）都来做什么？（正末唱）则不如做个会六亲庆喜的筵席。（宋江云）做什么宴席？（正末唱）走不了你个撮合山师父唐三藏，更和这新女婿郎君，哎，你个柳盗跖，看那个便宜。

（宋江云）山儿，你下山在那里吃酒？遇着甚人？想必说我些什么。你从头儿说，则要说的明白。（正末唱）

【倘秀才】不争你抢了他花朵般青春艳质，这其间抛闪杀那草桥店白头老的。（宋江云）这事其中必有暗昧。（正末唱）这桩事分明甚暗昧，生割舍，痛悲凄。（带云）宋江，（唱）他其实怨你。

（宋江云）原来是老王林的女孩儿，说我抢将来了。休道不是我，便是我抢将来，那老子可是喜欢也是烦恼？你说我试听。（正末唱）

【叨叨令】那老儿一会家便哭啼啼在那茅店里，（带云）觑着山寨，宋江，好恨也！（唱）他这般急张拘诸的立；那老儿一会家便怒吽吽在那柴门外，（带云）哭道，我那满堂娇儿也！（唱）他这般乞留曲律的气。（宋江云）他怎生烦恼那？（正末唱）那老儿一会家便闷沉沉在那酒瓮边，（带云）那老儿拿起瓢来，揭开蒲墩，舀一瓢冷酒来，汩汩的咽了。（唱）他这般迷留没乱的醉。那老儿托着一片席头，便慢腾腾放在土坑上，（带云）他出的门来，看一看，又不见来，哭道，我那满堂娇儿也！（唱）他这般壹留兀渌的睡。似这般过不的也么哥，似这般过不的也么哥！（宋江云）这厮怎的？（正末唱）他道俺梁山泊水不甜，人不义。

（宋江云）学究兄弟，想必有那依草附木，冒着俺家名姓，做这等事情的，也不可知。只是山儿也该讨个显证，才得分晓。（正末云）有有有，这红褡膊，不是显证？（宋江云）山儿，我今日和你打个赌赛。若是我抢将他女孩儿来，输我这六阳会首。若不是我，你输些什么？（正末云）哥，你与我赌头？罢，您兄弟摆一席酒。（宋江云）摆一席酒到好了你！须要配得上我的。（正末云）罢罢罢！哥，倘若不是你，我情愿纳这颗牛头！（宋江云）既如此，立下军状，学究兄弟收着。（正末云）难道花和尚就饶了他？（鲁智深云）我这光头不赌他罢，省的叫你不利市。（做立状科）（正末唱）

【一煞】则为你两头白面搬兴废，转背言词说是非，这厮敢狗行狼心，虎头蛇尾。不是我节外生枝，囊里盛锥。谁着你夺人爱女，逞己风流，被咱都知？（宋江云）你看黑牛这村沙样势那！（正末唱）休怪我村沙样势，平地上起孤堆。

（宋江云）若不是我呵，我不道的饶了你哩！（正末唱）

【黄钟尾】那怕你指天画地能瞒鬼，步线行针待哄谁？又不是不精细，又不是不伶俐。（宋江云）我和你就下山去。（正末唱）下山寨，到那里，李山儿，共质对。认的真,觑的实,割你头,塞你嘴。(宋江云)这铁牛怎敢无礼!(正末唱)非铁牛,敢无礼。既赌赛,怎翻悔?莫说这三十六英雄,一个个都是兄弟辈。(云)众兄弟每都来听着!(宋江云)你着他听什么?(正末云)俺如今和宋江、鲁智深同到那杏花庄上,只等那老王林道出一个"是"字儿,你那做媒的花和尚,休要怪我一斧分开两个瓢,谁着你拐了一十八岁满堂娇?单把宋江一个留将下,待我亲手伏侍哥哥这一遭。(宋江云)你怎生伏侍我?(正末云)我伏侍你!我伏侍你!一只手揪住衣领,一只手攥住腰带,滴留扑摔个"一"字,阔脚板踏住胸脯,举起我那板斧来,觑着脖子上,可叉!(唱)便跳出你那七代先灵,也将我来劝不得。(下)

(宋江云)山儿去了也,小偻罗辐两匹马来,某和智深兄弟亲下山寨,与老王林质对去走一遭。(诗云)老王林出乖露丑,李山儿将没做有。如今去杏花庄前,看谁输六阳魁首。(同下)

第三折

(王林做哭上,云)我那满堂娇儿也,则被你想杀我也!老汉王林,被那两个贼汉将我那女孩儿抢将去了,今日又是三日也。昨日有那李逵哥哥去梁山上寻那宋江、鲁智深,要来对证这一桩事哩。老汉如今收拾下些茶饮,等候则个。(做哭科,云)我那满堂娇儿!说道今日第三日送他来家,不知来也是不来,则被你想杀我也。(宋江同智深、正末上)(宋江云)智深兄弟,咱行动些。我看那山儿,俺在头里走,他可在后面;俺在后面走,他可在前面。敢怕我两个逃走了那。(正末云)你也等我一等波,听见到丈人家去,你好喜欢也。(宋江云)智深兄弟,你看他那厮迷言迷语的,到那里认的不是,山儿,我不道的饶了你哩!(正末唱)

【商调】【集贤宾】过的这翠巍巍一带山崖脚,遥望见滴滴溜溜的酒旗招。想悲欢不同昨夜,论真假只在今朝。(云)花和尚,你也小脚儿?这般走不动!多则是做媒的心虚,不敢走哩。(鲁智深云)你看这厮!(正末唱)鲁智深似窟里拔蛇,(云)宋公明,你也行动些儿。你只是拐了人家女孩儿,害羞也,不敢走哩。(宋江云)你看他波!(正末唱)宋公明似毡上拖毛。则俺那周琼姬,你可什么王子乔,玉人在何处吹箫?我不合蹬翻了莺燕友,拆散了这凤鸾交。

(云)我今日同你两个来这杏花庄上啊,(唱)

【逍遥乐】倒做了逢山开道。(鲁智深云)山儿,我还要你遇水搭桥哩。(正末唱)你休得顺水推船,偏不许我过河拆桥。(宋江做前走科)(正末唱)当不的他纳胯挪腰。(宋江云)山儿,你不记得上山时,认俺做哥哥,也曾有八拜之交哩。(正末唱)哥也,你只说在先时有八拜之交,原来是花木瓜儿外看好,不由咱不回头儿暗笑。待和你争什么头角,辩甚的衷肠,惜甚的皮毛。

(云)这是老王林门首。哥也,你莫言语,等我去唤门。(宋江云)我知道。(李逵叫门科)老王,老王,开门来!(王林做打盹)(正末又叫科)(云)老王,开门来,我将你那女孩儿送来了也!(王林做惊醒科,云)真个来了!我开开这门。(做抱正末科,云)我那满堂娇儿也!呸!原来不是。(正末唱)

【醋葫芦】这老儿外名唤做半槽,就里带着一杓。是则是去了你那一十八岁这个满堂娇,更做你家年纪老。(云)俺叫了两三声不开门,第三声道:"送将你那满堂娇女孩儿来了。"他开开门,搂着俺那黑脾子叫道,我那满堂娇儿也!(唱)老儿也,似这般烦恼的无颠无倒,越惹你揉眵抹泪哭嚎啕。

(云)哥也,进家里来坐着。(宋江、鲁智深做入坐科)(正末云)他是一个老人家,你可休吓他。我如今着他认你也。老王,你过去认波。(王林云)老汉正要认他哩!(宋江云)兀那老子,你近前来,我就是宋江。我与你说,那个夺将你那女孩儿去?则要你认的是者,我与山儿赌着六阳会首哩。(正末云)老王,你认去。可正是他么?(王林做认科,云)不是他,不是他。(宋江云)可如何?可如何?(正末云)哥也,你等他好好认咱,怎么先睁着眼吓他?这一吓,他还敢认你那?兀的老王,只为你那女孩儿,俺弟兄两个赌着头哩!老王,兀那个不是你那女婿,拐了满堂娇孩儿的宋江?(王林做再认摇头科,云)不是,不是。(宋江云)可何如?(正末唱)

【幺篇】你则合低头就坐来,谁着你睁眼先去瞧?则一瞅早将他魂灵吓掉了。这便是你替天行道?则俺那无情板斧肯担饶!

(云)老王你来。兀那秃厮便是做媒的鲁智深,你再去认咱。(鲁智深云)你快认来。(王林做再认科,云)不是,不是。那两个,一个是青眼儿长子,如今这个是黑矮的;那一个是稀头发,如今这个是剃头发的和尚,不是,不是。(鲁智深云)山儿,我可是哩?(正末云)你这秃厮!由他自认,你先么喝一声怎么?(唱)

【幺篇】谁不知你是镇关西鲁智深,离五台山才落草?便在黑影中摸索也应着。只被你爆雷似一声先吓倒,那呆老子怕不知名号?(带云)适才间他也待认来。(唱)只见他摇头侧脑费量度。

(宋江云)既然认的不是,智深兄弟,我们先回山去,等铁牛自来支对。(正末云)老王,我的儿!你再认去。(王林云)哥,我说不是他,就不是他了。教我再认怎的?(正末做打王林科)(王林云)可怜见,打杀老汉

也。(正末唱)

【后庭花】打这老子没肚皮揽泻药,偏不的我敦葫芦摔马杓。(宋江云)小偻罗,将马来,俺与鲁家兄弟先回去也。(正末云)你道是弟兄每将马来,先回山寨上去;我道哥也,你再坐一坐,等那老子再细认波。(唱)哥哥道鞴马来还山寨,(带云)哎!哥也,羞的您兄弟,(唱)恰便似牵驴上板桥。恼的我怒难消。踹扁了盛浆铁落,辘轳上截井索,芭棚下瀽副槽。掷碎了舀酒瓢,砍折了切菜刀。

【双雁儿】就恨不一把火刮刮拶拶烧了你这草团瓢。将人来险中倒,气得咱一似那鲫鱼跳。可不道"家有老敬老,家有小敬小"。

(宋江云)智深兄弟,咱和你回山寨去。(诗云)堪笑山儿忒慕古,无事空将头共赌。早早回来山寨中,舒出脖子受板斧。(同鲁智深下)(正末做叹科,云)嗨,这的是山儿不是了也。(唱)

【浪里来煞】方信道人心未易知,灯台不自照。从今后开眼见个低高。没来由共哥哥赌赛着,使不的三家来便厮靠,则这三寸舌是俺斩身刀。(下)

(王林云)李逵哥哥去了也。他今日果然领将两个人来,着我认道是也不是。原来一个是真宋江,一个是真鲁智深,都不是拐我女孩儿的。不知被那两个天杀的,拐了我满堂娇儿去。则被你想杀我也!(宋刚做打嚏,同鲁智恩、旦儿上,云)打嚏耳朵热,一定有人说。可早来到杏花庄也。我那泰山在那里?我每原许三日之后,送你女孩儿回家,如今来了也。(王林做相见抱旦哭科,云)我那满堂娇儿也。(宋刚云)泰山,我可不说谎,准准三日,送你令爱还家。(王林云)多谢太仆抬举。老汉只是家寒,急切里不曾备的喜酒,且到我女儿房里吃一杯淡酒去,待明日宰个小小鸡儿请你。(鲁智恩云)老王,我那山寨上有的是羊酒,我叫小偻罗赶二三十个肥羊,抬四五十担好酒送你。(王林云)多谢太仆。只是老汉没的谢媒红送你,惶恐杀人也。(宋刚云)俺们且到夫人房里去吃酒来。(下)(王林云)这两个贼汉,原来不是梁山泊上头领。他拐了我女孩儿,左右弄做破罐子,倒也罢了。只可惜那李逵哥哥,一片热心,赌着头来,这须不是耍处。我如今将酒冷一碗,热一碗,劝那两个贼汉吃的烂醉,到晚间等他睡了,我悄悄蓦上梁山,报与宋公明知道,搭救李逵,有何不可。(诗云)做什么老王林夜走梁山道,也则为李山儿恩义须当报。但愁他一涌性杀了假宋江,连累我满堂娇要带前夫孝。(下)

（宋江同吴学究、鲁智深领卒子上，云）某乃宋江是也。学究兄弟，颇奈李山儿无礼，我和他打下赌赛，到那里果然认的不是。我与鲁家兄弟先回来了，只等山儿来时，便当斩首。小偻罗，踏着山岗望者，这早晚山儿敢待来也。（正末做负荆上，云）黑旋风，你好是没来由也！为着别人，输了自己。我今日无计所奈，砍了这一束荆杖，负在背上，回山寨见俺公明哥哥去也呵。（唱）

【双调】【新水令】这一场烦恼可也奔人来，没来由共哥哥赌赛。祖下我这红纳袄，跌绽我这旧皮鞋，心下量猜。（带云）到山寨上，哥哥不打，则要头。（唱）怎发付脖项上这一块？

【驻马听】有心待不顾形骸，（带云）这碧湛湛石崖，不得底的深涧，我待跳下去，休说一个，便是十个黑旋风也不见了。（唱）两三番自投碧湛崖。敬临山寨，行一步如上吓魂台。我死后墓顶头谁定远乡牌？灵位边谁咒生天界？怎擘划，但得个完全尸首，便是十分采。

【搅筝琶】我来到辕门外，见小校雁行排。（带云）往常时我来呵，（唱）他这般退后趋前；（带云）怎么今日的，（唱）他将我偌呆不睬？（做偷瞧科，云）哦，原来是俺宋公明哥哥和众兄弟都升堂了也。（唱）他对着那有期会的众英才，一个个稳坐抬颏。我说的明白，道莽撞的廉颇请罪来，死也应该。

（见科）（宋江云）山儿，你来了也，你背着什么哩？（正末云）哥哥，您兄弟山涧直下砍了一束荆杖，告哥哥打几下。您兄弟一时间没见识，做这等的事来。（唱）

【沉醉东风】呼保义哥哥见责，我李山儿情愿餐柴。第一来看着咱兄弟情，第二来少欠他脓血债，休道您兄弟不伏烧埋。由你便直打到梨花月上来，若不打这顽皮不改。

（宋江云）我原与你赌头，不曾赌打。小偻罗，将李山儿踹下聚义堂，斩首报来。（正末云）学究哥，你劝一劝儿。智深哥，你也劝一劝儿。（学究同鲁智深劝科）（宋江云）这是军状。我不打他，则要他那颗头。（正末云）哥，你道什么哩？（宋江云）我不打你。则要你那颗头。（正末云）哥哥，你真个不肯打？打一下是一下疼，那杀的只是一刀，倒不疼哩！（宋江云）我不打你。（正末云）不打？谢了哥哥也！（做走科）（宋江云）你走那里去？（正末云）哥哥道是不打我。（宋江云）我和你打赌赛，我则要你那六阳会首。（正末云）罢罢罢，他杀不如自杀。借哥哥剑来，待我自刎而亡。(宋江云)也罢。小偻罗将剑来递与他。(正末做接剑科,云)这剑可不原是我的?想当日跟着哥哥打围猎射,在那官道傍边,众人都看见一条大蟒蛇拦路,我走到根前,并无蟒蛇,可是一口太阿宝剑。我得了这剑,献与俺哥哥悬带,数日前我曾听得支楞楞的剑响,想杀别人,不想道杀害自己也。(唱)

【步步娇】则听得宝剑声鸣,使我心惊骇,端的个风团快。似这般好器械,一柞来铜钱恰便似砍麻秸。(带云)想您兄弟十载相依,那般恩义,都也不消说了。(唱)还说甚旧情怀?早砍取我半壁天灵盖。

(王林冲上叫科,云)刀下留人!告太仆,那个贼汉送将我那女孩儿来了,我将他两个灌醉在家里,一径的来报知太仆,与老汉做主咱。(宋江云)山儿,我如今放你去,若拿得这两个棍徒,将功折罪;若拿不得,二罪俱罚。你敢去么?(正末做笑科,云)这是揉着我山儿的痒处,管教他瓮中捉鳖,手到拿来。(学究云)虽然如此,他有两副鞍马,你一个如何拿的他住?万一被他走了,可不输了我梁山泊上的气概。鲁家兄弟,你帮山儿同走一遭。(鲁智深云)那山儿开口便骂我"秃厮会做媒",两次三番要那王林认我,是甚主意?他如今有本事,自去拿那两个,我鲁智深决不帮他。(学究云)你只看"聚义"两个字,不要因小忿,坏了大体面。(宋江云)这也说的是。智深兄弟,你就同他去拿那两个顶名冒姓的贼汉来。(鲁智深云)既是哥哥吩咐,您兄弟敢不同去?(同下)(宋刚、鲁智恩上,云)好酒,俺们昨夜都醉了也。今早日高三丈,还不见泰山出来,敢是也醉倒了。(正末同鲁智深、王林上,云)贼汉,你泰山不在这里?(做见就打科,宋刚云)兀那大汉,你也通名姓,怎么动手便打?(正末云)你要问俺名姓,若说出来,直谑的你尿流屁滚。我就是梁山泊上黑爹爹李逵,这个哥哥是真正花和尚鲁智深!(做打科,唱)

【乔牌儿】你顶着鬼名儿会使乖,到今日当天败。谁许这满堂娇压你那莺花寨?也不是我黑爹爹忒性歹。

(宋刚云)这是真命强盗,我们打他不过,走,走,走!(做走科)(正末云)这厮走那里去!(做追上再打科)(唱)

【殿前欢】我打你这吃敲材,直着你皮残骨断肉都开。那怕你会飞腾,就透出青霄外,早则是手到拿来。你、你、你好一个鲁智深不吃斋!好一个呼保义能贪色!如今去亲身对证休嗔怪。须不是我倚强凌弱,还是你自揽祸招灾。

(做拿住二贼科)(正末云)这贼早拿住了也。(王林同旦儿做拜科)(鲁智深云)兀那老头儿不要拜。明日你同女儿到山寨来,拜谢宋头领便了。(同正末押二贼下)(王林云)他们拿这两个贼汉去了也,今日才出的俺那一口臭气。我儿，等待明日牵羊担酒，亲上梁山去，拜谢宋江头领走一遭。（旦儿做打战科，王林云）我儿不要苦，这样贼汉有什么好处，等我慢慢的拣一个好的嫁他便了。（同下）（宋江同吴学究领卒子上，云）学究兄弟，怎生李山儿同鲁智深到杏花庄去了许久，还不见来？俺山上该差人接应他么？（学究云）这两个贼子到的那里。不必差人接应，只早晚敢待来也。（卒子做报科，云）喏，报的哥哥得知，两位头领得胜回来了也。（正末同鲁智深押二贼上，云）那两个贼汉擒拿在此，请哥哥发落。（宋江云）好宋江！好鲁智深！你怎么假名冒姓，坏我家的名目？小偻罗，将他绑在那花标树上，取这两副心肝，与咱配酒；枭他首级，悬挂通衢警众。（卒子云）理会的。（拿二贼下）（正末唱）

【离亭宴煞】蓼儿洼里开筵待，花标树下肥羊宰。酒尽呵挣当再买，涎邓邓眼睛剜，滴屑屑手脚卸，碜可可心肝摘。饿虎口中将脆骨夺，骊龙颔下把明珠握，生担他一场利害。（带云）智深哥哥，（唱）我也则要洗清你这强打挣的执柯人；（带云）公明哥哥，（唱）出脱你这干风情的画眉客。

（宋江云）今日就聚义堂上设下赏功筵席，与李山儿、鲁智深庆喜者。（诗云）宋公明行道替天，众英雄聚义林泉。李山儿拔刀相助，老王林父子团圆。

题　目　　杏花庄王林告状
正　名　　梁山泊李逵负荆

（《全元戏曲》第三卷，王季思主编，人民文学出版社1999年版）

【题解】

戏的全名《梁山泊李逵负荆》，是元杂剧现存六种水浒戏中最出色的一种。通过王林父女的遭遇写了梁山泊好汉"替天行道救生民"的聚义宗旨。围绕这一宗旨，剧中展示了梁山义军兄弟般的内部关系和义军与百姓的血肉关系。是一出戏剧冲突建立在误会基础上的喜剧。百回本《水浒传》七十三回李逵、燕青与刘太公父女事，情节与此略同；京剧《丁甲山》、《李逵下山》情节也与此略同。至今京剧舞台上演的《黑旋风李逵》也以此剧为蓝本。

【集评】

[1] 曲语句句当行，手笔绝高绝老，至其摹像李山儿半粗半细、似呆似慧，形景如见。世无此巧丹青也。（孟称舜《古今名剧合选·酹江集》）

郑光祖

郑光祖,生卒年不详,字德辉,平阳襄陵(今山西临汾)人。"以儒补杭州路吏,为人方直,不妄与人交。名闻天下,声彻闺阁。伶伦辈称先生者,皆知为德辉也。"(钟嗣成《录鬼簿》)病卒,火葬于西湖灵芝寺。是元曲四大家之一。剧作文辞优美,是文采派的重要作家。作杂剧十八种,今存《倩女离魂》、《王粲登楼》、《伊梅香》等剧。

倩女离魂
第二折

(夫人慌上,云)欢喜未尽,烦恼又来。自从倩女孩儿在折柳亭与王秀才送路,辞别回家,得其疾病,一卧不起。请的医人看治,不得痊可,十分沉重,如之奈何?则怕孩儿思想汤水吃,老身亲自去绣房中探望一遭去来。(下)(正末上,云)小生王文举,自与小姐在折柳亭相别,使小生切切于怀,放心不下。今舣舟江岸[1],小生横琴于膝,操一曲以适闷咱[2]。(做抚琴科)(正旦别扮离魂上,云)妾身倩女,自与王生相别,思想的无奈,不如跟他同去,背着母亲,一径的赶来。王生也,你只管去了,争知我如何过遣也呵!(唱)

【越调】【斗鹌鹑】人去阳台,云归楚峡[3]。不争他江渚停舟,几时得门庭过马[4]?悄悄冥冥,潇潇洒洒[5]。我这里踏岸沙,步月华;我觑这万水千山,都只在一时半霎。

【紫花儿序】想倩女心间离恨,赶王生柳外兰舟,似盼张骞天上浮槎[6]。汗溶溶琼珠莹脸,乱松松云髻堆鸦,走的我筋力疲乏。你莫不夜泊秦淮卖酒家?向断桥西下,疏刺刺秋水菰蒲[7],冷清清明月芦花。

(云)走了半日,来到江边,听的人语喧闹,我试觑咱。(唱)

【小桃红】我蓦听得马嘶人语闹喧哗[8],掩映在垂杨下,唬的我心头丕丕那惊怕,原来是响珰珰鸣榔板捕鱼虾[9]。我这里顺西风悄悄听沉罢,趁着这厌厌露华[10],对着这澄澄月下,惊的那呀、呀、呀寒雁起平沙。

【调笑令】向沙堤款踏,莎草带霜滑,掠湿湘裙翡翠纱,抵多少苍苔露冷凌波袜[11]。看江上晚来堪画,玩冰壶潋滟天上下[12],似一片碧玉无瑕。

【秃厮儿】你觑远浦孤鹜落霞,枯藤老树昏鸦。听长笛一声何处发,歌欸乃[13],橹咿哑。

（云）兀那船头上琴声响，敢是王生？我试听咱。（唱）

【圣药王】近蓼洼，缆钓槎，有折蒲衰柳老兼葭；傍水凹，折藕芽，见烟笼寒水月笼沙，茅舍两三家。

（正末云）这等夜深，只听得岸上女人声音，好似我倩女小姐，我试问一声波。（做问科，云）那壁不是倩女小姐么？这早晚来此怎的？（魂旦相见科，云）王生也，我背着母亲，一径的赶将你来，咱同上京去罢。（正末云）小姐，你怎么直赶到这里来？（魂旦唱）

【麻郎儿】你好是舒心的伯牙[14]，我做了没路的浑家。你道我为什么私离绣榻，待和伊同走天涯。

（正末云）小姐是车儿来，是马儿来？（魂旦唱）

【幺】崄把、咱家、走乏[15]。比及你远赴京华[16]，薄命妾为伊牵挂，思量心几时撇下。

【络丝娘】你抛闪咱，比及见咱，我不瘦杀，多应害杀[17]。（正末云）若老夫人知道怎了也？（魂旦唱）他若是赶上咱，待怎么？常言道：做着不怕。

（正末做科怒科，云）古人云："聘则为妻，奔则为妾[18]。"老夫人许了亲事，待小生得官回来，谐两姓之好，却不名正言顺？你今私自赶来，有玷风化，是何道理？（魂旦云）王生，（唱）

【雪里梅】你振色怒增加，我凝睇不归家。我本真情，非为相唬，已主定心猿意马。

（正末云）小姐，你快回去罢。（魂旦唱）

【紫花儿序】只道你急煎煎趱登程路，原来是闷沉沉困倚琴书，怎不教我痛煞煞泪湿琵琶。有甚心着雾鬓轻笼蝉翅[19]，双眉淡扫宫鸦[20]，似落絮飞花。谁待问出外争如只在家[21]。更无多话，愿秋风驾百尺高帆，尽春光付一树铅华[22]。

（云）王秀才，赶你不为别，我只防你一件。（正末云）小姐防我那一件来？（魂旦唱）

【东原乐】你若是赴御宴琼林罢[23]，媒人每拦住马，高挑起染渲佳人丹青画，卖弄他生长在王侯宰相家。你恋着那奢华，你敢新婚燕尔在他门下。

（正末云）小生此行，一举及第，怎敢忘了小姐。（魂旦云）你若得登第呵，（唱）

【绵搭絮】你做了贵门娇客，一样矜夸；那相府荣华，锦绣堆压，你还想飞入寻常百姓家？那时节似鱼跃龙门播海涯，饮御酒插宫花。那其间占鳌头、占鳌头登上甲。

（正末云）小生倘不中呵，却是怎生？（魂旦云）你若不中呵，妾身荆钗裙布，愿同甘苦。（唱）

【拙鲁速】你若是似贾谊困在长沙[24]，我敢似孟光般显贤达[25]。休想我半星儿意差，一分儿抹搭[26]。我情愿举案齐眉傍书榻，任粗粝淡薄生涯[27]，遮莫戴荆钗[28]，穿布麻。

（正末云）小姐既如此真诚志意，就与小生同上京去如何？（魂旦云）秀才肯带妾身去呵，（唱）

【幺篇】把梢公快唤咱，恐家中厮捉拿。只见远树寒鸦，岸草汀沙，满目黄花，几缕残霞。快先把云帆高挂，月明直下；便江风刮，莫消停，疾进发。

（正末云）小姐，则今日同我上京应举去来。我若得了官，你便是夫人县君也[29]。（魂旦唱）

【收尾】各刺刺向长安道上把车儿驾，但愿得文苑客当时奋发。则我这临邛市沽酒卓文君，甘伏侍你濯锦江题桥汉司马[30]。（同下）

（《全元戏曲》第四卷，王季思主编，人民文学出版社1999年版）

【注释】

[1] 舣（yǐ）舟：泊船。舣，停船靠岸。

[2] 适闷：解闷。适，同"释"。

[3] "人去"二句：意为所爱离去。宋玉《高唐赋序》谓，楚怀王与神女梦中欢会，女云其"旦为朝云，暮为行雨，朝朝暮暮，阳台之下"。阳台，代指男女欢会之所。

[4] 门庭过马：做官后车马盈门。

[5] 潇潇洒洒：凄凄凉凉，孤孤寂寂。

[6] 浮槎（chá）：木排，竹筏。晋人张华《博物志·杂说下》云，天河与海通，有海客乘浮槎到了天上，见过牛郎。宋人胡仔《苕溪渔隐丛话》前集卷十一等书引《荆楚岁时记》所载《博物志》，都说乘槎者为汉代张骞。今本《荆楚岁进记》、《博物志》均无此说。

[7] 菰蒲：生长在河湖沼泽的两种水生植物。

[8] 蓦（mò）：突然，忽然。

[9] 鸣榔板：捕鱼时以木棒敲击船舷可惊鱼入网。

[10] 厌厌：多，盛，浓。

[11] 凌波袜：女子所穿之袜，典出曹植《洛神赋》。

[12] 冰壶：喻明月。潋滟（liǎn yàn）：光耀的样子，形容月色明亮如水。

[13] 欸（ǎi）乃：摇橹声，后用为船夫棹歌的代称。

[14] 伯牙：春秋时楚人，善鼓琴。（见《列子·汤问》）

[15] 崄（xiǎn）：险些，差一点儿。

[16] 比（bì）及：倘若，假如。后曲"比及"作未及解。

[17] 害：得相思病。害杀，害相思病很深。

[18] "聘则"二句：出《礼记·内则》。
[19] 蝉翅：古代妇女的一种发式，两鬓薄如蝉翼。
[20] 宫鸦：即宫眉，妇女按宫中流行式样描画的眉毛。鸦，状其黑色。
[21] 争如：怎如，怎比得上。
[22] "愿秋风"二句：上句言愿王生赴考一帆风顺，下句言自己愿牺牲如花青春相陪伴。尽，任。铅华，搽脸粉，以女面喻花。
[23] 琼林宴：皇帝为新科进士所设宴会。宴曾设于汴京城西之琼林苑，故称。
[24] 贾谊：西汉洛阳人，官太中大夫，受周勃等元老大臣排挤，贬长沙王太傅，抑郁而死。（见《史记·屈原贾生列传》）
[25] 孟光：东汉梁鸿家贫，为人佣工。妻孟光贤，荆钗布裙，敬事夫婿，每食，举案齐眉。（见《后汉书·梁鸿传》）
[26] 抹搭：怠慢，懒散，懈怠。
[27] 粗粝（lì）：指粗茶淡饭。粝，粗糙米。
[28] 遮莫：即使，任凭。
[29] 县君：古代妇人的封号，唐代五品官员的母亲和妻子封县君，宋代京府少尹、赤县令的妻子封县君。
[30] 汉司马：汉代辞赋家司马相如。卓文君私奔相如成其夫妇，曾于临邛卖酒。（见《史记·司马相如列传》）司马相如曾于成都西北之升仙桥题桥柱曰："不乘驷马高车，不过此桥。"（见《太平御览》卷七三引常璩《华阳国志》）

【题解】

戏的全名《迷青琐倩女离魂》，是郑光祖的代表作，其故事出自唐陈玄祐的传奇小说《离魂记》。剧写张倩女与王文举指腹为婚。文举借赴京应举之机看望岳母。文举离去后，倩女相思苦恼，又恐文举中举后变心另娶。倩女遂魂离身躯追随文举进京。文举中状元得官后，携倩女回家，魂与体相见合而为一，方知是倩女离魂。剧中表现的是青年男女追求爱情的精神。从艺术上说，魂体分离，两相对照，又在明场魂体合一，很有特色。文辞清丽流畅，委婉动人。语言和关目上受《西厢记》影响痕迹明显。

【集评】

[1] 元人乐府，称马东篱、郑德辉、关汉卿、白仁甫为四大家。马之辞老健而乏滋媚，关之辞激厉而少蕴藉，白颇简淡，所欠者俊语。当以郑为第一。（何良俊《四友斋丛说》卷三七"词曲"）

[2] 郑德辉《倩女离魂》[越调圣药王]内："近蓼花……"如此等语，清丽流便，语入本色。然殊不秾郁，宜不谐于俗耳也。（同上）

[3] 其写男女之情者，如郑光祖《倩女离魂》第三折……（按，[醉春风]

[迎仙客])此种词如弹丸脱手,后人无能为役;惟南曲中《拜月》、《琵琶》差能近之。(王国维《宋元戏曲史·元剧之文章》)

【参考书】

[1]《元曲选》,臧晋叔编,中华书局1958年版。

[2]《郑光祖集》,冯俊杰校注,山西人民出版社1992年版。

高　明

高明(约1307—1359或明初),字则诚,号菜根道人,后人称东嘉先生。温州瑞安(今属浙江)人。元至正五年(1345)进士,历任处州录事、福建行省都事等。为官清正,不畏权势。晚年辞官归隐,于明州(今浙江宁波)栎社之沈氏楼,以词曲自娱。有《柔克斋集》,已佚;冒广生有《柔克斋诗辑》、侯百朋有《高则诚文辑》。

琵琶记
第二十出　五娘吃糠

(旦上唱)

【山坡羊】乱荒荒不丰稔的年岁[1],远迢迢不回来的夫婿。急煎煎不耐烦的二亲,软怯怯不济事的孤身己[2]。衣尽典,寸丝不挂体。几番要卖了奴身己,争奈没主公婆教谁看取?(合[3])思之,虚飘飘命怎期?难捱,实丕丕灾共危[4]。【前腔】滴溜溜难穷尽的珠泪,乱纷纷难宽解的愁绪。骨崖崖难扶持的病体[5],战钦钦难捱过的时和岁。这糠呵,我待不吃你,教奴怎忍饥?我待吃呵,怎吃得?(介)苦!思量起来不如奴先死,图得不知他亲死时。(合前)

(白)奴家早上安排些饭与公婆,非不欲买些鲑菜[6],争奈无钱可买。不想婆婆抵死埋冤,只道奴家背地吃了什么。不知奴家吃的却是细米皮糠,吃时不敢教他知道,只得回避。便埋冤杀了,也不敢分说。苦!真实这糠怎的吃得。(吃介)(唱)

【孝顺歌】呕得我肝肠痛,珠泪垂,喉咙尚兀自牢嘎住[7]。糠!遭砻被舂杵[8],筛你簸扬你,吃尽控持[9]。悄似奴家身狼狈[10],千辛万苦皆经历。苦人吃着苦味,两苦相逢,可知道欲吞不去。(吃吐介)(唱)

【前腔】糠和米,本是两倚依,谁人簸扬你作两处飞?一贱与一贵,好似奴家共夫婿,终无见期。丈夫,你便是米么,米在他方没寻处。奴便是糠么,怎的把糠救得人饥馁?好似儿夫出去[11],怎的教奴,供给得公婆甘旨[12]?(不吃放碗介)(唱)

【前腔】思量我生无益,死又值甚的!不如忍饥为怨鬼。公婆年纪老,靠着奴家相依倚,只得苟活片时。片时苟活虽容易,到底日久也难相聚。谩把糠来相比,这糠尚兀自有人吃,奴家骨头,知他埋在何处?

(外净上探白)媳妇,你在这里说什么?(旦遮糠介)(净搜出打旦介)(白)公公,你看么?真个背后自逼逻东西吃[13],这贱人好打!(外白)你把他吃了,看是什么物事?(净荒吃介)(吐介)(外白)媳妇,你逼逻的是什么东西?(旦介)(唱)

【前腔】这是谷中膜,米上皮,将来逼逻堪疗饥。(外净白)这是糠,你却怎的吃得?(旦唱)尝闻古贤书,狗彘食人食[14],公公,婆婆,须强如草根树皮。(外净白)这的不噎杀了你?(旦唱)嚼雪餐毡苏卿犹健[15],餐松食柏到做得神仙侣,纵然吃些何虑?(白)公公,婆婆,别人吃不得,奴家须是吃得。(外净白)胡说!偏你如何吃得?(旦唱)爹妈休疑,奴须是你孩儿的糟糠妻室[16]!

(外净哭介白)原来错埋冤了人,兀的不痛杀了我!(倒介)(旦叫介唱)

【雁过沙】他沉沉向迷途,空教我耳边呼。公公,婆婆,我不能尽心相奉事,番教你为我归黄土。公公,婆婆,人道你死缘何故?公公,婆婆,你怎生割舍抛弃了奴?

(白)公公,婆婆。(外醒介唱)

【前腔】媳妇,你耽饥事公姑。媳妇,你耽饥怎生度?错埋冤你也不肯辞,我如今始信有糟糠妇。媳妇,我料应不久归阴府。媳妇,你休便为我死的把生的受苦。(旦叫婆婆介唱)

【前腔】婆婆,你还死教奴家怎支吾[17]?你若死教我怎生度?我千辛万苦回护丈夫[18],如今到此难回护。我只愁母死难留父,况衣衫尽解,囊箧又无[19]。

(外叫净介唱)

【前腔】婆婆,我当初不寻思,教孩儿往皇都。把媳妇闪得苦又孤,把婆婆送入黄泉路,只怨是我相耽误。我骨头未知埋在何处所?

(旦白)婆婆都不省人事了,且扶入里面去。正是:青龙共白虎同行[20],吉凶事全然未保。(并下)(末上白)福无双至犹难信,祸不单行却是真。自家为甚说这两句?为邻家蔡伯喈妻房,名唤做赵氏五娘子,嫁得伯喈秀才,方才两月,丈夫便出去赴选。自去之后,连年饥荒,家里只有公婆两口,年纪八十之上,甘旨之奉,亏杀这赵五娘子,把些衣服首饰之类尽皆典卖,籴些粮米做饭与公婆吃[21],他却背地里把些细米皮糠逼逻充饥。唧唧,这般荒年饥岁,少什么有三五个孩儿的人家,供膳不得爹娘。这个小娘子,真个今人中少有,古人中难得。那公婆不知道,颠倒把他埋冤;今来听得他公婆知道,却又痛心都害了病。俺如今去他家里探取消息则个。(看介)这个来的却是蔡小娘子,怎生恁地走得慌?(旦慌走上介白)天有不测风云,人有旦夕祸福。(见末介)公公,我的婆婆死了。(末介)我却要来。(旦白)公公,我衣衫首饰尽行典卖,今日婆婆又死,教我如何区处[22]?公公可怜见,相济则个。(末白)不妨,婆婆衣衾棺椁之费皆出于我,你但尽心承值公公便了[23]。(旦哭介唱)

【玉包肚】千般生受[24],教奴家如何措手[25]?终不然把他骸骨[26],没棺椁送在荒丘?(合)相看到此,不由人不珠泪流。正是不是冤家不聚头。(末唱)

【前腔】不须多忧,送婆婆是我身上有[27]。你但小心承直公公,莫教又成不救。(合前)(旦白)如此,谢得公公!只为无钱送老娘。(末白)娘子放心,须知此事有商量。(合)正是:归家不敢高声哭,只恐人闻也断肠。(并下)

(《元本琵琶记校注》,钱南扬校注,上海古籍出版社1980年版)

【注释】

[1] 稔(rěn):庄稼成熟、丰收。不丰稔,庄稼歉收。

[2] 身己:身体。

[3] 合:南戏、传奇中术语。有二义:一指合唱,或场上角色同唱、或幕后帮腔。二指合头,剧中过曲一般用两支以上的曲子,这些曲子的最后几句相同,称合头。首曲合头处注"合"字,后曲不再重出曲文,仅注"合"、"合前",即合头同前之意。合头可同唱,可独唱。此指赵五娘独唱之合头。或云,早期南戏的"合"都是由后台帮腔合唱或场上主要角色以外演员与后台同唱的。(黄仕忠《琵琶记研究》)可备一说。

[4] 实丕丕:实实在在。

[5] 骨崖崖:瘦骨嶙峋的样子。

[6] 鲑(xié)菜:古代对鱼类菜肴的总称,代指好的饭菜。

[7] 兀(wù)自:还。嘎(shà):卡住。

[8] 砻(lóng):脱去谷物壳的工具,此作动词,即磨碾。春杵:以木棒于臼中捣去谷物的皮。

[9] 控持:折磨,磨难。

[10] 悄似:很像。

[11] 儿夫:丈夫。

[12] 甘旨:美食。

[13] 逼逻:本为饼类面食,中间有馅。用为动词,则有安排、寻找食物诸义。

[14] 狗彘（zhì）食人食：《孟子·梁惠王上》："狗彘，食人食。"言国王的狗猪吃人吃的粮食。剧中断章取义为"狗彘食，人食"，猪狗吃的糠，人可以吃。

[15] 苏卿：苏武，字子卿，西汉杜陵（今陕西西安东南）人。武帝时出使匈奴被拘，不降，被迁至北海（今贝加尔湖）边牧羊，咽雪吞毡，历时十九年始归。（见《汉书·苏武传》）

[16] 糟糠妻：贫贱时的妻子，共患难的妻子。（典出《后汉书·宋弘传》）

[17] 支吾：吱唔。怎支吾，怎么交代，怎么说明白。也可作应付、支撑解。

[18] 回护：袒护，维护。

[19] 囊箧（qiè）：口袋和箱子，代指财物。

[20] 青龙、白虎：吉星与凶星。

[21] 籴（dí）：买米。

[22] 区处：安排，处置。

[23] 承值：也作"承直"，当值，服侍。

[24] 千般生受：多有劳驾，屡屡麻烦。

[25] 措手：操办。

[26] 终不然：难道。

[27] 我身上有：我全承担，包在我身上。

【题解】

戏的男主人公蔡伯喈，名邕，《后汉书》有传，但戏的故事却纯属虚构。蔡伯喈弃亲背妇为暴雷劈死的故事，早就在民间流传，金院本有《蔡伯喈》、宋元南戏有《赵贞女蔡二郎》，《琵琶记》即在此基础上再创作而成。全剧四十二出。写皇榜招贤，郡中推荐伯喈，伯喈以亲老为由辞试，其父不从；中状元后官为议郎，欲辞官归里，皇帝不从；牛丞相招伯喈为婿，辞婚，牛相不从。伯喈离家后，父母全靠伯喈妻赵五娘侍奉。又值天旱，双亲饿死。五娘弹琵琶进京寻夫，一夫二妇团圆。剧中用"三不从"替伯喈进行了开脱，把蔡家悲剧的原因推给了"皇榜招贤"。剧中通过蔡伯喈在相府的豪华生活与赵五娘在陈留郡的悲惨生活双线对比，苦乐交插，成功塑造了男女主人公形象。被称为"南戏之祖"。但也存在明显的封建道德说教的成分。本出描写五娘吃糠，是最动人的一出，传说作者写至此处，案上双烛交辉久之，遂名其楼曰"瑞光楼"，以旌其事。至今昆曲舞台尚有全本演出。

【集评】

[1] 则成（诚）所以冠绝诸剧者，不唯其琢句之工、使事之美而已，其体贴人情，委曲必尽；描写物态，仿佛如生；问答之际，了不见扭造：所以佳

耳。至于腔调微有未谐，譬如见锺、王迹，不得其合处，当精思以求诣，不当执末以议本也。(王世贞《曲藻》)

[2] 蔡邕之托名无论已。其词之高绝处，在布景写情，色色逼真，有运斤成风之妙。串插甚合局段，苦乐相错，具见体裁。可师可法，而不必议者也。(吕天成《曲品》卷下)

[3] 诗三百篇，赋中有比，比中有赋者多矣。然文思之灵变、文情之婉折，未有如《琵琶》之写吃糠者也。看他始以糠之苦比人之苦；继以糠与米之分离，比妇与夫之相别；继又以米贵而糠贱，比妇贱而夫贵；继又以米去而糠不可食，比夫去而妇不能养；末又以糠有人食犹为有用，而己之死而无用，并不如糠。柔肠百转，愈转愈哀。妙在不脱本题，不离本色，不谓一吃糠之中，生出如许文情，翻出如许文思。才子之才，真何如也！(毛声山《第七才子书琵琶记》"糟糠自厌"总评)

[4]《西厢》、《琵琶》譬之图画：《西厢》是一幅着色牡丹，《琵琶》是一幅水墨梅花；《西厢》是一幅艳妆美人，《琵琶》是一幅白衣大士。(毛声山《第七才子书琵琶记·前贤评语》之陈眉公语)

【参考书】

[1] 清陆贻典钞本，《古本戏曲丛刊》初集影印，商务印书馆1954年版。

[2]《全元戏曲》第四册，王季思主编，人民文学出版社1999年版。

杜仁杰

杜仁杰，大约生于1190年至1205年间，其卒年约在1269年至1285年间。初名之元，号善夫（善甫）；后更名仁杰，字仲梁（中良），号止轩。长清（今属山东）人。青年时曾隐居于内乡（今属河南），金亡后返故里，曾入东平严实幕中。元王朝曾多次征辟，均不就。后因儿子为官，元朝赠授他资善大夫、翰林承旨等一些虚衔。性格诙谐，好学多才。存世散曲有小令一首、套曲三篇及一些残曲。今人孔繁信有《重辑杜善夫集》。

般涉调耍孩儿
庄家不识构阑[1]

　　风调雨顺民安乐，都不似俺庄家快活。桑蚕五谷十分收，官司无甚差科[2]。当村许下还心愿，来到城中买些纸火[3]。正打街头过，见吊个花碌碌纸榜[4]，不似那答儿闹穰穰人多。

　　[六煞]见一个人手撑着椽做的门，高声的叫"请请"，道"迟来的满了无处停坐"。说道"前截儿院本《调风月》，背后幺末敷演刘耍和[5]"。高声叫"赶散易得，难得的妆哈[6]"。

　　[五]要了二百钱放过咱，入得门上个木坡，见层层叠叠团圞坐[7]。抬头觑是个钟楼模样，往下觑却是人旋窝。见几个妇女向台儿上坐，又不是迎神赛社[8]，不住的擂鼓筛锣。

　　[四]一个女孩儿转了几遭，不多时引出一伙。中间里一个央人货[9]，裹着枚皂头巾，顶门上插一管笔，满脸石灰，更着些黑道儿抹。知他待是如何过？浑身上下，则穿领花布直裰[10]。

　　[三]念了会诗共词，说了会赋与歌，无差错。唇天口地无高下，巧言花语记许多。临绝末，道了低头撮脚[11]，爨罢将幺拨[12]。

　　[二]一个装做张太公，他改做小二哥，行行行说向城中过。见个年少的的妇女向帘儿下立，那老子用意铺谋待取做老婆。教小二哥相说合，但要的豆谷米麦，问甚布绢纱罗[13]。

　　[一]教太公往前那不敢往后那[14]，抬左脚不敢抬右脚，翻来覆去由他一个。太公心下实焦懆，把一个皮棒槌则一下打做两半个[15]。我则道脑袋天灵破，则道兴词告状，划地大笑呵呵[16]。

　　[尾]则被一胞尿爆得我没奈何，刚挨刚忍更待看些儿个，枉被这驴颓笑杀我[17]。

（《全元散曲》，隋树森编，中华书局 1986 年版）

【注释】

　　[1]构阑：多写作勾栏，宋元间演出戏剧及各种技艺的场所，因用栏杆围绕，故称。
　　[2]差（chāi）科：徭役和赋税。
　　[3]纸火：敬神用的纸钱和香烛等物。
　　[4]花碌碌纸榜：指五颜六色的戏剧演出广告。

[5]"前截"二句：意为前半截演出《调风月》的戏，后面接着是刘耍和的演出。院本，金元人对滑稽戏与歌舞戏的专称。幺末，元杂剧的早期名称。刘耍和，是金末元初一个著名的戏剧演员，曾任教坊色长。

　　[6]"赶散（sǎn）"二句：意为一般水平的演出容易看到，高水平的演出可不容易看见。赶散，到处赶场的散乐戏班，又叫草台班，如当时的"太行散乐忠都秀"班。妆哈（hē），也写作装合，喝彩，引申为精彩。

　　[7]团圞（luán）：团圆，此指坐成圆圈状。

　　[8]迎神赛社：指农村集会祭神的活动。

　　[9]央人货：害人精。央，同"殃"。

　　[10]直裰：长袍。

　　[11]道了低头撮脚：意为表演完了，低头并足，向观众致谢。

　　[12]爨（cuàn）罢将幺拨：意为帽戏结束，开始上演正剧。爨，宋杂剧和金院本中置于开头的一段简单表演。幺，幺末，即正杂剧。拨，拨弄，搬演。

　　[13]"但要的"二句：意为不管对方要什么彩礼，都不必计较，只管答应她。

　　[14]那：同"挪"。

　　[15]皮棒槌：当时的演出道具，名磕瓜，由两个半个的棒槌捆在一起，软皮包裹，内充棉、毡，副末用以打副净取乐。

　　[16]划（chǎn）地：反而。

　　[17]驴颓：公驴生殖器，骂人的粗话。

【题解】

　　一个没见过世面的庄家人第一次进城看戏，对勾栏中的一切都感到新奇怪异，莫名其妙，对台上演出的人物和故事也似懂非懂，都按照他的见识进行理解。喜剧色彩十分浓厚，表现乡下佬进城的呆气和憨态，逗人发笑，但并无恶意丑化之意，可谓善谑而不虐。作品中记录保存了早期戏剧演出的实况，具有极高的史料价值。

王和卿

　　王和卿，生卒年不详，一说名鼎，和卿为其字。大名（今属河北）人。生性诙谐，名播四方。与关汉卿是好朋友，二人常互开玩笑。逝世时，关曾去吊唁。另元世祖中统元年（1260），燕京行中书省有位架阁库官叫王和卿，或即是这位曲家。存散曲小令二十一首，套曲一篇及残套二篇。

仙吕醉中天
咏大胡蝶

蝉破庄周梦[1]，两翅驾东风，三百座名园一采一个空。难道风流种[2]，諕杀寻芳的蜜蜂。轻轻的飞动，把卖花人搧过桥东[3]。

(《全元散曲》，隋树森编，中华书局1986年版)

【注释】

[1] 蝉：蝉蜕，脱化。别本作"弹"或"挣"。庄周梦：庄周即庄子。他曾梦见自己变成了一只蝴蝶，自由自在地飞舞。醒来后产生疑问：究竟是我做梦变成了蝴蝶，还是蝴蝶做梦变成了我呢？(见《庄子·齐物论》)

[2] 难道：难以言传。

[3] "把卖花人"句：袭宋谢无逸《胡蝶》诗"江天春暖晚风细，相逐卖花人过桥"句意。(见明徐𤊹《徐氏笔精》卷六)

【题解】

通过奇特想象与极度夸张，把大蝴蝶描写得可与庄子笔下的大鹏鸟相媲美。庄子写得郑重严肃，此曲写得滑稽诙谐。庄子的大鹏体现着某种哲学思考，曲中的大蝴蝶则旨在引人一笑，在幽默轻松的笑声中超越了人生重负。

【集评】

[1] 中统初，燕市有一大蝴蝶，其大异常。王赋[醉中天]小令云云。由是其名益著。(陶宗仪《辍耕录》卷三十三)

[2] 元人王和卿《咏大蝴蝶》云云。只起一句便知是大蝴蝶。下文势如破竹，却无一句不是俊语。(王骥德《曲律》卷三)

[3] 和卿此词，妙处在结语。(徐𤊹《徐氏笔精》卷六)

卢 挚

卢挚(1242—1314?)，字处道，一字莘老，号疏斋，又号嵩翁。涿郡(今河北涿州)人，移家河南。元世祖至元年间，曾任江东提刑按察副使、陕西提刑按察使、河南路总管等职。元成宗时，升任湖南岭北道肃政廉访使，集贤学士，翰林学士承旨等。《新元史》二三七卷有传。诗文与刘因、姚燧齐名。今人李修生辑有《卢疏斋集辑存》，散曲存世有小令一百二十首。

双调沉醉东风
闲　　居

恰离了绿水青山那答，早来到竹篱茅舍人家。野花路畔开，村酒槽头榨。直吃的欠欠答答[1]。醉了山童不劝咱，白发上黄花乱插。

（《全元散曲》，隋树森编，中华书局1986年版。下同）

【注释】

[1] 欠欠答答：形容酒醉后忘情失态，手舞足蹈的样子。

【题解】

本调同题之作共三首，此为第二首，写村居之乐，情调朴野，洒脱，把人投入乡村怀抱中的那种惬意表现得相当恰切而充分。

双调蟾宫曲

沙三伴哥来嗏[1]，两腿青泥，只为捞虾。太公庄上[2]，杨柳阴中，磕破西瓜。小二哥昔涎剌塔[3]，碌轴上淹着个琵琶[4]。看荞麦开花，绿豆生芽。无是无非，快活煞庄家。

【注释】

[1] 沙三、伴哥：农村青年的代名，犹张三、李四。嗏：语助词，犹"呵"。
[2] 太公庄：泛指乡村。
[3] 昔涎剌塔：犹今语"邋里邋遢"。
[4]"碌轴"句：意谓小二哥蜷卧于碌碡之上，如同上面搭着一个曲颈琵琶。碌轴，石碌子，碾轧农具，今写作碌碡。

【题解】

此曲全用口语和白描,勾勒出一幅质朴古野的农村风俗画。对农村自由自在、无忧无虑的快意生活流露了向往之情。

刘 因

刘因(1249—1293),字梦吉,号静修,容城(今属河北)人。至元十九年(1282)应召入朝为官,不久借口母病辞归。至元二十八年(1291),忽必烈再度征召其为集贤学士等,固辞不就。作诗宗法宋代欧、苏、黄诸家,理质深蕴,常流露出对宋朝的追忆和怀恋。有《静修集》。

白 沟[1]

宝符藏山自可攻[2],儿孙谁是出群雄。幽燕不照中天月[3],丰沛空歌海内风[4]。赵普元无四方志[5],澶渊堪笑百年功[6]。白沟移向江淮去[7],止罪宣和恐未公[8]。

(四部丛刊本《静修先生文集》卷十)

【注释】

[1] 白沟:河北新城县东北西南流向的白沟河,故道在今河北雄县白沟镇北。宋、辽以此为界,又称界河。

[2] "宝符"句:宝符,宝贵的信符。《史记·赵世家》:"简子乃告诸子曰:'吾藏宝符于常山上,先得者赏。'诸子驰之常山上,求,无所得。毋䘏还,曰:'已得符矣。'简子曰:'奏之。'毋䘏曰:'从常山上临代,代可取也。'简子于是知毋䘏果贤,乃废太子伯鲁,而以毋䘏为太子。"此处指宋太祖曾图谋收取幽燕。

[3] 幽燕:今北京河北北部一带。此句指五代石敬瑭曾割燕云十六州给契丹,直至宋代未能收复。中天月:喻指赵宋王朝。

[4] 丰沛句:汉高祖刘邦是沛(今江苏沛县)之丰邑人,做皇帝后回乡,宴请父老,唱《大风歌》:"大风起兮云飞扬,威加海内兮归故乡,安得猛士兮守四方。"(见《史记·高祖本纪》)

[5] 赵普:宋太祖、宋太宗两朝宰相,主和派,无统一国家的大志。

[6] 澶(chán)渊:郡名,一名繁渊,在今河南濮阳县西。景德元年(1004),宋与契丹战,盟于澶渊,宋输银绢,称契丹太后为叔母,丧权辱国,史称"澶渊之盟"。北宋君臣

以此盟奠定百年和平，真是可笑。

[7] "白沟"句：意谓宋南渡后，江淮就成了宋金边界了。

[8] 宣和：宋徽宗年号。

【题解】

白沟即拒马河，在河北雄县，宋、辽曾以此为界河。这首咏史诗是作者途经白沟这一有着特殊历史意义的地点时即景抒意之作。用一系列相关典故，表现对于宋亡历史的深刻思索。典重雄浑，理质深蕴，沉郁顿挫。

睢景臣

睢景臣，生卒年不详，江苏扬州人，字贤臣，后字景贤，或名作舜臣，字嘉贤。心性聪明，酷嗜音律。大德七年（1303）从扬州至杭州，与《录鬼簿》作者钟嗣成相识。著有《睢景臣词》及杂剧三种，均失传。存世散曲有套曲三篇及残曲若干。

般涉调哨遍
高祖还乡

社长排门告示[1]，但有的差使无推故[2]。这差使不寻俗。一壁厢纳草除根[3]，一边又要差夫，索应付。又言是车驾，都说是銮舆[4]，今日还乡故[5]。王乡老执定瓦台盘[6]，赵忙郎抱着酒葫芦。新刷来的头巾[7]，恰糨来的绸衫[8]，畅好是装么大户[9]。

[耍孩儿]瞎王留引定伙乔男女[10]，胡踢蹬吹笛擂鼓。见一颩人马到庄门[11]，匹头里几面旗舒[12]。一面旗白胡阑套住个迎霜兔[13]，一面旗红曲连打着个毕月乌[14]。一面旗鸡学舞[15]，一面旗狗生双翅[16]，一面旗蛇缠葫芦[17]。

[五煞]红漆了叉[18]，银铮了斧[19]，甜瓜苦瓜黄金镀[20]。明晃晃马镫枪尖上挑[21]，白雪雪鹅毛扇上铺[22]。这些个乔人物，拿着些不曾见的器仗，穿着些大作怪的衣服。

[四]辕条上都是马，套顶上不见驴。黄罗伞柄天生曲。车前八个天曹判[23]，车后若干递送夫。更几个多娇女，一般穿着，一样妆梳。

[三]那大汉下的车，众人施礼数，那大汉觑得人如无物。众乡老展脚舒腰拜，那大汉那身着手扶[24]。猛可里抬头觑，觑多时认得，险气破我胸脯。

[二]你须身姓刘，您妻须姓吕，把你两家儿根脚从头数。你本身做亭长耽几杯酒[25]，你丈人教村学读几卷书。曾在俺庄东住。也曾与我喂牛切草，拽耙扶锄。

　　[一]春采了桑，冬借了俺粟，零支了米麦无重数。换田契强称了麻三秤[26]，还酒债偷量了豆几斛。有甚胡突处？明标着册历[27]，见放着文书。

　　[尾声]少我的钱差发内旋拨还[28]，欠我的粟税粮中私准除[29]。只道刘三谁肯把你揪摔住[30]，白甚么改了姓更了名，唤做汉高祖[31]。

（《全元散曲》，隋树森编，中华书局1986年版）

【注释】

[1] 社长：元代五十家为一社，推长者为社长。排门：挨门挨户。告示：即通知。元代农村各家门前立一粉壁，有告示则挨家写上。（见《元典章》）

[2] 但有：只要有，凡有。无推故：不可找理由推托。

[3] 一壁厢：一边，一面。纳草除根：交纳喂马料草要把草根除去。

[4] 銮舆：专指皇帝乘坐的车轿，指代皇帝。

[5] 乡故：故乡，为押韵倒置。

[6] 乡老：乡里德高望重的头面人物。《汉书·高祖纪》："举民年五十以上，有修行，能率众为善，置以为乡老，乡一人。"忙郎则是跟随他的村民。瓦台盘：瓦制的托盘。

[7] 刷：刷洗。

[8] 糨（jiàng）：以米汁或面汁漂洗衣料，使之坚挺称糨。

[9] 畅好是：真像是，实在是。装么（yāo）：装模作样。

[10] 王留：农村中泛称的人名。乔：坏，恶劣。男女：犹言不三不四的家伙，对人的贱称。多指男子。

[11] 一彪（diū）：一群，一队。

[12] 匹头里：劈头，迎头。

[13] 胡阑：合音为环字。白环内有白兔，为皇帝仪仗中的月旗。

[14] 红曲连：红圈，曲连两字合音为圈。毕月乌：即乌鸦。红圈套着乌鸦，这是日旗的图案。古代以太阳中黑子为三足乌鸦。

[15] 鸡学舞：指凤旗的图案。

[16] 狗生双翅：指飞虎旗。

[17] 蛇缠葫芦：指龙戏珠旗。

[18] 红漆了叉：指画戟。

[19] 银铮了斧：指仪仗中的斧钺。铮，镀。

[20] 甜瓜苦瓜：指金瓜锤。

[21] 马镫枪尖上挑：指朝天镫。

[22] 鹅毛扇上铺：指鹅毛宫扇。

[23] 天曹判：天廷中的判官。指导引车驾的侍臣，脸上毫无表情，就像在庙里看到的泥塑判官。

[24] 那：同"挪"。

[25] 亭长：刘邦早年做过沛县泗水亭长，官同今日的乡长。

[26] 换田契句：指刘邦曾借着换田契的机会，强行勒索了三秤麻线。

[27] 册历：账簿。下文"见"，同"现"。

[28] 差发：官府征派的差役。古代可以以钱抵役。旋（xuàn）：立即。

[29] 私准除：私下里从税粮中扣除。

[30] 刘三：刘邦小字季，即排行第三。

[31] 白甚么：平白无故的为什么。

【题解】

　　高祖还乡事，见于《史记》、《汉书》之高祖纪。曲家在史实的基础上加以想象和发挥，采用代言体的叙述方式，刻画了一个熟知刘邦根底而又无知无识，没见过什么世面，淳朴憨厚得有些傻气的乡民形象，一切都是他眼中看见，亲口所说，使庄重的事件具有了哈哈镜变形的喜剧效果。不可一世的皇帝原来个无赖，表现出对最高统治者的轻蔑。

【集评】

　　[1] 维扬诸公俱作《高祖还乡》套数，惟公［哨遍］制作新奇，皆出其下。（钟嗣成《录鬼簿》卷下）

白　贲

　　白贲（1270？—1330？），字无咎，钱塘（今浙江杭州）人。曾任忻州知州、温州路平阳州教授、文林郎、南安路总管府经历等官。善画，工词曲。存世散曲有小令二首，套曲三篇及残曲。

正宫鹦鹉曲

　　侬家鹦鹉洲边住[1]，是个不识字渔父。浪花中一叶扁舟，睡煞江南烟雨。

　　[幺] 觉来时满眼青山，抖擞绿蓑归去。算从前错怨天公，甚也有安排我处[2]。

（《全元散曲》，隋树森编，中华书局1986年版）

【注释】

[1] 侬：我。鹦鹉洲：在武汉长江中，因唐人崔颢《黄鹤楼》有"芳草萋萋鹦鹉洲"句而驰名。这里借指长满花草的水中小洲。

[2] "甚也"句：意为太好了，老天爷给我安排了这么一个自由天地。甚，正，真。

【题解】

曲中渔父睡、醒随心，去、住任意，悠然自得，无拘无束，实际是理想中的隐逸文士生涯。曲牌本名〔黑漆弩〕，因此曲而更名〔鹦鹉曲〕，具有很大影响。

【集评】

[1] 余壬寅岁留上京，有北京伶妇御园秀之属，相从风雪中，恨此曲无续之者。且谓：前后多亲炙士大夫，拘于韵度，如第一个父字便难下语。又"甚也有安排我处"，甚字必须去声字，我字必须上声字，音律始谐，不然不可歌。此一节又难下语。（冯子振《鹦鹉曲序》）

[2] 此词亦不减"西塞山"风致也。（吴梅《顾曲麈谈》卷上）

张养浩

张养浩（1270—1329），字希孟，号云庄，济南历城（今属山东）人，历任礼部令史、堂邑县尹、监察御史、礼部尚书、陕西行台中丞等职。刚直敢言，屡遭罢官。晚年赴陕西救灾，积劳成疾，死于任所。《元史》卷一七五有传。著有诗文集《归田类稿》，散曲集《云庄休闲自适小乐府》，存曲有小令一百六十二首、套曲二篇。

中吕山坡羊

潼关怀古

峰峦如聚，波涛如怒。山河表里潼关路[1]。望西都[2]，意踌躇，伤心秦汉经行处[3]，宫阙万间都作了土。兴，百姓苦；亡，百姓苦。

（《全元散曲》，隋树森编，中华书局1986年版）

【注释】

[1] 山河表里：指潼关一带地势险要，外（表）有黄河，内（里）有华山。

[2] 西都：指长安。

[3] "伤心"句：意谓一路经过秦汉故地，内心伤感不已。

【题解】

潼关在今陕西潼关县，是从中原进入关中的咽喉，历代为兵家必争要地。元文宗天历二年（1329），作者于赴陕救灾途中，一路见百姓流离，哀鸿遍野，吊古伤今，写下了这首咏史名篇。潼关形势之险，并不能保障王朝永固。那一幕幕兴亡盛衰的历史图景，使曲家体悟到：不管是谁上台，谁下台，倒霉的却都是老百姓。可谓巨笔如椽，横扫百代，言人所未能言，言人所不敢言。

张可久

张可久（约1280—1349以后），名久可，字可久，号小山。庆元（今浙江宁波）人。以路吏转首领官，曾为桐庐典史，至正初迁为昆山幕僚。仕途不得意，晚年久居西湖，以山水声色自娱。为元代散曲作家存曲数量最多者。著有《今乐府》、《苏堤渔唱》、《吴盐》、《新乐府》等散曲集，吕薇芬、杨镰有《张可久集校注》。

正宫醉太平

叹 世

人皆嫌命窘，谁不见钱亲？水晶丸入面糊盆，才沾粘便滚[1]。文章糊了盛钱囤，门庭改作迷魂阵[2]，清廉贬入睡馄饨[3]。胡芦提倒稳[4]。

（《全元散曲》，隋树森编，中华书局1986年版）

【注释】

[1] "水晶"二句：民间歇后语，意指很清白的人只要一沾钱财就糊涂贪婪起来。面糊盆，比喻钱财。

[2] 迷魂阵：比喻坑害人的地方。

[3] 睡馄饨：馄饨同"混沌"，言其头脑不清楚，不通世故。

[4] 胡芦提：糊涂。

【题解】

　　这是一首讽世之作，揭露在金钱的诱惑和腐蚀下，世风日下，人心不古，体现了强烈的愤世嫉俗精神。

钟嗣成

　　钟嗣成（1279？—1360？），字继先，号丑斋，大梁（今河南开封）人，寓居杭州。早年学习诗文应考，屡试不中，也不屑于为吏，遂转而从事杂剧、散曲创作和元曲家史料整理。所著《录鬼簿》二卷，保存了元曲创作的宝贵材料。他精通音律，编纂杂剧《章台柳》和《钱神论》等七种；存世散曲小令五十九首，套曲一篇。

南吕一枝花
自叙丑斋

　　生居天地间，秉受阴阳气。既为男子身，须入世俗机[1]。所事堪宜[2]，件件可咱家意。子为评跋上惹是非[3]，折莫旧友新知[4]，才见了着人笑起。

　　［梁州］子为外貌儿不中抬举，因此内才儿不得便宜。半生未得文章力，空自胸藏锦绣，口唾珠玑。争奈灰容土貌[5]，缺齿重颏[6]，更兼着细眼单眉，人中短髭鬓稀稀。那里取陈平般冠玉精神[7]，何晏般风流面皮[8]？那里取潘安般俊俏容仪[9]？自知，就里，清晨倦把青鸾对[10]，恨杀爷娘不争气。有一日黄榜招收丑陋的，准拟夺魁。

　　［隔尾］有时节软乌纱抓扎起钻天髻[11]，干皂靴出落着簌地衣[12]，向晚乘闲后门立，猛可地笑起：似一个甚的？恰便是现世钟馗吓不杀鬼。

　　［牧羊关］冠不正相知罪[13]，貌不扬怨恨谁？那里也尊瞻视貌重招威[14]？枕上寻思，心头怒起。空长三十岁，暗想九千回。恰便似木上节难镑刨[15]，胎中疾没药医。

　　［贺新郎］世间能走的不能飞，饶你千件千宜，百伶百俐。闲中解尽其中意，暗地里自恁解释[16]。倦闲游出塞临池[17]，临池鱼恐坠，出塞雁惊飞，入园林宿鸟应回避。生前难入画，死后不留题[18]。

［隔尾］写神的要得丹青意，子怕你巧笔难传造化机[19]。不打草两般儿可同类：法刀鞘依着格式，妆鬼的添上嘴鼻，眼巧何须样子比[20]。

［哭皇天］饶你有拿雾艺冲天计，诛龙局段打凤机[21]，近来论世态，世态有高低。有钱的高贵，无钱的低微。那里问风流子弟？折末颜如灌口，貌赛神仙，洞宾出世，宋玉重生，设答了馒的，梦撒了寮丁，他采你也不见得[22]。枉自论黄数黑，谈是说非。

［乌夜啼］一个斩蛟龙秀士为高第，升堂室今古谁及[23]；一个射金钱武士为夫婿[24]，韬略无敌，武艺深知。丑和好自有是和非，文和武便是傍州例。有鉴识[25]，无嗔讳[26]，自花白寸心不昧[27]，若说谎上帝应知。

［收尾］常记得半窗夜雨灯初昧[28]，一枕秋风梦未回。见一人，请相会。道咱家，必高贵。既通儒，又通吏，既通疏，又精细。一时间，失商议[29]，既成形，悔不及。子教你，请俸给[30]，子孙多，夫妇宜。货财充，仓廪实。福禄增，寿算齐，我特来，告你知。暂相别，恕请罪。叹息了一会，懊悔了一会。觉来时记得，记得他是谁？原来是不做美当年的捏胎鬼[31]。

（《全元散曲》，隋树森编，中华书局1986年版）

【注释】

[1] 须人世俗机：须投合世人心意。

[2] 所事堪宜：做什么事都适宜。

[3] "子为"句：只因容貌丑，被人评论是非。子，只；评跋，评论，品评。

[4] 折莫：宋元口语，不论，不管，即使，任凭。

[5] 争奈：怎奈。

[6] 重颏（kē）：双下巴颏儿。

[7] 那里取：何处寻，言其无有。陈平：刘邦谋士，历任惠帝、文帝等丞相。《汉书·陈平传》："平虽美丈夫，如冠玉耳。"冠玉，帽子上缀的玉。

[8] 何晏：三国时魏人，字平叔。《世说新语·容止》："何平叔美姿仪，面至白。"有傅粉何郎之称。

[9] 潘安：晋潘岳，字安仁，人称潘安。《晋书·潘岳传》说他"美姿仪"，《世说新语·容止》："潘岳妙有姿容，好精神。少时挟弹出洛阳道，妇人遇者，莫不连手共萦之。"老妪以果掷之满车。

[10] 青鸾：镜子。典出南朝宋范泰《鸾鸟诗序》（《艺文类聚》卷九十）。

[11] 软乌纱：即乌纱小帽，隋唐之后流行于民间。抓扎：束。钻天髻：高发髻。

[12] "干皂靴"句：长衣下露出干巴黑靴子。簌（sù），地衣，拖地长衣。

[13] "冠不正"句：衣帽不整是朋友们的过错，因为他们看到了而未予纠正。相知，朋友，知己。

[14] 那里也：说什么。尊瞻视：仪表风度庄重。《论语·尧曰》："君子正其衣冠，尊

其瞻视，俨然人望而畏之，斯不亦威而不猛乎？"貌重招威：容貌庄重便有威仪。《论语·学而》："君子不重，则不威。"

[15] 木上节：树木上的节疤，很坚硬。镑刨（pāng bào）：镑和刨都是切削、刮平木料的动作。

[16] "世间"五句：世上没有十全十美的事，即使你样样能事事事精，也总会有不足，能跑的不能飞。我静思默想悟出了其中的道理，便默默地这样开导自己。饶，任凭，纵然。闲中，静中。解释，开导，劝慰。

[17] "倦闲"句：懒得到要塞之外和池边去闲游。

[18] 留题：题咏，以诗文咏赞。

[19] "写神"二句：画像的要表现绘画三昧，只怕你画技再巧也难以画出我的丑貌。机，心意，机巧；造化机，是说自己的丑是大自然的天造神设。

[20] "不打草"四句：意思是，给我画像如果不打草稿，胡乱画出来，画像和我倒属于同一类；再依格式画把法刀，在画的鬼脸上添上嘴鼻就行了。只要有一双慧眼，随便画就行，何必非要比照着我的样子？法刀，刽子手行刑及神灵斩妖捉鬼的刀都叫法刀。

[21] "饶你"二句：比喻本领高强。局段，手段，计谋。机，计谋圈套。

[22] "那里问"八句：谁管你英俊潇洒的青年，任凭你长得美如灌口二郎，貌赛过神仙，像吕洞宾出世，宋玉重生，如果没有钱，他也不见得理你。灌口，指李冰之子灌口二郎神。秦时蜀守李冰父子凿离碓，辟沫水之害，蜀人德之，立庙祭祀，在今四川灌县都江堰。见《清朝文献通考·群祀考》、朱熹《朱子语类》卷三。翟灏《通俗编》引《蜀都碎事》云："其像俊雅。"洞宾，唐道士吕洞宾，是八仙之一。《列仙全传》卷六说他道骨仙风，骨相不凡；少年聪明，日记万言。宋玉，战国楚人，辞赋家，其所作《登徒子好色赋》云："玉为人体貌闲丽，口多辩辞。"设答、梦撒，都是"没有"的意思；镘、寮丁均代指钱。采，同睬。

[23] "斩蛟"二句：孔子弟子澹台灭明字子羽，状貌丑恶。渡延津时有两蛟夹舟，灭明斩之。初，从孔子学，孔子以为薄才，既受业，灭明退而修行，终于名施乎诸侯。孔子感叹："以貌取人，失之子羽。"（《史记·仲尼弟子列传》及张守节正义）升堂入室，典出《论语·先进》。堂为正厅，室是内室。先入门，次升堂，最后入室，比喻做学问的几个阶段，曲中指澹台灭明学问精深。

[24] 射金钱武士为婿：元杨显之有《丑驸马射金钱》杂剧，剧本佚失，本事待考。

[25] 有鉴识：是说自己有判断是非真假的能力。

[26] 无嗔讳：并不埋怨、忌讳自己丑。

[27] "自花白"句：是说上面的自我奚落，都是真心话，并非昧着良心。花白，数落嘲笑。

[28] 昧：暗，昧灯即熄灯。

[29] 失商议：欠考虑。

[30] 俸给：官员俸禄。

[31] 捏胎鬼：捏造胎儿形貌的鬼怪，为作者自造。

【题解】

　　本曲采用自嘲自讽的手法,极尽自我调侃、揶揄之能事,骨子里却是对世俗社会以貌取人和重钱轻才的价值标准的讽喻。表面上是嬉笑怒骂的游戏之笔,实际上是对人世不平的愤激,体现着作者对现实荒谬生存状况不妥协的抗争精神。

录鬼簿序

　　贤愚寿夭、死生祸福之理,固兼乎气数而言[1],圣贤未尝不论也。盖阴阳之屈伸,即人鬼之生死。人而知夫生死之道,顺受其正,又岂有岩墙桎梏之厄哉[2]!虽然,人之生斯世也,但知以已死者为鬼,而不知未死者亦鬼也。酒罂饭囊、或醉或梦、块然泥土者[3],则其人与已死之鬼何异?此曹固未暇论也。其或稍知义理,日发善言,而于学问之道,甘于暴弃,临终之后,漠然无闻,则又不若块然之鬼为愈也[4]。余尝见未死之鬼吊已死之鬼,未之思也,特一间耳[5]。

　　独不知天地开辟,亘古及今,自有不死之鬼在。何则?圣贤之君臣、忠孝之士子,小善大功,著在方册者[6],日月炳焕[7],山川流峙,及乎千万劫无穷已[8],是则虽鬼而不鬼者也。

　　余因暇日,缅怀故人,门第卑微,职位不振,高才博识,俱有可录,岁月弥久,湮没无闻,遂传其本末,吊以乐章[9],复以前乎此者[10],叙其姓名,述其所作。冀乎初学之士,刻意词章,使冰寒于水,青胜于蓝,则亦幸矣。名之曰《录鬼簿》。嗟乎!余亦鬼也。使已死未死之鬼,作不死之鬼,得以传远,余又何幸焉。若夫高尚之士、性理之学[11],以为得罪于圣门者,吾党且唊蛤蜊[12],别与知味者道。

　　至顺元年龙集庚午月建甲申二十二日辛未古汴钟嗣成序[13]。

(《中国古典戏曲论著集成》二,中国戏剧出版社1982年版)

【注释】

　　[1] 气数:古代哲学概念,义近命运,指自然与社会的规则。
　　[2] "人而"三句:《孟子·尽心上》:"孟子曰:'莫非命也,顺受其正;是故知命者不立乎岩墙之下。尽其道而死者,正命也;桎梏死者,非正命也。'"顺受其正,顺理而行,所接受的便是正命。岩墙,高墙,有倾倒危险的墙。桎梏,脚镣与手铐,都是束缚犯人的刑具。
　　[3] 酒罂(yīng)饭囊:犹今说酒囊饭袋。罂,一种腹大口小的容器。块然泥土:形容人无所作为,如同泥塑一般。

[4] "则又"句：意为不比块然泥土之鬼好多少。
[5] 特：只是。一间：间隔一点儿，一条缝隙，即相近。
[6] 方册：典籍、史册。
[7] 炳焕：放射光辉。
[8] 千万劫：犹言千万代。佛教指天地从形成到毁灭，复又开始为一劫。
[9] 乐章：乐曲。钟嗣成在《录鬼簿》中为他的同代曲家"方今已亡名公才人"十九人作〔凌波仙〕小令吊挽。
[10] 前乎此者：指前代已死的元曲家，如关汉卿等。
[11] 生理之学：指程朱理学。下句"圣门"，指孔门。
[12] 且哽蛤蜊：姑置不问，不屑一顾之意。典出《南史·王弘传》附《王融》。
[13] 至顺：元文宗年号，其元年为1330年。龙集：犹言岁次，龙为星名。古汴：即汴梁，今河南开封。

【题解】

　　本文是《录鬼簿》的自序。作者借交代该书写作内容与目的的机会，阐明了他的人生观和艺术观，认为人生在世，如果无所作为，浑浑噩噩，那活着和死了没什么两样；而那些身份低下，被当世正人君子所不齿的元曲家们，则与圣君贤臣、忠孝士子一样，都是"不死之鬼"，即虽死犹生，永远不会被人忘记。这与正统的文艺观大相径庭。文章以"鬼"发论，由"已死之鬼"引出"未死之鬼"，再翻出"不死之鬼"，奇崛警辟，发人深思。现代诗人臧克家有一首名诗《有的人》，流传颇广，与此文意同。

张鸣善

　　张鸣善，生卒年不详，名择，字鸣善，号顽老子。元末平阳（今山西临汾）人，寓居扬州。曾任宣慰司令史、提学、宪郎等职。元顺帝至正二十六年（1366）春，应邀给夏庭芝《青楼集》作序。编纂杂剧三种，均失传。散曲今存小令十三首，套数二篇。

双调水仙子
讥　时

　　铺眉苦眼早三公[1]，裸袖揎拳享万钟[2]，胡言乱语成时用，大纲来都是烘[3]。说英雄谁是英雄？五眼鸡岐山鸣凤[4]，两头蛇南阳卧龙[5]，三脚猫渭水飞熊[6]。

（《全元散曲》，隋树森编，中华书局1986年版）

【注释】

[1] 铺眉苫眼：挤眉弄眼，指行为不正派。三公：泛指高官权贵。

[2] 裸袖揎拳：挽袖子，挥拳头，形容粗蛮横暴。万钟：指优厚的俸禄。

[3] 大纲来：大抵，总之。烘：同"哄"，欺骗。

[4] 五眼鸡：即乌眼鸡，是一种生性好斗的鸡。岐山鸣凤：岐山在今陕西省岐山县，凤鸣于此，预示贤才出以辅时。（见《国语·周语上》）

[5] 两头蛇：传说为不祥之物，人见即死。见贾谊《新书·春秋》。南阳卧龙：即诸葛亮。见《三国志·蜀志·诸葛亮传》。

[6] 三脚猫：猫本四足，三足则为无用之物。渭水飞熊：指姜子牙。传说周文王梦见飞熊，后在渭水边得贤相姜子牙。（见《后汉书·崔　传》李贤注引《史记》）

【题解】

　　这是一首讽时刺世之作，运用生动活泼的民间俗语暴露元末官场的混乱和丑恶，对美丑不分、鱼目混珠的社会现实极尽嬉笑怒骂之能事，痛快淋漓，精警深刻。在句式上，开头三句与结尾三句用鼎足对，末三句尤妙。

兰楚芳

　　兰楚芳，生卒年不详，西域人，元末任江西元帅。才思敏捷，喜撰词曲，曾与刘庭信在武昌互相唱和。时人比之为曲坛元（稹）白（居易）。散曲存世有小令九首，套曲三篇。

南吕四块玉
风　　情

　　我事事村[1]，他般般丑。丑则丑村则村意相投。则为他丑心儿真博得我村情儿厚。似这般丑眷属，村配偶，只除天上有。

（《全元散曲》，隋树森编，中华书局1986年版）

【注释】

［1］村：愚鲁蠢笨。

【题解】

　　此曲歌颂男女爱情，一反才子佳人与郎才女貌的传统，为纯情唱赞歌。有了真情即使是"丑眷属"也应当感到自豪。这反映了元代新兴市民阶层的婚恋观。用第一人称的代言体，自述其事，十分亲切。句中嵌入"村"、"丑"二字，自谦自嘲，反复吟咏，谐趣中寓有纯真。

杨 讷

　　杨讷，生卒年不详，名暹，后改名讷，字景贤，一字景言，号汝斋，蒙古族人，家于钱塘（今浙江杭州市）。他是元末的杂剧和散曲作家，善琵琶，好戏谑。入明后曾与汤式等在内府供奉词曲，为明成祖赏识。生平共作杂剧十八种，今存二种，其中《西游记》杂剧最著名。散曲今存小令二首，套曲一篇。

中吕红绣鞋
咏　虼　蚤

　　小则小偏能走跳，咬一口似针挑，领儿上走到裤儿腰。眼睁睁拿不住，身材儿怎生捞？翻个筋斗不见了。

（《全元散曲》，隋树森编，中华书局1986年版）

【题解】

　　这是一首咏物曲。虼蚤即跳蚤，本是一种骚扰人，招人讨厌的寄生虫，但在作者笔下却变得活泼顽皮，充满灵气，逗人喜爱。笔调轻松幽默，语言俚俗有趣，透露出作者诙谐乐观的喜剧精神。

萨都剌

　　萨都剌（1272—1355），字天锡，号直斋，其族属有蒙古、汉、回、维吾尔诸说,未知孰是。其祖、父以世勋镇云、代(今山西大同、代县一带),遂居雁门(今山西代县一带)。元泰定四年(1327)进士,历官闽海廉访知事、燕南河北道肃政廉访司经历等职,喜游历山水,为文雄健而诗笔清丽。其词长于怀古,风格豪迈遒劲,后人推其为"有元一代词人之冠"。有《雁门集》三卷。亦善画。

满 江 红
金陵怀古

六代豪华[1],春去也,更无消息。空怅望,山川形胜,已非畴昔。王谢堂前双燕子,乌衣巷口曾相识[2]。听夜深寂寞打孤城,春潮急。　　思往事,愁如织;怀故国,空陈迹。但荒烟衰草,乱鸦斜日。玉树歌残秋露冷[3],胭脂井坏寒螀泣[4]。到如今只有蒋山青[5],秦淮碧。

(《全金元词》,唐圭璋编,中华书局1979年版)

【注释】

[1] 六代:指建都于金陵的东吴、东晋、宋、齐、梁、陈六个朝代。

[2] "王谢"二句:化用刘禹锡《乌衣巷》诗:"朱雀桥边野草花,乌衣巷口夕阳斜。旧时王谢堂前燕,飞入寻常百姓家。"乌衣巷,旧址在秦淮河南朱雀桥边,东吴时曾在此设军营,军士皆着黑衣,因以得名。

[3] 玉树:陈后主为后妃所制的《玉树后庭花》曲,一向被视为亡国之音。

[4] 胭脂井:故址在南京鸡鸣寺下,本名景阳井,以帛拭井上石栏,石脉呈胭脂色,故又名胭脂井。隋兵攻入金陵,陈后主与张贵妃、孔贵妃避入井中,为隋兵生擒,因亦名辱井。寒螀(jiāng):寒蝉,秋蝉。

[5] 蒋山:即钟山,一名紫金山。东吴时曾为汉末秣陵尉蒋子文立庙于此,故亦名蒋山。

【题解】

金陵为我国六大古都之一。它历尽人间沧桑,阅尽六代兴亡,因此登临怀古也就成为金陵诗词中最普遍的主题。萨都剌的《满江红》词就是其中的佳作之一。自然山川永恒,社会历史无常,这一矛盾,是一切怀古诗词的常规感慨。但萨都剌此词仍有自己的特点。他善于融化前人咏怀金陵的诗句,为己所用,加深了历史感,有力地表现了吊古伤今的情怀。全词融情入景,情景交融,交替而出,疏密间错,耐人寻味。

【集评】

[1] 其金陵怀古词尤多感慨，有"一江南北，消磨多少豪杰"之句。（王弈清等《历代词话》引《词苑》语）

虞 集

虞集（1272—1348），字伯生，号道园，又号邵庵，仁寿（今属四川）人，侨居江西临川。宋丞相虞允文五世孙。元大德初荐授大都路儒学教授，官至翰林直学士兼国子祭酒。弘才博识，一时朝廷典册多出其手。每承顾问，必委屈尽言，随时讽谏。工诗文，与杨载、范梈、揭傒斯并称"元诗四大家"。擅书，能词，风格清隽超逸。著有《道园学古录》、《道园遗稿》。《元史》、《新元史》均有传。

风 入 松
寄柯敬仲[1]

画堂红袖清酤[2]，华发不胜簪[3]。几回晚直金銮殿[4]，东风软花里停骖。书诏许传宫烛[5]，香罗初剪朝衫[6]。　　御沟冰泮水挼蓝[7]，飞燕又呢喃。重重帘幕寒犹在，凭谁寄金字泥缄[8]。为报先生归也，杏花春雨江南。

（《全金元词》，唐圭璋编，中华书局 1979 年版）

【注释】

[1] 柯敬仲：柯九思，字敬仲，元代著名书画家、文物鉴定家、诗人，元文宗时授奎章阁参书，迁鉴书博士。虞集文宗时兼任奎章阁侍书学士。敬仲作画，虞集必题画，有知己之交。

[2] "画堂"句：朝官生活居华美的厅堂，倚红偎翠，歌酒流连，清新酣畅。红袖，歌女，一说指侍女。

[3] "华发"句：作者时年 62 岁，白发稀疏，故云。

[4] 直：当值，值班。金銮殿：本为唐代宫殿，翰林学士为皇帝起草书诏，常在金銮殿侧的学士院，美称之则曰金銮殿。见《文献通考·学士院》。

[5] "书诏"句：当值毕帝命宫女秉烛送归学士院。用《南唐近事》所载韩偓故事。

[6] "香罗"句：言皇帝赐罗制上朝之衫。用柯九思《退直赠月》"西华门外玉骢骄，新赐罗衣退晚朝"诗意。

[7] 冰泮（pàn）：冰融化。水挼（ruó）蓝：水呈柔和的蓝色。挼，揉，把蓝草之色溶入水中。

[8] 金字：金粉书写的字，书字的美称。泥缄：以泥封书函。

【题解】

　　作者与柯九思为忘年交，同受元文宗知遇。蒙古世家子孙嫉恨二人，极力排挤陷害。至顺三年（1332）五月，九思落职，流寓于吴（今苏州）东之胭脂桥。次年三月，作者在大都馆阁，作［风入松］，寄慰九思，兼表自己回归江南之意。词中"杏花春雨江南"六字，乃是元词最出色的名句，天然一幅优美的江南春景图，使人仿佛身临其境，空濛烟雨，袭人之面，绰约杏花，照人之眼。逸笔草草，而能写意传神，自成逸品。

【集评】

　　[1] 吾乡柯敬仲先生九思际遇文宗，起家为奎章阁鉴书博士，以避言路居吴下。时虞邵庵先生在馆阁，赋《风入松》长短句寄博士云……词翰兼美，一时争相传刻，而此曲遂遍满海内矣。（陶宗仪《辍耕录》卷十四）

　　[2] 虞道园词笔颇健，似出仲举之右。然所作寥寥，规模未定，不能接武南宋诸家。惟"报道先生归也，杏花春雨江南"二语，却有自然风韵。（陈廷焯《白雨斋词话》）

王　冕

　　王冕（1287—1359），字元章，号竹斋，别号煮石山农、会稽外史等，诸暨（今属浙江）人。自幼家贫好学，白天牧牛，夜晚借佛殿长明灯读书，长于诗画。其诗多描写田园生活，同情民生疾苦，语言朴质，不拘格套。有《竹斋集》。

墨　梅

　　我家洗砚池头树[1]，朵朵花开淡墨痕。不要人夸好颜色，只留青气满乾坤。

（《竹斋诗集》卷四，民国邵武徐氏本）

【注释】

　　[1]洗砚池：据《嘉泰会稽志》，东晋书法家王羲之任会稽内史时有洗砚池。诗人与之同姓，同居会稽，故称"我家"。

【题解】

　　这是四首题画诗的第三首。作者所画之梅，纯用水墨，不着色彩。此诗遗形写神，纯用白描，突出墨梅的清雅风神，表达作者的审美追求。

明　代　部　分

施耐庵

　　施耐庵，生平事迹不详，一般认为是元末明初人。二十世纪二十年代以来，江苏兴化地区陆续出土一些文物材料，如《施耐庵墓志》、《施氏族谱》等。《墓志》记载他生于1296年，死于1370年，曾中进士，在钱塘（今浙江杭州）做过两年官，与当道不合，弃官回乡，从事著述。由于这些材料来源不明，相互矛盾之处甚多，其真伪学术界一直没有定论。

水浒传

风雪山神庙

　　话说当日林冲正闲走间，忽然背后人叫，回头看时，却认得是酒生儿李小二。当初在东京时，多得林冲看顾。这李小二先前在东京时，不合偷了店主人家财，被捉住了，要送官司问罪。却得林冲主张陪话，救了他免送官司。又与他陪了些钱财，方得脱免。京中安不得身，又亏林冲赍发他盘缠，于路投奔人。不想今日却在这里撞见。林冲道："小二哥，你如何也在这里？"李小二便拜道："自从得恩人救济，赍发小人，一地里投奔人不着。迤逦不想来到沧州，投托一个酒店里，姓王，留小人在店中做过卖。因见小人勤谨，安排的好菜蔬，调和的好汁水，来吃的人都喝采，以此买卖顺当。主人家有个女儿，就招了小人做女婿。如今丈人丈母都死了，只剩得小人夫妻两个，权在营前开了个茶酒店。因讨钱过来，遇见恩人。恩人不知为何事在这里？"林冲指着脸上道："我因恶了高太尉，生事陷害，受了一场官司，刺配到这里。如今叫我管天王堂，未知久后如何。不想今日到此遇见。"

　　李小二就请林冲到家里面坐定，叫妻子出来拜了恩人。两口儿欢喜道："我夫妻二人，正没个亲眷。今日得恩人到来，便是从天降下。"林冲道："我是罪囚，恐怕玷辱你夫妻两个。"李小二道："谁不知恩人大名，休恁地说。但有衣服，便拿来家里浆洗缝补。"当时管待林冲酒食，至晚送回天王堂。次日，又来相请。因此，林冲得李小二家来往，不时间进汤送水来营里与林冲吃。林冲因见他两口儿恭勤孝顺，常把些银两与他做本钱，不在话下。有诗为证：

　　　可离寂寞神堂路，又守萧条草料场。
　　　李二夫妻能爱客，供茶送酒意偏长。

　　且把闲话休题，只说正话。迅速光阴，却早冬来。林冲的绵衣裙袄，都是李小二浑家整治缝补。忽一日，李小二正在门前安排菜蔬下饭，只见一个人闪将进来，酒店里坐下，随后又一人入来。看时，前面那个人是军官打扮，后面这个走卒模样，跟着也来坐下。李小二入来问道："要吃酒？"只见那个人将出一两银子与小二道："且收放柜上，取三四瓶好酒来。客到时，果品酒馔只顾将来，不必要问。"李小二道："官人请甚客？"那人道："烦你与我去营里请管营、差拨两个来说话。问时，你只说有个官人请说话，商议些事务，专等，专等。"李小二应承了，来到牢城里，先请了差拨，同到管营家里，请了管营，都到酒店里。只见那个官人和管营、差拨两个讲了礼。管营道："素不相识，动问官人高姓大名？"那人道："有书在此，少刻便知。且取酒来。"李小二连忙开了酒，一面铺下菜蔬果品酒馔。那人叫讨副劝盘来，把了盏，相让坐了。小二独自一个，撺梭也似伏侍不暇。那跟来的人讨了汤桶，自行荡酒。约计吃过十数杯，再讨了按酒，铺放桌上。只见那人说道："我自有伴当荡酒，不叫你休来。我等自要说话。"

李小二应了，自来门首叫老婆道："大姐，这两个人来的不尴尬。"老婆道："怎么的不尴尬？"小二道："这两个人语言声音，是东京人，初时又不认得管营，向后我将按酒入去，只听得差拨口里讷出一句'高太尉'三个字来。这人莫不与林教头身上有些干碍？我自在门前理会，你且去阁子背后，听说甚么。"老婆道："你去营中寻林教头来，认他一认。"李小二道："你不省得，林教头是个性急的人，摸不着便要杀人放火。倘或叫他来看了，正是前日说的什么陆虞候，他肯便罢？做出事来，须连累了我和你。你只去听一听，再理会。"老婆道："说的是。"便入去听了一个时辰，出来说道："他那三四个交头接耳说话，正不听得说什么。只见那一个军官模样的人，去伴当怀里取出一帕子物事，递与管营和差拨。帕子里面的莫不是金银？只听差拨口里说道：'都在我身上，好歹要结果了他性命。'"正说之间，阁子里叫："将汤来。"李小二急去里面换汤时，看见管营手里拿着一封书。小二换了汤，添些下饭。又吃了半个时辰，算还了酒钱，管营、差拨先去了。次后，那两个低着头也去了。转背没多时，只见林冲走将入店里来，说道："小二哥，连日好买卖。"李小二慌忙道："恩人请坐，小人却待正要寻恩人，有些要紧话说。"有诗为证：

　　　　潜为奸计害英雄，一线天教把信通。
　　　　亏杀有情贤李二，暗中回护有奇功。

当下林冲问道："什么要紧的事？"小二哥请林冲到里面坐下，说道："却才有个东京来的尴尬人，在我这里请管营、差拨吃了半日酒。差拨口里讷出高太尉三个字来。小人心下疑惑，又着浑家听了一个时辰，他却交头接耳说话，都不听得。临了，只见差拨口里应道：'都在我两个身上，好歹要结果了他。'

那两个把一包金银递与管营、差拨，又吃一回酒，各自散了。不知什么样人。小人心下疑，只怕恩人身上有些妨碍。"林冲道："那人生得什么模样？"李小二道："五短身材，白净面皮，没甚髭须，约有三十余岁。那跟的也不长大，紫棠色面皮。"林冲听了大惊道："这三十岁的正是陆虞候。那泼贱贼也敢来这里害我！休要撞着我，只教他骨肉为泥！"李小二道："只要提防他便了，岂不闻古人言：吃饭防噎，走路防跌。"林冲大怒，离了李小二家，先去街上买把解腕尖刀，带在身上，前街后巷一地里去寻。李小二夫妻两个，捏着两把汗。

当晚无事，次日天明起来，早洗漱罢，带了刀又去沧州城里城外，小街夹巷，团团寻了一日。牢城营里都没动静。林冲又来对李小二道："今日又无事。"小二道："恩人，只愿如此。只是自放仔细便了。"林冲自回天王堂，过了一夜。街上寻了三五日，不见消耗，林冲也自心下慢了，到第六日，只见管营叫唤林冲到点视厅上，说道："你来这里许多时，柴大官人面皮不曾抬举的你。此间东门外十五里，有座大军草场，每月但是纳草纳料的，有些常例钱取觅。原是一个老军看管。我如今抬举你去替那老军来守天王堂，你在那里寻几贯盘缠。你可和差拨便去那里交割。"林冲应道："小人便去。"当时离了营中，径到李小二家，对他夫妻两个说道："今日管营拨我去大军草场管事，却如何？"李小二道："这个差使又好似天王堂那里，收草料时，有些常例钱钞。往常不使钱时，不能勾这差使。"林冲道："却不害我，倒与我好差使，正不知何意？"李小二道："恩人休要疑心，只要没事便好了。只是小人家离得远了，过几时那工夫来望恩人。"就时家里安排几杯酒，请林冲吃了。

话不絮烦，两个相别了。林冲自来天王堂，取了包裹，带了尖刀，拿了条花枪，与差拨一同辞了管营，两个取路投草料场来。正是严冬天气，彤云密布，朔风渐起，却早纷纷扬扬卷下一天大雪来。那雪早下得密了。怎见得好雪？有《临江仙》词为证：

    作阵成团空里下，这回忒杀堪怜。剡溪冻住子猷船。玉龙鳞甲舞，江海尽平填。 宇宙楼台都压倒，长空飘絮飞绵。三千世界玉相连。冰交河北岸，冻了十余年。

大雪下的正紧，林冲和差拨两个在路上又没买酒吃处。早来到草料场外看时，一周遭有些黄土墙，两扇大门。推开看里面时，七八间草房做着仓廒，四下里都是马草堆，中间两座草厅。到那厅里，只见那老军在里面向火。差拨说道："管营差这个林冲来替你回天王堂看守，你可即便交割。"老军拿了钥匙，引着林冲，分付道："仓廒内自有官司封记，这几堆草一堆堆都有数目。"老军都点见了堆数，又引林冲到草厅上。老军收拾行李，临了说道："火盆、锅子、碗碟，都借与你。"林冲道："天王堂内我也有在那里，你要便拿了去。"老军指壁上挂一个大葫芦，说道："你若买酒吃时，只出草场，投东大路去三二里，便有市井。"老军自和差拨回营里来。

　　只说林冲就床上放了包裹被卧，就坐下生些焰火起来。屋边有一堆柴炭，拿几块来生在地炉里。仰面看那草屋时，四下里崩坏了，又被朔风吹撼。摇振得动。林冲道："这屋如何过得一冬？待雪晴了，去城中唤个泥水匠来修理。"向了一回火，觉得身上寒冷，寻思："却才老军所说二里路外有那市井，何不去沽些酒来吃？"便去包里取些碎银子，把花枪挑了酒葫芦，将火炭盖了，取毡笠子戴上，拿了钥匙，出来把草厅门拽上。出到大门首，把两扇草场门反拽上，锁了。带了钥匙，信步投东。雪地里踏着碎琼乱玉，迤逦背着北风而行。那雪正下得紧。

　　行不上半里多路，看见一所古庙。林冲顶礼道："神明庇佑，改日来烧钱纸。"又行了一回，望见一簇人家。林冲住脚看时，见篱笆中挑着一个草帚儿在露天里。林冲径到店里，主人道："客人那里来？"林冲道："你认得这个葫芦么？"主人看了道："这葫芦是草料场老军的。"林冲道："如何便认的？"店主道："既是草料场看守大哥，且请少坐。天气寒冷，且酌三杯权当接风。"店家切一盘熟牛肉，荡一壶热酒，请林冲吃。又自买了些牛肉，又吃了数杯。就又买了一葫芦酒，包了那两块牛肉，留下碎银子，把花枪挑了酒葫芦，怀内揣了牛肉，叫声相扰，便出篱笆门，依旧迎着朔风回来。看那雪，到晚越下的紧了。古时有个书生，做了一个词，单题那贫苦的恨雪：

　　　　广莫严风刮地，这雪儿下的正好。扯絮掸绵，裁几片大如栲栳。见林间竹屋茅茨，争些儿被他压倒。富室豪家，却言道压瘴犹嫌少。向的是兽炭红炉，穿的是绵衣絮袄。手捻梅花，唱道国家祥瑞，不念贫民些小。高卧有幽人，吟咏多诗草。

　　再说林冲踏着那瑞雪，迎着北风，飞也似奔到草场门口，开了锁，入内看时，只叫得苦。原来天理昭然，佑护善人义士，因这场大雪，救了林冲的性命。那两间草厅已被雪压倒了。林冲寻思："怎地好？"放下花枪、葫芦在雪里。恐怕火盆内有火炭延烧起来。搬开破壁子，探半身入去摸时，火盆内火种都被雪水浸灭了。林冲把手床上摸时，只换得一条絮被。林冲钻将出来，见天色黑了，寻思："又没打火处，怎生安排？"想起："离了这半里路上，有个古庙，可以安身。我且去那里宿一夜，等到天明却做理会。"把被卷了，花枪挑着酒葫芦，依旧把门拽上，锁了，望那庙里来。入的庙门，再把门掩上，傍边止有一块大石头，掇将过来，靠了门。入的里面看时，殿上做着一尊金甲山神，两边一个判官，一个小鬼，侧边堆着一堆纸。团团看来，又没邻舍，又无庙主。林冲把枪和酒葫芦放在纸堆上，将那条絮被放开，先取下毡笠子，把身上雪都抖了，把上盖白布衫脱将下来，早有五分湿了，和毡笠放在供桌上，把被扯来盖了半截下身。却把葫芦冷酒提来便吃，就将怀中牛肉下酒。正吃时，只听得外面必必剥剥地爆响。林冲跳起身来，就壁缝里看时，只见草料场里火起，刮刮杂杂烧着。看那火时，但见：

  一点灵台，五行造化，丙丁在世传流。无明心内，灾祸起沧州。烹铁鼎能成万物，铸金丹还与重楼。思今古，南方离位，荧惑最为头。绿窗归焰烬，隔花深处，掩映钓渔舟。鏖兵赤壁，公瑾喜成谋。李晋王醉存馆驿，田单在即墨驱牛。周褒姒骊山一笑，因此戏诸侯。

  当时张见草场内火起，四下里烧着。林冲便拿枪，却待开门来救火，只听得前面有人说将话来。林冲就伏在庙听时，是三个人脚步声，且奔庙里来。用手推门，却被林冲靠住了，谁也推不开。三人在庙檐下立地看火，数内一个道："这条计好么？"一个应道："端的亏管营、差拨两位用心。回到京师，禀过太尉，都保你二位做大官。这番张教头没的推故。"那人道："林冲今番直吃我们对付了，高衙内这病必然好了。"又一个道："张教头那厮，三回五次托人情去说：'你的女婿殁了。'张教头越不肯应承。因此衙内病患看看重了，太尉特使俺两个央浼二位干这件事，不想而今完备了。"又一个道："小人直爬入墙里去，四下草堆上点了十来个火把，待走那里去！"那一个道："这早晚烧个八分过了。"又听一个道："便逃得性命时，烧了大军草料场，也得个死罪。"又一个道："我们回城里去罢。"一个道："再看一看，拾得他一两块骨头回京，府里见太尉和衙内时，也道我们也能会干事。"

  林冲听那三个人时，一个是差拨，一个是陆虞候，一个是富安。林冲道："天可怜见林冲，若不是倒了草厅，我准定被这厮们烧死了。"轻轻把石头掇开，挺着花枪，一手拽开庙门，大喝一声："泼贼那里去！"三个人急要走时，惊得呆了，正走不动。林冲举手胖察的一枪，先戳倒差拨。陆虞候叫声："饶命！"吓的慌了手脚，走不动。那富安走不到十来步，被林冲赶上，后心只一枪，又戳倒了。翻身回来，陆虞候却才行的三四步。林冲喝声道："奸贼！你待那里去！"批胸只一提，丢翻在雪地上。把枪搠在地里，用脚踏住胸脯，身边取出那口刀来，便去陆谦脸上阁着，喝道："泼贼！我自来又和你无什么冤仇，你如何这等害我！正是杀人可恕，情理难容。"陆虞候告道："不干小人事，太尉差遣，不敢不来。"林冲骂道："奸贼，我与你自幼相交，今日倒来害我，怎不干你事！且吃我一刀。"把陆谦上身衣服扯开，把尖刀向心窝里只一剜，七窍迸出血来，将心肝提在手里。回头看时，差拨正爬将起来要走。林冲按住喝道："你这厮原来也恁的歹！且吃我一刀。"又早把头割下来，挑在枪上。回来把富安、陆谦头都割下来。把尖刀插了，将三个人头发结做一处，提入庙里来,都摆在山神面前供桌上。再穿了白布衫,系了搭膊,把毡笠子带上,将葫芦里冷酒都吃尽了。被与葫芦都丢了不要。提了枪,便出庙门投东去。

(《水浒传》,人民文学出版社 1975 年版)

【题解】

《水浒传》是中国古代第一部白话章回小说,其主要人物和题材有一定历史根据。《宋史》中的《徽宗本纪》、《张叔夜传》等都曾提及北宋末年的宋江起义。从南宋起,宋江的故事就在民间广泛流传,宋代有连缀众多水浒故事的《大宋宣和遗事》,元代也有大批"水浒戏"。《水浒传》正是在民间口头传说、艺人讲说演唱的基础上,由文人加工编辑而成。全书前半部分写众位英雄好汉被"逼上梁山","替天行道",后半部分写宋江率众接受"招安",最终以悲剧结局。全书一百回,本节据第九回节选。写八十万禁军教头林冲被高俅父子陷害,刺配沧州,高俅父子进而派陆谦勾结牢城管营、差拨,安排林冲看守草料场,随后火烧草料场,阴谋除掉林冲。林冲因大雪压倒草屋,离开草料场暂住山神庙,免于被火烧死,并意外听到陆谦等人的对话,了解了事情原委,最终放弃了对朝廷的幻想。这段故事很具代表性地演绎了小说"逼上梁山"的主题。故事中的"雪"与"火"不仅推动着情节发展,其相互映衬也对展现林冲与迫害者之间的冲突、林冲本人内心世界的冲突起到了强烈的烘托作用,体现了《水浒传》作为一部英雄传奇能寓细腻于粗犷的高超叙事能力。题目为编选者所加。

【集评】

[1]《水浒传》文字原是假的,只为他描写得真情出,所以便可与天地相终始。即此回中李小二夫妻情事咄咄如画。若到后来混天阵处,都假了,费尽苦心亦不好看。(《容与堂本李卓吾先生批评忠义水浒传》回评)

[2]文中写情写景处,都要细细详察,如两次照顾火盆,则明林冲非失火也;止拖一条绵被,则明林冲明日原要归来,今止作一夜计也。如此等处甚多,我亦不能遍指。孔子曰:"举一隅不以三隅反,则不复也。"(金人瑞《第五才子书施耐庵水浒传》回评)

[3]《水浒》者,发愤之所作也。盖自宋室不竞,冠履倒施,大贤处下,不肖处下。驯致夷狄处上,中原处下。一时君相,犹然处堂燕雀,纳币称臣,甘心屈膝于犬羊而已矣。施、罗二公,身在元,心在宋;虽生元日,实愤宋事。……是故施、罗二公传《水浒》,而复以忠义名其传焉。(李贽《忠义水浒

[4] 别一部书，看过一遍即休，独有《水浒传》写一百八个人性格，真是一百八样，若别一部书，任他写一千个人，也只是一样。便只写得两个人，也只是一样。（金人瑞《读第五才子书法》）

【参考书】

[1]《水浒传会评本》，陈曦钟等辑校，北京大学出版社1987年版。

[2]《第五才子书施耐庵水浒传》，金人瑞评改，《古本小说集成》影印贯华堂本，上海古籍出版社1994年版。

罗贯中

罗贯中，生卒年不详，名本，字贯中，号湖海散人。太原（今属山西）人，一说东原（今山东东平）人，流寓杭州。大致生活在元末明初，明人传说他曾参加元末农民起义，"有志图王"。还有人说他是施耐庵的学生，参与了《水浒传》的创作。作品除了《三国演义》，还有杂剧《赵太祖龙虎风云》传世。此外《残唐五代史演义传》、《三遂平妖传》等长篇小说也旧题其名，但不知可靠与否。

三国演义
失 街 亭

且说司马懿引二十万军，出关下寨，请先锋张郃至帐下曰："诸葛亮平生谨慎，未敢造次行事。若是吾用兵，先从子午谷径取长安，早得多时矣。他非无谋，但怕有失，不肯弄险。今必出军斜谷，来取郿城。若取郿城，必分兵两路，一军取箕谷矣。吾已发檄文，令子丹拒守郿城，若兵来不可出战；令孙礼、辛毗截住箕谷道口，若兵来则出奇兵击之。"郃曰："今将军当于何处进兵？"懿曰："吾素知秦岭之西，有一条路，地名街亭；傍有一城，名列柳城：此二处皆是汉中咽喉。诸葛亮欺子丹无备，定从此进。吾与汝径取街亭，望阳平关不远矣。亮若知吾断其街亭要路，绝其粮道，则陇西一境，不能安守，必然连夜奔回汉中去也。彼若回动，吾提兵于小路击之，可得全胜；若不归时，吾却将诸处小路，尽皆垒断，俱以兵守之。一月无粮，蜀兵皆饿死，亮必被吾擒矣。"张郃大悟,拜伏于地曰:"都督神算也!"懿曰:"虽然如此,诸葛亮不比孟达。将军为先锋,不可轻进。当传与诸将:循山西路,远远哨探。如无伏兵,方可前进。若是急忽,必中诸葛亮之计。"张郃受计引军而行。

却说孔明在祁山寨中,忽报新城探细人来到。孔明急唤入问之,细作告曰:"司马懿倍道而行,八日已到新城,孟达措手不及;又被申耽、申仪、李辅、邓贤为内应,孟达被乱军所杀。今司马懿撤兵到长安,见了魏主,同张郃引兵出关,来拒我师也。"孔明大惊曰:"孟达作事不密,死固当然。今司马懿出关,必取街亭,断吾咽喉之路。"便问:"谁敢引兵去守街亭?"言未毕,参军马谡曰:"某愿往。"孔明曰:"街亭虽小,干系甚重,倘街亭有失,吾大军皆休矣。汝虽深通谋略,此地奈无城郭,又无险阻,守之极难。"谡曰:"某自幼熟读兵书,颇知兵法。岂一街亭不能守耶?"孔明曰:"司马懿非等闲之辈;更有先锋张郃,乃魏之名将:恐汝不能敌之。"谡曰:"休道司马懿、张郃,便是曹睿亲来,有何惧哉!若有差失,乞斩全家。"孔明曰:"军中无戏言。"谡曰:"愿立军令状。"孔明从之。谡遂写了军令状呈上。孔明曰:"吾与汝二万五千精兵,再拨一员上将,相助你去。"即唤王平分付曰:"吾素知汝平生谨慎,故特以此重任相托。汝可小心谨守此地:下寨必当要道之处,使贼兵急切不能偷过。安营既毕,便画四至八道地理形状图本来我看。凡事商议停当而行,不可轻易。如所守无危,则是取长安第一功也。戒之!戒之!"二人拜辞引兵而去。

孔明寻思,恐二人有失,又唤高翔曰:"街亭东北上有一城,名列柳城,乃山僻小路,此可以屯兵扎寨。与汝一万兵,去此城屯扎。但街亭危,可引兵救之。"高翔引兵而去。孔明又思:高翔非张郃对手,必得一员大将,屯兵于街亭之右,方可防之,遂唤魏延引本部兵去街亭之后屯扎。延曰:"某为前部,理合当先破敌,何故置某于安闲之地?"孔明曰:"前锋破敌,乃偏裨之事耳。今令汝接应街亭,当阳平关冲要道路,总守汉中咽喉:此乃大任也,何为安闲乎?汝勿以等闲视之,失吾大事。切宜小心在意!"魏延大喜,引兵而去。孔明恰才心安,乃唤赵云、邓芝分付曰:"今司马懿出兵,与旧日不同。汝二人各引一军出箕谷,以为疑兵。如逢魏兵,或战、或不战,以惊其心。吾自统大军,由斜谷径取郿城;若得郿城,长安可破矣。"二人受命而去。孔明令姜维作先锋,兵出斜谷。

却说马谡、王平二人兵到街亭,看了地势。马谡笑曰:"丞相何故多心也?量此山僻之处,魏兵如何敢来!"王平曰:"虽然魏兵不敢来,可就此五路总口下寨;却令军士伐木为栅,以图久计。"谡曰:"当道岂是下寨之地?此处侧边一山,四面皆不相连,且树木极广,此乃天赐之险也:可就山上屯军。"平曰:

"参军差矣。若屯兵当道,筑起城垣,贼兵总有十万,不能偷过;今若弃此要路,屯兵于山上,倘魏兵骤至,四面围定,将何策保之?"谡大笑曰:"汝真女子之见!兵法云:'凭高视下,势如劈竹。'若魏兵到来,吾教他片甲不回!"平曰:"吾累随丞相经阵,每到之处,丞相尽意指教。今观此山,乃绝地也:若魏兵断我汲水之道,军士不战自乱矣。"谡曰:"汝莫乱道!孙子云:'置之死地而后生。'若魏兵绝我汲水之道,蜀兵岂不死战?以一可当百也。吾素读兵书,丞相诸事尚问于我,汝奈何相阻耶!"平曰:"若参军欲在山上下寨,可分兵与我,自于山西下一小寨,为掎角之势。倘魏兵至,可以相应。"马谡不从。忽然山中居民,成群结队,飞奔而来,报说魏兵已到。王平欲辞去。马谡曰:"汝既不听吾令,与汝五千兵自去下寨。待吾破了魏兵,到丞相面前须分不得功!"王平引兵离山十里下寨,画成图本,星夜差人去禀孔明,具说马谡自于山上下寨。

却说司马懿在城中,令次子司马昭去探前路:若街亭有兵守御,即当按兵不行。司马昭奉令探了一遍,回见父曰:"街亭有兵守把。"懿叹曰:"诸葛亮真乃神人,吾不如也!"昭笑曰:"父亲何故自堕志气耶?——男料街亭易取。"懿问曰:"汝安敢出此大言?"昭曰:"男亲自哨见,当道并无寨栅,军皆屯于山上,故知可破也。"懿大喜曰:"若兵果在山上,乃天使吾成功矣!"遂更换衣服,引百余骑亲自来看。是夜天晴月朗,直至山下,周围巡哨了一遍,方回。马谡在山上见之,大笑曰:"彼若有命,不来围山!"传令与诸将:"倘兵来,只见山顶上红旗招动,即四面皆下。"

却说司马懿回到寨中,使人打听是何将引兵守街亭。回报曰:"乃马良之弟马谡也。"懿笑曰:"徒有虚名,乃庸才耳!孔明用如此人物,如何不误事!"又问:"街亭左右别有军否?"探马报曰:"离山十里有王平安营。"懿乃命张郃引一军,当住王平来路。又令申耽、申仪引两路兵围山,先断了汲水道路;待蜀兵自乱,然后乘势击之。当夜调度已定。次日天明,张郃引兵先往背后去了。司马懿大驱军马,一拥而进,把山四面围定。马谡在山上看时,只见魏兵漫山遍野,旌旗队伍,甚是严整。蜀兵见之,尽皆丧胆,不敢下山。马谡将红旗招动,军将你我相推,无一人敢动。谡大怒,自杀二将。众军惊惧,只得努力下山来冲魏兵。魏兵端然不动。蜀兵又退上山去。马谡见事不谐,教军紧守寨门,只等外应。

却说王平见魏兵到,引军杀来,正遇张郃;战有数十余合,平力穷势孤,只得退去。魏兵自辰时困至戌时,山上无水,军不得食,寨中大乱。嚷到半夜时分,山南蜀兵大开寨门,下山降魏。马谡禁止不住。司马懿又令人于沿山放火,山上蜀兵愈乱。马谡料守不住,只得驱残兵杀下山西逃奔。司马懿放条大路，让过马谡。背后张郃引兵追来。赶到三十余里，前面鼓角齐鸣，一彪军出，放过马谡，拦住张郃；视之，乃魏延也。延挥刀纵马，直取张郃。郃回军便走。延驱兵赶来，复夺街亭。赶到五十余里，一声喊起，两边伏兵齐出：左边司马懿，右边司马昭，却抄在魏延背后，把延困在垓心。张郃复来，三路兵合在一处。魏延左冲右突，不得脱身，折兵大半。正危急间，忽一彪军杀入，乃王平也。延大喜曰："吾得生矣！"二将合兵一处，大杀一阵，魏兵方退。二将慌忙奔回寨时，营中皆是魏兵旌旗。申耽、申仪从营中杀出。王平、魏延径奔列柳城，来投高翔。此时高翔闻知街亭有失，尽起列柳城之兵，前来救应，正遇延、平二人，诉说前事。高翔曰："不如今晚去劫魏寨，再复街亭。"当时三人在山坡下商议已定。待天色将晚，兵分三路。魏延引兵先进，径到街亭，不见一人，心中大疑，未敢轻进，且伏在路口等候。忽见高翔兵到，二人共说魏兵不知在何处。正没理会，又不见王平兵到。忽然一声炮响，火光冲天，鼓声震地：魏兵齐出，把魏延、高翔围在垓心。二人往来冲突，不得脱身。忽听得山坡后喊声若雷，一彪军杀入，乃是王平，救了高、魏二人，径奔列柳城来。比及奔到城下时，城边早有一军杀到，旗上大书"魏都督郭淮"字样。原来郭淮与曹真商议，恐司马懿得了全功，乃分淮来取街亭；闻知司马懿、张郃成了此功，遂引兵径袭列柳城。正遇三将，大杀一阵。蜀兵伤者极多。魏延恐阳平关有失，慌与王平、高翔望阳平关来。

却说郭淮收了军马，乃谓左右曰："吾虽不得街亭，却取了列柳城，亦是大功。"引兵径到城下叫门，只见城上一声炮响，旗帜皆竖，当头一面大旗，上书"平西都督司马懿"。懿撑起悬空板，倚定护心木栏干，大笑曰："郭伯济来何迟也？"淮大惊曰："仲达神机，吾不及也！"遂入城。相见已毕，懿曰："今街亭已失，诸葛亮必走。公可速与子丹星夜追之。"郭淮从其言，出城而去。懿唤张郃曰："子丹、伯济，恐吾全获大功，故来取此城池。吾非独欲成功，乃侥幸而已。吾料魏延、王平、马谡、高翔等辈，必先去据阳平关。吾若去取此关，诸葛亮必随后掩杀，中其计矣。兵法云：'归师勿掩，穷寇莫追。'汝可从小路抄箕谷退兵。吾自引兵当斜谷之兵。若彼败走，不可相拒，只宜中途截住；蜀兵辎重，可尽得也。"张郃受计，引兵一半去了。懿下令："竟取斜谷，由西城而进。——西城虽山僻小县，乃蜀兵屯粮之所，又南安、天水、安定三郡总路。——若得此城，三郡可复矣。"于是司马懿留申耽、申仪守列柳城，自领大军望斜谷进发。

却说孔明自令马谡等守街亭去后，犹豫不定。忽报王平使人送图本至。孔明唤入，左右呈上图本。孔明就文几上拆开视之，拍案大惊曰："马谡无知，坑陷吾军矣！"左右问曰："丞相何故失惊？"孔明曰："吾观此图本，失却要路，占山为寨。倘魏兵大至，四面围合，断汲水道路，不须二日，军自乱矣。若街亭有失，吾等安归？"长史杨仪进曰："某虽不才，愿替马幼常回。"孔明将安营之法，一一分付与杨仪。——正待要行，忽报马到来，说："街亭、列柳城，尽皆失了！"孔明跌足长叹曰："大事去矣！——此吾之过也！"急唤关兴、张苞分付曰："汝二人各引三千精兵，投武功山小路而行。如遇魏兵，不可大击，只鼓噪呐喊，为疑兵惊之。彼当自走，亦不可追。待军退尽，便投阳平关去。"又令张翼先引军去修理剑阁，以备归路。又密传号令，教大军暗暗收拾行装，以备起程。又令马岱、姜维断后，先伏于山谷中，待诸军退尽，方始收兵。又差心腹人，分路报与天水、南安、安定三郡官吏军民，皆入汉中。又遣心腹人到冀县搬取姜维老母，送入汉中。

　　孔明分拨已定，先引五千兵退去西城县搬运粮草。忽然十余次飞马报到，说："司马懿引大军十五万，望西城蜂拥而来！"时孔明身边别无大将，只有一班文官，所引五千军，已分一半先运粮草去了，只剩二千五百军在城中。众官听得这个消息，尽皆失色。孔明登城望之，果然尘土冲天，魏兵分两路望西城县杀来。孔明传令，教"将旌旗尽皆隐匿；诸军各守城铺，如有妄行出入，及高言大语者，斩之！大开四门，每一门用二十军士，扮作百姓，洒扫街道。如魏兵到时，不可擅动，吾自有计。"孔明乃披鹤氅，戴纶巾，引二小童携琴一张，于城上敌楼前，凭栏而坐，焚香操琴。

　　却说司马懿前军哨到城下，见了如此模样，皆不敢进，急报与司马懿。懿笑而不信，遂止住三军，自飞马远远望之。果见孔明坐于城楼之上，笑容可掬，焚香操琴。左有一童子，手捧宝剑；右有一童子，手执麈尾。城门内外，有二十余百姓，低头洒扫，傍若无人。懿看毕大疑，便到中军，教后军作前军，前军作后军，望北山路而退。次子司马昭曰："莫非诸葛亮无军，故作此态？父亲何故便退兵？"懿曰："亮平生谨慎，不曾弄险。今大开城门，必有埋伏。我兵若进，中其计也。汝辈岂知？宜速退。"于是两路兵尽皆退去。孔明见魏军远去，抚掌而笑。众官无不骇然，乃问孔明曰："司马懿乃魏之名将，今统十五万精兵到此，见了丞相，便速退去，何也？"孔明曰："此人料吾生平谨慎，必不弄险；见如此模样，疑有伏兵，所以退去。吾非行险，盖因不得已而用之。此人必引军投山北小路去也。吾已令兴、苞二人在彼等候。"众皆惊服曰："丞相之机，神鬼莫测。若某等之见，必弃城而走矣。"孔明曰："吾兵止有二千五百，若弃城而走，必不能远遁。得不为司马懿所擒乎？"后人有诗赞曰：

　　　　瑶琴三尺胜雄师，诸葛西城退敌时。
　　　　十五万人回马处，土人指点到今疑。

言讫，拍手大笑，曰："吾若为司马懿，必不便退也。"遂下令，教西城百姓，随军入汉中；司马懿必将复来。于是孔明离西城望汉中而走。天水、安定、南安三郡官吏军民，陆续而来。

却说司马懿望武功山小路而走。忽然山坡后喊杀连天，鼓声震地。懿回顾二子曰："吾若不走，必中诸葛亮之计矣。"只见大路上一军杀来，旗上大书："右护卫使虎翼将军张苞"。魏兵皆弃甲抛戈而走。行不到一程，山谷中喊声震地，鼓角喧天，前面一杆大旗，上书："左护卫使龙骧将军关兴"。山谷应声，不知蜀兵多少；更兼魏军心疑，不敢久停，只得尽弃辎重而去。兴、苞二人皆遵将令，不敢追袭，多得军器粮草而归。司马懿见山谷中皆有蜀兵，不敢出大路，遂回街亭。此时曹真听知孔明退兵，急引兵追赶。山背后一声炮响，蜀兵漫山遍野而来：为首大将，乃是姜维、马岱。真大惊，急退军时，先锋陈造已被马岱所斩。真引兵鼠窜而还。蜀兵连夜皆奔回汉中。

却说赵云、邓芝伏兵于箕谷道中。闻孔明传令回军，云谓芝曰："魏军知吾兵退，必然来追。吾先引一军伏于其后，公却引兵打吾旗号，徐徐而退。吾一步步自有护送也。"

却说郭淮提兵再回箕谷道中，唤先锋苏颙分付曰："蜀将赵云，英勇无敌。汝可小心提防。彼军若退，必有计也。"苏颙欣然曰："都督若肯接应，某当生擒赵云。"遂引前部三千兵，奔入箕谷。看看赶上蜀兵，只见山坡后闪出红旗白字，上书："赵云"。苏颙急收兵退走。行不到数里，喊声大震，一彪军撞出；为首大将，挺枪跃马，大喝曰："汝识赵子龙否！"苏颙大惊曰："如何这里又有赵云？"措手不及，被云一枪刺死于马下。余军溃散。云迤逦前进，背后又一军到，乃郭淮部将万政也。云见魏兵追急，乃勒马挺枪，立于路口，待来将交锋。——蜀兵已去三十余里。——万政认得是赵云，不敢前进。云等得天色黄昏，方才拨回马缓缓而进。郭淮兵到，万政言赵云英勇如旧，因此不敢近前。淮传令教军急赶，政令数百骑壮士赶来。行至一大林，忽听得背后大喝一声曰："赵子龙在此！"惊得魏兵落马者百余人，馀者皆越岭而去。万政勉强来敌，被云一箭射中盔缨，惊跌于涧中。云以枪指之曰："吾饶汝性命回去！快教郭淮赶来！"万政脱命而回。云护送车仗人马，望汉中而去，沿途并无遗失。曹真、郭淮复夺三郡，以为己功。

却说司马懿分兵而进。此时蜀兵尽回汉中去了，懿引一军复到西城，因问遗下居民及山僻隐者，皆言孔明止有二千五百军在城中，又无武将，只有几个文官，别无埋伏。武功山小民告曰："关兴、张苞，只各有三千军，转山呐喊，鼓噪惊追，又无别军，并不敢厮杀。"懿悔之不及，仰天叹曰："吾不如孔明也！"遂安抚了诸处官民，引兵径还长安，朝见魏主。睿曰："今日复得陇西诸郡，皆卿之功也。"懿奏曰："今蜀兵皆在汉中，未尽剿灭。臣乞大兵并力收川，以报陛下。"睿大喜，令懿即便兴兵。忽班内一人出奏曰："臣有一计，足可定蜀降吴。"……

却说献计者，乃尚书孙资也。曹睿问曰："卿有何妙计？"资奏曰："昔太祖武皇帝收张鲁时，危而后济，常对群臣曰：南郑之地，真为天狱。中斜谷道为五百里石穴，非用武之地。今若尽起天下之兵伐蜀，则东吴又将入寇。不如以现在之兵，分命大将据守险要，养精蓄锐。不过数年，中国日盛，吴、蜀二国必自相残害；那时图之，岂非胜算？乞陛下裁之。"睿乃问司马懿曰："此论若何？"懿奏曰："孙尚书所言极当。"睿从之，命懿分拨诸将守把险要，留郭淮、张郃守长安。大赏三军，驾回洛阳。

却说孔明回到汉中，计点军士，只少赵云、邓芝，心中甚忧；乃令关兴、张苞，各引一军接应。二人正欲起身，忽报赵云、邓芝到来，并不曾折一人一骑；辎重等器，亦无遗失。孔明大喜，亲引诸将出迎。赵云慌忙下马伏地曰："败军之将，何劳丞相远接？"孔明急扶起，执手而言曰："是吾不识贤愚，以致如此！各处兵将败损，惟子龙不折一人一骑，何也？"邓芝告曰："某引兵先行，子龙独自断后，斩将立功，敌人惊怕，因此军资什物，不曾遗弃。"孔明曰："真将军也！"遂取金五十斤以赠赵云，又取绢一万匹赏云部卒。云辞曰："三军无尺寸之功，某等俱各有罪；若反受赏，乃丞相赏罚不明也。且请寄库，候今冬赐与诸军未迟。"孔明叹曰："先帝在日，常称子龙之德，今果如此！"乃倍加钦敬。

忽报马谡、王平、魏延、高翔至。孔明先唤王平入帐，责之曰："吾令汝同马谡守街亭，汝何不谏之，致使失事？"平曰："某再三相劝，要在当道筑土城，安营守把。参军大怒不从，某因此自引五千军离山十里下寨。魏兵骤至，把山四面围合，某引兵冲杀十余次，皆不能入。次日土崩瓦解，降者无数。某孤军难立，故投魏文长求救。半途又被魏兵困在山谷之中，某奋死杀出。比及归寨，早被魏兵占了。及投列柳城时，路逢高翔，遂分兵三路去劫魏寨，指望克复街亭。因见街亭并无伏路军，以此心疑。登高望之，只见魏延、高翔被魏兵围住，某即杀入重围，救出二将，就同参军并在一处。某恐失却阳平关，因此急来回守。非某之不谏也。丞相不信，可问各部将校。"孔明喝退，又唤马谡入帐。

谡自缚跪于帐前。孔明变色曰："汝自幼饱读兵书，孰谙战法。吾累次丁宁告戒：街亭是吾根本。汝以全家之命，领此重任。汝若早听王平之言，岂有此祸？今败军折将，失地陷城，皆汝之过也！若不明正军律，何以服众？汝今犯法，休得怨吾。汝死之后，汝之家小，吾按月给与禄粮，汝不必挂心。"叱左右推出斩之。谡泣曰："丞相视某如子,某以丞相为父。某之死罪,实已难逃;愿丞相思舜帝殛鲧用禹之义,某虽死亦无恨于九泉!"言讫大哭。孔明挥泪曰:"吾与汝义同兄弟,汝之子即吾之子也,不必多嘱。"左右推出马谡于辕门之外,将斩。参军蒋琬自成都至,见武士欲斩马谡,大惊,高叫:"留人!"入见孔明曰:"昔楚杀得臣而文公喜。今天下未定,而戮智谋之臣,岂不可惜乎?"孔明流涕而答曰:"昔孙武所以能制胜天下者,用法明也。今四方分争,兵戈方始,若复废法,何以讨贼耶?合当斩之。"须臾,武士献马谡首级于阶下。孔明大哭不已。蒋琬问曰:"今幼常得罪,既正军法,丞相何故哭耶?"孔明曰:"吾非为马谡而哭。吾想先帝在白帝城临危之时,曾嘱吾曰:'马谡言过其实,不可大用。'今果应此言。乃深恨己之不明,追思先帝之言,因此痛哭耳!"大小将士,无不流涕。马谡亡年三十九岁,时建兴六年夏五月也。后人有诗曰:"失守街亭罪不轻,堪嗟马谡枉谈兵。辕门斩首严军法,拭泪犹思先帝明。"

却说孔明斩了马谡,将首级遍示各营已毕,用线缝在尸上,具棺葬之,自修祭文享祀;将谡家小加意抚恤,按月给与禄米。于是孔明自作表文,令蒋琬申奏后主,请自贬丞相之职。琬回成都,入见后主,进上孔明表章。后主拆视之。表曰:"臣本庸才,叨窃非据,亲秉旄钺,以励三军。不能训章明法,临事而惧,至有街亭违命之阙,箕谷不戒之失,咎皆在臣,授任无方。臣明不知人,恤事多暗。《春秋》责帅,臣职是当。请自贬三等,以督厥咎。臣不胜惭愧,俯伏待命!"

后主览毕曰:"胜负兵家常事,丞相何出此言?"侍中费祎奏曰:"臣闻治国者,必以奉法为重。法若不行,何以服人。丞相败绩,自行贬降,正其宜也。"后主从之,乃诏贬孔明为右将军,行丞相事,照旧总督军马,就命费祎赍诏到汉中。

孔明受诏贬降讫,祎恐孔明羞赧,乃贺曰:"蜀中之民,知丞相初拔四县,深以为喜。"孔明变色曰:"是何言也!得而复失,与不得同。公以此贺我,实足使我愧赧耳。"祎又曰:"近闻丞相得姜维,天子甚喜。"孔明怒曰:"兵败师还,不曾夺得寸土,此吾之大罪也。量得一姜维,于魏何损?"祎又曰:"丞相现统雄师数十万,可再伐魏乎?"孔明曰:"昔大军屯于祁山、箕谷之时,我兵多于贼兵,而不能破贼,反为贼所破;此病不在兵之多寡,在主将耳。今欲减兵省将,明罚思过,较变通之道于将来;如其不然,虽兵多何用?自今以后,诸人有远虑于国者,但勤攻吾之阙,责吾之短,则事可定,贼可灭,功可翘足而待矣。"费祎诸将皆服其论。费祎自回成都。

孔明在汉中,惜军爱民,励兵讲武,置造攻城渡水之器,聚积粮草,预备战筏，以为后图。

(《三国演义》，人民文学出版社1973年版)

【题解】

　　《三国演义》是中国文学史上第一部最优秀的历史小说，题材故事来源于《三国志》等史书及有关"三国"人物的民间传说。隋唐以来，市井曲艺表演中已有"三国"节目，宋代"说话"艺术中甚至有"说三分"的专门科目和专业艺人，元代"三国"讲史话本《三国志平话》和《三分事略》已粗具《三国志演义》的轮廓，罗贯中在长期众多的民间传说和艺人创作基础上再创作，完成了这部划时代的典范作品。小说讲述了起自汉末黄巾起义、终于西晋统一的近百年历史，描绘了魏、蜀、吴三国在道义、智谋、实力、运气等多层面上的冲突对抗，在尊刘反曹肯定正统的框架中，暴露假、恶、丑，讴歌仁、智、勇，表达了强烈的道德主义和民本主义的思想。小说总体结构是"天下大势，合久必分，分久必合"，结尾处代表正义的刘蜀政权倾覆，魏、蜀、吴三方没有一个赢家，造就无数英雄的三国时代宣告终结，传达出"浪花淘尽英雄，是非成败转头空"的悲剧意识。全书共一百二十回，本篇据九十五、九十六回节选。围绕蜀、魏双方对汉中咽喉街亭、西城等地的争夺展开情节，生动地表现了诸葛亮、司马懿及双方其他将领在生死关键时刻的不同性格特点，揭示了古代军事思想中理论与实践、谨慎与勇敢、虚与实、胜与负之间的辩证关系，很能体现《三国演义》军事描写的风格和水平。节选内容传播广泛，被简称为"失街亭"或"空城计"。题目为编选者所加。

【集评】

　　[1] 无街亭则阳平关危，阳平关危则不惟进无所得，而且退有所失也。未失者且忧其失，而既得者安能保其得？……遂令向之擒夏侯、斩崔谅、杀杨陵、取上邽、袭冀县、骂王朗、破曹兵者，其功都付之乌有。悲夫！(毛宗岗《三国演义》九十五回回评)

　　[2] 若东原罗贯中，以平阳陈寿传，自汉灵帝中平元年，终于晋太康元年之事，留心损益，目之曰《三国志通俗演义》，文不甚深，言不甚俗，事纪其实，亦庶几乎史。盖欲读诵者，人人得而知之，若《诗》所谓里巷歌谣之义也。(蒋大器《三国志通俗演义序》)

　　[3] 凡演义之书，如《列国志》、《东西汉》、《说唐》及《南北宋》所纪实事，《西游记》、《金瓶梅》之类全凭虚构，皆无伤也。唯《三国演义》则七分事实，三分虚构，以致观者往往为所惑乱，如桃园等事，士大夫有作故事用者

矣。(章学诚《丙辰札记》)

[4] 历史小说最难作,过于翔实,无以异于正史。读《东周列国志》,绝索然无味者,正以全书随事随时,摘录排比,绝无匠心经营于其间,递不足刺激读者精神,鼓舞读者兴趣。若《三国演义》,则起伏开合,萦拂映带,虽无一事不本史乘,实无一语未经陶冶,宜其风行数百年,而妇孺皆耳熟能详也。(觚庵《觚庵剩笔》)

【参考书】

[1]《三国演义会评本》,陈曦钟等辑校,北京大学出版社1991年版。

[2]《三国志演义》,毛纶、毛宗岗评点,刘世德点校,中华书局1995年版。

吴承恩

吴承恩(约1500—约1582),字汝忠,号射阳居士,淮安山阳(今江苏淮安)人。性敏而多慧,博极群书,为诗文下笔立成,但在科场上不得志,直到四十多岁才得补岁贡生。曾任长兴县丞两年。有《射阳先生存稿》四卷。

西 游 记
大闹天宫

一日,玉帝早朝,班部中闪出许旌阳真人,俯启奏道:"今有齐天大圣,无事闲游,结交天上众星宿,不论高低,俱称朋友。恐后闲中生事。不若与他一件事管,庶免别生事端。"玉帝闻言,即时宣诏。那猴王欣欣然而至,道:"陛下,诏老孙有何升赏?"玉帝道:"朕见你身闲无事,与你件执事。你且权管那蟠桃园,早晚好生在意。"大圣欢喜谢恩,朝上唱喏而退。

他等不得穷忙,即入蟠桃园内查勘。本园中有个土地拦住,问道:"大圣何往?"大圣道:"吾奉玉帝点差,代管蟠桃园,今来查勘也。"那土地连忙施礼,即呼那一班锄树力士、运水力士、修桃力士、打扫力士都来见大圣磕头,引他进去。但见那:

夭夭灼灼,颗颗株株。夭夭灼灼花盈树,颗颗株株果压枝。果压枝头垂锦弹，花盈树上簇胭脂。时开时结千年熟，无夏无冬万载迟。先熟的，酡颜醉脸；还生的，带蒂青皮。凝烟肌带绿，映日显丹姿。树下奇葩并异卉，四时不谢色齐齐。左右楼台并馆舍，盈空常见罩云霓。不是玄都凡俗种，瑶池王母自栽培。

大圣看玩多时，问土地道："此树有多少株数？"土地道："有三千六百株：前面一千二百株，花微果小，三千年一熟，人吃了成仙了道，体健身轻。中间一千二百株，层花甘实，六千年一熟，人吃了霞举飞升，长生不老。后面一千二百株，紫纹缃核，九千年一熟，人吃了与天地齐寿，日月同庚。"大圣闻言，欢喜无任。当日查明了株树，点看了亭阁，回府。自此后，三五日一次赏玩，也不交友，也不他游。

一日，见那老树枝头，桃熟大半，他心里要吃个尝新。奈何本园土地、力士并齐天府仙吏紧随不便。忽设一计道："汝等且出门外伺候，让我在这亭上少憩片时。"那众仙果退。只见那猴王脱了冠服，爬上大树，拣那熟透的大桃，摘了许多，就在树枝上自在受用。吃了一饱，却才跳下树来，簪冠着服，唤众等仪从回府。迟三二日，又去设法偷桃，尽他享用。

一朝，王母娘娘设宴，大开宝阁，瑶池中做"蟠桃胜会"，即着那红衣仙女、青衣仙女、素衣仙女、皂衣仙女、紫衣仙女、黄衣仙女、绿衣仙女，各顶花篮，去蟠桃园摘桃建会。七衣仙女直至园门首，只见蟠桃园土地、力士同齐天府二司仙吏，都在那里把门。仙女近前道："我等奉王母懿旨，到此摘桃设宴。"土地道："仙娥且住。今岁不比往年了，玉帝点差齐天大圣在此督理，须是报大圣得知，方敢开园。"仙女道："大圣何在？"土地道："大圣在园内，因困倦，自家在亭子上睡哩。"仙女道："既如此，寻他去来，不可迟误。"土地即与同进，寻至花亭不见，只有衣冠在亭，不知何往，四下里都没寻处。原来大圣耍了一会，吃了几个桃子，变做二寸长的个人儿，在那大树梢头浓叶之下睡着了。七衣仙女道："我等奉旨前来，寻不见大圣，怎敢空回？"旁有仙使道："仙娥既奉旨来，不必迟疑。我大圣闲游惯了，想是出园会友去了。汝等且去摘桃，我们替你回话便是。"那仙女依言，入树林之下摘桃。先在前树摘了二篮，又在中树摘了三篮，到后树上摘取，只见那树上花果稀疏，止有几个毛蒂青皮。原来熟的都是猴王吃了。七仙女张望东西，只见向南枝上止有一个半红半白的桃子。青衣女用手扯下枝来，红衣女摘了，却将枝子望上一放。原来那大圣变化了，正睡在此枝，被他惊醒。大圣即现本相，耳朵里擎出金箍棒，幌一幌，碗来粗细，咄的一声道："你是那方怪物，敢大胆偷摘我桃！"慌得那七仙女一齐跪下道："大圣息怒。我等不是妖怪，乃王母娘娘差来的七衣仙女，摘取仙桃，大开宝阁，做蟠桃胜会。适至此间，先见了本园土地等神，寻大圣不见。我等恐迟了王母懿旨，是以等不得大圣，故先在此摘桃。万望恕罪。"大圣闻言，回嗔作喜道："仙娥请起。王母开阁设宴，请的是谁？"仙女道："上会自有旧规，请的是西天佛老、菩萨、圣僧、罗汉，南方南极观音，东方崇恩圣帝、十洲三岛仙翁，北方北极玄灵，中央黄极黄角大仙，这个是五方五老。还有五斗星君，上八洞三清、四帝、太乙天仙等众，中八洞玉皇、九垒、海岳神仙；下八洞幽冥教主、注世地仙。各宫各殿大小尊神，俱一齐赴蟠桃嘉会。"大圣笑道："可请我么？"仙女道："不曾听得说。"大圣道："我乃齐天大圣，就请我老孙做个席尊，有何不可？"仙女道："此是上会旧规，今会不知如何。"大圣道："此言也是，难怪汝等。你且立下，待老孙先去打听个消息，看可请老孙不请。"

好大圣，捻着诀，念声咒语，对众仙女道："住，住，住！"这原来是个定身法，把那七衣仙女，一个个睖睖睁睁，白着眼，都站在桃树之下。大圣纵朵祥云，跳出园内，竟奔瑶池路上而去。正行时，只见那壁厢：

　　一天瑞霭光摇曳，五色祥云飞不绝。
　　白鹤声鸣振九皋，紫芝色秀分千叶。
　　中间现出一尊仙，相貌昂然丰采别。
　　神舞虹霓幌汉霄，腰悬宝箓无生灭。
　　名称赤脚大罗仙，特赴蟠桃添寿节。

那赤脚大仙觌面撞见大圣，大圣低头定计，赚哄真仙，他要暗去赴会，却问："老道何往？"大仙道："蒙王母见招，去赴蟠桃嘉会。"大圣道："老道不知。玉帝因老孙筋斗云疾，着老孙五路邀请列位，先至通明殿下演礼，后方去赴宴。"大仙是个光明正大之人，就以他的诳语作真，道："常年就在瑶池演礼谢恩，如何先去通明殿演礼，方去瑶池赴会？"无奈，只得拨转祥云，径往通明殿去了。

大圣驾着云，念声咒语，摇身一变，就变做赤脚大仙模样，前奔瑶池。不多时，直至宝阁，按住云头，轻轻移步，走入里面，只见那里：

　　琼香缭绕，瑞霭缤纷。瑶台铺彩结，宝阁散氤氲。凤翥鸾翔形缥缈，金花玉萼影浮沉。上排着九凤丹霞扆，八宝紫霓墩。五彩描金桌，千花碧玉盆。桌上有龙肝和凤髓，熊掌与猩唇。珍馐百味般般美，异果嘉肴色色新。

那里铺设得齐齐整整，却还未有仙来。这大圣点看不尽，忽闻得一阵酒香扑鼻，急转头见右壁厢长廊之下，有几个造酒的仙官，盘糟的力士，领几个运水的道人，烧火的童子，在那里洗缸刷瓮，已造成了玉液琼浆，香醪佳酿。大圣止不住口角流涎，就要去吃，奈何那些人都在这里，他就弄个神通，把毫毛拔下几根，丢入口中嚼碎，喷将出去，念声咒语，叫"变！"即变做几个瞌睡虫，奔在众人脸上。你看那伙人，手软头低，闭眉合眼，丢了执事，都去盹睡。大圣却拿了些百味八珍，佳肴异品，走入长廊里面，就着缸，挨着瓮，放开量，痛饮一番。吃勾了多时，酕醄醉了，自揣自摸道："不好，不好！再过会，请的客来，却不怪我？一时拿住，怎生是好？不如早回府中睡去也。"

好大圣，摇摇摆摆，仗着酒，任情乱撞，一会把路差了；不是齐天府，却是兜率天宫。一见了，顿然醒悟道："兜率宫是三十三天之上，乃离恨天太上老君之处，如何错到此间？也罢，也罢！一向要来望此老，不曾得来，今趁此残步，就望他一望也好。"即整衣撞进去。那里不见老君，四无人迹。原来那老君与燃灯古佛在三层高阁朱陵丹台上讲道，众仙童、仙将、仙官、仙吏都侍立左右听讲。这大圣直至丹房里面，寻访不遇，但见丹灶之旁，炉中有火。炉左右安放着五个葫芦，葫芦里都是炼就的金丹。大圣喜道："此物乃仙家之至宝。老孙自了道以来，识破了内外相同之理，也要炼些金丹济人，不期到家无暇。今日有缘，却又撞着此物，趁老子不在，等我吃他几丸尝新。"他就把那葫芦都倾出来，就都吃了，如吃炒豆相似。

一时间丹满酒醒，又自己揣度道："不好，不好！这场祸，比天还大，若惊动玉帝，性命难存。走，走，走！不如下界为王去也！"他就跑出兜率宫，不行旧路，从西天门，使个隐身法逃去，即按云头，回至花果山界。但见那旌旗闪灼，戈戟光辉，原来是四健将与七十二洞妖王，在那里演习武艺。大圣高叫道："小的们！我来也！"众怪丢了器械，跪倒道："大圣好宽心！丢下我等许久，不来相顾！"大圣道："没多时，没多时！"且说且行，径入洞天深处。四健将打扫安歇，叩头礼拜毕，俱道："大圣在天这百十年，实受何职？"大圣笑道："我记得才半年光景，怎么就说百十年话？"健将道："在天一日，即在下方一年也。"大圣道："且喜这番玉帝相爱，果封做齐天大圣，起一座齐天府，又设安静、宁神二司，司设仙吏侍卫。向后见我无事，着我代管蟠桃园。近因王母娘娘设蟠桃大会，未曾请我，是我不待他请，先赴瑶池，把他那仙品仙酒，都是我偷吃了。走出瑶池，踉踉跄跄误入老君宫阙，又把他五个葫芦金丹也偷吃了。但恐玉帝见罪，方才走出天门来也。"

众怪闻言大喜，即安排酒果接风，将椰酒满斟一石碗奉上。大圣喝了一口，即咨牙俫嘴道："不好吃，不好吃！"崩、芭二将道："大圣在天宫，吃了仙酒仙肴，是以椰酒不甚美口。常言道：'美不美，乡中水。'"大圣道："你们就是'亲不亲，故乡人'。我今早在瑶池中受用时，见那长廊之下，有许多瓶罐，都是那玉液琼浆，你们都不曾尝着。待我再去偷他几瓶回来，你们各饮半杯，一个个也长生不老。"众猴欢喜不胜。大圣即出洞门，又翻一筋斗，使个隐身法,径至蟠桃会上。进瑶池宫阙,只见那几个造酒、盘糟、运水、烧火的,还鼾睡未醒。他将大的从左右胁下挟了两个,两手提了两个,即拨转云头回来,会众猴在于洞中,就做个仙酒会,各饮了几杯,快乐不题。

却说那七衣仙女自受了大圣的定身法术,一周天方能解脱。各提花篮,回奏王母说道:"齐天大圣使术法困住我等,故此来迟。"王母问道:"汝等摘了多少蟠桃?"仙女道:"只有两篮小桃,三篮中桃。至后面,大桃半个也无,想都是大圣偷吃了。及正寻间,不期大圣走将出来,行凶拷打,又问设宴请谁。我等把上会事说了一遍,他就定住我等,不知去向。直到如今,才得醒解回来。"

王母闻言,即去见玉帝,备陈前事。说不了,又见那造酒的一班人,同仙官等来奏:"不知什么人,搅乱了蟠桃大会,偷吃了玉液琼浆,其八珍百味,亦俱偷吃了。"又有四个大天师来奏上:"太上道祖来了。"玉帝即同王母出迎。老君朝礼毕,道:"老道宫中,炼了些九转金丹,伺候陛下做丹元大会,不期被贼偷去,特启陛下知之。"玉帝见奏悚惧。少时,又有齐天府仙吏叩头道:"孙大圣不守执事,自昨日出游,至今未转,更不知去向。"玉帝又添疑思,只见那赤脚大仙又颡凶上奏道:"臣蒙王母诏昨日赴会,偶遇齐天大圣,对臣言万岁有旨,着他邀臣等先赴通明殿演礼,方去赴会。臣依他言语,即返至通明殿外,不见万岁龙车凤辇,又急来此俟候。"玉帝越发大惊道:"这厮假传旨意,赚哄贤卿,快着纠察灵官缉访这厮踪迹!"

灵官领旨,即出殿遍访,尽得其详细,回奏道:"搅乱天宫者,乃齐天大圣也。"又将前事尽诉一番。玉帝大恼,即差四大天王,协同李天王并哪吒太子,点二十八宿、九曜星官、十二元辰、五方揭谛、四值功曹、东西星斗、南北二神、五岳四渎、普天星相,共十万天兵,布一十八架天罗地网,下界去花果山围困,定捉获那厮处治。众神即时兴师,离了天宫。这一去,但见那:

黄风滚滚遮天暗,紫雾腾腾罩地昏。只为妖猴欺上帝,致令众圣降凡尘。四大天王,五方揭谛:四大天王权总制,五方揭谛调多兵。李托塔中军掌号,恶哪吒前部先锋。罗睺星为头检点,计都星随后峥嵘。太阴星精神抖擞,太阳星照耀分明。五行星偏能豪杰,九曜星最喜相争。元辰星子午卯酉,一个个都是大力天丁。五瘟五岳东西摆,六丁六甲左右行。四渎龙神分上下,二十八宿密层层。角亢氐房为总领,奎娄胃昴惯翻腾。斗牛女虚危室壁,心尾箕星个个能。井鬼柳星张翼轸,轮枪舞剑显威灵。停云降雾临凡世,花果山前扎下营。

诗曰:
天产猴王变化多,偷丹偷酒乐山窝。

只因搅乱蟠桃会，十万天兵布网罗。

当时李天王传了令，着众天兵扎了营，把那花果山围得水泄不通。上下布了十八架天罗地网，先差九曜恶星出战。九曜即提兵径至洞外，只见那洞外大小群猴跳跃顽耍。星官厉声高叫道："那小妖！你那大圣在那里？我等乃上界差调的天神，到此降你这造反的大圣。教他快快来归降；若道半个'不'字，教汝等一概遭诛！"那小妖慌忙传入道："大圣，祸事了！祸事了！外面有九个凶神，口称上界差来的天神，收降大圣。"

那大圣正与七十二洞妖王，并四健将分饮仙酒，一闻此报，公然不理道："'今朝有酒今朝醉，莫管门前是与非。'"说不了，一起小妖又跳来道："那九个凶神，恶言泼语，在门前骂战哩！"大圣笑道："莫采他。'诗酒且图今日乐，功名休问几时成。'"说犹未了，又一起小妖来报："爷爷！那九个凶神已把门打破，杀进来也！"大圣怒道："这泼毛神，老大无礼！本待不与他计较，如何上门来欺我？"即命独角鬼王，领帅七十二洞妖王出阵，老孙领四健将随后。那鬼王疾帅妖兵，出门迎敌，却被九曜恶星一齐掩杀，抵住在铁板桥头，莫能得出。

正嚷间，大圣到了。叫一声："开路！"擎开铁棒，幌一幌，碗来粗细，丈二长短，丢开架子，打将出来。九曜星那个敢抵，一时打退。那九曜星立住阵势道："你这不知死活的弼马温！你犯了十恶之罪，先偷桃，后偷酒，搅乱了蟠桃大会，又窃了老君仙丹，又将御酒偷来此处享乐，你罪上加罪，岂不知之？"大圣笑道："这几桩事，实有，实有！但如今你怎么？"九曜星道："吾奉玉帝金旨，帅众到此收降你，快早皈依，免教这些生灵纳命。不然，就蹅平了此山，掀翻了此洞也！"大圣大怒道："量你这些毛神，有何法力，敢出浪言。不要走，请吃老孙一棒！"这九曜星一齐踊跃。那美猴王不惧分毫，轮起金箍棒，左遮右挡，把那九曜星战得筋疲力软，一个个倒拖器械，败阵而走，急入中军帐下，对托塔天王道："那猴王果十分骁勇！我等战他不过，败阵来了。"李天王即调四大天王与二十八宿，一路出师来斗。大圣也公然不惧，调出独脚鬼王、七十二洞妖王与四个健将，就于洞门外列成阵势。你看这场混战，好惊人也：

寒风飒飒，怪雾阴阴。那壁厢旌旗飞彩，这壁厢戈戟生辉。滚滚盔明，层层甲亮。滚滚盔明映太阳，如撞天的银磬；层层甲亮砌岩崖，似压地的冰山。大捍刀，飞云掣电；楮白枪，度雾穿云。方天戟，虎眼鞭，麻林摆列；青铜剑，四明铲，密树排阵。弯弓硬弩雕翎箭，短棍蛇矛挟了魂。大圣一条如意棒，翻来覆去战天神。杀得那空中无鸟过，山内虎狼奔；扬砂走石乾坤黑，播土飞尘宇宙昏。只听兵兵扑扑惊天地，煞煞威威振鬼神。

这一场自辰时布阵,混杀到日落西山。那独角鬼王与七十二洞妖怪,尽被众天神捉拿去了,止走了四健将与那群猴,深藏在水帘洞底。这大圣一条棒,抵住了四大天神与李托塔、哪吒太子,俱在半空中,杀毂多时。大圣见天色将晚,即拔毫毛一把,丢在口中,嚼碎了,喷将出去,叫声:"变!"就变了千百个大圣,都使的是金箍棒,打退了哪吒太子,战败了五个天王。

大圣得胜,收了毫毛,急转身回洞,早又见铁板桥头,四个健将,领众叩迎那大圣,哽哽咽咽大哭三声,又唏唏哈哈大笑三声。大圣道:"汝等见了我,又哭又笑,何也?"四健将道:"今早帅众将与天王交战,把七十二洞妖王与独角鬼王,尽被众神捉了,我等逃生,故此该哭。这见大圣得胜回来,未曾伤损,故此该笑。"大圣道:"胜负乃兵家之常。古人云:杀人一万,自损三千。况捉了去的头目乃是虎豹狼虫、獾獐狐狢之类,我同类者未伤一个,何须烦恼?他虽被我使个分身法杀退,他还要安营在我山脚下。我等且紧紧防守,饱食一顿,安心睡觉,养养精神。天明看我使个大神通,拿这些天将,与众报仇。"四将与众猴将椰酒吃了几碗,安心睡觉不题。

那四大天王收兵罢战,众各报功:有拿住虎豹的,有拿住狮象的,有拿住狼虫狐狢的,更不曾捉着一个猴精。当时果又安辕营,下大寨,赏犒了得功之将,吩咐了天罗地网之兵,各各提铃喝号,围困了花果山,专待明早大战。各人得令,一处处谨守……。

且不言天神围绕,大圣安歇。话表南海普陀落伽山大慈大悲救苦救难灵感观世音菩萨,自王母娘娘请赴蟠桃大会,与大徒弟惠岸行者,同登宝阁瑶池,见那里荒荒凉凉,席面残乱;虽有几位天仙,俱不就座,都在那里乱纷纷讲论。菩萨与众仙相见毕,众仙备言前事。菩萨道:"既无盛会,又不传杯,汝等可跟贫僧去见玉帝。"众仙怡然随往。至通明殿前,早有四大天师、赤脚大仙等众,俱在此迎着菩萨,即道玉帝烦恼,调遣天兵,擒怪未回等因。菩萨道:"我要见见玉帝。烦为转奏。"天师邱弘济,即入灵霄宝殿,启知宣入。时有太上老君在上,王母娘娘在后。

菩萨引众同入里面,与玉帝礼毕,又与老君、王母相见,各坐下。便问:"蟠桃盛会如何?"玉帝道:"每年请会,喜喜欢欢,今年被妖猴作乱,甚是虚邀也。"菩萨道:"妖猴是何出处?"玉帝道:"妖猴乃东胜神洲傲来国花果山石卵化生的。当时生出,即目运金光,射冲斗府。始不介意,继而成精,降龙伏虎,自削死籍。当有龙王、阎王启奏。朕欲擒拿,是长庚星启奏道:'三界之间,凡有九窍者,可以成仙。'朕即施教育贤,宣他上界,封为御马监弼马温官。那厮嫌恶官小,反了天宫。即差李天王与哪吒太子收降,又降诏抚安,宣至上界,就封他做个'齐天大圣',只是有官无禄。他因没事干管理,东游西荡。朕又恐别生事端,着他代管蟠桃园。他又不遵法律,将老树大桃,尽行偷吃。及至设会,他乃无禄人员,不曾请他;他就设计赚哄赤脚大仙,却自变他相貌入会,将仙肴仙酒尽偷吃了,又偷老君仙丹,又偷御酒若干,去与本山众猴享乐。朕心为此烦恼,故调十万天兵,天罗地网收伏。这一日不见回报,不知胜负如何。"

菩萨闻言,即命惠岸行者道:"你可快下天宫,到花果山,打探军情如何。如遇相敌,可就相助一功,务必的实回话。"惠岸行者整整衣裙,执一条铁棍,驾云离阙,径至山前。见那天罗地网,密密层层,各营门提铃喝号,将那山围绕的水泄不通。惠岸立住,叫:"把营门的天丁,烦你传报:我乃李天王二太子木叉,南海观音大徒弟惠岸,特来打探军情。"那营里五岳神兵,即传入辕门之内。早有虚日鼠、昴日鸡、星日马、房日兔,将言传到中军帐下。李天王发下令旗,教开天罗地网,放他进来。此时东方才亮。惠岸随旗进入,见四大天王与李天王下拜。拜讫,李天王道:"孩儿,你自那厢来者?"惠岸道:"愚男随菩萨赴蟠桃会,菩萨见胜会荒凉,瑶池寂寞,引众仙并愚男去见玉帝。玉帝备言父王等下界收伏妖猴,一日不见回报,胜负未知,菩萨因命愚男到此打听虚实。"李天王道:"昨日到此安营下寨,着九曜星挑战,被这厮大弄神通,九曜星俱败走而回。后我等亲自提兵,那厮也排开阵势。我等十万天兵,与他混战至晚,他使个分身法战退。及收兵查勘时,止捉得些狼虫虎豹之类,不曾捉得他半个妖猴。今日还未出战。"

说不了,只见辕门外有人来报道:"那大圣引一群猴精,在外面叫战。"四大天王与李天王并太子正议出兵。木叉道:"父王,愚男蒙菩萨吩咐,下来打探消息,就说若遇战时,可助一功。今不才愿往。看他怎么个大圣!"天王道:"孩儿,你随菩萨修行这几年,想必也有些神通,切须在意。"

好太子,双手轮着铁棍,束一束绣衣,跳出辕门,高叫:"那个是齐天大圣?"大圣挺如意棒,应声道:"老孙便是。你是甚人,辄敢问我?"木叉道:"吾乃李天王第二太子木叉,今在观音菩萨宝座前为徒弟护教,法名惠岸是也。"大圣道:"你不在南海修行,却来此见我做甚?"木叉道:"我蒙师父差来打探军情,见你这般猖獗,特来擒你!"大圣道:"你敢说那等大话!且休走!吃老孙这一棒!"木叉全然不惧,使铁棒劈手相迎。他两个立那半山中,辕门外,这场好斗:

> 棍虽对棍铁各异,兵纵交兵人不同。一个是太乙散仙呼大圣,一个是观音徒弟正元龙。浑铁棍乃千锤打,六丁六甲运神功;如意棒是天河定,镇海神珍法力洪。两个相逢真对手,往来解数实无穷。这个的阴手棍,万

千凶，绕腰贯索疾如风；那个的夹枪棒，不放空，左遮右挡怎相容？那阵上旌旗闪闪，这阵上鼍鼓冬冬。万员天将团团绕，一洞妖猴簇簇丛。怪雾愁云漫地府，狼烟煞气射天宫。昨朝混战还犹可，今日争持更又凶。堪羡猴王真本事，木叉复败又逃生。

这大圣与惠岸战经五六十合，惠岸臂膊酸麻，不能迎敌，虚幌一幌，败阵而走。大圣也收了猴兵，安扎在洞门之外。只见天王营门外，大小天兵，接住了太子，让开大路，径入辕门，对四天王、李托塔、哪吒，气哈哈的，喘息未定："好大圣！好大圣！着实神通广大！孩儿战不过，又败阵而来也！"李天王见了心惊，即命写表求助，便差大力鬼王与木叉太子上天启奏。

二人当时不敢停留，闯出天罗地网，驾起瑞霭祥云。须臾，径至通明殿下，见了四大天师，引至灵霄宝殿，呈上表章。惠岸又见菩萨施礼。菩萨道："你打探的如何？"惠岸道："始领命到花果山，叫开天罗地网门，见了父亲，道师父差命之意。父王道：'昨日与那猴王战了一场，止捉得他虎豹狮象之类，更未捉他一个猴精。'正讲间，他又索战，是弟子使铁棍与他战经五六十合，不能取胜，败走回营。父亲因此差大力鬼王同弟子上界求助。"菩萨低头思忖。

却说玉帝拆开表章，见有求助之言，笑道："叵耐这个猴精，能有多大手段，就敢敌过十万天兵！李天王又来求助，却将那路神兵助之？"言未毕，观音合掌启奏："陛下宽心，贫僧举一神，可擒这猴。"玉帝道："所举者何神？"菩萨道："乃陛下令甥显圣二郎真君，见居灌洲灌江口，享受下方香火。他昔日曾力诛六怪，又有梅山兄弟与帐前一千二百草头神，神通广大。奈他只是听调不听宣，陛下可降一道调兵旨意，着他助力，便可擒也。"玉帝闻言，即传调兵的旨意，就差大力鬼王赍调。

那鬼王领了旨，即驾起云，径至灌江口。不消半个时辰，直至真君之庙。早有把门的鬼判，传报至里道："外有天使，捧旨而至。"二郎即与众弟兄，出门迎接旨意，焚香开读。旨意上云：

花果山妖猴齐天大圣作乱。因在宫偷桃、偷酒、偷丹，搅乱蟠桃大会，见着十万天兵，一十八架天罗地网，围山收伏，未曾得胜。今特调贤甥同义兄弟即赴花果山助力剿除。成功之后，高升重赏。

真君大喜道："天使请回，吾当就去拔刀相助也。"鬼王回奏不题。

这真君即唤梅山六兄弟——乃康、张、姚、李四太尉，郭申、直健二将军，聚集殿前道："适才玉帝调遣我等往花果山收降妖猴，同去去来。"众弟兄俱忻然愿往。即点本部神兵，驾鹰牵犬，搭弩张弓，纵狂风，霎时过了东洋大海，径至花果山。见那天罗地网，密密层层，不能前进，因叫道："把天罗地网的神将听着：吾乃二郎显圣真君，蒙玉帝调来，擒拿妖猴者，快开营门放行。"一时,各神一层层传入。四大天王与李天王俱出辕门迎接。相见毕,问及胜败之事,天王将上项事备陈一遍。真君笑道:"小圣来此,必须与他斗个变化。列公将天罗地网,不要幔了顶上,只四围紧密,让我赌斗。若我输与他,不必列公相助,我自有兄弟扶持;若赢了他,也不必列公绑缚,我自有兄弟动手。只请托塔天王与我使个照妖镜,住立空中。恐他一时败阵,逃窜他方,切须与我照耀明白,勿走了他。"天王各居四维,众天兵各挨排列阵去讫。

这真君领着四太尉、二将军,连本身七兄弟,出营挑战;分付众将,紧守营盘,收全了鹰犬。众草头神得令。真君只到那水帘洞外,见那一群猴,齐齐整整,排作个蟠龙阵势;中军里,立一竿旗,上书"齐天大圣"四字。真君道:"那泼妖,怎么称得起齐天之职?"梅山六弟道:"且休赞叹,叫战去来。"那营口小猴见了真君,急走去报知。那猴王即掣金箍棒,整黄金甲,登步云履,按一按紫金冠,腾出营门,急睁睛观看,那真君的相貌,果是清奇,打扮得又秀气。真个是:

  仪容清俊貌堂堂,两耳垂肩目有光。
  头戴三山飞凤帽,身穿一领淡鹅黄。
  缕金靴衬盘龙袜,玉带团花八宝妆。
  腰挎弹弓新月样,手执三尖两刃枪。
  斧劈桃山曾救母,弹打樱罗双凤凰。
  力诛八怪声名远,义结梅山七圣行。
  心高不认天家眷,性傲归神住灌江。
  赤城昭惠英灵圣,显化无边号二郎。

大圣见了,笑嘻嘻的,将金箍棒掣起,高叫道:"你是何方小将,辄敢大胆到此挑战?"真君喝道:"你这厮有眼无珠,认不得么!吾乃玉帝外甥,敕封昭惠灵显王二郎是也。今蒙上命,到此擒你这反天宫的弼马温猢狲,你还不知死活!"大圣道:"我记得当年玉帝妹子思凡下界,配合杨君,生一男子,曾使斧劈桃山的,是你么?我待要骂你几声,曾奈无甚冤仇;待要打你一棒,可惜了你的性命。你这郎君小辈,可急急回去,唤你四大天王出来。"真君闻言,心中大怒道:"泼猴!休得无礼!吃吾一刃!"大圣侧身躲过,疾举金箍棒,劈手相还。他两个这场好杀:

  昭惠二郎神,齐天孙大圣,这个心高欺敌美猴王,那个面生压伏真梁栋。两个乍相逢,各人皆赌兴。从来未识浅和深,今日方知轻与重。铁棒赛飞龙,神锋如舞风。左挡右攻,前迎后映。这阵上梅山六弟助威风,那阵上马流四将传军令。摇旗擂鼓各齐心,呐喊筛锣都助兴。两个钢刀有见机,一来一往无丝缝。金箍棒是海中珍,变化飞腾能取胜;若还身慢命该休,但要差池为蹭蹬。

真君与大圣斗经三百余合,不知胜负。那真君抖搜神威,摇身一变,变得身高万丈,两只手,举着三尖两刃神锋,好便似华山顶上之峰,青脸獠牙,朱红头发,恶狠狠,望大圣着头就砍。这大圣也使神通,变得与二郎身躯一样,嘴脸一般,举一条如意金箍棒,却就如昆仑顶上的擎天之柱,抵住二郎神;唬得那马、流元帅,战兢兢,摇不得旌旗;崩、芭二将,虚怯怯,使不得刀剑。这阵上,康、张、姚、李、郭申、直健,传号令,撒放草头神,向他那水帘洞外,纵着鹰犬,搭弩张弓,一齐掩杀。可怜冲散妖猴四健将,捉拿灵怪二三千!那些猴,抛戈弃甲,撇剑丢枪;跑的跑,喊的喊;上山的上山,归洞的归洞;好似夜猫惊宿鸟,飞洒满天星。众兄弟得胜不题。

却说真君与大圣变做法天象地的规模,正斗时,大圣忽见本营中妖猴惊散,自觉心慌,收了法象,掣棒抽身就走。真君见他败走,大步赶上道:"那里走?趁早归降,饶你性命!"大圣不恋战,只情跑起。将近洞口,正撞着康、张、姚、李四太尉,郭申、直健二将军,一齐帅众挡住道:"泼猴!那里走!"大圣慌了手脚,就把金箍棒捏做绣花针,藏在耳内,摇身一变,变作个麻雀儿,飞在树梢头钉住。那六兄弟,慌慌张张,前后寻觅不见,一齐吆喝道:"走了这猴精也!走了这猴精也!"

正嚷处,真君到了,问:"兄弟们,赶到那厢不见了?"众神道:"才在这里围住,就不见了。"二郎圆睁凤目观看,见大圣变了麻雀儿,钉在树上,就收了法象,撇了神锋,卸下弹弓,摇身一变,变作个饿鹰儿,抖开翅,飞将去扑打。大圣见了,嗖的一翅飞起去,变作一只大鹚老,冲天而去。二郎见了,急抖翎毛,摇身一变,变作一只大海鹤,钻上云霄来嗛。大圣又将身按下,入涧中,变作一个鱼儿,淬入水内。二郎赶至涧边,不见踪迹。心中暗想道:"这猢狲必然下水去也,定变作鱼虾之类。等我再变变拿他。"果一变变作个鱼鹰儿,飘荡在下溜头波面上,等待片时。那大圣变鱼儿,顺水正游,忽见一只飞禽,似青鹞,毛片不青;似鹭鸶,顶上无缨;似老鹳,腿又不红:"想是二郎变化了等我哩!……"急转头打个花就走。二郎看见道:"打花的鱼儿,似鲤鱼,尾巴不红;似鳜鱼,花鳞不见;似黑鱼,头上无星;似鲂鱼,鳃上无针。他怎么见了我就回去了?必然是那猴变的。"赶上来,刷的啄一嘴。那大圣就撺出水中,一变,变作一条水蛇,游近岸,钻入草中。二郎因嗛他不着,他见水响中,见一条蛇撺出去,认得是大圣,急转身,又变了一只朱绣顶的灰鹤,伸着一个长嘴,与一把尖头铁钳子相似,径来吃这水蛇。水蛇跳一跳,又变做一只花鸨,木木樗樗的,立在蓼汀之上。二郎见他变得低贱,——花鸨乃鸟中至贱至淫之物,不拘鸾、凤、鹰、鸦都与交群——故此不去拢傍,即现原身，走将去，取过弹弓拽满，一弹子把他打个踉蹡。

那大圣趁着机会，滚下山崖，伏在那里又变，变一座土地庙儿。大张着口，似个庙门；牙齿变做门扇，舌头变做菩萨，眼睛变做窗棂。只有尾巴不好收拾，竖在后面，变做一根旗竿。真君赶到崖下，不见打倒的鸨鸟，只有一间小庙；急睁凤眼，仔细看之，见旗竿立在后面，笑道："是这猢狲了！他今又在那里哄我。我也曾见庙宇，更不曾见一个旗竿竖在后面的。断是这畜生弄喧！他若哄我进去，他便一口咬住。我怎肯进去？等我掣拳先捣窗棂，后踢门扇！"大圣听得，心惊道："好狠！好狠！门扇是我牙齿，窗棂是我眼睛；若打了牙，捣了眼，却怎么是好？"扑的一个虎跳，又冒在空中不见。

真君前前后后乱赶，只见四太尉、二将军，一齐拥至道："兄长，拿住大圣么？"真君笑道："那猴儿才自变座庙宇哄我。我正要捣他窗棂，踢他门扇，他就纵一纵，又渺无踪迹。可怪！可怪！"众皆愕然，四望更无形影。真君道："兄弟们在此看守巡逻，等我上去寻他。"急纵身驾云，起在半空。见那李天王高擎照妖镜，与哪吒住立云端，真君道："天王，曾见那猴王么？"天王道："不曾上来。我这里照着他哩。"真君把那赌变化，弄神通，拿群猴一事说毕，却道："他变庙宇，正打处，就走了。"李天王闻言，又把照妖镜四方一照，呵呵的笑道："真君，快去！快去！那猴使了个隐身法，走出营围，往你那灌江口去也。"二郎听说，即取神锋，回灌江口来赶。

却说那大圣已至灌江口，摇身一变，变作二郎爷爷的模样，按下云头，径入庙里。鬼判不能相认，一个个磕头迎接。他坐中间，点查香火：见李虎拜还的三牲，张龙许下的保福，赵甲求子的文书，钱丙告病的良愿。正看处，有人报："又一个爷爷来了。"众鬼判急急观看，无不惊心。真君却道："有个什么齐天大圣，才来这里否？"众鬼判道："不曾见什么大圣，只有一个爷爷在里面查点哩。"真君撞过门，大圣见了，现出本相道："郎君不消嚷，庙宇已姓孙了。"这真君即举三尖两刃神锋，劈脸就砍。那猴王使个身法，让过神锋，掣出那绣花针儿，幌一幌，碗来粗细，赶到前，对面相还。两个嚷嚷闹闹，打出庙门，半雾半云，且行且战，复打到花果山，慌得那四大天王等众，提防愈紧。这康、张太尉等迎着真君，合心努力，把那美猴王围绕不题。

话表大力鬼王既调了真君与六兄弟提兵擒魔去后，却上界回奏。玉帝与观音菩萨、王母并众仙卿，正在灵霄殿讲话，道："既是二郎已去赴战，这一日还不见回报。"观音合掌道："贫僧请陛下同道祖出南天门外，亲去看看虚实如何？"玉帝道："言之有理。"即摆驾，同道祖、观音、王母与众仙卿至南天门。早有些天丁、力士接着，开门遥观，只见众天丁布罗网，围住四面；李天王与哪吒，擎照妖镜，立在空中；真君把大圣围绕中间，纷纷赌斗哩。菩萨开口对老君说:"贫僧所举二郎神如何?——果有神通,已把那大圣围困,只是未得擒拿。我如今助他一功,决拿住他也。"老君道:"菩萨将甚兵器?怎么助他?"菩萨道:"我将那净瓶杨柳抛下去,打那猴头;即不能打死,也打个一跌,教二郎小圣,好去拿他。"老君道:"你这瓶是个磁器,准打着他便好,如打不着他的头,或撞着他的铁棒,却不打碎了?你且莫动手,等我老君助他一功。"菩萨道:"你有什么兵器?"老君道:"有,有,有。"捋起衣袖,左膊上,取下一个圈子,说道:"这件兵器,乃锟钢抟炼的,被我将还丹点成,养就一身灵气,善能变化,水火不侵,又能套诸物;一名'金钢琢',又名'金钢套'。当年过函关,化胡为佛,甚是亏他。早晚最可防身。等我丢下去打他一下。"

话毕,自天门上往下一掼,滴流流,径落花果山营盘里,可可的着猴王头上一下。猴王只顾苦战七圣,却不知天上坠下这兵器,打中了天灵,立不稳脚,跌了一跤,爬将起来就跑;被二郎爷爷的细犬赶上,照腿肚子上一口,又扯了一跌。他睡倒在地,骂道:"这个亡人!你不去妨家长,却来咬老孙!"急翻身爬不起来。被七圣一拥按住,即将绳索捆绑,使勾刀穿了琵琶骨,再不能变化。

(《西游记》,黄肃秋校点,人民文学出版社1980年版)

【题解】

《西游记》中的玄奘取经故事史有其事,唐代《大唐西域记》、《大唐大慈恩寺三藏法师传》都载有玄奘取经的过程。唐宋以来,取经故事在传播中不断被神化、幻化,北宋《大唐三藏取经诗话》中,虚构的神通广大的猴行者形象已经取代玄奘成为取经路上的主角。今日所见唐僧师徒四众西天取经的故事,在元代渐趋定型,至迟在元末明初,已有一部比较完整的《西游记平话》和《西游记杂剧》问世,《西游记》小说就是在此基础上加工修订而成的。叙述美猴王孙悟空等触犯六条遭受处罚,在观世音菩萨指引下保护唐僧前往西天取经,一路降妖除魔,最终取得真经,得成正果。全书共一百回,本节据第五回、六回节选。写孙悟空造反闹天宫,天兵天将不能降伏,观世音菩萨推举二郎神出战,最终生擒孙悟空。其中猴王与二郎神之间的交战斗法过程被描绘得激烈紧张而又诙谐幽默,颇足体现《西游记》的叙事风格。猴王被天庭和宗教力量联合加以收服,这在全书结构中是一个重要的转折,也有着丰富的象征意义。题目为编选者所加。

【集评】

[1] 憺漪子曰:小圣降大圣一语,大有至理。……物极必反,惟有舍大而

求小。故观音一举二郎,而猴王旋即成擒。此非二郎之能擒猴王,乃小圣之能降大圣耳。(汪象旭评刻《古本西游证道书》回评)

[2]文不幻不文,幻不极不幻。是知天下极幻之事,乃极真之事;极幻之理,乃极真之理。(袁于令《西游记题词》)

[3]《西游记》曼衍虚幻,而其纵横变化,以猿为心之神,以猪为意之驰,其始之放纵,上天下地,莫能禁制,而归于紧箍一咒,能使心猿驯伏,至死靡他,盖亦求放心之喻,非浪作也。(谢肇淛《五杂俎》卷十五)

[4]《西游记》随手写来,羌无故实,毫无情理之可言,而行文之乐,则纵绝古今,横绝世界,未有如作者之开拓心胸者矣。……任意大开玩笑,有时自难自解,亦无甚深微奥妙之旨,无非随手提起,随手放倒,此于作文则真能取乐,而实则并不成为文法者也。(冥飞《古今小说评林》)

【参考书】

[1]《李卓吾评本西游记》,陈先行等校点,上海古籍出版社1994年版。

[2]《西游记》,《古本小说集成》影印世德堂本,上海古籍出版社1994年版。

兰陵笑笑生

《金瓶梅》卷首欣欣子序称本书为"兰陵笑笑生作",尚难考定是谁。学术界有冯梦龙作、王世贞作、李开先作等多种猜断,都缺乏直接证据。

金 瓶 梅
宋蕙莲自缢

话说西门庆听了金莲之言,又变了卦。到次日,那来旺儿收拾行李,伺候到日中还不见动静。只见西门庆出来,叫来旺儿到根前,说道:"我夜间想来,你才打杭州来家多少时儿,又教你往东京去,忒辛苦了,不如叫来保替你去罢。你且在家歇宿几日,我到明日,家门首生意寻一个与你做罢。"自古物听主裁,那来旺儿那里敢说甚的,只得应诺下来。西门庆就把银两书信交付与来保和吴主管,三月廿八日起身往东京去了。不在话下。

这来旺儿回到房中，心中大怒，吃酒醉倒房中，口内胡说，怒起宋蕙莲来，要杀西门庆。被宋蕙莲骂了他几句："你咬人的狗儿不露齿，是言不是语，墙有缝，壁有耳。味了那黄汤，挺那两觉。"打发他上床睡了。到次日，走到后边，由玉箫房里请出西门庆，两个在厨房后墙底下僻静处说话。玉箫在后门首替他观风。婆娘甚是埋怨，说道："你是个人？你原说教他去，怎么转了靶子，又教别人去？你干净是个'球子心肠——滚上滚下'，'灯草拐棒儿——原拄不定'。把你到明日盖个庙儿，立起个旗杆来，就是个谎神爷！我再不信你说话了。我那等和你说了一场，就没些情分儿！"西门庆笑道："到不是此说。我不是也叫他去，恐怕他东京蔡太师府中不熟，所以教来保去了。留下他家门首寻个买卖与他做罢。"妇人道："你对我说，寻个什么买卖与他做？"西门庆道："我教他搭个主管，在家门首开酒店。"妇人听言满心欢喜。走到屋里，一五一十对来旺儿说。单等西门庆示下。

一日，西门庆在前厅坐下，着人叫来旺儿近前，桌上放下六包银两，说道："孩儿，你一向杭州来家辛苦。教你往东京去，恐怕你蔡府中不十分熟，所以教来保去了。今日这六包银子三百两，你拿去搭上个主管，在家门首开个酒店，月间寻些利息孝顺我，也是好处。"那来旺连忙趴在地下磕头，领了六包银两。回到房中，告与老婆说："他倒拿买卖来窝盘我，今日与了我这三百两银子，教我搭主管，开酒店做买卖。"老婆道："怪贼黑囚，你还嗔老婆说一锹就撅了井也？等慢慢来。如何？今日也做上买卖了。你安分守己，休再吃了酒，口里六说白道。"来旺叫老婆："把银两收在箱中，我在街上寻伙计去也。"于是走到街上寻主管。寻到天晚，主管也不成。又吃的大醉来家。老婆打发他睡了，就被玉箫走来叫到后边去了。

来旺儿睡了一觉，约一更天气，酒还未醒，正朦朦胧胧睡着，忽听的窗外隐隐有人叫他道："来旺哥，还不起来看看，你的媳妇子又被那没廉耻的勾引到花园后边，干那营生去了。亏你到睡的放心！"来旺儿猛可惊醒，睁开眼看看，不见老婆在房里，只认是雪娥看见甚动静，来递信与他。不觉怒从心上起，道："我在面前就弄鬼儿！"忙跳起身来，开了房门，迳扑到花园中来。刚到厢房中角门首，不防黑影里抛出一条凳子来，把来旺儿绊了一交，只见响亮一声，一把刀子落地。左右闪过四五个小厮，大叫："有贼！"一齐向前，把来旺儿一把捉住了。来旺儿道："我是来旺儿，进来寻媳妇子，如何把我拿住了？"众人不由分说，一步一棍打到厅上。只见大厅上灯烛荧煌，西门庆坐在上面，即叫："拿上来！"来旺儿跪在地下，说道："小的睡醒了，不见媳妇在房里，进来寻他。如何把小的做贼拿？"那来兴儿就把刀子放在面前，与西门庆看。西门庆大怒，骂道："众生好度人难度，这厮真是个杀人贼！我倒见你杭州来家，叫你领三百两银子做买卖，如何贪夜进内来要杀我？不然拿这刀子做什么？"喝令左右："与我押到他房中，取我那三百两银子来！"众小厮随即押到房中。蕙莲正在后边同玉箫说话，忽闻此信，忙跑到房里。看见了，放声大哭，说道："你好好吃了酒睡罢，平白又来寻我做什么？只当暗中了人的拖刀之计。"一面开箱子，取出六包银两来，拿到厅上。西门庆灯下打开观看，内中只有一包银两，余者都是锡铅锭子。西门庆大怒，因问："如何抵换了！我的银两往那里去了？趁早实说！"那来旺儿哭道："爹抬举小的做买卖，小的怎敢欺心抵换银两？"西门庆道："你打下刀子，还要杀我。刀子现在，还要支吾什么！"因把来兴儿叫来，面前跪下，执证说："你从某日，没曾在外对众发言要杀爹，嗔爹不与你买卖做？"这来旺儿只是叹气，张开口儿合不的。西门庆道："既赃证刀杖明白，叫小厮与我栓锁在门房内。明日写状子，送到提刑院去。"只见宋蕙莲云鬓撩乱，衣裙不整，走来厅上向西门庆跪下，说道："爹，此是你干的营生！他好好进来寻我，怎把他当贼拿了？你的六包银子，我收着，原封儿不动，平白怎的抵换了？恁活埋人，也要天理。他为什么，你只因他什么？打与他一顿，如今拉着送他那里去？"西门庆见了他，回嗔作喜道："媳妇儿，关你甚事？你起来。他无礼胆大不是一日，见藏着刀子要杀我，你不得知道。你自安心，没你之事。"因令来安儿："好搀扶你嫂子回房去，休要慌吓他。"那蕙莲只顾跪着不起来，说："爹好狠心，你不看僧面看佛面，我恁说着你就不依依儿？他虽故吃酒，并无此事。"缠得西门庆急了，教来安儿挡他起来，劝他回房去了。

到天明，西门庆写了柬帖，叫来兴儿做干证，揣着状子，押着来旺儿往提刑院去。说某日酒醉持刀，贪夜杀害家主，又抵换银两等情。才待出门，只见吴月娘走到前厅，向西门庆再三将言劝解，说道："奴才无礼，家中处分他便了，又要拉出去惊官动府做什么？"西门庆听言，圆睁二目，喝道："你妇人家，不晓道理！奴才安心要杀我，你倒还教饶他罢？"于是不听月娘之言，喝令左右把来旺儿押送提刑院去了。月娘当下羞赧而退，回到后边，向玉楼众人说道："如今这屋里乱世为王，九尾狐狸精出世。不知听信了什么人言语，平白把小厮弄出去了。你就赖他做贼，万物也要个着实才好，拿纸棺材糊人，成个道理？恁没道理，昏君行货！"宋蕙莲跪在当面哭泣。月娘道："孩儿，你起来，不消哭。你汉子恒数问不的他死罪。贼强人，他吃了迷魂汤了，俺们说话不中听，'老婆当军——充数儿罢了'。"玉楼向蕙莲道："你爹正在个气头上，待后慢慢的俺每再劝他。你安心回房去罢。"按下这里不题。

单表来旺儿押到提刑院。西门庆先差玳安送了一百石白米与夏提刑、贺千户。二人受了礼物，然后坐厅。来兴儿递上呈状，看了，已知来旺先领银做买卖，见财起意，抵换银两，恐家主查算，黉夜持刀，突入后厅，谋杀家主等情。心中大怒，把来旺叫到当厅跪下。这来旺儿告道："望天官爷察情！容小的说，小的便说，不容小的说，小的不敢说。"夏提刑道："你这厮，见获赃证明白，勿得推调，从实与我说来，免我动刑。"来旺儿悉把西门庆初时令某人将蓝段子，怎的调戏他媳妇儿宋氏成奸，如今故入此罪要垫害，图霸妻子一节诉说一遍。夏提刑大喝了一声，令左右打嘴巴，说："你这奴才，欺心背主！你这媳妇也是你家主娶的，配与你为妻，又把资本与你做买卖，你不思报本，却倚醉黉夜突入卧房，持刀杀害。满天下人都象你这奴才，也不敢使人了。"来旺儿口还叫冤屈，被夏提刑叫过来兴儿过来执证。那来旺儿有口说不得了。正是：

　　会施天上计，难免目前灾。

夏提刑即令左右选大夹棍上来，把来旺儿夹了一夹，打了二十大棍，打的皮开肉绽，鲜血淋漓。分付狱卒，带下去收监。来兴儿、钺安儿来家，回覆了西门庆话。西门庆满心欢喜，分付家中小厮："铺盖、饭食，一些都不许与他送进去。但打了，休来家对你嫂子说，只说衙门中一下儿也没打他，监几日便放出来。"众小厮应诺了。

　　这宋惠莲自从拿了来旺儿去，头也不梳，脸也不洗，黄着脸儿，只是关闭房门哭泣，茶饭不吃。西门庆慌了，使玉箫并贲四娘子儿再三进房解劝他，说道："你放心，爹因他吃酒狂言，监他几日，耐他性儿，不久也放他出来。"惠莲不信，使小厮来安儿送饭进监去，回来问他，也是这般说："哥见官，一下儿也不打。一两日就来家，教嫂子在家安心。"这惠莲听了此言，方才不哭了，每日淡扫蛾眉，薄施脂粉，出来走跳。西门庆要便来回打房门首走，老婆在檐下叫道："房里无人，爹进来坐坐不是？"西门庆进入房里，与老婆做一处说话。西门庆哄他说道："我儿，你放心。我看你面上，写了帖儿，对官府说，也不曾打他一下儿。监他几日，耐耐他性儿，还放他出来，还叫他做买卖。"妇人搂抱着西门庆脖子说道："我的亲达达，你好歹看奴之面，奈何他两日，放他出来，随你教他做买卖，不教他做买卖也罢。这一出来，我教他把酒断了，随你去近到远使他，他敢不去？再不你若嫌不方便，替他寻上个老婆，他也罢了。我常远不是他的人了。"西门庆道："我的心肝，你话是了。我明日买了对过乔家房，收拾三间房子与你住，搬你那里去，咱两个自在顽耍。"妇人道："着来。亲亲随你张主便了。"说毕，两个闭了门儿。原来女人夏月常不穿裤儿，只单吊着两条裙子，遇见西门庆在那里，便掀开裙子就干。于是二人解佩露甄妃之玉，齐眉点汉署之香，双凫飞肩，云雨一席。妇人将身带的白银条纱挑线香袋儿——里面装着松柏儿并排草，挑着"娇香美爱"四个字——把与西门庆。喜的心中要不的,恨不的与他誓共死生,向袖中即掏了一二两银子,与他买果子吃,再三安抚他:"不消忧虑,只怕忧虑坏了你。我明白写帖子对夏大人说,就放他出来。"说了一回,西门庆恐有人来,连忙出去了。

这妇人得了西门庆此话,到后边对众丫环媳妇词色之间未免轻露。孟玉楼早已知道,转来告潘金莲,说他爹怎的早晚要放来旺儿出来,另替他娶一个;怎的要买对门乔家房子,把媳妇子吊到那里去,与他三间房住,又买个丫头伏侍他;与他编银丝鬏髻,打头面。一五一十说了一遍:"就和你我辈一般,什么张致?大姐姐也就不管管儿!"潘金莲不听便罢,听了时:

忿气满怀无处着,双腮红上更添红。

说道:"真个由他,我就不信了!今日与你说的话,我若教贼奴才淫妇与西门庆放了第七个老婆——我不喇嘴说——就把'潘'字倒过来。"玉楼道:"汉子没正条的,大姐姐又不管,咱每能走不能飞,到的那些儿?"金莲道:"你也忒不长俊,要这命做什么?活一百岁杀肉吃!他若不依,我拼着这命,摈兑在他手里,也不差什么。"玉楼笑道:"我是小胆儿,不敢惹他,看你有本事和他缠。"

到晚,西门庆在花园中翡翠轩书房里坐的,正要教陈敬济来写帖子,往夏提刑处说,要放来旺儿出来。被金莲蓦地走到跟前,搭伏着书桌儿,问:"你教陈姐夫写什么帖子?"西门庆不能隐讳,因说道:"我想把来旺儿责打与他几下,放他出来罢。"妇人止住小厮:"且不要叫陈姐夫来。"坐在旁边,因说道:"你空耽着汉子的名儿,原来是个随风倒舵顺水推船的行货子!我那等对你说的话儿,你不依,倒听那贼奴才淫妇话儿。随你怎的逐日沙糖拌蜜与他吃,他还只疼他的汉子。依我,如今把那奴才放出来,你也不好要他这老婆了,教他奴才好借口。你放在家里,不荤不素,当做什么人儿看成?待要把他做你小老婆,奴才又见在。待要说道奴才老婆,你见把他逞的恁没张致的,在人跟前上头上脸,有些样儿!就算另替那奴才娶一个,着你要了他这老婆,往后觅忽你两个坐在一答里,那奴才或走来跟前回话,或做什么,见了有个不气的?老婆见了他,站起来是,不站起来是?先不先,只这个就不雅相。传出去休说六邻亲戚笑话,只家中大小,把你也不着在意里。正是'上梁不正下梁歪'。你既要干这营生,不如一狠二狠,把奴才结果了,你就搂着他老婆也放心。"几句,又把西门庆念翻转了,反又写帖子,送与夏提刑,教夏提刑限三日提出来,一顿拷打,拷打的通不像模样。提刑两位官并上下观察、缉捕、排军,监狱中上下,都受了西门庆财物,只要重,不要轻。

内中有一当案的孔目阴先生,名唤阴隲,乃山西孝义县人,极是个仁慈正直之士。因见西门庆要陷害此人,图谋他妻子,再三不肯做文书送问,与提刑官抵面相讲。两位提刑官以此掣肘难行。延挨了几日，人情两尽，只把他当厅责了四十，论个递解原籍徐州为民。当查原赃，花费十七两，铅锡五包，责令西门庆家人来兴儿领回。差人写了个帖子，回覆了西门庆，随教即日押发起身。这里提刑官当厅押了一道公文，差两个公人把来旺儿取出来，已是批的稀烂，钉了扭，上了封皮，限即日起程，迳往徐州管下交割。

可怜这来旺儿，在监中监了半月光景，没钱使用，弄的身体狼狈，衣服蓝缕，没处投奔。哀告两个公人说："两位哥在上，我打了一场屈官司，身上分文没有，要凑些脚步钱与二位。望你可怜见押我到我家主处，有我的媳妇儿并衣服箱笼，讨出来变卖了，知谢二位并路途盘费，也讨得一步松宽。"那两个公人道："你好不知道理！你家主既摆布了一场，他又肯发出媳妇并箱笼与你？你还有甚亲故？俺们看阴师父面上，瞒上不瞒下，领你到那里，胡乱讨些钱米，勾你路上盘费便了。谁指望你甚脚步钱儿！"来旺道："二位哥哥，你只可怜，引我先到我家主门首，我央浼两三位亲邻，替我美言讨讨儿，无多有少。"两个公人道："也罢，我们就押你去。"这来旺儿先到应伯爵门首，伯爵推不在家。又央了左邻贾仁清、伊勉慈二人，来西门庆家，替来旺儿说，讨媳妇箱笼。西门庆也不出来，使出五六个小厮，一顿棍打出来，不许在门首缠扰。把贾、伊二人羞的要不的。他媳妇儿宋蕙莲，在屋里瞒的铁桶相似，并不知一字。西门庆分付："那个小厮走漏消息，决打二十板！"两个公人又同到他丈人卖棺材的宋仁家。来旺儿如此这般对宋仁哭诉其事，打发了他一两银子与两个公人，一吊铜钱、一斗米路上盘缠，哭哭啼啼，从四月初旬离了清河县，往徐州大道而来。正是：

　　若得苟全痴性命，也甘饥饿过平生。

不说来旺儿递解徐州去了。且说宋蕙莲在家，每日只盼他出来。小厮一般的替他送饭，到外边，众人都吃了。转回来蕙莲问着他，只说："哥吃了，监中无事。若不是也放出来了，连日提刑老爷没来衙门中问事，也只在一二日来家。"西门庆又哄他说："我差人说了，不久即出。"妇人以为信实。一日，风里言风里语，闻得人说，来旺儿押出来，在门首讨衣箱，不知怎的去了。这妇人几次问众小厮，都不说。忽见钺安儿跟了西门庆马来家，叫住问他："你旺哥在监中么？几时出来？"钺安儿道："嫂子，我告你知了罢，俺哥这早晚到流沙河了。"蕙莲问其故，这钺安千不合万不合，如此这般："打了四十板，递解原籍徐州家去了。只放你心里，休题我告你说。"这妇人不听万事皆休，听了此言，关闭了房门，放声大哭道："我的人哱！你在他家干坏了什么事来？被人纸棺材暗算计了你！你做奴才一场，好衣服没曾挣下一件在屋里。今日只当把你远离他乡，弄的去了，坑得奴好苦也！你在路上死活未知。我就如合在缸底下一般，怎的晓得！"哭了一回，取一条长手巾拴在卧房门枢上，悬梁自缢。不想来昭妻一丈青住房，正与他相连，从后来听见他屋里哭了一回，不见动静，半日只听喘息之声。扣房门叫他，不应。慌了手脚，教小厮平安儿撬开窗户进去。见妇人穿着随身衣服，在门枢上正吊得好。一面解救下来，开了房门，取姜汤撅灌。须臾，嚷的后边知道。吴月娘率领李娇儿、孟玉楼、西门大姐、李瓶儿、玉箫、小玉都来看视。贲四娘子儿也来瞧。一丈青挡扶他坐在地下，只顾哽咽，白哭不出声来。月娘叫着他，只是低着头，口吐涎沫，不答应。月娘便道："原来是个傻孩子。你有话只顾说便好，如何寻这条路起来？"又令玉箫扶着他，亲叫道："蕙莲孩儿，你有什么心事，越发老实叫上几声，不妨事。"问了半日，那妇人哽咽了一回，大放声排手拍掌哭起来。月娘叫玉箫扶他上炕，他不肯上炕。月娘众人劝了半日，回后边去了。止有贲四嫂同玉箫相伴在屋里。

只见西门庆掀帘子进来，看见他坐在冷地下哭泣，令玉箫："你挡他炕上去罢。"玉箫道："刚才娘教他上去，他不肯去。"西门庆道："好强孩子，冷地下冰着你。你有话对我说，如何这等拙智！"蕙莲把头摇着说道："爹，你好人儿！你瞒着我干的好勾当儿！还说什么孩子不孩子！你原来就是个弄人的刽子手！把人活埋惯了，害死人还看出殡的！你成日间只哄着我，今日也说放出来，明日也说放出来，只当端的好出来。你如递解他，也和我说声儿，暗暗不通风，就解发远远的去了。你也要合凭个天理！你就信着人，干下这等绝户计！把圈套儿做的成成的，你还瞒着我。你就打发，两个人都打发了，如何留下我做什么？"西门庆笑道："孩儿，不关你事。那厮坏了事，所以打发他。你安心，我自有处。"因令玉箫："你和贲四娘子相伴他一夜儿，我使小厮送酒来你每吃。"说毕往外去了。贲四嫂良久扶他上炕坐的，和玉箫将话儿劝解他。

西门庆到前边铺子里，问傅伙计支了一吊钱，买了一钱酥烧，拿盒子盛了，又是一瓶酒，使来安儿送到蕙莲屋里。说道："爹使我送这个与嫂子吃。"蕙莲看见，一头骂："贼囚根子！趁早与我拿了去，省的我摔一地！"来安儿道："嫂子收了罢，我拿回去，爹又要打我。"便就放在桌子上。蕙莲跳下来，把酒拿起来，才待赶着摔了去，被一丈青拦住了。那贲四嫂看着一丈青，咬指头儿。正相伴他坐的，只见贲四嫂家长儿走来，叫他妈道："爹门外头来家，要吃饭。"贲四嫂和一丈青走出来。到一丈青门首，只见西门大姐在那里和来保儿媳妇惠祥说话。因问："贲四嫂那里去？"贲四嫂道："俺家的门外头来了，要饭吃。我到家瞧瞧就来。我只说来看看，吃他大爹再三央，陪伴他坐坐儿，谁知倒把我来挂住了。"惠祥道："刚才爹在屋里，他说什么来？"贲四嫂只顾笑，说道："看不出他旺官娘子，原来也是个辣菜根子，和他大爹白搽白折的平上。谁家媳妇儿有这个道理！"惠祥道："这个媳妇儿比别的媳妇儿不同，从公公身上拉下来的媳妇儿，这一家大小谁如他！"说毕，惠祥去了。一丈青道："四嫂，你到家快来。"贲四嫂道："什么话，我若不来，惹他大爹就怪死了。"

却说西门庆白日教贲四嫂和一丈青陪他坐，晚夕教玉箫伴他睡，慢慢将言词劝他，说道："宋大姐，你是个聪明的，趁恁妙龄之时，一朵花初开，主子爱你，也是缘法相投。你如今将上不足，比下有余，守着主子，强如守着奴才。他已是去了，你恁烦恼不打紧，一时哭的有好歹，却不亏负了你的性命？常言道'做一日和尚撞一日钟'，往后贞节轮不到你身上了。"那惠莲听了，只是哭泣，每日粥饭也不吃。玉箫回了西门庆话。西门庆又令潘金莲亲来对他说，也不依。金莲恼了，向西门庆道："贼淫妇他一心只想他汉子，千也说'一夜夫妻百夜恩'，万也说'相随百步，也有个徘徊意'。这等'贞节'的妇人，却拿什么拴的住他心！"西门庆笑道："你休听他摭说，他若早有贞节之心，当初只守着厨子蒋聪，不嫁来旺儿了。"一面坐在前厅上，把众小厮都叫到跟前，审问来旺儿递解去时，是谁对他说来："趁早举出来，我也一下不打他。不然我打听出来，每人三十板，即与我离门离户。"忽有画童跪下，说道："那日小的听见钺安跟了爹马来家，在夹道内嫂子问他，他走了口，对嫂子说。"西门庆听了大怒，一片声使人寻钺安儿。

这钺安儿早知消息，一直躲在潘金莲房里去。金莲正洗脸，小厮走到屋里，跪着哭道："五娘救小的则个！"金莲骂道："贼囚，猛可走来，吓我一跳！你又不知干下什么事。"钺安道："爹因为小的告嫂子说了旺哥去了，要打我。娘好歹劝劝爹。若出去，爹在气头上，小的就是死罢了！"金莲道："怪囚根子，谎的鬼也似的！我说什么勾当来，恁惊天动地的？原来为那奴才淫妇。"分付："你在我这屋里，不要出去。"于是藏在门背后。西门庆见叫不将钺安去，在前厅暴叫如雷。一连使了两替小厮来金莲房里寻，都被金莲骂的去了。落后，西门庆一阵风自家走来，手里拿着马鞭子，问："奴才在那里？"金莲不理他。被西门庆绕屋寻遍，从门背后采出钺安来要打。吃金莲向前把马鞭子夺了，掠在床顶上，说道："没廉耻的货儿，你脸做主了！那奴才淫妇想他汉子上吊，羞急拿小厮来煞气，关小厮甚事！"那西门庆气的睁睁的。金莲叫小厮："你往前头干你那营生去，不要理他。等他再打你，有我哩。"那钺安得手，一直往前去了。正是：

　　两手劈开生死路，翻身跳出是非门。

这潘金莲见西门庆留意在宋蕙莲身上，乃心生一计。在后边唆调孙雪娥，说来旺儿媳妇子怎的说你要了他汉子，备了他一篇是非，他爹恼了，才把他汉子打发了："前日打了你那一顿，拘了你头面衣服，都是他过嘴告说的。"这孙雪娥听了个耳满心满。掉了雪娥口气儿，走到前边，向蕙莲又是一样话说，说孙雪娥怎的后边骂你是蔡家使唤的奴才，积年转主子养汉，不是你背养主子，你家汉子怎的离了他家门？说你眼泪留着洗脚后跟。说的两下都怀仇恨。

一日，也是合当有事。四月十八日，李娇儿生日，院中李妈妈并李桂姐，都来与他做生日。吴月娘留他，同众堂客在后厅饮酒。西门庆往人家赴席不在家。这宋蕙莲吃了饭儿，从早晨在后边打了个幌儿，走到屋里，直睡到日西。由着后边一替两替使了丫环来叫，只是不出来。雪娥寻不着这个由头儿，走来他房里叫他，说道："嫂子做了玉美人了，怎的这般难请！"那蕙莲也不理他，只顾面朝里睡。这雪娥又道："嫂子，你思想你家旺官儿哩。早思想好来，不得你他也不得死，还在西门庆家里。"这蕙莲听了他这一句话，打动潘金莲说的那情由，翻身跳起来，望雪娥说道："你没的走来浪声颡气！他便因我弄出去了。你为什么来？打你一顿，撑的不容上前？得人不说出来，大家将就些便罢了，何必撑着头儿来寻趁！"这雪娥心中大怒，骂道："好贼奴才，养汉淫妇！如何大胆骂我？"蕙莲道："我是奴才淫妇，你是奴才小妇！我养汉养主子，强如你养奴才！你倒背地偷我的汉子，你还来倒自家掀腾？"这几句话，说的雪娥急了，宋蕙莲不防，被他走向前，一个巴掌打在脸上，打的脸上通红。说道："你如何打我？"于是一头撞将去，两个就揪扭打在一处。慌的来昭妻一丈青走来劝解，把雪娥拉的后走，两个还骂不绝口。吴月娘走来，骂了两句："你每都没些规矩儿！不管家里有人没人，都这等家反宅乱的！等你主子回来，看我对你主子说不说！"当下雪娥就往后边去了。月娘见蕙莲头发揪乱，便道："还不快梳了头往后边来哩。"蕙莲一声儿不答话，打发月娘后边去了。走到房内，倒插了门，哭泣不止。哭到掌灯时分，众人乱着，后边堂客吃酒，可怜这妇人忍气不过，寻了两条脚带，拴在门楹上，自缢身死。亡年二十五岁。正是：

　　世间好物不坚牢，彩云易散琉璃脆。

落后，月娘送李妈妈桂姐出来，打蕙莲门首过，房门关着，不见动静，心中甚是疑影。打发李妈妈娘儿上轿去了，回来叫他门不开，都慌了手脚。还使小厮打窗户内跳进去，割断脚带，解卸下来，撅救了半日，不知多咱时分，呜呼哀哉死了。但见：

　　四肢冰冷，一气灯残。香魂渺渺，已赴望乡台；星眼瞑瞑，尸犹横地下。不知精爽逝何处，疑是行云秋水中。

月娘见救不活，慌了，连忙使小厮来兴儿骑头口往门外请西门庆来家。雪娥恐怕西门庆来家拔树寻根，归罪于己，在上房打旋磨儿，跪着月娘教休题出和他嚷闹来。月娘见他吓得那等腔儿，心中又下般不得，因说道："此时你怎害怕,当初大家省言一句儿便了。"至晚,等的西门庆来家,只说蕙莲因思想他汉子哭了一日,赶后边人乱,不知多咱寻了自尽。西门庆便道:"他恁个拙妇,原来没福。"一面差家人,递了一纸状子,报到县主李知县手里,只说本妇因本家请堂客吃酒,他管银器家伙,因失落一件银钟,恐家主查问见责,自缢身死。又送了知县三十两银子。知县自恁要做分上,胡乱差了一员司吏带领几个仵作来看了。自买了一具棺材,讨了一张红票,贲四、来兴儿同送到门外地藏寺。

(《张竹坡批评金瓶梅》,王汝梅等校点,齐鲁书社1991年版)

【题解】

《金瓶梅》取书中潘金莲、李瓶儿、庞春梅三位女主角姓名中各一字为书名,开头借《水浒传》中"武松杀嫂"一节生发开来,写西门庆的暴发暴亡和其妻妾间的争宠嫉恨,围绕一个家庭,描绘世俗人情,开了写实主义世情小说的先河。全书共一百回,本节据二十六回节选。写西门家奴才来旺的妻子宋蕙莲与主子勾搭,招致金莲的嫉妒,后者挑唆西门庆设计陷害来旺,最终逼使蕙莲羞惭自尽。这段故事富有代表性地表现了封建家庭中妻妾间激烈的矛盾,有层次地展示了几个人物的不同性格。题目为编选者所加。

【集评】

[1] 此回收拾蕙莲,令其风驰电卷而去也。夫费如许笔墨,花开豆爆出来,却又令其风驰电卷而去,则不如不写之为愈也。不知有写此一人,意在此人者,则肯轻写之,亦不肯便结之。盖我本意所欲写者在此,则一部书之终始即在此。此人出而书始有,此人死而书亦终矣,如西门、月娘、金、瓶、梅、敬济等人是也。有写此一人,本意不在此人者,如宋蕙莲等是也。本意止谓要写金莲之恶,要写金莲之妒瓶儿,却恐笔势迫促,便间架不宽广,文法不尽致,不能成此一部大书,故于此先写一宋蕙莲,为金莲预彰其恶,小试其道,以为瓶儿前车也。(张竹坡评本《第一才子书金瓶梅》回评)

[2] 窃谓兰陵笑笑生作《金瓶梅传》,寄意于时俗,盖有谓也。……凡一百回,其中语句新奇,脍炙人口,无非明人伦,戒淫奔,分淑慝,化善恶,知盛衰消长之机,取报应轮回之事,如在目前,始终如脉络贯通,如万丝迎风而不乱也,使观者庶几可以一哂而忘忧也。……此一传者,虽市井之常谈,闺房之碎语,使三尺童子闻之,如饫天浆而拔鲸牙,洞洞然易晓。虽不比古之集理趣、文墨绰有可观,其他关系世道风化,惩戒善恶,涤虑洗心,无不小补。
(欣欣子《金瓶梅词话序》)

[3] 若《金瓶》乃隐大段精采于琐碎之中，只分别字句，细心者皆可为，而反失其大段精采也。(张竹坡《第一奇书凡例》)

[4] 深切人情世务，无如《金瓶梅》，真称奇书。欲要止淫，以淫说法；欲要破迷，引迷如悟。其中家常日用，应酬世务，奸诈贪狡，诸恶皆作，果报昭然。而文心细如牛毛茧丝。凡写一人，始终口吻酷肖到底，掩卷读之，但道数语，便能默会为何人。结构铺张，针线缜密，一字不漏，又岂寻常笔墨可到者哉！(刘廷玑《在园杂志》)

【参考书】

[1]《金瓶梅词话》，明万历刊本，文学古籍刊行社1957年影印。
[2]《会评会校本金瓶梅》，秦修容整理，中华书局1998年版。

冯梦龙

冯梦龙（1574—1646），字犹龙，别署龙子犹、墨憨斋老人、顾曲散人等，又号墨憨厚斋老人。江苏长洲（今苏州）人。出身于书香门第，少负才名，与兄冯梦桂、弟冯梦熊并称为"吴下三冯"。但一生科考不得志，至崇祯三年（1630）五十七岁时才被选为贡生，六十一岁任福建寿宁知县，颇有政声。四年后归隐乡里。清兵南下时曾参与反抗，后忧愤而卒，一说被清兵杀害。冯氏重视整理民间通俗文学，是中国文学史上对通俗文学的整理创作最有贡献的作家。编写有著名的"三言"，即《喻世明言》（原题《古今小说》）、《警世通言》、《醒世恒言》，曾改编长篇小说《平妖传》、《列国志》，编辑笔记小说《古今谭概》、《情史》，搜集、整理的民歌、散曲集有《挂枝儿》、《山歌》、《太霞新奏》等，另有剧本《双雄记》和《万事足》二种。

崔待诏生死冤家
（宋人小说作"碾玉观音"）

山色晴岚景物佳，暖烘回雁起平沙。东郊渐觉花供眼，南陌依稀草吐芽。　　堤上柳，未藏鸦，寻芳趁步到山家。陇头几树红梅落，红杏枝头未着花。

这首〔鹧鸪天〕说孟春景致，原来又不如〔仲春词〕做得好：

　　每日青楼醉梦中，不知城外又春浓。杏花初落疏疏雨，杨柳轻摇淡淡风。　　浮画舫，跃青骢，小桥门外绿阴笼。行人不入神仙地，人在珠帘第几重？

这首词说仲春景致，原来又不如黄夫人做着〔季春词〕又好：

　　先自春光似酒浓，时听燕语透帘栊。小桥杨柳飘香絮，山寺绯桃散落红。莺渐老，蝶西东，春归难觅恨无穷。侵阶草色迷朝雨，满地梨花逐晓风。

这三首词都不如王荆公看见花瓣儿片片风吹下地来，原来这春归去，是东风断送的。有诗道：

　　春日春风有时好，春日春风有时恶。

　　不得春风花不开，花开又被风吹落。

秦少游道："也不干风事，也不干雨事，是柳絮飘将春色去。"有诗道：

　　三月柳花轻复散，飘飏淡荡送春归。

　　此花本是无情物，一向东飞一向西。

邵尧夫道："也不干柳絮事，是蝴蝶采将春色去。"有诗道：

　　花正开时当三月，蝴蝶飞来忙劫劫。

　　采将春色向天涯，行人路上添凄切。

曾两府道："也不干蝴蝶事，是黄莺啼得春归去"。有诗道：

　　花正开时艳正浓，春宵何事恼芳丛？

　　黄鹂啼得春归去，无限园林转首空。

朱希真道："也不干黄莺事，是杜鹃啼得春归去。"有诗道：

　　杜鹃叫得春归去，吻边啼血尚犹存。

　　庭院日长空悄悄，教人生怕到黄昏。

苏小小道："都不干这几件事，是燕子衔将春色去。"有〔蝶恋花〕词为证：

　　妾本钱塘江上住，花开花落，不管流年度。燕子衔将春色去，纱窗几阵黄梅雨。　　斜插犀梳云半吐，檀板轻敲，唱彻黄金缕。歌罢彩云无觅处，梦回明月生南浦。

王岩叟道："也不干风事，也不干雨事，也不干柳絮事，也不干蝴蝶事，也不干黄莺事，也不干杜鹃事，也不干燕子事。是九十日春光已过，春归去。"曾有诗道：

　　怨风怨雨两俱非，风雨不来春亦归。

　　腮边红褪青梅小，口角黄消乳燕飞。

　　蜀魄健啼花影去，吴蚕强食柘桑稀。

　　　　直恼春归无觅处，江湖辜负一蓑衣。
　　说话的因甚说这［春归词］？绍兴年间，行在有个关西延州延安府人，本身是三镇节度使咸安郡王。当时怕春归去，将带着许多钧眷游春。至晚回家，来到钱塘门里，车桥前面，钧眷轿子过了，后面是郡王轿子到来，则听得桥下裱褙铺里一个人叫道："我儿出来看郡王！"当时郡王在轿里看见，叫帮窗虞候道："我从前要寻这个人，今日却在这里。只在你身上，明日要这个人入府中来。"当时虞候声诺，来寻这个看郡王的人，是甚色目人？正是：
　　　　尘随车马何年尽？情系人心早晚休。
　　只见车桥下一个人家，门前出着一面招牌，写着："璩家装裱古今书画。"铺里一个老儿，引着一个女儿，生得如何？
　　　　云鬓轻笼蝉翼，蛾眉淡拂春山。朱唇缀一颗樱桃，皓齿排两行碎玉。莲步半折小弓弓，莺啭一声娇滴滴。
便是出来看郡王轿子的人。虞候即时来他家对门一个茶坊里坐定。婆婆把茶点来，虞候道："启请婆婆，过对门裱褙铺里请璩大夫来说话。"婆婆便去请到来。两个相揖了就坐，璩待诏问："府干有何见谕？"虞候道："无甚事，闲问则个。适来叫出来看郡王轿子的人是令爱么？"待诏道："正是拙女，止有三口。"虞候又问："小娘子贵庚？"待诏应道："一十八岁。"再问："小娘子如今要嫁人，却是趋奉官员？"待诏道："老拙家寒，那讨钱来嫁人？将来也只是献与官员府第。"虞候道："小娘子有什本事？"待诏说出女孩儿一件本事来，有词寄［眼儿媚］为证。
　　　　深闺小院日初长，娇女绮罗裳。不做东君造化，金针刺绣群芳。
　　　　斜枝嫩叶包开蕊，唯只欠馨香；曾向园林深处，引教蝶乱蜂狂。
　　原来这女儿会绣作。虞候道："适来郡王在轿里，看见令爱身上系着一条绣裹肚。府中正要寻一个绣作的人，老丈何不献与郡王？"璩公归去，与婆婆说了。到明日写一纸献状，献来府中，郡王给与身价，因此取名秀秀养娘。
　　不则一日，朝廷赐下一领团花绣战袍，当时秀秀依样绣出一件来，郡王看了欢喜道："主上赐与我团花战袍，却寻什么奇巧的物事献与官家？"去府库里寻出一块透明的羊脂美玉来，即时叫将门下碾玉待诏，问这块玉堪做什么，内中一个道："好做一副劝杯。"郡王道："可惜恁般一块玉，如何将来只做得一副劝杯！"又一个道："这块玉上尖下圆，好做一个摩侯罗儿。"郡王道："摩侯罗儿，只是七月七日乞巧使得。寻常间又无用处。"数中一个后生，年纪二十五岁，姓崔，名宁，趋事郡王数年，是昇州建康府人。当时叉手向前，对着郡王道："告恩王，这块玉上尖下圆，甚是不好，只好碾一个南海观音。"郡王道："好！正合我意。"就叫崔宁下手。不过两个月，碾成了这个玉观音。郡王即时写表进上御前，龙颜大喜。崔宁就本府增添请给，遭遇郡王。

不则一日，时遇春天，崔待诏游春回来，入得钱塘门，在一个酒肆，与三四个相知方才吃得数杯，则听得街上闹吵吵，连忙推开楼窗看时，见乱烘烘道："井亭桥有遗漏。"吃不得这酒成，慌忙下酒楼看时，只见：

  初如萤火，次若灯光，千条蜡烛焰难当，万座糁盆敌不住。六丁神推倒宝天炉，八力士放起焚山火。骊山会上，料应褒姒逞娇容；赤壁矶头，想是周郎施妙策。五通神牵住火葫芦，宋无忌赶番赤骡子。又不曾泻烛浇油，直恁的烟飞火猛！

崔待诏望见了，急忙道："在我本府前不远。"奔到府中看时，已搬挈得罄尽，静悄悄地无一个人。崔待诏既不见人，且循着左手廊下入去，火光照得如同白日。去那左廊下一个妇女，摇摇摆摆，从府堂里出来，自言自语，与崔宁打个胸厮撞。崔宁认得是秀秀养娘，倒退两步，低身唱个喏。原来郡王当日，尝对崔宁许道："待秀秀满日，把来嫁与你。"这些众人，都撺掇道："好对夫妻！"崔宁拜谢了，不则一番。崔宁是个单身，却也痴心；秀秀见恁地个后生，却也指望。当日有这遗漏，秀秀手中提着一帕子金珠富贵，从左廊下出来。撞见崔宁，便道："崔大夫，我出来得迟了。府中养娘各自四散，管顾不得，你如今没奈何只得将我去躲避则个。"当下崔宁和秀秀出府门，沿着河走到石灰桥。秀秀道："崔大夫，我脚疼了，走不得。"崔宁指着前面道："更行几步，那里便是崔宁住处，小娘子到家中歇脚，却也不妨。"到得家中坐定，秀秀道："我肚里饥，崔大夫与我买些点心来吃。我受了些惊，得杯酒吃更好。"当时崔宁买将酒来，三杯两盏，正是：

  三杯竹叶穿心过，两朵桃花上脸来。

道不得个"春为花博士，酒是色媒人"。秀秀道："你记得当时在月台上赏月，把我许你，你兀自拜谢。你记得也不记得？"崔宁叉着手，只应得"喏"。秀秀道："当日众人都替你喝采：'好对夫妻！'你怎地到忘了？"崔宁又则应得"喏"。秀秀道："比似只管等待，何不今夜我和你先做夫妻？不知你意下何如？"崔宁道："岂敢。"秀秀道："你知道不敢！我叫将起来，教坏了你：你却如何将我到家中？我明日府里去说。"崔宁道："告小娘子，要和崔宁做夫妻不妨，只一件，这里住不得了。要好，趁这个遗漏人乱时，今夜就走开去，方才使得。"秀秀道："我既和你做夫妻，凭你行。"当夜做了夫妻。四更已后，各带着随身金银物件出门。离不得饥餐渴饮，夜住晓行，迤逦来到衢州。崔宁道："这里是五路总头，是打那条路去好？不若取信州路上去，我是碾玉作，信州有几个相识，怕那里安得身。"即时取路到信州。住了几日，崔宁道："信州常有客人到行在往来，若说道我等在此，郡王必然使人来追捉，不当稳便。

不若离了信州,再往别处去。"两个又起身上路,径取潭州。不则一日,到了潭州。却是走得远了。就潭州市里讨间房屋,出面招牌,写着"行在崔待诏碾玉生活"。崔宁便对秀秀道:"这里离行在有二千余里了,料得无事,你我安心,好做长久夫妻。"潭州也有几个寄居官员,见崔宁是行在待诏,日逐也有生活得做。崔宁密使人打探行在本府中事。有曾到都下的,得知府中当夜失火,不见了一个养娘,出赏钱寻了几日不知下落。也不知道崔宁将他走了,见在潭州住。

时光似箭,日月如梭,也有一年之上。忽一日方早开门,见两个着皂衫的,一似虞候府干打扮,入来铺里坐地,问道:"本官听得说有个行在崔待诏,教请过来做生活。"崔宁吩咐了家中,随这两个人到湘潭县路上来。便将崔宁到宅里相见官人,承揽了玉作生活,回路归家。正行间,只见一个汉子,头上带个竹丝笠儿,穿着一领白段子两上领布衫,青白行缠扎着裤子口,着一双多耳麻鞋,挑着一个高肩担儿,正面来,把崔宁看了一看,崔宁却不见这汉面貌,这个人却见崔宁,从后大踏步尾着崔宁来。正是:

　　谁家稚子鸣榔板,惊起鸳鸯两处飞。

这汉子毕竟是何人?且听下回分解。

　　竹引牵牛花满街,疏篱茅舍月光筛。琉璃盏内茅柴酒,白玉盘中簇豆梅。　　休懊恼,且开怀,平生赢得笑颜开。三千里地无知己,十万军中挂印来。

这只〔鹧鸪天〕词是关西秦州雄武军刘两府所作。从顺昌大战之后,闲在家中,寄居湖南潭州湘潭县。他是个不爱财的名将,家道贫寒,时常到村店中吃酒。店中人不识刘两府,欢呼啰唣。刘两府道:"百万番人,只如等闲,如今却被他们诬罔!"做了这只〔鹧鸪天〕,流传直到都下。当时殿前太尉是杨和王,见了这词,好伤感,"原来刘两府直恁孤寒!"教提辖官差人送一项钱与这刘两府。今日崔宁的东人郡王,听得说刘两府恁地孤寒,也差人送一项钱与他,却经由潭州路过。见崔宁从湘潭路上来,一路尾着崔宁到家,正见秀秀坐在柜身子里。便撞破他们道:"崔大夫多时不见,你却在这里。秀秀养娘他如何也在这里?郡王教我下书来潭州,今日遇着你们——原来秀秀养娘嫁了你,也好。"当时吓杀崔宁夫妻两个,被他看破。那人是谁?却是郡王府中一个排军,从小伏侍郡王,见他朴实,差他送钱与刘两府。这人姓郭名立,叫做郭排军。当下夫妻请住郭排军,安排酒来请他。吩咐道:"你到府中千万莫说与郡王知道!"郭排军道:"郡王怎知得你两个在这里。我没事,却说什么?"当下酬谢了出门,回到府中参见郡王,纳了回书。看着郡王道:"郭立前日下书回,打潭州过,却见两个人在那里住。"郡王问:"是谁?"郭立道:"见秀秀养娘并崔待诏两个，请郭立吃了酒食，教休来府中说知。"郡王听说便道："叵耐这两个做出这事来，却如何直走到那里？"郭立道："也不知他仔细，只见他在那里住地，依旧挂招牌做生活。"郡王教干办去吩咐临安府，即时差一个缉捕使臣，带着做公的，备了盘缠，径来湖南潭州府，下了公文，同来寻崔宁和秀秀，却似：

　　皂雕追紫燕，猛虎咬羊羔。

　　不两月，捉将两个来，解到府中。报与郡王得知，即时升厅。原来郡王杀番人时，左手使一口刀，叫做"小青"；右手使一口刀，叫做"大青"。这两口刀不知剁了多少番人。那两口刀鞘内藏着，挂在壁上。郡王升厅，众人声喏。即将这两个人押来跪下。郡王好生焦躁，左手去壁牙上取下"小青"，右手一掣，掣刀在手，睁起杀番人的眼儿，咬得牙齿剥剥地响。当时吓杀夫人，在屏风背后道："郡王，这里是帝辇之下，不比边庭上面，若有罪过，只消解去临安府施行，如何胡乱凯得人？"郡王听说，道："叵耐这两个畜生逃走，今日捉将来，我恼了，如何不凯？既然夫人来劝，且捉秀秀入府后花园去。把崔宁解去临安府断治。"当下喝赐钱酒，赏犒捉事人。解这崔宁到临安府，一一从头供说："自从当夜遗漏，来到府中，都搬尽了，只见秀秀养娘从廊下出来，揪住崔宁道：'你如何安手在我怀中？若不依我口，都坏了你！'要共崔宁逃走。崔宁不得已，只得与他同走。只此是实。"临安府把方案呈上郡王，郡王是个刚直的人，便道："既然恁地，宽了崔宁，且与从轻断治。崔宁不合在逃，罪杖，发遣建康府居住。"

　　当下差人押送，方出北关门，到鹅项头，见一顶轿儿，两个人抬着，从后面叫："崔待诏，且不得去！"崔宁认得像是秀秀的声音，赶将来又不知恁地，心下好生疑惑。伤弓之鸟，不敢揽事，且低着头只顾走。只见后面赶将上来，歇了轿子，一个妇人走出来——不是别人，便是秀秀，道："崔待诏，你如今去建康府，我却如何？"崔宁道："却是怎地好？"秀秀道："自从解你去临安府断罪，把我捉入后花园，打了三十竹篦，遂便赶我出来。我知道你建康府去，赶将来同你去。"崔宁道："恁地却好。"讨了船，直到建康府，押发人自回。若是押发人是个学舌的，就有一场是非出来。因晓得郡王性如烈火，惹着他不是轻放手的。他又不是王府中人，去管这闲事怎地？况且崔宁一路买酒买食，奉承得他好，回去时就隐恶而扬善了。

　　再说崔宁两口在建康居住，既是问断了，如今也不怕有人撞见，依旧开个碾玉作铺。浑家道："我两口却在这里住得好，只是我家爹妈自从我和你逃去潭州，两个老的吃了些苦。当日捉我入府时，两个去寻死觅活，今日也好教人去行在取我爹妈来这里同住。"崔宁道："最好。"便教人来行在取他丈人丈母。

写了他地理脚色与来人。到临安府寻见他住处，问他邻舍指道："这一家便是。"来人去门首看时，只见两扇门关着，一把锁锁着，一条竹竿封着。问邻舍："他老夫妻那里去了？"邻舍道："莫说！他有个花枝也似女儿，献在一个奢遮去处。这个女儿不受福德，却跟一个碾玉的待诏逃走了。前日从湖南潭州捉将回来，送在临安府吃官司，那女儿吃郡王捉进后花园里去。老夫妻见女儿捉去，就当下寻死觅活，至今不知下落，只恁地关着门在这里。"来人见说，再回建康府来，兀自未到家。

  且说崔宁正在家中坐，只见外面有人道："你寻崔待诏住处？这里便是。"崔宁叫出浑家来看时，不是别人，认得是璩公璩婆。都相见了。喜欢的做一处。那去取老儿的人，隔一日才到，说如此这般，寻不见，却空走了这遭。两个老的且自来到这里了。两个老人道："却生受你，我不知你们在建康住，教我寻来寻去，直到这里。"其时四口同住，不在话下。

  且说朝廷宫里，一日到偏殿看玩宝器，拿起这玉观音来看，这个观音身上，当时有一个玉铃儿，失手脱下。即时问近侍官员："却如何修理得？"官员将玉观音反覆看了，道："好个玉观音！怎地脱落了铃儿？"看到底下，下面碾着三字："崔宁造。""恁地容易，既是有人造，只消得宣这个人来，教他修整。"敕下郡王府，宣取碾玉匠崔宁。郡王回奏："崔宁有罪，在建康府居住。"即时使人去建康，取得崔宁到行在歇泊了。当时宣崔宁见驾，将这玉观音教他领去用心整理。崔宁谢了恩，寻一块一般的玉，碾一个铃儿，接住了，御前交纳。破分请给养了崔宁，令只在行在居住。崔宁道："我今日遭际御前，争得气。再来清湖河下寻间屋儿开个碾玉铺，须不怕你们撞见！"可煞事有斗巧，方才开得铺三两日，一个汉子从外面过来，就是那郭排军。见了崔待诏，便道："崔大夫恭喜了！你却在这里住？"抬起头来，看柜身里却立着崔待诏的浑家。郭排军吃了一惊，拽开脚步就走。浑家说与丈夫道："你与我叫住那排军！我相问则个。"正是：

    平生不作皱眉事，世上应无切齿人。

  崔待诏即时赶上扯住，只见郭排军把头只管侧来侧去，口里喃喃地道："作怪，作怪！"没奈何，只得与崔宁回来，到家中坐地。浑家与他相见了，便问："郭排军，前者我好意留你吃酒，你却归来说与郡王，坏了我两个的好事。今日遭际御前，却不怕你去说。"郭排军吃他相问得无言可答，只道得一声"得罪"。相别了，便来到府里，对着郡王道："有鬼！"郡王道："这汉则甚？"郭立道："告恩王，有鬼！"郡王问道："有甚鬼？"郭立道："方才打清湖河下边，见崔宁开个碾玉铺，却见柜身里一个妇女，便是秀秀养娘。"郡王焦躁道："又来胡说！秀秀被我打杀了，埋在后花园，你须也看见，如何又在那里？却不是取笑我！"郭立道："告恩王，怎敢取笑！方才叫住郭立，相问了一回。怕恩王不信，勒下军令状了去。"郡王道："真个在时，你勒军令状来！"那汉也是合苦，真个写一纸军令状来。郡王收了，叫两个当直的轿番，抬一顶轿子，教："取这妮子来。若真个在，把来凯取一刀；若不在，郭立，你须替他凯取一刀！"郭立同两个轿番来取秀秀。正是：

　　麦穗两歧，农人难辨。

　　郭立是关西人，朴直，却不知军令状如何胡乱勒得。三个一径来到崔宁家里，那秀秀兀自在柜身里坐地，见那郭排军来得恁地慌忙，却不知他勒了军令状来取你。郭排军道："小娘子，郡王钧旨，教来取你则个。"秀秀道："既如此，你们少等，待我梳洗了同去。"即时入去梳洗，换了衣服出来，上了轿，吩咐了丈夫。两个轿番便抬着，径到府前。郭立先入去，郡王正在厅上等待。郭立唱了喏，道："已取到秀秀养娘。"郡王道："着他入来！"郭立出来道："小娘子，郡王教你进来。"掀起帘子看一看，便是一桶水倾在身上，开着口，则合不得——就轿子里不见了秀秀养娘。问那两个轿番，道："我不知，则见他上轿，抬到这里，又不曾转动。"那汉叫将人来道："告恩王，恁地真个有鬼！"郡王道："却不叵耐！"教人："捉这汉等我，取过军令状来，如今凯了一刀。"先去取下"小青"来。那汉从来伏侍郡王，身上也有十数次官了。盖缘是粗人，只教他做排军。这汉慌了，道："见有两个轿番见证，乞叫来问。"即时叫将轿番来，道："见他上轿，抬到这里，却不见了。"说得一般，想必真个有鬼，只消得叫将崔宁来问。便使人叫崔宁来到府中。崔宁从头至尾说了一遍，郡王道："恁地，又不干崔宁事，且放他去。"崔宁拜辞去了。郡王焦躁，把郭立打了五十背花棒。崔宁听得说浑家是鬼，到家中问丈人丈母。两个面面厮觑，走出门，看看清湖河里，扑通地都跳下水去了。当下叫救人，打捞，便不见了尸首。原来当时打杀秀秀时，两个老的听得说，便跳在河里，已自死了。这两个也是鬼。崔宁到家中，没情没绪，走进房中，只见浑家坐在床上，崔宁道："告姐姐，饶我性命！"秀秀道："我因为你，吃郡王打死了，埋在后花园里。却恨郭排军多口，今日已报了冤仇，郡王已将他打了五十背花棒。如今都知道我是鬼，容身不得了。"道罢起身，双手揪住崔宁，叫得一声，匹然倒地。邻舍都来看时，只见：

　　两部脉尽总皆沉，一命已归黄壤下。

　　崔宁也被扯去，和父母四个，一块儿做鬼去了。后人评论得好：

　　咸安王捺不下烈火性，郭排军禁不住闲磕牙；
　　璩秀娘舍不得生眷属，崔待诏撇不脱鬼冤家。

（《警世通言》，明兼善堂藏本，上海古籍出版社1987年影印兼善堂本。下同）

【题解】

本篇是少数传世的宋元话本小说之一，叙述郡王府的侍妾秀秀主动追求琢玉匠人崔宁，两人私奔被抓回王府，秀秀遭拷打而死，化为鬼魂仍要与崔宁生活在一起，从而歌颂了下层人民的生死爱情，表达了市民阶层的新型情爱观念，与当时流行的封建道学思想形成鲜明的对立。小说的叙事技艺也很高超，很少直接描写女主人公秀秀，其心理活动大多通过其他人物的视野加以呈现，这种采用限知视角的叙事方法使小说情节的发展显得神秘、离奇。冯梦龙编辑话本小说集"三言"，将其收入《警世通言》（卷八），题《崔待诏生死冤家》。

杜十娘怒沉百宝箱

扫荡残胡立帝畿，龙翔凤舞势崔嵬。
左环沧海天一带，右拥太行山万围。
戈戟九边雄绝塞，衣冠万国仰垂衣。
太平人乐华胥世，永永金瓯共日辉。

这首诗，单夸我朝燕京建都之盛。说起燕都的形势，北倚雄关，南压区夏，真乃金城天府，万年不拔之基。当先洪武爷扫荡胡尘，定鼎金陵，是为南京。到永乐爷从北平起兵靖难，迁于燕都，是为北京。只因这一迁，把个苦寒地面，变作花锦世界。自永乐爷九传至于万历爷，此乃我朝第十一代的天子。这位天子，聪明神武，德福兼全，十岁登基，在位四十八年，削平了三处寇乱。那三处？

日本关白平秀吉，西夏哱承恩，播州杨应龙。
平秀吉侵犯朝鲜，哱承恩、杨应龙是土官谋叛，先后削平。远夷莫不畏服，争来朝贡。真个是：

一人有庆民安乐，四海无虞国太平。

话中单表万历二十年间，日本国关白作乱，侵犯朝鲜。朝鲜国王上表告急，天朝发兵泛海往救。有户部官奏准：目今兵兴之际，粮饷未充，暂开纳粟入监之例。原来纳粟入监的，有几般便宜：好读书，好科举，好中，结末来又有个小小前程结果。以此宦家公子，富室子弟，到不愿做秀才，都去援例做太学生。自开了这例，两京太学生各添至千人之外。内中有一人，姓李名甲，字干先，浙江绍兴府人氏。父亲李布政所生三儿，惟甲居长。自幼读书在庠，未得登科，援例入于北雍。因在京坐监，与同乡柳遇春监生同游教坊司院内，与一个名姬相遇。那名姬姓杜名媺，排行第十，院中都称为杜十娘，生得浑身雅艳，遍体娇香，两弯眉画远山青，一对眼明秋水润。脸如莲萼，分明卓氏文君；唇似樱桃，何减白家樊素。可怜一片无瑕玉，误落风尘花柳中。

那杜十娘自十三岁破瓜，今一十九岁。七年之内，不知历过了多少公子王孙，一个个情迷意荡，破家荡产而不惜。院中传出四句口号来，道是：

坐中若有杜十娘，斗筲之量饮千觞。
院中若识杜老媺，千家粉面都如鬼。

却说李公子，风流年少，未逢美色，自遇了杜十娘，喜出望外，把花柳情怀，一担儿挑在他身上。那公子俊俏庞儿，温存性儿，又是撒漫的手儿，帮衬的勤儿，与十娘一双两好，情投意合。十娘因见鸨儿贪财无义，久有从良之志；又见李公子忠厚志诚，甚有心向他。奈李公子惧怕老爷，不敢应承。虽则如此，两下情好愈密，朝欢暮乐，终日相守，如夫妇一般，海誓山盟，各无他志。真个：

恩深似海恩无底，义重如山义更高。

再说杜妈妈女儿，被李公子占住，别的富家巨室，闻名上门，求一见而不可得。初时李公子撒漫用钱，大差大使，妈妈胁肩谄笑，奉承不暇。日往月来，不觉一年有余，李公子囊箧渐渐空虚，手不应心，妈妈也就怠慢了。老布政在家闻知儿子嫖院，几遍写字来唤他回去，他迷恋十娘颜色，终日延挨。后来闻知老爷在家发怒，越不敢回。古人云："以利相交者，利尽而疏。"那杜十娘与李公子真情相好，见他手头愈短，心头愈热。妈妈也几遍教女儿打发李甲出院，见女儿不统口，又几遍将言语触突李公子，要激怒他起身，公子性本温克，词气愈和。妈妈没奈何，日逐只将十娘叱骂道："我们行户人家，吃客穿客。前门送旧，后门迎新；门庭闹如火，钱帛堆成垛。自从那李甲在此，混帐一年有余，莫说新客，连旧主顾都断了。分明接了个钟馗老，连小鬼也没得上门。弄得老娘一家人家，有气无烟，成什么模样！"杜十娘被骂，耐性不住，便回答道："那李公子不是空手上门的，也曾费过大钱来。"妈妈道："彼一时，此一时。你只教他今日费些小钱儿，把与老娘办些柴米，养你两口也好。别人家养的女儿便是摇钱树，千生万活；偏我家晦气，养了个退财白虎。开了大门七件事，般般都在老身心上。到替你这小贱人白白养着穷汉，教我衣食从何处来？你对那穷汉说：有本事出几两银子与我，到得你跟了他去，我别讨个丫头过活却不好？"十娘道："妈妈，这话是真是假？"妈妈晓得李甲囊无一钱，衣衫都典尽了，料他没处设法，便应道："老娘从不说谎，当真哩。"十娘道："娘，你要他许多银子？"妈妈道："若是别人，千把银子也讨了。可怜那穷汉出不起，只要他三百两，我自去讨一个粉头代替。只一件，须是三日内交付与我。左手交银，右手交人。若三日没有银时，老身也不管三七二十一，公子不公子，一顿孤拐打那光棍出去。那时莫怪老身。"十娘道："公子虽在客边乏钞，谅三百金还措办得来。只是三日忒近，限他十日便好。"妈妈想道：这穷汉一双赤手，便限他一百日，他那里来银子？没有银子，便铁皮包脸，料也无颜上门。那时重整家风，媺儿也没得话讲。答应道："看你面，便宽到十日。第十日没有银子，不干老娘之事。"十娘道："若十日内无银，料他也无颜再见了。只怕有了三百两银子，妈妈又翻悔起来。"妈妈道："老身年五十一岁了，又奉十斋，怎敢说谎？不信时与你拍掌为定。若翻悔时，做猪做狗！"

　　从来海水斗难量，可笑虔婆意不良。
　　料定穷儒囊底竭，故将财礼难娇娘。

　　是夜，十娘与公子在枕边，议及终身之事。公子道："我非无此心。但教坊落籍，其费甚多，非千金不可。我囊空如洗，如之奈何？"十娘道："妾已与妈妈议定只要三百金，但须十日内措办。郎君游资虽罄，然都中岂无亲友可以借贷？倘得如数，妾身遂为君之所有，省受虔婆之气。"公子道："亲友中为我留恋行院，都不相顾。明日只做束装起身，各家告辞，就开口假贷路费，凑聚将来，或可满得此数。"起身梳洗，别了十娘出门。十娘道："用心作速，专听佳音。"公子道："不须盼咐。"公子出了院门，来到三亲四友处，假说起身告别，众人到也欢喜。后来叙到路费欠缺，意欲借贷。常言道："说着钱，便无缘。"亲友们就不招架。他们也见得是，道李公子是风流浪子，迷恋烟花，年许不归，父亲都为他气坏在家。他今日抖然要回，未知真假。倘或说骗盘缠到手，又去还脂粉钱，父亲知道，将好意翻成恶意，始终只是一怪，不如辞了干净。便回道："目今正值空乏，不能相济，惭愧，惭愧。"人人如此，个个皆然，并没有个慷慨丈夫，肯统口许他一十二十两。李公子一连奔走了三日，分毫无获，又不敢回决十娘，权且含糊答应。到第四日又没想头，就羞回院中。平日间有了杜家，连下处也没有了，今日就无处投宿。只得往同乡柳监生寓所借歇。柳遇春见公子愁容可掬，问其来历。公子将杜十娘愿嫁之情，备细说了。遇春摇首道："未必，未必。那杜媺曲中第一名姬，要从良时，怕没有十斛明珠、千金聘礼！那鸨儿如何只要三百两？想鸨儿怪你无钱使用，白白占住他的女儿，设计打发你出门。那妇人与你相处已久，又碍却面皮，不好明言。明知你手内空虚，故意将三百两卖个人情。限你十日，若十日没有，你也不好上门。便上门时，他会说你笑你，落得一场亵渎，自然安身不牢。此乃烟花逐客之计。足下三思，休被其惑。据弟愚意，不如早早开交为上。"公子听说，半晌无言，心中疑惑不定。遇春又道："足下莫错了主意。你若真个还乡，不多几两盘费，还有人搭救。若是要三百两时，莫说十日，就是十个月也难。如今的世情，那肯顾'缓急'二字的？那烟花也算定你没处告债，故意设法难你。"公子道："仁兄所见良是。"口里虽如此说，心中割舍不下，依旧又往外边东央西告，只是夜里不进院门了。

公子在柳监生窝中，一连住了三日，共是六日了。杜十娘连日不见公子进院。十分着紧，就教小厮四儿街上去寻。四儿寻到大街，恰好遇见公子。四儿叫道："李姐夫，娘在家里望你。"公子自觉无颜，回复道："今日不得工夫，明日来罢。"四儿奉了十娘之命，一把扯住，死也不放。道："娘叫咱寻你，是必同去走一遭。"李公子心上也牵挂着婊子，没奈何，只得随四儿进院。见了十娘，嘿嘿无言。十娘问道："所谋之事如何？"公子眼中流下泪来。十娘道："莫非人情淡薄，不能足三百之数么？"公子含泪而言，道出二句：

不信上山擒虎易，果然开口告人难。

"一连奔走六日，并无铢两，一双空手，羞见芳卿，故此这几日不敢进院。今日承命呼唤，忍耻而来，非某不用心，实是世情如此。"十娘道："此言休使虔婆知道。郎君今夜且住，妾别有商议。"十娘自备酒肴，与公子欢饮。睡至半夜，十娘对公子道："郎君果不能办一钱耶？妾终身之事，当如何也？"公子只是流涕，不能答一语。渐渐五更天晓，十娘道："妾所卧絮褥内藏有碎银一百五十两，此妾私蓄，郎君可持去。三百金，妾任其半，郎君亦谋其半，庶易为力。限只四日，万勿迟误。"十娘起身将褥付公子。公子惊喜过望，唤童儿持褥而去，径到柳遇春寓中，又把夜来之情与遇春说了。将褥拆开看时，絮中都裹着零碎银子，取出兑时，果是一百五十两。遇春大惊道："此妇真有心人也。既系真情，不可相负，吾当代为足下谋之。"公子道："倘得玉成，决不有负。"当下柳遇春留李公子在寓，自出头各处去借贷。两日之内，凑足一百五十两交付公子道："吾代为足下告债，非为足下，实怜杜十娘之情也。"

李甲拿了三百两银子，喜从天降，笑逐颜开，欣欣然来见十娘，刚是第九日，还不足十日。十娘问道："前日分毫难借，今日如何就有一百五十两？"公子将柳监生事情，又述了一遍。十娘以手加额道："使吾二人得遂其愿者，柳君之力也。"两个欢天喜地，又在院中过了一晚。次日，十娘早起。对李甲道："此银一交，便当随郎君去矣。舟车之类，合当预备。妾昨日于姊妹中借得白银二十两，郎君可收下为行资也。"公子正愁路费无出，但不敢开口，得银甚喜。说犹未了，鸨儿恰来敲门，叫道："嫩儿，今日是第十日了。"公子闻叫，启户相延道："承妈妈厚意，正欲相请。"便将银三百两放在桌上。鸨儿不料公子有银，嘿然变色，似有悔意。十娘道："儿在妈妈家中八年，所致金帛，不下数千金矣。今日从良美事，又妈妈亲口所订，三百金不欠分毫，又不曾过期。倘若妈妈失信不许，郎君持银去，儿即刻自尽。恐那时人财两失，悔之无及也。"鸨儿无词以对，腹内筹画了半晌，只得取天平兑准了银子，说道："事已如此，料留你不住了。只是你要去时，即今就去。平时穿戴衣饰之类，毫厘休想。"说罢，将公子和十娘推出房门，讨锁来就落了锁。此时九月天气。十娘才下床，尚未梳洗，随身旧衣，就拜了妈妈两拜。李公子也作了一揖。一夫一妇，离了虔婆大门。

  鲤鱼脱却金钩去，摆尾摇头再不来。

  公子教十娘且住片时："我去唤个小轿抬你，权往柳荣卿寓所去，再作道理。"十娘道："院中诸姊妹平昔相厚，理宜话别。况前日又承他借贷路费，不可不一谢也。"乃同公子到各姊妹处谢别。姊妹中惟谢月朗、徐素素与杜家相近，尤与十娘亲厚。十娘先到谢月朗家，月朗见十娘秃髻旧衫，惊问其故。十娘备述来因，又引李甲相见。十娘指月朗道："前日路资，是此位姐姐所贷，郎君可致谢。"李甲连连作揖。月朗便教十娘梳洗，一面去请徐素素来家相会。十娘梳洗已毕，谢徐二美人各出所有，翠钿金钏、瑶簪宝珥、锦袖花裙、鸾带绣履，把杜十娘装扮得焕然一新，备酒作庆贺筵席。月朗让卧房与李甲杜媺二人过宿。次日又大排筵席，遍请院中姊妹。凡十娘相厚者，无不毕集，都与他夫妇把盏称喜。吹弹歌舞，各逞其长，务要尽欢，直饮至夜分。十娘向众姊妹一一称谢。众姊妹道："十姊为风流领袖，今从郎君去，我等相见无日。何日长行，姊妹们尚当奉送。"月朗道："候有定期，小妹当来相报。但阿姊千里间关，同郎君远去，囊箧萧条，曾无约束，此乃吾等之事。当相与共谋之，勿令姊有穷途之虑也。"众姊妹各唯唯而散。是晚，公子和十娘仍宿谢家。至五鼓，十娘对公子道："吾等此去，何处安身？郎君亦曾计议有定着否？"公子道："老父盛怒之下，若知娶妓而归，必然加以不堪，反致相累。展转寻思，尚未有万全之策。"十娘道："父子天性，岂能终绝？既然仓卒难犯，不若与郎君于苏杭胜地，权作浮居。郎君先回，求亲友于尊大人面前劝解和顺，然后携妾于归，彼此安妥。"公子道："此言甚当。"次日，二人起身，辞了谢月朗，暂住柳监生寓中，整顿行装。杜十娘见了柳遇春，倒身下拜，谢其周全之德："异日我夫妇必当重报。"遇春慌忙答礼道："十娘钟情所欢，不以贫窭易心，此乃女中豪杰。仆因风吹火，谅区区何足挂齿！"三人又饮了一日酒。次早，择了出行吉日，雇请轿马停当。十娘又遣童儿寄信，别谢月朗。临行之际，只见肩舆纷纷而至，乃谢月朗与徐素素拉众姊妹来送行。月朗道："十姊从郎君千里间关，囊中消索，吾等甚不能忘情。今合具薄贶，十姊可检收。或长途空乏，亦可少助。"说罢，命从人挈一描金文具至前，封锁甚固，正不知什么东西在里面。十娘也不开看，也不推辞，但殷勤作谢而已。须臾，舆马齐集，仆夫催促起身。柳监生三杯别酒，和众美人送出崇文门外，各各垂泪而别。正是：

他日重逢难预必，此时分手最堪怜。

　　再说李公子同杜十娘行至潞河，舍陆从舟，却好有瓜洲差使船转回之便，讲定船钱，包了舱口。比及下船时，李公子囊中并无分文余剩。你道杜十娘把二十两银子与公子，如何就没了？公子在院中嫖得衣衫蓝缕，银子到手，未免在解库中取赎几件穿着，又制办了铺盖，剩来只勾轿马之费。公子正当愁闷，十娘道："郎君勿忧，众姊妹合赠，必有所济。"乃取钥开箱。公子在傍自觉惭愧，也不敢窥觑箱中虚实。只见十娘在箱里取出一个红绢袋来，掷于桌上道："郎君可开看之。"公子提在手中，觉得沉重。启而观之，皆是白银，计数整五十两。十娘仍将箱子下锁，亦不言箱中更有何物，但对公子道："承众姊妹高情，不惟途路不乏，即他日浮寓吴越间，亦可稍佐吾夫妻山水之费矣。"公子且惊且喜道："若不遇恩卿，我李甲流落他乡，死无葬身之地矣。此情此德，白头不敢忘也。"自此每谈及往事，公子必感激流涕。十娘亦曲意抚慰，一路无话。

　　不一日，行至瓜洲，大船停泊岸口，公子别雇了民船，安放行李。约明日侵晨，剪江而渡。其时仲冬中旬，月明如水，公子和十娘坐于舟首。公子道："自出都门，固守一舱之中，四顾有人，未得畅语。今日独据一舟，更无避忌。且已离塞北，初近江南，宜开怀畅饮，以舒向来抑郁之气，恩卿以为何如？"十娘道："妾久疏谈笑，亦有此心。郎君言及，足见同志耳。"公子乃携酒具于船首，与十娘铺毡并坐，传杯交盏。饮至半酣，公子执卮对十娘道："恩卿妙音，六院推首。某相遇之初，每闻绝调，辄不禁神魂之飞动。心事多违，彼此郁郁，鸾鸣凤奏，久矣不闻。今清江明月，深夜无人，肯为我一歌否？"十娘兴亦勃发，遂开喉顿嗓，取扇按拍，呜呜咽咽，歌出元人施君美《拜月亭》杂剧上"状元执盏与婵娟"一曲，名〔小桃红〕。真个：

　　　　声飞霄汉云皆驻，响入深泉鱼出游。

　　却说他舟有一少年，姓孙名富字善赉，徽州新安人氏。家资巨万，积祖扬州种盐。年方二十，也是南雍中朋友。生性风流，惯向青楼买笑，红粉追欢，若嘲风弄月，到是个轻薄的头儿。事有偶然，其夜亦泊舟瓜洲渡口，独酌无聊。忽听得歌声嘹亮，凤吟鸾吹，不足喻其美。起立船头，伫听半晌，方知声出邻舟。正欲相访，音响倏已寂然。乃遣仆者潜窥踪迹，访于舟人，但晓得是李相公雇的船，并不知歌者来历。孙富想道："此歌者必非良家，怎生得他一见？"展转寻思，通宵不寐。挨至五更，忽闻江风大作。及晓，彤云密布，狂雪飞舞。怎见得？有诗为证：

　　　　千山云树灭，万径人踪绝。扁舟蓑笠翁，独钓寒江雪。

　　因这风雪阻渡，舟不得开。孙富命艄公移船，泊于李家舟之旁，孙富貂帽狐裘，推窗假作看雪。值十娘梳洗方毕，纤纤玉手，揭起身旁短帘，自泼盂中残水，粉容微露，却被孙富窥见了，果是国色天香。魂摇心荡，迎眸注目，等候再见一面，杳不可得。沉思久之，乃倚窗高吟高学士《梅花诗》二句，道：

雪满山中高士卧，月明林下美人来。

李甲听得邻舟吟诗，舒头出舱，看是何人。只因这一看，正中了孙富之计。孙富吟诗，正要引李公子出头，他好乘机攀话。当下慌忙举手，就问："老兄尊姓何讳？"李公子叙了姓名乡贯，少不得也问那孙富，孙富也叙过了，又叙了些太学中的闲话，渐渐亲熟。孙富便道："风雪阻舟，乃天遣与尊兄相会，实小弟之幸也。舟次无聊，欲同尊兄上岸，就酒肆中一酌，少领清诲，万望不拒。"公子道："萍水相逢，何当厚扰？"孙富道："说那里话！'四海之内，皆兄弟也'。"喝教艄公打跳，童儿张伞，迎接公子过船，就于船头作揖，然后让公子先行，自己随后，各各登跳上涯。行不数步，就有个酒楼，二人上楼，拣一副洁净座头，靠窗而坐。酒保列上酒肴，孙富举杯相劝，二人赏雪饮酒。先说些斯文中套话，渐渐引入花柳之事。二人都是过来之人，志同道合，说得入港，一发成相知了。孙富屏去左右，低低问道："昨夜尊舟清歌者，何人也？"李甲正要卖弄在行，遂实说道："此乃北京名姬杜十娘也。"孙富道："既系曲中姊妹，何以归兄？"公子遂将初遇杜十娘，如何相好，后来如何要嫁，如何借银讨他，始末根由，备细述了一遍。孙富道："兄携丽人而归，固是快事，但不知尊府中能相容否？"公子道："贱室不足虑。所虑者，老父性严，尚费踌躇耳。"孙富将机就机，便问道："既是尊大人未必相容，兄所携丽人，何处安顿？亦曾通知丽人，共作计较否？"公子攒眉而答道："此事曾与小妾议之。"孙富欣然问道："尊宠必有妙策。"公子道："他意欲侨居苏杭，流连山水。使小弟先回，求亲友宛转于家君之前。俟家君回嗔作喜，然后图归。高明以为何如？"孙富沉吟半晌，故作愀然之色，道："小弟乍会之间，交浅言深，诚恐见怪。"公子道："正赖高明指教，何必谦逊？"孙富道："尊大人位居方面，必严帷薄之嫌。平时既怪兄游非礼之地，今日岂容兄娶不节之人？况且贤亲贵友，谁不迎合尊大人之意者？兄枉去求他，必然相拒。就有个不识时务的进言于尊大人之前，见尊大人意思不允，他就转口了。兄进不能和睦家庭，退无词以回复尊宠。即使留连山水，亦非长久之计。万一资斧困竭，岂不进退两难？"公子自知手中只有五十金，此时费去大半，说到资斧困竭，进退两难，不觉点头道是。孙富又道："小弟还有句心腹之谈，兄肯俯听否？"公子道："承兄过爱，更求尽言。"孙富道："疏不间亲，还是莫说罢。"公子道："但说何妨？"孙富道："自古道：'妇人水性无常。'况烟花之辈，少真多假。他既系六院名姝，相识定满天下；或者南边原有旧约，借兄之力，挈带而来，以为他适之地。"公子道："这个恐未必然。"孙富道："即不然，江南子弟，最工轻薄，兄留丽人独居，难保无逾墙钻穴之事；若挈之同归，愈增尊大人之怒。为兄之计，未有善策。况父子天伦，必不可绝。若为妾而触父，因妓而弃家，海内必以兄为浮浪不经之人。异日妻不以为夫，弟不以为兄，同袍不以为友，兄何以立于天地之间？兄今日不可不熟思也！"公子闻言，茫然自失，移席问计："据高明之见，何以教我？"孙富道："仆有一计，于兄甚便。只恐兄溺枕席之爱，未必能行，使仆空费词说耳！"公子道："兄诚有良策，使弟再睹家园之乐，乃弟之恩人也。又何惮而不言耶？"孙富道："兄飘零岁余，严亲怀怒，闺阁离心，设身以处兄之地，诚寝食不安之时也。然尊大人所以怒兄者，不过为迷花恋柳，挥金如土，异日必为弃家荡产之人，不堪承继家业耳。兄今日空手而归，正触其怒。兄倘能割衽席之爱，见机而作，仆愿以千金相赠。兄得千金，以报尊大人，只说在京授馆，并不曾浪费分毫，尊大人必然相信。从此家庭和睦，当无间言。须臾之间，转祸为福。兄请三思，仆非贪丽人之色，实为兄效忠于万一也。"李甲原是没主意的人，本心惧怕老子，被孙富一席话，说透胸中之疑，起身作揖道："闻兄大教，顿开茅塞。但小妾千里相从，义难顿绝，容归与商之。得其心肯，当奉复耳。"孙富道："说话之间，宜放婉曲。彼既忠心为兄，必不忍使兄父子分离，定然玉成兄还乡之事矣。"二人饮了一回酒，风停雪止，天色已晚。孙富教家僮算还了酒钱，与公子携手下船。正是：

逢人且说三分话，未可全抛一片心。

却说杜十娘在舟中，摆设酒果，欲与公子小酌，竟日未回，挑灯以待。公子下船，十娘起迎，见公子颜色匆匆，似有不乐之意，乃满斟热酒劝之。公子摇首不饮，一言不发，竟自床上睡了。十娘心中不悦，乃收拾杯盘，为公子解衣就枕，问道："今日有何见闻，而怀抱郁郁如此？"公子叹息而已，终不启口。问了三四次，公子已睡去了。十娘委决不下，坐于床头而不能寐。到夜半，公子醒来，又叹一口气。十娘道："郎君有何难言之事，频频叹息？"公子拥被而起，欲言不语者几次，扑簌簌掉下泪来。十娘抱持公子于怀间，软言抚慰道："妾与郎君情好，已及二载，千辛万苦，历尽艰难，得有今日。然相从数千里，未曾哀戚。今将渡江，方图百年欢笑，如何反起悲伤？必有其故。夫妇之间，死生相共，有事尽可商量，万勿讳也。"公子再回被逼不过，只得含泪而言道："仆天涯穷困，蒙恩卿不弃，委曲相从，诚乃莫大之德也。但反覆思之，老父位居方面，拘于礼法；况素性方严，恐添嗔怒，必加黜逐。你我流荡，将何安止？夫妇之欢难保，父子之伦又绝。日间蒙新安孙友邀饮，为我筹及此事，寸心如割。"十娘大惊道："郎君意将如何？"公子道："仆事内之人，当局而迷。孙友为我画一计颇善，但恐恩卿不从耳。"十娘道："孙友者何人？计如果善，何不可从？"公子道："孙友名富，新安盐商，少年风流之士也。夜间闻子清歌，因而问及。仆告以来历，并谈及难归之故，渠意欲以千金聘汝。我得千金，可藉口以见吾父母，而恩卿亦得所天。但情不能舍，是以悲泣。"说罢，泪如雨下。十娘放开两手，冷笑一声道："为郎君画此计者，此人乃大英雄也！郎君千金之资，既得恢复，而妾归他姓，又不致为行李之累，发乎情，止乎礼，诚两便之策也。那千金在那里？"公子收泪道："未得恩卿之话，金尚留彼处，未曾过手。"十娘道："明早快快应承了他，不可挫过机会。但千金重事，须得兑足交付郎君之手，妾始过舟，勿为贾竖子所欺。"时已四鼓，十娘即起身，挑灯梳洗道："今日之妆，乃迎新送旧，非比寻常。"于是脂粉香泽，用意修饰，花钿绣袄，极其华艳，香风拂拂，光采照下。装束方完，天色已晓。

　　孙富差家童到船头候信，十娘微窥公子，欣欣似有喜色，乃催公子快去回话，及早兑足银子。公子亲到孙富船中，回复依允。孙富道："兑银易事，须得丽人妆台为信。"公子又回复了十娘，十娘即指描金文具道："可便抬去。"孙富喜甚。即将白银一千两，送到公子船中。十娘亲自检看，足色足数，分毫无爽。乃手把船舷，以手招孙富。孙富一见，魂不附体。十娘启朱唇，开皓齿道："方才箱子可暂发来，内有李郎路引一纸，可检还之也。"孙富视十娘已为瓮中之鳖，即命家童送那描金文具，安放船头之上。十娘取钥开锁，内皆抽替小箱。十娘叫公子抽第一层来看，只见翠羽明珰，瑶簪宝珥，充牣于中，约值数百金，十娘遽投之江中。李甲与孙富及两船之人，无不惊诧。又命公子再抽一箱，乃玉箫金管。又抽一箱，尽古玉紫金玩器，约值数千金。十娘尽投之于水。舟中岸上之人，观者如堵，齐声道："可惜，可惜！"正不知什么缘故。最后又抽一箱。箱中复有一匣。开匣视之，夜明之珠，约有盈把，其他祖母绿、猫儿眼，诸般异宝，目所未睹，莫能定其价之多少。众人齐声喝采，喧声如雷。十娘又欲投之于江，李甲不觉大悔，抱持十娘恸哭，那孙富也来劝解。十娘推开公子在一边，向孙富骂道："我与李郎备尝艰苦，不是容易到此。汝以奸淫之意，巧为谗说，一旦破人姻缘，断人恩爱，乃我之仇人。我死而有知，必当诉之神明，尚妄想枕席之欢乎？"又对李甲道："妾风尘数年，私有所积，本为终身之计。自遇郎君，山盟海誓，白首不渝。前出都之际，假托众姊妹相赠，箱中韫藏百宝，不下万金。将润色郎君之装，归见父母，或怜妾有心，收佐中馈，得终委托，生死无憾。谁知郎君相信不深，感于浮议，中道见弃，负妾一片真心。今日当众目之前，开箱出视，使郎君知区区千金，未为难事。妾椟中有玉，恨郎眼内无珠。命之不辰，风尘困瘁，甫得脱离，又遭弃捐。今众人各有耳目,共作证明:妾不负郎君,郎君自负妾耳!"于是众人聚观者,无不流涕,都唾骂李公子负心薄幸。公子又羞又苦,且悔且泣,方欲向十娘谢罪,十娘抱持宝匣,向江心一跳。众人急呼捞救,但见云暗江心,波涛滚滚,杳无踪影。可惜一个如花似玉的名姬,一旦葬于江鱼之腹!

　　　　三魂渺渺归水府,七魄悠悠入冥途。

当时旁观之人,皆咬牙切齿,争欲拳殴李甲和那孙富。慌得李孙二人,手足无措,急叫开船,分途遁去。

　　李甲在舟中,看了千金,转忆十娘,终日懊悔,郁成狂疾,终身不痊。孙富自那日受惊,得病卧床月余,终日见杜十娘在旁诟骂,奄奄而逝。人以为江中之报也。

　　却说柳遇春在京坐监完满,束装回乡,停舟瓜步。偶临江净脸,失坠铜盆于水,觅渔人打捞。乃至捞起,乃是个小匣儿。遇春启匣观看,内皆明珠异宝,无价之珍。遇春厚赏渔人,留于床头把玩。是夜梦见江中一女子,凌波而来,视之,乃杜十娘也。近前万福,诉以李郎薄幸之事。又道:"向承君家慷慨,以一百五十金相助,本意息肩之后,徐图报答,不意事无终始。然每怀盛情,悒悒未忘。早间曾以小匣托渔人奉致,聊表寸心,从此不复相见矣。"言讫,猛然惊醒,方知十娘已死,叹息累日。

　　后人评论此事,以为孙富谋夺美色,轻掷千金,固非良士;李甲不识杜十娘一片苦心,碌碌蠢才,无足道者。独谓十娘千古女侠,岂不能觅一佳侣,共跨秦楼之凤,乃错认李公子,明珠美玉,投于盲人,以致恩变为仇,万种恩情,化为流水,深可惜也。有诗叹云:

　　　　不会风流莫妄谈,单单情字费人参;
　　　　若将情字能参透,唤作风流也不惭。

【题解】

　　本篇收入《警世通言》卷三二,是冯梦龙根据当时文言小说《负情侬传》所创编,叙述北京名妓杜十娘从良后又被转卖,最终怒沉百宝,投江自杀,用生命唱出了人性悲剧的最强音。小说有意扣留信息,直到结尾,才道破十娘蓄有百宝箱的事实,构成"椟中有玉,眼内无珠"的强烈反差,增加了控诉力度和悲剧色彩。"三言"中不少故事歌颂商品经济的积极社会意义,而本篇却揭示了金钱使人性"异化"的罪恶,有其更为独特深刻的内涵和价值。

【参考书】

　　[1]《警世通言》,吴书荫校注,北京十月文艺出版社1994年版。

[2]《警世通言》,《古本小说丛刊》影印兼善堂刊本,中华书局 1991 年版。

蒋兴哥重会珍珠衫

　　仕至千钟非贵,年过七十常稀。浮名身后有谁知？万事空花游戏。

　　休逞少年狂荡,莫贪花酒便宜。脱离烦恼是和非,随分安闲得意。

　　这首词,名为[西江月],是劝人安分守己,随缘作乐,莫为酒、色、财、气四字,损却精神,亏了行止。求快活时非快活,得便宜处失便宜。说起那四字中,总道不得那色字利害。眼是情媒,心为欲种。起手时,牵肠挂肚；过后去,丧魄销魂。假如墙花路柳,偶然适兴,无损于事；若是生心设计,败俗伤风,只图自己一时欢乐,却不顾他人的百年恩义。假如你有娇妻爱妾,别人调戏上了,你心下如何？古人有四句道得好：

　　人心或可昧,天道不差移。我不淫人妇,人不淫我妻。

　　看官,则今日听我说《珍珠衫》这套词话,可见果报不爽,好教少年子弟做个榜样。

　　话中单表一人,姓蒋名德,小字兴哥,乃湖广襄阳府枣阳县人氏。父亲叫做蒋世泽,从小走熟广东做客买卖。因为丧了妻房罗氏,只遗下这兴哥,年方九岁,别无男女。这蒋世泽割舍不下,又绝不得广东的衣食道路,千思百计,无可奈何,只得带那九岁的孩子同行作伴,就教他学些乖巧。这孩子虽则年小,生得：

　　眉清目秀,齿白唇红。行步端庄,言辞敏捷。聪明赛过读书家,伶俐不输长大汉。人人唤做粉孩儿,个个羡他无价宝。

　　蒋世泽怕人妒忌,一路上不说是嫡亲儿子,只说是内侄罗小官人。原来罗家也是走广东的,蒋家只走得一代,罗家倒走过三代了。那边客店牙行,都与罗家世代相识,如自己亲眷一般。这蒋世泽做客,起头也还是丈人罗公领他走起的,因罗家近来屡次遭了屈官司,家道消乏,好几年不曾走动。这些客店牙行见了蒋世泽,那一遍不动问罗家消息？好生牵挂！今番见蒋世泽带个孩子到来,问知是罗家小官人,且是生得十分清秀,应对聪明,想着他祖父三辈交情,如今又是第四辈了,那一个不欢喜！

　　闲话休提。却说蒋兴哥跟随父亲做客,走了几遍,学得伶俐乖巧,生意行中,百般都会,父亲也喜不自胜。何期到一十七岁上,父亲一病身亡。且喜刚在家中,还不做客途之鬼。兴哥哭了一场,免不得揩干泪眼,整理大事。殡殓之外，做些功德超度，自不必说。七七四十九日内，内外宗亲，都来吊孝。本县有个王公，正是兴哥的新岳丈，也来上门祭奠，少不得蒋门亲戚陪侍。叙话间间，说起兴哥少年老成，这般大事，亏他独力支持。因话随话间，就有人撺掇道："王老亲翁，如今令爱也长成了，何不乘凶完配，教他夫妇作伴，也好过日。"王公未肯应承，当日相别去了。众亲戚等安葬事毕，又去撺掇兴哥。兴哥初时也不肯，却被撺掇了几番，自想孤身无伴，只得应允。央原媒人往王家去说，王公只是推辞，说道："我家也要备些薄薄妆奁，一时如何来得？况且孝未期年，于礼有碍。便要成亲，且待小祥之后再议。"媒人回话，兴哥见他说得正理，也不相强。

光阴如箭，不觉周年已到。兴哥祭过了父亲灵位，换去粗麻衣服，再央媒人王家去说，方才依允。不隔几日，六礼完备，娶了新妇进门。有〔西江月〕为证：

孝幕翻成红幕，色衣换去麻衣。画楼结彩烛光辉，合卺花筵齐备。

那羡妆奁富盛？难求丽色娇妻。今宵云雨足欢娱，来日人称恭喜。

说这新妇是王公最幼之女，小名唤做三大儿，因他是七月七日生的，又唤做三巧儿。王公先前嫁过的两个女儿，都是出色标致的。枣阳县中，人人称羡，造出四句口号，道是：

天下妇人多，王家美色寡。有人娶着他，胜似为驸马。

常言道："做买卖不着，只一时；讨老婆不着，是一世。"若干官宦大户人家，单拣门户相当，或是贪他嫁资丰厚，不分皂白，定了亲事。后来娶下一房奇丑的媳妇，十亲九眷面前，出来相见，做公婆的好没意思。又且丈夫心下不喜，未免私房走野。偏是丑妇极会管老公，若是一般见识的，便要反目；若使顾惜体面，让他一两遍，他就做大起来。有此数般不妙，所以蒋世泽闻知王公惯生得好女儿，从小便送过财礼，定下他幼女与儿子为婚。今日娶过门来，果然娇姿艳质，说起来，比他两个姐儿加倍标致。正是：

吴宫西子不如，楚国南威难赛。若比水月观音，一样烧香礼拜。

蒋兴哥人才本自齐整，又娶得这房美色的浑家，分明是一对玉人，良工琢就，男欢女爱，比别个夫妻更胜十分。三朝之后，依先换了些浅色衣服，只推制中，不与外事。专在楼上与浑家成双捉对，朝暮取乐，真个行坐不离，梦魂作伴。自古苦日难熬，欢时易过，暑往寒来，早已孝服完满。起灵除孝，不在话下。

兴哥一日间想起父亲存日广东生理，如今耽搁三年有余了，那边还放下许多客帐，不曾取得。夜间与浑家商议，欲要去走一遭。浑家初时也答应，道该去；后来说到许多路程，恩爱夫妻，何忍分离？不觉两泪交流。兴哥也自割舍不得，两个凄惨一场，又丢开了。如此已非一次。

光阴荏苒，不觉又挨过了二年。那时兴哥决意要行，瞒过了浑家，在外面暗暗收拾行李。拣了个上吉的日期，五日前方对浑家说知，道："常言'坐吃山空'，我夫妻两口，也要成家立业，终不然抛了这行衣食道路？如今这二月天气，不寒不暖，不上路更待何时？"浑家料是留他不住了，只得问道："丈夫此去几时可回？"兴哥道："我这番出外，甚不得已，好歹一年便回，宁可第二遍多去几时罢了。"浑家指着楼前一棵椿树道："明年此树发芽，便盼着官人回也。"说罢，泪下如雨。兴哥把衣袖替他揩拭，不觉自己眼泪也挂下来。两下里怨离惜别，分外恩情，一言难尽。

到第五日，夫妇两个啼啼哭哭，说了一夜的话，索性不睡了。五更时分，兴哥便起身收拾，将祖遗下的珍珠细软，都交付与浑家收管，自己只带得本钱银两、帐目底本及随身衣服、铺陈之类，又有预备下送礼的人事，都装叠得停当。原有两房家人，只带一个后生些的去，留一个老成的在家，听浑家使唤，买办日用。两个婆娘，专管厨下。又有两个丫头，一个叫晴云，一个叫暖雪，专在楼中伏侍，不许远离。吩咐停当了，对浑家说道："娘子耐心度日。地方轻薄子弟不少，你又生得美貌，莫在门前窥瞰，招风揽火。"浑家道："官人放心，早去早回。"两下掩泪而别。正是：

世上万般哀苦事，无非死别与生离。

兴哥上路，心中只想着浑家，整日地不瞅不睬。不一日，到了广东地方，下了客店。这伙旧时相识都来会面，兴哥送了些人事，排家地治酒接风，一连半月二十日，不得空闲。兴哥在家时，原是淘虚了的身子，一路受些劳碌，到此未免饮食不节，得了个疟疾，一夏不好，秋间转成水痢。每日请医切脉，服药调治，直延到秋尽，方得安痊。把买卖都耽搁了，眼见得一年回去不成。正是：

只为蝇头微利，抛却鸳被良缘。

兴哥虽然想家，到得日久，索性把念头放慢了。

不题兴哥做客之事。且说这里浑家王三巧儿，自从那日丈夫吩咐了，果然数月之内，目不窥户，足不下楼。光阴似箭，不觉残年将尽，家家户户，闹轰轰地暖火盆，放爆竹，吃合家欢耍子。三巧儿触景伤情，思想丈夫。这一夜好生凄楚！正合古人的四句诗，道是：

腊尽愁难尽，春归人未归。朝来嗔寂寞，不肯试新衣。

明日正月初一日，是个岁朝。晴云、暖雪两个丫头，一力劝主母在前楼去，看看街坊景象。原来蒋家住宅前后通连的两带楼房，第一带临着大街，第二带方做卧室，三巧儿闲常只在第二带中坐卧。这一日被丫头们撺掇不过，只得从边厢里走过前楼，吩咐推开窗子，把帘儿放下，三口儿在帘内观看。这日街坊上好不闹杂！三巧儿道："多少东行西走的人，偏没个卖卦先生在内。若有时，唤他来卜问官人消息也好。"晴云道："今日是岁朝，人人要闲耍的，那个出来卖卦？"暖雪叫道："娘限在我两个身上，五日内包唤一个来占卦便了。"

到初四日早饭过后，暖雪下楼小解，忽听得街上当当的敲响。响的这件东西，唤道"报君知"，是瞎子卖卦的行头。暖雪等不及解完，慌忙捡了裤腰，跑出门外，叫住了瞎先生；拨转脚头，一口气跑上楼来，报知主母。三巧儿吩咐：唤在楼下坐启内坐着。讨他课钱，通陈过了，走下楼梯，听他剖断。那瞎先生占成一卦，问是何用。那时厨下两个婆娘，听得热闹，也都跑将来了。替主母传语道："这卦是问行人的。"瞎先生道："可是妻问夫么？"婆娘道："正是。"先生道："青龙治世，财爻发动。若是妻问夫，行人在半途，金帛千箱有，风波一点无。青龙属木，木旺于春，立春前后，已动身了。月尽月初，必然回家，更兼十分财采。"三巧儿叫买办的，把三分银子打发他去，欢天喜地，上楼去了。真所谓"望梅止渴"，"画饼充饥"。

大凡人不做指望，倒也不在心上；一做指望，便痴心妄想，时刻难过。三巧儿只为信了卖卦先生之语，一心只想丈夫回来；从此时常走向前楼，在帘内东张西望。直到二月初旬，椿树抽芽，不见些儿动静。三巧儿思想丈夫临行之约，愈加心慌，一日几遍，向外探望。也是合当有事，遇着这个俊俏后生。正是：

有缘千里能相会，无缘对面不相逢。

这个俊俏后生是谁？原本不是本地，是徽州新安县人氏，姓陈名商，小名叫做大喜哥，后来改口呼为大郎。年方二十四岁，且是生得一表人物，虽胜不得宋玉、潘安，也不在两人之下。这大郎也是父母双亡，凑了二三千金本钱，来走襄阳贩籴些米豆之类，每年常走一遍。他下处自在城外，偶然这日进城来，要到大市街汪朝奉典铺中问个家信。那典铺正在蒋家对门，因此经过。你道怎生打扮？头上带一顶苏样的百柱鬃帽，身上穿一件鱼肚白的湖纱道袍，又恰好与蒋兴哥平昔穿着相像。三巧儿远远瞧见，只道是他丈夫回了，揭开帘子，定睛而看。陈大郎抬头，望见楼上一个年少的美妇人，目不转睛的，只道心上欢喜了他，也对着楼上丢个眼色。谁知两个都错认了。三巧儿见不是丈夫，羞得两颊通红。忙忙把窗儿拽转，跑在后楼，靠着床沿上坐地，兀自心头突突地跳一个不住。谁知陈大郎的一片精魂，早被妇人眼光儿摄上去了。回到下处，心心念念地放他不下，肚里想道："家中妻子，虽是有些颜色，怎比得妇人一半？欲待通个情款，争奈无门可入。若得谋他一宿，就消花这些本钱，也不枉为人在世！"叹了几口气，忽然想起大市街东巷，有个卖珠子的薛婆，曾与他做过交易。这婆子能言快语，况且日逐串街走巷，那一家不认得？须是与他商议，定有道理。

这一夜翻来覆去，勉强过了。次日起个清早，只推有事，讨些凉水梳洗，取了一百两银子、两大锭金子，急急地跑进城来。这叫做：

欲求生受用，须下死工夫。

陈大郎进城，一径来到大市街东巷，去敲那薛婆的门。薛婆蓬着头，正在天井里拣珠子。听得敲门，一头收过珠包，一头问道："是谁？"才听说出"徽州陈"三字，慌忙开门请进，道："老身未曾梳洗，不敢为礼了。大官人起得好早，有何贵干？"陈大郎道："特特而来，若迟时，怕不相遇。"薛婆道："可是作成老身出脱些珍珠首饰么？"陈大郎道："珠子也要买，还有大买卖作成你。"薛婆道："老身除了这一行货，其余都不熟惯。"陈大郎道："这里可说得话么？"薛婆便把大门关上，请他到小阁儿坐着，问道："大官人有何吩咐？"大郎见四下无人，便向衣袖里摸出银子，解开布包，摊在桌上，道："这一百两白银，干娘收过了，方才敢说。"婆子不知高低，那里肯受？大郎道："莫非嫌少？"慌忙又取出黄灿灿的两锭金子，也放在桌上，道："这十两金子，一并奉纳。若干娘再不收时，便是故意推调了。今日是我来寻你，非是你来求我。只为这桩大买卖，不是老娘成不得，所以特地相求。便说做不成时，这金银你只管受用，终不然我又来取讨，日后再没相会的时节了？我陈商不是恁般小样的人！"

看官，你说从来做牙婆的，那个不贪钱钞？见了这般黄白之物，如何不动火？薛婆当时满脸堆下笑来，便道："大官人休得错怪，老身一生不曾要别人一厘一毫不明不白的钱财。今日既承大官人吩咐，老身权且留下。若是不能效劳，依旧奉纳。"说罢，将金锭放银包内，一齐包起，叫声："老身大胆了。"拿向卧房中藏过，忙趱出来，道："大官人，老身且不敢称谢，你且说什么买卖，用着老身之处？"大郎道："急切要寻一件救命之宝，是处都无，只大市街上一家人家方有，特央干娘去借借。"婆子笑将起来，道："又是作怪！老身在这条巷住过二十多年，不曾闻大市街有甚救命之宝。大官人你说，有宝的还是谁家？"大郎道："敝乡里汪三朝奉典铺对门高楼子内是何人之宅？"婆子想了一回道："这是本地蒋兴哥家里。他男子出外做客，一年多了，只有女眷在家。"大郎道："我这救命之宝，正要问他女眷借借。"便把椅儿掇近了婆子身边，向他诉出心腹，如此如此。婆子听罢，连忙摇首道："此事大难！蒋兴哥新娶这房娘子，不上四年，夫妻两个如鱼似水，寸步难离。如今没奈何出去了，这小娘子足不下楼，甚是贞节。因兴哥做人有些古怪，容易嗔嫌，老身辈从不曾上他的阶头。连这小娘子面长面短，老身还不认得，如何应承得此事？

方才所赐,是老身薄福,受用不成了。"陈大郎听说,慌忙双膝跪下。婆子去扯他时,被他两手拿住衣袖,紧紧按定在椅上,动弹不得。口里说:"我陈商这条性命,都在干娘身上。你是必思量个妙计,作成我人马,救我残生。事成之日,再有白金百两相酬。若是推阻,即今便是个死。"慌得婆子没理会处,连声应道:"是,是,莫要折杀老身。大官人请起,老身有话讲。"陈大郎方才起身,拱手道:"有何妙策,作速见教。"薛婆道:"此事须从容图之,只要成就,莫论岁月。若是限时限日,老身决难奉命。"陈大郎道:"若果然成就,便迟几日何妨?只是计将安出?"薛婆道:"明日不可太早;不可太迟,早饭后,相约在汪三朝奉典铺中相会。大官人可多带银两,只说与老身做买卖,其间自有道理。若是老身这两只脚跨进得蒋家门时,便是大官人的造化。大官人便可急回下处,莫在他门首盘桓,被人识破,误了大事。讨得三分机会,老身自来回复。"陈大郎道:"谨依尊命。"唱了个肥喏,欣然开门而去。正是:

　　未曾灭项兴刘,先见筑坛拜将。

　　当日无话。到次日,陈大郎穿了一身齐整衣服,取上三四百两银子,放在个大皮匣内,唤小郎背着,跟随到大市街汪家典铺来。瞧见对门楼窗紧闭,料是妇人不在,便与管典的拱了手,讨个木凳儿坐在门前,向东而望。不多时,只见薛婆抱着一个篾丝箱儿来了。陈大郎唤住,问道:"箱内何物?"薛婆道:"珠宝首饰,大官人可用么?"大郎道:"我正要买。"薛婆进了典铺,与管典的相见了,叫声"咶噪",便把箱儿打开。内中有十来包珠子,又有几个小匣儿,都盛着新样簇花点翠的首饰,奇巧动人,光灿夺目。陈大郎拣几吊极粗极白的珠子,和那些簪珥之类,做一堆儿放着,道:"这些我都要了。"婆子便把眼儿瞅着,说道:"大官人要用时尽用,只怕不肯出这样大价钱。"陈大郎已自会意,开了皮匣,把这些银两白花花的摊做一台,高声地叫道:"有这些银子,难道买你的货不起?"此时邻舍闲汉已自走过七八个人,在铺前站着看了。婆子道:"老身取笑,岂敢小觑大官人。这银两须要仔细,请收过了,只要还得价钱公道便好。"两下一边的讨价多,一边的还钱少,差得天高地远。那讨价的一口不移,这里陈大郎拿着东西,又不放手,又不增添,故意走出屋檐,件件地反复认看,言真道假、弹斤估两地在日光中烜耀。惹得一市人都来观看,不住声的有人喝彩。婆子乱嚷道:"买便买,不买便罢,只管耽搁人则甚!"陈大郎道:"怎么不买?"两个又论了一番价。正是:

　　只因酬价争钱口,惊动如花似玉人。

　　王三巧儿听得对门喧嚷,不觉移步前楼,推窗偷看。只见珠光闪烁,宝色辉煌,甚是可爱。又见婆子与客人争价不定,便吩咐丫鬟去唤那婆子,借他东西看看。晴云领命,走过街去,把薛婆衣袂一扯,道:"我家娘请你。"婆子故意问道："是谁家？"晴云道："对门蒋家。"婆子把珍珠之类，劈手夺将过来，忙忙地包了，道："老身没有许多空闲，与你歪缠！"陈大郎道："再添些卖了罢。"婆子道："不卖，不卖！像你这样价钱，老身卖去多时了。"一头说，一头放入箱儿里，依先关锁了，抱着便走。晴云道："我替你老人家拿罢。"婆子道："不消。"头也不回，径到对门去了。陈大郎心中暗喜，也收拾银两，别了管典的，自回下处。正是：

  眼望捷旌旗，耳听好消息。

  晴云引薛婆上楼，与三巧儿相见了。婆子看那妇人，心下想道："真天人也！怪不得陈大郎心迷，若我做男子，也要浑了。"当下说道："老身久闻大娘贤慧，但恨无缘拜识。"三巧儿问道："你老人家尊姓？"婆子道："老身姓薛，只在这里东巷住，与大娘也是个邻里。"三巧儿道："你方才这些东西，如何不卖？"婆子笑道："若不卖时，老身又拿出来怎的？只笑那下路客人，空自一表人才，不识货物。"说罢便去开了箱儿，取出几件簪珥，递与那妇人看，叫道："大娘，你道这样首饰，便工钱也费多少！他们还得忒不像样，教老身在主人家面前，如何告得许多消乏？"又把几串珠子提将起来道："这般头号的货，他们还做梦哩！"三巧儿问了他讨价还价，便道："真个亏你些儿。"婆子道："还是大家宝眷，见多识广，比男子汉眼力倒胜十倍。"三巧儿唤丫鬟看茶，婆子道："不扰茶了。老身有件要紧的事，欲往西街走走，遇着这个客人，缠了多时，正是：'买卖不成，耽误工程。'这箱儿连锁放在这里，权烦大娘收拾。老身暂去，少停就来。"说罢便走。三巧儿叫晴云送他下楼，出门向西去了。

  三巧儿心上爱了这几件东西，专等婆子到来酬价，一连五日不至。到第六日午后，忽然下一场大雨。雨声未绝，砰砰的敲门声响。三巧儿唤丫鬟开看，只见薛婆衣衫半湿，提个破伞进来，口儿道："晴干不肯走，直待雨淋头。"把伞儿放在楼梯边，走上楼来万福道："大娘，前晚失信了。"三巧儿慌忙答礼道："这几日在那里去了？"婆子道："小女托赖新添了个外孙，老身去看看，留住了几日，今早方回。半路上下起雨来，在一个相识人家借得把伞，又是破的，却不是晦气？"三巧儿道："你老人家几个儿女？"婆子道："只一个儿子，完婚过了。女儿倒有四个，这是我第四个了，嫁与徽州朱八朝奉做偏房，就在这北门外开盐店的。"三巧儿道："你老人家女儿多，不把来当事了。本乡本土少什么一夫一妇的，怎舍得与异乡人做小？"婆子道："大娘不知，倒是异乡人有情怀。虽则偏房，他大娘子只在家里，小女自在店中，呼奴使婢，一般受用。老身每遍去时，他当个尊长看待，更不怠慢。如今养了个儿子，愈加好了。"三巧儿道："也是你老人家造化，嫁得着。"说罢，恰好晴云讨茶上来，两个吃了。婆子道："今日雨天没事，老身大胆，敢求大娘的首饰一看，看些巧样儿在肚里也好。"三巧儿道："也只是平常生活，你老人家莫笑话。"就取一把钥匙，开了箱笼，陆续搬出许多钗、钿、缨络之类。薛婆看了，夸美不尽，道："大娘有恁般珍异，把老身这几件东西，看不在眼了。"三巧儿道："好说，我正要与你老人家请个实价。"婆子道："娘子是识货的，何消老身费嘴？"三巧儿把东西检过，取出薛婆的篾丝箱儿来，放在桌上，将钥匙递与婆子道："你老人家开了，检看个明白。"婆子道："大娘忒精细了。"当下开了箱儿，把东西逐件搬出。三巧儿品评价钱，都不甚远。婆子并不争论，欢欢喜喜地道："恁地，便不枉了人。老身就少赚几贯钱，也是快活的。"三巧儿道："只是一件，目下凑不起价钱，只好现奉一半，等待我家官人回来，一并清楚。他也只在这几日回了。"婆子道："便迟几日，也不妨事。只是价钱上相让多了，银水要足纹的。"三巧儿道："这也小事。"便把心爱的几件首饰及珠子收起。唤晴云取杯现成酒来，与老人家坐坐。婆子道："造次，如何好搅扰？"三巧儿道："时常清闲，难得你老人家到此，作伴扳话。你老人家若不嫌怠慢，时常过来走走。"婆子道："多谢大娘错爱，老身家里当不过嘈杂，像宅上又忒清闲了。"三巧儿道："你家儿子做甚生意？"婆子道："也只是接些珠宝客人，每日的讨酒讨浆，刮的人不耐烦。老身亏杀各宅们走动，在家时少，还好。若只在六尺地上转，怕不燥死了人。"三巧儿道："我家与你相近，不耐烦时，就过来闲话。"婆子道："只不敢频频打搅。"三巧儿道："老人家说那里话！"

只见两个丫鬟轮番地走动，摆了两副杯箸，两碗腊鸡，两碗腊肉，两碗鲜鱼，连果碟素菜，共一十六个碗。婆子道："如何盛设？"三巧儿道："现成的，休怪怠慢。"说罢，斟酒递与婆子，婆子将杯回敬，两下对坐而饮。原来三巧儿酒量尽去得，那婆子又是酒壶酒瓮，吃起酒来，一发相投了，只恨会面之晚。那日直吃到傍晚，刚刚雨止，婆子作谢要回。三巧儿又取出大银盅来，劝了几盅，又陪他吃了晚饭，说道："你老人家再宽坐一时，我将这一半价钱付你去。"婆子道："天晚了，大娘请自在，不争这一夜儿，明日却来领罢。连这篾丝箱儿，老身也不拿去了，省得路上泥滑滑的不好走。"三巧儿道："明日专专望你。"婆子作别下楼，取了破伞，出门去了。正是：

　　世间只有虔婆嘴，哄动多多少少人。

却说陈大郎在下处呆等了几日，并无音信。见这日下雨，料是婆子在家，拖泥带水的进城来问个消息，又不相值。自家在酒肆中吃了三杯，用了些点心，又到薛婆门首打听，只是未回。看看天晚，却待转身，只见婆子一脸春色，脚略斜地走入巷来。陈大郎迎着他，作了揖，问道："所言如何？"婆子插手道："尚早。如今方下种，还没有发芽哩。再隔五六年，开花结果，才到得你口。你莫在此探头探脑，老娘不是管闲事的。"陈大郎见他醉了，只得转去。

次日,婆子买了些时新果子,鲜鸡、鱼、肉之类,唤个厨子安排停当,装做两个盒子,又买一瓮上好的酽酒,央间壁小二挑了,来到蒋家门首。三巧儿这日,不见婆子到来,正教晴云开门出来探望,恰好相遇。婆子教小二挑在楼下,先打发他去了。晴云已自报知主母,三巧儿把婆子当个贵客一般,直到楼梯口边迎他上去。婆子千恩万谢地福了一回,便道:"今日老身偶有一杯水酒,将来与大娘消遣。"三巧儿道:"倒要你老人家赔钞,不当受了。"婆子央两个丫鬟搬将上来,摆做一桌子。三巧儿道:"你老人家忒迂阔了,恁般大弄起来。"婆子笑道:"小户人家,备不出什么好东西,只当一茶奉献。"晴云便去取杯箸,暖雪便吹起水火炉来。霎时酒暖,婆子道:"今日是老身薄意,还请大娘转坐客位。"三巧儿道:"虽然相扰,在寒舍岂有此理?"两下谦让多时,薛婆只得坐了客席。这是第三次相聚,更觉熟分了。饮酒中间,婆子问道:"官人出外好多时了,还不回?亏他撇得大娘下。"三巧儿道:"便是。说过一年就转,不知怎地耽搁了。"婆子道:"依老身说,放下了恁般如花似玉的娘子,便博个堆金积玉也不为罕。"婆子又道:"大凡走江湖的人,把客当家,把家当客。比如我第四个女婿朱八朝奉,有了小女,朝欢暮乐,那里想家?或三年四年,才回一遍,住不上一两个月,又来了。家中大娘子替他担孤受寡,那晓得他外边之事?"三巧儿道:"我家官人倒不是这样人。"婆子道:"老身只当闲话讲,怎敢将天比地?"当日两个猜谜掷色,吃得酩酊而别。

第三日,同小二来取家伙,就领这一半价钱。三巧儿又留他吃点心。从此以后,把那一半赊钱为由,只做问兴哥的消息,不时行走。这婆子俐齿伶牙,能言快语,又半痴不颠地惯与丫鬟们打诨,所以上下都欢喜他。三巧儿一日不见他来,便觉寂寞,叫老家人认了薛婆家里,早晚常去请他,所以一发来得勤了。

世间有四种人惹他不得,引起了头,再不好绝他。是那四种?

游方僧道,乞丐,闲汉,牙婆。

上三种人犹可,只有牙婆是穿房入户的,女眷们怕冷静时,十个九个倒要扳他来往。今日薛婆本是个不善之人,一般甜言软语,三巧儿遂与他成了至交,时刻少他不得。正是:

画虎画皮难画骨,知人知面不知心。

陈大郎几遍讨个消息,薛婆只回言尚早。其时五月中旬,天渐炎热。婆子在三巧儿面前,偶说起家中蜗窄,又是朝西房子,夏月最不相宜,不比这楼上高敞风凉。三巧儿道:"你老人家若撇得家下,到此过夜也好。"婆子道:"好是好,只怕官人回来。"三巧儿道:"他就回,料道不是半夜三更。"婆子道:"大娘不嫌聒恼,老身惯是挪相知的,只今晚就取铺陈过来,与大娘作伴,何如?"三巧儿道:"铺陈尽有,也不须拿得。你老人家回复家里一声,索性在此过了一夏家去不好?"婆子真个对家里儿子媳妇说了,只带个梳匣儿过来。三巧儿道:"你老人家多事,难道我家油梳子也缺了,你又带来怎地?"婆子道:"老身一生怕的是同汤洗脸,合具梳头。大娘怕没有精致的梳具,老身如何敢用?其他姐儿们的,老身也怕用得,还是自家带了便当。只是大娘盼咐在那一门房安歇?"三巧儿指着床前一个小小藤榻儿,道:"我预先排下你的卧处了,我两个亲近些,夜间睡不着好讲些闲话。"说罢,捡出一顶青纱帐来,教婆子自家挂了,又同吃了一会酒,方才歇息。两个丫鬟原在床前打铺相伴,因有了婆子,打发他在间壁房里去睡。

　　从此为始,婆子日间出去串街做买卖,黑夜便到蒋家歇宿。时常携壶挚榼地殷勤热闹,不一而足。床榻是丁字样铺下的,虽隔着帐子,却像是一头同睡,夜间絮絮叨叨,你问我答,凡街坊秽亵之谈,无所不至。这婆子或时装醉诈疯起来,倒说起自家少年时偷汉的许多情事,去勾动那妇人的春心。害得那妇人娇滴滴一副嫩脸,红了又白,白了又红。婆子已知妇人心活,只是那话儿不好启齿。

　　光阴迅速,又到七月初七日了,正是三巧儿的生日。婆子清早备下两盒礼,与他做生。三巧儿称谢了,留他吃面。婆子道:"老身今日有些穷忙,晚上来陪大娘,看牛郎织女做亲。"说罢,自去了。

　　下得阶头不几步,正遇着陈大郎。路上不好讲话,随到个僻静巷里。陈大郎攒着两眉,埋怨婆子道:"干娘,你好慢心肠!春去夏来,如今又立过秋了。你今日也说尚早,明日也说尚早,却不知我度日如年。再延挨几日,他丈夫回来,此事便付东流,却不活活地害死我也?阴司去少不得与你索命!"婆子道:"你且莫猴急,老身正要相请,来得恰好。事成不成,只在今晚,须是依我而行。"如此如此,这般这般,"全要轻轻悄悄,莫带累人。"陈大郎点头道:"好计,好计。事成之后,定当厚报。"说罢,欣然而去,正是:

　　　　排成窃玉偷香阵,费尽携云握雨心。

　　却说薛婆约定陈大郎这晚成事,午后细雨微茫,到晚却没有星月。婆子黑暗里引着陈大郎埋伏在左近,自己却去敲门。晴云点个纸灯儿,开门出来。婆子故意把衣袖一摸,说道:"失落了一条临清汗巾儿。姐姐,劳你大家寻一寻。"哄得晴云便把灯向街上照去。这里婆子捉个空,招着陈大郎一溜溜进门来,先引他在楼梯背后空处伏着。婆子便叫道:"有了,不要寻了!"晴云道:"恰好火也没了,我再去点个来照你。"婆子道:"走熟的路,不消用火。"两个黑暗里关了门,摸上楼来。三巧儿问道:"你没了什么东西?"婆子袖里扯出个小帕儿来,道:"就是这个冤家,虽然不值甚钱,是一个北京客人送我的,却不道'礼轻人意重'。"三巧儿取笑道:"莫非是你老相交送的表记?"婆子笑道:"也差不多。"当夜两个耍笑饮酒。婆子道:"酒肴尽多,何不把些赏厨下男女?也教他闹轰轰,像个节夜。"三巧儿真个把四碗菜,两壶酒,吩咐丫鬟,拿下楼去。那两个婆娘、一个汉子,吃了一回,各去歇息不提。

再说婆子饮酒中间,问道:"官人如何还不回家?"三巧儿道:"便是,算来一年半了。"婆子道:"牛郎织女,也是一年一会,你比他倒多隔了半年。常言道:'一品官,二品客。'做客的那一处没有风花雪月?只苦了家中娘子。"三巧儿叹了口气,低头不语。婆子道:"是老身多嘴了。今夜牛女佳期,只该饮酒作乐,不该说伤情话儿。"说罢,便斟酒去劝那妇人。约莫半酣,婆子又把酒去劝两个丫鬟,说道:"这是牛郎织女的喜酒,劝你多吃几杯,后日嫁个恩爱的老公,寸步不离。"两个丫鬟被缠不过,勉强吃了,各不胜酒力,东倒西歪。三巧儿吩咐关了楼门,发放他们先睡。他两个自在吃酒。

婆子一头吃,口里不住地说罗说皂,道:"大娘几岁上嫁的?"三巧儿道:"十七岁。"婆子道:"破得身迟,还不吃亏。我是十三岁上就破了身。"三巧儿道:"嫁得恁般早?"婆子道:"论起嫁,倒是十八岁了。不瞒大娘说,因是在间壁人家学针指,被他家小官人调诱,一时间贪他生得俊俏,就应承与他偷了。初时好不疼痛,两三遍后,就晓得快活。大娘你可也是这般么?"三巧儿只是笑。婆子又道:"那活儿倒是不晓得滋味的倒好,尝过的便丢不下,心坎里时时发痒。日里还好,夜间好难过哩。"三巧儿道:"想你在娘家时阅人多矣,亏你怎生充得黄花女儿嫁去?"婆子道:"我的老娘也晓得些影像,生怕出丑,教我一个童女方,用石榴皮、生矾两味,煎汤洗过,那东西就揪紧了,我只做张做势地叫疼,就遮过了。"三巧儿道:"你做女儿时,夜间也少不得独睡。"婆子道:"还记得在娘家时节,哥哥出外,我与嫂嫂一头同睡。两下轮番在肚子上学男子汉的行事。"三巧儿道:"两个女人作对,有甚好处?"婆子走过三巧儿那边,挨肩坐了,说道:"大娘,你不知,只要大家知音,一般有趣,也撒得火。"三巧儿举手把婆子肩胛上打一下,说道:"我不信,你说谎。"婆子见他欲心已动,有心去挑拨他,又道:"老身今年五十二岁了,夜间常痴性发作,打熬不过。亏得你少年老成。"三巧儿道:"你老人家打熬不过,终不然还去打汉子?"婆子道:"败花枯柳,如今那个要找了?不瞒大娘说,我也有个自取其乐,救急的法儿。"三巧儿道:"你说谎,又是什么法儿?"婆子道:"少停到床上睡了,与你细讲。"

说罢,只见一个飞蛾在灯上旋转,婆子便把扇来一扑,故意扑灭了灯,叫声:"啊呀!老身自去点个灯来。"便去开楼门。陈大郎已自走上楼梯,伏在门边多时了——都是婆子预先设下的圈套。婆子道:"忘带个取灯儿去了。"又走转来，便引着陈大郎到自己榻上伏着。婆子下楼去了一回，复上来道："夜深了，厨下火种都熄了，怎么处？"三巧儿道："我点灯睡惯了，黑魆魆地，好不怕人！"婆子道："老身伴你一床睡如何？"三巧儿正要问他救急的法儿，应道："甚好。"婆子道："大娘，你先上床。我关了门就来。"三巧儿先脱了衣服，床上去了，叫道："你老人家快睡罢。"婆子应道："就来了。"却在榻上拖陈大郎上来，赤条条的扢在三巧儿床上去。三巧儿摸着身子，道："你老人家许多年纪，身上恁般光滑！"那人并不回言，钻进被里，就捧着妇人做嘴，妇人还认是婆子，双手相抱。那人蓦地腾身而上，就干起事来。那妇人一则多了杯酒，醉眼朦胧；二则被婆子挑拨，春心飘荡，到此不暇致详，凭他轻薄。

　　一个是闺中怀春的少妇，一个是客邸慕色的才郎。一个打熬许久，如文君初遇相如；一个盼望多时，如必正初谐陈女。分明久旱逢甘雨，胜过他乡遇故知。

　　陈大郎是走过风月场的人，颠鸾倒凤，曲尽其趣，弄得妇人魂不附体。云雨毕后，三巧儿方问道："你是谁？"陈大郎把楼下相逢，如此相慕，如此苦央薛婆用计，细细说了："今番得遂平生，便死瞑目。"婆子走到床间，说道："不是老身大胆，一来可怜大娘青春独宿，二来要救陈郎性命。你两个也是宿世姻缘，非干老身之事。"三巧儿道："事已如此，万一我丈夫知觉，怎么好？"婆子道："此事你知我知，只买定了晴云、暖雪两个丫头，不许他多嘴，再有谁人漏泄？在老身身上，管成你夜夜欢娱，一些事也没有。只是日后不要忘记了老身。"三巧儿到此，也顾不得许多了，两个又狂荡起来。直到五更鼓绝，天色将明，两个兀自不舍。婆子催促陈大郎起身，送他出门去了。

　　自此无夜不会，或是婆子同来，或是汉子自来。两个丫鬟被婆子把甜话儿偎他，又把利害话儿吓他，又教主母赏他几件衣服，汉子到时，不时把些零碎银子赏他们买果儿吃。骗得欢欢喜喜，已自做了一路。夜来明去，一出一入，都是两个丫鬟迎送，全无阻隔。真个是你贪我爱，如胶似漆，胜如夫妇一般。陈大郎有心要结识这妇人，不时地制办好衣服、好首饰送他。又替他还了欠下婆子的一半价钱。又将一百两银子谢了婆子。往来半年有余，这汉子约有千金之费。三巧儿也有三十多两银子东西，送那婆子。婆子只为图这些不义之财，所以肯做牵头。这都不在话下。

　　古人云："天下无不散的筵席。"才过十五元宵夜，又是清明三月天。

　　陈大郎思想蹉跎了多时生意，要得还乡。夜来与妇人说知，两下恩深义重，各不相舍。妇人倒情愿收拾了些细软，跟随汉子逃走，去做长久夫妻。陈大郎道："使不得。我们相交始末，都在薛婆肚里。就是主人家吕公，见我每夜进城，难道没有些疑惑？况客船上人多，瞒得那个？两个丫鬟又带去不得。

你丈夫回来，根究出情由，怎肯甘休？娘子权且耐心，到明年此时，我到此，觅个僻静下处，悄悄通个信儿与你，那时两口儿同走，神鬼不觉，却不安稳？"妇人道："万一你明年不来，如何？"陈大郎就设起誓来。妇人道："既然你有真心，奴家也决不相负。你若到了家乡，倘有便人，托他捎个书信到薛婆处，也教奴家放意。"陈大郎道："我自用心，不消吩咐。"

又过几日，陈大郎雇下船只，装载粮食完备，又来与妇人作别。这一夜倍加眷恋，两下说一会，哭一会，又狂荡一会，整整地一夜不曾合眼。到五更起身，妇人便去开箱，取出一件宝贝，叫做"珍珠衫"，递与陈大郎道："这件衫儿，是蒋门祖传之物，暑天若穿了它，清凉透骨。此去天道渐热，正用得着。奴家把与你做个纪念，穿了此衫，就如奴家贴体一般。"陈大郎哭得出声不得，软做一堆。妇人就把衫儿亲手与汉子穿下，叫丫鬟开了门户，亲自送他出门，再三珍重而别。诗曰：

　　昔年含泪别夫郎，今日悲啼送所欢。
　　堪恨妇人多水性，招来野鸟胜文鸾。

话分两头。却说陈大郎有了这珍珠衫儿，每日贴体穿着，便夜间脱下，也放在被窝中同睡，寸步不离。一路遇了顺风，不两月行到苏州府枫桥地面。那枫桥是柴米牙行聚处，少不得投个主家脱货，不在话下。

忽一日，赴个同乡人的酒席。席上遇个襄阳客人，生得风流标致。那人非别，正是蒋兴哥。原来兴哥在广东贩了些珍珠、玳瑁、苏木、沉香之类，搭伴起身。那伙同伴商量，都要到苏州发卖。兴哥久闻得"上说天堂，下说苏杭"，好个大码头所在，有心要去走一遍，做这一回买卖，方才回去。还是去年十月中到苏州的。因是隐姓为商，都称为罗小官人，所以陈大郎更不疑惑。他两个萍水相逢，年相若，貌相似，谈吐应对之间，彼此敬慕。即席间问了下处，互相拜望，两个遂成知己，不时会面。

兴哥讨完了客账，欲待起身，走到陈大郎寓所作别。大郎置酒相待，促膝谈心，甚是款洽。此时五月下旬，天气炎热。两个解衣饮酒，陈大郎露出珍珠衫来。兴哥心中骇异，又不好认他的，只夸奖此衫之美。陈大郎恃了相知，便问道："贵县大市街有个蒋兴哥家，罗兄可认得否？"兴哥倒也乖巧，回道："在下出外日多，里中虽晓得有这个人，并不相认。陈兄为何问他？"陈大郎道："不瞒兄长说，小弟与他有些瓜葛。"便把三巧儿相好之情，告诉了一遍。扯着衫儿看了，眼泪汪汪道："此衫是他所赠。兄长此去，小弟有封书信，奉烦一寄，明日侵早送到贵寓。"兴哥口里答应道："当得，当得。"心下沉吟："有这等异事！现在珍珠衫为证，不是个虚话了。"当下如针刺肚，推故不饮，急急起身别去。

回到下处，想了又恼，恼了又想，恨不得学个缩地法儿，顷刻到家。连夜收拾，次早便上船要行。只见岸上一个人气吁吁地赶来，却是陈大郎。亲把书信一大包，递与兴哥，叮嘱千万寄去。气得兴哥面如土色，说不得，话不得；死不得，活不得。只等陈大郎去后，把书看时，面上写道："此书烦寄大市街东巷薛妈妈家。"兴哥性起，一手扯开，却是八尺多长一条桃红绉纱汗巾。又有个纸糊长匣儿，内有羊脂玉凤头簪一根。书上写道："微物二件，烦干娘转寄心爱娘子三巧亲收，聊表纪念。相会之期，准在来春。珍重，珍重。"兴哥大怒，把书扯得粉碎，撇在河中。提起玉簪在船板上一掼，折做两段。一念想起道："我好糊涂！何不留此做个证见也好。"便捡起簪儿和汗巾，做一包收拾，催促开船。急急地赶到家乡，望见了自家门首，不觉堕下泪来。想起当初夫妻何等恩爱，只为我贪着蝇头微利，撇他少年守寡，弄出这场丑来，如今悔之何及！在路上性急，巴不得赶回。及至到了，心中又苦又恨，行一步，懒一步。进得自家门里，少不得忍住了气，勉强相见。兴哥并无言语，三巧儿自己心虚，觉得满脸惭愧，不敢殷勤上前扳话。兴哥搬完了行李，只说去看看丈人丈母，依旧到船上住了一晚。

次早回家，向三巧儿说道："你的爹娘同时害病，势甚危笃。昨晚我只得住下，看了他一夜。他心中只牵挂着你，欲见一面。我已雇下轿子在门首，你可作速回去，我也随后就来。"三巧见丈夫一夜不回，心里正在疑虑。闻说爹娘有病，却认真了，如何不慌？慌忙把箱笼上钥匙递与丈夫，唤个婆娘跟了，上轿而去。兴哥叫住了婆娘，向袖中摸出一封书来，吩咐他送与王公："送过书，你便随轿回来。"

却说三巧儿回家，见爹娘双双无恙，吃了一惊。王公见女儿不接而回，也自骇然。在婆子手中接书，拆开看时，却是休书一纸。上写道：

　　立休书人蒋德，系襄阳府枣阳县人，从幼凭媒聘定王氏为妻。岂期过门之后，本妇多有过失，正合七出之条。因念夫妻之情，不忍明言。情愿退还本宗，听凭改嫁，并无异言，休书是实。

　　　　　　　　　　　　成化二年　　月　　日　手掌为记。

书中又包着一条桃红汗巾，一枝打折的羊脂玉凤头簪。王公看了大惊，叫过女儿问其缘故。三巧儿听说丈夫把他休了，一言不发，啼哭起来。王公气忿忿地一径跟到女婿家来。蒋兴哥连忙上前作揖，王公回礼，便问道："贤婿，我女儿是清清白白嫁到你家的，如今有何过失，你便把他休了？须还我个明白。"蒋兴哥道："小婿不好说得，但问令爱便知。"王公道："他只是啼哭，不肯开口，教我肚里好闷！小女从幼聪慧，料不到得犯了淫盗。若是小小过失，你可也看老汉薄面，恕了他罢。你两个是七八岁上定下的夫妻，完婚后并不曾争论一遍两遍，且是和顺。你如今做客才回，又不曾住过三朝五日，有什么破绽落在你眼里？你直如此狠毒，也被人笑话，说你无情无义。"蒋兴哥道："丈人在上，小婿也不敢多讲。家下有祖遗下珍珠衫一件，是令爱收藏，只问他如今在否。若在时，半字休提；若不在，只索休怪了。"王公忙转身回家，问女儿道："你丈夫只问你讨什么'珍珠衫'，你端的拿与何人去了？"那妇人听得说着了他紧要的关目，羞得满脸通红，开不得口，一发号啕大哭起来，慌得王公没做理会处。王婆劝道："你不要只管啼哭，实实地说个真情与爹妈知道，也好与你分剖。"妇人那里肯说？悲悲咽咽，哭一个不住。王公只得把休书和汗巾、簪子，都付与王婆，教他慢慢地偎着女儿，问他个明白。

　　王公心中纳闷，走到邻家闲话去了。王婆见女儿哭得两眼赤肿，生怕苦坏了他，安慰了几句言语，走往厨房下去暖酒，要与女儿消愁。三巧儿在房中独坐，想着珍珠衫泄漏的缘故，好生难解。这汗巾、簪子，又不知那里来的。沉吟了半晌道："我晓得了：这折簪是镜破钗分之意；这条汗巾，分明教我悬梁自尽。他念夫妻之情，不忍明言，是要全我的廉耻。可怜四年恩爱，一旦决绝，是我做的不是，负了丈夫恩情。便活在人间，料没有个好日，不如缢死，倒得干净。"说罢，又哭了一回，把个坐杌子填高，将汗巾兜在梁上，正欲自缢。也是寿数未绝，不曾关上房门，恰好王婆暖得一壶好酒走进房来，见女儿安排这事，急得他手忙脚乱，不放酒壶，便上前去拖拽。不期一脚踢翻坐杌子，娘儿两个跌做一团，酒壶都泼翻了。王婆爬起来，扶起女儿，说道："你好短见！二十多岁的人，一朵花还没有开足，怎做这没下梢的事？莫说你丈夫还有回心转意的日子，便真个休了，恁般容貌，怕没人要你？少不得别选良姻，图个下半世受用。你且放心过日子去，休得愁闷。"王公回家，知道女儿寻死，也劝了他一番，又嘱咐王婆用心提防。过了数日，三巧儿没奈何，也放下了念头。正是：

　　　　夫妻本是同林鸟，大限来时各自飞。

　　再说蒋兴哥把两条索子，将晴云、暖雪捆缚起来，拷问情由。那丫头初时抵赖，吃打不过，只得从头至尾，细细招将出来。已知都是薛婆勾引，不干他人之事。到明朝，兴哥领了一伙人，赶到薛婆家里，打得他雪片相似，只饶他拆了房子。薛婆情知自己不是，躲过一边，并没一人敢出头说话。兴哥见他如此，也出了这口气。回去唤个牙婆，将两个丫头都卖了。楼上细软箱笼，大小共十六口，写三十二条封皮，打叉封了，更不开动。这是甚意儿？只因兴哥夫妇，本是十二分相爱的。虽则一时休了，心中好生痛切。见物思人，何忍开看？

　　话分两头。却说南京有个吴杰进士，除授广东潮阳县知县。水路上任，打从襄阳经过。不曾带家小，有心要择一美妾。一路看了多少女子，并不中意。闻得枣阳县王公之女，大有颜色，一县闻名，出五十金财礼，央媒议亲。王公倒也乐从，只怕前婿有言，亲到蒋家，与兴哥说知。兴哥并不阻挡。临嫁之夜，兴哥雇了人夫，将楼上十六个箱笼，原封不动，连钥匙送到吴知县船上，交割与三巧儿，当个赔嫁。妇人心上倒过意不去。旁人晓得这事，也有夸兴哥做人忠厚的，也有笑他痴呆的，还有骂他没志气的。正是人心不同。

闲话休题。再说陈大郎在苏州脱货完了，回到新安，一心只想着三巧儿。朝暮看了这件珍珠衫，长吁短叹。老婆平氏心知这衫儿来得跷蹊，等丈夫睡着，悄悄地偷去，藏在天花板上。陈大郎早起要穿时，不见了衫儿，与老婆取讨。平氏那里肯认？急得陈大郎性发，倾箱倒箧地寻个遍，只是不见，便破口骂老婆起来。惹得老婆啼啼哭哭，与他争嚷，闹吵了两三日。陈大郎情怀撩乱，忙忙地收拾银两，带个小郎，再望襄阳旧路而进。

将近枣阳，不期遇了一伙大盗，将本钱尽皆劫去。小郎也被他杀了。陈商眼快，走向船梢舵上伏着，幸免残生。思想还乡不得，且到旧寓住下，待会了三巧儿，与他借些东西，再图恢复。叹了一口气，只得离船上岸。走到枣阳城外主人吕公家，告诉其事；又道如今要央卖珠子的薛婆，与一个相识人家借些本钱营运。吕公道："大郎不知，那婆子为勾引蒋兴哥的浑家，做了些丑事，去年兴哥回来，问浑家讨什么'珍珠衫'。原来浑家赠与情人去了，无言回答。兴哥当时休了浑家回去，如今转嫁与南京吴进士做第二房夫人了。那婆子被蒋家打得个片瓦不留，婆子安身不牢，也搬在隔县去了。"

陈大郎听得这话，好似一桶冷水没头淋下。这一惊非小，当夜发寒发热，害起病来。这病又是郁症，又是相思症，也带些怯症，又有些惊症。床上卧了两个多月，翻翻覆覆只是不愈，连累主人家小厮，伏侍得不耐烦。陈大郎心上不安，打熬起精神，写成家书一封，请主人来商议，要觅个便人捎信往家中，取些盘缠，就要个亲人来看觑同回。这几句正中了主人之意，恰好有个相识的承差，奉上司公文要往徽宁一路，水陆驿递，极是快的。吕公接了陈大郎书札，又替他出五钱银子，送与承差，央他乘便寄去。果然的"自行由得我，官差急如火"。不够几日，到了新安县。问着陈商家里，送了家书，那承差飞马去了。正是：

只为千金书信，又成一段姻缘。

话说平氏拆开家信，果是丈夫笔迹，写道：

陈商再拜贤妻平氏见字：别后襄阳遇盗，劫资杀仆。某受惊患病，现卧旧寓吕家，两月不愈。字到可央一的当亲人，多带盘缠，速来看视。伏枕草草。

平氏看了，半信半疑，想道："前番回家，亏折了千金资本。据这件珍珠衫，一定是邪路上来的。今番又推被盗，多付盘缠，怕是假话。"又想道："他要个的当亲人，速来看视，必然病势厉害。这话是真，也未可知。如今央谁人去好？"左思右想，放心不下。与父亲平老朝奉商议，收拾起细软家私，带了陈旺夫妇，就请父亲作伴，雇个船只，亲往襄阳看丈夫去。到得京口，平老朝奉痰火病发，央人送回去了。平氏引着男女，上水前进。

不一日，来到枣阳城外，问着了旧主人吕家。原来十日前，陈大郎已故了。吕公赔些钱钞，将就入殓。平氏哭倒在地，良久方醒。慌忙换了孝服，再三向吕公说，欲待开棺一见，另买副好棺材，重新殓过。吕公执意不肯。平氏没奈何，只得买木做个外棺包裹，请僧做法事超度，多焚冥资。吕公已自索了他二十两银子谢仪，随他闹吵，并不言语。

过了一月有余，平氏要选个好日子，扶柩而回。吕公见这妇人年少姿色，料是守寡不终，又且囊中有物，思想儿子吕二，还没有亲事，何不留住了他，完其好事，可不两便？吕公买酒请了陈旺，央他老婆委曲进言，许以厚谢。陈旺的老婆是个蠢货，那晓得什么委曲？不顾高低，一直的对主母说了。平氏大怒，把他骂了一顿，连打几个耳光子，连主人家也数落了几句。吕公一场没趣，敢怒而不敢言。正是：

羊肉馒头没的吃，空教惹得一身臊。

吕公便去撺掇陈旺逃走。陈旺也思量没甚好处了，与老婆商议，教他做脚，里应外合，把银两首饰，偷得罄尽，两口儿连夜走了。吕公明知其情，反埋怨平氏道："不该带这样歹人出来，幸而偷了自家主母的东西，若偷了别家的，可不连累人！"又嫌这灵柩碍他生理，教他快些抬去。又道后生寡妇，在此住居不便，催促他起身。平氏被逼不过，只得别赁下一间房子住了。雇人把灵柩移来，安顿在内。这凄凉景象，自不必说。

间壁有个张七嫂，为人甚是活动。听得平氏啼哭，时常走来劝解。平氏又时常央他典卖几件衣服用度，极感其意。不够几月，衣服都典尽了。从小学得一手好针线，思量要到个大户人家，教习女红度日，再作区处。正与张七嫂商量这话，张七嫂道："老身不好说得，这大户人家，不是你少年人走动的。死的没福自死了，活的还要做人。你后面日子正长哩，终不然做针线娘子得你下半世？况且名声不好，被人看得轻了。还有一件，这个灵柩，如何处置？也是你身上一件大事。便出赁房钱，终久是不了之局。"平氏道："奴家也都虑到，只是无计可施了。"张七嫂道："老身倒有一策，娘子莫怪我说。你千里离乡，一身孤寡，手中又无半钱，想要搬这灵柩回去，多是虚了。莫说你衣食不周，到底难守；便多守得几时，亦有何益？依老身愚见，莫若趁此青年美貌，寻个好对头，一夫一妇的，随了他去。得些财礼，就买块土来葬了丈夫，你的终身又有所托，可不生死无憾？"平氏见他说得近理，沉吟了一会，叹口气道："罢，罢，奴家卖身葬夫，旁人也笑我不得。"张七嫂道："娘子若定了主意时，老身现有个主儿在此。年纪与娘子相近，人物齐整，又是大富之家。"平氏道："他既是富家，怕不要二婚的。"张七嫂道："他也是续弦了，原对老身说，不拘头婚二婚，只要人才出众。似娘子这般丰姿，怕不中意？"原来张七嫂曾受蒋兴哥之托，央他访一头好亲。因是前妻三巧儿出色标致，所以如今只要访个美貌的。那平氏容貌，虽不及得三巧儿，论起手脚伶俐，胸中泾渭，又胜似他。

张七嫂次日就进城，与蒋兴哥说了。兴哥闻得是下路人，愈加欢喜。这里平氏分文财礼不要，只要买块好地殡葬丈夫要紧。张七嫂往来回复了几次，两相依允。

话休烦絮。却说平氏送了丈夫灵柩入土，祭奠毕了，大哭一场，免不得起灵除孝。临期，蒋家送衣饰过来，又将他典下的衣服都赎回了。成亲之夜，一般大吹大擂，洞房花烛。正是：

　　　　规矩熟闲虽旧事，恩情美满胜新婚。

蒋兴哥见平氏举止端庄，甚相敬重。一日，从外而来，平氏正在打叠衣箱，内有珍珠衫一件。兴哥认得了，大惊问道："此衫从何而来？"平氏道："这衫儿来得跷蹊。"便把前夫如此张致，夫妻如此争嚷，如此赌气分别，述了一遍。又道："前日艰难时，几番欲把它典卖，只愁来历不明，怕惹出是非，不敢露人眼目。连奴家至今，不知这物是那里来的。"兴哥道："你前夫陈大郎名字，可叫做陈商？可是白净面皮，没有须，左手长指甲的么？"平氏道："正是。"蒋兴哥把舌头一伸，合掌对天道："如此说来，天理昭彰，好怕人也！"平氏问其缘故，蒋兴哥道："这件珍珠衫，原是我家旧物。你丈夫奸骗了我的妻子，得此衫为表记。我在苏州相会，见了此衫，始知其情，回来把王氏休了。谁知你丈夫客死，我今续弦，但闻是徽州陈客之妻，谁知就是陈商！却不是一报还一报？"平氏听罢，毛骨悚然。从此恩情愈笃。这才是《蒋兴哥重会珍珠衫》的正话。诗曰：

　　　　天理昭昭不可欺，两妻交易孰便宜？
　　　　　分明欠债偿他利，百岁姻缘暂换时。

再说蒋兴哥有了管家娘子，一年之后，又往广东做买卖。也是合当有事，一日到合浦县贩珠，价都讲定，主人家老儿，只拣一粒绝大的偷过了，再不承认。兴哥不忿，一把扯他袖子要搜。何期去得势重，将老儿拖翻在地，跌下便不做声。忙去扶时，气已断了。儿女亲邻，哭的哭，叫的叫，一阵地簇拥将来，把兴哥捉住。不由分说，痛打一顿，关在空房里。连夜写了状词，只等天明，县主早堂，连人进状。县主准了，因这日有公事，吩咐把凶身锁押，次日候审。

你道这县主是谁？姓吴名杰，南畿进士，正是三巧儿的晚老公。初选原在潮阳，上司因见他清廉，调在这合浦县采珠的所在来做官。是夜，吴杰在灯下将准过的状词细阅。三巧儿正在旁边闲看，偶见宋福所告人命一词，凶身罗德，枣阳县客人，不是蒋兴哥是谁？想起旧日恩情，不觉痛酸，哭告丈夫道："这罗德是贱妾的亲哥，出嗣在母舅罗家的。不期客边，犯此大辟。官人可看妾之面，救他一命还乡。"县主道："且看临审如何。若人命果真，教我也难宽宥。"三巧儿两眼噙泪，跪下苦苦哀求。县主道："你且莫忙，我自有道理。"明早出堂，三巧儿又扯住县主衣袖哭道："若哥哥无救，贱妾亦当自尽，不能相见了。"

当日县主升堂，第一就问这起。只见宋福、宋寿弟兄两个，哭啼啼地与父亲执命，禀道："因争珠怀恨，登时打闷，仆地身死。望爷爷做主。"县主问众干证口词，也有说打倒的，也有说推跌的。蒋兴哥辩道："他父亲偷了小人的珠子，小人不忿，与他争论。他因年老脚蹉，自家跌死，不干小人之事。"县主问宋福道："你父亲几岁了？"宋福道："六十七岁了。"县主道："老年人容易昏绝，未必是打。"宋福、宋寿坚执是打死的。县主道："有伤无伤，须凭检验。既说打死，将尸发在漏泽园去，俟晚堂听检。"原来宋家也是个大户，有体面的，老儿曾当过里长，儿子怎肯把父亲在尸场剔骨？两个双双叩头道："父亲死状，众目共见，只求爷爷到小人家里相验，不愿发检。"县主道："若不见贴骨伤痕，凶身怎肯伏罪？没有尸格，如何申得上司过？"弟兄两个只是求告。县主发怒道："你既不愿检，我也难问。"慌得他弟兄两个连连叩头道："但凭爷爷明断。"县主道："望七之人，死是本等。倘或不因打死，屈害了一个平人，反增死者罪过。就是你做儿子的，巴得父亲到许多年纪，又把个不得善终的恶名与他，心中何忍？但打死是假，推仆是真，若不重罚罗德，也难出你的气。我如今教他披麻戴孝，与亲儿一般行礼。一应殡殓之费，都要他支持。你可服么？"弟兄两个道："爷爷吩咐，小人敢不遵依！"兴哥见县主不用刑罚，断得干净，喜出望外。当下原、被告都叩头称谢。县主道："我也不写审单，着差人押出，待事完回话，把原词与你销讫便了。"正是：

　　　　公堂造业真容易，要积阴功亦不难。
　　　　试看今朝吴大尹，解冤释罪两家欢。

却说三巧儿自丈夫出堂之后，如坐针毡。一闻得退衙，便迎住问个消息。县主道："我如此如此断了，看你之面，一板也不曾责他。"三巧儿千恩万谢，又道："妾与哥哥久别，渴思一会，问取爹娘消息。官人如何做个方便，使妾兄妹相见，此恩不小。"县主道："这也容易。"

看官们，你道三巧儿被蒋兴哥休了，恩断义绝，如何怎地用情？他夫妇原是十分恩爱的，因三巧儿做下不是，兴哥不得已而休之，心中兀自不忍，所以改嫁之夜，把十六只箱笼，完完全全地赠他。只这一件，三巧儿的心肠，也不容不软了。今日他身处富贵，见兴哥落难，如何不救？这叫做知恩报恩。

再说蒋兴哥遵了县主所断，着实小心尽礼，更不惜费，宋家弟兄都没话了。丧葬事毕，差人押到县中回复。县主唤进私衙赐座，说道："尊舅这场官司，若非令妹再三哀恳，下官几乎得罪了。"兴哥不解其故，回答不出。少停茶罢，县主请入内书房，教小夫人出来相见。你道这番意外相逢，不像个梦景么？他两个也不行礼，也不讲话，紧紧地你我相抱，放声大哭。就是哭爹哭娘，从没见这般哀惨，连县主在旁，好生不忍，便道："你两人且莫悲伤，我看你不像哥妹。快说真情，下官有处。"两个哭得半休不休的，那个肯说？却被县主盘问不过，三巧儿只得跪下，说道："贱妾罪当万死，此人乃妾之前夫也。"蒋兴哥料瞒不得，也跪下来，将从前恩爱，及休妻再嫁之事，一一诉知。说罢，两人又哭做一团，连吴知县也堕泪不止。道："你两人如此相恋，下官何忍拆开？幸然在此三年，不曾生育，即刻领去完聚。"两个插烛也似拜谢。

县主即忙讨个小轿，送三巧儿出衙；又唤集人夫，把原来赔嫁的十六个箱笼抬去，都教兴哥收领。又差典吏一员，护送他夫妇出境。此乃吴知县之厚德。正是：

珠还合浦重生采，剑合丰城倍有神。
堪羡吴公存厚道，贪财好色竟何人！

此人向来艰子，后行取到吏部，在北京纳宠，连生三子，科第不绝，人都说阴德之报，这是后话。

再说蒋兴哥带了三巧儿回家，与平氏相见。论起初婚，王氏在前，只因休了一番，这平氏倒是明媒正娶，又且平氏年长一岁，让平氏为正房，王氏反做偏房，两个姐妹相称。从此一夫二妇，团圆到老。有诗为证：

恩爱夫妻虽到头，妻还作妾亦堪羞。
殃祥果报无虚谬，咫尺青天莫远求。

（《喻世明言》，上海古籍出版社1978年影印天许斋刊本）

【题解】

本篇收入《喻世明言》卷一，是冯梦龙根据当时一篇文言小说《珠衫》所编创，讲述蒋兴哥、三巧儿和陈商、平氏两对商人夫妇的婚姻离合故事。蒋外出经商，陈诱骗三巧儿成奸，后来陈身死妻嫁，后夫竟是蒋兴哥，而蒋兴哥与三巧儿离异后最终又得以复合。故事整体结构设计中虽然不脱传统因果报应思想，但值得注意的是，小说详细描写了陈商与薛婆趁蒋兴哥外出经商长期不归之机，处心积虑诱骗三巧儿的过程，对三巧儿的失节不再从伦理道德上进行谴责，而是从人性弱点上予以充分的体谅和同情，因此带有晚明商品经济繁荣后新时代的鲜明色彩。

【参考书】

[1]《古今小说》，人民文学出版社1958年版。

[2]《古今小说》，陈曦钟校注，北京十月文艺出版社1994年版。

卖油郎独占花魁

年少争夸风月，场中波浪偏多。有钱无貌意难和，有貌无钱不可。

就是有钱有貌，还须着意揣摩。知情识趣俏哥哥，此道谁人赛我！

这首词名为[西江月]，是风月机关中撮要之论。常言道："妓爱俏，妈爱钞。"所以子弟行中，有了潘安般貌，邓通般钱，自然上和下睦，做得烟花寨内的大王，鸳鸯会上的主盟。然虽如此，还有个两字经儿，叫做"帮衬"。帮者，如鞋之有帮；衬者，如衣之有衬。但凡做小媳的，有一分所长，得人衬贴，就当十分。若有短处，曲意替他遮护，更兼低声下气，送暖偷寒，逢其所喜，避其所讳，以情度情，岂有不爱之理？这叫做帮衬。风月场中，只有会帮衬的最讨便宜，无貌而有貌，无钱而有钱。假如郑元和在卑田院做了乞儿，此时囊箧俱空，容颜非旧，李亚仙于雪天遇之，便动了一个恻隐之心，将绣襦包裹，美食供养，与他做了夫妻。这岂是爱他之钱，恋他之貌？只为郑元和识趣知情，善于帮衬，所以亚仙心中舍他不得。你只看亚仙病中，想马板肠汤吃，郑元和就把个五花马杀了，取肠煮汤奉之。只这一节上，亚仙如何不念其情？后来郑元和中了状元，李亚仙封做汧国夫人。《莲花落》打出万年策，卑田院变做了白玉楼。一床锦被遮盖，风月场中反为美谈。这是：

运退黄金失色，时来铁也生光。

话说大宋自太祖开基，太宗嗣位，历传真、仁、英、神、哲，共是七代帝王，都则偃武修文，民安国泰。到了徽宗道君皇帝，信任蔡京、高俅、杨戬、朱勔之徒，大兴苑囿，专务游乐，不以朝政为事，以致万民嗟怨，金虏乘之而起。把花锦般一个世界，弄得七零八落。直至二帝蒙尘，高宗泥马渡江，偏安一隅，天下分为南北，方得休息。其中数十年，百姓受了多少苦楚！正是：

　　甲马丛中立命，刀枪队里为家。

　　杀戮如同戏耍，抢夺便是生涯。

内中单表一人，乃汴梁城外安乐村居住，姓莘，名善，浑家阮氏。夫妻两口，开个六陈铺儿。虽则粜米为生，一应麦、豆、茶、酒、油、盐、杂货，无所不备，家道颇颇得过。年过四旬，只生一女，小名叫做瑶琴。自小生得清秀，更且资性聪明。七岁上，送在村学中读书，日诵千言。十岁时，便能吟诗作赋。曾有《闺情》一绝，为人传诵。诗云：

　　朱帘寂寂下金钩，香鸭沉沉冷画楼。

　　移枕怕惊鸳并宿，挑灯偏惜蕊双头。

到十二岁，琴棋书画，无所不通。若题起女工一事，飞针走线，出人意表。此乃天生伶俐，非教习之所能也。莘善因为自家无子，要寻个养女婿来家靠老。只因女儿灵巧多能，难乎其配，所以求亲者颇多，都不曾许。不幸遇了金虏猖獗，把汴梁城围困。四方勤王之师虽多，宰相主了和议，不许厮杀，以致虏势愈甚，打破了京城，劫迁了二帝。那时城外百姓，一个个亡魂丧胆，携老扶幼，弃家逃命。

却说莘善领着浑家阮氏和十二岁的女儿，同一般逃难的，背着包裹，结队而走。

　　忙忙如丧家之犬，急急如漏网之鱼。担渴担饥担劳苦，此行谁是家乡？叫天叫地叫祖宗，惟愿不逢鞑虏。正是：宁为太平犬，莫作乱离人！

正行之间，谁想鞑子到不曾遇见，却逢着一阵败残的官兵。他看见许多逃难的百姓，多背得有包裹，假意呐喊道："鞑子来了！"沿路放起一把火来。此时天色将晚，吓得众百姓落荒乱窜，你我不相顾，他就乘机抢掠，若不肯与他，就杀害了。这是乱中生乱，苦上加苦。

却说莘氏瑶琴，被乱军冲突，跌了一跤，爬起来，不见了爹娘。不敢叫唤，躲在道旁古墓之中，过了一夜。到天明出外看时，但见满目风沙，死尸横路，昨日同时避难之人，都不知所往。瑶琴思念父母，痛哭不已。欲待寻访，又不认得路径，只得望南而行，哭一步，捱一步。约莫走了二里之程，心上又苦，腹中又饥。望见土房一所，想必其中有人，欲待求乞些汤饮。及至向前，却是破败的空屋，人口俱逃难去了。瑶琴坐于土墙之下，哀哀而哭。

自古道：无巧不成话。恰好有一人从墙下而过。那人姓卜，名乔，正是莘善的近邻，平昔是个游手游食，不守本分，惯吃白食、用白钱的主儿，人都称他是卜大郎。也是被官军冲散了同伙，今日独自而行。听得啼哭之声，慌忙来看。瑶琴自小相认，今日患难之际，举目无亲，见了近邻，分明见了亲人一般。即忙收泪，起身相见，问道："卜大叔，可曾见我爹妈么？"卜乔心中暗想："昨日被官军抢去包裹，正没盘缠。天生这碗衣饭送来与我，正是奇货可居。"便扯个谎道："你爹和妈寻你不见，好生痛苦。如今前面去了，吩咐我道：'倘或见我女儿，千万带了他来，送还了我。'许我厚谢。"瑶琴虽是聪明，正当无可奈何之际，君子可欺以其方，遂全然不疑，随着卜乔便走。正是：

情知不是伴，事急且相随。

卜乔将随身带的干粮，把些与他吃了。吩咐道："你爹妈连夜走的，若路上不能相遇，直要过江到建康府，方可相会。一路上同行，我权把你当女儿，你权叫我做爹。不然，只道我收留迷失子女，不当稳便。"瑶琴依允。从此陆路同步，水路同舟，爹女相称。到了建康府，路上又闻得金兀术四太子，引兵渡江，眼见得建康不得宁息。又闻得康王即位，已在杭州驻跸，改名临安。遂乘船到润州，过了苏、常、嘉、湖，直到临安地面，暂且饭店中居住。也亏卜乔，自汴京至临安，三千余里，带那莘瑶琴下来，身边藏下些散碎银两，都用尽了，连身上外盖衣服，脱下准了店钱，止剩得莘瑶琴一件活货，欲行出脱。访得西湖上烟花王九妈家要讨养女，遂引九妈到店中，看货还钱。九妈见瑶琴生得标致，讲了财礼五十两。卜乔兑足了银子，将瑶琴送到王家。

原来卜乔有智，在王九妈前只说："瑶琴是我亲生之女，不幸到你门户人家，须是款款的教训，他自然从愿，不要性急。"在瑶琴面前又只说："九妈是我至亲，权时把你寄顿他家。待我从容访知你爹妈下落，再来领你。"以此，瑶琴欣然而去。

可怜绝世聪明女，堕落烟花罗网中。

王九妈新讨了瑶琴，将她浑身衣服换个新鲜，藏于曲楼深处。终日好茶好饭去将息他，好言好语去温暖他。瑶琴既来之，则安之。住了几日，不见卜乔回信。思量爹妈，噙着两行珠泪问九妈道："卜大叔怎不来看我？"九妈道："哪个卜大叔？"瑶琴道："便是引我到你家的那个卜大郎。"九妈道："他说是你的亲爹。"瑶琴道："他姓卜，我姓莘。"遂把汴梁逃难，失散了爹妈，中途遇见了卜乔，引到临安，并卜乔哄他的说话，细述一遍。九妈道："原来恁地。你是个孤身女儿，无脚蟹，我索性与你说明罢：那姓卜的把你卖在我家，得银五十两去了。我们是门户人家，靠着粉头过活。家中虽有三四个养女，并没个出色的。爱你生得齐整，把做个亲女儿相待。待你长成之时，包你穿好吃好，一生受用。"瑶琴听说，方知被卜乔所骗，放声大哭。九妈劝解，良久方止。

自此九妈将瑶琴改做王美，一家都称为"美娘"，教他吹弹歌舞，无不尽善。长成一十四岁，娇艳非常。临安城中这些富豪公子，慕其容貌，都备着厚礼求见。也有爱清标的，闻得他写作俱高，求诗求字的，日不离门。弄出天大的名声出来，不叫他美娘，叫他做花魁娘子。西湖上子弟编出一只［挂枝儿］，单道那花魁娘子的好处：

> 小娘中，谁似得王美儿的标致，又会写，又会画，又会做诗，吹弹歌舞都余事。　　常把西湖比西子，就是西子比他，也还不如，哪个有福的汤着他身儿也，情愿一个死。

只因王美有了个盛名，十四岁上就有人来讲梳弄。一来王美不肯，二来王九妈把女儿做金子看成，见他心中不允，分明奉了一道圣旨，并不敢违拗。又过了一年，王美年方十五。原来门户中梳弄，也有个规矩：十三岁太早，谓之试花，皆因鸨儿爱财，不顾痛苦，那子弟也只博个虚名，不得十分畅快取乐；十四岁谓之开花，此时天癸已至，男施女受，也算当时了；到十五岁谓之摘花，在平常人家还算年小，惟有门户人家，以为过时。王美此时未曾梳弄，西湖上子弟又编出一只［挂枝儿］来：

> 王美儿，似木瓜空好看，十五岁，还不曾与人汤一汤。　　有名无实成何干？便不是石女，也是二行子的娘。若还有个好好的羞羞也，如何熬得这些时痒？

王九妈听得这些风声，怕坏了门面，来劝女儿接客。王美执意不肯，说道："要我会客时，除非见了亲生爹妈。他肯做主时，方才使得。"王九妈心里又恼他，又不舍得难为他。

捱了好些时，偶然有个金二员外，大富之家，情愿出三百两银子，梳弄美娘。九妈得了这主大财，心生一计，与金二员外商议，若要他成就，除非如此如此。金二员外意会了。其日八月十五日，只说请王美湖上看潮，请至舟中，三四个帮闲，俱是会中之人，猜拳行令，做好做歉，将美娘灌得烂醉如泥。扶到王九妈家楼中，卧于床上，不省人事。此时天气和暖，又没几层衣服，妈儿亲手伏侍，剥得他赤条条，任凭金二员外行事。金二员外那话儿，又非兼人之具，轻轻的撑开两股，用些涎沫，送将进去。比及美娘梦中觉痛，醒将转来，已被金二员外耍得够了。欲待挣扎，怎奈手足俱软，繇他轻薄了一回。直待绿暗红飞，方始雨收云散。正是：

> 雨中花蕊方开罢，镜里娥眉不似前。

五鼓时，美娘酒醒，已知鸨儿用计，破了身子。自怜红颜命薄，遭此强横，起来解手，穿了衣服，自在床边一个斑竹榻上，朝着里壁睡了，暗暗垂泪。金二员外来亲近他时，被他劈头劈脸，抓有几个血痕。金二员外好生没趣，捱得天明，对妈儿说声"我去也"，妈儿要留他时，已自出门去了。

从来梳弄的子弟，早起时妈儿进房贺喜。行户中都来称庆，还要吃几日喜酒。那子弟多则住一二月，最少也住半月二十日。只有金二员外侵早出门，是从来未有之事。王九妈连叫诧异，披衣起身上楼，只见美娘卧于榻上，满眼流泪。九妈要哄他上行，连声招许多不是，美娘只不开口，九妈只得下楼去了。美娘哭了一日，茶饭不沾。从此托病，不肯下楼，连客也不肯会面了。九妈心下焦燥，欲待把他凌虐，又恐他烈性不从，反冷了他的心肠，欲待躧他，本是要他赚钱，若不接客时，就养到一百岁也没用。踌躇数日，无计可施。忽然想起有个结义妹子，叫做刘四妈，时常往来。他能言快语，与美娘甚说得着，何不接取他来，下个说词？若得他回心转意，大大的烧个利市。当下叫保儿去请刘四妈到前楼坐下，诉以衷情。刘四妈道："老身是个女随何、雌陆贾，说得罗汉思情，嫦娥想嫁。这件事都在老身身上。"九妈道："若得如此，做姐的情愿与你磕头。你多吃杯茶去，免得说话时口干。"刘四妈道："老身天生这副海口，便说到明日，还不干哩！"

　　刘四妈吃了几杯茶，转到后楼。只见楼门紧闭。刘四妈轻轻的叩了一下，叫声："侄女！"美娘听得是四妈声音，便来开门。两下相见了，四妈靠桌朝下而坐，美娘旁坐相陪。四妈看他桌上铺着一幅细绢，才画得个美人的脸儿，还未曾着色。四妈称赞道："画得好！真是巧手！九阿姐不知怎生要造化，偏生遇着你这一个伶俐女儿。又好人物，又好技艺，就是堆上几千两黄金，满临安走遍，可寻出个对儿么？"美娘道："休得见笑。今日甚风吹得姨娘到来？"刘四妈道："老身时常要来看你，只为家务在身，不得空闲。闻得你恭喜梳弄了，今日偷空而来，特特与九阿姐叫喜。"美儿听得提起"梳弄"二字，满脸通红，低着头不来答应。刘四妈知他害羞，便把椅儿掇上一步，将美娘的手儿牵着，叫声："我儿，做小娘的，不是个软壳鸡蛋，怎的这般嫩得紧？似你恁地恼羞，如何赚得大主银子？"美娘道："我要银子做甚？"四妈道："我儿，你便不要银子，做娘的看得你长大成人，难道不要出本？自古道：靠山吃山，靠水吃水。九阿姐家有几个粉头，那一个赶得上你的脚跟来？一园瓜，只看得你是个瓜种。九阿姐待你也不比其他。你是聪明伶俐的人，也须识些轻重。闻得你自梳弄之后，一个客也不肯相接，是什么意儿？都像你的意时，一家人口，似蚕一般，那个把桑叶喂他？做娘的抬举你一分，你也要与他争口气儿，莫要反讨众丫头们批点。"

　　美娘道："躧他批点，怕怎的？"刘四妈道："阿呀，批点是个小事，你可晓得门户中的行径么？"美娘道："行径便怎的？"刘四妈道："我们门户人家吃着女儿，穿着女儿，用着女儿，侥幸讨得一个像样的，分明是大户人家置了一所良田美产。年纪小时，巴不得风吹得大。到得梳弄过后，便是田产成熟，日日指望花利到手受用。前门迎新，后门送旧，张郎送米，李郎送柴，往来热闹，才是个出名的姊妹行家。"美娘道："羞答答，我不做这样事！"刘四妈掩着口,格的笑了一声道:"不做这样事,可是籴得你的?一家之中,有妈妈做主,做小娘的若不依他教训,动不动一顿皮鞭,打得你不生不死,那时不怕你不走他的路儿。九阿姐一向不难为你,只可惜你聪明标致,从小娇养的,要惜你的廉耻,存你的体面。方才告诉我许多话,说你不识好歹,放着鹅毛不知轻,顶着磨子不知重,心下好生不悦。教老身来劝你,你若执意不从,惹他性起,一时翻过脸来,骂一顿,打一顿,你待走上天去?凡事只怕个起头,若打破了头时,朝一顿,暮一顿,那时熬这些痛苦不过,只得接客。却不把千金声价弄得低微了?还要被姊妹中笑话。依我说,吊桶已自落在他井里,挣不起了。不如千欢万喜,倒在娘的怀里,落得自己快活。"

美娘道:"奴是好人家儿女,误落风尘。倘得姨娘主张从良,胜造九级浮屠。若要我倚门献笑,送旧迎新,宁甘一死,决不情愿。"刘四妈道:"我儿,从良是个有志气的事,怎么说道不该?只是从良也有几等不同。"美娘道:"从良有甚不同之处?"刘四妈道:"有个真从良,有个假从良;有个苦从良,有个乐从良;有个趁好的从良,有个没奈何的从良;有个了从良,有个不了的从良。我儿耐心听我分说。如何叫做真从良?大凡才子必须佳人,佳人必须才子,方成佳配。然而好事多磨,往往求之不得。幸然两下相逢,你贪我爱,割舍不下。一个愿讨,一个愿嫁,好像捉对的蚕蛾,死也不放。这个谓之真从良。怎么叫做假从良?有等子弟爱着小娘,小娘却不爱那子弟。本心不愿嫁他,只把个'嫁'字儿哄他心热,撒漫使钱。比及成交,却又推故不就。又有一等痴心子弟,明晓得小娘心肠不对他,偏要娶他回去。拼着一主大钱,动了妈儿的火,不怕小娘不肯。勉强进门,心中不顺,故意不守家规。小则撒泼放肆,大则公然偷汉。人家容留不得,多则一年,少则半载,依旧放他出来,为娼接客。把'从良'二字,只当个赚钱的题目。这个谓之假从良。如何叫做苦从良?一般样子弟爱小娘,小娘不爱那子弟,却被他以势凌之。妈儿俱祸,已自许了。做小娘的身不籴主,含泪而行。一入侯门,如海之深,家法又严,抬头不得。半妾半婢,忍死度日。这个谓之苦从良。如何叫做乐从良?做小娘的,正当择人之际,偶然相交个子弟。见他情性温和,家道富足,又且大娘子乐善,无男无女,指望他日过门,与他生育,就有主母之分。以此嫁他,图个日前安逸,日后出身。这个谓之乐从良。如何叫做趁好的从良?做小娘的风花雪月,受用已够,趁这盛名之下,求之者众,任我拣择个十分满意的嫁他,急流勇退,及早回头,不致受人怠慢。这个谓之趁好的从良。如何叫做没奈何的从良?做小娘的原无从良之意,或因官司逼迫,或因强横欺瞒,又或因债负太多,将来赔偿不起,憋口气,不论好歹,得嫁便嫁,买静求安,藏身之法。这谓之没奈何的从良。如何叫做了从良?小娘半老之际,风波历尽,刚好遇个老成的孤老，两下志同道合，收绳卷索，白头到老。这个谓之了从良。如何叫做不了的从良？一般你贪我爱，火热的跟他，却是一时之兴，没有个长算。或者尊长不容，或者大娘妒忌，闹了几场，发回妈家，追取原价。又有个家道凋零，养他不活，苦守不过，依旧出来赶趁。这谓之不了的从良。"

美娘道："如今奴家要从良，还是怎地好？"刘四妈道："我儿，老身教你个万全之策。"美娘道："若蒙教导，死不忘恩。"刘四妈道："从良一事，入门为净。况且你身子已被人捉弄过了，就是今夜嫁人，叫不得个黄花女儿。千错万错，不该落于此地，这就是你命中所招了。做娘的费了一片心机，若不帮他几年。趁过千把银子，怎肯放你出门？还有一件，你便要从良，也须拣个好主儿。这些臭嘴臭脸的，难道就跟他不成？你如今一个客也不接，晓得那个该从，那个不该从？假如你执意不肯接客，做娘的没奈何，寻个肯出钱的主儿，卖你去做妾，这也叫做从良。那主儿或是年老的，或是貌丑的，或是一字不识的村牛，你却不肮脏了一世！比着把你撂在水里，还有扑通的一声响，讨得旁人叫一声可惜。依着老身愚见，还是俯从人愿，凭着做娘的接客。似你恁般才貌，等闲的料也不敢相扳。无非是王孙公子，贵客豪门。也不辱没了你。一来风花雪月，趁着年少受用；二来作成妈儿起个家事；三来你自己也积攒些私房，免得日后求人。过了十年五载，遇个知心着意的，说得来，话得着，那时老身与你做媒，好模好样的嫁去，做娘的也放得你下了。可不两得其便？"美娘听说，微笑而不言。刘四妈已知美娘心中活动了，便道："老身句句是好话。你依着老身的话时，后来还当感激我哩！"说罢起身。

王九妈伏于楼门之外，一句句都听得的。美娘送刘四妈出房，劈面撞着了九妈，满面羞惭，缩身进去。王九妈随着刘四妈，再到前楼坐下。刘四妈道："侄女十分执意，被老身左说右说，一块硬铁看看熔做热汁。你如今快快寻个覆帐的主儿，他必然肯就。那时做妹子的再来贺喜。"王九妈连连称谢。是日备饭相待，尽醉而别。后来西湖上子弟们又有只〔挂枝儿〕，单说那刘四妈说词一节：

刘四妈，你的嘴舌儿好不利害！便是女随何，雌陆贾，不信有这大才！说着长，道着短，全没些破败。就是醉梦中，被你说得醒；就是聪明的，被你说得呆。好个烈性的姑姑，也被你说得他心地改。

再说王美娘自听了刘四妈一席话儿，思之有理。以后有客求见，欣然相接。覆帐之后，宾客如市。挨三顶五，不得空闲，声价愈重。每一晚白银十两，兀自你争我夺。王九妈趁了若干钱钞，欢喜无限。美娘也留心，要拣个心满意足的，急切难得。正是：

易求无价宝，难得有情郎。

话分两头。再说临安城清波门外，有个开油店的朱十老，三年前过继一个小厮，也是汴京逃难来的，姓秦名重。母亲早丧，父亲秦良，十三岁上将他卖了，自己在上天竺去做香火。朱十老因年老无嗣，又新死了妈妈，把秦重做亲子看成，改名朱重，在店中学做卖油生理。初时父子坐店甚好，后因十老得了腰痛的病，十眠九坐，劳碌不得，别招个伙计，叫做邢权，在店相帮。光阴似箭，不觉四年有余。朱重长成一十七岁，生得一表人才，虽然已冠，尚未娶妻。那朱十老家有个侍女，叫做兰花，年已二十之外，有心看上了朱小官人，几遍的倒下钩子去勾搭他。谁知朱重是个老实人，又且兰花龌龊丑陋，朱重也看不上眼，以此落花有意，流水无情。那兰花见勾搭朱小官人不上，别寻主顾，就去勾搭那伙计邢权。邢权是望四之人，没有老婆，一拍就上，两个暗地偷情，不止一次。反怪朱小官人碍眼，思量寻事赶他出门。邢权与兰花两个里应外合，使心设计。兰花便在朱十老面前，假意撇清，说小官人几番调戏，好不老实！朱十老平时与兰花也有一手，未免有拈酸之意。邢权又将店中卖下的银子藏过，在朱十老面前说道："朱小官在外赌博，不长进。柜里银子几次短少，都是他偷去了。"初次朱十老还不信，接连几次，朱十老年老糊涂，没有主意，就唤朱重过来，责骂了一场。

　　朱重是个聪明的孩子，已知邢权与兰花的计较，欲待分辨，惹起是非不小。万一老者不听，枉做恶人。心生一计，对朱十老说道："店中生意淡薄，不消得二人。如今让邢主管坐店，孩儿情愿挑担子出去卖油。卖得多少，每日纳还，可不是两重生意？"朱十老心下也有许可之意。又被邢权说道："他不是要挑担出去，几年上偷银子做私房，身边积攒有余了。又怪你不与他定亲，心中怨怅，不愿在此相帮，要讨个出场，自去娶老婆，做人家哩。"朱十老叹口气道："我把他做亲儿看成，他却如此歹意。皇天不佑！罢，罢，不是自身骨血，到底粘连不上，繇他去罢！"遂将三两银子把与朱重，打发出门，寒夏衣服和被窝都教他拿去，这也是朱十老好处。朱重料他不肯收留，拜了四拜，大哭而别。正是：

　　　　孝己杀身因谤语，申生丧命为谗言。
　　　　亲生儿子犹如此，何怪螟蛉受枉冤。

　　原来秦良上天竺做香火，不曾对儿子说知。朱重出了朱十老之门，在众安桥下赁了一间小小房儿，放下被窝等件，买巨锁儿锁了门，便往长街短巷，访求父亲。连走几日，全没消息。没奈何，只得放下。在朱十老家四年，赤心忠良，并无一毫私蓄，只有临行时打发这三两银子，不勾本钱，做什么生意好？左思右量，只有油行买卖是熟闲。这些油坊多曾与他识熟，还去挑个卖油担子，是个稳足的道路。当下置办了油担家伙，剩下的银两，都交付与油坊取油。那油坊里认得朱小官是个老实好人，况且小小年纪，当初坐店，今朝挑担上街，都因邢伙计挑拨他出来，心中甚是不平。有心扶持他，只拣窨清的上好净油与他，签子上又明让他些。朱重得了这些便宜，自己转卖与人，也放些宽，所以他的油比别人分外容易出脱，每日尽有些利息，又且俭吃俭用，积下东西来，置办些日用家业，及身上衣服之类，并无妄废。心中只有一件事未了，牵挂着父亲，思想："向来叫做朱重，谁知我是姓秦？倘或父亲来寻访之时，也没有个因由。"遂复姓为秦。

说话的，假如上一等人有前程的，要复本姓，或具札子奏过朝廷，或关白礼部、大学、国学等衙门，将册籍改正，众所共知。一个卖油的，复姓之时，谁人晓得？他有个道理，把盛油的桶儿，一面大大写个"秦"字，一面写"汴梁"二字。将此桶做个标识，使人一览而知。以此临安市上，晓得他本姓，都呼他为"秦卖油"。时值二月天气，不暖不寒，秦重闻知昭庆寺僧人，要起个九昼夜功德，用油必多，遂挑了油担来寺中卖油。那些和尚们也闻知秦卖油之名，他的油比别人又好又贱，单单作成他，所以一连这九日，秦重只在昭庆寺走动。正是：

刻薄不赚钱，忠厚不折本。

这一日是第九日了，秦重在寺出脱了油，挑了空担出寺。其日天气晴明，游人如蚁。秦重绕河而行，遥望十景塘桃红柳绿，湖内画船箫鼓，往来游玩，观之不足，玩之有余。走了一回，身子困倦，转到昭庆寺右边，望个宽处，将担儿放下，坐在一块石上歇脚。近侧有个人家，面湖而住，金漆篱门里面，朱栏内一丛细竹。未知堂室何如，先见门庭清整。只见里面三四个戴巾的从内而出，一个女娘后面相送。到了门首，两下把手一拱，说声"请了"，那女娘竟进去了。秦重定睛觑之，此女容颜娇丽，体态轻盈，目所未睹，准准的呆了半晌，身子都酥麻了。他原是个老实小官，不知有烟花行径，心中疑惑，正不知是什么人家。方在凝思之际，只见门内又走出个中年的妈妈，同着一个髽身的丫鬟，倚门闲看。那妈妈一眼瞧着油担，便道："阿呀，方才要去买油，正好有油担子在这里，何不与他买些？"那丫鬟取了油瓶出来，走到油担子边，叫声："卖油的！"秦重方才知觉，回言道："没有油了。妈妈要用油时，明日送来。"那丫鬟也识得几个字，看见油桶上写个"秦"字，就对妈妈道："那卖油的姓秦。"妈妈也听得人闲讲，有个秦卖油，做生意甚是忠厚。遂吩咐秦重道："我家每日要油用，你肯挑来时，与你做个主顾。"秦重道："承妈妈做成，不敢有误。"那妈妈与丫鬟进去了。秦重心中想道："这妈妈不知是那女娘的什么人？我每日到他家卖油，莫说赚他利息，图个饱看那女娘一回，也是前生福分。"正欲挑担起身，只见两个轿夫，抬着一顶青绢幔的轿子，后边跟着两个小厮,飞也似跑来。到了其家门首,歇下轿子,那小厮走进里面去了。秦重道:"却又作怪!看他接什么人?"少顷之间,只见两个丫鬟,一个捧着猩红的毡包,一个拿着湘妃竹攒花的拜匣,都交付与轿夫,放在轿座之下。那两个小厮手中,一个抱着琴囊,一个捧着几个手卷,腕上挂碧玉箫一枝,跟着起初的女娘出来。女娘上了轿,轿夫抬起,望旧路而去,丫鬟、小厮俱随轿步行。秦重又得亲炙一番,心中愈加疑惑。挑了油担子,洋洋的去。

不过几步,只见临河有一酒馆。秦重每常不吃酒,今日见了这女娘,心下又欢喜,又气闷。将担子放下,走进酒馆,拣个小座头坐了。酒保问道:"客人还是请客,还是独酌?"秦重道:"有上好的酒,拿来独饮三杯。时新果子一两碟,不用荤菜。"酒保斟酒时,秦重问道:"那边金漆篱门内,是什么人家?"酒保道:"这是齐衙内的花园,如今王九妈住下。"秦重道:"方才看见有个小娘子上轿,是什么人?"酒保道:"这是有名的粉头,叫做王美娘,人都称为花魁娘子。他原是汴京人,流落在此。吹弹歌舞,琴棋书画,件件皆精。来往的都是大头儿,要十两放光,才宿一夜哩。可知小可的也近他不得。当初住在涌金门外,因楼房狭窄,齐舍人与他相厚。半载之前,把这花园借与他住。"秦重听得说是汴京人,触了个乡里之念,心中更有一倍光景。吃了数杯,还了酒钱,挑了担子,一路走,一路的肚中打稿道:"世间有这样美貌的女子,落于娼家,岂不可惜!"又自家暗笑道:"若不落于娼家,我卖油的怎生得见?"又想一回,越发痴起来了,道:"人生一世,草生一秋。若得这等美人搂抱了睡一夜,死也甘心。"又想一回道:"呸!我终日挑这油担子,不过日进分文,怎么想这等非分之事!正是癞虾蟆在阴沟里,想着天鹅肉吃,如何到口?"又想一回道:"他相交的都是公子王孙,我卖油的纵有了银子,料他也不肯接我。"又想一回道:"我闻得做老鸨的,专要钱钞。就是个乞儿,有了银子,他也就肯接了,何况我做生意的,青青白白之人?若有了银子,怕他不接!只是那里来这几两银子?"一路上胡思乱想,自言自语。

你道天地间有这等痴人,一个做小经纪的,本钱只有二三两,却要把十两银子去嫖那名妓,可不是个春梦!自古道:有志者事竟成。被他千思万想,想出一个计策来,他道:"从明日为始,逐日将本钱扣出,余下的积攒上去,一日积得一分,一年也有三两六钱之数。只消三年,这事便成了。若一日积得二分,只消得年半。若再多得些,一年也差不多了。"想来想去,不觉走到家里,开锁进门。只因一路上想着许多闲事,回来看了自家的睡铺,惨然无欢。连夜饭也不要吃,便上了床。这一夜翻来覆去,牵挂着美人,那里睡得着?

只因月貌花容,引起心猿意马。

捱到天明,爬起来就装了油担,煮早饭吃了,锁了门,挑着担子,一径走到王九妈家去。进了门,却不敢直入,舒着头往里面张望。王妈妈恰才起床,还蓬着头,正盼咐保儿买饭菜。秦重认得声音,叫声:"王妈妈。"九妈往外一张,见是秦卖油,笑道:"好忠厚人!果然不失信。"便叫他挑担进来,称了一瓶,约有五斤多重,公道还钱,秦重并不争论。王九妈甚是欢喜,道:"这瓶油,只勾我家两日用。但隔一日,你便送来,我不往别处去买了。"秦重应诺,挑担而出,只恨不曾遇见花魁娘子。"且喜扳下主顾,少不得一次不见二次见,二次不见三次见。只是一件,特为王九妈一家挑这许多路来,不是做生意的勾当。这昭庆寺是顺路,今日寺中虽然不做功德,难道寻常不用油的?我且挑担去问他,若扳得各房头做个主顾,只消走钱塘门这一路,那一担油尽勾出脱了。"秦重挑担到寺内问时,原来各房和尚也正想着秦卖油,来得正好,多少不等,各各买他的油。秦重与各房约定,也是间一日便送油来用。这一日是个双日,自此日为始,但是单日,秦重别街道上做买卖;但是双日,就走钱塘门这一路。一出钱塘门,先到王九妈家里,以卖油为名,去看花魁娘子。有一日会见,也有一日不会见。不见时,费了一场思想;便见时,也只添了一层思想。正是:

天长地久有时尽,此恨此情无尽期。

再说秦重到了王九妈家多次,家中大大小小,没一个不认得是秦卖油。时光迅速,不觉一年有余。日大日小,只拣足色细丝,或积三分,或积二分,再少也积下一分。凑得几钱,又打做大块头。日积月累,有了一大包银子,零星凑集,连自己也不知多少。其日是单日,又值大雨,秦重不出去做买卖。看了这一大包银子,心中也自喜欢。"趁今日空闲,我把他上一上天平,见个数目"。打个油伞,走到对门倾银铺里,借天平兑银。那银匠好不轻薄,想着卖油的多少银子,要架天平?只把个五两头等子与他,还怕用不着头纽哩!秦重把银包解开,都是散碎银两。大凡成锭的见少,散碎的就见多。银匠是小辈,眼孔极浅,见了许多银子,别是一番面目,想道:"人不可貌相,海水不可斗量。"慌忙架起天平,搬出若大若小许多法码。秦重尽包而兑,一厘不多,一厘不少,刚刚一十六两之数,上秤便是一斤。秦重心下想道:"除去了三两本钱,余下的做一夜花柳之费,还是有余。"又想道:"这样散碎银子,怎好出手?拿出来也被人看低了。见成倾银店中方便,何不倾成锭儿,还觉冠冕。"当下兑足十两,倾成一个足色大锭,再把一两八钱,倾成水丝一小锭。剩下四两二钱之数,拈一小块,还了火钱。又将几钱银子,置下镶鞋净袜,新褶了一顶万字头巾。回到家中,把衣服浆洗得干干净净,买几根安息香,薰了又薰。拣个晴明好日,清早打扮起来。

虽非富贵豪华客,也是风流好后生。

秦重打扮得齐齐整整，取银两藏于袖中，把房门锁了，一径望九妈家而来。那一时好不高兴。及至到了门首，愧心复萌，想道："时常挑了担子在他家卖油，今日忽地去做嫖客，如何开口？"正在踌躇之际，只听得呀的一声门响，王九妈走将出来，见了秦重，便道："秦小官，今日怎的不做生意，打扮得恁般齐楚，往那里去贵干？"事到其间，秦重只得老着脸，上前作揖。妈妈也不免还礼。秦重道："小可并无别事，专来拜望妈妈。"那鸨儿是老积年，见貌辨色，见秦重恁般装束，又说拜望，"一定是看上了我家那个丫头，要嫖一夜，或是会一个房。虽然不是个大势主菩萨，搭在篮里便是菜，捉在篮里便是蟹，赚他钱把银子买葱菜也是好的。"便满脸堆下笑来，道："秦小官拜望老身，必有好处。"秦重道："小可有句不识进退的言语，只是不好启齿。"王九妈道："但说何妨？且请到里面客坐里细讲。"秦重为卖油虽曾到王家整百次，这客坐里交椅，还不曾与他屁股做个相识，今日是个会面之始。王九妈到了客坐，不免分宾而坐，向着内里唤茶。少顷，丫鬟托出茶来看时，却是秦卖油，正不知什么缘故，妈妈恁般相待，格格低了头只管笑。王九妈看见，喝道："有甚好笑！对客全没些规矩！"丫鬟止住笑，收了茶杯自去。

王九妈方才开言问道："秦小官有甚话要对老身说？"秦重道："没有别话，要在妈妈宅上请一位姐姐吃杯酒儿。"九妈道："难道吃寡酒？一定要嫖了。你是个老实人，几时动这风流之兴？"秦重道："小可的积诚，也非止一日。"九妈道："我家这几个姐姐，都是你认得的。不知你中意那一位？"秦重道："别个都不要，单单要与花魁娘子相处一宵。"九妈只道取笑他，就变了脸道："你出言无度！莫非奚落老娘么？"秦重道："小可是个老实人，岂有虚情？"九妈道："粪桶也有两个耳朵，你岂不晓得我家美儿的身价？倒了你卖油的灶，还不勾半夜歇钱哩！不如将就拣一个适兴罢。"秦重把头一缩，舌头一伸，道："恁的好卖弄！不敢动问：你家花魁娘子，一夜歇钱要几千两？"九妈见他说要话，却又回嗔作喜，带笑而言道："那要许多，只要得十两敲丝。其他东道杂费，不在其内。"秦重道："原来如此，不为大事。"袖中摸出这秃秃里一大锭放光细丝银子，递与鸨儿道："这一锭十两重，足色足数，请妈妈收着。"又摸出一小锭来，也递与鸨儿，又道："这一小锭，重有二两，相烦备个小东。望妈妈成就小可这件好事，生死不忘，日后再有孝顺。"九妈见了这锭大银，已自不忍释手，又恐怕他一时高兴，日后没了本钱，心中懊悔，也要尽他一句才好，便道："这十两银子，你做经纪的人，积攒不易，还要三思而行。"秦重道："小可主意已定，不要你老人家费心。"

九妈把这两锭银子收于袖中，道："是便是了，还有许多烦难哩。"秦重道："妈妈是一家之主，有甚烦难？"九妈道："我家美儿，往来的都是王孙公子，富室豪家，真个是'谈笑有鸿儒，往来无白丁'。他岂不认得你是做经纪的秦小官，如何肯接你？"秦重道："但凭妈妈怎的委曲宛转，成全其事，大恩不敢有忘！"九妈见他十分坚心，眉头一皱，计上心来，扯开笑口道："老身已替你排下计策，只看你缘法如何。做得成不要喜，做不成不要怪。美儿昨日在李学士家陪酒，还未曾回。今日是黄衙内约下游湖。明日是张山人一班清客，邀他做诗社。后日是韩尚书的公子，数日前送下东道在这里。你且到大后日来看。还有句话，这几日你且不要来我家卖油，预先留下个体面。又有句话，你穿着一身的布衣布裳，不像个上等嫖客。再来时换件绸缎衣服，教这些丫头们认不出你是秦小官，老娘也好与你装谎。"秦重道："小可一一理会得。"说罢，作别出门，且歇这三日生理，不去卖油，到典铺里买了一件见成半新不旧的绸衣，穿在身上，到街坊闲走，演习斯文模样。正是：

未识花院行藏，先习孔门规矩。

丢过那三日不题。到第四日，起个清早，便到王九妈家去。去得太早，门还未开，意欲转一转再来。这番装扮希奇，不敢到昭庆寺去，恐怕和尚们批点，且到十景塘散步。良久又踅转来，王九妈家门已开了。那门前却安顿得有轿马，门内有许多仆从，在那里闲坐。秦重虽然老实，心下到也乖巧，且不进门，悄悄的招那马夫问道："这轿马是谁家来的？"马夫道："韩府里来接公子的。"秦重已知韩公子夜来留宿，此时还未曾别。重复转去，到一个饭店之中，吃了些见成茶饭，又坐了一回，方才到王家探信，只见门前轿马已自去了。进得门时，王九妈迎着，便道："老身得罪，今日又不得工夫了。恰才韩公子拉去东庄赏早梅，他是个长嫖，老身不好违拗。闻得说，来日还要到灵隐寺，访个棋师赌棋哩。齐衙内又来约过两三次了。这是我家房主，又是辞不得的。他来时，或三日五日的住了去，连老身也定不得个日子。秦小官，你真个要嫖，只索耐心再等几日。不然，前日的尊赐，分毫不动，要便奉还。"秦重道："只怕妈妈不作成。若还迟，终无失，就是一万年，小可也情愿等着。"九妈道："恁地时，老身便好主张。"秦重作别，方欲起身，九妈又道："秦小官人，老身还有句话：你下次若来讨信，不要早了。约莫申牌时分，有客没客，老身把个实信与你。倒是越晏些越好。这是老身的妙用，你休错怪。"秦重连声道："不敢，不敢。"这一日秦重不曾做买卖。次日整理油担，挑往别处去生理，不走钱塘门一路。每日生意做完，傍晚时分就打扮齐整，到王九妈家探信，只是不得工夫。又空走了一月有余。

那一日是十二月十五，大雪方霁，西风过后，积雪成冰，好不寒冷，却喜地下干燥。秦重做了大半日买卖，如前妆扮，又去探信。王九妈笑容可掬，迎着道："今日你造化，已是九分九厘了。"秦重道："这一厘是欠着什么？"九妈道:"这一厘么,正主儿还不在家。"秦重道:"可回来么?"九妈道:"今日是俞太尉家赏雪,筵席就备在湖船之内。俞太尉是七十岁的老人家,风月之事,已是没分。原说过黄昏送来,你且到新人房里,吃杯烫风酒,慢慢的等他。"秦重道:"烦妈妈引路。"王九妈引着秦重,弯弯曲曲,走过许多房头,到一个所在,不是楼房,却是个平屋三间,甚是高爽。左一间是丫鬟的空房,一般有床榻桌椅之类,却是备官铺的;右一间是花魁娘子卧室,锁着在那里。两旁又有耳房。中间客坐上面,挂一幅名人山水,香几上博山古铜炉,烧着龙涎香饼,两旁书桌摆设些古玩,壁上贴许多诗稿。秦重愧非文人,不敢细看,心下想道:"外房如此整齐,内室铺陈,必然华丽。今夜尽我受用,十两一夜,也不为多。"九妈让秦小官坐于客位,自己主位相陪。少顷之间,丫鬟掌灯过来,抬下一张八仙桌儿,六碗时新果子,一架攒盒,佳肴美酝,未曾到口,香气扑人。九妈执盏相劝道:"今日众小女都有客,老身只得自陪,请开怀畅饮几杯。"秦重酒量本不高,况兼正事在心,只吃半杯。吃了一会,便推不饮。九妈道:"秦小官想饿了,且用些饭,再吃酒。"丫鬟捧着雪花白米饭,一吃一添,放于秦重面前,就是一盏杂和汤。鸨儿量高,不用饭,以酒相陪。秦重吃了一碗,就放箸。九妈道:"夜长哩,再请些。"秦重又添了半碗。丫鬟提个行灯来说:"浴汤热了,请客官洗浴。"秦重原是洗过澡来的,不敢推托,只得又到浴堂,肥皂香汤,洗了一遍,重复穿衣入坐。九妈命撤去肴盒,用暖锅下酒。此时黄昏已绝,昭庆寺里的钟都撞过了,美娘尚未回来。

玉人何处贪欢耍?等得情郎望眼穿!

常言道:等人心急。秦重不见婊子回家,好生气闷。却被鸨儿夹七夹八,说些风话劝酒。不觉又过了一更天气,只听外面热闹闹的,却是花魁娘子回家。丫鬟先来报了,九妈连忙起身出迎,秦重也离坐而立。只见美娘吃得大醉,侍女扶将进来。到于门首,醉眼朦胧,看见房中灯烛辉煌,杯盘狼藉,立住脚问道:"谁在这里吃酒?"九妈道:"我儿,便是我向日与你说的那秦小官人。他心中慕你,多时的送过礼来。因你不得工夫,担搁他一月有余了。你今日幸而得空,做娘的留他在此伴你。"美娘道:"临安郡中,并不闻说起有什么秦小官人?我不去接他。"转身便走。九妈双手托开,即忙拦住道:"他是个至诚好人,娘不误你。"美娘只得转身,才跨进房门,抬头一看,那人有些面善,一时醉了,急切叫不出来。便道:"娘,这个人我认得他的,不是有名称的子弟。接了他,被人笑话。"九妈道:"我儿,这是涌金门内开缎铺的秦小官人。当初我们住在涌金门时,想你也曾会过,故此面善,你莫识认错了。做娘的见他来意志诚,一时许了他,不好失信。你看做娘的面上,胡乱留他一晚。做娘的晓得不是了,明日却与你赔礼。"一头说,一头推着美娘的肩头向前。美娘拗妈妈不过，只得进房相见。正是：

　　千般难出虔婆口，万般难脱虔婆手。
　　饶君纵有万千般，不如跟着虔婆走。

　　这些言语，秦重一句句都听得，佯为不闻。美娘万福过了，坐于侧首。仔细看着秦重，好生疑惑，心里甚是不悦，嘿嘿无言。唤丫鬟将热酒来，斟着大钟。鸨儿只道他敬客，却自家一饮而尽。九妈道："我儿醉了，少吃些么。"美儿那里依他？答应道："我不醉！"一连吃上十来杯。这是酒后之酒，醉中之醉，自觉立脚不住。唤丫鬟开了卧房，点上银釭，也不卸头，也不解带，翻脱了绣鞋，和衣上床，倒身而卧。鸨儿见女儿如此做作，甚不过意，对秦重道："小女平日惯了，他专会使性，今日他心中不知为什么有些不自在，却不干你事。休得见怪！"秦重道："小可岂敢！"鸨儿又劝了秦重几杯酒，秦重再三告止。鸨儿送入卧房，向耳旁吩咐道："那人醉了，放温存些。"又叫道："我儿起来，脱了衣服，好好的睡。"美娘已在梦中，全不答应。鸨儿只得去了。丫鬟收拾了杯盘之类，抹了桌子，叫声："秦小官人，安置罢。"秦重道："有热茶要一壶。"丫鬟泡了一壶浓茶，送进房里，带转房门，自去耳房中安歇。秦重看美娘时，面对里床，睡得正熟，把锦被压在身下。秦重想酒醉之人，必然怕冷，又不敢惊醒他。忽见栏杆上又放着一床大红纻丝的锦被，轻轻的取下，盖在美儿身上。把银灯挑得亮亮的，取了这壶热茶，脱鞋上床，捱在美娘身边，左手抱着茶壶在怀，右手搭在美娘身上，眼也不敢闭一闭。正是：

　　未曾握雨携云，也算偎香倚玉。

　　却说美娘睡到半夜，醒将转来，自觉酒力不胜，胸中似有满溢之状。爬起来，坐在被窝中，垂着头，只管打干哕。秦重慌忙也坐起来，知他要吐，放下茶壶，用手抚摩其背。良久，美娘喉间忍不住了，说时迟，那时快，美娘放开喉咙便吐。秦重怕污了被窝，把自己道袍的袖子张开，罩在他嘴上。美娘不知所以，尽情一呕。呕毕，还闭着眼，讨茶漱口。秦重下床，将道袍轻轻脱下，放在地平之上。摸茶壶还是暖的，斟上一瓯香喷喷的浓茶，递与美娘。美娘连吃了二碗，胸中虽然略觉豪燥，身子兀自倦怠，仍旧倒下，向里睡去了。秦重脱下道袍，将吐下一袖的腌臜，重重裹着，放于床侧，依然上床，拥抱似初。美娘那一觉直睡到天明方醒。覆身转来，见旁边睡着一人，问道："你是那个？"秦重答道："小可姓秦。"美娘想起夜来之事，恍恍惚惚，不甚记得真了，便道："我夜来好醉！"秦重道："也不甚醉。"又问："可曾吐么？"秦重道："不曾。"美娘道："这样还好。"又想一想道："我记得曾吐过的，又记得曾吃过茶来，难道做梦不成？"秦重方才说道："是曾吐来。小可见小娘子多了杯酒，也防着要吐，把茶壶暖在怀里。小娘子果然吐后讨茶，小可斟上，蒙小娘子不弃，饮了两瓯。"美娘大惊道："脏巴巴的，吐在那里？"秦重道："恐怕小娘子污了被褥，是小可把袖子盛了。"美娘道："如今在那里？"秦重道："连衣服裹着，藏过在那里。"美娘道："可惜坏了你一件衣服。"秦重道："这是小可的衣服，有幸得沾得小娘子的余沥。"美娘听说，心下想道："有这般识趣的人！"心里已有四五分欢喜了。

此时天色大明，美娘起身，下床小解。看着秦重，猛然想起是秦卖油，遂问道："你实对我说，是什么样人？为何昨夜在此？"秦重道："承花魁娘子下问，小子怎敢妄言。小可实是常来宅上卖油的秦重。"遂将初次看见送客，又看见上轿，心下想慕之极，及积攒嫖钱之事，备细述了一遍。"夜来得亲近小娘子一夜，三生有幸，心满意足。"美娘听说，愈加可怜，道："我昨夜酒醉，不曾招接得你。你干折了许多银子，莫不懊悔？"秦重道："小娘子天上神仙，小可惟恐服侍不周。但不见责，已为万幸，况敢有非意之望？"美娘道："你做经纪的人，积下些银两，何不留下养家？此地不是你来往的。"秦重道："小可单只一身，并无妻小。"美娘顿了一顿，便道："你今日去了，他日还来么？"秦重道："只这昨宵相亲一夜，已慰生平，岂敢又作痴想！"美娘想道："难得这好人，又忠厚，又老实，又且知情识趣，隐恶扬善，千百中难遇此一人。可惜是市井之辈，若是衣冠子弟，情愿委身事之。"正在沉吟之际，丫鬟捧洗脸水进来，又是两碗姜汤。秦重洗了脸，因夜来未曾脱帻，不用梳头，呷了几口姜汤。便要告别。美娘道："少住不妨，还有话说。"秦重道："小可仰慕花魁娘子，在旁多站一刻，也是好的。但为人岂不自揣？夜来在此，实是大胆，惟恐他人知道，有玷芳名。还是早些去了安稳。"美娘点了一点头，打发丫鬟出房，忙忙的开了减妆，取出二十两银子，送与秦重道："昨夜难为了你，这银两权奉为资本，莫对人说。"秦重那里肯受？美娘道："我的银子来路容易，这些须酬你一宵之情，休得固逊。若本钱缺少，异日还有助你之处。那件污秽的衣服，我叫丫鬟湔洗干净了还你罢。"秦重道："粗衣不烦小娘子费心，小可自会湔洗。只是领赐不当。"美娘道："说那里话！"将银子挼在秦重袖内。推他转身。秦重料难推却，只得受了。深深作揖，卷了脱下这件腥䏲道袍，走出房门，打从鸨儿房前经过。鸨儿看见，叫声："妈妈，秦小官去了。"王九妈正在净桶上解手，口中叫道："秦小官，如何去得恁早？"秦重道："有些贱事，改日特来称谢。"

不说秦重去了，且说美娘与秦重虽然没点相干，见他一片诚心，去后好不过意。这一日因害酒，辞了客，在家将息。千个万个孤老都不想，倒把秦重整整的想了一日。有［挂枝儿］为证：

　　俏冤家，须不是串花家的子弟，你是个做经纪本分人儿，那匡你会温存，能软款，知心知意。料你不是个使性的，料你不是个薄情的。几番待放下思量也，又不觉思量起。

话分两头。再说邢权在朱十老家，与兰花情热，见朱十老病废在床，全无顾忌，十老发作了几场。两个商量出一条计策来，俟夜静更深，将店中资本席卷，双双的逃之夭夭，不知去向。次日天明，十老方知。央及邻里出了个失单，寻访数日，并无动静。深悔当日不合为邢权所惑，逐了朱重。如今日久见人心，闻说朱重赁居众安桥下，挑担卖油，不如仍旧收拾他回来，老死有靠，只怕他记恨在心。教邻舍好生劝他回家，但记好，莫记恶。秦重一闻此言，即日收拾了家火，搬回十老家里。相见之间，痛哭了一场。十老将所存囊橐，尽数交付秦重。秦重自家又有二十余两本钱，重整店面，坐柜卖油。因在朱家，仍称朱重，不用秦字。不上一月，十老病重，医治不痊，呜呼哀哉。朱重捶胸大恸，如亲父一般，殡殓成服，七七做了些好事。朱家祖坟在清波门外，朱重举丧安葬，事事成礼。邻里皆称其厚德。事定之后，仍先开铺。原来这油铺是个老店，从来生意原好，却被邢权刻剥存私，将主顾弄断了多少。今见朱小官在店，谁家不来作成？所以生理比前越盛。

朱重单身独自，急切要寻个老成帮手。有个惯做中人的，叫做金中，忽一日，引着一个五十余岁的人来。原来那人正是莘善，在汴梁城外安乐村居住。因那年避乱南奔，被官兵冲散了女儿瑶琴，夫妻两口，凄凄惶惶，东巡西窜，胡乱的过了几年。今日闻临安兴旺，南渡人民，大半安插在彼。诚恐女儿流落此地，特来寻访，又没消息。身边盘缠用尽，欠了饭钱，被饭店中终日赶逐，无可奈何。偶然听见金中说起，朱家油铺要寻个卖油帮手，自己曾开过六陈铺子，卖油之事，都则在行。况朱小官原是汴京人，又是乡里，故此央金中引荐到来。朱重问了备细，乡人见乡人，不觉感伤。"既然没处投奔，你老夫妻两口只住在我身边，只当个乡亲相处，慢慢的访着令爱消息，再作区处。"当下取两贯钱把与莘善，去还了饭钱。连浑家阮氏也领将来，与朱重相见了，收拾一间空房，安顿他老夫妻在内。两口儿也尽心竭力，内外相帮，朱重甚是欢喜。

光阴似箭，不觉一年有余。多有人见朱小官年长未娶，家道又好，做人又志诚，情愿白白把女儿送他为妻。朱重因见了花魁娘子十分容貌，等闲的不看在眼，立心要访求个出色的女子，方才肯成亲。以此日复一日耽搁下去。正是：

曾观沧海难为水，除却巫山不是云。

再说王美娘在九妈家，盛名之下，朝欢暮乐，真个口厌肥甘，身嫌锦绣。然虽如此，每遇不如意之处，或是子弟们任情使性，吃醋挑槽，或自己病中醉后，半夜三更没人疼热，就想起秦小官人的好处来，只恨无缘再会。也是他桃花运尽，合当变更。一年之后，生出一段事端来。

却说临安城中有个吴八公子，父亲吴岳，见为福州太守，这吴八公子，新从父亲任上回来，广有金银。平昔间也喜赔钱吃酒，三瓦两舍走动。闻得花魁娘子之名，未曾识面，屡屡遣人来约，欲要嫖他。美娘闻他气质不好，不愿相接，托故推辞，非止一次。那吴八公子也曾和着闲汉们，亲到王九妈家几番，都不曾会。其时清明节届，家家扫墓，处处踏青。美娘因连日游春困倦，且是积下许多诗画之债，未曾完得，吩咐家中："一应客来，都与我辞去。"闭了房门，焚起一炉好香，摆设文房四宝，方欲举笔，只听得外面沸腾。却是吴八公子领着十余个狠仆，来接美娘游湖。因见鸨儿每次回他，在中堂行凶，打家打火，直闹到美娘房前，只见房门锁闭。原来妓家有个回客法儿，小娘躲在房内，却把房门反锁，支吾客人，只推不在。那老实的就被他哄过了。吴公子是惯家，这些套子，怎地瞒得？吩咐家人扭断了锁，把房门一脚踢开。美娘躲身不迭，被公子看见，不由分说，教两个家人左右牵手，从房内直拖出房外来，口中兀自乱嚷乱骂。王九妈欲待上前陪礼解劝，看见势头不好，只得闪过。家中大小，躲得没半个影儿。吴家狠仆牵着美娘，出了王家大门，不管他弓鞋窄小，望街上飞跑。八公子在后，洋洋得意。直到西湖口，将美娘扠下了湖船，方才放手。美娘十二岁到王家，锦绣中养成，珍宝般供养，何曾受恁般凌贱！下了船，对着船头，掩面大哭。吴八公子全不放下面皮，气忿忿地像关云长单刀赴会，一把交椅，朝外而坐，狠仆侍立于旁。一面吩咐开船，一面数一数二的发作一个不住："小贱人，小娼根，不受人抬举！再哭时，就讨打了！"美娘那里怕他？哭之不已。船至湖心亭，吴八公子吩咐摆盒在亭子内，自己先上去了，却吩咐家人："叫那小贱人来陪酒！"美娘抱住了栏杆。那里肯去？只是嚎哭。吴八公子也觉没兴，自己吃了几杯淡酒，收拾下船，自来扯美娘。美娘双脚乱跳，哭声愈高。八公子大怒，教狠仆拔去簪珥。美娘蓬着头，跑到船头上就要投水，被家僮们扶住。公子道："你撒赖便怕你不成！就是死了，也只费得我几两银子，不为大事。只是送你一条性命，也是罪过。你住了啼哭时，我就放你回去，不难为你。"美娘听说放他回去，真个住了哭。八公子吩咐，移船到清波门外僻静之处，将美娘绣鞋脱下，去其裹脚，露出一对金莲，如两条玉笋相似。教狠仆扶他上岸，骂道："小贱人！你有本事，自走回家，我却没人相送。"说罢，一篙子撑开，再向湖中而去。正是：

    焚琴煮鹤从来有，惜玉怜香几个知！

美娘赤了脚，寸步难行。思想："自己才貌两全，只为落于风尘，受此轻贱。平昔枉自结识许多王孙贵客，急切用他不着。受了这般凌辱，就是回去，如何做人？到不如一死为高，只是死得没些名目。枉自享个盛名，到此地位，看着村庄妇人，也胜我十二分。这都是刘四妈这个花嘴，哄我落坑堕堑，致有今日！自古红颜薄命，亦未必如我之甚！"越思越苦，放声大哭。

事有偶然，却好朱重那日在清波门外朱十老的坟上，祭扫过了，打发祭物下船，自己步回，从此经过。闻得哭声，上前看时，虽然蓬头垢面，那玉貌花容，从来无两。如何不认得？吃了一惊道："花魁娘子，如何这般模样？"美娘哀哭之际，听得声音厮熟，止啼而看，原来正是知情识趣的秦小官。美娘当此之际，如见亲人，不觉倾心吐胆，告诉他一番。朱重心中十分疼痛，亦为之流泪。袖中带得有白绫汗巾一条，约有五尺多长，取出劈半扯开，奉与美娘裹脚。亲手与他拭泪，又与他挽起青丝，再三把好言宽解。等待美娘哭定，忙去唤个暖轿，请美娘坐了，自己步送，直到王九妈家。

九妈不得女儿消息，在四处打探。慌迫之际，见秦小官送女儿回来，分明送一颗夜明珠还他，如何不喜？况且鸨儿一向不见秦重挑油上门，多曾听得人说，他承受了朱家的店业，手头活动，体面又比前不同，自然刮目相待。又见女儿这等模样，问其缘故，已知女儿吃了大苦，全亏了秦小官。深深拜谢，设酒相待。日已向晡，秦重略饮数杯，起身作别。美娘如何肯放？道："我一向有心于你，恨不得你见面。今日定然不放你空去。"鸨儿也来扳留，秦重喜出望外。是夜，美娘吹弹歌舞，曲尽生平之技，奉承秦重。秦重如做了一个游仙好梦，喜得魄荡魂消，手舞足蹈。夜深酒阑，二人相挽就寝。云雨之事，其美满更不必言。

一个是足力后生，一个是惯情女子。这边说三年怀想，费几多役梦劳魂；那边说一载相思，喜侥幸粘皮贴肉。一个谢前番帮衬，合今番恩上加恩；一个谢今夜总成，比前夜爱中添爱。红粉妓倾翻粉盒，罗帕留痕；卖油郎打泼油瓶，被窝沾湿。可笑村儿干折本，作成小子弄风流。

云雨已罢，美娘道："我有句心腹之言与你说，你休得推托。"秦重道："小娘子若用得着小可时，就赴汤蹈火，亦所不辞，岂有推托之理？"美娘道："我要嫁你。"秦重笑道："小娘子就嫁一万个，也还数不到小可头上，休得取笑我，枉自折了小可的食料。"美娘道："这话实是真心，怎说'取笑'二字？我自十四岁被妈妈灌醉，梳弄过了，此时便要从良。只为未曾相处得人，不辨好歹，恐误了终身大事。以后相处的虽多，都是豪华之辈，酒色之徒，但知买笑追欢的乐意，那有怜香惜玉的真心！看来看去，只有你是个志诚君子，况闻你尚未娶亲。若不嫌我烟花贱质，情愿举案齐眉，白头奉侍。你若不允之时，我就将三尺白罗，死于君前表白我这片诚心，也强如昨日死于村郎之手，没名没目，惹人笑话。"说罢，呜呜地哭将起来。秦重道："小娘子休得悲伤。小可承小娘子错爱，将天就地，求之不得，岂敢推托。只是小娘子千金声价，小可家贫力薄，如何摆布，也是力不从心了。"美娘道："这却不妨。不瞒你说，我只为从良一事，预先积攒些东西，寄顿在外。赎身之费，一毫不费你心力。"秦重道："就是小娘子自己赎身，平昔住惯了高堂大厦，享用了锦衣玉食，在小可家，如何过活？"美娘道："布衣蔬食，死而无怨。"秦重道："小娘子虽然……只怕妈妈不从。"美娘道："我自有道理。"如此如此，这般这般，两个直说到天明。

原来黄翰林的衙内，韩尚书的公子，齐太尉的舍人，这几个相知的人家，美娘都寄顿得有箱笼。美娘只推要用，陆续取到密地，约下秦重，教他收置在家。然后一乘轿子，抬到刘四妈家，诉以从良之事。刘四妈道："此事老身前日原说过的。只是年纪还早，又不知你要从那一个？"美娘道："姨娘，你莫管是甚人，少不得依着姨娘的言语，是个真从良，乐从良，了从良；不是那不真、不假、不了、不绝的勾当。只要姨娘肯开口时，不愁妈妈不允。做侄女的别没孝顺，只有十两金子，奉与姨娘，胡乱打些钗子。是必在妈妈前做个方便。事成之时，媒礼在外。"刘四妈看见这金子，笑得眼儿没缝，便道："自家儿女，又是美事，如何要你的东西？这金子权时领下，只当与你收藏。此事都在老身身上。只是你的娘把你当个摇钱之树，等闲也不轻放你出去。怕不要千把银子？那主儿可是肯出手的么？也得老身见他一见。与他讲通方好。"美娘道："姨娘莫管闲事，只当你侄女自家赎身便了。"刘四妈道："妈妈可晓得你到我家来？"美娘道："不晓得。"四妈道："你且在我家便饭，一待老身先到你家与妈妈讲。讲得通时，然后来报你。"

刘四妈雇乘轿子，抬到王九妈家，九妈相迎入内。刘四妈问起吴八公子之事，九妈告诉了一遍。四妈道："我们行户人家，到是养成个半低不高的丫头，尽可赚钱，又且安稳。不论什么客就接了，倒是日日不空的。侄女只为声名大了，好似一块鲞鱼落地，蚂蚁儿都要钻他。虽然热闹，却也不得自在。说便许多一夜，也只是个虚名。那些王孙公子来一遍，动不动几个帮闲，连宵达旦，好不费事。跟随的人又不少，个个要奉承得他到。有些不到之处，口里就出粗，哩嗹啰嗹的骂人，还要弄损你家火。又不好告诉他家主，受了若干闷气。况且山人墨客，诗社棋社，少不得一月之内，又有几日官身。这些富贵子弟，你争我夺，依了张家，违了李家，一边喜，少不得一边怪了。就是吴八公子这一个风波，吓杀人的。万一失差，却不连本送了？官宦人家，与他打官司不成！只索忍气吞声。今日还亏着你家时运高，太平没事，一个霹雳空中过去了。倘然山高水低，悔之无及。妹子闻得吴八公子不怀好意，还要到你家索闹。侄女的性气又不好，不肯奉承人。第一这一件，乃是个惹祸之本。"九妈道:"便是这件,老身好不担忧。就是这八公子,也是有名有称的人,又不是下贱之人。这丫头抵死不肯接他,惹出这场冤气。当初他年纪小时,还听人教训;如今有了个虚名,被这些富贵子弟夸他奖他,惯了他性情,骄了他气质,动不动自作自主。逢着客来,他要接便接,他若不情愿时,便是九牛也休想牵得他转。"刘四妈道:"做小娘的略有些身份,都则如此。"王九妈道:"我如今与你商议。倘若有个肯出钱的,不如卖了他去,到得干净,省得终身担着鬼胎过日。"刘四妈道:"此言甚妙。卖了他一个,就讨得五六个。若凑巧撞得着相应的,十来个也讨得的。这等便宜事,如何不做!"王九妈道:"老身也曾算计过来,那些有势有力的不肯出钱,专要讨人便宜。及至肯出几两银子的,女儿又嫌好道歉,做张做智的不肯。若有好主儿,妹子做媒,作成则个。倘若这丫头不肯时节,还求你撺掇;这丫头,做娘的话也不听,只你说得他信,话得他转。"刘四妈呵呵大笑道:"做妹子的此来,正为与侄女做媒。你要许多银子,便肯放他出门?"九妈道:"妹子,你是明理的人。我们这行户中,只有贱买,那有贱卖?况且美儿数年盛名满临安,谁不知他是花魁娘子?难道三百四百,就容他走动?少不得要他千金。"刘四妈道:"待妹子去讲。若肯出这个数目,做妹子的便来多口;若合不着时,就不来了。"临行时,又故意问道:"侄女今日在那里?"王九妈道:"不要说起。自从那日吃了吴八公子的亏,怕他还来淘气,终日里抬个轿子,各宅去分诉。前日在齐太尉家,昨日在黄翰林家,今日又不知在那家去了。"刘四妈道:"有了你老人家做主,按定了坐盘星,也不容侄女不肯。万一不肯时,做妹子自会劝他。只是寻得主顾来,你却莫要捉班做势。"九妈道:"一言既出,并无他说。"九妈送至门首。刘四妈叫声"咭噪",上轿去了。这才是:

数黑论黄雌陆贾,说长话短女随何。
若还都像虔婆口,尺水能兴万丈波。

刘四妈回到家中,与美娘说道:"我对你妈妈如此说,这般讲,你妈妈已自肯了。只要银子见面,这事立地便成。"美娘道:"银子已曾办下,明日姨娘千万到我家来,玉成其事。不要冷了场,改日又费讲。"四妈道:"既然约定,老身自然到宅。"美娘别了刘四妈,回家一字不题。次日午牌时分,刘四妈果然来了。王九妈问道:"所事如何?"四妈道:"十有八九,只不曾与侄女说过。"四妈来到美娘房中,两个相叫了,讲了一回说话。四妈道:"你的主儿到了不曾?那话儿在那里!"美娘指着床头道:"在这几只皮箱里。"美娘把五六只皮箱一时都开了,五十两一封,搬出十三四封来,又把些金珠宝玉算价,足勾千金之数。把个刘四妈惊得眼中出火,口内流涎,想道:"小小年纪,这等有肚肠!不知如何设法,积下许多东西?我家这几个粉头,一般接客,赶得着他那里！不要说不会生发，就是有几文钱在荷包里，闲时买瓜子嗑，买糖儿吃，两条脚带破了，还要做妈的与他买布哩。偏生九阿姐造化，讨得着，年时赚了若干钱钞，临出门还有这一主大财。又是取诸宫中，不劳余力。"这是心中暗想之语，却不曾说出来。美娘见刘四妈沉吟，只道他作难答谢，慌忙又取出四匹潞绸，两股宝钗，一对凤头玉簪，放在桌上道："这几件东西，奉与姨娘为伐柯之敬。"刘四妈欢天喜地，对王九妈说道："侄女情愿自家赎身，一般身价，并不短少分毫，比着孤老赎身更好。省得闲汉们从中说合，费酒费浆，还要加一加二的谢他。"王九妈听得说女儿皮箱内有许多东西，到有个怫然之色。

你道却是为何？世间只有鸨儿最狠，做小娘的设法些东西，都送到他手里，才是快活。也有做些私房在箱笼内，鸨儿晓得些风声，专等女儿出门，揿开锁钥，翻箱倒笼取个罄空。只为美娘盛名之下，相交都是大头儿，替做娘的挣得钱钞，又且性格有些古怪，等闲不敢触他。故此卧房里面，鸨儿的脚也不挪进去，谁知他如此有钱！刘四妈见九妈颜色不善，便猜着了，连忙道："九阿姐，你休得三心两意。这些东西，就是侄女自家积下的，也不是你本分之钱。他若肯花费时；也花费了。或是他不长进，把来津贴了得意的孤老，你也那里知道？这还是他做家的好处。况且小娘自己手中没有钱钞，临到从良之际，难道赤身赶他出门？少不得头上脚下，都要收拾得光鲜，等他好去别人家做人。如今他自家拿得出这些东西，料然一丝一线不费你的心。这一主银子，是你完完全全鳖在腰胯里的。他就赎身出去，怕不是你女儿？倘然他挣得好时，时朝月节，怕他不来孝顺你！就是嫁了人时，他又没有亲爹亲娘，你也还去做得着他的外婆，受用处正有哩！"只这一套话，说得王九妈心中爽然，当下应允。刘四妈就去搬出银子，一封封兑过，交付与九妈。又把这些金珠宝玉，逐件指物作价。对九妈说道："这都是做妹子的故意估下他些价钱。若换与人，还便宜得几十两银子。"王九妈虽同是个鸨儿，倒是个老实头儿，但凭刘四妈说话，无有不纳。

刘四妈见王九妈收了这主东西，便叫亡八写了婚书，交付与美儿。美儿道："趁姨娘在此，奴家就拜别了爹妈出门，借姨娘家住一两日，择吉从良。未知姨娘允否？"刘四妈得了美娘许多谢礼，生怕九妈翻悔，巴不得美娘出了他门，完成一事，便道："正该如此。"当下美娘收拾了房中自己的梳台拜匣，皮箱铺盖之类。但是鸨儿家中之物，一毫不动。收拾已完，随着四妈出房，拜别了假爹假妈，和那姨娘行中都相叫了，王九妈一般哭了几声。美娘唤人挑了行李，欣然上轿，同刘四妈到刘家去。四妈出一间幽静的好房，顿下美娘行李，众小娘都来与美娘叫喜。是晚，朱重差莘善到刘四妈家讨信，已知美娘赎身出来。择了吉日，笙箫鼓乐娶亲，刘四妈就做大媒送亲。朱重与花魁娘子花烛洞房，欢喜无限。

　　虽然旧事风流，不减新婚佳趣。

　　次日，莘善老夫妇请新人相见，各各相认，吃了一惊。问起根由，至亲三口，抱头而哭。朱重方才认得是丈人丈母，请他上坐，夫妻二人重新拜见。亲邻闻知，无不骇然。是日，整备筵席，庆贺两重之喜，饮酒尽欢而散。三朝之后，美娘教丈夫备下几副厚礼，分送旧相知各宅，以酬其寄顿箱笼之恩，并报他从良信息，此是美娘有始有终处。王九妈、刘四妈家，各有礼物相送，无不感激。满月之后，美娘将箱笼打开，内中都是黄白之资，吴绫蜀锦，何止百计，共有三千余金。都将匙钥交付丈夫，慢慢地买房置产，整顿家当。油铺生理，都是丈人莘公管理。不上一年，把家业挣得花锦般相似，驱奴使婢，甚有气象。

　　朱重感谢天地神明保佑之德，发心于各寺庙喜舍合殿油烛一套，供琉璃灯油三个月。斋戒沐浴，亲往拈香礼拜。先从昭庆寺起，其他灵隐、法相、净慈、天竺等寺，以次而行。就中单说天竺寺，是观音大士的香火，有上天竺、中天竺、下天竺，三处香火俱盛，却是山路，不通舟楫。朱重叫从人挑了一担香烛，三担清油。自己乘轿而往。先到上天竺来，寺僧迎接上殿，老香火秦公点烛添香。此时朱重居移气，养移体，仪容魁岸，非复幼时面目，秦公那里认得他是儿子！只因油桶上有个大大的"秦"字，又有"汴梁"二字，心中甚以为奇。也是天然凑巧，刚刚到上天竺，偏用着这两只油桶。朱重拈香已毕，秦公托出茶盘，主僧奉茶。秦公问道："不敢动问施主：这油桶上为何有此三字？"朱重听得问声，带着汴梁人的土音，忙问道："老香火，你问他怎么？莫非也是汴梁人么？"秦公道："正是。"朱重道："你甚姓名谁，为何在此？出家共有几年了？"秦公把自己姓名乡里，细细告诉："某年上避兵来此，因无活计，将十三岁的儿子秦重，过继与朱家，如今有八年之远。一向为年老多病，不曾下山问得信息。"朱重一把抱住，放声大哭道："孩儿便是秦重，向在朱家挑油买卖。正为要访求父亲下落，故此于油桶上，写'汴梁秦'三字，做个标识。谁知此地相逢，真乃天与其便！"众僧见他父子别了八年，今朝重会，各各称奇。朱重这一日就歇在上天竺，与父亲同宿，各叙情节。次日取出中天竺、下天竺两个疏头换过，内中朱重仍改做秦重，复了本姓。两处烧香礼拜已毕，转到上天竺，要请父亲回家，安乐供养。秦公出家已久，吃素持斋，不愿随儿子回家。秦重道："父亲别了八年，孩儿有缺侍奉。况孩儿新娶媳妇，也得他拜见公公方是。"秦公只得依允。秦重将轿子让与父亲乘坐，自己步行，直到家中。秦重取出一套新衣，与父亲换了，中堂设坐，同妻莘氏双双参拜。

亲家莘公、亲母阮氏齐来见礼。此日大排筵席，秦公不肯开荤，素酒素食。次日，邻里敛钱称贺。一则新婚，二则新娘子家眷团圆，三则父子重逢，四则秦小官归宗复姓——共是四重大喜。一连又吃了几日喜酒。秦公不愿家居，思想上天竺故处清净出家。秦重不敢违亲之志，将银二百两，于上天竺另造净室一所，送父亲到彼居住。其日用供给，按月送去。每十日亲往候问一次，每一季同莘氏往候一次。那秦公活到八十余，端坐而化，遗命葬于本山。此是后话。

却说秦重和莘氏夫妻偕老，生下两个孩儿，俱读书成名。至今风月中市语，凡夸人善于帮衬，都叫做"秦小官"，又叫"卖油郎"。有诗为证明：

春来处处百花新，蜂蝶纷纷竞采春。
堪爱豪家多子弟，风流不及卖油人。

（《醒世恒言》，上海古籍出版社1987年影印叶敬池本）

【题解】

本篇收入《醒世恒言》卷三，应为冯梦龙所作。写南宋临安名妓莘瑶琴从良，嫁给了一个她原来根本瞧不上眼的卖油郎，主要是因为男主人公的温柔体贴，不是把她当作玩物，而是从内心深处把她当做人来尊重关怀，最终赢得了她的芳心。小说通过入情入理的真实描写，展示了女主人公的心理转变，一反传统的才子佳人的爱情叙述模式，歌颂了市民阶层的新型爱情观念，具有了近代的女性意识。

【参考书】

[1]《醒世恒言》，张明高校注，北京十月文艺出版社1994年版。
[2]《醒世恒言》，人民文学出版社1956年版。

李开先

李开先（1502—1568），字伯华，号中麓，山东章丘人。嘉靖八年（1529）进士，官至太常寺少卿提督四夷馆。为官正直，因忤权贵而罢官。李开先以藏书名，有"词山曲海"之称。著述极丰，各体皆备。路工辑有《李开先集》。

宝 剑 记

第三十七出

【点绛唇】（生上唱）数尽更筹，听残银漏。逃秦寇，好教我有国难投，那搭儿相求救。

（白）欲送登高千里目，愁云低锁衡阳路。鱼书不至雁无凭，几番欲作悲秋赋。回首西山日又斜，天涯孤客真难度。丈夫有泪不轻弹，只因未到伤心处。念我一时仇怒，杀死奸细，幸得深夜无人知觉，密投柴大官人庄上隐藏。昨闻故人公孙胜使人报知：今遣指挥徐宁领兵，沧州地界捉拿。亏承柴大官人，怜我孤穷，写书荐达，径往梁山逃命。日里不敢前行，今夜路经济州地界。恰才天明月朗，霎时雾暗云迷，况山路崎岖，高低不辨，教我怎生行蓦。那前边黑洞洞的想是村店，只得紧行几步。呀，原来是一座禅林。夜深无人，我向伽蓝殿前暂憩片时。（生作睡介）（净扮神上白）生前能护国，没世号伽蓝。眼观十万里，日赴九千坛。吾乃本庙护法之神。今有上界武曲星受难，官兵追急，恐伤他性命。兀那林冲，休推睡梦，今有官兵过了黄河，咫尺赶上，急急起来逃命去罢！吾神去也。凡人心不昧，处处有神灵。但愿人行早，神天不负人。（生醒白）吓死我也！刚才合眼，忽见神像指着道："林冲急急起来，官兵到了！"想是伽蓝神圣指引迷途。我林冲若得一步之地，重修宝殿再塑金身。撒开脚步去也！
（唱）

【新水令】按龙泉血泪洒征袍，恨天涯一身流落。专心投水浒，回首望天朝。急走忙逃，顾不得忠和孝。

【驻马听】良夜迢迢，投宿休将门户敲。遥瞻残月，暗度重关，急步荒郊。身轻不惮路迢遥，心忙只恐人惊觉。魄散魂消，魄散魂消，红尘误了武陵年少！

【水仙子】一朝谏诤触权豪，百战勋名做草茅，半生勤苦无功效。名不将青史标，为家国总是徒劳。再不得倒金樽杯盘欢笑，再不得歌金缕筝琶络索，再不得谒金门环珮逍遥。

【折桂令】封侯万里班超，生逼做叛国的红巾、背主的黄巢。恰便似脱扣苍鹰，离笼狡兔，摘网腾蛟。救急难谁诛正卯？掌刑罚难得皋陶！鬓发萧骚，行李萧条。这一去，博得个斗转天回，须教他海沸山摇。

【雁儿落】望家乡去路遥，想妻母将谁靠？我这里吉凶未可知，他那里生死应难料！

【得胜令】呀！吓的我汗津津身上似汤浇，急煎煎心内类油调。幼妻室今何在？老尊堂恐丧了！劬劳，父母恩难报；悲嚎，英雄气怎消！

【沽美酒】怀揣着雪刃刀，行一步哭号啕。拽长裾急急蓦羊肠路绕，且喜这灿烂明星下照。忽然间昏惨惨云迷雾罩，疏喇喇风吹叶落，振山林声声虎啸，绕溪涧哀哀猿叫。吓的我魂飘胆消，百忙里走不出山前古庙。

【收江南】呀！又只见乌鸦阵阵起松梢，数声残角断渔樵。忙投村店伴寂寥。想亲帏梦杳，空随风雨度良宵！

　　故国徒劳梦，思归未得归。
　　此身无所托，空有泪沾衣。

（《李开先集》下册，路工辑校，中华书局1959年版）

【题解】

　　《宝剑记》情节与《水浒传》大体相同。写林冲因不满朝廷听信高俅奸党，上本弹劾，触怒奸党。高俅以借看宝剑为名，骗林冲入白虎堂，诬以行刺，发配沧州，奸党又多般迫害。林冲被逼投奔梁山，率兵讨伐奸党，朝廷将高俅父子押至军前处死，梁山兄弟接受招安，林冲夫妻团圆。此剧写于作者罢官闲居之时，有借古喻今之意。全剧五十二出，第三十七出写林冲投奔梁山时的复杂心情，是活跃于京昆舞台上的保留剧目，称为"夜奔"、"林冲夜奔"。

【集评】

　　[1] 是剧则苍老浑成，流利款曲，人之异态隐情，描写殆尽，音韵谐和，言辞俊美，终篇一律，有难于去取者；兼之起引、散说、诗句、填词，无不高妙者，足以寒奸雄之胆而坚善良之心，才思文学，当作古今绝唱。（雪蓑渔者《宝剑记序》）

　　[2] 李开先铨部贵人，葵邱隐吏。熟誉北曲，悲传塞下之吹；间著南词，生扭吴中之拍；才原敏赡，写冤愤而如生；志亦飞扬，赋逋囚而自畅。此词坛之雄将，曲部之异才。（吕天成《曲品》卷上）

　　[3] 此公不识练局之法，故重复处颇多。以林冲为谏诤，而后高俅设白虎堂之计，末方出俅子谋冲妻一段，殊觉多费周折。（祁彪佳《远山堂曲品·能品》）

【参考书】

　　[1] 嘉靖二十八年原刻本，《古本戏曲丛刊》初集影印，商务印书馆1954年版。

[2]《水浒戏曲集》第二集,傅惜华编,上海古籍出版社1985年版。

梁辰鱼

梁辰鱼(1519—1591),字伯龙,号少白、仇池外史,昆山(今属江苏)人。任侠好游,广结交,通音律,善度曲。他用昆曲创作的《浣纱记》使昆曲由清唱变成了舞台艺术,为明清传奇的繁荣做出了贡献。除《浣纱记》外,戏曲创作尚存杂剧《红线女》;散曲有《江东白苎》及《鹿城诗集》。

浣 纱 记
第四十五出 泛湖

(净、丑扮渔翁唱渔歌上)我两人都是太湖中的渔翁,昨日范老爷分付要几个渔船,泊在胥口,想要到湖上去耍子,怎么这时候还不见到来?只得在此伺候。(生上)功成不受上将军,一艇归来笠泽云。载去西施岂无意,恐留倾国更迷君。自家范蠡,辅我弱越,破彼强吴,名遂功成,国安民乐,平生志愿于此毕矣。正当见机祸福之先,脱屣尘埃之外,若少留滞,焉知今日之范蠡,不为昔日之伍胥也?向已告过主公,今当远遁。昨日分付渔船,泊在湖口,专等西施美人到来,即便同行。(旦上)双眉颦处恨匆匆,转眼兴亡一麾中。若泛扁舟湖上去,不宜重过馆娃宫。相公万福。(生)美人少礼。美人,我本楚人,久作越客,昔遇倾城于溪路,常遭患难于邻邦。自分宿世难逢,谁料今生复合。兹具舟中之花烛,聊结湖上之姻盟。事出匆匆,莫嫌草草。(旦)妾乃白屋寒娥,黄茅下妾。惟冀德配君子,不意苟合吴王。摧残风雨,已破荳蔻之梢;断送韶华,遂折芙蓉之蒂。不堪奉尔中馈,未可充君下陈。(生)我实霄殿金童,卿乃天宫玉女,双遭微谴,两谪人间。故鄙人为奴石室,本同夙缘;芳卿作妾吴宫,实由尘劫。今续百世已断之契,要结三生未了之姻。始豁迷途,方归正道。(旦)既蒙恩谊,敢不祗承。但旧家姊妹,久缺音书,晚景椿萱,杳无消耗。欲暂返山中之驾,方相从湖上之舟。未知尊意何如?(生)我已差人前往诸暨,令尊令堂,同载舟航,东施北威,并赐金帛。(旦)相公,你既无仇不雪,无恩不报,但有一故人,尚未相酬,君何忘之也?(生)卿但言之。(旦)当初若无溪纱,我与你那有今日?(生)你那纱在何处?(旦)妾朝夕爱护,佩在心胸,君试观之。(生)我的纱也在此。千丛万结乱如堆,曾系吴宫合卺杯;今日两归溪水上,方知一缕是良媒。美人,我和你早早登舟去罢。渔翁那里?(丑、净)相公有何分付?(生)我要下船,过湖中往海上去。(丑、净)不知相公海上要到那一方?若出了海,北风往广东,西风往日本,南风往齐国。今日恰是南风。(生)既是南风,就往齐国去罢。(丑、净)请相公、夫人登舟。(生)

【北新水令】问扁舟何处恰才归?叹飘流常在万重波里。当日个浪翻千丈急,今日个风息一帆迟。烟景迷离,望不断太湖水。(旦)

【南步步娇】忆昔持纱溪边洗,正遇春初霁,芳心不自持。谁料多才,忽然相值。住立不多时,急忙里便许成佳配。(生)

【北雁儿落】谢娘行能谐子女姻,羞杀我未有儿夫气。乱丛丛邦家多苦辛,急攘攘军旅常留滞。(旦)

【南沉醉东风】为君家寥寥旦夕,为君家淹淹憔悴。奈彻夜患心疼,奈彻夜患心疼,日高未起,空留下数行珠泪。山深地僻,花飞鸟啼,伤心过处,双双蹙着翠眉。(生)

【北得胜令】呀,非是我冷淡了相识,非是我冥落了新知。只为那国主亲遭辱,只为那夫人尽被羁。奔驰,千里价难相会;栖迟,三年犹未回。(旦)

【南忒忒令】你流落他乡未回,我寂寞深山无倚。莺儿燕子,眼望亲成对。谁知道命飘蓬,谁知道命飘蓬,君恰归,妾又行,做浮花浪蕊!(生)

【北沽美酒】为邦家轻别离,为邦家轻别离。为国主撇夫妻,割爱分恩送与谁?负娘行心痛悲,望姑苏泪沾臆,望姑苏泪沾臆。(旦)

【南好姐姐】路歧,城郭半非。去故国云山千里,残香破玉,颜厚有忸怩。藏深计,迷花恋酒拚沉醉,断送苏台只废基。(生)

【北川拨棹】古和今此会稽,古和今此会稽,旧和新一范蠡。谁知道戈挽斜晖,龙起春雷,风卷潮回,地转天随。霎时间驱戎破敌,因此上喜卿卿北归矣。(旦)

【南园林好】谢君王将前姻再提,谢伊家把初心不移,谢一缕溪纱相系。谐匹配作良媒,谐匹配作良媒。(生)

【北太平令】早离了尘凡浊世,空回首骇驽危机。伴浮鸥溪头沙嘴,学冥鸿寻双逐对。我呵,从今后车儿马儿,好一回辞伊谢伊。呀,趁风帆海天无际。(旦)

【南川拨棹】烟波里,傍汀蘋,依岸苇,任飘摇海北天西,任飘摇海北天西。趁人间贤愚是非,跨鲸游,驾鹤飞,跨鲸游,驾鹤飞。(生)

【北梅花酒】笑燕秦楚共齐，笑燕秦楚共齐。耀干戈整旌旗，军共马露水泥，兵和将釜中食。酒席间森剑戟，庙堂中坐刀笔，一霎时见凶吉。（旦）
【南锦衣香】你看馆娃宫荆榛蔽，响屟廊莓苔瞖。可惜剩水残山，断崖高寺，百花深处一僧归。空遗旧迹。走狗斗鸡，想当年僭祭。望郊台凄凉云树，香水鸳鸯去，酒城倾坠。茫茫练渎，无边秋水！（生）
【北收江南】呀，看满目兴亡真惨凄，笑吴是何人越是谁？功名到手未嫌迟。从今号子皮，从今号子皮，今来古往，不许外人知。（旦）
【南浆水令】采莲泾红芳尽死，越来溪吴歌惨凄。宫中鹿走草萋萋，黍离故墟，过客伤悲。离宫废，谁避暑？琼姬墓冷苍烟蔽。空园滴，空园滴，梧桐夜雨。台城上，台城上，夜乌啼。（生）
【北清江引】人生聚散皆如此，莫论兴和废。富贵似浮云，世事如儿戏。唯愿普天下做夫妻，都是咱共你。

　　尽道梁郎识见无，反编勾践破姑苏。
　　大明今日归一统，安问当年越与吴。

（《六十种曲》第一册，毛晋编，中华书局1958年版）

【题解】

　　《浣纱记》亦名《吴越春秋》，是根据《史记·越王勾践世家》、《吴越春秋》、《越绝书》等记载创作的。是最早把改良后的昆山腔用于戏曲演出的名作，敷衍艳传人口的西施故事。吴王夫差伐越，越败投降，越王勾践与范蠡入吴为人质。勾践用范蠡计，送西施入吴惑乱吴王；又在范蠡帮助下卧薪尝胆，励精图治，终于打败吴国。范蠡知勾践可共患难，不可共安乐，乃携西施泛太湖而去。全剧以范蠡西施的爱情离合为线索，描写吴越兴亡史，有借古喻今、针砭现实的意图。全剧四十五出。《泛湖》一出结尾别致，表现了范蠡西施的思想境界和对封建朝廷的认识。文辞感慨苍凉。[南锦衣香][南浆水令]二曲直接袭用元人杨维桢[双调夜行船·吊古]（霸业艰危）套曲，把破吴之初的感慨现实写成了吊古，道白用对仗句也欠自然。有京剧等改编本，有些散出昆剧尚能演出。

【集评】

　　[1] 梁伯龙辰鱼作《浣纱记》，无论其关目散缓、无骨无筋、全无收摄，即其词亦出口便俗，一过后便不耐再咀。然其所长，亦自有在：不用春秋以后事，不装八宝，不多出韵，平仄甚谐，宫调不失，亦近来词家所难。（徐复祚

《曲论》》

　　[2] 张伯起素喜梁伯龙博雅擅场，《吴越春秋》善述史学而不平实，且宾白工致，具见名笔，第其失在冗长。（张琦《衡曲麈谈·作家偶评》）

　　[3] 梁伯龙所著传奇一本，《浣纱》罗织富丽，局面甚大，第恨不谨严。中有可删处，当一删耳。（吕天成《曲品》卷上）

【参考书】

　　[1] 明崇祯间怡云阁刻本，《古本戏曲丛刊》初集影印，商务印书馆1954年版。

　　[2]《中国十大古典悲喜剧集》本，郭汉城主编，上海文艺出版社1989年版。

徐　渭

　　徐渭（1521—1593），字文长，号天池、青藤，别署田水月、柿叶翁等。山阴（今浙江绍兴）人。曾入闽浙总督胡宗宪幕府为书记，知兵，有奇计，抗倭有功。胡坐严嵩党入狱，徐渭惧祸而精神失常，晚年因妒而误杀继室入狱，出狱后卖诗文书画为生。其为人愤世嫉俗，狂狷傲世，不为儒缚。诗文书画戏曲兼擅，是艺术全才。有《徐渭集》。

四 声 猿
狂鼓史渔阳三弄

　　（外扮判官引鬼上）咱这里算子忒明白[1]，善恶到头来撒不得赖。就如那少债的会躲也躲不得几多时，却从来没有不还的债。咱家姓察名幽，字能平，别号火珠道人。平生以善断持公，在第五殿阎罗天子殿下[2]，做一个明白洒落的好判官。当日祢正平先生与曹操老瞒对诘那一宗案卷[3]，是咱家所掌。俺殿主向来以祢先生气概超群，才华出众，凡一应文字，皆属他起草，待以上宾。昨日晚衙[4]，殿主对咱家说：上帝旧用一伙修文郎[5]，并皆迁次别用。今拟召劫满应补之人，祢生亦在数中，汝可预备装送之资。万一来召不得，有误时刻。我想起来，当时曹瞒召客，令祢生奏鼓为欢；却被他横瞋裸体，掉板掀槌，翻古调作《渔阳三弄》[6]，借狂发愤，推哑装聋,数落得他一个有地皮没躲闪。此乃岂不是踢弄乾坤,提大傀儡的一场奇观[7]!他如今不久要上天去了,俺待要请将他来,一并放出曹瞒,把旧日骂座的情状,两下里演述一番,留在阴司中做个千古的话靶。又见得善恶到头,就是少债还债一般,有何不可?手下,与我请过祢先生,就一面放出曹操,并他旧使唤的一两个人,在左壁厢伺候指挥。(鬼)领台旨。(下)(引生扮祢,净扮曹,从二人上)(曹、从留左边)(鬼)禀上爷,祢先生请到了。(相见介,祢上座,判下陪云)先生当日借打鼓骂曹操,此乃天下大奇。下官虽从鞫问时左证得闻一二,终以未曾亲睹为歉。(判立云)又一件,而今恭喜先生为上帝所知,有请召修文的消息,不久当行,而此事缺然,终为一生耿耿。这一件尚是小事。阴司僚属并那些诸鬼众,传流激劝,更是少此一桩不可。下官斗胆敢请先生权做旧日行径,把曹操也扮做旧日规模,演述那旧日骂座的光景,了此夙愿。先生意下如何?(祢)这个有何不可。只是一件,小生骂座之时,那曹瞒罪恶尚未如此之多,骂将来冷淡寂寥,不甚好听。今日要骂呵,须直捣到铜雀台分香卖履[8],方痛快人心。(判)更妙,更妙。手下,带曹操与他的从人过来。曹操,今日要你仍旧扮做丞相,与祢先生演述旧日打鼓骂座那一桩事。你若是乔做那等小心畏惧[9],藏过了那狠恶的模样,手下就与他一百铁鞭,再从头做起。(曹众扮介)(祢)判翁大人,你一向廉厚,必不肯坐观,就不成一场戏耍。当日骂座,原有宾客在座,今日就权屈大人为曹瞒之宾,坐以观之,方成一个体面。(判)这也见教得是。(揖云)先生告罪,却斗胆了也。(判左曹右举酒坐,祢以常衣进前将鼓)(曹喝云)野生,你为鼓史,自有本等服色,怎么不穿?快换!(校喝云)还不快换!(祢脱旧衣,裸体向曹立)(校喝云)禽兽,丞相跟前可是你裸体赤身的所在?却不道驴腺子朝东,马腺子朝西[10]?(祢)你那颡丞相腺子朝南,我的腺子朝北。(校喝云)还不换上衣服,买什么嘴!(祢换锦巾、绣服、扁绦介)(唱)

【点绛唇】俺本是避乱辞家,遨游许下[11]。登楼罢[12],回首天涯,不想道屈身躯扒出他们胯[13]。

【混江龙】他那里开筵下榻,教俺操槌按板把鼓来挝。正好俺借槌来打落,又合着鸣鼓攻他。俺这骂一句句锋铓飞剑戟,俺这鼓一声声霹雳卷风沙。曹操,这皮是你身儿上躯壳,这槌是你肘儿下肋巴,这钉孔儿是你心窝里毛窍,这板杖儿是你嘴儿上獠牙。两头蒙总打得你泼皮穿,一时间也酬不尽你亏心大。且从头数起,洗耳听咱。(鼓一通)

(曹)狂生,我教你打鼓,你怎么指东话西,将人比畜?我这里铜槌铁刃,

好不厉害！你仔细你那舌头和那牙齿！（判）这生果是无礼。（祢唱）

【油葫芦】第一来逼献帝迁都又将伏后来杀，使郗虑去拿[14]。唉，可怜那九重天子救不得一浑家！帝道："后，少不得你先行，咱也只在目下。"更有那两个儿，又不是别树上花，都总是姓刘的亲骨血，在宫中长大，却怎生把龙雏凤种，做一瓮鲊鱼虾？（鼓一通）（曹）说着我那一桩事了？（祢唱）

【天下乐】有一个董贵人[15]，是汉天子第二位美娇娃，他该什么刑罚，你差也不差？他肚子里又怀着两三月小娃娃，既杀了他的娘，又连着胞一搭，把娘儿们两口砍做血虾蟆。（鼓一通）

（曹）狂生，自古道风来树动，人害虎，虎也要害人。伏后与董承等阴谋害俺，我故有此举。终不然是俺先怀歹意害他？（判）丞相说得是。（祢）你也想着他们要害你，为着什么来？你把汉天子逼迁来许昌，禁得就是这里的鬼一般，要穿没有，要吃没有，要使用的没有；要传三指大一块纸条儿，鬼也没得理他。你又先杀了董贵人，他们急了，不谋你待几时！你且说，就是天子无故要杀一个臣下，那臣下可好就去当面一把手采将他妈妈过来[16]，一刀就砍做两段？世上可有这等事么？（判）这又是狂生说得有理，且请一杯解嘲。（祢唱）

【那吒令】他若讨吃么，你与他几块歪剌[17]。他若讨穿么，你与他一疋苘麻[18]。他有时传旨么，教鬼来与拿。是石人也动心，总痴人也害怕，羊也咬人家。（鼓一通）

（判）丞相，这却说他不过。（曹）说得他过，我倒不到这田地了。（祢唱）

【鹊踏枝】袁公那两家[19]，不留他片甲。刘琮那一答，又逼他来献纳[20]。那孙权呵，几遍几乎[21]。玄德呵，两遍价抢他妈妈[22]。是处儿城空战马，递年来尸满啼鸦。（鼓一通）

（曹）大人，那时节乱纷纷，非只我曹操一人如此。（判）这个俺阴司各衙门也都有案卷。（祢唱）

【寄生草】仗威风只自假[23]，进官爵不由他。一个女孩儿竟坐中宫驾[24]，骑中郎直做了侯王霸[25]，铜雀台直把那云烟架，僭车旗直按例朝廷胯[26]。在当时险夺了玉皇尊，到如今还使得阎罗怕。（鼓一通）（判低声吩咐小鬼，令扮女乐鼓吹介）（判）丞相，女儿嫁做皇后，造房子大了些，这还较不妨。打鼓的，且停了鼓，俺闻得丞相有好女乐，请出来劳一劳。（曹）这是往事，如今那里讨？（判）你莫管，叫就有。只要你好生纵放着使用他。（曹）领台命。分付手下叫我那女乐出来。（二女持乌悲词乐器上[27]）（曹）你两人今日却要自选一个小令，好生弹唱着，劝俺们三杯酒。（祢对曹蹋地坐介）（女唱）那里一个大鹅鹏，呀一个低都，呀一个低都。变一个花猪低打都，打低都，唱鹧鸪。呀一个低都,呀一个低都。唱得好时犹自可,呀一个低都,呀一个低都。不好之时低打都,打低都,唤王屠。呀一个低都,呀一个低都。(曹)怎说唤王屠?(女)王屠杀猪。(进判酒)(又一女唱)丞相做事太心欺,呀一个跷蹊,呀一个跷蹊。引惹得旁人跷打蹊,打跷蹊,说是非。呀一个跷蹊,呀一个跷蹊。雪隐鹭鸶飞始见,呀一个跷蹊,呀一个跷蹊。柳藏鹦鹉跷打蹊,打跷蹊,语方知。呀一个跷蹊,呀一个跷蹊。(曹)这两句是旧话。(女)虽是旧话却贴题。(曹)这妮子朝外叫。(女)也是道其实,我先首免罪。(进曹酒)(一女又唱)抹粉搽脂只一会儿红,呀一个冬烘,呀一个冬烘。(又一女唱)报恩结怨烘打冬,打冬烘,落花的风。呀一个冬烘,呀一个冬烘。(二女合唱)万事不由人计较,呀一个冬烘,呀一个冬烘。算来都是烘打冬,打冬烘,一场空。呀一个冬烘,呀一个冬烘。

　　(二女各进酒)(判)这一曲才妙。合着咱们天机。(曹)女乐且退,我倦了。(判笑介,祢起立云)你倦了,我的鼓儿骂儿可还不了。(唱)

【六幺序】哄他人口似蜜,害贤良只当耍。把一个杨德祖立断在辕门下[28],磔可可血唬零喇[29]。孔先生是丹鼎灵砂[30],月邸金蟆,仙观琼花。《易》奇而法,《诗》正而葩[31]。他两人嫌隙于你只有针尖大,不过是口唠噪有甚争差?一个为忒聪明参透了"鸡肋"话[32],一个则是一言不洽,都双双命掩黄沙。(鼓一通)

　　(判)丞相,这一桩却去不得。(曹)俺醉了,要睡了。(打盹介)(判)手下采将下去,与他一百铁鞭,再从头做起。(曹慌介,云)我醒,我醒。
　　(判)你才省得哩。(祢唱)

【幺】哎,我的根儿也没大兜搭[33],都则为文字儿奇拔,气概儿豪达,拜帖儿长拿,没处儿投纳[34]。绣斧金挝,东阁西华,世不曾挂齿沾牙[35]。唉,那孔北海没来由也!说有些缘法,送在他家。井底虾蟆,也一言不洽,怒气相加。早难道投机少话,因此上暗藏刀,把我送与黄江夏。又逢着鹦鹉撩咱,彩毫端满纸高声价。竟躬身持觞劝酒,俺掷笔还未了杯茶[36]。(鼓一通)

　　(判)这祸从这上头起,咳,仔细《鹦鹉赋》害事!(祢唱)

【青哥儿】日影移窗棂,窗棂一罅,赋草掷金声,金声一下。黄祖的心肠太狠辣,陡起鳞甲[37],放出槎枒[38]。香怕风刮,粉怪娼搽,士忌才华,女妒娇娃,昨日菩萨,顷刻罗刹[39]。哎,可怜俺祢衡的头呵,似秋尽壶瓜[40],断藤无计再生发,霜檐挂。(鼓一通)

　　(判)这贼原来这么巧弄了这生。(曹)大人,这也听他不得,俺前日也是屈招的。(判)这般说,这生的头也是自家掉下来的?(曹)祢的爷,饶了罢么!(判)还要这等虚小心,手下铁鞭在那里?(曹慌作怒介)狂生,俺

也有好处来。俺下令求贤，让还三州县[41]，也埋没了俺？（袮唱）

【寄生草】你狠求贤为自家，让三州值什么？大缸中去几粒芝麻罢，馋猫哭一会慈悲诈，饥鹰饶半截肝肠挂，凶屠放片刻猪羊假。你如今还要哄谁人？就还魂改不过精油滑。（鼓一通）

（判）痛快，痛快。大杯来一杯，先生尽着说！（袮唱）

【葫芦草混】你害生灵呵，有百万来的还添上七八。杀公卿呵，那里查？借廒仓的大斗来斛芝麻。恶心肝生就在刀枪上挂，狠规模描不出丹青的画，狡机关我也拈不尽仓猝里骂。曹操，你怎生不再来牵犬上东门[42]，闲听唳鹤华亭坝[43]？却出乖弄丑，带锁披枷。（鼓一通）

（判）老瞒，就教你自家处此，也饶自家不过了。先生尽着说。（袮唱）

【赚煞】你造铜雀要锁二乔，谁想道梦巫峡羞杀，靠赤壁那火烧一把[44]。你临死时和那些歪刺们话离别，又卖履分香待怎么？亏你不害羞，初一十五教望着西陵月月的哭他[45]。不想这些歪刺们呵，带衣麻就搂别家[46]。曹操，你自说么，且休提你一世的贤达，只临了这一桩呵，也该几管笔题跋。咳，俺且饶你吧，争奈我《渔阳三弄》的鼓槌儿乏。

（末扮阎罗鬼使上）手下，快把曹操等收监。（鬼）禀上老爹，玉帝差人召袮先生。殿主爷说刻限甚急，教老爹这里径自厚贶远饯，记在殿主爷的支应簿上。爷呵会勘事忙[47]，不得亲送，教老爹爹上复先生，他日朝天，自当谢过。（判）知道了，你自去回话。（鬼应下）（判）叫掌簿的，快备第一号的金帛，与饯送果酒伺候。（内应介）（小生扮童，旦扮女，捧书节上云）汉阳江草摇春日，天帝亲闻鹦鹉笔；可知昨夜玉楼成，不用陇西李长吉[48]。咱两人奉玉帝符命，到此召请袮衡，不免径入宣旨。那一个是第五殿判官？（判跪介）（二使）玉帝有旨，召袮衡先生，你请他过来，待俺好宣旨。（袮同判跪，二使付书介）袮先生，上帝有旨召你，你可受了这符册自看，临到却要拜还。就此起行，不得有违时刻。（童唱）

【耍孩儿】文章自古真无价，动天廷玉皇亲迓。飞凫降鹤踏红霞[49]，请先生即便登遐[50]。修葺了旧衔螭首黄金阁，准办着新鲊麟羔白玉叉，倒琼浆三奏钧天罢[51]。校书郎侍玉京香案，支机女倚银汉仙槎[52]。（内作细乐）（女唱）

【三煞】袮先生，你挟鸿名懒去投，赋鹦哥点不加，文光直透俺三台下[53]。奇禽瑞兽虽嘉兆，倚马雕龙却祸芽[54]。袮先生，谁似你这般前凶后吉？这好花样谁能揭[55]，待枣儿甜口，已橄榄酸牙。（袮唱）

【二煞】向天门渐不遥，辞地主痛愈加，几时再得陪清话？叹风波满狱君为主，已后呵，倘裘马朝天我即家[56]。小生有一句说话。（判）愿闻。（袮）大包容饶了曹瞒罢。（判）这个可凭下官不得。（袮）我想眼前业景[57]，尽雨后春花。

（判唱）

【一煞】谅先生本泰山，如电目一似瞎[58]。俺此后呵，扫清斋图一幅尊容挂。你那里飞仙作队游春圃，俺这里押鬼成群闹晚衙。怎再得邀文驾，又一件，倘三彭诬枉，望一笔涂抹[59]。

这里已到阴阳交界之处，下官不敢越境再送。（袮）就请回。（判）俺殿主有薄赆[60]，令下官奉上，伏望俯纳。下官自有一个小果酒，也要仰屈三杯，表一向侍教的薄意。（袮）小生叨向天廷[61]，要赆物何用？仰烦带回。多多拜上殿主，携榼该领[62]，却不敢稽留天使。（判）这等就此拜别了。（各磕头共唱）

【尾】自古道胜读十年书，与君一席话，提醒人多因指驴说马。方信道曼倩诙谐不是耍[63]。（袮下）（判白）

看了这袮正平渔阳三弄，
笑得我察判官眼睛一缝。
若没有狠阎罗刑法千条，
都只道曹丞相神仙八洞[64]。（下）

（《盛明杂剧》，沈泰编，中国戏剧出版社1958年版）

【注释】

[1] 算子：算盘，计算。

[2] 阎罗天子：即阎王，原为古印度神话中的阴间主宰，佛道二教借为地狱之王。道教以阴府十殿冥王之第五殿为阎王殿。阎王属下掌管生死簿的官员为判官。

[3] 袮（mí）正平：袮衡字正平，平原（今属山东）人。有才辩而性刚傲。曹操召为鼓史，欲当众辱之，袮借击鼓之机骂曹。曹借故送之刘表处，表不能容，又送之江夏太守黄祖，以傲慢被杀。著有《鹦鹉赋》。(见《后汉书·袮衡传》）老瞒：曹操小名阿瞒，蔑称老瞒。对诘（jié）：互相揭发攻击。

[4] 晚衙：古时官府早晚两次坐衙理事，傍晚的一次称晚衙。

[5] 修文郎：传说中天上掌典章撰述的官。

[6] 渔阳三弄：亦名《渔阳三挝》，鼓曲名。

[7] 提大傀儡：提指提线，操纵傀儡的方式，大傀儡，喻指人。

[8] 铜雀台：建安十五年（210）冬曹操建于邺城（今河北临漳），楼顶有铜雀，故名。分香卖履：《文选》所收陆机《吊魏武帝文·序》引曹操《遗令》："余香可分与诸夫人，诸舍中无所为，学作履组卖也。"说明临死尚舍不下财物和妻子，嘱咐后世。

[9] 乔做：装作，假做。

[10] "驴膘子"二句：浙江民间熟语，言各有本分，不要乱了规矩。

[11] 许下：许昌。

[12] 登楼：建安七子之一的王粲登湖北当阳城楼，有感于怀才不遇、恋土怀乡而作《登楼赋》。剧中表无所依托、怀才不遇之愭。

[13] 扒出他们胯：韩信微时，淮阴屠中少年侮信，令出其胯下。（见《史记·淮阴侯列传》）英才未遇，暂忍羞辱的意思。扒，爬。

[14] "第一"二句：建安元年（196）曹操挟持汉献帝迁都许昌，伏完之女为献帝后，后与父完书，言曹操残逼之状，令图之。事泄，操命郗虑入宫捉拿伏后，幽闭而死之。（见《后汉书·皇后纪》）郗虑，献帝时官至御史大夫，依附曹操。

[15] 董贵人：车骑将军董承之女为献帝妃。董受帝密诏诛曹，事泄，董承为曹操所杀，其女受牵连也被杀。（见《后汉书·皇后纪》等）

[16] 妈妈：妻子。

[17] 歪剌：牛角尖臭肉（孟称舜《古今名剧合选·酹江集》），引申为腐臭食物；也用来骂妇女，犹言臭货，坏东西。

[18] 苘（qǐng）麻：麻类植物，此指粗麻布。

[19] 袁公那两家：袁公指袁绍，字本初，汝南汝阳（今河南商水）人，曾诛宦官、讨董卓，是关东诸军盟主。为曹操所败，病卒。其二子袁谭、袁尚，曹操用离间计，袁谭被曹操斩杀，袁尚败走被公孙康诱杀。（见《三国志·武帝纪》）

[20] 刘琮：荆州太守刘表之子，建安十二年投降曹操。那一答：那里。献纳：奉献，指刘琮以荆州献曹操而降。

[21] 几遍几乎：曹操几次都差一点灭掉东吴。

[22] "两遍"句：建安五年掳刘备妻子，建安十二年追赶刘备，备弃妻子逃走。（见《三国志·蜀书·先主传》）

[23] 自假：自己授予官职。假，授予，给予。

[24] "一个"句：中宫驾即指皇后。曹操女曹节为献帝妃，伏后死后，曹逼献帝立曹节为后。（见《后汉书·皇后纪》）

[25] "骑中郎"句：曹操子曹丕以五官中郎将为副丞相又嗣位丞相、魏王。（见《三国志·魏书·文帝纪》）

[26] "僭（jiàn）车旗"句：超越自己的身份地位，用尊者的仪仗器物为僭。此指曹操用天子旌旗、冕十二旒、驾六马等。（见《三国志·魏书·武帝纪》）胯，通"跨"，凌越，凌驾。

[27] 乌悲词：也叫火不思，似琵琶而小的弹拨乐器。

[28] 杨德祖：杨修字德祖，弘农华阴（今属陕西）人。才思敏捷，曾任曹操丞相主簿，屡屡扬才露己，遭操猜忌被杀。

[29] 碜（chěn）可可：凄惨可怕的样子。

[30] 孔先生：孔融字文举，鲁国（今山东曲阜）人，曾官北海相，人称孔北海。恃才负气，多次轻慢曹操，被曹操所杀。曾向曹操推荐过祢衡，故后文云"有些缘法，送在他家"。

[31]"《易》奇"二句：语出韩愈《进学解》，意谓：《周易》卦的变化奇妙而有规则；《诗经》义理正大而文辞华美。

[32]鸡肋：曹操在汉中与刘备相拒，进不能，守也难，传令仅"鸡肋"二字。人不能解，修曰："夫鸡肋，食之则无所得，弃之则可惜。公归计决矣。"（见《后汉书·杨修传》等）

[33]根儿：本性。兜搭：固执，难缠。

[34]"拜帖"二句：意谓不愿屈身求告权门。拜帖儿，拜谒人时投递的名帖，犹今之名片。

[35]"绣斧"三句：言从不曾向豪门权贵求告。绣斧、金挝，均指高官出门时的豪华仪仗。挝，古兵器名；金挝，镀金的挝。世不曾，从来不曾。沾牙，挂齿，提及。

[36]"又逢着"四句：黄祖的长子黄射（yì）大会宾客，有人献鹦鹉，请祢作赋。祢笔无停辍，文不加点，成《鹦鹉赋》。（见《鹦鹉赋序》）掷笔还未了杯茶，用不了喝杯茶的功夫就停笔了。

[37]鳞甲：喻人心深险，不可逆犯。陡起鳞甲，顿生险恶害人之心。

[38]槎（chá）枒：本指树斜出的枝杈，此喻不正当的手段，横生枝杈。

[39]罗刹：本为印度神话中的恶魔，后成为恶鬼、恶人的代名词。

[40]壶瓜：瓠瓜，即葫芦。

[41]让还三州县：指从封邑中退还阳夏、柘、苦三县二万户。（见《三国志·魏书·武帝纪》裴松之注引《魏武故事》）

[42]牵犬上东门：李斯被腰斩前，对其子云："吾欲与若复牵黄犬俱出上蔡东门逐狡兔，岂可得乎？"（《史记·李斯列传》）

[43]唳鹤华亭：陆机临刑前感叹道："华亭鹤唳，岂可复闻乎？"（《晋书·陆机传》）华亭，又名华亭谷，在今上海松江西。

[44]"你造"三句：是说孙权刘备联军赤壁火攻破曹，使其得二乔的美梦破灭。二乔，汉末太尉乔玄的两个女儿，大乔嫁给孙策，小乔嫁给周瑜。杜牧《赤壁怀古》："东风不与周郎便，铜雀春深锁二乔。"乔，史书作"桥"。梦巫峡，男女欢会之梦。（见宋玉《高唐赋序》）

[45]"初一"句：曹操遗令，诸妾与伎人居铜雀台，月初一、十五在灵帐前奏乐歌唱，诸子时时登铜雀台瞻望西陵墓田。（见《文选》所收陆机《吊魏武帝文·序》）

[46]带衣麻就搂别家：曹操姬妾麻衣麻带重孝未除，即投入文帝曹丕怀抱。（见《世说新语·贤媛》）

[47]会勘：会同审案。

[48]"可知"二句：唐诗人李贺，字长吉。据李商隐《李贺小传》，长吉临死，见玉帝绯衣使者云："帝成白玉楼，立召君为记。"此言"不用陇西李长吉"，意即用祢衡。

[49]飞凫降鹤：乘凫驾鹤升仙。据《后汉书·方术传上》，汉献帝时叶县令能以鞋作凫，乘飞至京朝拜。仙人驾鹤，梁任昉《述异记》卷上黄鹤楼事。

[50]登遐：升天，升仙。

[51] "修葺"三句：准备好殿阁、佳肴、美酒、仙乐迎接你上天。螭（chī）是传说中的无角龙，建筑物常以螭首做装饰。钧天，钧天乐，仙乐。

[52] 支机女：织女。据张华《博物志·杂说下》云，天河与海通，有海客乘浮槎（chá）到天上，见到了牛郎、织女。槎，木排，竹筏。

[53] 三台：天阶。（见《晋书·天文志上》）

[54] 倚马：才思敏捷。《世说新语·文学》载，晋大司马桓温北征，命袁虎作露布文，袁倚马前，手不停笔而成。雕龙：文辞华美。《史记·孟子荀卿列传》："故齐人颂曰'谈天衍，雕龙奭'。"唐司马贞《集解》引刘向《别录》云："驺奭修衍之文，饰若雕镂龙文，故曰雕龙。"

[55] 搨（tà）：拓（tà），模仿，效仿。

[56] "倘裘马"句：假如您穿裘骑马朝见天帝，我那里就是你的家。

[57] 业景：作孽情状。业有善恶，此指恶业。

[58] "谅先生"二句：有眼不识泰山之意。

[59] "倘三彭"二句：倘三彭向上天说我的坏话，望给我删除。三彭即三尸，道家所谓居于人的头、腹、足部的三种虫，能记人过失以向天帝报告，故学仙者，当先绝三彭。（见唐张渎《宣室志》卷一等）

[60] 赆（jìn）：临别时所赠的礼物。

[61] 叨：表示承受的谦词，犹"忝"。

[62] 榼（kē）：古代盛酒或水的器皿，此代指酒。

[63] 曼倩：东方朔字曼倩，今山东惠民人。汉武帝时任常侍郎、太中大夫给事中。诙谐滑稽，应对敏捷，常从武帝。《汉书》等有传。

[64] "都只道"句：人们还错以为曹操死后成仙了。神仙八洞即八洞神仙。神仙所居住的洞府仙境有上八洞、下八洞之说，后以"八洞"指神仙居所。

【题解】

"四声猿"取郦道元《水经注》引渔歌"巴东三峡巫峡长，猿鸣三声泪沾裳"之意。以文长之才艺而英雄失路、托足无门，仕宦家庭两不如意，知音者稀，三鸣哀转已不足抒其抑郁情怀，故云"四声"，凄其更甚。《四声猿》包括《狂鼓史》（又名《狂鼓吏》、《渔阳三弄》）、《雌木兰》、《翠乡梦》、《女状元》四个短剧。《狂鼓史》所写多有史实依据，《三国演义》第二十三回情节略同，但彼为阳骂，此为阴骂。"骂"是全剧核心，以骂吐胸中磊块，天放道人《四声猿序》称本剧风格"恢豪"。四个故事联为一体的四剧体范式对后世也很有影响。

【集评】

[1]《四声猿》之作，俄而鬼判，俄而僧妓，俄而雌丈夫，俄而女文士。

借彼异迹，吐我奇气，豪俊处、沉雄处、幽丽处、险奥处、激宕处，青莲、杜陵之古体耶？长吉、庭筠之新声耶？腐迁之《史》耶？三闾大夫之《骚》耶？蒙庄之《南华》、金仙氏之《楞严》耶？宁特与实父、汉卿辈争雄长，为明曲第一，即以为有明绝奇文字之第一，亦无不可。(澂道人《四声辕引》)

　　[2] 余尝读《四声猿》杂剧，其《渔阳三挝》，有为之作也。意气豪侠，如其为人，诚然杰作，然尚在元人藩篱间。(徐复祚《曲论·附录》)

　　[3] 此千古快谈，吾不知其何以入妙，第觉纸上渊渊有金石声。(祁彪佳《远山堂剧品·妙品》)

　　[4] 挝鼓骂坐，千古快事。此剧语语雄快，俨然如生。昔太史公状钜鹿之战，令人神王气慑，与此可以并观。(孟称舜《古今名剧合选·酹江集》)

【参考书】

　　[1]《徐渭集》，中华书局1982年版。
　　[2]《四声猿》，周中明校注，上海古籍出版社1984年版。

汤显祖

　　汤显祖（1550—1616），字义仍，号海若、若士，别署清远道人，晚年号茧翁，书斋名玉茗堂。临川（今属江西）人。万历十一年（1583）进士。历官南京礼部祠祭司主事、广东徐闻县典史、浙江遂昌知县等。为人刚直，不肯结交权贵，给他科考和仕途都造成很大影响。入仕后，万历十九年（1591）曾上《论辅臣科臣疏》批评时政，矛头直指两任首辅；万历二十六年（1598）又因不满时政而辞官。从此专力于戏曲创作。汤显祖是明代戏曲文采派的代表作家，所创流派被称为"临川派"或"玉茗堂派"。高扬以"情"反理的旗帜，创作主张"意趣神色"，不受格律束缚。剧作五种：《紫箫记》、《紫钗记》、《牡丹亭》、《南柯记》、《邯郸记》，后四种合称"临川四梦"、"玉茗堂四梦"。徐朔方校点有《汤显祖诗文集》、钱南扬校点有《汤显祖戏曲集》（均上海古籍出版社出版）。

牡 丹 亭
第七出　闺塾[1]

（末上）吟余改抹前春句，饭后寻思午晌茶。蚁上案头沿砚水，蜂穿窗眼咂瓶花。我陈最良，杜衙设帐，杜小姐家传《毛诗》[2]，极承老夫人管待。今日早膳已过，我且把毛注潜玩一遍[3]。（念介）"关关雎鸠，在河之洲。窈窕淑女，君子好逑。"好者，好也；逑者，求也。（看介）这早晚了，还不见女学生进馆，却也娇养的凶，待我敲三声云板[4]。（敲云板介）春香，请小姐解书。

（旦引贴捧书上，唱）

【绕池游】素妆才罢，款步书堂下，对净几明窗潇洒。（贴）昔氏贤文[5]，把人禁杀，恁时节则好教鹦哥唤茶。

（见介）（旦）先生万福[6]。（贴）先生少怪。（末）凡为女子，鸡初鸣，咸盥、漱、栉、笄，问安于父母[7]。日出之后，各供其事。如今女学生以读书为事，须要早起。（旦）以后不敢了。（贴）知道了。今夜不睡，三更时分，请先生上书。（末）昨日上的《毛诗》，可温习？（旦）温习了，则待讲解。（末）你念来。（旦念书介）"关关雎鸠，在河之洲。窈窕淑女，君子好逑。"（末）听讲。"关关雎鸠"，雎鸠是个鸟；关关，鸟声也。（贴）怎样声儿？（末作鸠声）（贴学鸠声，诨介[8]）（末）此鸟性喜幽静。"在河之洲"……（贴）是了。不是昨日是前日，不是今年是去年，俺衙内关着个斑鸠儿，被小姐放去，一去去在何知州家。（末）胡说！这是兴[9]。（贴）兴个甚的那？（末）兴者，起也，起那下头。"窈窕淑女"，是幽闲女子，有那等君子好好的来求他[10]。（贴）为甚好好的求他？（末）多嘴哩。（旦）师父，依注解书，学生自会。但把《诗经》大意，敷演一番。（末唱）

【掉角儿】论《六经》[11]，《诗经》最葩[12]，闺门内许多风雅。有指证，姜嫄产哇[13]，不嫉妒，后妃贤达[14]。更有那咏鸡鸣，伤燕羽，泣江皋，思汉广[15]，洗净铅华。有风有化，宜室宜家[16]。（旦）这经文偌多？（末）《诗》三百，一言以蔽之，没多些，只"无邪"两字[17]，付与儿家[18]。

书讲了，春香，取文房四宝来模字。（贴下取上）纸笔墨砚在此。（末）这什么墨？（旦）丫头错拿了。这是螺子黛，画眉的。（末）这什么笔？（旦作笑介）这便是画眉的细笔。（末）俺从不曾见。拿去，拿去。这是什么纸?(旦)薛涛笺[19]。(末)拿去,拿去。只拿那蔡伦造的来。这是什么砚?是一个?是两个?(旦)鸳鸯砚。(末)许多眼[20]?(旦)泪眼。(末)哭什么子?一发换了来。(贴背介)好个标老儿[21]!待换去。(下换上)这可好?(末看介)着。(旦)学生自会临书,春香还劳把笔。(末)看你临。(旦写字介)(末看惊介)我从不曾见这样好字,这什么格?(旦)是卫夫人传下美女簪花之格[22]。(贴)待俺写个奴婢学夫人[23]。(旦)还早哩。(贴)先生,学生领出恭牌[24]。(下)(旦)敢问师母尊年?(末)目下平头六十。(旦)学生待绣对鞋儿上寿,请个样儿。(末)生受了[25]。依《孟子》上样儿,做个"不知足而为屦"罢了[26]。(旦)还不见春香来。(末)要唤他么?(末叫三度介)(贴上)害淋的[27]!(旦作恼介)劣丫头!那里来?(贴笑介)溺尿去来。原来有座大花园,花明柳绿,好耍子哩!(末)咦也!不攻书,花园去,待俺取荆条来。(贴)荆条做什么?(唱)

【前腔】女郎行那里应文科判衙?止不过识字儿书涂嫩鸦。(起介)(末)古人读书,有囊萤的[28],趁月亮的[29]。(贴)待映月耀蟾蜍眼花[30],待囊萤把虫蚁儿活支煞[31]。(末)悬梁刺股呢[32]?(贴)比似你悬了梁,损头发;刺了股,添疤纳。有甚光华?(内叫卖花介)(贴)小姐,你听一声声卖花,把读书声差。(末)又引逗小姐哩,待俺当真打一下!(末作打介)(贴闪介)你待打、打这哇哇,桃李门墙[33],崄把负荆人唬煞[34]。

(贴抢荆条投地介)(旦)死丫头!唐突了师父,快跪下。(贴跪介)(旦)师父恕他初犯,容学生责认一遭儿。(唱)

【前腔】手不许把秋千索拿,脚不许把花园路踏。(贴)则瞧罢。(旦)还嘴,这招风嘴,把香头来绰疤;招花眼,把绣针儿签瞎。(贴)瞎了中甚用!(旦)则要你守砚台,跟书案,伴诗云,陪子曰,没的争差。(贴)争差些罢。(旦持贴发介)则问你几丝儿头发?几条背花[35]?敢也怕些些夫人堂上,那些家法[36]。

(贴)再不敢了!(旦)可知道。(末)也罢,松这一遭儿。起来。(贴起介)(末唱)

【尾声】女弟子则争个不求闻达[37],和男学生一般儿教法。你们工课完了,方可回衙。咱和公相陪话去。(合)怎辜负的这一弄明窗新绛纱[38]。(末下)

(贴作从背后指末骂介)村老牛!痴老狗!一些趣也不知。(旦作扯介)死丫头!一日为师,终身为父。他打不的你?俺且问你:那花园在那里?(贴作不说)(旦做笑问介)(贴指介)兀那不是?(旦)可有什么景致?(贴)景致么?有亭台六七座,秋千一两架。绕的流觞曲水[39],面着太湖山石，名花异草，委实华丽。（旦）原来有这等一个所在。且回衙去。

（旦）也曾飞絮谢家庭[40]，李山甫　（贴）欲化西园蝶未成[41]。张泌
（旦）无限春愁莫相问，赵嘏　（合）绿阴终借暂时行。张祜（同下）

【注释】

[1] 闺塾：家庭内为女儿设立的学堂。
[2]《毛诗》：相传为汉初学者毛亨和毛苌所传《诗经》，即今本《诗经》。
[3] 潜玩：深入玩味。
[4] 云板：本为寺院中铁铸的云形法器，也作击以报时之用。富家大户也用作敲以报事、报时或集众的信号。
[5] 昔氏贤文：古代圣贤的文章。
[6] 万福：古代妇女行礼时口称"万福"。
[7] "鸡初鸣"三句：语出《礼记·内则》，为封建时代晚辈的生活守则。盥（guàn），洗手洗脸；漱，漱口；栉（zhì）梳头；笄（jī）簪，簪发于头。
[8] 诨（hùn）：打诨，剧中的滑稽表演。
[9] 兴（xìng）：《诗经》的一种写作手法，朱熹《诗集传》："先言他物，以引起所咏之辞。"
[10] 好逑（hǎo qiú）：好对象，好配偶。逑，匹。剧中为陈最良曲解。
[11] 六经：指《诗》、《书》、《礼》、《乐》、《易》、《春秋》六部儒家经典。
[12] 葩（pā）：花，指有文采，文辞华美。
[13] 姜嫄（yuán）产哇：姜嫄是有邰之女、帝喾之妃，因踏天帝大脚趾印而有孕，生后稷。《诗·大雅·生民》写其事。哇，娃。
[14] "不嫉妒"二句：《诗·周南》之《樛木》、《螽斯》旧注以为写此。
[15] "更有那"四句：分别指《诗经》中的《齐风·鸡鸣》、《邶风·燕燕》、《召南·江有汜》、《周南·汉广》，旧注以为均写女子美德。
[16] "有风"二句：有助风化，有益于夫妇和家庭。
[17] 无邪：《论语·为政》："《诗》三百，一言以蔽之，曰'思无邪'。"《诗》三百零五篇，取其成数，称"三百"、"三百篇"；思无邪，思想纯正。
[18] 儿家：你们。
[19] 薛涛笺：薛涛字洪度，长安人，唐代女诗人。随父宦流落蜀中，入乐籍，能诗。好以深红色松花小笺写诗，人称"薛涛笺"。
[20] 眼：砚石的眼状晕纹。晕纹不甚清晰的称泪眼。
[21] 标老儿：土老儿，不知趣的人。
[22] 卫夫人：名铄字茂漪，东晋河东安邑人。师事锺繇，擅隶书及正楷，相传王羲之、王献之的书法皆由她所传。美女簪花：比喻书法娟秀美丽如插花美女。格：体式。
[23] 奴婢学夫人：指刻意模仿而不能神似。张彦远《书法要录》卷二引袁昂《古今书

评》:"羊欣书如大家婢为夫人,虽处其位,而举止羞涩,终不似真。"

[24] 出恭牌:元代以来科举考场不准考生擅离座位,上厕所须领出恭入敬牌,故以"出恭"、"领出恭牌"为大小便之委婉说法。

[25] 生受:有劳,劳驾。

[26] 不知足而为屦(jù):不知脚的大小而做鞋。(语出《孟子·告子》)这里用做打诨语。

[27] 害淋的:骂人的话。淋,淋病,性病的一种。

[28] 囊萤:车胤家贫无力买油烛,乃以纱囊盛萤火虫照以读书。(见《晋书·车胤传》)

[29] 趁月亮:江泌家贫,常借月光读书。(见《南齐书·江泌传》)

[30] 蟾蜍:神话谓月中有蟾蜍。(见《淮南子·精神训》等)

[31] 虫蚁:虫豸。活支煞:活活弄死。

[32] 悬梁:孙敬好学,疲时则以绳系头悬屋梁上。见《太平御览》卷三三六引《汉书》。刺股:苏秦读书欲睡则以锥自刺其股,血流至足。(见《战国策·秦策一》)股,大腿。

[33] 桃李门墙:学堂。

[34] 崄:险。负荆人:身背荆条请罪的人,犯错的人。(典出《史记·廉颇蔺相如列传》)

[35] 背花:背上的鞭痕。

[36] 家法:旧时家长打奴仆和子女的用具。

[37] 争:差。不求闻达:不求闻名位显。

[38] 一弄:一派。

[39] 流觞(shāng)曲水:可以漂流酒杯的弯曲小溪。古人于三月三日在弯曲的溪水旁宴集,上游置杯酒于溪水,漂至其处则取而饮之。觞,酒杯。

[40] 飞絮谢家:东晋谢安侄女谢道蕴有诗才,一日遇雪,谢安问:"白雪纷纷何所似?"道蕴答:"未若柳絮因风起。"(见《世说新语·言语》)

[41] "欲化"句:西园,据《文选》张衡《东京赋》薛综注,西园指汉代上林苑;据《文选》左思《魏都赋》张载注,西园指魏之铜雀园,为曹丕曹植宴集文士的游赏之地。化蝶则用《庄子·齐物论》梦中化蝶的典故。剧中只取想游花园而未成之意。四句下场诗都取唐人诗句,被称为"集唐"。

【题解】

《牡丹亭》完成于万历二十六年(1598),是汤显祖的代表作。其本事有多种,主要是话本《杜丽娘慕色还魂》。全剧五十五出,写南宋初年南安太守杜宝之女丽娘,十六岁情窦初开,与丫鬟春香偷游自家后花园,因春感怀,梦与书生柳梦梅在牡丹亭畔欢会。醒后相思成疾,缠绵日甚,自画小像一轴而亡。三年后,杜宝升迁离去,柳梦梅游学至此,拾画呼叫,又与丽娘鬼魂幽会。遵丽娘之嘱,掘坟,丽娘还魂复生。柳生考中状元,杜宝拒不相认,经皇帝下旨才相认团圆。《闺塾》是昆曲舞台常演剧目,名《春香闹学》,深刻描绘了杜丽娘令人窒息的生活环境,这与丽娘的青春觉醒形成难以调和的矛盾,致使丽娘压抑而亡。

第十出 惊梦

(旦上,唱)

【绕池游】梦回莺啭,乱煞年光遍,人立小庭深院[1]。(贴)炷尽沉烟,抛残绣线[2],恁今春关情似去年[3]。(旦)

【乌夜啼】晓来望断梅关[4],宿妆残。(贴)你侧着宜春髻子[5],恰凭阑。(旦)剪不断,理还乱,闷无端。(贴)已分付催花莺燕,借春看。(旦)春香,可曾叫人扫除花径?(贴)分付了。(旦)取镜台衣服来。(贴取镜台衣服上)云髻罢梳还对镜,罗衣欲换更添香。镜台衣服在此。(旦唱)

【步步娇】袅晴丝吹来闲庭院,摇漾春如线[6]。停半晌、整花钿[7],没揣菱花[8],偷人半面[9],迤逗的彩云偏[10]。(行介)步香闺怎便把全身现[11]?

(贴)今日穿插的好[12]。(旦唱)

【醉扶归】你道翠生生出落的裙衫儿茜[13],艳晶晶花簪八宝填[14],可知我常一生儿爱好是天然[15]?恰三春好处无人见[16],不堤防沉鱼落雁鸟惊喧[17],则怕的羞花闭月花愁颤[18]。

(贴)早茶时了,请行。(行介)你看:画廊金粉半零星,池馆苍苔一片青。踏草怕泥新绣袜,惜花疼煞小金铃[19]。(旦)不到园林,怎知春色如许!(唱)

【皂罗袍】原来姹紫嫣红开遍,似这般都付与断井颓垣[20]。良辰美景奈何天,赏心乐事谁家院[21]!恁般景致,我老爷和奶奶再不提起。(合)朝飞暮卷[22],云霞翠轩;雨丝风片,烟波画船。锦屏人忒看的这韶光贱[23]。

(贴)是花都放了,那牡丹还早。(旦唱)

【好姐姐】遍青山啼红了杜鹃[24],荼蘼外烟丝醉软[25]。春香呵,牡丹虽好,他春归怎占的先[26]!(贴)成对儿莺燕呵。(合)闲凝眄[27],生生燕语明如剪[28],呖呖莺歌溜的圆[29]。

(旦)去罢。(贴)这园子委是观之不足也[30]。(旦)提他怎的?(行介,唱)

【隔尾】观之不足由他缱[31],便赏遍了十二亭台是惘然,到不如兴尽回家闲过遣[32]。

（作到介）（贴）开我西阁门，展我东阁床。瓶插映山紫，炉添沉水香。小姐，你歇息片时，俺瞧老夫人去也。（下）（旦叹介）默地游春转，小试宜春面。春呵，得和你两留连。春去如何遣？咳，恁般天气，好困人也。春香那里？（作左右瞧介）（又低首沉吟介）天呵，春色恼人，信有之乎！常观诗词乐府，古之女子，因春感情[33]，遇秋成恨，诚不谬矣。吾今年已二八，未逢折桂之夫[34]；忽慕春情，怎得蟾宫之客？昔日韩夫人得遇于郎[35]，张生偶逢崔氏[36]，曾有《题红记》、《崔徽传》二书。此佳人才子，前以密约偷期、后皆得成秦晋[37]。（长叹介）吾生于宦族，长在名门，年已及笄[38]，不得早成佳配，诚为虚度青春。光阴如过隙耳[39]。（泪介）可惜妾身颜色如花，岂料命如一叶乎！（唱）

【山坡羊】没乱里春情难遣[40]，蓦地里怀人幽怨[41]。则为俺生小婵娟，拣名门一例、一例里神仙眷。甚良缘，把青春抛的远[42]。俺的睡情谁见？则索因循腼腆[43]。想幽梦谁边？和春光暗流转[44]。迁延，这衷怀那处言？淹煎[45]，泼残生除问天[46]。

身子困乏了，且自隐几而眠[47]。（睡介）（梦生介）（生持柳枝上）莺逢日暖歌声滑，人遇风情笑口开。一径落花随水入，今朝阮肇到天台[48]。小生顺路儿跟着杜小姐回来，怎生不见？（回看介）呀，小姐，小姐！（旦作惊起介）（相见介）（生）小生那一处不寻访小姐来，却在这里。（旦作斜视不语介）（生）恰好花园内折取垂柳半枝，姐姐，你既淹通书史，可作诗以赏此柳枝乎？（旦作惊喜，欲言又止介）（背云）这生素昧平生，何因到此？（生笑介）小姐，咱爱杀你哩。（唱）

【山桃红】则为你如花美眷，似水流年。是答儿闲寻遍[49]，在幽闺自怜。小姐，和你那答儿讲话去。（旦作含羞不行）（生作牵衣介）（旦低问）那边去？（生）转过这芍药阑前，紧靠着湖山石边。（旦低问）秀才，去怎的？（生低答）和你把领扣松，衣带宽，袖梢儿揾着牙儿苫也[50]，则待你忍耐温存一晌眠。（旦作羞）（生前抱）（旦推介）（合）是那处曾相见，相看俨然[51]，早难道这好处相逢无一言[52]？（生强抱旦下）

（末扮花神，束发冠红衣插花上）催花御史惜花天[53]，检点春工又一年。蘸客伤心红雨下[54]，勾人悬梦彩云边。吾乃掌管南安府后花园花神是也。因杜知府小姐丽娘，与柳梦梅秀才，后日有姻缘之分。杜小姐游春感伤，致使柳秀才入梦。咱花神专掌惜玉怜香，竟来保护他，要他云雨十分欢幸也。（唱）

【鲍老催】单则是混阳烝变[55]，看他似虫儿般蠢动把风情扇[56]，一般儿娇凝翠绽魂儿颤。这是景上缘，想内成，因中见[57]。呀！淫邪展污了花台殿。咱待拈片落花儿惊醒他。(向鬼门丢花介[58])他梦酣春透了怎留连?拈花闪碎的红如片[59]。

秀才,才到得半梦儿,梦毕之时,好送杜小姐仍归香阁。吾神去也。(下)(生旦携手上)(生唱)

【山桃红】这一霎天留人便[60],草藉花眠[61]。小姐可好?(旦低头介)(生)则把云鬟点,红松翠偏。小姐,休忘了呵,见了你紧相偎,慢厮连[62],恨不得肉儿般团成片也。逗的个日下胭脂雨上鲜。(旦)秀才,你可去呵?(合)是那处曾相见,相看俨然,早难道这好处相逢无一言?

(生)姐姐,你身子乏了,将息,将息。(送旦依前作睡介)(轻拍旦介)姐姐,俺去了。(作回顾介)姐姐,你可十分将息,我再来瞧你那。行来春色三分雨,睡去巫山一片云[63]。(下)(旦作惊醒,低叫介)秀才,秀才,你去了也?(又作痴睡介)(老旦上)夫婿坐黄堂[64],娇娃立绣窗。怪他裙衩上,花鸟绣双双。孩儿,孩儿,你为甚瞌睡在此?(旦作醒,叫秀才介)咳也!(老旦)孩儿怎的来?(旦作惊起介)奶奶到此。(老旦)我儿,何不做些针指,或观玩书史,舒展情怀?因何昼寝于此?(旦)孩儿适花园中闲玩,忽值春暄恼人,故此回房。无可消遣,不觉困倦少息。有失迎接,望母亲恕儿之罪!(老旦)孩儿,这后花园中冷静,少去闲行。(旦)领母亲严命。(老旦叹介)女孩儿长成,自有许多情态,且自由他。正是:宛转随儿女,辛勤做老娘。(下)(旦长叹介)(看老旦下介)哎也,天那!今日杜丽娘有些侥幸也。偶到后花园中,百花开遍,睹景伤情,没兴而回,昼眠香阁。忽遇一生,年可弱冠[65],丰姿俊妍。于园中折得柳丝一枝,笑对奴家说:"姐姐既淹通书史,何不将柳枝题赏一篇?"那时待要应他一声,心中自忖,素昧平生,不知名姓,何得轻与交言。正如此想间,只见那生向前,说了几句伤心话儿,将奴搂抱去牡丹亭畔,芍药阑边,共成云雨之欢。两情和合,真个是千般爱惜,万种温存。欢毕之时,又送我睡眠,几声"将息"。正待自送那生出门,忽值母亲来到,唤醒将来。我一身冷汗,乃是南柯一梦[66]。忙身参礼母亲,又被母亲絮了许多闲话。奴家口虽无言答应,心内思想梦中之事,何曾放怀。行坐不宁,自觉如有所失。娘呵,你叫我学堂看书去,知他看那一种书消闷也!(作掩泪介)(唱)

【绵搭絮】雨香云片[67],才到梦儿边。无奈高堂,唤醒纱窗睡不便[68]。泼新鲜,冷汗粘煎。闪的俺心悠步亸[69],意软鬟偏。不争多费尽神情[70],坐起谁忺[71]?则待去眠。

(贴上)晚妆销粉印,春润费香篝[72]。小姐,熏了被窝睡罢。(旦唱)

【尾声】困春心，游赏倦，也不索香熏绣被眠。天呵，有心情那梦儿还去不远。

　　春望逍遥出画堂[73]，张说　间梅遮柳不胜芳。罗隐
　　可知刘阮逢人处，许浑　回首东风一断肠。韦庄

【注释】

　　[1]"梦回"三句：梦醒后于庭院小立，见黄莺鸣叫，处处春光。年光，春光。乱，纷繁。煞，程度副词。
　　[2]抛残绣线：丢下未做完的针线活计。
　　[3]恁：为什么。关情：牵动情怀，萌生春情。似：胜似，超过。
　　[4]望断：极目远望，望尽。梅关：即大庾岭，在南安府南面。
　　[5]宜春髻子：古代妇女春天梳的一种发式。
　　[6]"袅晴丝"二句：袅袅晴丝吹进寂寞的庭院，带进一线春光。暗寓逗起杜丽娘一缕情思之意。晴丝，昆虫所吐的飘荡在空中的游丝。摇漾，荡漾。
　　[7]花钿（diàn）：金翠珠宝制成的花形首饰。
　　[8]揣（chuǎi）：想。没揣，没想到。菱花：古代铜镜映日，光影如菱花，故以菱花代指镜。
　　[9]偷：偷偷照见。半面：指照镜时一照旋即移开铜镜。言时间之短,非指一半儿面孔。
　　[10]迤（tuó）逗：挑逗，引惹。彩云：美丽如云的发髻。
　　[11]"步香闺"句：深闺少女怎便置身于花园？
　　[12]穿插：穿戴。
　　[13]翠生生：形容色彩鲜艳。翠，鲜亮，苏轼《和述古冬日牡丹》："一朵妖红翠欲流，春光回照雪霜羞。"出落：显现。茜：秀美生动。
　　[14]花簪八宝填：镶着各种宝石的花簪。
　　[15]爱好（hǎo）：爱美，追求美好。天然：天性、本性。
　　[16]"恰三春"句：像春光一样美的青春容貌无人赏识。三春，春季三个月，故称春为三春。
　　[17]不堤防：没防备。沉鱼落雁：言人之美可使鱼鸟惊避。（典出《庄子·齐物论》）
　　[18]羞花闭月：人之美能令花羞月藏。
　　[19]"惜花"句：据王仁裕《开元天宝遗事》载，天宝初年，宁王为护花防鸟，于后花园中以丝为绳，上缀金铃，有鸟鹊翔集则掣铃索惊之。频掣铃索则金铃疼煞。惜，爱。
　　[20]"原来"二句：是说园中百花盛开却无人观赏，园林破败无人收拾。断井颓垣，荒园断壁。井，指天井，房墙围成的露天空地。一说断井指荒废的井，亦通。颓，坍塌。
　　[21]"良辰"二句：是说春光明媚景物宜人，我杜丽娘却生活在愁闷无聊之中；游园本是赏心乐事，而园林破败，还成个什么院落！谢灵运《拟魏太子邺中集诗序》有"天下良辰美景、赏心乐事，四者难并"之说。奈何天，愁闷无聊、伤心抑郁的生活；天，生活，日子。（见张燕瑾《中国戏曲史论集·〈牡丹亭〉语言琐谈》）谁家，什么，哪个。（见张相

《诗词曲语辞汇释》)

[22] 朝飞暮卷：典出唐王勃《滕王阁诗》："画栋朝飞南浦云，珠帘暮卷西山雨。"言园林无人游赏，画栋珠帘朝朝暮暮只与云雨相伴。

[23] 锦屏：本指锦绣屏风。锦屏人，代指富贵人家。

[24] "遍青山"句：言杜鹃花满山开遍。杜鹃鸟鸣声哀切，相传鸣叫后口常出血。（见《尔雅翼·释鸟》）故以杜鹃鸟之啼血喻指杜鹃花之红艳。

[25] 荼蘼（tú mí）：一种春末开白色小花的蔓生植物。烟丝：细软如烟的丝，如晴丝、柳丝。

[26] "牡丹"二句：牡丹有花王之称，但于春末夏初开花，故不得先占春光。春归，春回大地。

[27] 凝眄（miàn）：注目而视。眄，斜视。

[28] 生生：形容声音清脆鲜活。明如剪：明快如剪。是说燕子的叫声如同剪布的声音。明，明晰，清晰；或通"鸣"，鸣叫。

[29] 呖呖：声音清脆流利。溜（liū）：滑动，指圆转发声。

[30] 委是：确实是。观之不足：看它不够。

[31] 缱（qiǎn）：留恋。

[32] 过遣：打发时光，过活。

[33] 感情：触动情怀。

[34] 折桂：旧称科举及第为折桂（典出《晋书·郤诜传》）因月中有桂树，又称蟾宫折桂、蟾宫之客。

[35] 韩夫人得遇于郎：唐僖宗时，宫女韩氏题诗于红叶，从御沟流出，为书生于祐拾得，后僖宗放宫女出宫，韩于得成夫妇。（见宋刘斧《青琐高议》前集卷五载张实《流红记》）明王骥德传奇《题红记》即演此事。

[36] 张生偶逢崔氏：为张生与崔莺莺恋爱故事，唐元稹《莺莺传》首叙其事，王实甫衍为《西厢记》杂剧。下文《崔徽传》为元稹所撰另一传奇小说，叙裴敬中与蒲州娼女崔徽恋爱故事，与崔张无涉，当为《莺莺传》之误。

[37] 秦晋：春秋时秦晋两国世为婚姻，后称联姻为结秦晋、秦晋之好。

[38] 及笄（jī）：笄为簪，古代女子十五岁以笄束发，表示成年。及笄指十五岁。

[39] 光阴过隙：时光一闪即逝，如少壮的马跃过一条缝隙。（典出《庄子·知北游》）

[40] 没（mò）乱：心神无主，恍惚烦乱。

[41] 蓦（mò）地：忽然间。幽怨：内心深处的愁怨。

[42] "则为"四句：只因是美丽小姐，要联姻名门，正是这所谓"良缘"误了人的青春。生小，生年幼小。婵娟，美女。一例，一并，同别人一样。甚，正，正是。

[43] 因循腼腆：凑合着过日子。因循，不认真，迁延，消磨时光。腼腆，害羞，引申为不畅快。

[44] 和春光暗流转：青春与春光一起流逝。

[45] 淹煎：熬煎，受折磨。

明 代 部 分

[46] 泼残生：苦命人，倒霉人。泼，恶劣、厌恶。

[47] 隐：凭靠。

[48] 阮肇到天台：东汉人刘晨、阮肇入天台山采药，遇二仙女成其婚配。（见刘义庆《幽明录》等）

[49] 是答儿：到处里，各地方。

[50] "袖梢"句：牙咬袖梢微微颤动。害羞忍痛之状。揾（wèn），按。苫（shān），颤动。

[51] 俨（yǎn）然：宛然，仿佛。意谓好像哪里见过似的。

[52] 早难道：怎能，怎么。好处：好时候，好处所。

[53] 催花御史：掌管花开的官员。

[54] "蘸（zhàn）客"句：花落在旅人身上，使人伤心。蘸，沾。红雨，落花。

[55] 混阳烝（zhēng）变：混沌之中阳气蒸腾变化。语意双关，既指春天阳气勃兴，也指男女交合男性从蒙昧中苏醒。烝，气体上升。

[56] 蠢动：虫类从蛰眠中苏醒蠕动。蠢，蠕动。

[57] "这是"三句：从佛家的角度解释杜柳梦中欢会的虚幻和因缘。景，音义并同"影"。因中见，言其有缘。因，事物存在、变化的原因和条件；见，音义并同"现"。《俱舍论》卷六："因缘合，诸法生。"因缘和合，幻象方生。此言梦中之境乃心（我）与物（客观世界）和合而生之幻象。

[58] 鬼门：戏台上左右两侧剧中人上场和下场的门，因所演多为古人古事，故称鬼门或古门。

[59] "拈花"句：拈起花瓣抛撒，红成一片。闪，抛撒。

[60] 天留人便：天给人方便。

[61] 草藉（jiè）花眠：眠卧于花草之上。藉，衬垫，坐卧于某物之上。

[62] 厮连：纠缠。

[63] "行来"二句：形容杜丽娘体态优美，双关幽会之事。宋玉《高唐赋序》、《神女赋序》言巫山神女旦为朝云，暮为行雨，与楚王相会。后以"云雨"代指男女欢会。

[64] 坐黄堂：任太守。太守衙中的正堂称黄堂。

[65] 弱冠：男子二十岁曰弱，行加冠礼表示成年。

[66] 南柯一梦：唐李公佐传奇小说《南柯太守传》写淳于棼梦入大槐安国为南柯太守，后以南柯为梦的代称。

[67] 雨香云片：梦中短暂的云雨情事。

[68] 便（pián）：安适，安宁。

[69] 闪：害。心悠步挦（dǎn）：内心忧伤走路歪斜。

[70] 不争多：差不多。

[71] 坐起谁忺（xiān）：无论坐着还是起来都不适意。

[72] 香篝：熏香用的熏笼。

[73] 春望：赏春。

【题解】

本出剧情发展层次分明：首写游园前的准备，从梳妆打扮中杜丽娘发现了青春美丽；次写游园，春天之美使她意识到人的青春之珍贵，人性开始复苏，却又为社会和家庭所不容，因而满怀幽怨，兴尽归家；最后推向高潮——惊梦。梦是汤显祖笔下的理想境界，在现实中无法实现的符合人性的要求欲望，可以在梦中实现。梦中境是有情世界。梦被惊醒了，这是理想与现实矛盾的体现。剧中只是写了青春少女梳妆打扮、游自家花园以及少男少女幽会偷欢这些琐屑小事，却能于平凡中寄寓高远的旨归，表现人情人性的真诚精至。重刻清晖阁批点本眉批云："轻薄大样，忽作天眼。"曲辞风格深婉曲折，《红楼梦》第二十三回《西厢记妙词通戏语 牡丹亭艳曲警芳心》通过林黛玉之口写出了曹雪芹听本出戏的感受。《惊梦》是全部《牡丹亭》的主峰，最能体现汤显祖的"情"的思想。至今脍炙人口，昆曲舞台上常演不衰。

第十二出　寻梦

（贴上，唱）

【夜游宫】腻脸朝云罢盥[1]，倒犀簪斜插双鬟。侍香闺起早，鬟睡意阑珊[2]。衣桁前[3]，妆阁畔，画屏间。

伏侍千金小姐，丫鬟一位春香。请过猫儿师父[4]，不许老鼠放光。侥幸《毛诗》感动，小姐吉日时良。拖带春香遭冈，后花园里游芳。谁知小姐瞌睡，恰遇着夫人问当。絮了小姐一会，要与春香一场。春香无言知罪，以后劝止娘行。夫人还是不放，少不得发咒禁当[5]。（内介）春香姐，发个甚咒来？（贴）敢再跟娘胡撞，教春香即世里不见儿郎。虽然一时抵对，乌鸦管的凤凰？一夜小姐焦躁，起来促水朝妆。由他自言自语，日高花影纱窗。（内介）快请小姐早膳。（贴）报道官厨饭熟，且去传递茶汤。（下）

（旦上，唱）

【月儿高】几曲屏山展，残眉黛深浅。为甚衾儿里不住的柔肠转？这憔悴非关爱月眠迟倦。可为惜花，朝起庭院？

忽忽花间起梦情，女儿心性未分明。无眠一夜灯明灭，分煞梅香唤不醒[6]。昨日偶尔春游，何人见梦[7]，绸缪顾盼，如遇平生。独坐思量，情殊怅悒。真个可怜人也！（闷介）（贴捧茶食上）香饭盛来鹦鹉粒[8]，清茶擎出鹧鸪斑[9]。小姐，早膳哩。（旦）咱有甚心情也！（唱）

【前腔】梳洗了才匀面，照台儿未收展。睡起无滋味，茶饭怎生咽？（贴）夫人分付：早饭要早。（旦）你猛说夫人，则待把饥人劝。你说为人在世，怎生叫做吃饭？（贴）一日三餐。（旦）咳，甚瓯儿气力与擎拳，生生的了前件[10]。你自拿去吃便了。（贴）受用余杯冷炙，胜如剩粉残膏。（下）（旦）春香已去。天呵，昨日所梦，池亭俨然。只图旧梦重来，其奈新愁一段。寻思展转，竟夜无眠。咱待乘此空闲，背却春香，悄向花园寻看。（悲介）哎也，似咱这般，正是："梦无彩凤双飞翼，心有灵犀一点通[11]。"（行介）一径行来，喜的园门洞开，守花的都不在。则这残红满地呵！（唱）

【懒画眉】最撩人春色是今年，少什么低就高来粉画垣，元来春心无处不飞悬[12]。（绊介）哎，睡荼䕷抓住裙衩线，恰便是花似人心好处牵。

这一湾流水呵，（唱）

【前腔】为甚呵，玉真重溯武陵源[13]？也则为水点花飞在眼前。是天公不费买花钱，则咱人心上有啼红怨[14]。咳，辜负了春三二月天。

（贴上）吃饭去，不见了小姐，则得一径寻来。呀，小姐，你在这里！
（唱）

【不是路】何意婵娟，小立在垂垂花树边[15]？才朝膳，个人无伴怎游园？（旦）画廊前，深深蓦见衔泥燕，随步名园是偶然。（贴）娘回转，幽闺窄地教人见[16]：那些儿闲串？那些儿闲串？（旦作恼介，唱）

【前腔】咦！偶尔来前，道的咱偷闲学少年。（贴）咳，不偷闲，偷淡。（旦）欺奴善，把护春台都猜做谎桃源[17]。（贴）敢胡言？这是夫人命，道春多刺绣宜添线，润逼炉香好腻笺[18]。（旦）还说甚来？（贴）这荒园堑，怕花妖木客寻常见[19]，去小庭深院，去小庭深院。

（旦）知道了，你好生答应夫人去，俺随后便来。（贴）闲花傍砌如依主，娇鸟嫌笼会骂人。（下）（旦）丫头去了，正好寻梦。（唱）

【忒忒令】那一答可是湖山石边？这一答似牡丹亭畔。嵌雕阑芍药芽儿浅，一丝丝垂杨线，一丢丢榆荚钱。线儿春甚金钱吊转[20]？

呀，昨日那书生，将柳枝要我题咏，强我欢会之时，好不话长！（唱）

【嘉庆子】是谁家少俊来近远[21]，敢迤逗这香闺去沁园[22]？话到其间腼腆，他捏这眼，奈烦也天[23]；咱嗾这口，待酬言[24]。

【尹令】那书生可意呵，咱不是前生爱眷，又素乏平生半面。则道来生出现，乍便今生梦见。生就个书生，恰恰生生抱咱去眠[25]。

那些好不动人春意也。（唱）

【品令】他倚太湖石，立着咱玉婵娟。待把俺玉山推倒[26]，便日暖玉生烟[27]。捱过雕阑，转过秋千，㨄着裙花展[28]。敢席着地，怕天瞧见[29]。好一会分明，美满幽香不可言。

梦到正好时节，甚花片儿吊下来也。（唱）

【豆叶黄】他兴心儿紧咽咽[30]，呜着咱香肩；俺可也慢揸揸，做意儿周旋。等闲间把一个照人儿昏善[31]，那般形现，那般软绵。忑一片撒花心的红影儿[32]，吊将来半天，敢是咱梦魂儿厮缠。

　　咳，寻来寻去，都不见了。牡丹亭，芍药阑，怎生这般凄凉冷落，杳无人迹？好不伤心也！（泪介）（唱）

【玉交枝】是这等荒凉地面，没多半亭台靠边，好是咱瞇睒色眼寻难见。明放着白日青天，猛教人抓不到魂梦前。霎时间有如活现，打方旋再得俄延[33]。呀，是这答儿压黄金钏匾。

　　要再见那书生呵，（唱）

【月上海棠】怎赚骗？依稀想像人儿见。那来时荏苒[34]，去也迁延。非远，那雨迹云踪才一转，敢依花傍柳还重现。昨日今朝，眼下心前，阳台一座登时变[35]。

　　再消停一番。（望介）呀，无人之处，忽然大梅树一株，梅子磊磊可爱。

　　（唱）

【二犯幺令】偏则他暗香清远，伞儿般盖的周全。他趁这，他趁这春三月红绽雨肥天[36]，叶儿青，偏迸着苦仁儿里撒圆[37]。爱煞这昼阴便，再得到罗浮梦边[38]。

　　罢了，这梅树依依可人，我杜丽娘若死后得葬于此，幸矣。（唱）

【江儿水】偶然间心似缱[39]，梅树边。这般花花草草由人恋，生生死死随人愿，便酸酸楚楚无人怨。待打并香魂一片[40]，阴雨梅天，守的个梅根相见。

　　（倦坐介）（贴上）佳人拾翠春亭远[41]，侍女添香午院清。咳，小姐走乏了，梅树下盹。（唱）

【川拨棹】你游花院，怎靠着梅树偃？（旦）一时间望，一时间望眼连天，忽忽地伤心自怜。（泣介）（合）知怎生情怅然？知怎生泪暗悬？

　　（贴）小姐甚意儿？（旦唱）

【前腔】春归人面[42]，整相看无一言。我待要折，我待要折的那柳枝儿问天，我如今悔，我如今悔不与题笺。（贴）这一句猜头儿是怎言[43]？（合）知怎生情怅然？知怎生泪暗悬？

　　（贴）去罢。（旦作行又住介）（唱）

【前腔】为我慢归休，缓留连，（内鸟啼介）听，听这不如归春暮天[44]。难道我再，难道我再到这亭园，则挣的个长眠和短眠[45]？（合）知怎生情怅然？知怎生泪暗悬？

　　（贴）到了，和小姐瞧奶奶去。（旦）罢了。（唱）

【意不尽】软咍咍刚扶到画阑偏，报堂上夫人稳便。咱杜丽娘呵，少不得楼上花枝也则是照独眠。

（旦）武陵何处访仙郎？释皎然　（贴）只怪游人思易忘。韦庄
（旦）从此时时春梦里，白居易　（贴）一生遗恨系心肠。张祜
（同下）

（《牡丹亭》，徐朔方、杨笑梅校注，人民文学出版社1963年版）

【注释】

[1]"腻脸"句：洗罢之后脸如朝霞。
[2]阑珊：衰残，零落，这里是未尽之意。
[3]衣桁（hàng）：衣架。
[4]猫儿师父：打诨语，谐音《毛诗》。
[5]禁当：承受，担当。意谓担当起劝阻小姐游园的责任。
[6]分（fèn）煞：生气得很，非常不满。分，通"忿"。
[7]见梦：在梦中出现。见，音义并同"现"。
[8]鹦鹉粒：稻米。杜甫《秋兴八首》之八："香稻啄余鹦鹉粒，碧梧栖老凤凰枝。"
[9]鹧鸪斑：茶盏名，盏上有鹧鸪斑点的花纹。
[10]"甚瓯儿"二句：哪有举杯端碗的力气，你硬是打断了我对梦的回忆。瓯儿，饭碗。擎拳，举手，指举手捧碗之力。前件，前事，指对梦中之事的回忆。
[11]"梦无"二句：虽然不能像梦中那样与情人比翼双飞，但两人的心是相通的。用李商隐《无题》诗句。
[12]"元来"句：原来园中处处是撩人的春光。
[13]"玉真"句：比喻杜丽娘重到后花园寻梦。东汉刘晨、阮肇入山采药，迷路求食，入桃花源，与二仙女成婚。后思归返乡，世事已逾三百余年。忽又离乡，不知何所。(见刘义庆《幽明录》等) 晋陶渊明《桃花源记并序》记晋武陵人捕鱼入桃花源事。二事相距三百余年，天台山（在今浙江天台）与武陵（今湖南常德）也非一地。后人时把二者相混，把天台之桃源说成武陵之桃源。玉真，仙人。重溯，重回，重访。溯（sù），逆水流而上。
[14]啼红怨：即哀怨，用杜鹃啼血故事。
[15]垂垂：低垂的样子。
[16]窣（sù）地：突然。
[17]护春台：指花园。
[18]腻笺：以炉香熏纸，使纸平滑。
[19]木客：山林精怪。
[20]"线儿"句：意谓柳丝的春色，是用多少榆钱（榆荚）买来的。
[21]少俊：少年英俊，英俊少年。
[22]沁园：本为东汉明帝女沁水公主之园林，剧中泛指园林。
[23]"他捏"二句：他眯眼含情，耐性温存。

[24]"咱噷（xīn）"二句：咱开着口，待答话。噷，动，开。
[25]恰恰生生：怯怯生生，羞怯的样子。
[26]玉山：身躯。
[27]日暖玉生烟：温馨如意的意思。（语出李商隐《锦瑟》诗）
[28]掯（kèn）：压着。
[29]"敢席"二句：意谓席地而卧大概是怕天瞧见。敢，推测疑问之词。
[30]兴心儿：着意。
[31]"等闲"句：不一会儿就使一个清醒明白的人，晕晕乎乎软善柔顺了。照人儿，清楚明白人，杜丽娘自指。
[32]"丕一片"句：指《惊梦》中花神撒花惊梦事。丕，惊异。
[33]打方旋：盘旋。
[34]荏苒：形容时间渐渐过去，时光易逝。
[35]阳台：男女欢会之所。（典出宋玉《高唐赋序》）
[36]红绽雨肥天：雨肥红梅绽的天气。（语出杜甫《陪郑广文游何将军山林十首》诗）
[37]"偏进着"句：意谓梅仁儿偏在我杜丽娘苦命人面前结得滚圆。苦仁儿，梅子果仁味苦，谐音双关杜丽娘命苦。
[38]罗浮梦：旧题柳宗元《龙城录》卷上言，隋赵师雄在罗浮山梅花树下曾梦遇一女，淡妆素服，芳香袭人，语言清丽，乃是梅仙。梅，双关柳梦梅。梦，指《惊梦》之梦。
[39]缱（qiǎn）：缠绵留恋。
[40]打并：收拾，整理。
[41]拾翠：拾翠鸟的羽毛做装饰，原为洛水女神在江边嬉戏景况（见曹植《洛神赋》，后代指妇女春游）。
[42]春归人面：即人面春回，指柳梦梅离去。
[43]猜头儿：犹谜语。
[44]不如归：杜鹃鸟鸣声若曰："不如归去。"（见《本草纲目·禽部三》）
[45]"难道我"二句：难道除了死去和做梦，就不能再到这亭园了吗？挣，差，区别。长眠，指死亡，杜丽娘死葬梅树下。

【题解】

李渔《闲情偶寄·词曲部·词彩第二》曰："即汤若士《还魂》一剧，世以配飨元人，宜也。问其精华所在，则以《惊梦》、《寻梦》二折对。"人们之所以看重《寻梦》，在于它进一步深化了《惊梦》所表现的题旨。梦何必要寻？说明杜丽娘对梦境的痴迷，说明梦境是汤显祖笔下的理想境界。

【集评】

[1]天下女子有情，宁有如杜丽娘者乎？梦其人即病，病即弥连，至手画

形容，传于世而后死；死三年矣，复能溟莫中求得其所梦者而生。如丽娘者，乃可谓之有情人耳。情不知所起，一往而深。生者可以死，死可以生。生而不可与死，死而不可复生者，皆非情之至也。梦中之情，何必非真？天下岂少梦中之人耶！必因荐枕而成亲，待挂冠而为密者，皆形骸之论也。（汤显祖《牡丹亭题词》）

[2]《还魂》，杜丽娘事，甚奇。而着意发挥怀春慕色之情，惊心动魄。且巧妙叠出，无境不新，真堪千古矣。（吕天成《曲品》卷下）

[3]《还魂》、"二梦"，如新出小旦，娇冶风流，令人魂销肠断，第未免有误字错步。（王骥德《曲律·杂论第三十九下》）

[4] 肯綮在死生之际，记中《惊梦》、《寻梦》、《诊祟》、《写真》、《悼殇》五折，自生之死；《魂游》、《幽媾》、《欢挠》、《冥誓》、《回生》五折，自死而之生。其中搜抉灵根，掀翻情窟，能使赫蹄为大块，腧糜为造化，不律为真宰，撰精魂而通变之。（吴吴山《三妇评牡丹亭杂记》洪之则跋引洪昇语）

[5] 杭有女伶商小玲者，以色艺称，于《还魂记》尤擅场。尝有所属意，而势不得通，遂郁郁成疾。每作杜丽娘《寻梦》、《闹殇》诸剧，真若身其事者，缠绵凄婉，泪痕盈目。一日演《寻梦》，唱至"待打并香魂一片，阴雨梅天，守得个梅根相见"，盈盈界面，随声倚地。春香上视之，已气绝矣。临川寓言，乃有小玲实其事耶？（焦循《剧说》卷六引硕房《蛾术堂闲笔》）

[6] "四梦"总论：明之中叶，士大夫好谈性理，而多矫饰，科第利禄之见，深入骨髓。若士一切鄙弃，故假曼倩诙谐，东坡笑骂，为色庄中热者，下一针砭。其言曰："理之所必无，安知情之所必有。"又曰："人间何处说相思，我辈钟情在此。"盖惟有至情，可以超生死忘物我而永无消灭，否则形骸且虚，何论勋业，仙佛皆妄，况在富贵。世人特买椟之见者，徒赏其节目之奇，词藻之丽，固非知音，而鼠目寸光者，至诃为绮语，诅以泥犁，尤为可笑。（吴梅《中国戏曲概论·明人传奇》）

【参考书】

[1] 明泰昌元年刻朱墨套印本，《古本戏曲丛刊》初集影印，商务印书馆1954年版。

[2]《汤显祖戏曲集》上，钱南扬校点，上海古籍出版社1978年版。

沈　璟

沈璟（1553—1610），字伯英，号宁庵，别号词隐先生，吴江（今属江苏）人。万历二年（1574）进士，历任吏部员外郎、光禄寺丞等职。万历十七年（1589）因任顺天府乡试同考官科场舞弊案告病辞官。戏曲主张语言本色，合律依腔，成为与汤显祖"临川派"相对的"吴江派"领袖。作传奇十七种，合称《属玉堂传奇》，今存七种；整理有《南九宫十三调曲谱》；诗文集有《属玉堂稿》。

博　笑　记
第五出　乜县丞竟日昏眠（上）

（小丑扮官上，唱）

【双调过曲】【普贤歌】钦承恩命到崇明，耳又聪来眼又明。问来不做声，摸来不见形。人说县丞常好睡。

（末上）阿呀，老爹，倒了韵了！（小丑）咦！狗才，老爹昨日才到任，你说这般不利市的话。叫手下，拿去打！且问你叫什么名字？（末）小的是蒋敬。（小丑）快打！呀，一个人也不来，老爹自家行杖。（咬末介）（末走下介）（小丑）蒋敬这等可恶，禀了大爷，革了他罢。（小生扮秀才上）何故入公门，其接也以礼。（净扮家人持帖上）官人若做官，进县人站起。（小生）送帖儿进去。（净）是了。（介）家主拜访。（小丑看，白）"治侍教生长铁顿首拜"。（净）如今都用古折柬，不用长帖。（小丑）你每家主姓长么？（净）我家主唤做张铁，不唤做长铁。（小丑）是我眼昏，看差了。请，请，请！（净）家主有请。（小生进介）（小丑）老丈请。（小生）父母请上，拜贺。（小丑）免拜。（小生惊看介）（背白）有些可怪！阿，作揖了。（小丑）多劳。（小生）薄礼。（送帖介）（小丑看，白）"谨具小书一部，帕金三星将敬"。呀！你原来就是蒋敬？你跑得去，好阿！（小生）写了贺字，只怕不肯受，故此只写将敬。（小丑怒白）胡说！手下拿他下去！（小生）咦，谁敢拿！（径走出，白）是个颠的，不要计较他！"仰天大笑出门外，吾辈岂是蓬蒿人。"（冷笑下）（净）你多大的官儿，要拿我每家主！见鬼了。（小丑）叫手下拿住他，替我蒋敬的打罢！（末上）嗄。（拿介）（小丑自行杖介）（末）一五，一十，十五，二十。（小丑）拶起来！（末）嗄。（介）（小丑）带在一边！（打盹介）（丑扮官上）（杂扮家

人跟上)(丑唱)

【前腔】崇明城内有名声，县佐诸公谁不敬！(杂)闻知新县丞，诸人都去迎，(丑)今日来迟无伴等。

(杂)有人么？(末)那个？(杂)乡宦拜贺！(末)老爹，新任老爹是个颠的，又在里面打人乱嚷，倒不劳进去罢？(丑)既如此，收好了帖儿。(末)晓得。(丑)何须亲口回不在，(杂)只要阍人写到厅。(末)晓得。(丑)正好，正好回去打盹。(与杂同下)(末)老爹！(小丑惊醒，白)怎么说？(末)有一位乡宦来拜，小的说老爹打盹，他就去了。帖儿在此。(小丑)是个知趣的好人。我吃了饭，就去拜他。你也伶俐，我把这花脸的人，赏你领去卖放了罢。(末)老爹，这是学里相公的家人，老爹打差了他，该送去请罪才是。(小丑)既如此，先放了他，待我拜过乡宦，就去请罪。(末)嗄，晓得了。(小丑)蒋敬拿不着，(末背白)谁知在面前。(小丑)张兄虽见怪，乡宦或相怜。(末)大官，上覆你每相公，不干我事，休要怪我。(净)与你什么相干？且回去看相公怎么说。(哭下)(末)不曾见这样好笑的事。(下)

第六出　乜县丞竟日昏眠(下)

(丑更衣上)(唱)

【越调过曲】【梨花儿】今朝曾经县里去，睡犹不醒眼模糊。回来正遇午饭熟也么嗦，吃得饱来睡得足。

吃饭不眠，不着两边；吃饭不睡，不着两腿。叫小厮。(净上)来了。(丑)有人来拜，只说不在。(净)是了。收下帖儿，推出门外。(丑)好儿子，改日有赏。(净)就见赐了罢。(丑)唗。(净出介)(丑睡介)(小丑领末上)(小丑唱)

【前腔】新任连朝太碌碌，(末)连咱皂隶也忙促。(小丑)特来回拜乡宦府也么嗦，只在戏场三五步。

(末)到了。(小丑)送帖儿。(末)嗄。有人么？(净)那个？(末)新任乜老爹，帖儿在此。(净)少待。禀老爹，乜县丞老爹来拜。(丑)前厅请坐，待我进去穿大衣服。(下)(净)嗄，请老爹前厅请坐，家主穿了大衣服出来。(小丑)晓得了，从容些。(坐介，打盹介)(丑)我是尹字少半撇，他是也字少一竖。若逢副末拿磕瓜，两个大家没躲处。请了。(净摇手白)乜老爹睡着了。(丑)不要惊他。有兴，我也对了他打盹。(介)(末、净随意闲话介)(小丑)这是那里？我怎么倒在此间？呀，对面的是谁？（末）对面的是乡宦老爹，这是他家里。老爹坐着候他出来，就睡去了。他又不敢惊动，也在此打盹。（小丑）既如此，我怎么好惊动他？再睡。（末、净低唱）

【北双调】【清江引】古和今不曾闻他这一对，对面沉沉睡，睡着不得醒，醒了还如醉，醉人呵怎如他昏到底。

（丑醒白）呀，昨日那乜老爹来拜，怎么今日还在这里？（净）如今是酉牌时分，还是今日哩。（丑）他既睡着，怎么打动他？我也再睡。（净、末低唱）

【前腔】醉人呵怎如他昏到底，底事常如醉？醉人有日醒，醒者翻常睡，睡魔神不离他双目里。

（小丑醒白）呀，天晚了。（末）晚了。（小丑）乡宦老爹正睡着，我去罢，改日再来。（净）多慢老爹。（小丑）多拜上。（净）谢拜上。（小丑唱）

【前腔】有良言要伊特拜启，（净）有何说话？（小丑）莫道咱相戏，若还少睡时，请我来家内，我是补心丹枣仁和枸杞。（与末同下）

（丑醒白）呀，乜老爹那里去了？（净）等得不耐烦去了，说改日来拜。（丑）还有什么呢？（净）他说道要求少睡时，请到乡村内，此时二三月，大家（诨介）看狗起。（丑）咦，也来打诨！（俱下）（末上）乜县丞事演过，虎扣门事登场。

（明天启三年刻本，《古本戏曲丛刊》初集影印，商务印书馆1954年版）

【题解】

《博笑记》全剧二十八出，共写了十个小故事，每个短剧或二出或四出不等。在戏剧形式上有所创新。"乜县丞"为第二个故事，本事出自白主人《雅谑》中张东海《睡丞记》。戏以闹剧的手法讽刺了昏庸的下层官吏，语言通俗。

高　濂

高濂，生平事迹不详。字深甫，号瑞南道人、湖上桃花渔，钱塘（今浙江杭州）人。主要活动于嘉靖至万历时期。作有传奇《玉簪记》、《节孝记》二种。

玉簪记
第十六出 寄弄

（生扮潘必正上，唱）

【懒画眉】月明云淡露华浓，倚枕愁听四壁蛩[1]。伤秋宋玉赋西风[2]。落叶惊残梦，闲步芳尘数落红。

小生看此溶溶夜月，悄悄闲庭。背井离乡，孤衾独枕。好生烦闷，只得在此闲玩片时。不免到白云楼下，散步一番，多少是好。（下）（旦上唱）

【前腔】粉墙花影自重重，帘卷残荷水殿风，抱琴弹向月明中。香袅金猊动[3]，人在蓬莱第几宫[4]。

妙常连日冗冗俗事，未得整此冰弦[5]。今夜月明风静，水殿生凉。不免弹《潇湘水云》一曲[6]，少寄幽情，有何不可。（作弹科）（生上听琴科）（唱）

【前腔】步虚声度许飞琼[7]，乍听还疑别院风。凄凄楚楚那声中，谁家夜月琴三弄，细数离情曲未终。

此是陈姑弹琴，不免到他堂中，细听一番，多少是好。（旦唱）

【前腔】朱弦声杳恨溶溶，长叹空随几阵风。（生）仙姑弹得好琴。（旦惊科）仙郎何处入帘栊，早是人惊恐。（生）小生得罪了。（旦）莫不是为听云水声寒一曲中。

（生）小生孤枕无眠，闲吟步月。忽听花下琴声嘹呖[8]，清响绝伦，不觉步入到此。（旦）小道亦见月明如洗，夜色新凉，故尔操弄丝桐，少寄岑寂。欲乘此兴，请教一曲如何？（生）小生略知一二，弄斧班门，休笑休笑。（生弹科，吟曰）雉朝雊兮清霜[9]，惨孤飞兮无双。念寡阴兮少阳，怨鳏居兮彷徨。（旦）此曲乃《雉朝飞》也[10]。君方盛年，何故弹此无妻之曲？（生）小生实未曾有妻。（旦）也不干我事。（生）敢请仙姑，面教一曲如何？（旦）既听佳音，已清俗耳。何必初学，又乱芳声。（生）休得太谦。（旦）污耳，污耳。（作弹科，吟曰）烟淡淡兮轻云，香霭霭兮桂阴，喜长宵兮孤冷，抱玉兔兮自温。（生）此《广寒游》也。正是仙姑所弹。争奈终朝孤冷，难消遣些儿。（旦）相公，你听我道。（唱）

【朝元歌】长清短清[11]，那管人离恨？云心水心，有甚闲愁闷？一度春来，一番花褪，怎生上我眉痕。云掩柴门，钟儿磬儿枕上听。柏子坐中焚[12]，梅花帐绝尘。果然是冰清玉润。长长短短，有谁评论？怕谁评论？（生唱）

【前腔】更深漏深,独坐谁相问?琴声怨声,两下无凭准。翡翠衾闲[13],芙蓉月印,三星照人如有心[14]。露冷霜凝,衾儿枕儿谁共温?(旦作怒科)先生出言太狂,屡屡讥讪,莫非春心飘荡,尘念顿起?我就对你姑娘说来,看你如何分解。(作背立科)(生)小生信口相嘲,出言颠倒,伏乞海涵。(作跪科)(旦扶起科)(生)巫峡恨云深[15],桃源羞自寻[16]。你是慈悲方寸[17],望恕却少年心性,少年心性。

　　小生就此告辞。肯把心肠铁样坚,(旦背语科)岂无春意恋尘凡。(生)今朝两下轻离别,一夜相思枕上看。(生作下科)(旦)潘相公,花阴深处,仔细行走。(生回转科)借一灯行如何?(旦急闭门科)(生暗云)陈姑十分有情,不免躲在此间,听他里面说些什么,便知分晓。(旦)潘郎,潘郎,(唱)

【前腔】你是个天生后生,曾占风流性;无情有情,只看你笑脸儿来相问。我也心里聪明,脸儿假狠,口儿里装做硬。待要应承,这羞惭、怎应他那一声。我见了他假惺惺,别了他常挂心。我看这些花阴月影,凄凄冷冷,照他孤另,照奴孤另。

　　夜深人静,不免抱琴进去安宿则个。此情空满怀,未许人知道。明月照孤帏,泪落知多少。(下)(生)小生在此听了半晌,虽不甚明白,(唱)

【前腔】我想他一声两声,句句含愁恨;我看他人情道情,多是尘凡性。妙常,你一曲琴声,凄凄风韵,怎教你断送青春,那更玉软香温,情儿意儿,那些儿不动人?他独自理瑶琴,我独立得苍苔冷,分明是西厢行径[19]。(揖科)老天老天!早成就少年秦晋、少年秦晋!(诗)

　　闲庭看明月,有话和谁说。
　　榴花解相思,瓣瓣飞红血。(下)

【注释】

　　[1] 蛩(qióng):蟋蟀。
　　[2] 宋玉:战国时楚人,是屈原之后的大辞赋家。赋西风:宋玉作《九辩》,借秋景秋物抒发哀怨悲愁,留下了"宋玉悲秋"之称。西风,秋风。
　　[3] 金猊(ní):狮形铜香炉。
　　[4] 蓬莱:仙山名。
　　[5] 冰弦:冰蚕丝作的琴弦或白色琴弦,这里代指琴。
　　[6] 潇湘水云:晋人郭沔所制琴曲,借洞庭云水抒写思乡之情。
　　[7] "步虚"句:言许飞琼弹奏仙乐。许飞琼,仙人,善音乐,曾于西王母处鼓震灵之簧。(见《汉武内传》)《太平广记》卷七十《许飞琼》引《逸史》云,唐进士许瀍梦至瑶

台，作诗曰："晓入瑶台露气清，坐中唯有许飞琼。尘心未尽俗缘在，十里下山空月明。"许飞琼不欲世间人知其名，命改第二句为"天风飞下步虚声"。《乐府诗集》卷七十八引《乐府解题》："步虚词，道家曲也，备言众仙缥缈轻举之美。"度，按谱而歌，奏曲。

[8] 嘹呖：形容声音响亮凄清。

[9] 雉朝雊（gòu）：雉鸡晨鸣。《诗·小雅·小弁》："雉之朝雊，尚求其雌。"

[10] 雉朝飞：战国时齐处士牧犊子年五十而无妻，见雉雌雄双飞而作《雉朝飞》琴曲。（见晋崔豹《古今注·音乐》）

[11] 长清短清：长时间的冷清和短时间的冷清。清，冷清孤寂。

[12] 柏子：香名。

[13] 翡翠衾：绣有翡翠鸟的被子，这里是被子的美称。

[14] 三星：即参（shēn）星。《诗·唐风·绸缪》："绸缪束薪，三星在天。"写男女新婚景况。

[15] 巫峡：指男女欢会之所。（典出宋玉《高唐赋序》）

[16] 桃源：东汉刘晨、阮肇于天台山与二仙女成婚之所。（见刘义庆《幽明录》）

[17] 方寸：指心。

[18] 西厢行径：《西厢记》第二本第四折写张生弹琴向隔墙而听的莺莺诉衷情。

【题解】

　　本事最早见于《古今女史》，何大抡辑《燕居笔记》卷九有小说《张于湖误宿女贞观》，又有同名杂剧。《玉簪记》在此基础上创作而成。写宋代落第士子潘必正，往金陵女贞观探望做观主的姑母，与女道士陈妙常相遇相恋，私自结合。被观主发现后，逼必正赴试。必正登第，二人团圆。赞美青年男女冲破封建礼教和宗教清规追求爱情的精神。全剧共三十三出，本出写他们通过琴声互相试探、表达心声，是舞台上常演的剧目，名《琴挑》、《弦里传情》。

【集评】

　　[1]《燕子笺》之飞燕、之舞象、之波斯进宝，纸杞装束，无不尽情刻画，故其出色也愈甚。阮圆海大有才华，恨居心勿静，其所编诸剧，骂世十七，解嘲十三，多诋毁东林，辩宥魏党，为士君子所唾弃，故其传奇不之著焉。如就戏论，则亦镞镞能新，不落窠白者也。（张岱《陶庵梦忆·阮圆海戏》）

　　[2]《燕子笺》《春灯谜》诸剧，排场特妙，词亦新颖，惟稍嫌尖刻，故叶怀庭认为开笠翁恶札之端。（王季烈《螾庐曲谈》）

第二十二出 追别

（老旦、生、丑上[1]）（生唱）

【水红花】天空云淡蓼风寒[2]，透衣单。江声凄惨，晚潮时带夕阳还。泪珠弹，离愁千万。（生背科）欲待将言遮掩，怎禁他恶狠狠话儿剑[3]，只得赴江关也罗。

（老）落木静秋色，残晖浮暮云。（生）不知人别后，多少事关心。（丑）已到关口，梢水看船。（净扮梢水上）船在此。（丑）我相公上京赴试，叫你船到临安。这一两银子作船钱。（净）就去，就去。（老）就此开船，休得转来。我在阅江楼施主人家看你，明白才回。（生）谨依姑娘严命。叶落眼中泪，风催江上船。（老）明年春得意，早报锦云笺[4]。（生、丑下）

（老旦立高处望介）（旦上，唱）

【前腔】霎时间云雨暗巫山，闷无言。不茶不饭，满口儿何处诉愁烦？隔江关，怕他心淡，顾不得脚儿勤赶。（作惊介）呀，前面楼上，好似我观主模样。又早是先看见他，若还撞见好羞惭。且躲在人家竹院也罗。（下）

（老）侄儿已去远，不免回观去罢。从今割断藕丝长，免系鲲鹏飞不去。（下）（旦上哭介）潘郎，潘郎！君去也，我来迟，两下相思只自知。心呆意似痴。行不动，瘦腰肢，且将心事托舟师。见他强似寄封书。梢水那里？（小净上）听得谁人叫，梢水就来到。到那里去的？（旦）我要买你一只小船，赶着前面会试的相公，寄封家书到临安去。船钱重谢。（小净）风大去不得。（旦）不要推辞，趁早开船赶上，宁可多送你些船钱。（小净）这等，下船下船。（吴歌）风打船头雨欲来，满天雪浪，那行叫我把船开[5]。白云阵阵催黄叶，惟有江上芙蓉独自开。（旦唱）

【红衲袄】奴好似江上芙蓉独自开，只落得冷凄凄飘泊轻盈态。恨当初、与他曾结鸳鸯带，到如今、怎生的分开鸾凤钗？别时节羞答答、怕人瞧头怎抬？到如今闷昏昏、独自个耽着害。爱杀我一对对鸳鸯波上也，羞杀我哭啼啼今宵独自捱。（同下）

（生、净、丑上）（净吴歌）满天风舞叶声干，远浦林疏日影寒。个些江声是南来北往流不尽的相思泪[6]，只为那别时容易见时难。（生唱）

【前腔】我只为别时容易见时难，你看那、碧澄澄断送行人江上晚。昨宵呵，醉醺醺欢会知多少；今日里，愁脉脉离情有万千。莫不是、锦堂欢缘分浅，莫不是、蓝桥满时运悭[7]？伤心怕向篷窗见也[8]，堆积相思两岸山。

（旦、小净上）（旦）

【侥侥令】忙追赶去人船,见风里正开帆。(小净)会试的潘相公,会试的潘相公!(生)忽听得人呼声声近,住兰桡[9],定眼看,是何人,且上前。

（旦）是奴家。(对哭介)(生旦唱)

【哭相思】半日里将伊不见,泪珠儿湿染红衫。

（旦）事无端,恨无端,平白地风波拆锦鸳。羞将泪眼对人前。(生)那其间,到其间,我那姑娘呵,恶话儿将人紧紧拦。狠心直送我到江关。(旦)早辰叫我们送你上京。听得一声,好不惊死人也。不知何人走漏消息?敢是你的口儿不紧,以致如此?(生)小生肯对着何人说来！平地风波,痛肠难尽。(旦)别时节,众人面前,有话难提,有情难尽。因此上赶来送你。只是我心中千言万语,一时难尽。(生)多谢厚情,感铭肺腑。早辰众姑姑在前,不得一言相别,方抱痛伤,今得见你,如获珍宝。我与你同行一程如何?(旦)甚好。(唱)

【小桃红】秋江一望泪潸潸,怕向那孤篷看也[10]。这别离中生出一种苦难言。自拆散在霎时间,心儿上,眼儿边,血儿流,把我的香肌减也。恨杀那野水平川,生隔断银河水[11],断送我春老啼鹃[12]。(生唱)

【下山虎】黄昏月下,意惹情牵,才照得双鸾镜,又早买别离船。哭得我两岸枫林都做了相思泪斑,打叠凄凉今夜眠[13]。喜见我的多情面,花谢重开月再圆。又怕你难留恋,好一似梦里相逢,教我愁怎言。(旦唱)

【醉迟归】意儿中无别见,忙来不为贪欢恋。只怕你新旧相看心变,追欢别院,怕不想旧有姻缘。那其间拚个死口含冤,到癸灵庙,诉出灯前,和你双双发愿[14]。(生唱)

【前腔】想着你初相见,心甜意甜；想着你乍别时,山前水前。我怎敢转眼负盟言,我怎敢忘却些儿灯边枕边。只愁你形单影单,只愁你衾寒枕寒。哭得我哽咽喉干,一似秋风断猿。

（旦）奴别君家,自当离却空门,洗心待君。君家休得忘了。奴有碧玉鸾簪一枝,原是奴家簪冠之物,送君为加冠之兆[15],伏乞笑纳,聊表别情。(生)多谢多谢。我有白玉鸳鸯扇坠一枚,原是我家君所赐,今日赠君,期为双鸳之兆。(唱)

【忆多娇】两意坚,月正圆,执手丁宁苦挂牵。(白)我与你同上临安如何?(旦)我岂不欲,恐人嚷开是非,反害大事。(唱)欲共你同行难上难。早寄鸾笺,早寄鸾笺,免得我心肠挂牵。

也罢,就此拜别。(同唱)

【哭相思】夕阳古道催行晚,听江声泪染心寒。要知郎眼赤,只在望中看。(生拜别介)(下)(旦)重伫望,更盘桓。千愁万恨别离间。只教我青灯夜雨香销

鸭[16]，暮雨西风泣断猿。（下）

（《六十种曲》第三册，毛晋编，中华书局1958年版）

【注释】

[1] 老旦：剧中扮潘必正的姑母、女贞观主潘法成。丑：剧中扮潘必正的书僮进安。

[2] 蓼：秋天开花的水生草本植物。

[3] 剗（chán）：讽刺。

[4] 锦云笺：彩笺，代指书信，此指喜讯。

[5] 那行（háng）：那里。行，方位之词。

[6] 个些：吴语，这些。

[7] 蓝桥满：即水淹蓝桥。尾生与女子于桥下约会，女未至而水至，尾生守信不肯离去，抱柱而死。（见《庄子·盗跖》篇等）

[8] 篷窗：船窗。篷，船。

[9] 兰桡（ráo）：木兰做的桨，用为小舟的美称。

[10] 孤篷：孤舟。

[11] 生隔断银河水：言其二人如牛郎、织女，硬是被银河水隔不能团聚。牛郎织女事，神话传说。（见《月令广义·七月令》引《小说》）

[12] "断送"句：断送青春之意。杜鹃于春末夏初鸣叫，其声悲切。

[13] 打叠：收拾，准备。

[14] "那其间"四句：用王魁与敫桂英故事。落第举子王魁与桂英相恋，明年应试前与桂英神庙设誓永不相负。王魁得第竟负桂英。桂英自尽后到癸灵庙状告王魁并追索性命，王魁竟死。（见宋张邦畿《侍儿小名录拾遗》引宋人刘斧《摭遗》等）戏曲中也多演其事。

[15] 加冠：谐音"加官"。

[16] 鸭：鸭形香炉。

【题解】

本出又称《秋江哭别》、《秋江》，是昆京川等剧种常演剧目。描写心理细腻生动，唱词工雅清丽，很适合舞台演出。全剧情节受《西厢记》等剧影响明显。《寄弄》、《追别》都是深受人们喜爱的名篇佳作。

【集评】

[1] 词多清俊。第以女贞观而扮尼讲佛，纰缪甚矣。（吕天成《曲品》卷下）

[2] 幽欢在女贞观中，境无足取。惟着意填词，摘其字句，可以唾玉生香，而意不能贯词，便如徐文长所云"锦糊灯笼，玉镶刀口"，讨一毫明白不得矣。（祁彪佳《远山堂曲品·能品》）

【参考书】

[1] 明继志斋刻本,《古本戏曲丛刊》初集影印,商务印书馆1954年版。

[2]《玉簪记》,宁希元校注,收入《中国十大古典喜剧集》,王季思主编,齐鲁书社1991年版。

阮大铖

阮大铖(1587—1646),字集之,号园海,又号石巢、百子山樵,怀宁(今安徽安庆)人。万历四十四年(1616)进士。攀附阉宦魏忠贤,官至太常寺少卿、光禄卿;崇祯时因名列逆案,削籍家居。南明弘光朝,又因结纳马士英、迎立福王而官至兵部尚书、右副都御史,倒行逆施,迫害东林党人。后又降清,从清军攻仙霞岭,仆石而死(一说为清军所杀)。阮大铖为臣奸佞,为人卑劣,为士人所不齿;但又有文才,他的剧作被广为传唱,即使反对他的人对他的剧作也很欣赏。有《咏怀堂诗集》,作传奇十一种,今存四种,合称《石巢传奇四种》,《燕子笺》是他的代表作。

燕 子 笺

第三十八出 奸遁

(外上唱)

【生查子】人縠混鱼珠,惭主南宫试。潦草点朱衣,笑破刘蕡齿。

老夫为场中误取了鲜于佶这厮,既负圣恩,兼生物议。连日心下十分懊恼。只这节事终无含糊之理,定须再加复试,自己检举方可。已曾着人唤那狗头去了。门官那里?(门官应介)小人在此。(外)你听我分付:鲜于佶若到了,便请到书房坐下,说我出衙门后,身子不快,到晚间出来相陪。有封口的帖一通,叫他亲自拆看。是要紧的几篇文字,烦他代作代作。他若要回去时,你说我分付的,恐他寓中事多,就在此做了罢。门要上锁,他倘若不容你锁门,你也说是我分付过的,恐闲人来搅扰,定要锁了。凡事小心在意。(门接帖介)理会得。(外)欲防曼倩偷桃手,先试陈思煮豆吟。(下介)(副净上,唱)

【前腔】酣饮玉堂回,浓抱龙阳睡。相府疾忙催,想订红鸾喜。

今日同年中相邀，饮了几杯，与一两个惫赖莲子胡同的拐子头，睡兴方浓。这些长班连报说郦老爷请讲话，催了数次。我想老师请我，没别的话讲，多分是前日央他亲事一节，接我对面商量。老师也是个老聪明老在行，自然晓得我的意思了。郦飞云，郦飞云，你前日那首词儿，被那燕子衔去的，倒是替我老鲜作了媒了。我好快活，快活！（长班）稟爷，到了郦老爷门首了。（门）老爷分付，状元爷到，径请进书房中坐。（副净笑介）这个意思就好起，比往常不同，分明是入幕的娇客相待了。（进书房介）（门）老爷拜上，这一会身子被缠倦了，说晚间出来相陪。有一个封口帖子在此，请状元爷亲行开拆。（唱）

【一盆花】老爷呵，连日衙门有事，刚转回私署，少息勤劬，待晚来剪烛话心期。这封书特烦亲启，便知就里端的。（副净接书，笑介）（唱）自然相体，果然作美。一见了这"亲开"二字，不胜之喜。

怎么说亲手开拆，想必是他令爱庚帖了。我最喜的是这个"亲"字儿，待开来。（开看，做认不得字，惊介）这却不像庚帖，是些什么？唠唠叨叨，许多话说，我一字不懂得。（问门官介）你念与我听听。（门）你中了高魁，倒认不得字，反来问小人。（副净）不是这等说。我因连日多用了几杯了，这眼睛濛濛淞淞的，认得字不清楚。烦你念与我听了，就晓得帖中是什么话题。（门念介）"恭慰大驾西狩表一道，渔阳平鼓吹词一章，笺释先世《水经注》叙一首。"老爷分付，这三样文章是要紧的，烦状元爷大笔代作代作。（副净慌背语）罢了，罢了。我只说今日接来讲亲事，不料撞着这一件飞天祸事来了。这却怎么处？有了。门官，你多多禀上老爷，说我衙里有些事情回去。晚间如飞做了，明早送来何如？（门）老爷分付过的，恐怕状元爷衙内事多，请在此处做了回去罢。文房四宝现成安排在此。（移桌拂椅介）请，请。（副净叫疼介）不好，不好。我这几时腹中不妥帖，不曾打点得，要去走动走动来方好。（门）不妨事，就是净桶也办得有现成在里面。（作锁门介）（副净嚷介）门是锁不得的！（门）也是老爷分付过，叫锁上门，不许闲人来此搅乱状元的文思。（副净）怎么只管说老爷分付、分付的？你们松动些儿也好。（门）可知道，前日该与我们旧规，你也何不松动些儿么？那样大模大样，好不怕杀人。今日也要求咱老子？（作锁介）（门下介）合了黄金锁，□□白雪词。（副净跌足介）这却怎么处？我从来那里晓得干这桩事的么？苦，苦！（唱）

【桂坡羊】从来现世、文章不济，今朝打破砂锅，好待直穷到底。我心中自思，我心中自思，只得逾垣而避。上天无翅，不免爬过墙去罢。（作爬墙，跌下介）爬又爬不过去，怎生好？我想这桩事也忒杀欺心，天也有些不像意我了。知之，青天不可欺。那恩师，变卦为怎的？

（门捧茶酒上介）未见成文字，先请吃茶汤。（敲门介）状元爷，你来你来。（副净喜介）谢天地！造化，造化！想是开门放我出去了。（做听介）（门）你来门边来，老爷里面送出茶壶手盒在此。恐怕你费心，拿来润笔，差小人送在此。你可在转盘里接进去。（副净）你说我心中饱闷，吃不下。多谢，不用了。（门官）吃了肚子里面有料。（笑介）这样好酒好茶不吃，待我拿去偏背了，如何如何。（笑介）他的放不出来，我的收将进去。（下介）（副净唱）

【前腔】茶汤频至，并无只字。分明识破机关，故作磨砻之计。真无法可施，真无法可施，被龙门误事。我想墙是爬不过去的了，只得往狗洞剥相一剥相何如？（斜视介）腌臜得凶，这里不是我写到所的所在。没奈何，要脱此大难，也顾不得了。把犬门偷觑，且钻之。王婆烟一溜儿。（内犬吠介）（跌足介）偏是这东西，又哗哗吠怎的！

（做钻过，狗咬跌倒，起来又飞跳下介）（门上）怎么狗这样叫得凶，什么缘故？呀！这洞门口的砖块，缘何塌下许多来了？（作开门寻不见介）状元爷那里去了？想是作不出文章，在这所在溜过去的。老爷有请。（外）不是一番寒彻骨，怎得春魁捉笔慌。状元文字完了不曾？（门跪禀介）[锦堂月]小人传宣台旨，请状元代作文章。见他意思有些慌，说自不曾受这般刑杖。（外笑）做文章怎么是刑杖？可笑，可笑！（门）他脚踏梅花树上，攀枝要跳东墙。吊下来又往大门张，（指大门介）溜走了不知去向。（外）原来竟日不成一字，场中明白是割卷无疑，定要上疏检举了。快叫写本的伺候。（杂上）不寝听金钥，因风想玉珂。小的写本的叩头。（外）我为文场中误取榜首，要上检举疏，可取文房四宝来，起稿则个。（写介）（唱）

【黄莺带一封】造次主春闱，被奸徒赚大魁，自行检举难回避。那霍都梁呵，是扶风大儒，将三场割取，明珠鱼目须更易。售奸欺，负恩私，请罢斥昏庸归故里。

这本稿已写完，你们可分定扣数，连夜写了，明早就拿个帖子，送与管金马门内相，说我有病，叫他上了号簿，作速传进便了。（杂）理会得。

珊瑚铁网网应稀，鱼目空疑明月辉。
不是功成疏宠位，将因卧病解朝衣。

（同下）

（《古本戏曲丛刊》二集影印怀远堂刊本，商务印书馆1955年版）

【题解】

本剧作于崇祯十五年（1642），共四十二出，写唐代士子霍都梁入京应试，与妓华行云订有姻盟，为画春容一幅；郦飞云有观音大士一幅。二画送裱，取时互易。飞云见霍生所画春容似己，遂题词一首；词笺为燕子衔去，霍生拾得。霍生同乡鲜于佶胸无点墨，买通役吏把科场试卷与霍生更换，被郦飞云之父郦安道误取为状元。事发，郦安道约鲜于佶于书房再试，鲜于佶狗洞逃跑。郦安道上表自请罢官。皇帝有旨：郦安道安心供职，鲜于佶交有司严究，霍都梁中状元，与郦飞云、华行云一夫二妇团圆。中间穿插了安史之乱中的离离合合等等情节。虽有受《西厢记》、《牡丹亭》影响的明显痕迹，但剧情曲折，结构紧凑，文词清雅，是戏剧的行家里手，很受好评。内廷、民间广为演出，《奸遁》一出更是舞台上的常演剧目。

【集评】

[1]《燕子笺》之飞燕、之舞象、之波斯进宝，纸札装束，无不尽情刻画，故其出色也愈甚。阮圆海大有才华，恨居心勿静，其所编诸剧，骂世十七，解嘲十三，多诋毁东林，辩宥魏党，为士君子所唾弃，故其传奇不著焉。如就戏论，则亦镞镞能新，不落窠白者也。（张岱《陶庵梦忆·阮圆海戏》）

[2]《燕子笺》《春灯谜》诸剧，排场特妙，词亦新颖，惟稍嫌尖刻，故叶怀庭认为开笠翁恶札之端。（王季烈《螾庐曲谈》）

高　启

高启（1336—1374），字季迪，号青丘子，晚号槎轩，长洲（今江苏苏州）人。少有志于功名。张士诚据苏州时，为其参政饶介所赏识，结交甚广，然终未仕。明初应召赴南京参与修撰《元史》，后任翰林院编修。不久授户部侍郎，他坚辞不受，仍归田里。朱元璋认为他不肯合作，洪武七年，借苏州知府魏观改修府治案，将他牵连斩决，年仅三十九岁。有《高太史大全集》。

登金陵雨花台望大江

大江来从万山中，山势尽与江流东。钟山如龙独西上[1]，欲破巨浪乘长风[2]。江山相雄不相让，形胜争夸天下壮。秦王空此瘗黄金，佳气葱葱至今王[3]。我怀郁塞何由开，酒酣走上城南台[4]。坐觉苍茫万古意，远自荒烟落日之中来。石头城下涛声怒[5]，武骑千群谁敢渡。黄旗入洛竟何祥[6]，铁锁横江未为固[7]。前三国，后六朝[8]，草生宫阙何萧萧。英雄来时务割据，几度战血流寒潮。我生幸逢圣人起南国[9]，祸乱初平事休息。从今四海永为家[10]，不用长江限南北。

（四部丛刊本《高太史大全集》卷十一）

【注释】

[1]"钟山"句：结合前句意谓，沿江山势，皆是顺随江流而东向的，只有钟山宛如蛟龙，逆江流由东向西盘旋而上。钟山，即紫金山，在今江苏南京市中山门外。

[2]"欲破"句：化用《南史·宗悫传》"愿乘长风破万里浪"语。

[3]"秦王"二句：意谓秦王埋金以镇压王气的行为是徒劳的，如今的南京城仍然草木葱郁，王气兴盛。秦王埋金事，据《丹阳记》："秦始皇埋金玉杂宝以厌天子气，故曰金陵。"又《太平御览》卷一七〇则谓埋金事系楚威王所为："昔楚威王见此有王气，因埋金以镇之，故曰金陵。秦并天下，望气者言江东有天子气，凿地断连岗，因改金陵为秣陵。"两说虽不同，但都认为金陵自古就有帝王气象。瘗，埋。王（wàng），通"旺"，盛，胜。

[4]城南台：即雨花台。相传梁武帝时云光法师于此讲经，天花坠落如雨，故名。

[5]石头城：原为楚金陵城，孙权重筑改名。故址在今南京清凉山。六朝时，城背山面江，地势极为险峻。

[6]黄旗入洛：典出《三国志·吴书·孙皓传》注引《江表传》："初丹杨刁玄使蜀，得司马徽与刘廙论运命历数事。玄诈增其文以诳国人曰：'黄旗紫盖见于东南，终有天下者，荆、扬之君乎！'又得中国降人，言寿春下有童谣曰'吴天子当上'。皓闻之，喜曰：'此天命也。'即载其母妻子及后宫数千人，从牛渚陆道西上，云青盖入洛阳，以顺天命。行遇大雪，道涂陷坏，兵士被甲持仗，百人共引一车，寒冻殆死。兵人不堪，皆曰：'若遇敌便当倒戈耳。'皓闻之，乃还。"吴主孙皓迷信刁玄谣言，以为青盖入洛是吴灭晋之兆，而后来孙皓降晋，举家迁洛。故云"竟何祥"。

[7]铁锁横江：据《晋书·王濬传》载，西晋太康元年（280），大将王濬率水军攻吴，"吴人于江险碛要害之处，并以铁锁横截之，又作铁锥长丈余，暗置江中，以逆距船。先是，羊祜获吴间谍，具知情状。濬乃作大筏数十，亦方百余步，缚草为人，被甲持杖，令善水者以筏先行，筏遇铁锥，锥辄著筏去。又作火炬，长十余丈，大数十围，灌以麻油，在船前，遇锁，然炬烧之，须臾，融液断绝，于是船无所碍。"

[8]"前三国"二句：三国指魏、蜀、吴，这里专指吴国。六朝指吴、东晋、宋、齐、梁、陈，这里专指东晋和南朝。这六个朝代均建都金陵。

[9]圣人起南国：圣人指朱元璋，安徽凤阳人，因其当初从郭子兴起兵于濠州（治所钟离县在今凤阳临淮关西），故云。

[10]从今四海永为家：用刘禹锡《西塞山怀古》语："从今四海为家日，故垒萧萧芦荻秋。"

【题解】

高启的这首七言歌行,笔力雄健,气势磅礴。开篇六句写景,着力凸现金陵王气天下胜的雄奇地理风貌。中间部分紧扣金陵"佳气葱葱"回顾历史,展开议论。诗中通过六朝建都金陵的兴亡历史,说明江山险固不可依恃。最后四句由历史沉思而回到现实,在表层对朱元璋统一天下的歌颂中,暗寓有作者对明帝国建都金陵而勿蹈历史覆辙的警示。

宋　濂

宋濂(1310—1381),字景濂,号潜溪,祖籍潜溪(今浙江金华),移居浦江(今浙江义乌北)。自幼好学,少负文名。明初被朱元璋征召,历官江南儒学提举、《元史》总裁、翰林学士承旨知制诰等,后以老致仕,终因涉案谪四川茂州,途中病故。正德时追谥文宪。论文提倡宗经崇道,认为只有孔子之文可称之为文。长于散文,尤以传记文成就最高。朱元璋推其为"开国文臣之首"。有《宋学士文集》七十五卷。

送东阳马生序[1]

余幼时即嗜学,家贫,无从致书以观,每假借于藏书之家,手自笔录,计日以还。天大寒,砚冰坚,手指不可屈伸,弗之怠[2]。录毕,走送之,不敢稍逾约。以是人多以书假余,余因得遍观群书。既加冠[3],益慕圣贤之道,又患无硕师、名人与游[4],尝趋百里外,从乡之先达执经叩问。先达德隆望尊,门人弟子填其室,未尝稍降辞色[5]。余立侍左右,援疑质理[6],俯身倾耳以请;或遇其叱咄,色愈恭,礼愈至,不敢出一言以复;俟其欣悦,则又请焉。故余虽愚,卒获有所闻。

当余之从师也,负箧曳屣行深山巨谷中[7],穷冬烈风,大雪深数尺,足肤皲裂而不知;至舍[8],四肢僵劲不能动,媵人持汤沃灌[9],以衾拥覆,久而乃和。寓逆旅[10],主人日再食,无鲜肥滋味之享。同舍生皆被绮绣,戴珠缨宝饰之帽,腰白玉之环,左佩刀,右佩容臭[11],烨然若神人;余则缊袍敝衣处其间[12],略无慕艳意。以中有足乐者,不知口体之奉不若人也。盖余之勤且艰若此。今虽耄老,未有所成,犹幸预君子之列,而承天子之宠光,缀公卿之后,日侍坐备顾问,四海亦谬称其氏名,况才之过于余者乎?

今诸生学于太学，县官日有廪稍之供[13]，父母岁有裘葛之遗，无冻馁之患矣；坐大厦之下而诵诗书，无奔走之劳矣；有司业、博士为之师，未有问而不告，求而不得者也；凡所宜有之书，皆集于此，不必若余之手录，假诸人而后见也。其业有不精，德有不成者，非天质之卑，则心不若余之专耳，岂他人之过哉！

东阳马生君则，在太学已二年，流辈甚称其贤。余朝京师，生以乡人子谒余，譔长书以为贽[14]，辞甚畅达，与之论辩，言和而色夷。自谓少时用心于学甚劳，是可谓善学者矣！其将归见其亲也，余故道为学之难以告之。谓余勉乡人以学者，余之志也；诋我夸际遇之盛而骄乡人者，岂知余者哉！

（《宋文宪公全集》卷三十二，四部备要本）

【注释】

[1] 东阳：浙江县名，与潜溪同属金华府。马生：即太学生马君则。序：文体名，有书序、赠序，此为赠序。

[2] 弗之怠：不肯松懈。

[3] 加冠：古代男子二十行加冠礼，标志已成年。

[4] 硕师：名师，大师。

[5] 稍降辞色：把语气面色放缓和一些。

[6] 援疑质理：提出问题，询问义理。

[7] 负箧（qiè）曳（yè）屣（xǐ）：背着书箱，拖着鞋子。

[8] 舍：从文义看，这里指家舍。

[9] 媵人：婢仆。

[10] 逆旅：旅馆。下句"日再食（sì）"，每日供给两餐。

[11] 容臭（xiù）：古人佩戴的香袋。

[12] 缊（yùn）袍：用粗麻布做成的袍子。

[13] 县官：朝廷。廪稍之供：朝廷对于太学生按期给予的米粮供应。

[14] 譔（zhuàn）：同"撰"。贽：进见时呈献的礼物。

【题解】

东阳马生，是作者的同乡，当时就读于太学，回乡探亲时，作者作此序文以赠，勉励马生勤奋学习，必有所成。虽为说教文，却无说教气，以自己的亲身经历与今之诸生对比，在真切平实的叙述中阐发道理，理蕴于情，如话家常。

【集评】

[1] 文气从容而博大，故有明推为一代之冠。然颇乏精采，少含警策。（李慈铭《越缦堂读书记》）

刘 基

刘基（1311—1375），字伯温，青田（今属浙江）人。元末进士。朱元璋起兵后，刘基被征聘，出谋划策，成为明朝开国勋臣。仕至御史中丞，封诚意伯。性刚嫉恶，与物多忤，后为人构陷，忧愤卒，谥文成。博通经史，尤精象纬之学。其诗"沉郁顿挫，自成一家"（《四库全书总目提要》），其文"气昌而奇，与宋濂并为一代之宗"（《明史》本传），其词能为清婉妙丽，亦能为悲凉慷慨，均足冠冕有明一代。有《诚意伯文集》二十卷。

卖柑者言

杭有卖果者[1]，善藏柑，涉寒暑不溃。出之烨然[2]，玉质而金色[3]。置于市，贾十倍[4]，人争鬻之[5]。予贸得其一，剖之，如有烟扑口鼻，视其中，干若败絮。予怪而问之曰："若所市于人者[6]，将以实笾豆[7]，奉祭祀，供宾客乎？将炫外以惑愚瞽也[8]？甚矣哉为欺也。"

卖者笑曰："吾业是有年矣[9]，吾赖是以食吾躯[10]。吾售之，人取之，未尝有言，而独不足于子所乎[11]？世之为欺者不寡矣，而独我也乎？吾子未之思也[12]。今夫佩虎符、坐皋比者[13]，洸洸乎干城之具也[14]，果能授孙吴之略耶[15]？峨大冠、拖长绅者[16]，昂昂乎庙堂之器也[17]，果能建伊皋之业耶[18]？盗起而不知御，民困而不知救，吏奸而不知禁，法斁而不知理[19]，坐縻廪粟而不知耻[20]。观其坐高堂，骑大马，醉醇醴而饫肥鲜者[21]，孰不巍巍乎可畏，赫赫乎可象也？又何往而不金玉其外，败絮其中也哉[22]！今子是之不察，而以察吾柑！"

予默默无以应。退而思其言，类东方生滑稽之流[23]。岂其愤世疾邪者耶？而托于柑以讽耶？

（《诚意伯文集》卷七，四部丛刊本）

【注释】

　　[1] 杭：今杭州市。
　　[2] 烨（yè）然：光彩灿烂的样子。这里指柑橘颜色鲜艳。
　　[3] 玉质而金色：果皮质地像玉一样润泽，颜色像金子一样。
　　[4] 贾（jiǎ）：同"价"，价格。
　　[5] 鬻（yù）：卖，这里是买的意思。
　　[6] 市：卖。
　　[7] 实笾（biān）豆：实，充实，盛。笾和豆都是古代祭祀或饮宴时用来盛食物的高脚器皿。盛果品等物的竹器叫笾，盛肉食等物的木器叫豆。
　　[8] 炫：夸耀。愚瞽（gǔ）：指傻子、盲人。
　　[9] 业是：以此为业。
　　[10] 食（sì）：同"饲"，给……吃，养活。
　　[11] 子：尊称，犹言先生。所：所需的省略。
　　[12] 吾子：尊称，有亲近的意味。
　　[13] 虎符：虎形的军中印信，是古代调兵遣将的凭证，可以分而为二，君王和将军各执其一，作为信物。皋比（gāo pí）：虎皮。这里指将帅坐的虎皮椅。
　　[14] 洸洸（guāng）：威武的样子。语见《诗经·大雅·江汉》："江汉汤汤，武夫洸洸。"干城之具：指保卫国家的人才。语见《诗经·周南·兔罝》："纠纠武夫，公侯干城。"干，盾；城，城墙；干与城都是捍卫内之具。具，才具，这里指人才。
　　[15] 孙吴：指春秋末年的孙武与战国时期的吴起，均著名军事家。略：韬略，兵法。
　　[16] 峨大冠：戴着高帽子。绅：古代士大夫腰上系的长带。
　　[17] 庙堂：宗庙朝堂，即朝廷。
　　[18] 伊：商汤的贤相伊尹，曾辅佐商汤攻灭夏桀。皋：皋陶（yáo），传说是虞舜时的狱官之长。
　　[19] 斁（dù）：败坏。
　　[20] 坐縻廪粟：坐享俸禄。縻，耗费。廪粟，国库供给的粮食。
　　[21] 醇醴：味道浓厚的酒。饫（yù）：饱食。
　　[22] 何往而不：哪个不是……。
　　[23] 东方生：汉武帝时名臣东方朔，字曼倩，善于寄讽谏于滑稽诙谐的言论之中。（事见《史记·滑稽列传》）

【题解】

　　这篇寓言可谓"言近而旨远"。假借卖柑者的言论，对于那些"金玉其外，败絮其中"的文武大臣们，刻画的不仅是他们的外形，更勾勒了他们的灵魂。所写虽为元末官场，却有普遍意义。文章构思新巧，寓意深刻，譬喻生动，语言犀利。文章采取设辞问答形式，有助于深化主旨。结尾自问，有画龙点睛之妙。

【集评】

  [1] 青田此言，为世人盗名者发，而借卖柑影喻。满腔愤世之心，而以痛哭流涕出之。士之金玉其外，而败絮其中者，闻卖柑之言，亦可以少愧矣。（吴楚材、吴调侯《古文观止》）

  [2] 刘学士盖有慨于缙绅先生，无不金玉其外，败絮其中，故设为卖柑之说，以抒写其意。玩其文，识见俊卓，调度闲雅，且浑厚深沉，不露骨，不伤痕，可垂不朽。（过商侯《详订古文评注全集》）

于 谦

  于谦（1398—1457），字廷益，号节庵，钱塘（今杭州）人。明初永乐间进士，历官山西、河南、江西等地巡抚。居官清廉，百姓称其为"于青天"。正统十四年（1449）蒙古瓦剌部入侵，英宗御驾亲征，于土木堡兵败被俘。于谦时为兵部尚书，提出"社稷为重君为轻"的口号，拥立景帝，防守京城，击退外敌。后英宗被瓦剌部送回，复辟夺位，诬于谦谋反，将其杀害。其诗多表现忧国忧民的情怀，有《于肃愍公集》。

石 灰 吟

千锤万击出深山，烈火焚烧若等闲。粉骨碎身全不惜，要留清白在人间。
   （《于肃愍公集·拾遗》，《丛书集成续编》本，上海书店出版社1994年版）

【题解】

  这首诗咏物言志，以洁白石灰的开采烧炼抒写不畏生死、矢志不渝的人品志向。平易通俗而精警流畅。清明刚正的人格精神感人至深，故能脍炙人口，成为明清诗中最流行的名篇。

【集评】

  [1] 其诗风格遒上，兴象深远，虽志存开济，未尝于吟咏求工，而品格乃转出文士上，亦足见其才之无施不可矣。（纪昀《四库全书总目提要》）

李梦阳

李梦阳（1473—1530），字献吉，号空同子，庆阳（今属甘肃）人。家世寒微，弘治七年（1494）进士，由户部主事迁员外郎，累官江西提学副使。弘治十八年曾应诏上书，极言时政得失，又尝参与弹劾宦官刘瑾事，几度下狱。李梦阳反对台阁体诗文"啴缓冗沓，千篇一律"的弊端，倡导复古以救其瘘痹，"学者翕然从之，文体一变"（《四库全书总目提要》）。与何景明同为"前七子"领袖。所作诗以乐府、歌行成就较高。七律之作，专宗杜甫，亦颇有一些雄浑豪壮的佳制。惟模拟太甚，对后来诗坛产生了不良影响。著有《空同集》。

秋　　望

黄河水绕汉边墙[1]，河上秋风雁几行。客子过壕追野马[2]，将军韬箭射天狼[3]。黄尘古渡迷飞挽[4]，白月横空冷战场。闻道朔方多勇略，只今谁是郭汾阳[5]？

（《空同集》卷三十二，文渊阁四库全书本）

【注释】

[1]"黄河"句：明代沿秦长城故址筑长城以御鞑靼人入侵，今宁夏灵武、银川一带与黄河平行，庾信《拟咏怀》有"城影入黄河"句。边墙，一作宫墙。

[2]客子：指离家戍边的士卒。壕：壕沟。一说通"濠"，护城河。

[3]韬（tāo）箭：弓箭。韬，弓袋。天狼：星名，旧说天狼星主侵扰。射天狼，抵御外敌入侵之意。

[4]飞挽：即飞刍（草）挽粟（粮），飞快运送粮草。《汉书·主父偃传》："使天下飞刍挽粟"注："运载刍藁，令其疾至，故运飞刍。挽，谓引车船也。"

[5]郭汾阳：唐郭子仪，华州郑县（今陕西华县）人，任朔方节度使时平安史之乱、击退吐蕃有功，封汾阳郡王。

【题解】

诗题又作《出使云中》、《出塞》。明弘治十三年（1500），诗人为户部主事时，曾奉命往河套犒榆林军，这首诗即写其驰望边塞时的见闻感受，表达了作者对时局的忧患情怀。首联以黄河、长城、秋风、飞雁等北方边陲特有意象，绘成一幅气象开阔而略带萧瑟之感的秋日边塞图。颔联借前方将士孔武矫健的身影，与首联相映衬，烘托战事将起的紧张气氛。颈联分别选取战前紧张忙碌场面与古战场冷月当空的凄清之境，于强烈对比中引人遐思。尾联借唐朝平定安史之乱的大将郭子仪之典，表达诗人对英雄的呼唤和对时局的深深隐忧。

杨　慎

杨慎（1488—1559），新都（今属四川）人，字用修，号升庵，正德六年（1511）状元，授翰林修撰，嘉靖时充经筵讲官。父杨廷和为首辅，以议礼忤明世宗，乞休去。杨慎执前议力谏，两受廷杖，谪戍云南。谪居多暇，书无所不览，好学穷理，老而弥笃。记诵之博，著作之富，为明代第一。论理学极诋陆九渊、王守仁，论经学极诋郑玄，好博务欲胜人，甚至依托杜撰。著有《升庵集》及杂著《丹铅总录》等。

临　江　仙

滚滚长江东逝水，浪花淘尽英雄。是非成败转头空。青山依旧在，几度夕阳红。　　白发渔樵江渚上，惯看秋月春风。一壶浊酒喜相逢。古今多少事，都付笑谈中。

（《三国演义》开篇词，人民文学出版社1973年版）

【题解】

这是杨慎所作《廿一史弹词》第三段说秦汉的开场词，经清人毛宗岗移作《三国演义》开篇词，流传极广。作者感慨历史兴亡，思考历史价值，上片取长江东逝、青山长在和夕阳几度的天地、自然视角，见出历史英雄的有限与空无，写得气度恢宏，意境阔大；下片转为渔樵笑谈古今，把帝王将相的赫赫功业一扫而空，将千古历史淡化为无价值的空虚，写得感慨万端，而又从容不迫。

王世贞

王世贞（1526—1590），字元美，号凤洲，又号弇州山人，江苏太仓人。嘉靖二十六年（1547）进士，授刑部主事，迁郎中。其父因战事失利下狱论死，遂解官赴难。隆庆初复出，累官南京刑部尚书。以诗文名于当世，与李攀龙、谢榛等合称为"后七子"。李攀龙去世后，独领文坛二十年。《明史》称其"才最高、地望最显、声华意气、笼盖海内"。论诗推崇盛唐，讲究才思格调。其诗众体皆工，尤擅古乐府。有《弇州四部稿》、《续稿》。

登太白楼

昔闻李供奉，长啸独登楼。此地一垂顾，高名百代留。白云海色曙，明月天门秋。欲觅重来者，潺湲济水流。

（《弇州四部稿》卷二十四，文渊阁四库全书本）

【题解】

太白楼在今山东济宁。李白天宝元年（742）待诏翰林供奉，天宝三年赐金放还，曾客居任城（济宁州），登临州南城，与任城县令贺公觞饮，后名为太白楼。此诗写登太白楼所见所感。前四句追思往昔，遥想当年李白长啸登楼时的豪放情状，抒写自己对前贤的崇敬之情。后四句由景而情，以壮阔之笔描绘太白楼海天一色，明月秋空之景，抒发高士难求的天才孤寂之感。全诗首尾呼应，笔力雄健，极具盛唐诗之风韵。

归有光

归有光（1506—1571），字熙甫，号项脊生，昆山（今属江苏）人。九岁能属文，嘉靖十九年（1540）中举人。此后二十余年八次会试不第。后读书讲学，人称震川先生。六十岁中进士，授长兴知县，官至南京太仆寺丞。与王慎中、茅坤、唐顺之等人共同抵制前、后七子"文必秦汉"的主张，提倡唐宋古文，后世称之为唐宋派。其散文不事雕饰，即事抒情，真切感人。被推为明文第一。有《震川文集》。

项脊轩志

项脊轩[1]，旧南阁子也。室仅方丈，可容一人居。百年老屋，尘泥渗漉，雨泽下注，每移案，顾视无可置者。又北向，不能得日，日过午已昏。余稍为修葺，使不上漏；前辟四窗，垣墙周庭，以当南日，日影反照，室始洞然。又杂植兰桂竹木于庭，旧时栏楯[2]，亦遂增胜。积书满架，偃仰啸歌，冥然兀坐[3]，万籁有声。而庭阶寂寂，小鸟时来啄食，人至不去。三五之夜，明月半墙，桂影斑驳，风移影动，珊珊可爱。

然予居于此，多可喜，亦多可悲。先是庭中通南北为一；迨诸父异爨[4]，内外多置小门墙，往往而是。东犬西吠，客逾庖而宴[5]，鸡栖于厅。庭中始为篱，已为墙，凡再变矣。家有老妪，尝居于此。妪，先大母婢也[6]，乳二世，先妣抚之甚厚[7]。室西连于中闺，先妣尝一至。妪每谓予曰："某所而母立于兹。"妪又曰："汝姊在吾怀，呱呱而泣；娘以指叩门扉曰：'儿寒乎？欲食乎？'吾从板外相为应答……"语未毕，余泣，妪亦泣。余自束发，读书轩中。一日，大母过余曰："吾儿，久不见若影，何竟日默默在此，大类女郎也？"比去，以手阖门，自语曰："吾家读书久不效，儿之成，则可待乎！"顷之，持一象笏至[8]，曰："此吾祖太常公宣德间执此以朝，他日汝当用之！"瞻顾遗迹，如在昨日，令人长号不自禁。

轩东，故尝为厨；人往，从轩前过。余扃牖而居[9]，久之，能以足音辨人。轩凡四遭火，得不焚，殆有神护者。

项脊生曰："蜀清守丹穴，利甲天下，其后秦皇帝筑女怀清台[10]。刘玄德与曹操争天下，诸葛孔明起陇中，方二人之昧昧于一隅也，世何足以知之？余区区处败屋中，方扬眉瞬目，谓有奇景；人知之者，其谓与坎井之蛙何异？"

余既为此志，后五年，吾妻来归。时至轩中，从余问古事，或凭几学书。吾妻归宁[11]，述诸小妹语曰："闻姊家有阁子，且何谓阁子也？"其后六年，吾妻死，室坏不修。其后二年，余久卧病无聊，乃使人复葺南阁子，其制稍异于前。然自后余多在外，不常居。庭有枇杷树，吾妻死之年所手植也，今已亭亭如盖矣。

（《震川先生集》卷十七，周本淳校点，上海古籍出版社1981年版）

【注释】

[1] 项脊轩：作者远祖归隆道曾居住于太仓县之项脊泾，故以此为书斋名。
[2] 栏楯（shǔn）：栏杆。纵为栏，横为楯。

[3] 冥然兀坐：沉默端坐。

[4] 诸父：伯父与叔父。异爨（cuàn）：分灶做饭，意指分家。

[5] 逾庖：越过厨房。

[6] 先大母：去世的祖母。

[7] 先妣：去世的母亲。

[8] 象笏：又称象简、手板，古时大臣上朝时所执，用象牙等制成。

[9] 扃（jiǒng）牖（yǒu）：关上窗户。

[10] "蜀清"三句：见《史记·货殖列传》："巴蜀寡妇清，其先得丹穴，而擅其利数世，家亦不訾。清，寡妇也，能守其业，用财自卫，不见侵犯。秦皇帝以为贞妇而客之，为筑女怀清台。"丹穴，朱砂矿。

[11] 归宁：已婚女子回娘家探视父母。

【题解】

　　本文分为两部分："余既为此志"之前为正文，十八岁时作；其后为附记，作于三十岁前后。围绕家中一间读书屋，追忆有关人事，流露出物是人非、世事沧桑的深深感慨。所忆者人各一事，琐碎细小而极富情味。妙在言近旨远，辞浅意深，于自然平易中见浓郁真醇。

【集评】

　　[1] 所为抒写怀抱之文，温润典丽，如清庙之瑟，一唱三叹。无意于感人，而欢愉惨恻之思，溢于言语之外。（王锡爵《归公墓志铭》）

宗　臣

　　宗臣（1525—1560），字子相，兴化（今属江苏）人。嘉靖二十九年（1550）进士，官至福建提学副史，在福建布政参议任内，曾率众击退倭寇。诗文主张复古，与李攀龙等齐名，为"后七子"之一。其诗模拟李白，成就不大。散文较少模拟，颇有成绩。有《宗子相集》。

报刘一丈书[1]

　　数千里外，得长者时赐一书[2]，以慰长想[3]，即亦甚幸矣。何至更辱馈遗[4]，则不才益将何以报焉[5]，书中情意甚殷，即长者之不忘老父[6]，知老父之念长者深也。

至以"上下相孚,才德称位"语不才[7],则不才有深感焉。夫才德不称,固自知之矣。至于不孚之病,则尤不才为甚。

且今世之所谓孚者何哉?日夕策马候权者之门,门者故不入[8],则甘言媚词作妇人状,袖金以私之[9]。即门者持刺入[10],而主者又不即出见。立厩中仆马之间,恶气袭衣裾,即饥寒毒热不可忍,不去也。抵暮,则前所受赠金者出,报客曰:"相公倦[11],谢客矣。客请明日来。"即明日又不敢不来。夜披衣坐,闻鸡鸣即起盥栉[12],走马抵门。门者怒曰:"为谁?"则曰:"昨日之客来。"则又怒曰:"何客之勤也?岂有相公此时出见客乎?"客心耻之,强忍而与言曰:"亡奈何矣,姑容我入!"门者又得所赠金,则起而入之,又立向所立厩中。幸主者出,南面召见[13],则惊走匍匐阶下。主者曰:"进",则再拜,故迟不起。起则上所上寿金[14]。主者故不受,则固请;主者故固不受,则又固请。然后命吏内之。则又再拜,又故迟不起,起则五六揖始出。出揖门者曰:"官人幸顾我[15],他日来,幸亡阻我也。"门者答揖。大喜,奔出。马上遇所交识,即扬鞭语曰:"适自相公家来,相公厚我,厚我。"且虚言状[16]。即所交识,亦心畏相公厚之矣。相公又稍稍语人曰:"某也贤,某也贤!"闻者亦心计交赞之[17]。此世所谓上下相孚也。长者谓仆能之乎?

前所谓权门者,自岁时伏腊一刺之外[18],即经年不往也。间道经其门[19],则亦掩耳闭目,跃马疾走过之,若有所追逐者。斯则仆之褊哉[20],以此常不见悦于长吏[21],仆则愈益不顾也。每大言曰:"人生有命,吾惟守分尔矣[22]!"长者闻此,得无厌其为迂乎[23]?

乡园多故,不能不动客子之愁。至于长者之抱才而困[24],则又令我怆然有感。天之与先生者甚厚,亡论长者不欲轻弃之,即天意亦不欲长者之轻弃之也,幸宁心哉[25]!

(明刻本《宗子相集》卷二十)

【注释】

[1] 报:答复。刘一丈:名玠字国珍,号墀石,是作者父亲宗周的朋友。一,排行居长;丈,对长辈的敬称。

[2] 时赐一书:经常给我一封信。

[3] 长想:长久的想念。

[4] 辱:谦敬之词,承蒙。馈遗(kuì wèi):赠送礼物。

[5] 不才:自称的谦词。下文"殷",深厚。

[6] 即:依照,由……看来。老父:指宗臣之父宗周。

[7] 上下相孚,才德称(chèn)位:取得上下级的信任,使自己的才德与官职相称。

孚，信任，信服。称，符合。语（yù）：告诉，指刘一丈信中所言。

[8] 门者故不入：权势之人的守门人故意不让进。权者当指严嵩、严世蕃父子。

[9] "袖金"句：用袖筒里所带的金银贿赂门者。

[10] 刺：名帖，名片。

[11] 相公：本为对宰相的称呼，也用为对上层社会男子的尊称。清翟灏《通俗编·仕进》："今凡衣冠中人，皆僭称相公。"

[12] 盥栉（guàn zhì）：梳洗。

[13] 南面：面朝南。立或坐于北，尊者之位。

[14] 寿金：祝寿的礼金。

[15] 官人：对守门人的奉承称谓。幸顾我：多蒙您照顾我。幸，表敬副词。

[16] 虚言状：编造相公接见的情景。

[17] 心计：心里打算。交赞：交口称赞。

[18] 岁时：逢年过节。伏腊：夏伏日冬腊日，都是古代设祭的日子。

[19] 间（jiàn）：有时，偶尔。

[20] 仆：对自己的谦卑之称。褊（biǎn）：心胸狭小。此为反话。

[21] 不见悦于长（zhǎng）吏：不被上司喜欢。

[22] 守分（fèn）：安守本分。

[23] "得无"句：恐怕会不满意我，认为我迂阔不近人情吧？

[24] 长者：指刘一丈。抱才而困：犹怀才不遇。

[25] 幸：希望。宁心：安心。

【题解】

　　嘉靖年间严嵩父子专权，士大夫钻营投靠，卑躬屈膝。这篇著名的书信体散文，通过对权奸专权纳贿、门者仗势勒索、干谒者趋炎谄媚等种种行为的描绘，揭露和讽刺了明代中期官场的黑暗与腐朽，委婉地对刘一丈进行劝慰，表明了自己不屑巴结权贵、不肯合流同污的正直态度和耿介品格。文章选取干谒者经由门丁求见并贿赂权臣的一个典型的情节，神形毕肖地刻画人物情态，淋漓尽致，具有强烈的讽刺力量。

【集评】

　　[1] 是时严介溪揽权，俱是乞哀昏暮骄人白日一辈人，摹写其丑形恶态，可为尽情。未说出自己之气骨，两两相较，薰犹不同，清浊异质。有关世教之文。（吴楚材、吴调侯《古文观止》）

　　[2] 写伺候之苦，献媚之劳，得意之状，字字写照传神，真令人不忍见，并不忍闻。看此辈何处生活！（过商侯《详订古文评注全集》）

袁宏道

袁宏道（1568—1610），字中郎，号石公。公安（今属湖北）人。万历二十年（1592）中进士，官至吏部郎中。曾问学李贽，引以为师，思想颇受其影响。与兄宗道、弟中道号"三袁"，被称为"公安派"，宏道实为领袖。论文主张体随时变，反对盲目拟古，强调诗文要"独抒性灵，不拘格套"。其作清新明畅，韵味深远，情致盎然，卓然成家。有《袁中郎全集》。

满井游记[1]

燕地寒，花朝节后[2]，余寒犹厉。冻风时作，作则飞砂走砾，局促一室之内，欲出不得。每冒风驰行，未百步辄返。廿二日，天稍和，偕数友出东直，至满井。高柳夹堤，土膏微润，一望空阔，若脱笼之鹄。于时冰皮始解，波色乍明，鳞浪层层，清澈见底，晶晶然如镜之新开而冷光乍出于匣也[3]。山峦为晴雪所洗，娟然如拭[4]，鲜妍明媚，如倩女之靧面而髻鬟之始掠也[5]。柳条将舒未舒，柔梢披风，麦田浅鬣寸许[6]。游人虽未盛，泉而茗者[7]，罍而歌者[8]，红装而蹇者[9]，亦时时有。风力虽尚劲，然徒步则汗出浃背。凡曝沙之鸟[10]，呷浪之鳞，悠然自得，毛羽鳞鬣之间[11]，皆有喜气。始知郊田之外，未始无春，而城居者未之知也。夫能不以游堕事，而潇然于山石草木之间者，惟此官也[12]。而此地适与余近，余之游将自此始，恶能无纪[13]？己亥之二月也[14]。

（《袁宏道集笺校》，钱伯城笺校，上海古籍出版社1981年版）

【注释】

[1] 满井：在今北京安定门外东五里，"一亭函井，其规五尺，四洼而中满，故名。"（王思任《满井游记》）井高于地，泉高于井，四时不落。

[2] 花朝（zhāo）节：旧俗农历二月十五为百花生日，称为花朝节。

[3] 泠（líng）光：清光。

[4] 娟然：美好貌。

[5] 倩女：美女。靧（huì）面：洗脸。掠：梳理。

[6] 浅鬣：短鬃毛，喻指低矮的麦苗。

[7] 泉而茗：泉、茗，名词用作动词，汲泉水煮茶。

[8] 罍（léi）：酒器。在此用作动词，意谓手中拿着酒杯。

[9] 蹇（jiǎn）：驴。红装而蹇者，穿红装骑驴的女子。

[10] 曝（pù）沙之鸟：在沙滩上晒太阳的鸟。
[11] 毛羽鳞鬣：鸟的羽毛，鱼的鳞和鳍。代指鱼鸟。
[12] 此官：作者当时任顺天府儒学教授，是个清闲官职。
[13] 恶（wū）：怎么。纪：通"记"。
[14] 己亥：明万历二十七年（1599）。

【题解】

这篇山水游记以我观物，在物我交融、怡情悦性中描画出北方初春的物候变换，流露出发现春讯的惊喜。笔墨轻盈潇洒，卷舒自如，轻点淡染之下意趣皆出。

【集评】

[1] 形容雅倩，顿挫生姿。写景亦如平芜，淡色轻阴，令人意远。（陆云龙《翠娱阁袁中郎文选》）

[2] 满井小小野趣耳，一经中郎描出，水色山光，便似领略不尽。（刘士䥶《赠订古今文致》引沈千秋语）

张　岱

张岱（1597—1679），字宗子，又字石公，号陶庵，别号蝶庵居士，山阴（今浙江绍兴）人。出身仕宦，早岁生活优裕，晚年隐迹山林，安贫著书。沿袭公安派、竟陵派的主张，提倡任情适性的文风。在明末清初堪称散文大家，小品文成就尤高。在国破家亡之际，回首逝去的繁华，抒发对故国乡土的追恋之情。文笔清新洒脱，时杂诙谐，趣味盎然。有《张岱诗文集》（上海古籍出版社1991年版）。

西湖七月半

西湖七月半，一无可看，只可看看七月半之人。看七月半之人，以五类看之。其一，楼船箫鼓，峨冠盛筵，灯火优傒[1]，声光相乱，明为看月而实不见月者，看之[2]；其一，亦船亦楼，名娃闺秀，携及童娈[3]，笑啼杂之，还坐露台[4]，左右盼望，身在月下而实不看月者，看之；其一，亦船亦声歌，名妓闲僧，浅斟低唱，弱管轻丝，竹肉相发[5]，亦在月下，亦看月而欲人看其看月者，看之；其一，不舟不车，不衫不帻[6]，酒醉饭饱，呼群三五，跻入人丛[7]，昭庆、断桥[8]，嚣呼嘈杂，装假醉，唱无腔曲，月亦看，看月者亦看，不看月者亦看，而实无一看者，看之；其一，小船轻幌[9]，净几煖炉，茶铛旋煮[10]，素瓷静递，好友佳人，邀月同坐，或匿影树下，或逃嚣里湖[11]，看月而人不见其看月之态，亦不作意看月者，看之。

杭人游湖，已出酉归[12]，避月如仇。是夕好名[13]，逐队争出，多犒门军酒钱[14]，轿夫擎燎，列俟岸上[15]。一入舟，速舟子急放断桥[16]，赶入胜会。以故二鼓以前人声鼓吹[17]，如沸如撼，如魇如呓[18]，如聋如哑；大船小船一齐凑岸，一无所见，止见篙击篙，舟触舟，肩摩肩，面看面而已。少刻兴尽，官府席散，皂隶喝道去。轿夫叫船上人怖以关门[19]。灯笼火把如列星，一一簇拥而去。岸上人亦逐队赶门，渐稀渐薄，顷刻散尽矣。吾辈始舣舟近岸[20]。断桥石磴始凉，席其上，呼客纵饮。

此时月如镜新磨，山复整妆，湖复颒面[21]。向之浅斟低唱者出，匿影树下者亦出，吾辈往通声气，拉与同坐。韵友来[22]，名妓至，杯箸安，竹肉发。月色苍凉，东方将白，客方散去。吾辈纵舟，酣睡于十里荷花之中，香气拘人，清梦甚惬。

（《陶庵梦忆》卷七，上海古籍出版社1982年版）

【注释】

[1] 优傒（xī）：倡优歌伎及婢仆。

[2] 看之：可以看上述这类看七月半的人。

[3] 童娈（luán）：俊美男童。娈，美好。

[4] 还（xuán）坐露台：一会儿又坐到船甲板。

[5] 竹：箫笛类管乐器，代指音乐。句谓音乐伴奏着歌唱。

[6] 不衫不帻（zé）：衣帽不整。帻，古代男子的头巾。

[7] 跻（jī）入人丛：挤进人群。跻，登。

[8] 昭庆、断桥：昭庆寺与断桥，均西湖名胜。

[9] 轻幌（huǎng）：细薄的帷幔。

[10] 茶铛（chēng）旋（xuàn）煮：临时煮茶。铛，煮茶之器。旋，临时。

[11] 里湖：里西湖，指孤山、白堤以北的湖。

[12] 巳：巳时，上午9时至11时。酉：酉时，下午5时至7时。言平日游湖不见月出而归。

[13] 是夕好（hào）名：七月十五夜，追求赏月之名。

[14] 多犒门军酒钱：多赏给守城门军士酒钱，以免游湖晚归受刁难。

[15] 列俟：列队等候。

[16] 速：催促。放：驶往。

[17] 二鼓：二更。一夜分为五个更次，二更相当于夜9时至11时。

[18] 魇（yǎn）：梦魇，恶梦。呓（yì）：说梦话。句谓如狂如梦。

[19] 怖以关门：以城门快要关闭吓唬游人上岸。

[20] 舣（yǐ）舟：停船靠岸。

[21] 颒（huì）面：洗面。言湖明净如洗。

[22] 韵友：风雅的朋友。

【题解】

这篇小品文表面写景实为写意，把七月十五游览西湖的人分为五种，在大俗与大雅的比照之下，凸出"吾辈"文人的逸趣清韵。纯用白描，寥寥数笔，意态毕现。

【集评】

[1] 余友张陶庵，笔具化工，其所记游，有郦道元之博奥，有刘同人之生辣，有袁中郎之清丽，有王季重之诙谐，无所不有。（祁彪佳《西湖梦寻序》）

张　溥

张溥（1602—1641），字天如，太仓（今属江苏）人。崇祯间进士，与同邑张采齐名，时称"娄东二张"，同为"复社"的创始人与著名领袖。文学上针对当时士大夫空疏不学的弊病提出"兴复古学""务为有用"的口号，企图复兴传统精神，挽救明朝政府的危亡。遭阉党构陷狱未成而溥死。张溥擅长散文，政治色彩浓烈，风格朴实。著有《七录斋诗文合集》。

五人墓碑记

五人者，盖当蓼洲周公之被逮[1]，激于义而死焉者也。至于今，郡之贤士大夫请于当道[2]，即除逆阉废祠之址以葬之[3]，且立石于其墓之门以旌其所为[4]。呜呼，亦盛矣哉！

夫五人之死，去今之墓而葬焉[5]，其为时止十有一月耳。夫十有一月之中，凡富贵之子，慷慨得志之徒，其疾病而死，死而湮没不足道者亦已众矣[6]，况草野之无闻者欤？独五人之皦皦[7]，何也？予犹记周公之被逮，在丁卯三月之望[8]。吾社之行为士先者[9]，为之声义，敛赀财以送其行，哭声震动天地。缇骑按剑而前[10]，问："谁为哀者？"众不能堪，抶而仆之[11]。是时大中丞抚吴者为魏之私人[12]，周公之逮所由使也。吴之民方痛心焉，于是乘其厉声以呵，则噪而相逐。中丞匿于溷藩以免[13]。既而以吴民之乱请于朝，按诛五人[14]：曰颜佩韦、杨念如、马杰、沈扬、周文元，即今之傫然在墓者也。

然五人之当刑也，意气扬扬，呼中丞之名而詈之[15]，谈笑以死。断头置城上，颜色不少变。有贤士大夫发五十金，买五人之脰而函之[16]，卒与尸合。故今之墓中，全乎为五人也。嗟夫！大阉之乱，缙绅而能不易其志者，四海之大，有几人欤？而五人生于编伍之间[17]，素不闻诗书之训，激昂大义，蹈死不顾，亦曷故哉？且矫诏纷出，钩党之捕遍于天下[18]，卒以吾郡之发愤一击，不敢复有株治[19]，大阉亦逡巡畏义[20]，非常之谋[21]，难于猝发，待圣人之出而投缳道路[22]，不可谓非五人之力也。

由是观之，则今之高爵显位，一旦抵罪，或脱身以逃，不能容于远近，而又有剪发杜门[23]，佯狂不知所之者[24]，其辱人贱行，视五人之死，轻重固何如哉！是以蓼洲周公忠义暴于朝廷[25]，赠谥美显，荣于身后，而五人亦得以加其土封，列其姓名于大堤之上。凡四方之士，无有不过而拜且泣者，斯固百世之遇也。不然，令五人者保其首领，以老于户牖之下[26]，则尽其天年，人皆得以隶使之，安能屈豪杰之流，扼腕墓道[27]，发其志士之悲哉！故予与同社诸君子，哀斯墓之徒有其石也，而为之记，亦以明死生之大，匹夫之有重于社稷也。

贤士大夫者：冏卿因之吴公[28]，太史文起文公[29]，孟长姚公也[30]。

（《七录斋诗文合集·古文存稿》卷三，明刊本）

【注释】

[1] 蓼洲周公：周顺昌，字景文，号蓼洲，江苏吴县人。万历进士，曾任福州推官、吏部员外郎等职，辞官后居家。因反对魏忠贤专权，遭诬告被捕，死于狱中。崇祯初赠谥忠介。

[2] 郡：指吴郡，即苏州。

[3] 除：清除，清理。魏阉：宦官魏忠贤。明熹宗时得势专权，无恶不作，崇祯时倒台。废祠：魏忠贤专权时，其爪牙官员在各地为他广建生祠（替活人立祠堂），苏州生祠建于虎丘山塘，祠未建成而魏已死，祠废。

[4] 旌：表彰。

[5] 墓：这里用作动词，修墓。

[6] 湮（yān）没：埋没。

[7] 皦（jiǎo）皦：明亮、显耀。

[8] 丁卯三月之望：指明熹宗天启七年（1627）三月十五日。望，旧历每月十五日。

[9] 吾社：指复社。行为士先者：行为成为士人表率的人。

[10] 缇骑（tí jì）：本是汉代执金吾属下穿红色军服的骑士，后泛指逮捕犯人的官差。缇，橘红色。

[11] 扶（chì）：击。仆：跌倒。

[12] 大中丞抚吴者：指吴郡巡抚毛一鹭，是魏忠贤的干儿子。中丞，明代对都察院御史的习惯称呼，常被派到州郡做巡抚，故又称巡抚为中丞。私人：亲近的同伙，指毛一鹭。下句"所由使"，由他所指使。

[13] 溷（hún）藩：指厕所。

[14] 按诛：依法处死。下文"傫（lěi）然"，重叠相连的样子。

[15] 詈（lì）：骂。

[16] 脰（dòu）：颈，代指头。函：用封套盛装物品，这里指把人头用盒子盛起来。

[17] 编伍：古时以五家编成一伍，故称平民为编伍。

[18] 钩党：钩相牵连而结为同党。

[19] 株治：株连治罪，因一人有罪而对有关连的人加以治罪。

[20] 逡（qūn）巡：有所顾忌而犹豫不决。

[21] 非常之谋：指魏忠贤企图弑君篡政。

[22] 圣人之出：指明思宗朱由检即位。投缳（huán）：自缢。缳，绳套。明思宗（崇祯）即位，魏忠贤被贬逐，畏罪自杀。

[23] 剪发：削发为僧。杜门：闭门不出。

[24] 佯狂不知所之：装疯出走，不知所往。按，以上几句暗指阉党的一些公卿大臣事败后的行为。

[25] 暴（pù）：显露。

[26] 户牖（yǒu）：门和窗，指家中。

[27] 扼腕：用一只手握住另一只手腕，表示悲愤、惋惜、激动的心情。

[28] 冏（jiǒng）卿：太仆卿的别称，掌管皇帝车马的官。因之吴公：吴默，字因之，吴江人，官太仆卿。

[29] 太史：翰林院修撰、编修、检讨等官的别称。文起文公：文震孟，字文起，曾任翰林院修撰。

[30] 孟长姚公：姚希孟，字孟长，是文震孟的外甥，曾官翰林检讨。

【题解】

本文作于崇祯元年（1628），是为被阉党杀害的五位市民义士而写的碑文。明末统治者重用宦官，强化特务机构。以明熹宗为后台的魏忠贤阉党为排除异己，在全国范围内大肆逮捕杀戮东林党人。1626年，东林党人周顺昌被捕，激起苏州市民暴动。事后，颜佩韦等五位市民领袖以"倡乱"罪名被杀害。碑文采用夹叙夹议之法，记述五人之死栩栩如生，议论激昂慷慨，语言铿锵有力。
【集评】

[1] 拿定激义而死一意，说得有赖于社稷，且有益于人心。何等关系！令一时附阉缙绅，无处生活。文中有原委曲折，有发挥，有收拾。华衮中带出斧钺，真妙篇也。（林云铭《古文析义》）

[2] 一句句皆忠义眼泪，读者那得不感动。（过商侯《详定古文评注全集》）

[3] 议论随叙事而入，感慨淋漓，激昂尽致。当与史公伯夷、屈原二传，并垂不朽。（吴楚材、吴调侯《古文观止》）

陈子龙

陈子龙（1608—1647），字卧子，号大樽，华亭（今上海市松江）人。崇祯十年（1637）进士。青年时期与夏允彝等组织"几社"，与"复社"呼应。南明弘光朝时任兵科给事中。明亡后，组织抗清活动，后在苏州被捕，乘间投水而死。他是明末诗坛领袖之一，主张继承后七子传统，反对公安、竟陵等派，注重复古。清兵南下后所作诗歌，感时伤事，风格俊上，直抒孤愤，悲壮苍凉，前人誉为明诗殿军。亦工词。有《陈忠裕公全集》。

秋日杂感十首（其二）

行吟坐啸独悲秋，海雾江云引暮愁[1]。不信有天常似醉[2]，最怜无地可埋忧。荒荒葵井多新鬼[3]，寂寂瓜田识故侯[4]。见说五湖供饮马[5]，沧浪何处着渔舟[6]。

（《陈子龙诗集》卷十五，上海古籍出版社1983年版）

【注释】

[1] "海雾"句：指陈子龙当时与福建的唐王朱聿键、浙江的鲁王朱以海有联络事。

[2] 有天常似醉：古诗文中常用"天醉"喻政局混乱黑暗。

[3] "荒荒"句：悼念抗清死难的亡友。葵井，梁人何逊《行经范仆射故宅诗》："旅葵应蔓井，荒藤已上扉。"水井长满野草，喻荒凉。

[4] "寂寂"句：秦亡后，东陵侯邵平隐居长安城东种瓜，沦为庶人。（见《史记·萧

相国世家》)后用以比喻前朝遗老隐居田野。

［5］见说：听说。五湖：太湖。春秋时范蠡助越王勾践灭吴,后隐退于五湖。供饮马：指为清兵占有。

［6］沧浪：清水,犹言江湖。此句即无地容忧患之身的意思。

【题解】

崇祯十七年（1644）,清兵占领北京,次年攻陷南京,南明弘光朝覆灭。在严酷的民族斗争中,陈子龙慷慨悲歌,申叙救亡图存、矢志报国的决心。他客居吴中所作组诗《秋日杂感》,沉痛地表达了国破家亡之时的忧愤情怀。本篇是第二首。诗人的悲怆心情与爱国情操在本诗中得到充分体现。

夏完淳

夏完淳（1631—1647）,字存古,松江华亭（今上海松江）人。明亡,从父夏允彝、师陈子龙起兵抗清,兵败被捕,不屈被害,年仅十七岁。所作诗赋抒发政治抱负,记录战斗经历,悲歌慷慨,豪迈感人。有《夏内史集》、《玉樊堂词》。

别 云 间

三年羁旅客[1],今日又南冠[2]。无限河山泪,谁言天地宽[3]！已知泉路近,欲别故乡难。毅魄归来日[4],灵旗空际看[5]。

（《夏完淳集》卷四,中华书局1959年排印本）

【注释】

［1］三年：指作者顺治二年（1645）离家参加抗清活动到顺治四年于松江被捕,已三个年头。

［2］南冠：被囚之人。《左传·成公九年》："晋侯观于军府,见钟仪,问之曰：'南冠而絷者谁也？'有司对曰：'郑人所献楚囚也！'"

［3］"谁言"句：用孟郊《赠崔纯亮》诗："出门即有碍,谁谓天地宽。"

［4］毅魄：坚强的魂魄。

［5］灵旗：古代出兵征伐时使用的旗帜。

【题解】

松江古称云间,是作者的家乡。英雄就义,于生离死别之际抒写对故乡亲人的深情,结之以视死如归、不屈不挠的壮志高歌,在婉约与悲壮的交错中写出一段真挚复杂的烈士情怀。

【集评】

[1] 存古十五从军,十七授命,生为才人,死为鬼雄,汪锜不足多也。诗格亦高古罕匹。(沈德潜《明诗别裁集》)

市井小曲

锁 南 枝

傻酸角[1],我的哥,和块泥儿捏咱两个。捏一个儿你,捏一个儿我。捏的来一似活托[2],捏的来同床上歇卧。将泥人儿摔碎,着水儿重和过。再捏一个你,再捏一个我。哥哥身上也有妹妹,妹妹身上也有哥哥。

(《全明散曲》,谢伯阳编,齐鲁书社1993年版)

【注释】

[1] 傻酸角:意为那个傻得可爱的家伙。
[2] 活托:活脱脱,栩栩如生。

【题解】

小曲是市井民间的创作,多为男女情歌。这首小曲以捏泥人为喻,模拟一个热恋女孩的口吻,歌唱男女真情。构想奇异,语言质朴,带着百姓生活的泥土气息。

【集评】

[1] 有学诗文于李崆峒(梦阳)者,自旁郡而之汴省,崆峒教以若似得传唱《锁南枝》,则诗文无以加矣……何大复(景明)继之汴省,亦酷爱之,曰:"时调中状元也,如十五国风,出诸里巷妇女之口者。情词婉曲,有非后世诗人墨客操觚染翰,刻骨流血所能及者,以其真也。"(李开先《词谑》)

挂 枝 儿

送情人直送到丹阳路,你也哭,我也哭,赶脚的也来哭。"赶脚的你哭是因何故?"道是:"去的不肯去,哭的只管哭。你两下里调情也,我的驴儿受了苦!"

(《明清民歌时调集》,上海古籍出版社1987年版)

【题解】

这首情歌采用民间歌曲的对话体,构思极其尖新刁巧,把缠绵悱恻的情别主题,化为诙谐的一笑,别有风味。

【集评】

[1] 妙哉"赶脚的也来哭",语诙而意讽。"送情人"诸篇,此为第一。(冯梦龙《挂枝儿》评注)

【参考书】

[1]《元明清散曲选》,王起主编,人民文学出版社1988年版。

清 代 部 分

李 玉

　　李玉（约 1610—1677 以后），字玄玉，避康熙讳改字元玉，号一笠庵主人、苏门啸侣，吴县（今江苏苏州）人。出身低微，入清后绝意仕进，专力于戏剧创作，是苏州派戏剧家的代表人物。作剧约四十余种，今存十八种，编定的《北词广正谱》是最完备的北曲谱。上海古籍出版社出版有陈古虞等点校的《李玉戏曲集》。

清忠谱
第二十二折　毁祠

　　（净、外、旦扮各色人，奔上）列位阿，走阿，走阿！
【香柳娘】向山塘急奔[1]，向山塘急奔。冲天公愤，今朝始泄心头闷。我们苏州百姓，只因魏太监这千刀万剐的，要谋王夺位，害了许多忠臣，拽死了周吏部，又屈杀了颜佩韦、杨念如等五人。人人切齿，个个咬牙。如今新皇帝登基[2]，杀了魏贼，籍没了家私，杀尽了干子干孙；那毛一鹭、李实都要拿去砍了[3]。我们急急到半塘去[4]，拆毁那逆贼的祠堂，大家出一口气！（净）出了阊门，已到钓桥了。我们再喊些人同去。（二杂同喊介）上塘、下塘、南濠、北濠众朋友，都到半塘拆祠堂去！（内应介）来了，来了！（净众作一路奔喊介）（丑、生、占扮各色人[5]，又作一路奔唱上）（合）急传呼万民，急传呼万民。千万共成群，拆毁如齑粉[6]。（净、丑作奔急撞跌介）（扭住相打相骂介）（外、旦劝介）我们西头一路奔来，要去拆祠堂要紧，何苦斗这样闲气？（生、占劝介）我们也为拆祠堂而来，既是自家人，放手，放手，大家去干正经。（净、丑放手笑介）啐！说个明白，大家不打了。（净）众兄弟，我们如今有六七百人在这里了，快些上了渡生桥，一头奔，一头喊去便了。（丑）我们许多人在这里，就是杀阵也去得的了！（共奔介）（合）似行兵摆阵，似行兵摆阵，好似天将天神，下临苏郡。

　　（作到介）（净）一奔奔到了，牢门关紧在这里[7]，大家打进去！（众）打，打，打！（内喊介）来了，来了！（付、小生、老旦扮农夫，掮锄头家伙上）我们虎丘后席场上、三佛桥长泾庙、长荡头砖场上、庄基上、关上、阳山头，许多百姓，人千人万，都赶来拆祠堂了！（净、丑）有兴，有兴[8]！打进去！见一个人，打杀一个人！（付）第一要打杀陆堂长要紧[9]！（净、丑）不要放走了他！（众呐喊，作打入介）（下）（内乱喊乱打介）（末胡髯、罗帽、大褶，急奔上）（末）

【前腔】忽惊闻丧魂，忽惊闻丧魂。后门逃遁，奔驰急出尿和粪。区区堂长陆万龄。外边风声不好，躲在祠中。不想众人赶进，几乎捉着，只得从后门逃出。身上这样打扮，可不被人看破了？不免脱下衣帽，扯下胡须，面上涂些泥污，逃到他州外府，讨饭过日罢。（脱衣、帽，扯须，将泥涂面介）把泥涂遍身，把泥涂遍身。乞丐讨分文，他乡远投奔。（奔下）（内喊介）不好了，不好了！走了人了！（净、丑、七杂急奔上，满场奔介）捉逃人要紧，捉逃人要紧，打杀囚根[10]，方才消恨。

（净）一个陆堂长，被他逃走了！走了猢狲，没什么弄[11]，怎么处？（众）我们再赶进去打！（内乱打乱喊介）（净）里边人多得紧，挤不下，不要进去了！（丑）待我到里边拾条大索，扯倒这石牌坊罢！（众）有理，有理！（丑作虚下拿绳上[12]）索在这里了。待我碌上牌坊缚定[13]，大家用力拽倒便了。（众）快缚，快缚！（丑作向内高缚介）（净）众弟兄，都来拽索！（众）都在这里。（共拿索介）（净）列位朋友，我们做一只骂魏贼的曲子，唱一句，打一声号子，才有气力。（众）有理，有理。大哥起调，我等接应便了。（共扯索，唱一句打一号子介）（合）

【前腔】恨忠贤贼臣，（打号介）牙牙许牙[14]，恨忠贤贼臣，（打号介）逆谋忒狠，（打号介）把忠良假旨都杀尽。（打号介）遣凶徒捉人，遣凶徒捉人，（打号介）打断脊梁筋，五人大名震。（打号介）笑今朝命殒，笑今朝命殒。（打号介）杀尽儿孙，祠堂毁烬！

（作拽倒，内大声震响介）（众跌倒在地，各作叫痛，扒起讦介）（净、丑）我们都进去，拿魏贼浑身打个稀烂！（众）有理，有理！（共奔介）（合）

【前腔】打身躯碎粉，打身躯碎粉！赛过千万刃，鱼鳞寸剐刑非峻。（作奔下，扛一无头浑身上）（众）打，打，打！（共打介）打得粉碎了，我们拿来抛在河里，教他日夜淌水面！（作抛河介）（二杂拿火把上）（喊介）大家进去放火烧祠堂！（拿火奔下）（众）还有魏贼的头儿不曾拿得。如今放火了，怎么处？（内丢火介）（众）火大得紧了，拿不得阿！（净）不妨，待我冒火进去抢出来！看炎炎火焚，看炎炎火焚。拚命抢头奔，烟火喉间喷。（作奔下，抢头出介）头在这里了！（众）我们大家打个粉碎！（净摇手介）不要打，不要打。（付）头是魏贼的亲儿子舍的，是沉香的，劈碎了，大家分了罢！（净喊介）放屁！那个说分，众人打杀他！（众）若是不分，把这头何用？（净）我们拿去祭了周老爷，再祭了颜佩韦等五人，然后拿到城隍庙里，焚化便了。（众）有理，有理！如今先到上塘桐泾桥林家巷内，请了周公子，同到周老爷坟上祭献便了。（共奔介）向灵前陈进，向灵前陈进，怨气才申，九泉笑哂。（共奔下）

（《清忠谱》，王毅校注，人民文学出版社 1990 年版）

【注释】

[1] 山塘：苏州地名，在吴县境内，为白居易守苏州时所开。

[2] 新皇帝：即崇祯（朱由检）。崇祯即位后阉党头子魏忠贤自缢，崇祯下诏戮尸。

[3] 毛一鹭：时任应天巡抚，是魏忠贤生祠的倡建者之一。李实：太监，时任苏杭提督织造，是杀害东林党人周顺昌大狱的制造者之一。

[4] 半塘：在山塘街的中部。

[5] 占："贴"之省笔字。为剧中次要角色。可扮女，如贴旦；也有贴净，可扮次要男女角色。

[6] 齑（jī）粉：碎末。

[7] 牢门：指魏忠贤生祠的大门。

[8] 有兴：有趣，有意思。

[9] 陆堂长：陆万龄，并未做过魏忠贤生祠堂长，他曾上疏请为魏阉建祠并配尊孔子。崇祯二年列逆案，被处死。

[10] 囚根：骂人的话，犹坐牢胚，囚徒崽。

[11] 弄：戏耍，玩猴儿。

[12] 虚下：剧中舞台提示术语。虚下本指假装下场而实未下场。此指"虚下再上"，即下场后随即又上场。

[13] 碌上：吴语，爬上。

[14] 牙许：有音无义，犹今"呀忽"。原书眉注："牙许，俱土音爷吓。"

【题解】

剧的本事见于《明史·周顺昌传》、张溥《五人墓碑记》等。全剧二十五折，首有吴伟业《序》，大约作于清初。写明末天启年间宦官魏忠贤专权，广收党羽，迫害东林党人。吏部文选司员外郎周顺昌时居苏州，嫉恶如仇，深恨阉党。阉党毛一鹭、李实在苏州之半塘为魏阉建造生祠，竣工后周顺昌前往斥奸骂像。魏怒，矫旨捉拿周，激起民变，市民颜佩韦、杨念如、周文元、马杰、沈扬五义士带领百姓闹诏示威，搭救周。周受尽酷刑而死，毛一鹭请旨屠城，五义士挺身就逮，英勇就义以救苏民。崇祯登基，阉党势败，苏州民涌至半塘捣毁魏阉生祠。五义士墓受祭奠，周顺昌一门受旌表。剧以真实的历史事件为题材，鞭笞阉党倒行逆施，歌颂清忠的东林官员，褒扬市民的正义精神，词气激昂，结构严谨，有律吕锄奸之慨。苏州派戏剧家深谙戏曲三昧，本剧描写大规模群众场面有条不紊，是戏曲史上所罕见的。《毁祠》一出，前台幕后呼应，人物进进出出，轰轰烈烈又井然有序，不愧当行之作。

【集评】

[1] 先朝有国二百八十余年，其间被寺人祸者凡三：王振、刘瑾专恣于

前，魏忠贤擅窃于后，驯致流毒天下，而国家遂亡。然振、瑾之专，势皆岌岌，所以危而复安者，以众贤聚于朝廷，其一二大臣及内外大吏，尚未敢显为阉寺私人也。至魏忠贤之擅则不然，上自宰辅禁近，下暨省会重臣，非阉私人莫参要选。……在朝诸贤，无不遭其坑戮，而国家之气以不振。……逆案既布，以公事填词传奇者凡数家，李子玄玉所作《清忠谱》最晚出，独以文肃与公相映发，而事俱按实，其言亦雅驯，虽云填词，目之信史可也。（吴伟业《清忠谱·序》）

【参考书】

[1]《李玉戏曲集》，陈古虞、陈多、马圣贵点校，上海古籍出版社2004年版。

千忠戮

惨睹

（生缁衣、笠帽，小生道装、挑担上白）大师走吓！（生唱）

【倾杯玉芙蓉】收拾起大地山河一担装，（小生合唱）四大皆空相。历尽了渺渺程途，漠漠平林，垒垒高山，滚滚长江。（生白）我自吴江，别了史徒出门，师弟两人一路登山涉水，夜宿晓行。一天心事，都付浮云；七尺形骸，甘为行脚。身似闲云野鹤，心同槁木死灰。（唱）但见那寒云惨雾和愁织，受不尽苦雨凄风带怨长。（生白）徒弟，前面是那里了？（小生）是襄阳城了。（生）是襄阳城了咳！（生唱）雄城壮，看江山无恙。谁识我一瓢一笠到襄阳？

（内）走吓！（小生）后面有许多车辆兵马来了，且闪过一边，让他们过去。（下。外、末拿枪、哨子帽；杂扮车夫，四辆；净扮将官，押上）（净唱）

【刷子带芙蓉】颈血溅干将，尸骸零落，暴露堪伤。又首级纷纷，驱驰枭示他方。（净白）咳！俺想皇爷杀了多少大臣，就在京城号令罢了，又听那都察院陈御史之言，说凡系那处人，把首级发在本处号令，把头儿装了数十辆，差咱们各处分解。这样苦差，好不烦恼。快走，快走！（众应。唱）（活门）凄凉，叹魂魄空飘天际，叹骸骨谁埋土壤？（净对内介）咄！你每这些众车儿，打伙儿行走，不要落在后面吓咳！那些众公卿，做什么官！今日呵，（唱）堆车辆，看忠臣榜样，枉铮铮自夸鸣凤在朝阳。

（下。生、小生上）（生）吓，啊呀，我好痛心也！

【锦芙蓉】裂肝肠，痛诛夷盈朝丧亡。郊外血汤汤。好头颅如山，车载奔忙。又不是逆朱温清流被祸，早做了暴嬴秦儒类遭殃。（小生白）大师，走罢，不要睬他们的事了。（生）咳！都为我一人，以致连累万民性命，是我害及他们了！（唱）添悲怆，泣忠魂飘扬，羞杀我犹存一息泣斜阳。

（三旦内）苦吓！（小生）后面又有许多兵将，解着囚妇来了。闪在一边。
（外、末头袋、拿刀；扮四囚妇，丑扮差官，押后上）走吓！（众旦）

【雁芙蓉】（斜角门）苍苍！呼冤震响，流血泪千行万行。（丑白）这是你家做官的带累你每的，哭他怎么？（众旦连）家抄命丧资倾荡，害妻孥徙他乡。（丑白）那些少夫人小姐，砍的砍，绞的绞，还要发教坊司，赏象奴，不知流徙了千千万万，那在你每这几百个。（众唱）叹匹妇、终作沟渠抛漾。（跌介。丑白）这时候还要装幌子，思想那个来扶你每么？还不起来快走！（众旦扒起，唱）阿呀，天吓！（唱）真悲怆，纵偷生肮脏，倒不如，钢刀骈首丧云阳。

（丑赶介）走吓！（同下，二生上。生白）阿呀，好恼吓，好恼吓！纵然杀戮忠臣，与这些妇女何干？

【桃红芙蓉】惨听着哀号莽，惨睹着俘囚状。（小生）大师，路上来往人多，不要讲了，走罢。（生唱）啊呀！裙钗何罪遭一网？连抄十族新刑创。（小生白）大师，当初刘文成说，尚有三十年杀运未除，这也是天数了。（生）咳！（唱）纵然是天灾降，也消不得诛屠恁广。咳，恨少个裸衣挝鼓骂渔阳。

（付内白）哟，走吓。（小生）后面许多兵将押着无数犯人来了。且闪过一边。（贴、老颠帽、花枪、扮军士、拿军器，四个犯官，付将官，校尉押上）

【普天芙蓉】为邦家输忠谠，尽臣职成强项。（付白）为因你每要做忠臣，故此圣上特来奉请。（众）阿呀，我每久不为官，又来拿解，岂不冤枉！（唱）山林隐甘学佯狂，俘囚往誓死翱翔。（付白）快走！快走！有话到圣上面前去讲。（众）讲什么，要砍便砍罢！（付）好一班不知死活的书呆。（内介）走吓！（众）老先生，总是我每不是，当初不能御敌，直至纵虎入山，悔无及矣。（合唱）（一对对走）空悲壮，负君恩浩荡。罢，挣得个死为厉鬼学睢阳。

（同下，二生上。生恨介）咳，一发罢了！吓、吓、吓！我道只独诛戮朝中臣宰，不想又捕捉弃职官员。正人君子，定然无噍类矣！（唱）

【朱奴芙蓉】眼见得普天受枉，眼见得忠良尽丧。（小生白）大师走罢，天色已暮，快赶到前面，寻一寺院歇宿便好。（生）咻！（合唱）阿呀！弥天怨气冲千丈，张毒焰古来无两。（生）阿呀！我想忠臣做到这个地位！是哟，（唱）我言言非戆，劝冠裳罢想，倒不如躬耕陇亩卧南阳。

（小生白）大师，此处湖广要道，京中往来公干人多，恐有识认，祸生不测。（生）如此便怎么？（小生）且到前面，过了今夜，明日从小路，急急趱行，赶到武岗州，速往贵州，直入云南深山居住，才可安身。（生）如此，且赶到前途再处。

【尾】路迢迢，心怏怏。（生执小生肩）（小生唱）且暂宿碧梧枝上。（内作钟声介。生白）吓，钟鸣了。（小生）大师，这是野寺晚钟，非景阳钟也。（生）吓，是野寺晚钟？（小生）是。（生）咳！（唱）错听了野寺钟鸣误景阳。

（《李玉戏曲集》，陈古虞等点校，上海古籍出版社2004年版）

【题解】

本剧又名《千忠录》、《千忠会》、《千钟禄》、《琉璃塔》等。朱元璋死后，其孙建文帝朱允炆即位，朱元璋四子燕王朱棣起兵反，攻占京师南京，夺取帝位，是为成祖，建文帝出逃。史称"靖难之役"。记载其事的有《明史》之《宁王传》、《黄子澄传》等，钱谦益《有学集·建文年谱序》，史仲彬《致身录》、《从亡日记》及《拍案惊奇二集》之《老衲识书生于未遇，忠臣保危主而命终》小说等。本剧即据史实敷衍虚构而成。全剧二十五出。写建文帝改扮僧人在大臣程济陪同下逃亡，成祖死后，宣德迎朱允炆进宫奉养。剧中融入了明清易代之际的亡国哀恸之情。《惨睹》中小生扮程济，生扮朱允炆，是全剧的精彩场次。全出八曲中七支曲牌有"芙蓉"字，被称为芙蓉联套；又均以"阳"字收尾，称为"八阳"；清初以来广为演唱，清欧阳兆熊、金安清合著《水窗春呓》下卷《音通乎政》记道光年间俗语云："家家'收拾起'，处处'不堤防'。"（"收拾起"为本出首曲首句，"不堤防"见《长生殿·弹词》）。郑振铎《插图本中国文学史》许之为"血泪交流的至性文章"。

【参考书】

[1]《千忠戮》，周妙中点校，中华书局1989年版。（周氏认为剧为徐子超作，仅供参考）

李　渔

李渔（1611—1680），原名仙侣，字笠鸿，又字谪凡、笠翁、笠道人、随庵主人、新亭樵客等，时称李十郎。祖籍兰溪（今属浙江），生于扬州雉皋（今江苏如皋）。明末曾两赴乡试，后弃科举，从事戏剧活动等。李渔是文化全才。戏曲创作、理论、表导演兼通，曾以姬妾为主组建家庭戏班，奔走于豪门显贵之家打抽丰维持生计，剧作有《笠翁十种曲》；小说、诗文、美术、园林建筑等都有建树。今人单锦珩编有《李渔全集》。

风　筝　误

第二十八出　逼婚

（生冠带引众上）

【天下乐】乘传归来万马迎，漫夸前是一书生。纱笼不自人间定，多少鸿儒到未能。

　　下官班师复命，蒙圣主不次加升。又见下官未曾婚娶，要把当朝宰相之女，钦赐完姻。下官因为不曾看见，恐怕做了詹家小姐的故事，所以只说家中已定了婚姻，连上三疏，才辞得脱。如今告假还乡，要往扬州择配。来此已是戚府门首了。左右，快通报！（小生冠带上）景升后裔真豚犬，养子当如孙仲谋。（见介）（生）老伯请上，容小侄拜谢教养之恩。（小生）贤侄荣归，老夫也该拜贺。（回拜介）（生）小侄茕茕弱息，委弃尘埃。蒙老伯鞠养扶持，得有今日。恩同覆载，德配君亲。（小生）贤侄芝兰玉树，分种移根。老夫偶尔栽培，即成伟器。清光幸庇，末路增荣。（坐介）（小生）贤侄，老夫起先得你的大魁之信，不胜狂喜。后来又闻得你督师征剿，心上未免担忧。不想你去到那里，立了奇功，又且成了好事，可称双喜。（生听惊介）

【桂枝香】功成婚定，皆堪称庆。婚定处天遂人谋，功成处人侥天幸。把《关雎》笑咏，《关雎》笑咏。贤侄与令岳呵，才名相称，家声相并。互相成，婿润虽如玉，翁清也似冰。

　　（生背介）他说来的话，好生奇怪！教人摸不着头脑。我何曾定什么婚姻？何曾做什么好事？

【前腔】我低头延颈，将他倾听，先当个哑谜相猜，后认做微言思省。莫不是南柯未醒，南柯未醒，试问他良媒谁倩？良缘谁聘？是了，我猜着他的意思了。从来督师征剿的人，再没有不掳掠民间妇女的。他疑我在西川带什么女子回来做了宅眷，故此把这巧话试我。他话分明，虑我强娶民间妇，行师欠老成。

　　（转介）老伯，小侄行兵之际，纪律森严，不掳民间一妇，并不曾有什么婚姻之事。老伯休要见疑。(小生) 那个说你掳掠民间妇女？我讲的是詹家那头亲事，你怎么自己多心起来？(生) 小侄也不曾与什么詹家做什么亲事。(小生) 怎么？你与詹烈侯面订过了，要娶他第二位令爱，说不曾禀命于我，不好下聘，央他写书回来，教我行礼。你难道忘了不成？(生大惊介) 小侄并不曾有这句话！(小生) 你若不曾有这句话，他为什么写书回来？(生) 只有那一日与詹老先生同赴太平公宴，他央按院做媒，说起这头亲事，小侄回道："自幼蒙戚老伯抚养成人，婚姻不能自主。"这是辞婚的话，怎么认做许亲的话来？(小生大笑介) 何如？我说詹年兄是何等之人，肯写假书来骗我？据你自己说来的话，与他书上的话，一字也不差，况且这桩亲事，也不曾待他书来，我一向原有此意。只因你在京中，恐怕别有所聘，故此迟迟待你回来。(生) 这等还好，既不曾下聘，且再商量。(小生) 怎么不曾下聘？他书到之后，我随即行礼过了。(生大惊，呆视介)(小生) 贤侄，你为何这等张惶？这头亲事也聘得不差。他第二位令爱才貌俱全，正该做你的配偶。

【赚】他体态轻盈，姑射仙姿画不成。况与你才相称，正好把彩毫彤笔互相赓。(生) 请问老伯，这"才貌俱全"四个字，还是老伯眼见的？耳闻的？(小生) 耳闻的。(生) 自古道："耳闻是虚，眼见是实。"小侄闻得此女竟是奇丑难堪，一字不识的。貌堪惊，生平不晓题红字，日后还须嫁白丁。(小生) 自古道："娶妻娶德，娶妾娶色。"娶进门来，若果然容貌不济，你做状元的人，三妻四妾任凭再娶，谁人敢来阻挡？(生) 就依老伯讲罢，色可以不要，德可是要的么？(小生) 妇人以德为主，怎么好不要？(生) 这等，小侄又闻得此女不但恶状可憎，更有丑声难听。他风如郑，墙头有茨多邪行，不堪尊听，不堪尊听！

(小生) 我且问你，他家就有隐事，你怎么知道？还是眼见的，耳闻的呢？(生) 眼……(急住，思量介) 是……是耳闻的。(小生大笑介) 你方才说我"眼见是实，耳闻是虚"；难道我耳闻的就是虚，你耳闻的就是实？做状元的人，耳朵也比别人异样些？(生) 小侄是个多疑的人，无论虚实，总来不要此女。

【前腔】便做道既美还贞，我与他夙世无缘也强作成？(小生) 我的聘又下过了，回书又写去了，他是何等样的人家，难道好悔亲不成？(生) 小侄宁可终身不娶，断不要他过门！便做道难重聘，我情愿无妻白发守伶仃。(小生大怒介) 哎！小畜生！你自幼丧了父母，若不是我戚补臣，你莫说妻子，连身子也不知在何处了！如今养你成人，侥幸得中，就这等放肆起来！婚姻都不容我做主。哦，你说我不是你的父母，不该越职管事么？问狂生，你婚姻不许旁观主，为甚的不褴褛无人自去行？我明日竟备了花烛酒筵，送你到詹家入赘，且看你去不去！你若当真不去，待下官上个小疏，同你到圣上面前去讲一讲！我一面把佳期定，一面把封章写就和衣等。请试我桂姜心性，桂姜心性！

（径下）（生呆介）你说世间有这等的冤孽！先人既曾托孤与他，他的言语就是我的父命了。况且我前日上表辞婚，又说家中已曾定了原配，他万一果然动起疏来，我不但犯了抗父之条，又且冒了欺君之罪，这怎么了？

【长拍】孽障相遭，孽障相遭，冤魂缠缚，这奇难情谁援拯？我前世与詹家有什么冤仇，他今生只管死缠着我！有什么冤深难洗，仇深难解，故变个女妖魔苦缠我今生？想我游街那一日，不知相过多少女子，内中也有看得的，便将就娶一个也罢了。只管求全责备，要想什么绝世佳人，谁想依旧弄着这个怪物！都是我把刻眼相娉婷，致红颜咒诅，上干天听。因此上故把丑妻来塞口，问可敢、再嫌憎？老天，我如今悔过了，再不敢求全责备，只求饶了这场奇难，将就些的，任凭打发一个罢了。须念反躬罪己，望穹苍大赦，改祸为祯。

就是当朝宰相之女，纵然丑陋，也料想丑不至此。圣上赐婚的时节，我为什么不依？

【短拍】辞却甜桃，辞却甜桃，来寻苦李。教我这哑黄连向何处开声？我待要从了呵，鬼魅伴今生，眼见得断送了这条性命；我待要不从呵，怕犯了欺君逆父，不忠孝的万世不祥名。

也罢，我有个两全的法子：他明日送我去入赘，我就依他去；虽然做亲，只不与他同床共枕。成亲之后，即往扬州娶几个美妾，带至京中，一世不回来与他相见便了。

【尾声】准备着独眠衾，孤栖枕。听他哝哝唧唧数长更。丑妇，丑妇，我教你做个卧看牵牛的织女星！

（《风筝误》，湛伟恩校注，上海古籍出版社1985年版）

【题解】

全剧三十出，写有才学、美姿容之书生韩世勋，早失父母，与养父戚补臣之子戚施同窗读书。戚施不学无才，清明放风筝请韩题诗于上，风筝线断，落入詹烈侯家，由詹之二女淑娟拾得，并题和诗一首。戚施索还风筝，韩见和诗，知为美貌才女，乃另制一风筝题诗其上，故意使之断落詹家，却为詹家长女爱娟拾得。爱娟貌丑才疏，暗约幽会，韩生冒戚施之名赴约，见爱娟丑俗不堪而惊避。韩中状元又平蛮立功凯旋。詹烈侯曾以二女婚事托戚补臣，补臣做主为世勋订淑娟为妻。世勋误以为淑娟即所见丑女爱娟，欲拒婚而不可得。为戚烈侯所逼成婚。成婚之日，不与淑娟同床，待与淑娟相见方知误会，夫妻和好。最后世勋与淑娟、戚施与爱娟皆成夫妻，一家团圆。这是李渔的代表作，不仅在国内"浪播人间几二十载,其刻本无地无之"(李渔《答陈蕊仙书》),且远播海外。剧情曲折,关目新奇,曲辞本色,以误会法结撰故事,针线细密。其京剧改编本《凤还巢》至今活跃于舞台。仅以才学之有无、容貌之丑俊作文章,有失雅趣。《逼婚》一出写韩生心态层次分明,各种冲突线索收拢一处,为大团圆结局作了铺垫,自然而具功力。

【集评】

[1] 笠翁十种,构思巧妙,以供优孟衣冠,颇足动人,是斯所长也。(王季烈《螾庐曲谈》)

朱 㿥

朱㿥(1621？—1701以后),字素臣,号笙庵,吴县(今江苏苏州)人。生平事迹不详。精通音律。作传奇十九种,今存十种。是苏州派剧作家中重要一员。

十 五 贯
第十八出 廉访

(末上)

【步步入园林】浪逐蝇头江湖上,挣不破英雄网。老夫陶复朱。自从在枫江买货下船,指望到河南脱卸,不想遇着熊友兰之事,老夫怜恤奇冤,助钱十五贯,教他回家。谁想同舟客伴,尽道出门吉日,遇此蹭蹬之事,改舟南往,老夫只得随众到了闽南。一路且喜货物俱有利息,又买了些南货,依旧到苏发卖。讨完帐目,赶回家中,不觉又是仲冬了。叹劳生空自忙,喜得故国云山,归来无恙。今日乃是望日,特来城隍庙去进香。办炷心香瞻仰,愿客况履嘉祥,祈晚景获安康。(下)

(外扮术士、臂悬招牌上写:"天目山人观枚拆字神数泄天机",小旦门子扮道童、背包裹随上)

【园林过江儿】海中针寻来渺茫,糊涂事没些主张。下官淮安事竣,返棹南回。打发各役先回浒墅关伺候;自己换过微服,假扮一个拆字先生,唤个小船,到这里无锡地方,停泊上岸,探访游二致死根由。一路行走,只听得那些人纷纷传说。本府即日按临本地，搜缉凶身。只是我想这宗公案，不比前边的事体，有些墙壁可据踏勘得；如今无影无踪，怎生是了？前面是城隍庙，不免到彼闲坐片时，再作道理。（向小旦）过来！我在庙中闲坐，你可远远伺候，不必前来。（小旦应下）（外）**岂大案终无影响，那镜影犀光，照不出山魈伎俩**？（下）（丑上）日间不作亏心事，半夜敲门不吃惊。我娄阿鼠，一生好赌，半世贪财。只因一时动了贪心，杀了游葫芦，把他十五贯铜钱偷回。凑巧得极，正撞着倒运的强遭瘟，恰好也背了十五贯铜钱，同了丫头走路，竟被地方追着，捉到当官，替我打，替我夹，替我坐监铺，替我问斩罪，真正是十足替死鬼！这一掷倒盆，十分得意。咳，只道打发过了铁，再无人来发觉了。不道前日监斩官，竟委着了苏州府太爷况青天，竟要正一掷起来，你道可是玩得的？万一现了底，怎么处？因此这两日心惶胆碎，肉跳心惊。躲在家里，坐不安，睡不稳，竟像掉了魂的一般，心上狐疑不定。今日是月半，到城隍庙里求一条签，看吉凶如何。莫若远去高飞，免得啕气。一路行来，呀，来的是陶大公！（末上）慈悲胜念千声佛，造恶徒烧万炷香。原来娄鼠哥。（丑）陶大公，久违，久违！几时归来的？（末）昨日打从姑苏回来。鼠哥，近日赌钱得采么？（丑）不要说起，竟到了六部衙门——尚书。（末）你每赌场上朋友，**输赢常事**，为何慌慌张张？（丑）你不晓得，我那敝邻，有这场官司，（低声）恐防带累乡邻，所以有点着急；特来求一条签，看看吉凶如何。（末）你地方上有何事体？老夫一些也不晓得，就请你讲讲。（丑）说起话长，就是我隔壁游二家的事。

【江儿犯】**奸杀奇闻事，乡间到处扬**。（末）什么奸杀事？（丑）**就是那游葫芦死人糊涂帐**。（末）那游二被人杀死了？（丑）是。（末）为甚事？（丑）游二有个拖油瓶女儿。那日游二替他姐姐借了些钱回来做生意，为了这两个牢钱，倒送了性命。（末）多少钱钞就送了性命？（丑）**十五贯青蚨将身丧**，（末）是那个杀的？（丑）**女孩儿认罪谁称枉**。（末）不信是他的女儿杀死的！（丑）当夜杀了人，明朝地方晓得，追上去，正在高桥地方。只见女儿呵，**和着孤男相傍，俨做出私情勾当**。（末）私约汉子同走，有何证见？（丑）**囊中十五贯是真赃，招成奸杀罪双双**。

（外一面暗上）欲求明鸟语，不惮听狐冰。看门首有人讲话，隐隐听得"十五贯"三字，且走去听他。（上前拱手介）二位要起数？作成作成。（末）用不着。（丑）起数？住了，替我起一数。（末）既如此，你且站一站，我每讲完了话，就总成你。（外）当得奉候。（末）你且说那汉子什么样人？是何名姓？（丑）那人不是本地方人，叫什么熊友兰。（末）熊友兰？（背介）呀！前日那船上当梢那人叫做熊友兰。（外暗听）（末）他是那里人氏？（丑）听得说是淮安人。（末）淮安人？这是几时的事体？（丑）个是旧年秋里个事体。（末）呀呸，这是那里说起！（丑）奇奇！为什么跳将起来？（末）这熊友兰，乃是淮安胯下桥人。这十五贯钱，是老夫助他回去救兄弟熊友蕙的，怎么是游二家的起来？（顿足）哎，世上有这等冤屈事！（丑惊背介）不信有这样！（转介）你且将助钱一事，说与我知道。（末）我旧年在苏州呵，

【五供养交枝】片帆北上，客伴闲谈，话出端详。（丑）也就说这件事了。（末）我每同舟朋友，偶然晓得淮安熊友蕙被屈遭刑，不想舟尾有个当梢之人，就是这个熊友兰了。他偶倾窗外耳，此际好惊惶。（丑）听得兄弟有事，着急了？（末）便是。听兄弟问成大辟，在狱追比十五贯宝钞，痛哭几亡。彼时老夫心怀恻隐，一力赠钱十五贯，教他回去代纳宝钞，以免追比。临歧遣归慰雁行，**早难道救冤反把奇冤酿！**（外暗点头介）（丑）就是你的钱，也无证据。（末）怎么没有证据？现有客伴船家看见的。也罢，老夫竟到苏州府况太爷处，与他辩明这宗冤狱去。（拜介）神明在上：弟子今日进香，为因急往苏州，辩人冤枉，不能从容瞻礼，改日再来了愿罢。**为辩人冤，不辞路忙。**（丑）你要到那里去？（末）向黄堂申冤理枉！

（丑作急状，拦末介）呀呸！

【玉交海棠】伊休莽撞，怎出头撩锋拨铓？（末）我为人曝白明冤，也不算什么撩拨。（丑）你还不晓得，我每地方上为出这件事来，见上司，解六院，拖上拖下，不知吃了多少辛苦。况且况太爷有些兜搭，笑你**负薪救火招无妄，岂不虑林木贻殃？**（末怒）咳，此言差矣！当日指望救他的兄弟，不想反害了哥哥，我陶复朱的罪过也不小。若将他穷骨冤埋，枉却我侠肠雄壮！（欲下）（丑扯住介）住了住了，熊友兰又不是你的亲故，什么要紧，无事讨事做。常言道："是非只为多开口，烦恼皆因强出头。"倘然况太爷倒来你个身上要起凶身，怎么处？依我说，不要去！（末）咳，我怎肯良心丧？拼做救人从井，同溺何妨！（下）

（丑）不好了！不好了！这件事竟要做出来了。（急乱走介）（外）有这等事？

【海棠姐姐】我自忖量，（看丑介）看他情词窘迫难堪状。为何那人欲去出首，他却如此着忙？其中情弊，却有蹊跷。看他心虚胆怯，露出乖张。（向丑介）老兄，你方才说要起数，就请说来。（丑）我是来求签的。也罢，就起数罢。怎么样起法？（外指招牌介）请看：观枚拆字，声名播四方。（丑）怎么叫观枚拆字？（外）要问什么心事，随手写一字来，就可判吉凶了。（丑）区区不识字的，写不出来。（外）随口说一个也罢。（丑）就是学生贱名罢。老鼠的"鼠"

字。(外)尊名叫"鼠"字么?(丑)不敢。贱名叫娄阿鼠,赌钱场上有名的。(外背介)呀,且住。野人衔鼠,已应其一;他名唤阿鼠,莫非正是此人么?**我私追想,葫芦已有前番样,哑谜须教此际详。**

(丑背介)他自言自语,想是拆不来。(外)你这个"鼠"字,是那里用的么?(丑)官司。(外作手写介)一十四画。数遇成双,乃属阴爻。况鼠又属阴,阴中之阴,乃幽晦之象,若占官司,急切不能明白哩!(丑)明白是不曾明白,看可有缠扰累及?(外)自己用,还是代占?(丑支吾介)代占。(外)依数看起来,只怕不是代占。这桩事体,是为祸之首。(丑)何以见得?(外)"鼠"为十二生肖之首,岂非你是造祸之端?(丑惊呆介)(外)况有竟像在里头窃取了东西,构起这桩事的。(丑)有些古怪,偷东西你那里看得出来?(外)鼠性善于偷窃,所以如此断。(丑呆介)(外)还有一说:这个人家可是姓游么?(丑)你是那里晓得?(外)老鼠最喜偷油,故尔晓得。(丑背介)这不是拆字的先生,竟是仙人了!(外点头介)(丑向外介)已先不要管他,只看目下,可有是非口舌连累得着?(外)怎么连累不着?如今正是败露之时了。(丑)怎见得?(外)你是"鼠"字,目下正交子月,当令之时,自然要明白了。(丑)先生,意欲躲避,外面度度,可避得过?(外)你只要实对我说,果然是代占,还是自家占?说得明白,我好指引你。(丑)实不相瞒,其实是自家用的。(外)这个好,避得脱的。(丑)避得脱,何以见得?(外)你若自占,本身不落空了。"空"字头,着一个"鼠"字,岂不是个"窜"字?就是"逃窜"之"窜"。(又思介)咦,逃窜是逃窜得的,只是那老鼠多畏多疑,怕做了首鼠两端,不能出去。(丑)先生妙数,效验非常,其实我疑惑不定,所以起数。今承指点,竟依了先生,外面躲躲避避何如?(外)若能走避,万无一失的。只是今日就走好,若到明日,就走不脱了。(丑)今日天色渐晚,有些不便。(外)又来了。鼠乃昼伏夜动之物,连夜逃最妙的。(丑)有理。还要请教,走到那一方去便好?(外)鼠属巽,巽属东,东南方去最好。(丑)还是水路走?旱路走?(外)鼠属子,子属水,是水路去好。(丑)水路东南方去,只是一时那有便船?(外)你若要去,老夫倒有便船在此,正要今晚下船,到苏、杭一路去赶趁新年。若不嫌弃,同舟如何?(丑)如此极妙。若能逃脱,先生是小子大恩人了!请上,容小子一拜。

【姐姐拨棹】**仗伊姑容漏网,那怕他泼天风浪。**(外)**管前途稳步康庄,管前途稳步康庄,向天涯高飞远翔。**(丑)你的船在那里?(外)就在河下。(丑)如此说,待我去拿了行李来。些些薄意相送。(外)这也罢了。快去快来。(丑)**我欲归家,胆又慌;待离家,意转忙。**(急下)

（外）门子快来！（小旦上）老爷怎么说？（外）少停那人下船，只可称我师父，不可泄露风声。（丑背包裹上）

【尾】逃灾陌路权依傍。（外）来了么？（丑）这是什么人？（外）是小徒。（丑）好个标致小官。江湖上人，专会受用此道。（外）就此下船去罢。匆匆行色送斜阳，（合）远望吴山路正长。（下）

（《十五贯校注》，张燕瑾、弥松颐校注，上海古籍出版社1983年版）

【题解】

《十五贯》又名《双熊梦》，本事见于宋话本《错斩崔宁》（《醒世恒言》作《十五贯戏言成巧祸》）。全剧二十六出，写熊友兰、熊友蕙兄弟父母双亡，兄友兰为人撑船佣工，弟友蕙在家读书。蕙邻为粮铺冯家，鼠衔蕙毒鼠之饼至冯家，冯子误食致死；鼠又衔冯家钞十五贯及金环至蕙室。冯遂诬蕙与冯之未婚儿媳侯三姑通奸杀人，知县过于执不加深究问成死罪。兰获商人资助十五贯回家救弟。屠户游葫芦向姊家借得十五贯钱做生意，乘醉向非亲生女苏戌娟戏言将她卖为丫鬟，苏乘夜出逃往姑母家。而娄阿鼠入室窃得游葫芦十五贯铜钱并杀死游葫芦。此时苏戌娟遇友兰，同行，被捉，也诬为通奸杀人，判成死罪。太守况钟亲自踏勘现场、访探真情，使两冤案昭雪，友兰与戌娟、友蕙与三姑结为夫妇。本剧意在提倡调查研究、实事求是的断案方法。《廉访》就具体描写了况钟调查研究、掌握真情的情节。本剧影响很大，各种改编本上演不衰。1956年昆曲改编本上演，一时有"人人争道《十五贯》"之誉。

洪 昇

洪昇（1645—1704），字昉思，号稗畦、稗村、南屏樵者，钱塘（今浙江杭州）人。康熙七年（1668）为北京国子监生，来往于京杭之间，生活窘迫。康熙二十八年（1689）因在佟皇后丧服期内演《长生殿》致祸，革除国子监生，回到杭州。后因酒醉乘船落水而卒。有诗集《稗畦集》及续集《啸月楼集》；戏剧成就最高，与孔尚任有"南洪北孔"之称，今存《长生殿》及杂剧《四婵娟》。

长生殿

第二十二出　密誓

（贴扮织女，引二仙女上）
【越调引子】【浪淘沙】云护玉梭儿[1]，巧织机丝。天宫原不着相思，报道今宵逢七夕，忽忆年时[2]。

　　[鹊桥仙]纤云弄巧，飞星传信，银汉秋光暗度。金风玉露一相逢，便胜却人间无数。柔肠似水，佳期如梦，遥指鹊桥前路。两情若是久长时，又岂在朝朝暮暮[3]。吾乃织女是也。蒙上帝玉敕，与牛郎结为天上夫妇。年年七夕，渡河相见。今乃下界天宝十载[4]，七月七夕。你看明河无浪，乌鹊将填，不免暂撤机丝，整妆而待。（内细乐扮乌鹊上，绕场飞介）（前场设一桥，乌鹊飞止桥两边介）（二仙女）鹊桥已驾，请娘娘渡河。（贴起行介）

【越调过曲】【山桃红】【下山虎头】俺这里乍抛锦字[5]，暂驾香辀[6]。（合）趁碧落无云滓，新凉暮飔[7]，（作上桥介）踹上这桥影参差，俯映着河光净泚[8]。【小桃红】更喜杀新月纤，华露滋，低绕着乌鹊双飞翅也，【下山虎尾】陡觉的银汉秋生别样姿。（做过桥介）（二仙女）启娘娘，已渡过河来了。（贴）星河之下，隐隐望见香烟一簇，摇飏腾空，却是何处？（仙女）是唐天子的贵妃杨玉环，在宫中乞巧哩[9]！（贴）生受他一片诚心[10]，不免同了牛郎，到彼一看。（合）天上留佳会，年年在斯，却笑他人世情缘顷刻时。（齐下）

　　（二内侍挑灯，引生上）
【商调过曲】【二郎神】秋光静，碧沉沉轻烟送暝。雨过梧桐微做冷，银河宛转，纤云点缀双星。（内作笑声，生听介）顺着风儿还细听，欢笑隔花阴树影。内侍，是那里这般笑语？（内侍问介）万岁爷问，那里这般笑语？（内）是杨娘娘到长生殿去乞巧哩。（内侍回介）杨娘娘到长生殿去乞巧，故此笑语。（生）内侍每不要传报，待朕悄悄前去。撤红灯，待悄向龙墀觑个分明[11]。（虚下）

　　（旦引老旦、贴同二宫女各捧香盒、纨扇、瓶花、化生金盆上[12]）
【前腔】【换头】宫廷，金炉篆霭，烛光掩映。米大蜘蛛厮抱定[13]，金盘种豆[14]，花枝招飐银瓶。（老旦、贴）已到长生殿中，巧筵齐备，请娘娘拈香。（作将瓶花、化生盆安桌上，老旦捧香盒，旦拈香介）妾身杨玉环，虔爇心香[15]，拜告双星，伏祈鉴祐。愿钗盒情缘长久订，（拜介）莫使做秋风扇冷[16]。（生潜上窥介）觑娉婷，只见他拜倒在瑶阶暗祝声声。

（老旦、贴作见生介）呀，万岁爷到了。（旦急转，拜生介）（生扶起介）妃子在此，作何勾当？（旦）今乃七夕之期，陈设瓜果，特向天孙乞巧[17]。（生笑介）妃子巧夺天工，何须更乞？（旦）惶愧。（生、旦各坐介）（老旦、贴同二宫女暗下）（生）妃子，朕想牵牛、织女隔断银河，一年才会得一度，这相思真非容易也。

【集贤宾】秋空夜永碧汉清，甫灵驾逢迎[18]，奈天赐佳期刚半顷，耳边厢容易鸡鸣。云寒露冷，又趱上经年孤另[19]。（旦）陛下言及双星别恨，使妾凄然。只可惜人间不知天上的事。如打听，决为了相思成病。

（做泪介）（生）呀，妃子为何掉下泪来？（旦）妾想牛郎织女，虽则一年一见，却是地久天长。只恐陛下与妾的恩情，不能够似他长远。（生）妃子说那里话！

【黄莺儿】仙偶纵长生，论尘缘也不怎争[20]。百年好占风流胜，逢时对景，增欢助情，怪伊底事翻悲哽？（移坐近旦低介）问双星，朝朝暮暮，争似我和卿？

（旦）臣妾受恩深重，今夜有句话儿……（住介）（生）妃子有话，但说不妨。（旦对生呜咽介）妾蒙陛下宠眷，六宫无比。只怕日久恩疏，不免白头之叹[21]！

【簇一金罗】【黄莺儿】提起便心疼，念寒微侍掖庭[22]，更衣傍辇多荣幸。【簇御林】瞬息间，怕花老春无剩，【一封书】宠难凭。（牵生衣拉介）论恩情，【金凤钗】若得一个久长时死也应，若得一个到头时死也瞑。【皂罗袍】抵多少平阳歌舞[23]，恩移爱更；长门孤寂[24]，魂销泪零；断肠枉泣红颜命！

（生举袖与旦拭泪介）妃子，休要伤感。朕与你的恩情，岂是等闲可比？

【簇御林】休心虑，免泪零，怕移时，有变更。（执旦手介）做酥儿拌蜜胶粘定，总不离须臾顷。（合）话绵藤，花迷月暗，分不得影和形。

（旦）既蒙陛下如此情浓，趁此双星之下，乞赐盟约，以坚终始。（生）朕和你焚香设誓去。（携旦行介）（合）

【琥珀猫儿坠】香肩斜靠，携手下阶行。一片明河当殿横，（旦）罗衣陡觉夜凉生。（生）惟应，和你悄语低言，海誓山盟。

（生上香揖，同旦福介）双星在上，我李隆基与杨玉环，（旦合）情重恩深，愿世世生生，共为夫妇，永不相离。有逾此盟，双星鉴之。（生又揖介）在天愿为比翼鸟，（旦拜介）在地愿为连理枝。（合）天长地久有时尽，此誓绵绵无绝期。（旦拜谢生介）深感陛下情重，今夕这盟，妾死生守之矣。（生携旦介）

【尾声】长生殿里盟私订。（旦）问今夜有谁折证[25]？（生指介）是这银汉桥边双双牛女星。（同下）（小生扮牵牛，云巾[26]、仙衣，同贴引仙女上）

【越调过曲】【山桃红】只见他誓盟密矢,拜祷孜孜,两下情无二,口同一辞。(小生)天孙,你看唐天子与杨玉环,好不恩爱也!悄相偎倚着香肩,没些缝儿。我与你既缔天上良缘,当作情场管领[27]。况他又向我等设盟,须索与他保护。见了他恋比翼,慕并枝,愿生生世世情真至也,合令他长作人间风月司[28]。(贴)只是他两人劫难将至,免不得生离死别。若果后来不背今盟,决当为之绾合。(小生)天孙言之有理。你看夜色将阑,且回斗牛宫去。(携贴行介)(合)天上留佳会,年年在斯,却笑他人世情缘顷刻时!

| 何用人间岁月催, | 罗邺 | 星桥横过鹊飞回。 | 李商隐 |
| 莫言天上稀相见, | 李郢 | 没得心情送巧来。 | 罗隐 |

【注释】

[1] 玉梭:织女织布用的梭。

[2] 年时:去年。

[3] 鹊桥仙:系引用宋秦观〔鹊桥仙〕词,词句略有改动。飞星传信,流星为牛郎织女传递着信息。银汉,银河。金风玉露,秋风白露。鹊桥,传说每年七月七日喜鹊聚合成桥,牛郎织女由鹊桥渡银河相会。(见《尔雅翼》卷十三等)

[4] 天宝十载:即公元751年。天宝为唐玄宗年号。

[5] 抛锦字:暂停机织。窦滔妻苏蕙曾织锦为回文诗以寄窦滔。(见《晋书·列女传》)

[6] 香辎(zī):香车。

[7] 飔(sī):凉风。

[8] 河光净泚(cǐ):河水清澈。泚,清澈的样子。

[9] 乞巧:七月七日牛女相会之夜,富裕之家于庭中结彩楼,谓之乞巧楼,陈设泥塑小童、瓜果、针线等,焚香拜祷,妇女望月穿针,过者谓之得巧之候,是为乞巧。(见晋宗懔《荆楚岁时记》等)唐宫也沿此风。(见五代王仁裕《开元天宝遗事·乞巧楼》)

[10] 生受:难得,有多谢意。

[11] 龙墀:丹墀,宫中赤色台阶或地面。此指赤色地面。

[12] 化生金盆:化生为古代一种婴儿偶像。将蜡制婴儿,浮于金或银盆水面弄之,以为求子之兆。唐宫中七夕有此俗,见清福申《俚俗集》卷四《弄化生》引《月令》。

[13] 蜘蛛抱定:唐明皇时,每到七月七日则捉蜘蛛闭于小合中,至晓开视蛛网稀密,以为得巧之候;密者言巧多,稀者言巧少。民间亦效之。(王仁裕《开元天宝遗事·蛛丝卜巧》)

[14] 金盘种豆:七夕前数日将绿豆、小麦等浸于盆盘等容器内,至七夕则生芽数寸,以红蓝丝缕束之,谓之种生、谓之生花盆。(见宋孟元老《东京梦华录》卷八。)

[15] 心香:佛教语,谓心中虔诚,如供佛之焚香。

[16] 秋风扇冷:秋天扇被弃置不用,比喻女子失宠被弃。(典出《文选》班倢伃《怨

[17] 天孙：织女为天帝的孙女，故称天孙。

[18] 甫：才，刚刚，好不容易。

[19] 趱（zǎn）：同"攒"，集聚，加上。

[20] 不恁争：不差，差不多。

[21] 白头之叹：夫妻不能白头偕老，女子中途被弃之叹。司马相如欲聘妾，卓文君作《白头吟》以自绝，有"愿得一人心，白头不相离"之句。（见葛洪《西京杂记》卷三）

[22] 掖庭：掖为宫殿之旁门，掖庭即嫔妃所居之宫中旁舍。

[23] 抵多少：远胜过。平阳歌舞：卫子夫原为汉武帝姊平阳公主的歌女，受宠封后，又因年长色衰而失宠。（见《史记·外戚世家》）

[24] 长门孤寂：汉武帝皇后陈阿娇失宠后，贬黜在长门宫居住。（见司马相如《长门赋序》）

[25] 折证：作证，对证。

[26] 云巾：戏曲中仙童披于身后的服装。

[27] 情场管领：统管婚恋之神。

[28] 风月司：此指管理人世间婚恋的人。

【题解】

此剧演唐明皇李隆基与杨贵妃生死相恋的故事，是同类题材的集大成式作品。是洪昇历经十余载三易稿而成的代表作：先作《沉香亭》，其友人说"排场近熟"，遂改作《舞霓裳》，最后因"念情之所钟，在帝王家罕有"，改为专写钗盒情缘的《长生殿》，完成于康熙二十七年（1688）。全剧五十出，将李杨爱情与"安史之乱"联系起来，既颂扬生死情深，又有垂戒后世的寓意。《密誓》则是李杨爱情的高潮，是全剧的关键场次，乐极哀来，既酿造了生离死别的爱情悲剧，又为月宫仙圆的结局打下基础。

第二十四出 惊变

（丑上）玉楼天边起笙歌，风送宫嫔笑语和。月殿影开闻夜漏，水晶帘卷近秋河[1]。咱家高力士，奉万岁爷之命，着咱在御花园中安排小宴，要与贵妃娘娘同来游赏，只得在此伺候。（生、旦乘辇，老旦、贴随后，二内侍引，行上）

【北中吕】【粉蝶儿】天淡云闲，列长空数行新雁。御园中秋色斓斑：柳添黄，苹减绿，红莲脱瓣。一抹雕阑，喷清香桂花初绽[2]。

（到介）（丑）请万岁爷、娘娘下辇。（生、旦下辇介）（丑同内侍暗下）

（生）妃子，朕与你散步一回者。（旦）陛下请。（生携旦手介）（旦）
【南泣颜回】携手向花间，暂把幽怀同散。凉生亭下，风荷映水翩翻。爱桐阴静悄，碧沉沉并绕回廊看。恋香巢秋燕依人[3]，睡银塘鸳鸯蘸眼[4]。

（生）高力士，将酒过来[5]，朕与娘娘小饮数杯。（丑）宴已排在亭上，请万岁爷、娘娘上宴。（旦作把盏，生止住介）妃子坐了。

【北石榴花】不劳你玉纤纤高捧礼仪烦，子待借小饮对眉山[6]。俺与你浅斟低唱互更番，三杯两盏，遣兴消闲。妃子，今日虽是小宴，倒也清雅。回避了御厨中，回避了御厨中烹龙炰凤堆盘案[7]，咿咿哑哑乐声催趱。只几味脆生生，只几味脆生生蔬和果清肴馔，雅称你仙肌玉骨美人餐[8]。

妃子，朕与你清游小饮，那些梨园旧曲[9]，都不耐烦听他。记得那年在沉香亭上赏牡丹[10]，召翰林李白草《清平调》三章[11]，令李龟年度成新谱[12]，其词甚佳。不知妃子还记得么？（旦）妾还记得。（生）妃子可为朕歌之，朕当亲倚玉笛以和。（旦）领旨。（老旦进玉笛，生吹介）（旦按板介）

【南泣颜回】【换头】花繁、秾艳想容颜[13]，云想衣裳光璨。新妆谁似，可怜飞燕娇懒[14]。名花国色[15]，笑微微常得君王看。向春风解释春愁[16]，沉香亭同倚阑干。

（生）妙哉，李白锦心，妃子绣口，真双绝矣。宫娥，取巨觥来，朕与妃子对饮。（老旦、贴送酒介）（生）

【北斗鹌鹑】畅好是喜孜孜驻拍停歌[17]，喜孜孜驻拍停歌，笑吟吟传杯送盏。妃子干一杯。（作照干介）不须他絮烦烦射覆藏钩[18]，闹纷纷弹丝弄板[19]。（又作照杯介）妃子，再干一杯。（旦）妾不能饮了。（生）宫娥每，跪劝。（老旦、贴）领旨。（跪旦介）娘娘，请上这一杯。（旦勉饮介）（老旦、贴作连劝介）（生）我这里无语持觥仔细看，早子见花一朵上腮间。（旦作醉介）妾真醉矣。（生）一会价软咍咍柳軃花敧[20]，困腾腾莺娇燕懒。

妃子醉了。宫娥每，扶娘娘上辇进宫去者。（老旦、贴）领旨。（作扶旦起介）（旦作醉态呼介）万岁！（老旦、贴扶旦行）（旦作醉态介）

【南扑灯蛾】态恹恹轻云软四肢[21]，影濛濛空花乱双眼，娇怯怯柳腰扶难起，困沉沉强抬娇腕，软设设金莲倒褪[22]，乱松松香肩軃云鬟，美甘甘思寻凤枕，步迟迟倩宫娥搀入绣帏间。

（老旦、贴扶旦下）（丑同内侍暗上）（内击鼓介）（生惊介）何处鼓声骤发？（副净急上）渔阳鞞鼓动地来，惊破霓裳羽衣曲。（问丑介）万岁爷在那里？（丑）在御花园内。（副净）军情紧急，不免径入[23]。（进见介）陛下，不好了。安禄山起兵造反，杀过潼关，不日就到长安了！（生大惊介）

守关将士何在?(副净)哥舒翰兵败[24],已降贼了。(生)

【北上小楼】呀,你道失机的哥舒翰,称兵的安禄山[25],赤紧的离了渔阳[26],陷了东京[27],破了潼关。唬得人胆战心摇,唬得人胆战心摇,肠慌腹热,魂飞魄散,早惊破月明花粲。

卿有何策,可退贼兵?(副净)当日臣曾再三启奏,禄山必反,陛下不听,今日果应臣言。事起仓卒,怎生抵敌?不若权时幸蜀,以待天下勤王[28]。(生)依卿所奏。快传旨,诸王百官,即时随驾幸蜀便了。(副净)领旨。(急下)(生)高力士,快些整备军马。传旨令右龙武将军陈元礼[29],统领羽林军士三千扈驾前行[30]。(丑)领旨。(下)(内侍)请万岁爷回宫。(生转行叹介)唉,正尔欢娱,不想忽有此变,怎生是了也!

【南扑灯蛾】稳稳的宫庭宴安[31],扰扰的边廷造反[32]。咚咚的鼙鼓喧,腾腾的烽火颺[33]。的溜扑碌臣民儿逃散,黑漫漫乾坤覆翻,碜磕磕社稷摧残[34],碜磕磕社稷摧残。当不得萧萧飒飒西风送晚[35],黯黯的一轮落日冷长安[36]。

(向内问介)宫娥每,杨娘娘可曾安寝?(老旦、贴内应介)已睡熟了。(生)不要惊他,且待明早五鼓同行。(泣介)天那!寡人不幸,遭此播迁,累他玉貌花容,驱驰道路,好不痛心也!

【南尾声】在深宫兀自娇慵惯[37],怎样支吾蜀道难![38]!(哭介)我那妃子呵,愁杀你玉软花柔,要将途路趱。

| 宫殿参差落照间, | 卢 纶 | 渔阳烽火照函关[39]。 | 吴 融 |
| 遏云声绝悲风起, | 胡 曾 | 何处黄云是陇山[40]。 | 武元衡 |

(《长生殿》,徐朔方校注,人民文学出版社1983年版)

【注释】

[1] "玉楼"四句:引用唐马逢(一作顾况诗)《宫词二首》其二,略有改动。

[2] 【粉蝶儿】曲:袭用白朴《梧桐雨》第二折之【中吕粉蝶儿】曲辞,略有改动。(pín),水草名。一抹,一带。

[3] 香巢:燕衔泥筑巢,泥中有落花香气。依人:亲近人,靠近人。

[4] 蘸(zhàn)眼:招眼,惹眼,谓鸳鸯宿于水光闪烁的池塘,引人注目。

[5] 将:持,端。

[6] 子待:只待,只要,只打算。眉山:妇女美眉的代称。(典出葛洪《西京杂记》卷三)对眉山,面面相对,用梁鸿、孟光夫妻相敬情深,举案齐眉的典故。(见《后汉书·逸民传·梁鸿传》)

[7] 烹龙炰(páo)凤:指山珍海味。炰,烹煮。盘案:盛食品的托盘,盘下有脚为案,无脚为盘。

[8] 雅称：很适合，很相称。雅，很，甚。

[9] 梨园：唐玄宗时教练宫廷歌舞艺人的地方，在蓬莱宫宜春院北。濬（见《新唐书·礼乐志十二》）

[10] 沉香亭：唐宫中御花园里的亭子。

[11] 《清平调》三章：宣召李白作《清平调》三首，事见唐李濬《松窗杂录》。【南泣颜回】即隐括三诗而成。

[12] 李龟年：唐玄宗时的宫廷乐师。

[13] 想：像，似。

[14] 飞燕：赵飞燕，汉成帝皇后，体态轻盈善歌舞，故称飞燕。（见《汉书·外戚传下》及《飞燕外传》）是与杨玉环并称的绝代佳人，有"燕瘦环肥"之称。

[15] 名花国色：指牡丹与杨玉环。

[16] 解释：清除，化解。

[17] 畅好是：真是，正是。

[18] 射覆：古代的一种游戏，猜测所覆盖之物，见《汉书·东方朔传》；一说类似今之猜字谜的酒令，见清俞敦培《酒令丛钞·古令》。藏钩：古代的一种游戏，参与者分为两队，将钩藏于某人手中，令另一队人猜测，见晋周处《风土记》。

[19] 弹丝：弹琴。丝，琴弦。弄板：按板击节。

[20] 软咍（hāi）咍：软绵绵。柳軃（duǒ）花欹（qī）：比喻贵妃柳腰花貌醉软难支的样子。軃，下垂的样子；欹，歪斜，倾斜。

[21] 恹（yān）恹：慵懒无力的样子。

[22] 金莲：女子的脚。（典出《南史·齐废帝东昏侯纪》）但不指小脚。女子缠足起于南唐李后主之宫嫔窅娘。（见陶宗仪《南村辍耕录》卷十《缠足》）倒褪（tuì）：倒退，后退，这里是脚步不稳东倒西歪的意思。

[23] 不免径入：不得不直入，即不用通报径直入见。

[24] 哥舒翰：突厥哥舒部人。安禄山反，哥舒翰为兵马元帅，守潼关，在杨国忠逼迫下出战，败而被俘，被安禄山处死。新、旧《唐书》有传。

[25] 称兵：举兵，起兵。

[26] 赤紧的：真正的，实在的。

[27] 东京：唐之东京在今河南洛阳。

[28] 勤王：君王有难，臣子起兵救援。勤，为……而尽力，为……而辛劳。

[29] 陈元礼：即陈玄礼，宦官，初为千骑营长官，参与诛杀韦后之后，任右龙武将军。"安史之乱"时随从玄宗入蜀，乱平后封蔡国公。清人避康熙玄烨讳，改"玄"为"元"。

[30] 扈驾：随从帝王的车驾。扈，随从，护卫。

[31] 宴安：平安欢乐。宴，欢乐。

[32] 扰扰：纷乱，混乱。

[33] 黫（yān）：黑色。

[34] 碜（chěn）磕磕：这里是凄惨可怕的样子。磕磕，可作"可可"，语助词，无义。

[35] "当不得"句：意思是抵挡不住晚来的秋风。

[36] 黯（àn）黯：昏暗，兼有忧愁沮丧之意。

[37] 兀自：还，尚。

[38] 支吾：应付，支撑。

[39] 函关：函谷关，西汉置，在今河南新安县东，西距秦之函谷关（在今河南灵宝县东北农涧河畔王垛村）三百里。

[40] 陇山：在陕甘一带，剧中代指长安。

【题解】

本出是全剧结构的中心。此前是李杨相遇、相恋到定情专一的过程，也是争权夺利、阴谋变乱等各种社会矛盾酝酿发展的过程。《惊变》则是矛盾的总爆发，是李唐王朝由盛而衰、戏剧主人公乐极哀来的转折点。此后则是主人公对变乱苦果的品尝，渲染悲伤悔恨之情，即"兴亡之感"。本出爱情主线与政治斗争、社会风云结合起来写，使这种爱情具有了强烈的政治色彩，爱情与政治互相纠结、互相影响。有人批评决定幸蜀过于草率，这可能是作者为了省出篇幅让男女主人公抒情，而尽量减少过程描写的缘故吧。

【集评】

[1] 予撰此剧，止按白居易《长恨歌》、陈鸿《长恨歌传》为之。而中间点染处，多采《天宝遗事》、《杨妃全传》。若一涉秽迹，恐妨风教，绝不阑入，览者有以知予之志也。……棠村相国尝称予是剧乃一部闹热《牡丹亭》，世以为知言。予自惟文采不逮临川；而恪守韵调，罔敢稍有逾越。……是书义取崇雅，情在写真。（洪昇《长生殿·例言》）

[2] 或用虚笔，或用反笔，或用侧笔、闲笔，错落出之，以写两人生死深情，各极其致，易名曰《长生殿》。一时朱门绮席、酒社歌楼，非此曲不奏，缠头为之增价。（徐麟《长生殿序》）

[3] 昉思句精字研，罔不谐叶。爱文者喜其词，知音者赏其律。以是传闻益远，畜家乐者攒笔竞写，转相教习。优伶能是，升价什佰。他友游四川，数见演此，北边、南越可知矣。（吴人《长生殿序》）

[4] 钱塘洪昉思昇撰《长生殿》，为千百年来曲中巨擘。以绝好题目，作绝大文章，学人、才人，一齐俯首。自有此曲，毋论《惊鸿》、《彩毫》空惭形秽，即白仁甫《秋夜梧桐雨》亦不能稳佔元人词坛一席矣。（梁廷枏《曲话》卷三）

[5] 古今传奇，词采、结构、排场并胜，而又宫调合律，宾白工整，众美

悉具，一无可议者，莫过于《长生殿》。(王季烈《螾庐曲谈》)

【参考书】

　　[1] 稗畦草堂原刻本，《古本戏曲丛刊》五集影印，上海古籍出版社 1984年版。

　　[2]《长生殿笺注》，竹村则行、康保成笺注，中州古籍出版社 1999 年版。

孔尚任

　　孔尚任（1648—1718），字聘之，又字季重，号东塘，别号岸塘，自称云亭山人，山东曲阜人，是孔子的六十四代孙。康熙二十三年（1684）康熙南巡，至曲阜祭孔，孔尚任御前讲经称旨，被破格授为国子监博士，曾参加疏浚黄河入海口的治水工程，使他了解民情，也收集了创作《桃花扇》的相关素材。又做过户部主事，升户部广东司员外郎，不久被罢官。今人汪蔚林编有《孔尚任诗文集》，戏曲除《桃花扇》外，还与友人顾彩合著传奇《小忽雷》。

桃　花　扇
第七出　却奁[1]

癸未三月[2]

　　（杂扮保儿掇马桶上[3]）龟尿龟尿，撒出小龟；鳖血鳖血，变成小鳖。龟尿鳖血，看不分别；鳖血龟尿，说不清白。看不分别，混了亲爹；说不清白，混了亲伯。（笑介）胡闹，胡闹！昨日香姐上头[4]，乱了半夜；今日早起，又要刷马桶，倒溺壶，忙个不了。那些孤老、表子还不知搂到几时哩[5]。（刷马桶介）（末）

　　【夜行船】人宿平康深柳巷[6]，惊好梦门外花郎[7]。绣户未开，帘钩才响，春阻十层纱帐。

　　下官杨文骢[8]，早来与侯兄道喜。你看院门深闭，侍婢无声，想是高眠未起。（唤介）保儿，你到新人窗外，说我早来道喜。（杂）昨夜睡迟了，今日未必起来哩。老爷请回，明日再来罢。（末笑介）胡说！快快去问。（小旦内问介[9]）保儿！来的是那一个？（杂）是杨老爷道喜来了。（小旦忙上）倚枕春宵短，敲门好事多。（见介）多谢老爷，成了孩子一世姻缘。（末）好说。（问介）新人起来不曾？（小旦）昨晚睡迟，都还未起哩。（让坐介）老爷请坐，待我去催他。（末）不必，不必。（小旦下）（末）

【步步娇】儿女浓情如花酿，美满无他想，黑甜共一乡[10]。可也亏了俺帮衬，珠翠辉煌，罗绮飘荡，件件助新妆，悬出风流榜。

（小旦上）好笑，好笑！两个在那里交扣丁香[11]，并照菱花，梳洗才完，穿戴未毕。请老爷同到洞房，唤他出来，好饮扶头卯酒[12]。（末）惊却好梦，得罪不浅。（同下）（生、旦艳妆上[13]）（生、旦）

【沉醉东风】这云情接着雨况[14]，刚搔了心窝奇痒，谁搅起睡鸳鸯。被翻红浪，喜匆匆满怀欢畅。枕上余香，帕上余香，消魂滋味[15]，才从梦里尝。

（末、小旦上）（末）果然起来了，恭喜，恭喜。（一揖，坐介）（末）昨晚催妆拙句[16]，可还说的入情么？（生揖介）多谢。（笑介）妙是妙极了，只有一件。（末）那一件？（生）香君虽小，还该藏之金屋[17]。（看袖介）小生衫袖，如何着得下？（俱笑介）（末）夜来定情，必有佳作[18]。（生）草草塞责，不敢请教。（末）诗在那里？（旦）诗在扇头。（旦向袖中取出扇介）（末接看介）是一柄白纱宫扇。（嗅介）香的有趣。（吟诗介）妙，妙！只有香君不愧此诗。（付旦介）还收好了。（旦收扇介）（末）

【园林好】正芬芳桃香李香，都题在宫纱扇上；怕遇着狂风吹荡，须紧紧袖中藏，须紧紧袖中藏。

（末看旦介）你看香君上头之后，更觉艳丽了。（向生介）世兄有福，消此尤物[19]。（生）香君天姿国色，今日插了几朵珠翠，穿了一套绮罗，十分花貌，又添二分，果然可爱。（小旦）这都亏了杨老爷帮衬哩。

【江儿水】送到缠头锦[20]，百宝箱，珠围翠绕流苏帐[21]，银烛笼纱通宵亮，金杯劝酒合席唱。今日又早早来看，恰似亲生自养，赔了妆奁，又早敲门来望。

（旦）俺看杨老爷，虽是马督抚至亲[22]，却也拮据作客，为何轻掷金钱，来填烟花之窟？在奴家受之有愧，在老爷施之无名。今日问个明白，以便图报。（生）香君问得有理，小弟与杨兄萍水相交，昨日承情太厚，也觉不安。（末）既蒙问及，小弟只得实告了。这些妆奁酒席，约费二百余金，皆出怀宁之手。（生）那个怀宁？（末）曾做过光禄的阮圆海。（生）是那皖人阮大铖么[23]？（末）正是。（生）他为何这样周旋？（末）不过欲纳交足下之意。

【五供养】羡你风流雅望，东洛才名[24]，西汉文章[25]。逢迎随处有，争看坐车郎[26]。秦淮妙处[27]，暂寻个佳人相傍，也要些鸳鸯被、芙蓉妆；你道是谁的？是那南邻大阮[28]，嫁衣全忙[29]。

　　（生）阮圆老原是敝年伯[30]，小弟鄙其为人，绝之已久。他今日无故用情，令人不解。（末）圆老有一段苦衷，欲见白于足下。（生）请教。（末）圆老当日曾游赵梦白之门[31]，原是吾辈。后来结交魏党，只为救护东林。不料魏党一败，东林反与之水火。近日复社诸生，倡论攻击，大肆殴辱，岂非操同室之戈乎？圆老故交虽多，因其形迹可疑，亦无人代为分辩。每日向天大哭，说道："同类相残，伤心惨目，非河南侯君，不能救我。"所以今日谆谆纳交。（生）原来如此。俺看圆海情辞迫切，亦觉可怜。就便真是魏党，悔过来归，亦不可绝之太甚，况罪有可原乎？定生、次尾[32]，皆我至交，明日相见，即为分解。（末）果然如此，吾党之幸也。（旦怒介）官人是何说话！阮大铖趋附权奸，廉耻丧尽，妇人女子，无不唾骂。他人攻之，官人救之，官人自处于何等也？

【川拨棹】不思想，把话儿轻易讲。要与他消释灾殃，要与他消释灾殃，也堤防旁人短长。官人之意，不过因他助俺妆奁，便要徇私废公；那知道这几件钗钏衣裙，原放不到我香君眼里。（拔簪脱衣介）脱裙衫，穷不妨；布荆人[33]，名自香。

　　（末）阿呀，香君气性，忒也刚烈。（小旦）把好好东西，都丢一地。可惜，可惜！（拾介）（生）好，好，好！这等见识，我倒不如，真乃侯生畏友也[34]。（向末介）老兄休怪，弟非不领教，但恐为女子所笑耳。

【前腔】平康巷，他能将名节讲；偏是咱学校朝堂，偏是咱学校朝堂，混贤奸不问青黄。那些社友平日重俺侯生者，也只为这点义气。我若依附奸邪，那时群起来攻，自救不暇，焉能救人乎？节和名，非泛常；重和轻，须审详。

　　（末）圆老一段好意，也还不可激烈。（生）我虽至愚，亦不肯从井救人[35]。（末）既然如此，小弟告辞了。（生）这些箱笼，原是阮家之物，香君不用，留之无益，还求取去罢。（末）正是：多情反被无情恼，乘兴而来兴尽还。（下）（旦恼介）（生看旦介）俺看香君天姿国色，摘了几朵珠翠，脱去一套绮罗，十分容貌，又添十分，更觉可爱。（小旦）虽如此说，舍了许多东西，倒底可惜。

【尾声】金珠到手轻轻放，惯成了娇痴模样，辜负俺辛勤做老娘。

　　（生）些须东西，何足挂念，小生照样赔来。（小旦）这等才好。

　　（小旦）花钱粉钞费商量，（旦）裙布钗荆也不妨；
　　（生）只有湘君能解佩[36]，（旦）风标不学世时妆。

【注释】

[1] 却奁（lián）：拒绝嫁妆。

[2] 癸未：明崇祯十六年（1643）。

[3] 保儿：妓院里的男佣。掇：提。其上场十二句引子，言嫖客是王八，妓生之子不知谁是其父。

[4] 上头：娼家处女初次接客。（见元陶宗仪《辍耕录》卷十四《上头入月》）

[5] 孤老：女子暗中亲昵的男子或嫖客。

[6] 平康、柳巷：都指妓女聚居之所、妓院。

[7] 花郎：卖花人。

[8] 杨文骢：字龙友，贵阳（今属贵州）人。善书画，有文藻，好交游。福王时因亲戚马士英当国，任职兵部。为清兵所俘，不降，被杀。（《明史》卷二七七有传）

[9] 小旦：剧中扮香君假母李贞丽的角色。李贞丽也是秦淮名妓。（见缪荃荪《秦淮广记》）

[10] 黑甜共一乡：双双入睡。黑甜，熟睡。（见苏轼《发广州》诗）

[11] 丁香：衣服的纽扣。

[12] 扶头卯酒：早晨所饮之酒。扶头酒，酒浓易醉之酒，醉后头亦须扶。卯，早晨5—7时。

[13] 生：剧中扮侯方域。侯方域字朝宗，河南商丘人。出身世家，早年入复社，反阉党；入清后参加顺治八年乡试中副榜，为士林所讥。（见《清史稿》卷四八四）旦：剧中扮李香君。李香君，秦淮名妓，侯方域有《李姬传》记其事。

[14] 云情雨况：男女欢会情况。（典出宋玉《高唐赋序》）

[15] 消魂：形容极度欢畅如神飘魄荡。

[16] 催妆拙句：古代风俗，成婚前夕，贺者作诗催新妇梳妆以成婚礼。杨文骢诗云："生小倾城是李香，怀中婀娜袖中藏。缘何十二巫峰女，梦里偏来见楚王。"香君浑名香扇坠儿，"怀中婀娜袖中藏"，一语双关。诗本余怀赠香君之作。（见《板桥杂记》）

[17] 藏之金屋：用汉武帝金屋藏娇故事。（见《汉武故事》。金屋，华美的房屋）

[18] 佳作：诗云："夹道朱楼一径斜，王孙初御富平车。青溪尽是辛夷树，不及东风桃李花。"诗据侯方域《四忆堂诗集》卷二《赠人》改作。

[19] 尤物：绝色美女。

[20] 缠头锦：赠送歌舞艺人或妓女的财物。

[21] 流苏帐：四周饰有流苏的帷帐，此泛指华美帷帐。流苏，用彩色羽毛、丝制成的穗状垂饰物。

[22] 马督抚：马士英，是杨文骢的妻舅，字瑶草，贵阳（今属贵州）人。万历进士。当时任凤阳督抚。李自成攻陷北京后，他拥立福王于南京，累官兵部尚书、都察院右副都御史，专国政，起用阉党阮大铖，迫害东林人士。清兵攻破南京后被擒杀；一说降清后又谋反清，被斩。（《明史》卷三〇八《奸臣传》有传）

[23] 阮大铖：字集之，号圆海、石巢、百子山樵，怀宁（今属安徽）人。曾任光禄寺

卿。因附魏忠贤，名列魏党逆案，废斥十七年。南明时官至兵部尚书兼右副都御史，迫害东林人士。后降清，随从攻打仙霞关时死；一说降清后又谋反清，事泄自杀。（见《明史·奸臣传》）

［24］东洛才名：东洛即洛阳，自东汉起，与西京长安相对，称洛阳为东都。贾谊，汉洛阳人，潘岳《西征赋》称之为洛阳才子。左思，洛阳人，作《三都赋》十年乃成，豪贵之家竞相传写，洛阳为之纸贵。（见《晋书·左思传》）

［25］西汉文章：指司马相如、司马迁等人的文章。

［26］坐车郎：晋潘岳字安仁，貌美，少时坐车出洛阳道，妇女围之，掷果满车。（见《世说新语·容止》）

［27］秦淮：秦淮河，流经南京，注入长江，明末为歌楼妓馆汇聚之地。

［28］南邻大阮：晋有南北阮之称。阮籍、阮咸居道南，诸阮居道北，北富，南贫而好道。（见《世说新语·任诞》）此指阮大铖。

［29］全忙：成全帮忙。

［30］年伯：同年登科者的父辈。

［31］赵梦白：赵南星字梦白，高邑（今属河北）人，因忤魏忠贤被贬代州而死，谥忠毅。（见《明史》卷二四三本传）

［32］定生：陈贞慧字定生，江苏宜兴人，东林党魁陈于廷之子，因党祸被逮。明亡后隐居，不入城市者十余年。是复社领袖人物。（《清史稿·遗逸二》有传）次尾：吴应箕字次尾，贵池（今属安徽）人，曾写《留都防乱公揭》声讨阮大铖。反清被俘，慷慨就义。是复社领袖人物。（《明史》卷二七七有传）

［33］布荆人：穿布裙戴荆钗的妇人，贫寒不事打扮的女子。

［34］畏友：严守大义，以正道自许许人而使人敬畏的朋友。

［35］从井救人：跳下井去救人——无助于人而有损于己。（典出《论语·雍也》）

［36］湘君解佩：湘君为湘水女神；佩为古人所佩玉饰。（典出屈原《九歌·湘君》）此指香君却奁。

【题解】

《桃花扇》完成于康熙三十八年（1699）六月。全剧四十出，另有"试一出·先声"、"闰二十出·闲话"、"加二十一出·孤吟"、"续四十出·余韵"，实为四十四出。是在明末真人实事的基础上加工创作成剧的。写复社文士侯方域与秦淮名妓李香君以一柄宫扇定情，在明末政治风云中的经历。他们由结合到遭马士英、阮大铖迫害而分离，由寻觅到相见，又因国破家亡而各自出家入道。作者的创作意图是"借离合之情，写兴亡之感"。通过对人物的褒贬，激励人们在乱世保持节操，起到"惩创人心"的作用。《却奁》是刻画香君形象的重头戏，出场人物性格都很鲜明。吴梅称"论《桃花扇》之品格，直是前无古人，后无来者"，而《却奁》"世皆目为妙词"（《中国戏曲概论》卷下）。

续四十出　余韵

戊子九月[1]

(净扮樵子挑担上)

[西江月] 放目苍崖万丈，拂头红树千枝；云深猛虎出无时，也避人间弓矢。建业城啼夜鬼[2]，维扬井贮秋尸[3]；樵夫剩得命如丝，满肚南朝野史。在下苏昆生[4]，自从乙酉年同香君到山[5]，一住三载，俺就不曾回家，往来牛首、栖霞[6]，采樵度日。谁想柳敬亭与俺同志[7]，买只小船，也在此捕鱼为业。且喜山深树老，江阔人稀；每日相逢，便把斧头敲着船头，浩浩落落[8]，尽俺歌唱，好不快活。今日柴担早歇，专等他来促膝闲话，怎的还不见到。(歇担盹睡介)(丑扮渔翁摇船上)年年垂钓鬓如银，爱此江山胜富春[9]；歌舞丛中征战里，渔翁都是过来人。俺柳敬亭送侯朝宗修道之后，就在这龙潭江畔[10]，捕鱼三载，把些兴亡旧事，付之风月闲谈。今值秋雨新晴，江光似练，正好寻苏昆生饮酒谈心。(指介)你看，他早已醉倒在地，待我上岸，唤他醒来。(作上岸介)(呼介)苏昆生。(净醒介)大哥果然来了。(丑拱介)贤弟偏杯呀[11]！(净)柴不曾卖，那得酒来。(丑)愚兄也没卖鱼，都是空囊，怎么处？(净)有了，有了，你输水，我输柴，大家煮茗清谈罢。(副末扮老赞礼[12]，提弦携壶上)江山江山，一忙一闲，谁赢谁输，两鬓皆斑。(见介)原来是柳、苏两位老哥。(净丑拱介)老相公怎得到此？(副末)老夫住在燕子矶边[13]，今乃戊子年九月十七日，是福德星君降生之辰[14]；我同些山中社友，到福德神祠祭赛已毕，路过此间。(净)为何挟着弦子，提着酒壶？(副末)见笑见笑。老夫编了几句神弦歌[15]，名曰《问苍天》。今日弹唱乐神，社散之时，分得这瓶福酒。恰好遇着二位，就同饮三杯罢。(丑)怎好取扰？(副末)这叫做"有福同享"。(净、丑)好，好。(同坐饮介)(净)何不把神弦歌领略一回？(副末)使得。老夫的心事，正要请教二位哩。(弹弦唱巫腔)(净丑拍手衬介)

【问苍天】新历数，顺治朝，岁在戊子；九月秋，十七日，嘉会良时。击神鼓，扬灵旗，乡邻赛社[16]；老逸民，剃白发，也到丛祠。椒作栋，桂为楣，唐修晋建；碧和金，丹间粉，画壁精奇。貌赫赫，气扬扬，福德名位；山之珍，海之宝，总掌无遗。超祖祢[17]，迈君师，千人上寿；焚郁兰，奠清醑，夺户争墀[18]。草笠底，有一人，掀须长叹：贫者贫，富者富，造命奚为？我与尔，较生辰，同月同日；囊无钱，灶断火，不育乞儿。六十岁，花甲周，桑榆暮矣[19]；乱离人，太平犬，未有亨期[20]。称玉斝[21]，坐琼筵，尔餐我看；谁为灵，谁为蠢，贵贱失宜。臣稽首[22]，叫九阍[23]，开聋启瞆[24]；宣命司，检禄籍，何故差池[25]？金阙远，紫宸高，苍天梦梦[26]；迎神来，送神去，舆马风驰。歌舞罢，鸡豚收，须臾社散；倚枯槐，对斜日，独自凝思。浊享富，清享名，或分两例；内才多，外财少，应不同规。热似火，福德君，庸人父母；冷如冰，文昌帝[27]，秀士宗师。神有短，圣有亏，谁能足愿；地难填，天难补，造化如斯。释尽了，胸中愁，欣欣微笑；江自流，云自卷，我又何疑。

（唱完放弦介）出丑之极。（净）妙绝！逼真《离骚》、《九歌》了。（丑）失敬，失敬！不知老相公竟是财神一转哩。（副末让介）请干此酒。（净咂舌介）这寡酒好难吃也。（丑）愚兄倒有些下酒之物。（净）是什么东西？（丑）请猜一猜。（净）你的东西，不过是些鱼鳖虾蟹。（丑摇头介）猜不着，猜不着。（净）还有什么异味？（丑指口介）是我的舌头。（副末）你的舌头，你自下酒，如何让客。（丑笑介）你不晓得，古人以《汉书》下酒[28]；这舌头会说《汉书》，岂非下酒之物？（净取酒斟介）我替老哥斟酒，老哥就把《汉书》说来。（副末）妙妙！只恐菜多酒少了。（丑）既然《汉书》太长，有我新编的一首弹词，叫做《秣陵秋》[29]，唱来下酒罢。（副末）就是俺南京的近事么？（丑）便是。（净）这都是俺们耳闻眼见的，你若说差了，我要罚的。（丑）包管你不差。（丑弹弦介）六代兴亡，几点清弹千古慨；半生湖海，一声高唱万山惊。（照盲女弹词唱介）

【秣陵秋】陈隋烟月恨茫茫，井带胭脂土带香[30]，驰荡柳绵沾客鬓[31]，叮咛莺舌恼人肠。中兴朝市繁华续，遗孽儿孙气焰张；只劝楼台追后主，不愁弓矢下残唐[32]。蛾眉越女才承选，燕子吴歈早擅场[33]，力士签名搜笛步，龟年协律奉椒房[34]。西昆词赋新温李，乌巷冠裳旧谢王[35]；院院宫妆金翠镜，朝朝楚梦雨云床。五侯阃外空狼燧，二水洲边自雀舫[36]，指马谁攻秦相诈，入林都畏阮生狂[37]。春灯已错从头认，社党重钩无逢藏[38]；借手杀仇长乐老[39]，胁肩媚贵半闲堂[40]。龙钟阁部啼梅岭[41]，跋扈将军噪武昌[42]。九曲河流晴唤渡，千寻江岸夜移防[43]。琼花劫到雕栏损[44]，玉树歌终画殿凉[45]；沧海迷家龙寂寞，风尘失伴凤徬徨。青衣衔璧何年返[46]，碧血溅沙此地亡[47]；南内汤池仍蔓草[48]，东陵辇路又斜阳[49]。全开锁钥淮扬泗[50]，难整乾坤左史黄[51]。建帝飘零烈帝惨，英宗困顿武宗荒[52]；那知还有福王一[53]，临去秋波泪数行。

（净）妙妙！果然一些不差。（副末）虽是几句弹词，竟似吴梅村一首长歌[54]。（净）老哥学问大进，该敬一杯。（斟酒介）（丑）倒叫我吃寡酒了。（净）愚弟也有些须下酒之物。（丑）你的东西，一定是山肴野蔌了。（净）不是，不是。昨日南京卖柴，特地带来的。（丑）取来共享罢。（净指口介）也是舌头。（副末）怎的也是舌头？（净）不瞒二位说，我三年没到南京，忽然高兴，进城卖柴。路过孝陵，见那宝城享殿[55]，成了乌牧之场[56]。（丑）呵呀呀！那皇城如何？（净）那皇城墙倒宫塌，满地蒿莱了。（副末掩泪介）不料光景至此。（净）俺又一直走到秦淮，立了半晌，竟没一个人影儿。（丑）那长桥旧院[57]，是咱们熟游之地，你也该去瞧瞧。（净）怎的没瞧？长桥已无片板，旧院剩了一堆瓦砾。（丑捶胸介）咳！恸死俺也。（净）那时疾忙回首，一路伤心；编成一套北曲，名为《哀江南》[58]。待我唱来！（敲板唱弋阳腔介）俺樵夫呵！

【哀江南】【北新水令】山松野草带花挑[59]，猛抬头秣陵重到。残军留废垒[60]，瘦马卧空壕[61]；村郭萧条[62]，城对着夕阳道。

【驻马听】野火频烧，护墓长楸多半焦[63]。山羊群跑，守陵阿监几时逃[64]。鸽翎蝠粪满堂抛，枯枝败叶当阶罩。谁祭扫，牧儿打碎龙碑帽[65]。

【沉醉东风】横白玉八根柱倒，堕红泥半堵墙高，碎琉璃瓦片多，烂翡翠窗棂少，舞丹墀燕雀常朝[66]，直入宫门一路蒿，住几个乞儿饿殍。

【折桂令】问秦淮旧日窗寮[67]，破纸迎风，坏槛当潮[68]，目断魂消[69]。当年粉黛，何处笙箫[70]。罢灯船端阳不闹[71]，收酒旗重九无聊[72]。白鸟飘飘，绿水滔滔，嫩黄花有些蝶飞，新红叶无个人瞧。

【沽美酒】你记得跨青溪半里桥[73]，旧红板没一条。秋水长天人过少，冷清清的落照，剩一树柳弯腰。

【太平令】行到那旧院门，何用轻敲，也不怕小犬哗哗。无非是枯井颓巢[74]，不过些砖苔砌草[75]。手种的花条柳梢，尽意儿采樵；这黑灰是谁家厨灶？

【离亭宴带歇指煞】俺曾见金陵玉殿莺啼晓[76]，秦淮水榭花开早[77]，谁知道容易冰消！眼看他起朱楼，眼看他宴宾客，眼看他楼塌了。这青苔碧瓦堆，俺曾睡风流觉，将五十年兴亡看饱。那乌衣巷不姓王，莫愁湖鬼夜哭[78]，凤凰台栖枭鸟[79]。残山梦最真，旧境丢难掉，不信这舆图换稿[80]。诌一套《哀江南》[81]，放悲声唱到老。

（副末掩泪介）妙是绝妙，惹出我多少眼泪。（丑）这酒也不忍入唇了，大家谈谈罢。（副净时服[82]，扮皂隶暗上[83]）朝陪天子辇，暮把县官门；皂隶原无种，通侯岂有根。自家魏国公嫡亲公子徐青君的便是[84]，生来富贵，享尽繁华。不料国破家亡，剩了区区一口。没奈何在上元县当了一名皂隶[85]，将就度日。今奉本官签票，访拿山林隐逸，只得下乡走走。（望介）那江岸之上，有几个老儿闲坐，不免上前讨火，就便访问。正是：开国元勋留狗尾，换朝逸老缩龟头[86]。（前行见介）老哥们，有火借一个？（丑）请坐。（副净坐介）（副末问介）看你打扮，像一位公差大哥。

（副净）便是。（净问介）要火吃烟么，小弟带有高烟，取出奉敬罢。（敲火取烟奉副净介）（副净吃烟介）好高烟，好高烟！（作晕醉卧倒介）（净扶介）（副净）不要拉我，让我歇一歇，就好了。（闭目卧介）（丑问副末介）记得三年之前，老相公捧着史阁部衣冠，要葬在梅花岭下，后来怎样？（副末）后来约了许多忠义之士，齐集梅花岭，招魂埋葬，倒也算千秋盛事，但不曾立得碑碣。（净）好事，好事。只可惜黄将军刎颈报主，抛尸路旁，竟无人埋葬。（副末）如今好了，也是我老汉同些村中父老，检骨殡殓，起了一座大大的坟茔，好不体面。（丑）你这两件功德，却也不小哩。（净）二位不知，那左宁南气死战船时，亲朋尽散，却是我老苏殡殓了他。（副末）难得，难得。闻他儿子左梦庚袭了前程[87]，昨日扶柩回去了。（丑掩泪介）左宁南是我老柳知己。我曾托蓝田叔画他一幅影像[88]，又求钱牧斋题赞了几句[89]；逢时遇节，展开祭拜，也尽俺一点报答之意。（副净醒，作悄语介）听他说话，像几个山林隐逸。（起身问介）三位是山林隐逸么？（众起拱介）不敢，不敢。为何问及山林隐逸？（副净）三位不知么，现今礼部上本，搜寻山林隐逸。抚按大老爷张挂告示，布政司行文已经月余，并不见一人报名。府县着忙，差俺们各处访拿。三位一定是了，快快跟我回话去。（副末）老哥差矣，山林隐逸乃文人名士，不肯出山的。老夫原是假斯文的一个老赞礼，那里去得。（丑、净）我两个是说书唱曲的朋友，而今做了渔翁樵子，益发不中了。（副净）你们不晓得，那些文人名士，都是识时务的俊杰，从三年前俱已出山了。目下正要访拿你辈哩。（副末）啐，征求隐逸，乃朝廷盛典，公祖父母俱当以礼相聘[90]，怎么要拿起来！定是你这衙役们奉行不善。（副净）不干我事，有本县签票在此，取出你看。（取看签票欲拿介）（净）果有此事哩。（丑）我们竟走开如何？（副末）有理。避祸今何晚，入山昔未深。（各分走下）（副净赶不上介）你看他登崖涉涧，竟各逃走无踪。

【清江引】大泽深山随处找，预备官家要。抽出绿头签[91]，取开红圈票[92]，把几个白衣山人吓走了。

（立听介）远远闻得吟诗之声，不在水边，定在林下，待我信步找去便了。
（急下）（内吟诗曰）

渔樵同话旧繁华，短梦寥寥记不差。
曾恨红笺衔燕子[93]，偏怜素扇染桃花。
笙歌西第留何客？烟雨南朝换几家？
传得伤心临去语，年年寒食哭天涯。

（《桃花扇》，王季思等校注，人民文学出版社2002年版）

【注释】

[1] 戊子：顺治五年（1648）。

[2] 建业：今南京。

[3] 维扬：今江苏扬州。夜鬼秋尸，均指清兵南下屠戮之惨。

[4] 苏昆生：原名周松如，河南固始人，固始旧属蔡州。是明末清初唱曲家。（见吴伟业《楚两生行并序》诗）剧中为香君曲师。南朝：指南明弘光朝。

[5] 乙酉年：顺治二年（1645），是年清兵攻陷南京。

[6] 牛首：牛头山，在江苏江宁西南。栖霞：山名，在南京东北。

[7] 柳敬亭：一说本姓曹，名逢春，泰州人，泰州旧属扬州府。捕鱼为生，后成著名说书艺人。（见吴伟业《楚两生行并序》诗）

[8] 浩浩落落：开朗坦荡。

[9] 富春：浙江富春江，沿岸桐庐县境有东汉严光隐居垂钓之处，名严陵滩、严陵濑。

[10] 龙潭江：在南京东北，流入长江。

[11] 偏杯：自己先喝酒。

[12] 赞礼：祭祀时的司仪官，属太常寺。

[13] 燕子矶：在南京东北观音山长江边上。

[14] 福德星君：指财神。

[15] 神弦歌：娱神的歌曲。

[16] 赛社：以酒食祭祀神灵。赛，酬报，祭祀酬神。

[17] 超祖祢（nǐ）：言祭福德星君之隆重，超过了祭祖庙父庙。祢，父庙。古时生称父、死称考、入庙称祢。

[18] 夺户争埠：拥挤之状争门夺阶。

[19] 桑榆：日落时斜晖照在桑树榆树上，比喻晚景。

[20] "乱离"三句：言"宁为太平犬，莫作乱离人"，一生战乱流离，未遇太平。亨期，通达时期。

[21] 称玉斝（jiǎ）：举玉杯。

[22] 稽首：以头叩地顿首拜。

[23] 九阍（hūn）：宫门，指天帝的宫门。君之门以九重，故称九阍。

[24] 瞆（kuì）：目失明。

[25] "宣命司"三句：意思是我老赞礼生辰与福德星君相同，而命运却如此不同。天帝应宣召司命之神，翻检一下禄籍，怎么出了差错？禄籍，登载人们福禄的簿册。差（chā）池，差错。

[26] "金阙"三句：天帝高高在上离人间太远，所以对诸事不明，昏昧不清。金阙、紫宸，均天帝的宫殿。梦梦（méng méng），昏乱不明。

[27] 文昌帝：主管文运和文人功名利禄的神。

[28] 《汉书》下酒：北宋诗人苏舜钦在岳父杜衍家，每晚读书则饮酒一斗。一次读《汉书·张良传》，连连举杯，杜衍见而笑曰："有如此下酒物，一斗诚不为多也。"（见宋龚

明之《中吴纪闻·苏子美饮酒》)

　　[29] 秣陵：县名，治所在今江苏南京。曲中代指南京。

　　[30] 井带胭脂：隋灭陈时，陈后主陈叔宝与张丽华、孔贵妃无计可逃，遂共躲入井中，被捉。其井被称为胭脂井，在陈朝景阳宫内，故址在今南京。(见宋葛立方《韵语阳秋》卷五)

　　[31] 骀(dài)荡：荡漾。

　　[32]"中兴"四句：大意是说南明继承了六朝的繁华奢侈，却忘了南唐为宋所灭的历史教训。遗孽儿孙，指马士英、阮大铖气焰嚣张，迫害东林复社人士。楼台追后主，像陈后主那样寻欢作乐；楼台指结绮楼，陈后主宠妃张丽华的住处，隋大将韩擒虎领兵自朱雀门入，后主与张丽华仍沉酣于声色，杜牧《台城曲》有"门外韩擒虎，楼头张丽华"之句。弓矢下残唐，指宋灭南唐事。

　　[33] 燕子：指阮大铖所作传奇《燕子笺》，因用昆曲演唱，故称吴歈(yú)。吴歈，吴歌。

　　[34] "力士"二句：写南明朝搜寻教演《燕子笺》的曲师和歌妓。力士，唐玄宗太监高力士，此泛指太监；签名，依据名单；笛步，南京地名，教坊所在地，这里指旧院。龟年，李龟年，唐玄宗时的宫廷曲师，这里代指曲师；协律，调和音律使之和谐；椒房，汉代皇后所居以椒和泥涂壁称椒房，这里代指后宫。奉椒房，即演给弘光和后妃看。

　　[35]"西昆"二句：比喻南明朝廷腐朽依旧，与六朝相似。西昆，北宋以杨亿、刘筠、钱惟演为首的诗歌流派，诗歌模仿晚唐温庭筠、李商隐，他们互相唱和的诗编为《西昆酬唱集》，故名西昆派。本句意取仿效。乌巷，即乌衣巷，在今南京秦淮河南，为三国时吴国戍守石头城的营房所在地，戍守军士穿黑衣服，故称乌衣巷。东晋后成为王导、谢鲲等豪门贵族的住宅区。本句意取本质依旧。

　　[36]"五侯"二句：言南明朝廷不顾边防告急而一味游乐。五侯，泛指权贵，此指武将。阃(kǔn)外，京城以外；阃，城郭之门。狼燧，燃狼粪为烽烟，作为报警信号。二水洲，南京西长江有白鹭洲，把长江分为两股，称二水洲。雀舫，代指华美的游船。

　　[37]"指马"二句：言正直之士都畏惧马士英、阮大铖的专横狂傲而离开朝廷。指马，指鹿为马。(典出《史记·秦本纪》)是说马士英像秦相赵高指鹿为马一样专横跋扈。入林，指东林复社人士。阮生，指阮大铖。

　　[38]"春灯"二句：阮大铖撰传奇《春灯谜》，全名《十错认春灯谜》，也叫《十错认》，写种种由于误会而生出的故事，被认为是向东林表明投靠阉党是误上人船，非有大罪，请求原谅之作。而一旦得势，阮大铖却又逮捕迫害东林复社不遗余力。钩，牵连。

　　[39] 长乐老：五代冯道，字可道，景城（今河北泊头北）人，历仕后唐、后晋、契丹、后汉、后周五朝八姓，不以为耻而自号长乐老。(新旧《五代史》有传) 此喻指马士英。

　　[40] 半闲堂：南宋贾似道在西湖葛岭建造的宅第名。这里代指贾似道。贾似道字师宪，台州天台（今属浙江）人。理宗朝以右相兼枢密使向蒙称臣纳币，向朝廷诈称大胜。度宗朝封太师，诸军国大事概决于半闲堂中。隐匿边疆告急军情，日夜淫乐。后被贬循州，

被押送官郑虎臣杀死于漳州木绵庵。(《宋史》有传)此指际大铖向马士英诣媚。

[41]"龙钟"句：清兵渡淮，史可法在梅花岭誓师抗清，血泪淋漓透战袍，见本剧第三十五出《誓师》。龙钟，沾湿的样子，指血泪沾湿战袍。阁部，史可法字宪之，大兴（今北京）人，南明时官至兵部尚书、武英殿大学士，镇守扬州。清兵破扬州后自杀未死，被俘，不屈死，葬扬州城外梅花岭。（剧中改为投长江而死）《明史》有传。

[42]"跋扈"句：指左良玉传檄东下讨伐马士英、阮大铖事，本剧第三十出《草檄》写其事。左良玉字昆山，临清（今属山东）人。因战张献忠、李自成及拒清兵有功封宁南伯，南明时封侯。引兵讨马阮，至九江病卒。(《明史》有传)

[43]"九曲"二句：指马士英、阮大铖将防备清兵南下的驻防黄河兵马调去堵截左良玉大军东下，河防空虚，清兵渡河如人无人之境。本剧第三十二出《拜坛》写其事。

[44]琼花劫：指清兵攻破扬州后屠城十日事。扬州有蕃厘观，内种琼花，俗称琼花观，代指扬州。

[45]"玉树"句：指南明小朝廷灭亡。玉树歌，陈后主《玉树后庭花》："玉树后庭花，花开不复久。"代指荒淫生活。

[46]"青衣"句：指南明弘光帝被掳事，见本剧第三十七出《劫宝》。青衣，晋怀帝被匈奴掳去，命其着青衣斟酒以示羞辱。(见《晋书·孝怀帝纪》)后以青衣行酒为皇帝被俘之典。衔璧，国君被俘，缚手于后，以口衔璧为赘礼。(见《左传·僖公六年》)

[47]"碧血"句：指黄得功因弘光被掳而自刎事，见本剧第三十七出《劫宝》。黄得功号虎山，开原卫（今辽宁开原）人。崇祯时封靖南伯，南明时进侯爵，与刘良佐、刘泽清、高杰分守江北，号为四镇。清兵至，仓促迎敌，飞矢中喉，知事不可为，拔箭自杀死。剧中有所改动。(《明史》有传)

[48]南内：南宫，南京的明故宫。汤池：温泉。

[49]东陵：南京城东明孝陵。辇路：天子车驾所经之路。

[50]"全开"句：指淮阳、扬州、泗阳等镇相继失守。

[51]左史黄：左良玉、史可法、黄得功。

[52]"建帝"二句：写明朝诸帝遭遇。建帝，建文帝，被永乐帝夺取帝位而出逃，《千忠戮》衍其事。烈帝，崇祯皇帝，李自成军攻破北京时崇祯于煤山（今北京景山）自缢死。英宗，英宗于正统十四年（1449）被瓦剌俘获。武宗，年号正德，信用宦官刘瑾，以淫乐嬉游闻名。

[53]福王一：福王（弘光）在位只有一年。应喜臣《青燐屑》："思宗御极之元年，五凤楼前获一黄袱，内袭小画一卷，题云：'天启七、崇祯十七、还有福王一'。"

[54]吴梅村：吴伟业，字骏公，号梅村，太仓（今属江苏）人。明代官至翰林院编修，入清后曾任国子监祭酒等。为复社成员。著有戏曲《秣陵春》等三种；诗文有《梅村家藏稿》等，长于七言歌行。

[55]宝城：皇陵四周的墙垣。享殿：祭殿。

[56]刍牧：割草放牧。刍，以草饲牲口。

[57]长桥旧院：旧院人称"曲中"，在秦淮河畔，前门对武定桥，后门在钞库街，明

末为歌妓聚居之地。长板桥在旧院墙外，跨于青溪之上。

[58] 哀江南：此套曲见于贾应宠《贾凫西木皮词》中《历代史略鼓词·哀江南》，每支曲有一标题：[北新水令] 标题为"总起"，[驻马听] 标题为"吊金陵"，[沉醉东风] 标题为"吊故宫"，[折桂令] 标题为"吊秦淮"，[沽美酒] 标题为"吊长桥"，[太平令] 标题为"吊旧院"，[离亭宴带歇指煞] 标题为"总吊金陵"；末曲"不信这舆图换稿"，"不信这"原著为"一霎时"、"诌一套《哀江南》"原著为"唱一套《哀江南》"，其余全同。据袁世硕考证，《哀江南》为据徐旭旦套曲《旧院有感》（见《世经堂诗词钞》卷三十）改写而成；孔尚任又把改写后的《哀江南》加在了《木皮鼓词》之后。（见袁世硕《孔尚任年谱·孔尚任交游考·徐旭旦》）所唱为弋（yì）阳腔，是最初流行于江西弋阳一带的戏曲声腔。格律不甚严格，可随心入腔；只用锣鼓节制而无管弦伴奏。

[59] 挑（tiǎo）：扬起，摇动。

[60] 残军：旧战场。废垒：废旧的军事营垒。

[61] 壕：沟，此指护城河。

[62] 村郭：村镇，村落。郭，本指古代在城的外围加筑的一道城墙。

[63] 楸（qiū）：落叶乔木名。

[64] 阿监：太监，指看守明孝陵的太监。

[65] 龙碑帽：石碑的顶部为碑帽，碑帽刻有蟠龙故称龙碑帽。

[66] "舞丹墀（chí）"句：燕雀在丹墀飞舞，好像臣子朝见皇帝。丹墀，宫殿的赤色台阶或地面，这里代指皇宫。

[67] 问：考察，探看。窗寮（liáo）：大户人家窗有两层，外为窗，里为寮。这里窗寮代指房舍。

[68] 槛（kǎn）：门限，门框下部贴近地面的横木。当潮：对着秦淮河水。房舍建于秦淮河岸，一面临街，一面临河，临河开有小门。

[69] 目断：望尽，极目远望，此指所见到的一切。魂消：失魂落魄、六神无主的样子。

[70] "当年"二句：当年歌妓，今在何方？

[71] "罢灯船"句：当年的端阳节，秦淮河上有灯船游赏，而今停歇不见了。端阳节即端午节，农历五月初五日为纪念屈原投汨罗江而形成的节日。

[72] "收酒旗"句：农历九月九日登高节称重（chóng）九、重阳节，有饮酒赏菊的习俗。酒旗俗称酒望子，为酒店招牌。收起酒旗，酒店不营业，故云无聊。

[73] 青溪：水名，发源于南京钟山西南，流经南京，注入秦淮河，长十余里。桥指长板桥。

[74] 颓巢：倾倒的鸟巢。

[75] 砖苔砌（qì）草：砖砌台阶上长满青苔杂草。砌，台阶。

[76] 金陵玉殿：南京明朝宫殿。明初建都南京。

[77] 水榭（xiè）：建在水边或水上供人游览休息的亭阁。

[78] 莫愁湖：水名，在今南京，原为明朝开国元勋徐达私家园林。

[79] 凤凰台：在今南京西南。南朝刘宋元嘉年间有凤凰集于此，于是筑台。枭（xiāo）鸟：猫头鹰，古人认为是不祥之鸟。

[80] 舆（yú）图换稿：江山易主。舆图，地图，疆土。

[81] 诌（zhōu）：随口编出，信口说出，这里是自谦之词。

[82] 时服：指清朝满族服装。

[83] 皂隶：官府内穿黑衣的衙役。

[84] 魏国公：明开国元勋徐达字天德，濠（今安徽凤阳）人，以功封中山王，配享太庙。其后人历代袭封魏国公。（《明史》有传）

[85] 上元县：今属南京。

[86] 缩龟头：言其归隐山林，怕事不敢出头。

[87] 左梦庚：左良玉之子，福王时继其父为原部军帅，后降清。（《清史稿》有传）袭前程，继承官爵。

[88] 蓝田叔：名瑛，钱塘（今浙江杭州）人，明末画家。

[89] 钱牧斋：钱谦益字受之，号牧斋，江苏常熟人。明代曾任翰林院编修、礼部侍郎，南明弘光朝任礼部尚书。后降清，为士林不齿。钱谦益为当时文坛领袖，诗文颇负盛名。有《初学集》、《有学集》、《投笔集》等。《有学集》有《为柳敬亭题左宁南画像》诗。

[90] 公祖父母：百姓对地方官的尊称。

[91] 绿头签：当时官府捕人的签票以绿漆签头。

[92] 红圈票：官府捕人的签票上有将逮之人姓名，姓名以红笔圈明。

[93] 红笺衔燕子：阮大铖《燕子笺》中关目。

【题解】

在戏剧冲突基本结束之后，又写此《余韵》，是颇具匠心的，它画龙点睛般地体现了全剧的精神意蕴。老赞礼唱《问苍天》，感叹世道不公，贤愚颠倒，这是奸邪得势致使国家覆亡的根由；柳敬亭唱《秣陵秋》勾勒南明亡国之惨状；苏昆生唱《哀江南》感情最为沉痛，写南明亡国后的残破景象，突出一个"吊"字：[北新水令]总写南京城郊景象，总吊金陵；[驻马听]吊明孝陵；[沉醉东风]吊明故宫；[折桂令]吊秦淮；[沽美酒]吊长桥；[太平令]吊旧院；[离亭宴带歇指煞]收束全曲，豪华落尽，舆图换稿，痛定思痛，长歌当哭。《桃花扇》原批云："总吊金陵也，读之而不堕泪者，其人必不情。不情之人，忠孝无问矣。"梁启超说它是"一部哭声泪痕之书"。

【集评】

[1]《桃花扇》一剧，皆南朝新事，父老犹有存者。场上歌舞，局外指点，知三百年之基业，隳于何人？败于何事？消于何年？歇于何地？不独令观者感慨涕零，亦可惩创人心，为末世之一救矣。（孔尚任《桃花扇小引》）

[2]《桃花扇》笔意疏爽，写南朝人物，字字绘影绘声。至文词之妙，其艳处似临风桃蕊，其哀处似着雨梨花，固是一时杰构。……《桃花扇》以《余韵》折作结，曲终人杳，江上峰青，留有余不尽之意于烟波缥缈间，脱尽团圆俗套。乃顾天石改作《南桃花扇》，使生旦当场团圆，虽其排场可快一时之耳目，然较之原作，孰劣孰优，识者自能辨之。（梁廷枏《曲话》卷三）

　　[3]论曲本当首音律，余不娴音律。但以结构之精严、文藻之壮丽、寄托之遥深论之，窃谓孔云亭之《桃花扇》，冠绝前古矣。其事迹本为数千年历史上最大关系之事迹，惟此时代乃能产此文章。虽然，同时代之文家亦多矣，而此蟠天际地之杰构，独让云亭，云亭亦可谓时代之骄儿哉！
《桃花扇》卷首之《先声》一出、卷末之《余韵》一出，皆云亭创格，前此所未有，亦后人所不能学也。一部极凄惨、极哀艳、极忧乱之书，而极太平起，以极闲静、极空旷结，真有华严镜影之观，非有道之士，不能作此结构。（梁启超《饮冰室合集》之《集外文·小说丛话》）

　　[4]吾国之文学中，其具厌世解脱之精神者，仅有《桃花扇》与《红楼梦》耳。而《桃花扇》之解脱，非真解脱也：沧桑之变，目击之而身历之，不能自悟，而悟于张道士之一言；且以历数千里，冒不测之险，投缧绁之中，所索之女子，才得一面，而以道士之言，一朝而舍之，自非三尺童子，其谁信之哉？故《桃花扇》之解脱，他律的也；而《红楼梦》之解脱，自律的也。且《桃花扇》之作者，但借侯、李之事，以写故国之戚，而非以描写人生为事。故《桃花扇》，政治的也，国民的也，历史的也；《红楼梦》，哲学的也，宇宙的也，文学的也。此《红楼梦》之所以背于吾国人之精神，而其价值亦即存乎此。彼《南桃花扇》、《红楼复梦》等，正代表吾国人乐天之精神者也。（王国维《红楼梦评论》第三章）

　　[5]《桃花扇》宾白最工整，曲词亦佳，特平仄多失调，衬字欠妥帖，是其所短。（王季烈《螾庐曲谈》）

【参考书】
　　[1]《桃花扇》，兰雪堂刊本。
　　[2]《桃花扇》，梁启超注释，文学古籍刊行社1954年版。

方成培

　　方成培，生卒年不详，字仰松，号岫云、岫云词逸，安徽歙县人。乾隆时在世，布衣终身。戏曲作品今存《雷峰塔》。

雷 峰 塔
第二十六出　断桥

（旦、贴上）（旦）

【商调】【山坡羊】顿然间鸳鸯折颈，奴薄命孤鸾照镜。好教我心头暗硬，怎知他一旦多薄幸。（贴）娘娘，吃了苦了。（旦）青儿，不想许郎听信法海言语，竟不下山。我和他争斗，奈他法力高强，险被擒拿，幸借水遁，来到临安。哎呀，不然险遭一命。（贴）娘娘，仔细想将起来，都是许宣那厮薄幸。若此番见面，断断不可轻恕！（旦）便是。（贴）如今我每往那里去藏身才好？（旦）我向闻许郎有一姐姐，嫁与李仁，在此居住。我和你且投奔到彼。（贴）只是从未识面，倘不相留，如何是好？（旦）我每到彼，再作区处。（贴）如此，娘娘请。（旦行作腹痛介）哎哟！（贴）娘娘为什么呵？（旦）青儿，我腹中疼痛，寸步难行，怎生捱得到彼。（贴）只怕要分娩了。前面已是断桥亭，待我且扶到亭内，少坐片时，再行便了。（旦）咳，许郎呵，我为你恩情非小，不想你这般薄幸，阿呀，好不凄惨人也！（贴）可怜。（旦）歹心肠铁做成，怎不教人泪雨零。奔投无处形怜影，细想前情气怎平？（合）凄惨，竟不念山海盟；伤情，更说甚共和鸣。（同下）

（生随外上）（外）许宣，你且闭着眼。

【前腔】一程程钱塘将近，蓦过了千山万岭。锦重重遥望层城，虚飘飘到来俄顷。许宣，来此已是临安了。（生惊介）果然是临安了。奇呵！（外）你此去若见此妖，不必害怕。待他分娩之后，你可到净慈寺来，付汝法宝收取便了。（生）是。待弟子相送到彼。（外）不消。你可作速归家，方才之言不可忘了！记此行漏言祸匪轻。（下）（生）前情往事重追省，只怕他怨雨愁云恨未平。萍梗，叹阽危命欲倾；伤情，痛遭魔心暗惊。

（旦、贴内）许宣，你好狠心也！（生跌介）阿呀，吓，吓死我也。你看那边，明明是白氏、青儿。哎哟，我今番性命休矣！

【仙吕宫引】【五供养】今朝蹭蹬。（旦、贴内）许宣，你好薄情也！（生）忽听他怒喊连声，遥看妖孽到，势难撄。空叫苍天，更没处将身遮隐。怎支撑？不如拚命向前行。（奔下）（贴扶旦上）（旦）

【仙吕过曲】【玉交枝】轻分鸾镜，那知他似狼心性。思量到此真堪恨，全不念伉俪深情。（贴）娘娘，你看许宣见了我每，略不回头，潜身逃避，噎，好不可恨！（旦）不必多言，我和你急急赶上前去！恶狠狠裴航翻欲绝云英，喘吁吁叹苏卿倒赶不上双渐的影。（闪介）（贴）娘娘看仔细。（旦）哎哟，望长堤疾急前征，顾不得绣鞋帮褪。（同下）（生上）阿呀！阿呀！

【川拨棹】真不幸，共冤家狭路行。吓得我气绝魂惊，吓得我气绝魂惊。且住，方才禅师说：此去若遇妖邪，不必害怕。那，那，那，看他紧紧追来，如何是好？也罢，我且上前相见，生死付之天命罢了！我向前时，又不觉心中战兢。（旦、贴上）（旦）谢伊家曩日多情，恨奴家平日无情。

（见生扯住介）许宣，你还要往那里去？你好薄幸也！（哭介）（生）阿呀娘子，为何这般狠狠？（旦、贴）你听信谗言，把夫妇恩情，一旦相抛，累我每受此苦楚，还来问什么？（生）娘子，请息怒。你且坐了，听卑人一言相告。（贴）那，那，他又来了。（生）那日上山之时，本欲就回，不想被法海那厮，将言煽惑，一时误信他言，致累娘子受此苦楚，实非卑人之故嘘！（哭介）（贴）啐！你且收了这假慈悲。走来，听我一言。（生）青姐，有何说话？（贴）我娘娘何等待你？（生）娘子是好的呵。（贴）可又来，也该念夫妻之情，亏你下得这般狠心！（生）阿呀，冤哉！（贴）于心何忍呢？（生）青姐，这都是那妖僧不肯放我下山。（贴回头不理介）（生）娘子，望恕卑人之罪！（旦）咳，许郎呵！（贴代旦挽发介）（旦）

【商调集曲】【金落索】【金梧桐】我与你嚶嘤弋雁鸣，永望鸳交颈。不记当时，曾结三生证。如今负此情，【东瓯令】背前盟。（生）卑人怎敢？（旦）贝锦如簧说向卿，因何耳软轻相信？（拭泪起唱介）【针线箱】摧挫娇花任寸零，【解三酲】真薄幸。【懒画眉】你清夜扪心也自惊。（生）是卑人不是了。（旦）【寄生子】害得我飘泊零丁，几丧残生，怎不教人恨、恨！（转坐哭介）（贴揉旦背介）娘娘，不要气坏了身子。（生）

【前腔】愁烦且暂停，念我诚堪悯。连理交枝，实只愿偕欢庆。风波意外生，望委曲垂情。（旦）你既知夫妇之情，怎么听信秃驴言语？（生）叵耐妖僧忒煞狠，教人怎不心儿惊。听他一划胡言，我合受惩。（旦）阿哟，气死我也！（生）只看平日恩情呵，求容忍。（旦）啐！（贴）这时候陪罪，可不迟了？（生）善言劝解全赖你娉婷，蹙眉山泪雨休零，且暂消停。

（跪介）（旦）下次可再敢如此？（生）再不敢了。（旦）起来，起来，起来耶。（生）多谢娘子。（贴气介）咳！（旦）只是如今我每向何处安身便好？（生）不妨，请娘子权且到我姐丈家中住下，再作区处。（旦）此去切不可说起金山之事，倘若泄漏，我与你决不干休！（贴）与你定不干休！（生）谨依尊命。青姐，我和你扶娘娘到前面去。（贴不应介）（生）娘子，你看青姐，总是怨着卑人，怎么处？（旦）青儿，青儿！（贴）娘娘。（旦）我想此事，非关许郎之过，多是法海那厮不好，你也不要太执性了。（贴）娘娘，你看官人，总是假慈悲，假小心，可惜辜负娘娘一点真心。（旦）咳。（生）娘子请。（旦）哎哟，只是我腹中十分疼痛，寸步难行。（生）不妨，我和青姐且扶到前面，唤乘小轿再行便了。（旦）

【尾声】此行休似东君泄漏柳条青，（生）还学并蒂芙蓉交映。（合）再话前欢续旧盟。

（旦）还恐添成异日愁，　　温庭筠　　（贴）朝成恩爱暮仇雠。　　翁绶
（生）当年顾我长青眼，　　许浑　　　纵杀微躯未足酬。　　方干
（同下）

（《白蛇传集》，傅惜华编，古典文学出版社1957年版）

【题解】

　　白蛇传的故事在民间流传极广，唐传奇有《李黄》（《太平广记》卷四五八）、明田妆成《西湖游览志》、冯梦龙《警世通言·白娘子永镇雷峰塔》等，都载有白蛇故事；戏曲则有黄图珌及陈嘉言父女所撰同名传奇。方成培剧则是在前人基础上的改作，作于乾隆三十六年（1771）。全剧三十四出，写峨嵋山之白蛇恋慕红尘，与西湖青蛇幻化人形，白与许宣成婚，为金山寺僧法海所阻，白蛇、青蛇水漫金山，战败，为法海收伏镇于雷峰塔下。白与许宣所生之子许士麟中状元，祭塔，白蛇、青蛇灾限已满，出与相见。《白蛇传》是至今活跃于舞台的剧目，《断桥》是深受人们喜爱的折子戏。在不断的改编演出中，白蛇青蛇妖气渐消，也去除了仙味，人性化增强，是人们同情白蛇，赞许其追求的表现。

吴伟业

　　吴伟业（1609—1671），字骏公，号梅村，太仓（今属江苏）人。明崇祯四年（1631）进士，官至左庶子。曾从张溥游，参加过复社。弘光朝，辞官归里，入清后迫于征召复出，官国子监祭酒。作诗取法盛唐及元白诸家，早期绮丽，明亡后寓身世之感，多苍凉悲壮之音。最擅七言歌行，记明清易代的重大事件，创"娄东派"，世称"梅村体"，影响深远。戏曲有《秣陵春》、《通天台》、《临春阁》。有李学颖集评标校《吴梅村全集》（上海古籍出版社版）。

圆 圆 曲[1]

鼎湖当日弃人间[2]，破敌收京下玉关[3]。恸哭六军俱缟素，冲冠一怒为红颜。红颜流落非吾恋，逆贼天亡自荒宴[4]。电扫黄巾定黑山[5]，哭罢君亲再相见[6]。相见初经田窦家[7]，侯门歌舞出如花。许将戚里箜篌伎[8]，等取将军油壁车[9]。家本姑苏浣花里[10]，圆圆小字娇罗绮。梦向夫差苑里游[11]，宫娥拥入君王起。前身合是采莲人[12]，门前一片横塘水。横塘双桨去如飞，何处豪家强载归[13]。此际岂知非薄命，此时惟有泪沾衣。熏天意气连宫掖，明眸皓齿无人惜[14]。夺归永巷闭良家，教就新声倾坐客[15]。坐客飞觞红日暮，一曲哀弦向谁诉？白皙通侯最少年[16]，拣取花枝屡回顾。早携娇鸟出樊笼，待得银河几时渡？恨杀军书底死催[17]，苦留后约将人误。相约恩深相见难，一朝蚁贼满长安[18]。可怜思妇楼头柳，认作天边粉絮看[19]。遍索绿珠围内第，强呼绛树出雕阑[20]。若非壮士全师胜，争得蛾眉匹马还[21]？蛾眉马上传呼进，云鬟不整惊魂定。蜡炬迎来在战场[22]，啼妆满面残红印。专征箫鼓向秦川[23]，金牛道上车千乘[24]。斜谷云深起画楼[25]，散关月落开妆镜[26]。传来消息满江乡，乌桕红经十度霜[27]。教曲伎师怜尚在[28]，浣纱女伴忆同行。旧巢共是衔泥燕，飞上枝头变凤凰[29]。长向尊前悲老大，有人夫婿擅侯王。当时只受声名累，贵戚名豪竞延致。一斛明珠万斛愁，关山飘泊腰支细[30]。错怨狂风飏落花，无边春色来天地。尝闻倾国与倾城，翻使周郎受重名[31]。妻子岂应关大计[32]，英雄无奈是多情。全家白骨成灰土，一代红妆照汗青[33]。君不见，馆娃初起鸳鸯宿，越女如花看不足。香径尘生鸟自啼，屧廊人去苔空绿[34]。换羽移宫万里愁[35]，珠歌翠舞古梁州[36]。为君别唱吴宫曲，汉水东南日夜流[37]！

（吴伟业《梅村家藏稿》卷三，《四部丛刊》初编本）

【注释】

[1] 圆圆：陈圆圆，本姓邢，名沅，字畹芬，小字圆圆，明末苏州名妓。据诗意，圆圆初曾入宫，后为崇祯帝田贵妃之父田弘遇（一说为周皇后父周奎）所得，转赠吴三桂为妾。李自成攻陷北京，陈为李自成（一说为李自成部将刘宗敏）所掠，吴三桂怒而降清，引清兵入关，复得圆圆。

[2] 鼎湖：《史记·封禅书》云，黄帝曾筑鼎于荆山下，鼎成，有龙垂胡须迎其升天，此地便被称为鼎湖。此指崇祯帝吊死之事。

[3] 玉关：玉门关，借指山海关。句谓吴三桂引清兵入关，打败李自成军，攻陷北京。

[4] 逆贼：指李自成的起义军。荒宴：荒淫宴乐。

[5] 黄巾、黑山：本为东汉末年分别由张角、张燕率领的两支起义军，代指李自成军。

[6] 君亲：指崇祯皇帝与三桂父吴襄，均死于李自成之乱。以上四句用吴三桂口吻，意谓自己举兵不是因为圆圆而是为报家国之仇，李自成荒宴而亡，乃是天意。

[7] 田窦家：汉武帝外戚田蚡、窦婴。借指崇祯妃田氏之父田弘遇（陆次云《圆圆传》）。一说指崇祯周皇后之父嘉定伯周奎家（钮琇《觚剩》）。

[8] 戚里：皇帝姻亲的住所。箜篌：一种弹拨乐器。箜篌伎，指陈圆圆。

[9] 等取：等待。取，语助词。油壁车：以油漆涂饰精美的车子，妇女所乘。将军，指吴三桂。

[10] 浣花里：在今成都西郊，本为唐代名妓薛涛所居地名，借指陈圆圆居所。

[11] 夫差：春秋时吴国君王，其宫苑在苏州，暗指圆圆曾被送入宫中。夫差战败越国后，越王勾践送美女西施给夫差。

[12] 采莲人：指西施，西施曾于浙江绍兴若耶溪采莲。

[13] 豪家：此指田弘遇或周奎。

[14] "熏天"二句：意谓崇祯帝宠爱田贵妃，圆圆虽貌美却得不到爱惜。掖，掖庭，妃嫔所居之处。

[15] "夺归"二句：指陈圆圆离开皇宫成为田家（或周家）的歌伎。永巷，深巷，犹深宅，豪门。

[16] 通侯：汉爵位名，为列侯中最高等，常用作武将美称。此指吴三桂。

[17] "恨杀"句：指崇祯帝命吴三桂回山海关驻地。底死催，拼命催。

[18] "一朝"句：指李自成军崇祯十七年（1644）三月进入北京。蚁贼，本为对黄巾军的称呼，此指李自成军。

[19] "可怜"二句：意谓圆圆已是有夫之妇却被当作青楼女子来看。思妇楼头柳，化用王昌龄《闺怨》诗意。天边粉絮，指未从良的妓女。

[20] "遍索"二句：指李自成部下四处搜捕陈圆圆。绿珠，晋朝石崇宠姬。绛树，三国魏之著名舞伎，见曹丕《答繁钦书》。

[21] "若非"二句：言若不是吴三桂引清兵入关，大败李自成，怎能夺回陈圆圆？

[22] "蜡炬"句：指吴三桂迎归陈圆圆。据王嘉《拾遗记》，魏文帝迎美人薛灵芸，烛光相继不绝。此指迎陈场面豪华。

[23] 专征：清廷授予吴三桂军事特权，不待朝廷命令即可自专征伐。秦川：陕西关中一带。吴三桂征李自成军，陈圆圆随行。

[24] 金牛道：从陕西沔县（今勉县）进入四川的古栈道。

[25] 斜（yé）谷：陕西郿县（今眉县）西南褒斜谷东口。

[26] 散关：大散关，在今陕西宝鸡西南大散岭上，为川陕间要道。

[27] 乌桕：树名，深秋叶子变红，多长于江南。十度霜：言圆圆离开家乡已十年。

[28] 教曲伎师：当年教圆圆唱曲的师傅。

[29] "旧巢"二句：指出身低微的陈圆圆做了侯王的宠姬。

[30] "一斛"二句：《梅妃传》载唐玄宗曾以一斛珠密赠梅妃，此暗指圆圆曾进宫。是

说圆圆进宫虽尊贵,却招来很多磨难。

[31] 翻:反而。周郎:周瑜,曾娶美女小乔为妻,借指吴三桂。

[32] "妻子"句:哪里能拿妻子的遭际决定军国大计。

[33] "全家"二句:意谓吴氏全家三十余口为李自成所杀,唯有陈圆圆之名流传千古。

[34] "馆娃"四句:以吴王夫差宠爱西施的故事作比。馆娃,宫名,在江苏吴县(今苏州)灵岩山上,吴王夫差为西施所建。香径,采香径。吴王种香于吴县西南之香山,使美人泛舟采香。屟(xiè)廊,即响屟廊,吴宫中廊名,遗址亦在灵岩山上。相传西施着屟(一种木屐),行于廊上,廊虚而响,故有此名。

[35] 换羽移宫:奏乐。羽、宫各为古代五音之一。

[36] 古梁州:汉代边地名,在川陕一带。唐代边将所献大曲有[梁州],著名。

[37] 汉水:吴三桂曾开府汉中南郑,临近汉水,为古梁州城所在地。此处用李白《江上吟》"功名富贵若长在,汉水亦应南北流"诗意,暗指吴三桂的覆亡。

【题解】

作于顺治八年(1651)(见冯其庸、叶君远《吴梅村年谱》),叙述明清易代历史的一大关键事件,吟咏名妓陈圆圆之身世,采用春秋笔法,诛心刺骨,讥讽吴三桂为一己私情而叛卖民族利益之罪恶。结构曲折,从吴、陈关系中最令人关注的一幕"破敌收京下玉关"开篇,然后回叙二人的相识相知,再追述圆圆籍里姓氏及几经坎坷终为吴所得的经历。有穿插,有倒叙,回环往复,新颖别致。文词清丽,音节调谐,既温婉含蓄,又沉着痛快,代表了吴氏七言歌行的典型风格。

【集评】

[1] 梅村诗有不可及者二:一则神韵悉本唐人,不落宋以后腔调,而指事类情,又宛转如意,非如学唐者之徒袭其貌也;一则庀材多用正史,不取小说家故实,而选声作色,又华艳动人,非如食古者之物而不化也。盖其生平,于宋以后诗,本未寓目,全濡染于唐人,而己之才情书卷,又自澜翻不穷。故以唐人格调,写目前近事,宗派既正,词藻又丰,不得不推为近代中之大家。(赵翼《瓯北诗话》卷九)

[2] 世称杜少陵为诗史,学杜者不须袭其貌,正须识此意耳。吴梅村歌行,大抵发于感怆,可歌可泣。余尤服膺《圆圆曲》,前幅云:"恸哭六军皆缟素,冲冠一怒为红颜。"后幅云:"全家白骨成灰土,一代红妆照汗青。"使吴逆无地自容。体则元、白,可为史则已如杜也。(杨际昌《国朝诗话》)

[3] 此诗用春秋笔法,作金石刻画,千古妙文。长庆诸老,无此深微高妙。一字千金,情韵俱胜。(胡薇元《梦痕馆诗话》卷四)

屈大均

屈大均（1630—1696），字翁山，一字介子，广东番禺人。明秀才。清兵入粤时，曾参加抗清武装，失败后削发为僧，法名今种。中年还俗，北上游历，与顾炎武等人交往。其诗多感伤时事，抒发民族情感，雄肆郁勃，寄慨遥深，语言别具特色。与陈恭尹、梁佩兰并称"岭南三家"，而以屈最为杰出。有《翁山诗外》、《翁山文外》、《道援堂集》等。

壬戌清明作

朝作轻云暮作阴，愁中不觉已春深。落花有泪因风雨，啼鸟无情自古今。故国江山徒梦寐，中华人物又消沉。龙蛇四海归无所[1]，寒食年年怆客心[2]。

（《屈大均全集·翁山诗外》卷九，欧初、王贵忱主编，人民文学出版社1996年版）

【注释】

[1] 龙蛇：喻有志抗清的人士。《易·系辞》："龙蛇之蛰，以存身也。"《汉书·扬雄传》："君子得时则大行，不得时则龙蛇。"

[2] 怆：悲。寒食在清明前一或二日。

【题解】

壬戌系康熙二十一年（1682），其时三藩之乱已然平定，台湾郑氏政权也告倾覆，大清帝国的统治根基逐渐稳固。面对复明无望的现实，诗人满心凄怆。前四句的春深日暮、花落鸟啼，是诗人所见所闻，更是其愁痛诗心之所感；后四句直述衷情，既有故国梦遥的无奈感叹，更有反清志士四海无归所的现实悲凉。

侯方域

侯方域（1618—1655），字朝宗，号雪苑。商丘（今属河南）人。父、祖皆为明末显宦，东林党人。侯方域参加了复社，与方以智、冒襄、陈贞慧并称"四公子"。南明弘光朝，魏忠贤余党阮大铖之流掌权，大兴党狱，遂避难依史可法。南明灭亡，清顺治八年（1651）被迫出应乡试,中副榜,不久抑郁而死。少有文名,师法归有光唐宋派,风格奇肆,与当时魏禧、汪琬齐名,称"清初三大家"。有《壮悔堂文集》、《四忆堂诗集》。

马 伶 传

马伶者,金陵梨园部也[1]。金陵为明之留都[2],社稷百官皆在;而又当太平盛时,人易为乐,其士女之问桃叶渡、游雨花台者[3],趾相错也[4]。梨园以技鸣者,无虑数十辈,而其最著者二:曰兴化部,曰华林部。

一日,新安贾合两部为大会[5],遍征金陵之贵客文人,与夫妖姬静女,莫不毕集。列兴化于东肆[6],华林于西肆,两肆皆奏《鸣凤》[7]——所谓椒山先生者。迨半奏,引商刻羽[8],抗坠疾徐[9],并称善也。当两相国论河套[10],而西肆之为严嵩相国者曰李伶[11],东肆则马伶,座客乃西顾而叹[12],或大呼命酒,或移坐更近之,首不复东。未几更进[13],则东肆不复能终曲。询其故,盖马伶耻出李伶下,已易衣遁矣。

马伶者,金陵之善歌者也。既去,而兴化部又不肯辄以易之,乃竟辍其技不奏[14],而华林部独著。

去后且三年[15],而马伶归,遍告其故侣[16],请于新安贾曰:"今日幸为开宴[17],招前日宾客,愿与华林部更奏《鸣凤》,奉一日欢。"既奏,已而论河套,马伶复为严嵩相国以出,李伶忽失声[18],匍匐前称弟子。兴化部是日遂凌出华林部远甚。

其夜,华林部过马伶曰[19]:"子,天下之善技也,然无以易李伶[20]。李伶之为严相国至矣,子又安从授之而掩其上哉?"马伶曰:"固然,天下无以易李伶,李伶又不肯授我,我闻今相国昆山顾秉谦者[21],严相国俦也[22]。我走京师[23],求为其门卒三年,日侍昆山相国于朝房,察其举止,聆其语言,久乃得之。此吾之所为师也。"华林部相与罗拜而去[24]。

马伶名锦,字云将,其先西域人,当时犹称马回回云。

侯方域曰:异哉!马伶之自得师也。夫其以李伶为绝技,无所干求[25],乃走事昆山,见昆山犹之见分宜也,以分宜教分宜,安得不工哉!呜呼!耻其技之不若,而去数千里为卒三年,倘三年犹不得,即犹不归尔。其志如此,技之工又须问耶!

(《清代散文》,宫晓卫编,上海书店出版社 2000 年版)

【注释】

[1] 梨园：唐玄宗时教习宫廷乐人的地方，后世称戏班、剧团为梨园。

[2] 留都：明太祖建都南京，成祖迁都北京后，南京仍设官留守，称留都。

[3] 问：考察，探看。此作游览解。桃叶渡：南京秦淮河渡口，东晋王献之曾于此送别爱妾桃叶，因而得名。雨花台：在南京中华门外，因梁武帝时释云光在此讲经，落花如雨，以此得名。

[4] 趾相错：足趾交错，形容人多。

[5] 新安贾（gǔ）：新安商人。

[6] 肆：市集，店铺集中之所。

[7] 《鸣凤》：明代传奇《鸣凤记》，作者或曰王世贞，或曰王之门徒，衍杨继盛（字仲芳，号椒山）等弹劾奸相严嵩故事。

[8] 引商刻羽：依曲律歌唱。引，导也，引商即按商调歌唱；刻，照依，刻羽即按羽调歌唱。商、羽都是五音之一，代指声律。

[9] 抗坠：指声调的高低清浊。《礼记·乐记》："故歌声上如抗，下如队。"方悫曰："抗，言声之发扬；队，言声之重浊。"队，音义同坠。

[10] 两相国论河套：指华盖殿大学士夏言与谨身殿大学士严嵩争论是否收复被俺答占领的河套地区事，夏言主张收复，严嵩反对。《鸣凤记》第六出演其事。河套，指今内蒙古自治区和宁夏回族自治区境内贺兰山以东，狼山和大青山南，黄河沿岸地区，因黄河经此形成大弯曲，故称。明朝大学士无宰相之名而有宰相之权，故称相国。

[11] 严嵩（1480—1567）：字惟中，分宜（今属江西）人。与其子招权纳贿，迫害忠臣。

[12] 叹：赞叹，称赏。

[13] 未几更进：不多一会儿演出继续进行。

[14] "而兴化部"二句：意思是兴化部不肯换人演严嵩，竟停止演出《鸣凤记》。

[15] 且三年：将近三年。

[16] 故侣：指兴化部的旧同伴。

[17] 幸：希望，敬词。

[18] 失声：控制不住而出声。

[19] 过：前去拜访。

[20] 无以易李伶：不能代替李伶，不能压倒李伶。

[21] 顾秉谦：江苏昆山人，谄附宦官魏忠贤，官至吏部尚书兼建极殿大学士，后为首辅。陷害忠直，作恶多端。崇祯初年，名列魏党逆案，贬为民。

[22] 俦：同类。

[23] 走：跑到。

[24] 罗拜：环绕下拜。

[25] 干：求。

【题解】

　　文章通过记述戏曲演员马锦投身相府为仆,观察体验生活三年之后,终于技超同流的事迹,说明戏剧表演只有从生活出发,才能真正演活人物,达到艺术的至境。在章法安排上采用类似戏剧的结构方式,重点写两次唱对台戏的场面,突出马、李两位名伶的较量争夺,从马伶始败终胜的戏剧性冲突与转化中,见出其技艺之高绝新颖,其人其志之可嘉可叹。用笔考究,妙于剪裁,虚实相济,更增强了戏剧性效果。

【集评】

　　[1] 张山来曰予素不解弈,亦不解歌,自恨甚拙,因从学于人,虽不能工,然亦自觉有入门处,乃知艺无学而不成者,观马伶事亦信。(张潮《虞初新志》卷三)

陈维崧

　　陈维崧(1625—1682),字其年,号迦陵,宜兴(今属江苏)人。明末名士陈贞慧之子,少有才名,有神童之誉。康熙十八年(1679)试博学鸿词,授翰林院检讨,与修《明史》。工骈文及词,多至千八百首,一代词宗,莫之能比。其词豪放纵横,富于才气,多写身世及感旧怀古之情。早年与朱彝尊齐名。有《湖海楼全集》。

醉落魄
咏　鹰

　　寒山几堵,风低削碎中原路[1],秋空一碧无今古。醉袒貂裘,略记寻呼处[2]。　　男儿身手和谁赌[3]?老来猛气还轩举[4]。人间多少闲狐兔[5],月黑沙黄,此际偏思汝[6]!

(患立堂本《迦陵词全集》卷五)

【注释】

　　[1] 削碎:形容风的尖利。
　　[2] 呼:指呼鹰。打猎多用鹰以追逐雉兔之类。

[3] 赌：比试，较量。
[4] 轩举：飞扬，振奋。
[5] 闲狐兔：比喻邪恶势力。
[6] 汝：指鹰。

【题解】

　　词作借咏鹰寄寓年华虽老而意气未衰的感慨，表现了嫉恶如仇的态度与为民除害的决心。咏鹰能摄其神而不绘其形，句句切题，却不粘皮着骨，笔触空灵，构思细密，画面阔大，措辞激烈。

【集评】

　　[1] 声色俱厉，较杜陵"安得尔辈开其群，驱也六和枭鸾分"之句，更为激烈。（陈廷焯《白雨斋词话》）

朱彝尊

　　朱彝尊（1629—1709），字锡鬯（chàng），号竹垞，晚号小长芦钓鱼师，秀水（今浙江嘉兴）人。康熙十八年（1679）应博学鸿词试，官翰林院检讨。通经史，工诗词。诗与王士禛齐名，清峭苍劲，笔力雅健，有"南朱北王"之称。词宗姜夔、张炎，风格清丽醇雅，为浙西词派之祖。有《曝书亭诗文集》等。

桂　殿　秋

　　思往事，渡江干[1]。青蛾低映越山看[2]。共眠一舸听秋雨[3]，小簟轻衾各自寒[4]。

（《朱彝尊词集》，屈兴国、袁李来点校，浙江古籍出版社1994年版）

【注释】

[1] 江干：江边。
[2] 越山：浙江一带的山。
[3] "共眠"句：指与所恋女子同舟共载的往事。
[4] 小簟（diàn）：短竹席。

【题解】

　　这是一首回思往事的情词，所恋慕之人相传为其妻妹冯寿常（见冒广生《小三吾亭词话》）。先以情人凝视远山，青绿山色与情人的黛眉交相辉映，构成一个特写画面。后两句，由自己感受之"寒"体惬对方身心之"寒"，无一字言及相思、愁苦，而千回百转的幽怨心境，都尽在不写不言之中，读之令人往复低回，涵咏不尽。

王士禛

　　王士禛（1634—1711），字贻上，号阮亭，别号渔洋山人，山东新城（今桓台县）人。出身世家大族，顺治十五年（1658）进士，累官至刑部尚书。论诗以神韵之说为宗，尤推崇王维、孟浩然。其诗衔华佩实，冲和淡远，风致清新，神韵卓绝。擅七言绝句，创神韵诗派，名盛一时，为清初诗坛领袖。有《带经堂集》。

真州绝句五首[1]（其四）

江干多是钓人居，柳陌菱塘一带疏。好是日斜风定后，半江红树卖鲈鱼。

（《清诗选》，人民文学出版社1997年版）

【注释】

　　[1] 真州：治所在扬子县（今江苏仪征）。

【题解】

　　《真州绝句》是一组描写真州景物的小诗，原诗共五首，作于康熙元年（1662），时作者任扬州推官。小诗典型地体现了作者神韵诗的审美特征。上联中的诸种景象，无论是江岸、渔民房舍，还是柳陌、菱塘，都是写意的，犹如一幅水墨画，诗人只是纵笔点染，意到而已。下联，作者以诗人特有的审美眼光敏锐地捕捉到了渔村景色中最富有生活情趣和审美价值的典型画面。这一瞬间的渔村生活图景所表现的内容，恰恰同时能作为绘画艺术的描写对象，中国古代的诗与画相通的艺术传统在这里得到充分体现。

【集评】

[1] 我爱渔洋诗句好，半江红树卖鲈鱼。（宗元鼎《新柳堂诗集》）

[2] "好是"一联脍炙人口，江淮间多写为画图。（王士禛《渔洋诗话》）

顾贞观

顾贞观（1637—1714），字华峰，号梁汾，无锡（今属江苏）人。康熙十一年（1672）举人，为内阁中书。长于填词，以情真意切著称。与纳兰性德相交甚笃。当时与陈维崧、朱彝尊并称"词家三绝"。著有《弹指词》。

金 缕 曲（二首）

寄吴汉槎宁古塔[1]，以词代书。丙辰冬寓京师千佛寺冰雪中作[2]。

季子平安否[3]？便归来、平生万事，那堪回首。行路悠悠谁慰藉，母老家贫子幼。记不起、从前杯酒，魑魅搏人应见惯[4]，总输他、覆雨翻云手。冰与雪，周旋久。　　泪痕莫滴牛衣透[5]，数天涯、依然骨肉，几家能够[6]？比似红颜多命薄，更不如今还有。只绝塞苦寒难受。廿载包胥承一诺[7]，盼乌头马角终相救[8]。置此札，君怀袖。

我亦飘零久。十年来、深恩负尽，死生师友。宿昔齐名非忝窃[9]，只看杜陵穷瘦[10]，曾不减、夜郎僝僽[11]。薄命长辞知己别，问人生、到此凄凉否？千万恨，为兄剖。　　兄生辛未吾丁丑[12]，共些时、冰霜摧折，早衰蒲柳[13]。词赋从今须少作，留取心魂相守。但愿得河清人寿。归日急翻行戍稿[14]，把空名料理传身后。言不尽，观顿首[15]。

（《弹指词》卷下，《四部备要》本）

【注释】

[1] 吴汉槎：名兆骞，字汉槎，清初词人。于顺治十四年（1657）参加江南乡试中举，因主考官舞弊案，无辜遭牵连，家产籍没入官，举家被流放黑龙江宁古塔，刑期二十三年。

[2] 丙辰：康熙十五年（1676）。千佛寺：即北京门头沟的戒坛寺。

[3] 季子：春秋时吴国公子季札称"延陵季子"，因吴兆骞排行最小，亦为江南人，故

用之代称。

[4] 魑魅搏人：指小人陷害。杜甫《天末怀李白》："文章憎命达，魑魅喜人过。"

[5] 牛衣：为牛御寒的覆盖物，用草或麻编制。汉人王章贫穷，曾与妻子卧牛衣中对泣。（见《汉书·王章传》）

[6] "数天涯"二句：意为吴氏虽然流放天涯，但仍能全家团聚。

[7] 包胥：春秋时楚国大夫申包胥，与伍子胥友善。子胥受楚王迫害，曾对包胥说："我必覆楚。"包胥则说："我必存之。"后子胥助吴攻楚，包胥赴秦求救，在秦庭痛哭七日夜，秦国方发兵救援（见《左传·定公四年》）。吴汉槎流放至写此词时，已近二十年。

[8] 乌头马角：乌鸦白头，马头生角，比喻不可能的事情。《史记·刺客列传》司马贞索隐引《燕丹子》："（燕）丹求归，秦王曰：乌头白，马生角，乃许耳。"

[9] 宿昔：从前。此句意为从前你我齐名，并非虚言。

[10] 杜陵：杜甫。词人借以自指。

[11] 夜郎：指李白。僝僽（chán zhòu）：愁苦。李白曾被流放夜郎，这里用以类比吴兆骞被流放宁古塔的遭遇。

[12] 辛未：指明崇祯四年（1631）。丁丑：指明崇祯十年（1637）。

[13] 蒲柳：两种早凋植物，比喻人未老先衰。

[14] 繙：同"翻"。行戍稿：流放中写成的诗作。

[15] 顿首：古代礼节的一种，用于下对上或同辈间的敬礼。常用于书信的开头或结尾。

【题解】

这两首词是作者写给被流放远方的朋友的一封信，以词代书，前所未有。其一从问候对方入手，抒写对挚友不幸遭遇的深切同情和不平，表达誓死相救的决心；其二诉说自己的落魄早衰，与挚友同病相怜，给对方以慰藉劝勉。二词表达真挚的友谊，直抒胸臆，血泪交并，一一流自肺腑，掷地作金石之声。

【集评】

[1] 华峰《金缕曲》两阕，只如家常说话，而痛快淋漓，宛转反复，两人心迹，一一如见，虽非正声，亦千秋绝调也！

二词纯以性情结撰而成，悲之深，慰之至，丁宁告诫，无一字不从肺腑流出，可以泣鬼神矣。（陈廷焯《白雨斋词话》）

[2] 顾梁汾"寄吴汉槎宁古塔以词代书"《金缕曲》二阕，激昂悲壮，即置之稼轩中，亦称高唱。（冯金伯《词苑萃编》引黄序堂语）

[3] 惟集中寄吴汉槎《金缕曲》二解，知己情深，读之令人泪下。（邹弢《三借庐笔谈》卷六）

纳兰性德

纳兰性德（1655—1685），原名成德，字容若，号楞伽山人。满洲正黄旗人。大学士明珠之子。康熙十五年（1676）进士，官一等侍卫。为清词大家。工小令，词风真挚自然，不事雕琢，多凄婉哀艳之作。有《通志堂集》、《饮水词》等。

蝶 恋 花

辛苦最怜天上月，一昔如环[1]，昔昔都成玦[2]。若似月轮终皎洁，不辞冰雪为卿热[3]。　　无那尘缘容易绝，燕子依然，软踏帘钩说。唱罢秋坟愁未歇，春丛认取双栖蝶[4]。

（《纳兰词笺注》，张草纫笺注，上海古籍出版社1995年版）

【注释】

[1] 一昔：一夜。昔，同"夕"。环：圆形玉璧，喻月圆。

[2] 玦：环形而有缺口的玉佩，喻月缺。

[3] "若似"二句：意谓亡妻若真如圆月皎洁相爱长久，则即使你在冷若冰雪的黄泉，我也会送去温暖。《世说新语·惑溺》："荀奉倩与妇至笃。冬月妇病，乃出庭中，自取冷还，以身熨之。"此反用其意。

[4] "唱罢"二句：意谓哀悼过亡妻愁犹未解，见蝴蝶双栖更增孤单之感。李贺《秋来》："秋坟鬼唱鲍家诗，恨血千年土中碧。"双栖蝶，用梁祝化蝶故事。

【题解】

这首词是作者四十余首悼亡词中的代表作。其妻卢氏，十八岁成婚，伉俪情深，三载而逝。其所作悼亡词皆血泪交溢，语痴入骨。上片，在月圆、月半的痴问中直诉衷情，以己之情痴心热化泉下之冰冷；下片，以燕子软语呢喃，蝴蝶双栖的喻象反衬人之孤单。冷与热，静与动、明丽与灰暗、生之鲜活与死之寂灭，百感交集，一唱而三叹。

【集评】

[1]《饮水词》三卷，凄婉娴丽，于小令最工，或谓李煜转身，殆以词品相类也。（王煜《饮水词钞》）

[2]《饮水词》含情绵邈，言有尽而意无穷。（陈廷焯《云韶集》卷一五）

[3] 纳兰容若以自然之眼观物,以自然之舌言情。此由初入中原,未染汉人风气,故能真切如此。北宋以来,一人而已。(王国维《人间词话》)

方 苞

  方苞(1668—1749),字凤九,号灵皋,又号望溪,桐城(今属安徽)人。康熙三十八年(1699)举乡试第一,四十五年(1706)中进士。受戴名世《南山集》文字狱株连,被捕论死。因康熙帝怜其文才学问,赦免其罪,命其入值南书房,乾隆时历官内阁学士、礼部侍郎等。论文主"义法",为桐城派的开山者。有《方望溪先生全集》。

左忠毅公逸事[1]

  先君子尝言[2]:乡先辈左忠毅公视学京畿[3],一日,风雪严寒,从数骑出,微行入古寺,庑下一生伏案卧[4],文方成草。公阅毕,即解貂覆生,为掩户。叩之寺僧,则史公可法也[5]。及试[6],吏呼名至史公,公瞿然注视[7],呈卷,即面署第一[8]。召入,使拜夫人,曰:"吾诸儿碌碌,他日继吾志者,惟此生耳。"

  及左公下厂狱[9],史朝夕狱门外。逆阉防伺甚严[10],虽家仆不得近。久之,闻左公被炮烙[11],旦夕且死。持五十金,涕泣谋于禁卒,卒感焉。一日,使史更敝衣草屦,背筐,手长镵[12],为除不洁者。引入,微指左公处[13],则席地倚墙而坐,面额焦烂不可辨,左膝以下,筋骨尽脱矣。史前跪,抱公膝而呜咽。公辨其声而目不可开,乃奋臂以指拨眦[14],目光如炬,怒曰:"庸奴[15],此何地也而汝来前!国家之事,糜烂至此,老夫已矣,汝复轻身而昧大义,天下事谁可支拄者!不速去,无俟奸人构陷,吾今即扑杀汝!"因摸地上刑械,作投击势。史噤不敢发声,趋而出。后常流涕述其事以语人,曰:"吾师肺肝,皆铁石所铸造也!"

  崇祯末,流贼张献忠出没蕲、黄、潜、桐间[16],史公以凤庐道奉檄守御[17]。每有警,辄数月不就寝,使壮士更休[18],而自坐幄幕外。择健卒十人,令二人蹲踞而背倚之,漏鼓移,则番代[19]。每寒夜起立,振衣裳,甲上冰霜迸落,铿然有声。或劝以少休,公曰:"吾上恐负朝廷,下恐愧吾师也。"

  史公治兵,往来桐城,必躬造左公第[20],候太公、太母起居[21],拜夫人于堂上。

余宗老涂山[22],左公甥也,与先君子善,谓狱中语,乃亲得之于史公云。

(《望溪先生文集》卷九,《四部丛刊》本。下同)

【注释】

[1] 左忠毅公:左光斗(1575—1625),字遗直,桐城(今属安徽)人,万历三十五年(1607)进士,官至左金都御史。因弹劾魏忠贤,下狱,被狱卒整死。崇祯朝追谥"忠毅"。《明史》有传。

[2] 先君子:作者称已故父亲方仲舒。

[3] 视学京畿(jī):左光斗万历四十八年曾任畿辅学政。京畿,京城及其周边辖区。

[4] 庑(wǔ):高堂周围的廊房,厢房。

[5] 史可法(1602—1645):字宪之,大兴(今北京)人。崇祯初进士,官至右金都御史,拥立福王,官兵部尚书、武英殿大学士。清兵南下时史镇守扬州,城破自杀未死,被俘不屈死,葬扬州城外梅花岭。《明史》有传。

[6] 试:指童生岁试。

[7] 瞿(jù)然:惊喜的样子。

[8] 面署第一:当面签署取为第一。

[9] 厂狱:厂为明代由宦官掌管的特务机构,其所设监狱称厂狱。

[10] 逆阉:魏忠贤及其爪牙宦官集团。

[11] 炮烙:用烧红的烙铁炙烙犯人的酷刑。

[12] 长镵(chán):翻土工具,长铲。

[13] 微指:暗暗指,悄悄指。

[14] 眦(zì):眼眶。

[15] 庸奴:没见识的人,蠢人。

[16] 张献忠(1606—1646):字秉吾,号敬轩、延安柳树涧(今陕西定边东)人。明末起义军领袖,于成都即帝位,建大西政权。与清兵战,中箭被俘死。《明史》有传。因李自成、张献忠军队到处转移,没有根据地,过去被蔑称流寇、流贼。蕲(qí)、黄、潜、桐:湖北蕲春、黄冈及安徽潜山、桐城。

[17] 凤庐道:凤阳庐州二府道员。明清二代分一省为若干道,一道辖若干府。道之主官称道员或道台、观察。凤阳府治所在今安徽凤阳;庐州府治所在今安徽合肥。檄(xí):官府用于征召、晓喻、声讨的文书。崇祯八年朝廷命史可法兵讨张献忠。

[18] 更(gēng)休:轮换休息。

[19] 番代:轮换替代。

[20] 躬造左公第:亲自去到左光斗的府第。

[21] 太公、太母:指左光斗的父母。下文"夫人",指左光斗的夫人。

[22] 宗老:同族中的长辈。涂山:宗老之号。

【题解】

本文记述左光斗生前提拔史可法和因弹劾魏忠贤而下狱的两件事，表现了他公而无私、杀身成仁、义薄云天的正气与精神。在写法上特点鲜明：一是以史可法忠于职守，不忘师恩为陪衬；二是精于剪裁，前后衔接十分紧密；三是描述简洁而生动，细节刻画尤其突出。

狱中杂记

康熙五十一年三月[1]，余在刑部狱，见死而由窦出者日四三人[2]。有洪洞令杜君者[3]，作而言曰[4]："此疫作也。今天时顺正，死者尚稀，往岁时多至日十数人。"余叩所以。杜君曰："是疾易传染，遘者虽戚属[5]，不敢同卧起。而狱中为老监者四，监五室[6]。禁卒居中央，牖其前以通明，屋极有窗以达气[7]。旁四室则无之，而系常囚二百余。每薄暮下管键[8]，矢溺皆闭其中，与饮食之气相薄。又隆冬，贫者席地而卧，春气动，鲜不疫矣。狱中成法，质明启钥。方夜中，生人与死者并踵顶而卧[9]，无可旋避。此所以染者众也。又可怪者，大盗积贼，杀人重囚，气杰旺[10]，染此者十不一二，或随有瘳[11]。其骈死[12]，皆轻系及牵连佐证法所不及者。"

余曰："京师有京兆狱，有五城御史司坊[13]，何故刑部系囚之多至此？"杜君曰："迩年狱讼，情稍重，京兆、五城即不敢专决；又九门提督所访缉纠诘[14]，皆归刑部；而十四司正副郎好事者[15]，及书吏、狱官、禁卒，皆利系者之多，少有连，必多方钩致[16]。苟入狱，不问罪之有无，必械手足，置老监，俾困苦不可忍，然后导以取保，出居于外，量其家之所有以为剂，而官与吏剖分焉。中家以上皆竭资取保。其次求脱械居监外板屋，费亦数十金。唯极贫无依，则械系不稍宽，为标准以警其余。或同系，情罪重者反出在外，而轻者、无罪者罹其毒。积忧愤，寝食违节，及病，又无医药，故往往至死。"余伏见圣上好生之德，同于往圣。每质狱词[17]，必于死中求其生，而无辜者乃至此。倘仁人君子为上昌言，除死刑及发塞外重犯，其轻系及牵连未结正者，别置一所以羁之，手足毋械。所全活可数计哉！或曰：狱旧有室五，名曰现监，讼而未结正者居之。倘举旧典，可小补也。杜君曰："上推恩，凡职官居板屋。今贫者转系老监，而大盗有居板屋者。此中可细诘哉！不若别置一所，为拔本塞源之道也。"余同系朱翁、余生，及在狱同官僧某[18]，遘疫死，皆不应重罚。又某氏以不孝讼其子，左右邻械系入老监，号呼达旦。余感焉，以杜君言泛讯之，众言同，于是乎书。

凡死刑狱上[19]，行刑者先俟于门外，使其党入索财物，名曰"斯罗"。富者就其戚属,贫则面语之。其极刑,曰:"顺我,即先刺心;否则四肢解尽,心犹不死。"其绞缢,曰:"顺我,始缢即气绝;否则,三缢加别械,然后得死。"唯大辟无可要,然犹质其首[20]。用此,富者赂数十百金,贫亦罄衣装;绝无有者,则治之如所言。主缚者亦然,不如所欲,缚时即先折筋骨。每岁大决,勾者十四三[21],留者十六七,皆缚至西市待命。其伤于缚者,即幸留,病数月乃瘳,或竟成痼疾。余尝就老胥而问焉[22]:"彼于刑者、缚者,非相仇也,期有得耳;果无有,终亦稍宽之,非仁术乎?"曰:"是立法以警其余,且惩后也;不如此,则人有幸心。"主梏扑者亦然[23]。余同逮以木讯者三人[24]:一人予三十金,骨微伤,病间月;一人倍之,伤肤,兼旬愈;一人六倍,即夕行步如平常。或叩之曰:"罪人有无不均,既各有得,何必更以多寡为差?"曰:"无差,谁为多与者?"孟子曰:"术不可不慎[25]。"信夫!

部中老胥,家藏伪章,文书下行直省[26],多潜易之,增减要语,奉行者莫辨也。其上闻及移关诸部[27],犹未敢然。功令[28]:大盗未杀人,及他犯同谋多人者,止主谋一二人立决;余经秋审,皆减等发配。狱词上,中有立决者,行刑人先俟于门外。命下,遂缚以出,不羁晷刻。有某姓兄弟,以把持公仓,法应立决。狱具矣[29],胥某谓曰:"予我千金,吾生若。"叩其术,曰:"是无难,别具本章,狱词无易,取案末独身无亲戚者二人易汝名,俟封奏时潜易之而已。"其同事者曰:"是可欺死者,而不能欺主谳者[30],倘复请之,吾辈无生理矣。"胥某笑曰:"复请之,吾辈无生理,而主谳者亦各罢去。彼不能以二人之命易其官,则吾辈终无死道也。"竟行之,案末二人立决。主者口呿舌挢[31],终不敢诘。余在狱,犹见某姓,狱中人群指曰:"是以某某易其首者。"胥某一夕暴卒,众皆以为冥谪云[32]。

凡杀人,狱词无谋故者[33],经秋审入矜疑[34],即免死。吏因以巧法。有郭四者,凡四杀人,复以矜疑减等,随遇赦。将出,日与其徒置酒酣歌达曙。或叩以往事,一一详述之,意色扬扬,若自矜诩。噫!渫恶吏忍于鬻狱[35],无责也;而道之不明,良吏亦多以脱人于死为功,而不求其情。其枉民也,亦甚矣哉!

奸民久于狱,与胥卒表里,颇有奇羡[36]。山阴李姓,以杀人系狱,每岁致数百金。康熙四十八年,以赦出。居数月,漠然无所事。其乡人有杀人者,因代承之。盖以律非故杀,必久系,终无死法也。五十一年,复援赦减等谪戍,叹曰:"吾不得复入此矣!"故例,谪戍者移顺天府羁候[37],时方冬停遣,李具状求在狱候春发遣,至再三,不得所请,怅然而出。

【注释】

[1] 康熙五十一年：公元1712年。

[2] 窦：指牢房墙边开的小洞。

[3] 洪洞（tóng）：山西省县名。

[4] 作：站起来。

[5] 遘者：被传染上疾病的人。遘，遭受。

[6] 监五室：每老监分为五间屋子。

[7] 屋极：房顶。

[8] 下管键：锁上门。

[9] 并踵顶：头顶头，脚挨脚。

[10] 气杰旺：精力特别旺盛。

[11] 瘳（chōu）：病愈。句谓有人即使染病也很快痊愈。

[12] 骈死：因相连而死。

[13] 五城御史司坊：五城（京师分东西南北中五个地区）御史衙门、五城兵马司和所属十坊（坊类似于现在的区，当时京城分为十坊）。

[14] 九门提督：城门守卫统领，负责京城巡查守卫。当时的京城有正阳、崇文、宣武、安定、得胜、东直、西直、朝阳、阜城九座城门。访缉纠诘：搜捕查问。

[15] 十四司正副郎：清初刑部下设十四个司，司级主管称郎中，副职为员外郎。统称郎官。

[16] "皆利"三句：都认为多关押人自己有利可图，因此稍有牵连，便想方设法捕捉来。钩，取；致，来，到。

[17] 质狱词：审判、评判狱词以量刑。

[18] 朱翁、余生：皆因戴名世案牵连入狱。朱翁名不详。余生，名湛，字石民，戴名世的学生。同官：县名，今陕西省铜川市。

[19] 上：呈上（等待执行）。

[20] "唯大"二句：大辟，斩首。要（yāo），要挟质其首，把被斩者之头作抵押品，以勒索钱财。

[21] 大决：清朝按惯例在秋季集中处决死刑犯，称大决。下句"勾者"，皇帝在呈报的死刑犯中用朱笔打上勾的，就立即执行，剩余的暂不处死。

[22] 老胥：老吏，指资深的狱吏。

[23] 主梏（gù）扑者：负责上刑具和用刑的狱吏。梏，木制手铐。扑，板杖类打人刑具。

[24] 木讯：用木制刑具（板、棍等）拷问。

[25] 术不可不慎：选择谋生的手段不可不谨慎。

[26] 下行直省：下发到直属各省。清代省直属中央，故称省为直省。

[27] 移关：平时机关往来的公文。

[28] 功令：法律条文。

［29］狱具：审结定案。

［30］主谳（yàn）者：主审官员。谳，审理案件。

［31］呿（qū）：张口。挢（jiǎo）：举。以张着嘴伸着舌头形容主谳者惊恐的样子。

［32］冥谪：阴间鬼魂的处罚。

［33］谋故：蓄谋杀人和故意杀人。

［34］矜疑：其情可怜，其罪可疑的。审案时按情况分为情实、缓决、矜疑等类上奏。

［35］渫（xiè）恶：行为奸恶，有污点。鬻狱：受贿枉法。

［36］奇（jī）羡：赢余的钱物。

［37］羁候：关押待遣。

【题解】

　　作者于1711年因戴名世案入狱二年，此文是狱中见闻的实录。文章以叙为主，由表及里，把刑狱的层层黑幕揭开，暴露清代法制的腐败，使人如游十八层地狱，怵目惊心，毛骨悚然。文笔冷峻沉着，平易而精炼，穿透力极强。

【集评】

　　[1]望溪在狱，思老监惟各牏于壁间，气可少苏，使圬者计工费。同系者曰：居老监者，多生狱也；我辈，死人也。而忧生人气郁，奈闻者笑何？及出狱，未兼旬，蒙诏入南书房，数日，得七十金，刑部主事龚君梦熊引为己任。禁卒司狱难之，讼言于六堂，曰：墙有穴，大盗重办逸出，咎将孰任？龚君曰：牏函木格，囚何从逸？乃具结状，独任其辜，牏乃成。望溪事无足异，龚君之义不可没也。（《望溪先生文集·集外集》卷六《狱中杂记》文末刘大山批注）

袁　枚

　　袁枚（1716—1797），字子才，号简斋，晚号小仓山房居士、随园老人。钱塘（今杭州）人。乾隆四年（1739）进士，先后任溧阳、江浦、江宁等县知县，有政声。后引病辞官，退居所购南京小仓山之随园，诗酒自娱，广交文士。思想活跃，反对礼教。论诗主"性灵"说，反对复古摹拟。散文不依傍桐城门户，生动清新。著有《小仓山房诗集》、《小仓山房文集》、《随园诗话》、《子不语》等。

黄生借书说[1]

黄生允修借书，随园主人授以书而告之曰：

书非借不能读也。子不闻藏书者乎？七略、四库[2]，天子之书，然天子读书者有几？汗牛塞屋，富贵家之书，然富贵人读书者有几？其他祖父积、子孙弃者无论焉。非独书为然，天下物皆然。非夫人之物而强假焉[3]，必虑人逼取，而惴惴焉摩玩之不已[4]，曰："今日存，明日去，吾不得而见之矣。"若业为吾所有[5]，必高束焉，庋藏焉[6]，曰"姑俟异日观"云尔。

余幼好书，家贫难致。有张氏藏书甚富，往借不与，归而形诸梦，其切如是。故有所览，辄省记[7]。通籍后[8]，俸去书来，落落大满[9]，素蟫灰丝[10]，时蒙卷轴，然后叹借者之用心专，而少时之岁月为可惜也。

今黄生贫类予[11]，其借书亦类予，惟予之公书与张氏之吝书[12]，若不相类。然则予固不幸而遇张乎？生固幸而遇予乎？知幸与不幸，则其读书也必专，而其归书也必速。为一说，使与书俱。

（《清代散文》，宫晓卫编，上海书店出版社2000年版。下同）

【注释】

[1] 黄生：黄允修，袁枚的学生。说：文体名，释也，述也，解释义理而以己意述之也。

[2] 七略：汉成帝命刘向校录群书，向死子刘歆继之，列篇目，述要旨，著为《七略》。分为辑略、艺略、诸子略、诗赋略、兵书略、术数略、方技略七类，总称七略。四库：指经、史、子、集四部内府藏书。

[3] 非夫人之物：不是自己的东西。强假（jiǎ）：强借。

[4] 惴惴：恐惧不安的样子。摩玩：抚摩赏玩。

[5] 业：已经。

[6] 庋（guǐ）藏：收藏。庋，收藏，保存。

[7] 省（xǐng）记：弄明白且记住。

[8] 通籍：指做官。籍，门籍。《汉书·元帝纪》颜师古注引应劭曰："籍者，为二尺竹牒，记其年纪、名字、物色，县（悬）之宫门，案省相应，乃得入也。"

[9] 落落：重叠的样子。

[10] 素蟫（yín）：蛀书虫，白色。

[11] 类予：像我。

[12] 公书：把书公开，指借书给人。

【题解】

本文体裁非常新颖别致,虽名为"说",又不同于一般的说体,在内容和写法上更近于古代的"赠序"体,是熔"说"与"赠序"为一炉的创新文体。文章内容着重说明借书与读书的关系,阐明"书非借不能读"与"读书也必专"道理。意思虽不深奥,但随手写来,任情说出,明白轻快,意真情深。且娓娓而谈,层层对比,颇具谋篇运思的匠心,读来令人倍感亲切。

祭 妹 文

乾隆丁亥冬[1],葬三妹素文于上元之羊山[2],而奠以文曰:

呜呼!汝生于浙而葬于斯,离吾乡七百里矣。当时虽觭梦幻想[3],宁知此为归骨所耶?

汝以一念之贞[4],遇人仳离[5],致孤危托落[6]。虽命之所存[7],天实为之;然而累汝至此者,未尝非予之过也。予幼从先生授经[8],汝差肩而坐[9],爱听古人节义事;一旦长成,遽躬蹈之[10]。呜呼?使汝不识诗书,或未必坚贞若是。

予捉蟋蟀,汝奋臂出其间,岁寒虫僵,同临其穴。今予殓汝葬汝,而当日之情形,憬然赴目[11]。予九岁憩书斋,汝梳双髻,披单缣来[12],温《缁衣》一章[13]。适先生奓户入[14],闻两童子音琅琅然,不觉莞尔[15],连呼则则[16],此七月望日事也[17]。汝在九原[18],当分明记之。予弱冠粤行[19],汝掎裳悲恸[20]。逾三年,予披宫锦还家[21],汝从东厢扶案出,一家瞠视而笑[22],不记语从何起,大概说长安登科,函使报信迟早云尔[23]。凡事琐琐,虽为陈迹,然我一日未死,则一日不能忘。旧事填膺,思之凄梗[24],如影历历,逼取便逝[25]。悔当时不将嫛婗情状[26],罗缕纪存[27];然而汝已不在人间,则虽年光倒流,儿时可再,而亦无与为证印者矣。

汝之义绝高氏而归也[28],堂上阿奶[29],仗汝扶持;家中文墨,眡汝办治[30]。尝谓女流中最少明经义、谙雅故者[31];汝嫂非不婉嫕[32],而于此微缺然。故自汝归后,虽为汝悲,实为予喜。予又长汝四岁,或人间长者先亡,可将身后托汝,而不谓汝之先予以去也!前年予病,汝终宵刺探[33],减一分则喜,增一分则忧。后虽小差[34],犹尚殗殜[35],无所娱遣。汝来床前,为说稗官野史可喜可愕之事,聊资一欢。呜呼!今而后,吾将再病,教从何处呼汝耶?

汝之疾也,予信医言无害,远吊扬州。汝又虑戚吾心,阻人走报,及至绵惙已极[36],阿奶问:"望兄归否?"强应曰:"诺!"已予先一日梦汝来诀,心知不祥，飞舟渡江，果予以未时还家[37]，而汝以辰时气绝。四支犹温，一目未瞑，盖犹忍死待予也。呜呼痛哉！早知诀汝，则予岂肯远游？即游，亦尚有几许心中言，要汝知闻，共汝筹画也。而今已矣！除吾死外，当无见期。吾又不知何日死，可以见汝；而死后之有知无知，与得见不得见，又卒难明也。然则抱此无涯之憾，天乎，人乎，而竟已乎！

汝之诗，吾已付梓[38]；汝之女，吾已代嫁；汝之生平，吾已作传[39]；惟汝之窀穸[40]，尚未谋耳。先茔在杭，江广河深，势难归葬，故请母命而宁汝于斯[41]，便祭扫也。其旁葬汝女阿印[42]，其下两冢，一为阿爷侍者朱氏[43]，一为阿兄侍者陶氏[44]。羊山旷渺，南望原隰[45]，西望栖霞[46]，风雨晨昏，羁魂有伴，当不孤寂。所怜者，吾自戊寅年读汝哭侄诗后[47]，至今无男[48]，两女牙牙[49]，生汝死后，才周晬耳[50]。予虽亲在，未敢言老[51]，而齿危发秃[52]，暗里自知，知在人间，尚复几日！阿品远官河南[53]，亦无子女，九族无可继者。汝死我葬，我死谁埋？汝倘有灵，可能告我？

呜呼！身前既不可想，身后又不可知；哭汝即不闻汝言，奠汝又不见汝食。纸灰飞扬，朔风野大，阿兄归矣，犹屡屡回头望汝也。呜呼哀哉！呜呼哀哉！

【注释】

[1] 乾隆丁亥：即乾隆三十二年（1767）。

[2] 素文：名机，字素文，别号青琳居士。据袁枚《女弟素文传》，袁机"乾隆二十四年（1759）十一月死，年四十"。上元：旧县名，在今南京市。羊山：在今南京市东。

[3] 觭（qí）梦：怪梦。觭，通"奇"，怪异。

[4] 一念之贞：一个信守贞操的念头。据《女弟素文传》，袁机不满周岁即许配如皋高氏之子。十余年后，高氏因子不肖，曾提出解除婚约，但袁机却囿于"从一而终"的观念，守约成婚。高氏子嫖赌成性，竟欲卖妻还赌债，袁机遂逃回娘家，造成终身不幸。

[5] 遇人：嫁人，是"遇人不淑"的省略，即嫁了不好的人。仳（pǐ）离：离别，也指女子被遗弃而离去，此指离别。

[6] 孤危：孤独忧伤。托落：同"落拓"，寂寞，冷落。

[7] 命之所存：命中注定。

[8] 授经：讲授经书。

[9] 差（cī）肩：比肩，并肩。差，次第。

[10] 遽：竟，就。躬蹈：亲身实践。

[11] 憬然赴目：清楚地呈现在眼前。憬然，醒悟的样子。

[12] 縑（jiān）：细密的绢。

[13] 《缁衣》：《诗经·郑风》中的篇名。

[14] 庈（zhà）户：开门。

[15] 莞尔：微笑。

[16] 则则：即"啧啧"，赞叹声。

[17] 望日：农历每月十五日。

[18] 九原：原为春秋时晋国卿大夫的墓地名，后泛指墓地。这里指地下。

[19] 弱冠粤行：指袁枚于乾隆元年二十一岁时，经广东到广西探望叔父袁鸿。弱冠，古代男子二十岁行冠礼，表示已成年。

[20] 掎（jǐ）裳：拉着衣裳。

[21] 披宫锦：指中进士。唐代进士及第后，披宫袍以示荣耀。

[22] 瞠视：瞪着眼睛看，直视。

[23] 函使：指报信人。

[24] 凄梗：悲伤得心头阻塞。

[25] 逼取便逝：将要接近它，把握它，可是它却消逝了。

[26] 婴婗（yī nǐ）：婴儿。这里指幼小时。

[27] 罗缕：详细罗列。

[28] 义绝：断绝关系。据《女弟素文传》，素文嫁高氏子后，屡遭毒打，甚至要被丈夫卖掉抵赌债，乃逃回娘家，与丈夫离婚。

[29] 阿奶：指作者的母亲章氏。

[30] 眴（shùn）：以目示意，这里指期望。

[31] 雅故：指对古书的规范的解释。

[32] 婉嫕（yì）：柔顺娴静。

[33] 刺探：探视，问候。

[34] 小差（chài）：病情稍有好转。差，同"瘥"，病愈。

[35] 殗殜（yè dié）：半卧半起，微病的样子。

[36] 绵惙（chuò）：病情危急，气息微弱。

[37] 未时：相当于下午一点到三点。下文"辰时"即上午七点到九点。

[38] 付梓：付印。梓，刻字的木板。袁枚将袁机的诗作刻印，名《素文女子遗稿》。

[39] 作传：指袁枚所作《女弟素文传》。

[40] 窀穸（zhūn xī）：墓穴。

[41] 宁：此指安葬。

[42] 阿印：素文有两女，一名阿印，早死。另一女由袁枚代嫁。

[43] 阿爷侍者：指袁枚父亲的侍妾。

[44] 阿兄侍者：指袁枚的侍妾。

[45] 原隰（xī）：平原低洼之地。

[46] 栖霞：山名，在今南京市东北。

[47] 戊寅年：乾隆二十三年（1758）。哭侄诗：袁枚丧子，素文作诗《阿兄得子不举》以悼之。

[48] 至今无男：指写此文时尚无儿子。两年后妾钟氏生子名阿迟。

[49] 两女：指作者的双生女儿，钟氏所生。牙牙：婴儿说话声。

[50] 周晬（zuì）：周岁。

[51] 亲在未敢言老：指母亲健在自己不敢称老。《礼记·曲礼上》："夫为人子者，出必告，反必面，所游必有常，所习必有业。恒言不称老。"

[52] 齿危：牙齿摇动。

[53] 阿品：袁枚的堂弟袁树，小名阿品。时任河南正阳县令。

【题解】

　　本文是作者在亡妹逝世八年后安葬时写的一篇祭文，采用第二人称的叙事角度，似与亡妹对坐倾诉，手足情深，哀感动人。作者以极细腻的笔触选取典型细节，寓情于事，于平凡琐事的回忆里，刻画出三妹情深义重的感人形象和悲剧命运，传达出作者的凄恻哀情。本文既是祭文中脍炙人口的名篇，又是从肺腑中流出的独抒性灵之文。

【集评】

　　[1] 缕叙家常事，琐琐屑屑，不嫌其冗，唯一恐其尽者，文情并茂故也。纯从至性至情中流出。先生之文，亦性灵之文也。一句一泪，一字一泪，沉痛之语，惨不忍读。昌黎《祭十二郎文》，欧阳《泷冈阡表》，皆古今有数文字。得此乃鼎足而三。（王文濡《清文评注读本》）

赵　翼

　　赵翼（1727—1814），字云崧、耘松，号瓯北。阳湖（今江苏常州）人。乾隆二十六年（1761）进士，官编修，出为广西镇安知府，贵州兵备道。后辞官归里，主讲扬州安定书院。晚年专心著述。著有《陔余丛考》、《廿二史札记》，与钱大昕、王鸣盛并称三大史家。论诗主性灵，强调创新。有《瓯北集》。

论诗绝句五首（其二）

　　李杜诗篇万口传，至今已觉不新鲜。江山代有才人出，各领风骚数百年。

（《瓯北集》卷十，李学颖、曹光甫校点，上海古籍出版社1997年版）

【题解】

唐诗是中国诗史上一座难以超越的高峰，李杜则是这座高峰之巅。元明以降的诗坛虽有"生新"的呼声，但被一波未平一波又起的宗唐宗宋、宗李宗杜的复古主义浪潮所淹没。此诗一反习见，打破偶像，指出一个时代必有自己的诗歌代表，后人应当树立超越前人的信心，而无须匍匐在古人脚下。充分体现了作者的历史发展眼光和勇于创新的精神。

钱大昕

钱大昕（1728—1804），字晓征，一字及之，号辛楣，又号竹汀。嘉定（今属江苏人）。乾隆十九年（1754）进士，选少詹事。历任山东、湖南、浙江、河南乡试考官，提督广东学政。后称病归不仕，主教于钟山、娄东、紫阳等书院。精通文献考据。是乾嘉学派的代表人物。著有《廿二史考异》、《元史艺文志》、《潜研堂诗文集》、《十驾斋养心录》等。

弈　　喻[1]

予观弈于友人所，一客数败。嗤其失算，辄欲易置之[2]，以为不逮己也。顷之，客请与予对局，予颇易之[3]。甫下数子，客已得先手[4]。局将半，予思益苦，而客之智尚有余。竟局数之[5]，客胜予十三子。予赧甚，不能出一言。后有招予观弈者，终日默坐而已。

今之学者读古人书，多訾古人之失[6]。与今人居，亦乐称人失。人固不能无失，然试易地以处[7]，平心度之，吾果无一失乎？吾能知人之失，而不能见吾之失；吾能指人之小失，而不能见吾之大失。吾求吾失且不暇，何暇论人哉！

弈之优劣有定也，一着之失，人皆见之，虽护前者不能讳也[8]。理之所在，各是其所是，各非其所非。世无孔子，谁能定是非之真？然则人之失者，未必非得也；吾之无失者，未必非大失也。而彼此相嗤，无有已时，曾观弈者之不若已！

（《清代散文》，宫晓卫编，上海书店出版社2000年版）

【注释】

[1] 弈（yì）：下棋。喻：比喻。
[2] 易置之：认为人家下棋错走了步，就想悔棋改步，棋子另投别处。
[3] 易之：轻视他。
[4] 先手：指下围棋时主动的形势。
[5] 竟局：终局。
[6] 訾（zǐ）：非议，诋毁。
[7] 易地以处：调换位置，设身处地。
[8] 前：指前此之失。前，一本作"短"。

【题解】

这篇小品文以观棋和对局的不同为喻，生动地说明了一个生活哲理，即见他人之失易，察自己之失难，从而对文人相轻、彼此相嗤的通病痛下针砭。由小及大，从富有喜剧性的一个生活片断中引申出为人与为学之道，言简意赅而寓意深远。

姚 鼐

姚鼐（1731—1815），字姬传，室号惜抱轩，世称惜抱先生。桐城（今属安徽）人。乾隆二十八年（1763）中进士，历任礼部主事、刑部郎中、会试同考官、四库馆纂修等职。五十三岁辞官，历主讲于扬州梅花、安庆敬敷、江宁钟山等书院。继同乡方苞、刘大櫆的古文之学，为桐城派三祖之一。论文主义理、考据与辞章三者合一。著有《惜抱轩全集》，选编古文集有《古文辞类纂》。

登泰山记

泰山之阳，汶水西流[1]；其阴，济水东流[2]。阳谷皆入汶[3]，阴谷皆入济，当其南北分者，古长城也[4]。最高日观峰[5]，在长城南十五里。

余以乾隆三十九年十二月，自京师乘风雪，历齐河、长清[6]，穿泰山西北谷，越长城之限[7]，至于泰安。是月丁未[8]，与知府朱孝纯子颖由南麓登[9]。四十五里，道皆砌石为磴，其级七千有余。泰山正南面有三谷，中谷绕泰安城下，郦道元所谓环水也[10]。余始循以入，道少半，越中岭，复循西谷，遂至其巅。古时登山，循东谷入，道有天门[11]。东谷者，古谓之天门溪水，余所不至也。今所经中岭及山巅崖限当道者[12]，世皆谓之天门云。道中迷雾冰滑，磴几不可登。及既上，苍山负雪，明烛天南[13]，望晚日照城郭，汶水、徂徕如画[14]，而半山居雾若带然[15]。

戊申晦[16]，五鼓，与子颖坐日观亭待日出。大风扬积雪击面。亭东自足下皆云漫。稍见云中白若樗蒲数十立者[17]，山也。极天，云一线异色，须臾成五采，日上，正赤如丹，下有红光，动摇承之。或曰：此东海也。回视日观以西峰，或得日[18]，或否，绛皓驳色[19]，而皆若偻[20]。

亭西有岱祠[21]，又有碧霞元君祠[22]。皇帝行宫在碧霞元君祠东[23]。是日，观道中石刻，自唐显庆以来[24]，其远古刻尽漫失[25]。僻不当道者，皆不及往。

山多石，少土。石苍黑色，多平方，少圆。少杂树，多松，生石罅[26]，皆平顶。冰雪，无瀑水，无鸟兽音迹。至日观数里内无树，而雪与人膝齐。

　　　　桐城姚鼐记。

（《清代散文》，宫晓卫编，上海书店出版社2000年版）

【注释】

[1] 汶水：即大汶河，发源于山东省莱芜县东北的原山，向西南流经泰安县。
[2] 济水：发源于河南济源县西的王屋山，向东流入山东。河道屡有变迁。
[3] 阳谷：指泰山南面山谷中的流水。
[4] 古长城：指春秋战国时齐国所筑的长城。
[5] 日观峰：泰山顶峰，为观赏日出之胜地。
[6] 齐河、长清：县名，今均属山东。
[7] 限：界限。下文泰安：今属山东，清代为泰安府治。
[8] 是月丁未：当月二十八日。
[9] 朱孝纯：字子颖，号海愚，山东历城人。乾隆年间进士，时任泰安知府。姚鼐好友。
[10] 郦道元：字善长，范阳（今河北涿州）人，北魏地理学家，撰有《水经注》四十卷。环水：《水经注·汶水》："《山海经》曰：'环水出泰山，东流注于汶。'即此水也。"
[11] 天门：泰山峰名。
[12] 崖限：像门槛一样的山崖。限，门槛。
[13] 烛：照耀，用作动词。
[14] 徂徕（cú lái）：山名，在泰安城东南。
[15] 居雾：停留的雾。
[16] 戊申：农历十二月二十九日。晦：农历每月的最后一天。
[17] 樗蒲（chū pú）：亦作"樗捕"，古代赌具，共有五子，以木制成，为长形，上黑

下白，俗称"色子"。

[18] 或得日：有的山峰得到阳光照耀。

[19] 绛皓(hào)驳色：红、白两色相错杂。绛，大红色，指日光照到的山峰。皓，白色，指日光未照到的雪峰。

[20] 偻(lǚ)：曲背。

[21] 岱祠：即东岳祠，一名岱庙，祭祀泰山之神东岳大帝的庙宇。

[22] 碧霞元君：传说为东岳大帝之女。

[23] 皇帝行宫：皇帝外出巡游时的住所。这里指乾隆在泰山祭祀时住过的宫室。

[24] 显庆：唐高宗李治年号（656—661）。

[25] 漫失：磨灭缺失。

[26] 罅(xià)：缝隙，裂缝。

【题解】

乾隆三十九年（1774）冬，作者辞官归里途中登泰山。这篇游记简要介绍泰山的地理形势、登山路径和山上的建筑古迹，重点描绘泰山寒冬的奇异景象和日出时的瑰丽图景，并融进了作者的独特感受。文章以自己的游踪为线索，章法严明，脉络清晰，详略得当，且显示出严谨的考据功夫。语言简洁凝练，生动形象，格调清新高雅。体现了桐城派古文家义理、考据、辞章并重的特点。

【集评】

[1] 写泰山形胜，真有云烟杳霭、倏忽万变之妙。（徐斯异等《批评笺注王氏续古文辞类纂》引俞樾语）

[2] 首尾无一懈笔，殆神来之候也。（同上引林纾语）

洪亮吉

洪亮吉（1746—1809），字君直，一字稚存，号北江。阳湖（今江苏常州）人。乾隆五十五年（1790）中进士，官编修。嘉庆时因直谏被遣戍新疆伊犁，不久赦还，改号更生居士。精通经史及音韵训诂之学，思想开放。工诗文，以骈文著名当时，有《洪北江诗文集》。

治 平 篇[1]

人未有不乐为治平之民者也，人未有不乐为治平既久之民者也。治平至百余年，可谓久矣。然言其户口[2]，则视三十年以前增五倍焉[3]，视六十年以前增十倍焉，视百年、百数十年以前不啻增二十倍焉。

试以一家计之：高、曾之时[4]，有屋十间，有田一顷，身一人，娶妇后不过二人。以二人居屋十间，食田一顷，宽然有余矣。以一人生三计之，至子之世而父子四人，各娶妇即有八人，八人即不能无佣作之助[5]，是不下十人矣。以十人而居屋十间，食田一顷，吾知其居仅仅足，食亦仅仅足也。子又生孙，孙又娶妇，其间衰老者或有代谢，然已不下二十余人。以二十余人而居屋十间，食田一顷，即量腹而食，度足而居[6]，吾以知其必不敷矣[7]。又自此而曾焉[8]，自此而元焉，视高、曾时口已不下五六十倍，是高、曾时为一户者，至曾、元时不分至十户不止。其间有户口消落之家，即有丁男繁衍之族，势亦足以相敌。

或者曰："高、曾之时，隙地未尽辟，闲廛未尽居也[9]。"然亦不过增一倍而止矣，或增三倍五倍而止矣，而户口则增至十倍二十倍。是田与屋之数常处其不足，而户与口之数常处其有余也。又况有兼并之家，一人居百人之屋，一户占百户之田，何怪乎遭风雨霜露饥寒颠踣而死者比比乎[10]？

曰：天地有法乎？曰：水旱疾疫，即天地调剂之法也。然民之遭水旱疾疫而不幸者，不过十之一二矣。曰：君、相有法乎？曰：使野无闲田，民无剩力，疆土之新辟者，移种民以居之[11]；赋税之繁重者，酌今昔而减之。禁其浮靡，抑其兼并，遇有水旱疾疫，则开仓廪，悉府库以赈之，如是而已，是亦君、相调剂之法也。

要之，治平之久，天地不能不生人，而天地之所以养人者，原不过此数也；治平之久，君、相亦不能使人不生，而君、相之所以为民计者，亦不过前此数法也。然一家之中有子弟十人，其不率教者常有一二[12]，又况天下之广，其游惰不事者何能一一遵上之约束乎？一人之居以供十人已不足，何况供百人乎？一人之食以供十人已不足，何况供百人乎？此吾所以为治平之民虑也。

（《洪北江全集》，清乾隆刻本）

【注释】

[1] 治：治理得好，太平。平：安定，太平。

[2] 户：合居的一家。口：人口，单个人。

[3] 视：比。

[4] 高、曾：高祖、曾祖。

[5] 佣作：雇工。

[6] 度（duó）足而居：考虑一下脚占多大地方才能住得下。度，量，推测。

[7] 敷：饶足，够。

[8] 曾：曾孙。下文"元"，玄孙。避康熙玄烨讳，改玄为元。
[9] 闲廛（chán）：空闲的房屋。
[10] 颠踣（bó）：倒地。
[11] 种（zhòng）民：租田种的农民。
[12] 率（shuài）教：服从教导。率，遵循，服从。

【题解】

这是我国最早专门阐述人口问题的文章，作于乾隆五十八年，早于英国经济学家马尔萨斯的《人口论》（1798）五年。作者敏感地觉察到"康乾盛世"中潜伏着严重的人口问题，指出人口的过快增长与农业经济发展之间的尖锐矛盾，以及由此可能引发的严重社会危机，有深刻的社会意义。文章立论鲜明，布局严谨，论述缜密。以一家为例，以小见大；采用问答、对话的方式，笔调灵活。语言平易凝重，自然顺畅。

蒲松龄

蒲松龄（1640—1715），字留仙，一字剑臣，别号柳泉居士，世称聊斋先生，淄川（今山东省淄博市）人。少有文名，十九岁应童子试就以县、府、道三试第一考中秀才，此后却屡试不第，直到七十一岁时才熬了个岁贡生的科名，不久也就谢世了。蒲松龄一生贫困，除中年时曾做过短暂的幕宾外，大半生是在缙绅人家坐馆，以教书自给。曾以四十余年的时间写成短篇小说集《聊斋志异》，凡四百余篇，借花妖狐鬼之形以讽喻社会的黑暗腐败，对后世影响颇大。又能诗，流传下来的诗歌多达一千二百余首。善戏文、俚曲，还编写了《日用俗字》、《农桑经》等普及读物。后人编为《蒲松龄集》行世。

青　凤

太原耿氏，故大家，第宅宏阔。后凌夷[1]，楼舍连亘，半旷废之，因生怪异，堂门辄自开掩，家人恒中夜骇哗。耿患之，移居别墅，留老翁门焉。由此荒落益甚，或闻笑语歌吹声。

耿有从子去病，狂放不羁。嘱翁有所闻见，奔告之。至夜，见楼上灯光明灭，走报生。生欲入觇其异。止之，不听。门户素所习识，竟拨蒿蓬，曲折而人。登楼,殊无少异。穿楼而过,闻人语切切。潜窥之,见巨烛双烧,其明如昼。一叟儒冠南面坐,一媪相对,俱年四十余。东向一少年,可二十许。右一女郎,裁及笄耳[2]。酒胾满案[3],团坐笑呼。生突入,笑语曰:"有不速之客一人来!"群惊奔匿。独叟出叱问:"谁何人人闺阃?"生曰:"此我家闺阃,君占之,旨酒自饮,不一邀主人,毋乃太吝?"叟审睇曰:"非主人也。"生曰:"我狂生耿去病,主人之从子耳。"叟致敬曰:"久仰山斗[4]。"乃揖生入。便呼家人易馔,生止之。叟乃酌客,生曰:"吾辈通家,座客无庸见避,还祈招饮。"叟呼:"孝儿!"俄少年自外入。叟曰:"此豚儿也。"揖而坐。略审门阀,叟自言:"义君,姓胡。"生素豪,谈议风生;孝儿亦倜傥;倾吐间,雅相爱悦。生二十一,长孝儿二岁,因弟之。叟曰:"闻君祖纂《涂山外传》[5],知之乎?"答:"知之。"叟曰:"我涂山氏之苗裔也。唐以后,谱系犹能忆之;五代而上无传焉[6]。幸公子一垂教也!"生略述涂山女佐禹之功,粉饰多词,妙绪泉涌。叟大喜,谓子曰:"今幸得闻所未闻。公子亦非他人,可请阿母及青凤来共听之,亦令知我祖德也。"孝儿入帏中。少时,媪偕女郎出。审顾之,弱态生娇,秋波流慧,人间无其丽也。叟指妇云:"此为老荆。"又指女郎:"此青凤,鄙人之犹女也。颇惠,所闻见,辄记不忘,故唤令听之。"生谈竟而饮,瞻顾女郎,停睇不转。女觉之,辄俯其首。生隐蹑莲钩[7],女急敛足,亦无愠怒。生神志飞扬,不能自主,拍案曰:"得妇如此,南面王不易也[8]!"媪见声渐醉,益狂,与女俱起,遽搴帏去。生失望,乃辞叟出,而心萦萦,不能忘情于青凤也。

至夜复往,则兰麝犹芳,而凝待终宵,寂无声欬。归与妻谋,欲携家而居之,冀得一遇。妻不从。生乃自往,读于楼下。夜方凭几,一鬼披发入,面黑如漆,张目视生。生笑,染指研墨自涂,灼灼然相与对视。鬼惭而去。次夜,更既深,灭烛欲寝,闻楼后发扃,辟之闸然。生急起窥觇,则扉半启。俄闻履声细碎,有烛光自房中出。视之,则青凤也。骤见生,骇而却退,遽阖双扉。生长跽而致词曰:"小生不避险恶,实以卿故。幸无他人,得一握手为笑,死不憾耳。"女遥语曰:"惓惓深情,妾岂不知。但叔闺训严,不敢奉命。"生固哀之云:"亦不敢望肌肤之亲,但一见颜色足矣。"女似肯可,启关出,捉之臂而曳之。生狂喜,相将入楼下,拥而加诸膝。女曰:"幸有夙分。过此一夕,即相思无用矣。"问:"何故?"曰:"阿叔畏君狂,故化厉鬼而相吓,而君不动也。今已卜居他所。一家皆移什物赴新居,而妾留守,明日即发。"言已欲去,云:"恐叔归。"生强止之,欲与为欢。方持论间,叟掩入。女羞惧无以自容,俯首倚床,拈带不语。叟怒曰:"贱婢辱吾门户!不速去,鞭挞且从其后!"女低头急去。叟亦出。尾而听之,诃诟万端,闻青凤嘤嘤啜泣。生心意如割,大声曰："罪在小生，于青凤何与！倘宥凤也，刀锯铁钺[9]，小生愿身受之！"良久寂然，生乃归寝。自此第内绝不复声息矣。生叔闻而奇之，愿售以居，不较直。生喜，携家口而迁焉。逾岁年，甚适，而未尝须臾忘凤也。

会清明上墓归，见小狐二，为犬逼逐。其一投荒窜去；一则皇急道上，望见生，依依哀啼，蓤耳辑首[10]，似乞其援。生怜之，启裳袷，提抱以归。闭门，置床上，则青凤也。大喜，慰问。女曰："适与婢子戏，遘此大厄。脱非郎君，必葬犬腹。望无以非类见憎。"生曰："日切怀思，系于魂梦。见卿如获异宝，何憎之云！"女曰："此天数也！不因颠覆，何得相从？然幸矣，婢子必以妾为已死，可与君坚永约耳。"生喜，另舍舍之。

积二年余，生方夜读，孝儿忽入。生辍读，讶诘所来。孝儿伏地，怆然曰："家君有横难，非君莫拯。将自诣恳，恐不见纳，故以某来。"问："何事？"曰："公子识莫三郎否？"曰："此吾年家子也[11]。"孝儿曰："明日将过。倘携有猎狐，望君之留之也。"生曰："楼下之羞，耿耿在念，他事不敢预闻。必欲仆效绵薄，非青凤来不可。"孝儿零涕曰："凤妹已野死三年矣！"生拂衣曰："既尔，则恨滋深耳！"执卷高吟，殊不顾瞻。孝儿起，哭失声，掩面而去。生如青凤所，告以故。女失色曰："果救之否？"曰："救则救之，适不之诺者，亦聊以报前横耳。"女乃喜曰："妾少孤，依叔成立。昔虽获罪，乃家范应尔。"生曰："诚然，但使人不能无介介耳。卿果死，定不相援。"女笑曰："忍哉！"次日，莫三郎果至，镂膺虎韔[12]，仆从甚赫。生门逆之。见获禽甚多，中一黑狐，血殷毛革；抚之，皮肉犹温。便托裘敝，乞得缀补。莫慨然解赠。生即付青凤，乃与客饮。客既去，女抱狐于怀，三日而苏，展转复化为叟。举目见凤，疑非人间。女历言其情。叟乃下拜，惭谢前愆。喜顾女曰："我固谓汝不死，今果然矣。"女谓生曰："君如念妾，还乞以楼宅相假，使妾得以申返哺之私[13]。"生诺之。叟赧然谢别而去。入夜，果举家来。由此如家人父子，无复猜忌矣。生斋居，孝儿时共谈宴。生嫡出子渐长，遂使傅之；盖循循善教，有师范焉[14]。

（会校会注会评本《聊斋志异》，张友鹤辑校，上海古籍出版社1978年版。下同）

【注释】

[1] 淩夷：当作"陵夷"，衰微、没落。

[2] 及笄（jī）：古代女子十五岁，把头发用簪子簪起来，表示已成年。（见《礼记·内则》）笄，簪子。

[3] 胾（zì）：切成大块的肉。

[4] 久仰山斗：表示对人仰慕的客套话。意谓仰望人就像仰望泰山北斗一样。

[5]《涂山外传》：书名为狐叟杜撰。古代神话传说，大禹治水，行至涂山，娶九尾白狐为妻，称涂山氏。（见《吴越春秋·越王无余外传》）

[6] 五代：唐尧、虞舜、夏、商、周五个朝代。上文"唐"指唐尧。

[7] 隐蹑莲钩：暗中踩住（青凤的）小脚。

[8] 南面王：古代帝王的座位都是坐北朝南，故称之为南面王。易：交换。

[9] 刀锯铁钺（yuè）：都是古代的武器。这里泛指刑具。铁，通"斧"。

[10] 蓤（tā）耳辑首：垂耳缩头，害怕驯服的样子。蓤，当作"阘"。辑，一本作"戢"。

[11] 年家子：科举时代，凡某科同一年考中的举人、进士，互称同年。同年的子侄称作年家子。

[12] 镂膺：系在马腹上的镂金饰带。虎韔（chàng）：用虎皮做的或饰以虎纹的弓袋。

[13] 返哺之私：指子女向父母尽孝。传说乌是孝鸟，乌雏长大后衔食物回巢喂养老乌，叫做"慈乌返哺"。私，内心，此指孝心。

[14] 有师范焉：很有老师的风范。

【题解】

《青凤》是典型的人狐之恋作品。耿生是一位深情、有胆有识、狂放的豪士。狐女青凤美丽、温柔，多情而略显拘谨，体现出封建社会闺阁少女所常有的感情，具有浓郁平实的人情味。描写颇多传神之笔，人物形象栩栩如生，如写耿生初见青凤时的一段描写，把双方的神态都刻画得惟妙惟肖，情节曲折变幻，叙事层层深入，引人入胜。心理描写也极其细腻。

婴 宁

王子服，莒之罗店人[1]。早孤，绝惠，十四入泮[2]。母最爱之，寻常不令游郊野。聘萧氏，未嫁而夭，故求凰未就也[3]。

会上元，有舅氏子吴生，邀同眺瞩。方至村外，舅家有仆来，招吴去。生见游女如云，乘兴独遨。有女郎携婢，捻梅花一枝，容华绝代，笑容可掬。生注目不移，竟忘顾忌。女过去数武[4]，顾婢曰："个儿郎目灼灼似贼[5]！"遗花地上，笑语自去。生拾花怅然，神魂丧失，怏怏遂返。至家，藏花枕底，垂头而睡，不语亦不食。母忧之。醮禳益剧[6]，肌革锐减。医师诊视，投剂发表[7]，忽忽若迷。母抚问所由，默然不答。适吴生来，嘱密诘之。吴至榻前，生见之泪下。吴就榻慰解，渐致研诘。生具吐其实，且求谋画。吴笑曰："君意亦复痴，此愿有何难遂？当代访之。徒步于野，必非世家。如其未字，事固谐矣；不然，拚以重赂，计必允遂。但得痊瘳，成事在我。"生闻之，不觉解颐。吴出告母,物色女子居里,而探访既穷,并无踪绪。母大忧,无所为计。然自吴去后,颜顿开,食亦略进。数日,吴复来。生问所谋,吴绐之曰:"已得之矣。我以为谁何人,乃我姑氏女,即君姨妹行,今尚待聘。虽内戚有婚姻之嫌[8],实告之,无不谐者。"生喜溢眉宇,问:"居何里?"吴诡曰:"西南山中,去此可三十余里。"生又付嘱再四,吴锐身自任而去。

  生由此饮食渐加,日就平复。探视枕底,花虽枯,未便凋落,凝思把玩,如见其人。怪吴不至,折柬招之。吴支托不肯赴召。生恚怒,悒悒不欢。母虑其复病,急为议姻。略与商榷,辄摇首不愿。惟日盼吴。吴迄无耗,益怨恨之。转思三十里非遥,何必仰息他人?怀梅袖中,负气自往,而家人不知也。伶仃独步,无可问程,但望南山行去。约三十余里,乱山合沓,空翠爽肌,寂无人行,止有鸟道。遥望谷底,丛花乱树中,隐隐有小里落。下山入村,见舍宇无多,皆茅屋,而意甚修雅。北向一家,门前皆丝柳,墙内桃杏尤繁,间以修竹,野鸟格磔其中。意其园亭,不敢遽入。回顾对户,有巨石滑洁,因据坐少憩。俄闻墙内有女子,长呼:"小荣!"其声娇细。方伫听间,一女郎由东而西,执杏花一朵,俯首自簪;举头见生,遂不复簪,含笑捻花而入。审视之,即上元途中所遇也。心骤喜,但念无以阶进。欲呼姨氏,顾从无还往,惧有讹误。门内无人可问。坐卧徘徊,自朝至于日昃,盈盈望断,并忘饥渴。时见女子露半面来窥,似讶其不去者。忽一老媪扶杖出,顾生曰:"何处郎君,闻自辰刻便来,以至于今,意将何为?得勿饥耶?"生急起揖之,答云:"将以盼亲。"媪聋聩不闻。又大言之。乃问:"贵戚何姓?"生不能答。媪笑曰:"奇哉!姓名尚自不知,何亲可探?我视郎君,亦书痴耳。不如从我来,啖以粗粝,家有短榻可卧。待明朝归,询知姓氏,再来探访,不晚也。"生方腹馁思啖,又从此渐近丽人,大喜,从媪入。见门内白石砌路,夹道红花,片片堕阶上;曲折而西,又启一关,豆棚花架满庭中。肃客入舍,粉壁光明如镜;窗外海棠枝朵,探入室中。裀藉几榻,罔不洁泽。甫坐,即有人自窗外隐约相窥。媪唤:"小荣,可速作黍!"外有婢子嗷声而应。坐次,具展宗阀。媪曰:"郎君外祖,莫姓吴否?"曰:"然。"媪惊曰:"是吾甥也。尊堂,我妹子。年来以家窭贫,又无三尺男[9],遂至音问梗塞。甥长成如许,尚不相识。"生曰:"此来即为姨也,匆遽遂忘姓氏。"媪曰:"老身秦姓,并无诞育;弱息仅存[10],亦为庶产[11]。渠母改醮,遗我鞠养,颇亦不钝;但少教训,嬉不知愁。少顷,使来拜识。"未几,婢子具饭,雏尾盈握[12]。媪劝餐已,婢来敛具。媪曰:"唤宁姑来。"婢应去。良久,闻户外隐有笑声。媪又唤曰:"婴宁!汝姨兄在此。"户外嗤嗤笑不已。婢推之以入,犹掩其口,笑不可遏。媪瞋目曰:"有客在,咤咤叱叱,是何景象!"女忍笑而立,生揖之。媪曰:"此王郎,汝姨子。

一家尚不相识，可笑人也。"生问："妹子年几何矣？"媪未能解。生又言之。女复笑，不可仰视。媪谓生曰："我言少教诲，此可见矣。年已十六，呆痴裁如婴儿。"生曰："小于甥一岁。"曰："阿甥已十七矣，得非庚午属马者耶[13]？"生首应之。又问："甥妇阿谁？"答云："无之。"曰："如甥才貌，何十七岁犹未聘？婴宁亦无姑家，极相匹敌，惜有内亲之嫌。"生无语，目注婴宁，不遑他瞬。婢向女小语云："目灼灼，贼腔未改。"女又大笑，顾婢曰："视碧桃开未？"遽起，以袖掩口，细碎连步而出。至门外，笑声始纵。媪亦起，唤婢襆被，为生安置。曰："阿甥来不易，宜留三五日，迟迟送汝归。如嫌幽闷，舍后有小园，可供消遣。有书可读。"

次日，至舍后，果有园半亩，细草铺毡，杨花糁径。有草舍三楹，花木四合其所。穿花小步，闻树头苏苏有声，仰视，则婴宁在上。见生来，狂笑欲堕。生曰："勿尔！堕矣！"女且下且笑，不能自止。方将及地，失手而堕，笑乃止。生扶之，阴捘其腕。女笑又作，倚树不能行，良久乃罢。生俟其笑歇，乃出袖中花示之。女接之曰："枯矣，何留之？"曰："此上元妹子所遗，故存之。"问："存之何意？"曰："以示相爱不忘也。自上元相遇，凝思成疾，自分化为异物，不图得见颜色，幸垂怜悯！"女曰："此大细事。至戚何所靳惜？待郎行时，园中花，当唤老奴来，折一巨捆负送之。"生曰："妹子痴耶？""何便是痴？"曰："我非爱花，爱捻花之人耳。"女曰："葭莩之情[14]，爱何待言！"生曰："我所谓爱，非瓜葛之爱，乃夫妻之爱。"女曰："有以异乎？"曰："夜共枕席耳。"女俯思良久，曰："我不惯与生人睡！"语未已，婢潜至，生惶恐遁去。少时，会母所。母问："何往？"女答以园中共话。媪曰："饭熟已久，有何长言，周遮乃尔？"女曰："大哥欲我共寝。"言未已，生大窘，急目瞪之，女微笑而止。幸媪不闻，犹絮絮究诘。生急以他词掩之，因小语责女。女曰："适此语不应说耶？"生曰："此背人语。"女曰："背他人，岂得背老母？且寝处亦常事，何讳之？"生恨其痴，无术可以悟之。食方竟，家中人捉双卫来寻生[15]。先是，母待生久不归，始疑。村中搜觅几遍，竟无综兆。因往寻吴。吴忆曩言，因教于西南山村行觅。凡历数村，始至于此。生出门，适相值。便入告媪，且请偕女同归。媪喜曰："我有志，匪伊朝夕，但残躯不能远涉。得甥携妹子去，识认阿姨，大好！"呼婴宁，宁笑至。媪曰："有何喜，笑辄不辍？若不笑，当为全人。"因怒之以目。乃曰："大哥欲同汝去，可便装束。"又饷家人酒食，始送之出，曰："姨家田产丰裕。能养冗人。到彼且勿归，小学诗礼[16]，亦好事翁姑。即烦阿姨，为汝择一良匹。"二人遂发。至山坳，回顾，犹依稀见媪倚门北望也。

抵家，母睹妹丽，惊问为谁。生以姨女对。母曰："前吴郎与儿言者，诈也。我未有姊,何以得甥?"问女,女曰:"我非母出。父为秦氏,没时,儿在襁中,不能记忆。"母曰:"我一姊适秦氏,良确。然殂谢已久,那得复存?"因审诘面庞痣赘,一一符合。又疑曰:"是矣。然亡已多年,何得复存?"疑虑间,吴生至,女避入室。吴询得故,惘然久之。忽曰:"此女名婴宁耶?"生然之。吴亟称怪事。问所自知,吴曰:"秦家姑去世后,姑丈鳏居,祟于狐,病瘠死。狐生女名婴宁,绷卧床上,家人皆见之。姑丈殁,狐犹时来。后求天师符黏壁间[17],狐遂携女去。将勿此耶?"彼此疑参。但闻室中吃吃,皆婴宁笑声。母曰:"此女亦太憨生。"吴请面之。母入室,女犹浓笑不顾。母促令出,始极力忍笑,又面壁移时,方出。才一展拜,翻然遽入,放声大笑。满室妇女,为之粲然。吴请往觇其异,就便执柯[18]。寻至村所,庐舍全无,山花零落而已。吴忆姑葬处,仿佛不远,然坟垅湮没,莫可辨识,诧叹而返。母疑其为鬼。入告吴言,女略无骇意;又吊其无家,亦殊无悲意,孜孜憨笑而已。众莫之测。母令与少女同寝止,昧爽即来省问。操女红[19],精巧绝伦。但善笑,禁之亦不可止。然笑处嫣然,狂而不损其媚,人皆乐之。邻女少妇,争承迎之。母择吉将为合卺[20],而终恐为鬼物。窃于日中窥之,形影殊无少异。至日,使华妆行新妇礼,女笑极不能俯仰,遂罢。生以其憨痴,恐漏泄房中隐事,而女殊密秘,不肯道一语。每值母忧怒,女至,一笑即解。奴婢小过,恐遭鞭楚,辄求诣母共话;罪婢投见,恒得免。而爱花成癖,物色遍戚党;窃典金钗,购佳种,数月,阶砌藩溷,无非花者。

庭后有木香一架,故邻西家。女每攀登其上,摘供簪玩。母时遇见,辄诃之,女卒不改。一日,西人子见之,凝注倾倒,女不避而笑。西人子谓女意已属,心益荡。女指墙底,笑而下。西人子谓示约处,大悦。及昏而往,女果在焉。就而淫之,则阴如锥刺,痛彻于心,大号而蹉。细视,非女,则一枯木卧墙边,所接乃水淋窍也。邻父闻声,急奔研问,呻而不言。妻来,始以实告。爇火烛窍,见中有巨蝎,如小蟹然。翁碎木捉杀之。负子至家,半夜寻卒。邻人讼生,讦发婴宁妖异。邑宰素仰生才,稔知其笃行士,谓邻翁讼诬,将杖责之。生为乞免,遂释而出。母谓女曰:"憨狂尔尔,早知过喜而伏忧也。邑令神明,幸不牵累;设鹘突官宰,必逮妇女质公堂,我儿何颜见戚里?"女正色,矢不复笑。母曰:"人罔不笑,但须有时。"而女由是竟不复笑。虽故逗,亦终不笑;然竟日未尝有戚容。

一夕,对生零涕。异之。女哽咽曰:"曩以相从日浅,言之恐致骇怪;今日察姑及郎,皆过爱无有异心,直告或无妨乎?妾本狐产。母临去,以妾托鬼母,相依十余年,始有今日。妾又无兄弟,所恃者惟君。老母岑寂山阿,无人怜而合厝之,九泉辄为悼恨。君倘不惜烦费,使地下人消此怨恫,庶养女者不忍溺弃。"生诺之;然虑坟冢迷于荒草。女但言:"无虑。"刻日,夫妻舆榇而往[21]。女于荒烟错楚中,指示墓处,果得媪尸,肤革犹存。女扶哭哀痛。舁归,寻秦氏墓合葬焉。是夜,生梦媪来称谢,寤而述之。女曰:"妾夜见之,嘱勿惊郎君耳。"生恨不邀留,女曰:"彼鬼也,生人多,阳气胜,何能久居?"生问小荣,曰:"是亦狐,最黠。狐母留以视妾。每摄饵相哺,故德之常不去心。昨问母,云已嫁之。"由是岁值寒食,夫妻登秦墓,拜扫无缺。女逾年生一子,在怀抱中,不畏生人,见人辄笑,亦大有母风云。

异史氏曰:"观其孜孜憨笑,似全无心肝者;而墙下恶作剧,其黠孰甚焉!至凄恋鬼母,反笑为哭,我婴宁殆隐于笑者矣。窃闻山中有草,名'笑矣乎'[22],嗅之,则笑不可止。房中植此一种,则合欢、忘忧[23],并无颜色矣;若解语花[24],正嫌其作态耳。"

【注释】

[1] 莒(jǔ):县名,今属山东。

[2] 入泮(pàn):入泮宫读书。泮宫,本指西周诸侯所设的学校,后泛指地方官办的学校。

[3] 求凰:求妻。(典出《史记·司马相如列传》中《琴歌》)

[4] 数武:几步。半步为"武"。

[5] 个儿郎:这个小伙子。个,这个。

[6] 醮禳(jiào ráng):祭神以求消灾。醮,祭神。禳,祭神除灾。

[7] 发表:中医学术语。谓有些病潜伏在人体内,需服药发散表托出来,叫做"发表",也称"表散"。

[8] 内戚有婚姻之嫌:意谓姨表亲戚因血统相近,通婚有所禁忌。内戚,母系的亲戚。下文"内亲"义同。嫌,嫌忌。

[9] 三尺男:三尺高男孩儿。句谓家无男子。

[10] 弱息:幼小子女,对自己子女的谦称,多指女儿。息,自己所生。

[11] 庶产:妾生子女。封建时代,正妻称嫡,小妻称庶。

[12] 雏尾盈握:小鸡的尾部已满一把。这里是用来形容作菜肴的家禽肥嫩。《礼记·内则》:"雏尾不盈握,弗食。"雏,小鸡。

[13] 庚午属马:庚午年出生的人,属相为马。

[14] 葭莩(jiā fú):原指芦苇内壁的薄膜,此处喻指疏远的亲戚,亦泛指亲戚。

[15] 捉:这里是牵引的意思。卫:驴的别称。

[16] 小学诗礼:略学一些诗书、礼仪。指如何做人的知识和礼节。

[17] 天师:即张天师。东汉张道陵传布道教,并用符水咒法为人治病。其子孙世居江西龙虎山,以炼丹画符、捉鬼拿妖等活动为职业。元朝封张为天师,子孙便沿用这一称号。

[18] 执柯:做媒。语出《诗经·豳风·伐柯》:"伐柯如何?匪斧不克;娶妻如何?匪

媒不得。"后因称做媒为执柯或伐柯。

[19] 女红（gōng）：指妇女从事的纺织、刺绣等类的针线活。红，通"功"。

[20] 合卺（jǐn）：古代婚仪的一种。卺，将葫芦剖为两半。结婚时，新郎新娘各执一半饮酒漱口，谓之"合卺"。后因以合卺代结婚。

[21] 舆榇（chèn）：用车载着棺材。榇，棺材。

[22] 笑矣乎：据陶谷《清异录》载，有一种菌蕈（xùn），吃了会使人无故发笑，故戏称为"笑矣乎"。

[23] 合欢：花名，俗称夜合花。忘忧：忘忧草，萱草的别名。据说合欢可以使人欢乐，萱草可以使人忘忧。

[24] 解语花：据王仁裕《开元天宝遗事》载，唐玄宗称杨贵妃为"解语花"。后世文人因以此来比喻善于迎合人意的聪敏的美女。

【题解】

婴宁是聊斋最钟爱的人物，也是《聊斋志异》中刻画最成功的人物之一。作者着意塑造了一个天真烂漫、敢说敢笑的婴宁形象。从不同角度和不同情态描写她的笑，很有艺术感染力。婴宁产生在远离现实，没有世俗社会尔虞我诈，只有赤诚相待的南山之中，与环境契合天衣无缝。灵活飞动的人物语言，给艺术形象带来神采，以花与笑写婴宁，以痴语与庄重缜密之语写婴宁，笔如游龙，穷态极妍。情节淡化，专注于人物，使婴宁成为小说的魅力所在。

【集评】

[1] 婴宁憨态，一片天真，过于司花儿远矣。我正以其笑为全人。（三会本《聊斋志异》引何守奇语）

[2] 此篇以笑字立胎，而以花为眼，处处写笑，即处处以花映带之。"捻梅花一枝"数语，已伏全文之脉，故文章全在提掇处得力也。以捻花笑起，以摘花不笑收，写笑层见叠出，无一意冗复，无一笔雷同，不笑后复用反衬，后仍结转笑字，篇法严密乃尔。（三会本《聊斋志异》引但明伦语）

小　　谢

渭南姜部郎第，多鬼魅，常惑人。因徙去。留苍头门之而死，数易皆死。遂废之。里有陶生望三者，夙倜傥，好狎妓，酒阑辄去之。友人故使妓奔就之，亦笑内不拒；而实终夜无所沾染。尝宿部郎家，有婢夜奔，生坚拒不乱，部郎以是契重之。家綦贫，又有鼓盆之戚，茅屋数椽，溽暑不堪其热；因请部郎，假废第。部郎以其凶故，却之。生因作《续无鬼论》献部郎，且曰："鬼何能为!"部郎以其请之坚,诺之。生往除厅事。薄暮,置书其中;返取他物,则书已亡。怪之,仰卧榻上,静息以伺其变。食顷,闻步履声,睨之,见二女自房中出,所亡书,送还案上。一约二十,一可十七八,并皆姝丽。逡巡立榻下,相视而笑。生寂不动。长者翘一足踹生腹,少者掩口匿笑。生觉心摇摇若不自持,即急肃然端念,卒不顾。女近以左手捋髭,右手轻批颐颊,作小响。少者益笑。生暴起,叱曰:"鬼物敢尔!"二女骇奔而散。生恐夜为所苦,欲移归,又耻其言不掩;乃挑灯读。暗中鬼影幢幢,略不顾瞻。夜将半,烛而寝。始交睫,觉人以细物穿鼻,奇痒,大嚏;但闻暗处隐隐作笑声。生不语,假寐以俟。俄见少女以纸条捻细股,鹤行鹭伏而至;生骤起诃之,飘窜而去。既寝,又穿其耳。终夜不堪其扰。鸡既鸣,乃寂无声,生始酣眠,终日无所睹闻。日既下,恍惚出现。生遂夜炊,将以达旦。长者渐曲肱几上,观生读。既而掩生卷。生怒捉之,即已飘散;少间,又抚之。生以手按卷读。少者潜于脑后,交两手掩生目,瞥然去,远立以哂。生指骂曰:"小鬼头!捉得便都杀却!"女子即又不惧。因戏之曰:"房中纵送,我都不解,缠我无益。"二女微笑,转身向灶,析薪溲米,为生执爨。生顾而奖曰:"两卿此为,不胜憨跳耶?"俄顷,粥熟,争以匕、箸、陶碗置几上。生曰:"感卿服役,何以报德?"女笑云:"饭中溲合砒、鸩矣。"生曰:"与卿夙无嫌怨,何至以此相加。"啜已,复盛,争为奔走。生乐之,习以为常。日渐稔,接坐倾语,审其姓名。长者云:"妾秋容,乔氏;彼阮家小谢也。"又研问所由来。小谢笑曰:"痴郎!尚不敢一呈身,谁要汝问门第,作嫁娶耶?"生正容曰:"相对丽质,宁独无情;但阴冥之气,中人必死。不乐与居者,行可耳;乐与居者,安可耳。如不见爱,何必玷两佳人?如果见爱,何必死一狂生?"二女相顾动容,自此不甚虐弄之;然时而探手于怀,捋裤于地,亦置不为怪。一日,录书未卒业而出,返则小谢伏案头,操管代录。见生,掷笔睨笑。近视之,虽劣不成书,而行列疏整。生赞曰:"卿雅人也!苟乐此,仆教卿为之。"乃拥诸怀,把腕而教之画。秋容自外入,色乍变,意似妒。小谢笑曰:"童时尝从父学书,久不作,遂如梦寐。"秋容不语。生喻其意,伪为不觉者,遂抱而授以笔,曰:"我视卿能此否?"作数字而起,曰:"秋娘大好笔力!"秋容乃喜。生于是折两纸为范,俾共临摹;生另一灯读。窃喜其各有所事,不相侵扰。仿毕,祗立几前,听生月旦。秋容素不解读,涂鸦不可辨认,花判已,自顾不如小谢,有惭色。生奖慰之,颜始霁。二女由此师事生,坐为抓背,卧为按股,不惟不敢侮,争媚之。逾月,小谢书居然端好,生偶赞之,秋容大惭,粉黛淫淫,泪痕如线;生百端慰解之,乃已。因教之读,颖悟非常,指示一过,无再问者。与生竞读,常至终夜。小谢又引其弟三郎来,拜生门下。年十五六,姿容秀美。以金如意一钩为赞。生令与秋容执一经,满堂咿唔,生于此设鬼帐焉。部郎闻之喜,以时给其薪水。积数月,秋容与三郎皆能诗,时相酬唱。小谢阴嘱勿教秋容,生诺之;秋容阴嘱勿教小谢,生亦诺之。一日,生将赴试,二女涕泪持别。三郎曰:"此行可以托疾免;不然,恐履不吉。"生以告疾为辱,遂行。先是,生好以诗词讥切时势,获罪于邑贵介,日思中伤之。阴赂学使,诬以行简,淹禁狱中。资斧绝,乞食于囚人,自分已无生理。忽一人飘忽而入,则秋容也。以馔具馈生。相向悲咽,曰:"三郎虑君不吉,今果不谬。三郎与妾同来,赴院申理矣。"数语而出,人不之睹。越日,部院出,三郎遮道声屈,收之。秋容入狱报生,返身往侦之,三日不返。生愁饿无聊,度一日如年岁。忽小谢至,怆悒欲绝,言:"秋容归,经由城隍祠,被西廊黑判强摄去,逼充御媵。秋容不屈,今亦幽囚。妾驰百里,奔波颇殆;至北郭,被老棘刺吾足心,痛彻骨髓,恐不能再至矣。"因示之足,血殷凌波焉。出金三两,跛踦而没。部院勘三郎,素非瓜葛,无端代控,将杖之,扑地遂灭。异之。览其状,情词悲恻。提生面鞫,问:"三郎何人?"生伪为不知。部院悟其冤,释之。既归,竟夕无一人。更阑,小谢始至。惨然曰:"三郎在部院,被廨神押赴冥司;冥王以三郎义,令托身富贵家。秋容久锢,妾以状投城隍,又被按阁,不得入,且复奈何?"生忿曰:"黑老魅何敢如此!明日仆其像,践踏为泥,数城隍而责之;案下吏暴横如此,渠在醉梦中耶!"悲愤相对,不觉四漏将残。秋容飘然忽至。两人惊喜,急问。秋容泣下曰:"今为郎万苦矣!判日以刀杖相逼,今夕忽放妾归,曰:'我无他,原以爱故;既不愿,固亦不曾污玷。烦告陶秋曹,勿见谴责。'"生闻少欢,欲与同寝,曰:"今日愿为卿死。"二女戚然曰:"向受开导,颇知义理,何忍以爱君者杀君乎?"执不可;然俯颈倾头,情均伉俪。二女以遭难故,妒念全消。会一道士途遇生,顾谓"身有鬼气"。生以其言异,具告之。道士曰:"此鬼大好,不拟负他。"因书二符付生,曰:"归授两鬼,任其福命:如闻门外有哭女者,吞符急出,先到者可活。"生拜受,归嘱二女。后月余,果闻有哭女者。二女争奔而去。小谢忙急,忘吞其符。见有丧舆过,秋容直出,入棺而没;小谢不得入,痛哭而返。生出视,则富室郝氏殡其女。共见一女子入棺而去,方共惊疑;俄闻棺中有声,息肩发验,女已顿苏。因暂寄生斋外,罗守之。忽开目问陶生。郝氏研诘之。答云:"我非汝女也。"遂以情告。郝未深信,欲异归;女不从,径入生斋,偃卧不起。郝乃识婿而去。生就视之,面庞虽异,而光艳不减秋容,喜惬过望,殷叙平生。忽闻呜呜鬼泣,则小谢哭于暗陬。心甚怜之,即移灯往,宽譬哀情,而衿袖淋浪,痛不可解。近晓始去。天明,郝以婢媪赉送香奁,居然翁婿矣。暮入帏房,则小谢又哭。如此六七夜,夫妇俱为惨动,不能成合卺之礼。生忧思无策。秋容曰:"道士,仙人也。再往求，倘得怜救。"生然之。迹道士所在，叩伏自陈。道士力言"无术"。生哀不已。道士笑曰："痴生好缠人！合与有缘，请竭吾术。"乃从生来，索静室，掩扉坐，戒勿相问。凡十余日，不饮不食。潜窥之，瞑若睡。一日晨兴，有少女搴帘入，明眸皓齿，光艳照人。微笑曰："跋履终夜，惫极矣！被汝纠缠不了，奔驰百里外，始得一好庐舍，道人载与俱来矣。待见其人，便相交付耳。"敛昏，小谢至，女遽起迎抱之，翕然合为一体，仆地而僵。道士自室中出，拱手径去。拜而送之。及返，则女已苏。扶置床上，气体渐舒，但把足呻言趾股酸痛，数日始能起。后生应试得通籍。有蔡子经者，与同谱，以事过生，留数日。小谢自邻舍归，蔡望见之，疾趋相蹑；小谢侧身敛避，心窃怒其轻薄。蔡告生曰："一事深骇物听，可相告否？"诘之，答曰："三年前，少妹夭殒，经两夜而失其尸，至今疑念。适见夫人，何相似之深也？"生笑曰："山荆陋劣，何足以方君妹？然既系同谱，义即至切，何妨一献妻孥。"乃入内，使小谢衣殉装出。蔡大惊曰："真吾妹也！"因而泣下。生乃具述本末。蔡喜曰："妹子未死，吾将速归，用慰严慈。"遂去。过数日，举家皆至，后往来如郝焉。

异史氏曰："绝世佳人，求一而难得，何遽得两哉！事千古而一见，惟不私奔女者能遘之也。道士其仙耶？何术之神也！苟有其术，丑鬼可交耳。"

【题解】

这是一个"二女一夫"式的恋爱故事。陶生与二女鬼小谢、秋容由对立到相知再到相爱，情节发展极其自然合理。把平凡的生活细节描绘得真实而生动，使两个"小鬼头"女子天真慧黠的形象呼之欲出。同为烂漫无邪的小女子，秋容多些朗爽，小谢更显谨怯，同中有异，足见聊斋人物描写传神写照的功力。为中国文学史人物画廊增添了青春气息和独特的光彩。

【集评】

[1] 目中有妓，心中无妓，此何等学术，何等胸襟！必能坚拒私奔人，乃可作无鬼之论；并可以与鬼同居，不为所扰，而且有以感之化之。夫鬼也而至于感且化，则又何尝有鬼哉？（三会本《聊斋志异》引但明伦语）

书　痴

彭城郎玉柱[1]，其先世官至太守，居官廉，得俸不治生产，积书盈屋。至玉柱，尤痴。家苦贫，无物不鬻，惟父藏书，一卷不忍置。父在时，曾书《劝学篇》黏其座右[2],郎日讽诵;又幪以素纱,惟恐磨灭。非为干禄,实信书中真有金粟。昼夜研读,无间寒暑。年二十余,不求婚配,冀卷中丽人自至。见宾亲,不知温凉,三数语后,则诵声大作,客逡巡自去。每文宗临试[3],辄首拔之,而苦不得售。一日,方读,忽大风飘卷去。急逐之,踏地陷足;探之,穴有腐草;掘之,乃古人窖粟,朽败已成粪土。虽不可食,而益信"千钟"之说不妄,读益力。一日,梯登高架,于乱卷中得金辇径尺,大喜,以为"金屋"之验。出以示人,则镀金而非真金。心窃怨古人之诳己也。居无何,有父同年,观察是道[4],性好佛。或劝郎献辇为佛龛。观察大悦,赠金三百、马二匹。郎喜,以为金屋、车马皆有验,因益刻苦。然行年已三十矣。或劝其娶,曰:"'书中自有颜如玉',我何忧无美妻乎?"又读二三年,迄无效;人咸揶揄之。时民间讹言:天上织女私逃。或戏郎:"天孙窃奔,盖为君也。"郎知其戏,置不辨。一夕,读《汉书》至八卷,卷将半,见纱剪美人夹藏其中。骇曰:"书中颜如玉,其以此应之耶?"心怅然自失。而细视美人,眉目如生;背隐隐有细字云:"织女"。大异之。日置卷上,反复瞻玩,至忘食寝。一日,方注目间,美人忽折腰起,坐卷上微笑。郎惊绝,伏拜案下。既起,已盈尺矣。益骇,又叩之。下几亭亭,宛然绝代之姝。拜问:"何神?"美人笑曰:"妾颜氏,字如玉,君固相知已久。日垂青盼,脱一不至,恐千载下无复有笃信古人者。"郎喜,遂与寝处。然枕席间亲爱倍至,而不知为人[5]。每读,必使女坐其侧。女戒勿读,不听。女曰:"君所以不能腾达者,徒以读耳。试观春秋榜上[6],读如君者几人?若不听,妾行去矣。"郎暂从之。少顷,忘其教,吟诵复起。逾刻,索女,不知所在。神志丧失,嘱而祷之,殊无影迹。忽忆女所隐处,取《汉书》细检之,直至旧所,果得之。呼之不动,伏以哀祝。女乃下曰:"君再不听,当相永绝!"因使治棋枰、樗蒲之具[7],日与遨戏。而郎意殊不属。觑女不在,则窃卷流览。恐为女觉,阴取《汉书》第八卷,杂溷他所以迷之。一日,读酣,女至,竟不之觉;忽睹之,急掩卷,而女已亡矣。大惧,冥搜诸卷,渺不可得;既,仍于《汉书》八卷中得之,叶数不爽。因再拜祝,矢不复读。女乃下,与之弈,曰:"三日不工,当复去。"至三日,忽一局赢女二子。女乃喜,授以弦索,限五日工一曲。郎手营目注,无暇他及;久之,随指应节,不觉鼓舞。女乃日与饮博,郎遂乐而忘读。女又纵之出门,使结客,由此倜傥之名暴著。女曰:"子可以出而试矣。"郎一夜谓女曰:"凡人男女同居则生子,今与卿居久,何不然也?"女笑曰:"君日读书,妾固谓无益。今即夫妇一章,尚未了悟,枕席二字有工夫。"郎惊问:"何工夫?"女笑不言。少间,潜迎就之。郎乐极,曰:"我不意夫妇之乐,有不可言传者。"于是逢人辄道,无有不掩口者。女知而责之。郎曰:"钻穴逾隙者[8],始不可以告人;天伦之乐，人所皆有，何讳焉。"过八九月，女果举一男，买媪抚字之。一日，谓郎曰："妾从君二年，业生子，可以别矣。久恐为君祸，悔之已晚。"郎闻言，泣下，伏不起，曰："卿不念呱呱者耶？"女亦凄然。良久曰："必欲妾留，当举架上书尽散之。"郎曰："此卿故乡，乃仆性命，何出此言！"女不之强，曰："妾亦知其有数，不得不预告耳。"先是，亲族或窥见女，无不骇绝，而又未闻其缔姻何家，共诘之。郎不能作伪语，但默不言。人益疑，邮传几遍，闻于邑宰史公。史，闽人，少年进士。闻声倾动，窃欲一睹丽容，因而拘郎及女。女闻知，遁匿无迹。宰怒，收郎，斥革衣衿，桎梏备加，务得女所自往。郎垂死，无一言。械其婢，略能道其仿佛。宰以为妖，命驾亲临其家。见书卷盈屋，多不胜搜，乃焚之；庭中烟结不散，瞑若阴霾。郎既释，远求父门人书，得从辨复。是年秋捷，次年举进士。而衔恨切于骨髓。为颜如玉之位，朝夕而祝曰："卿如有灵，当佑我官于闽。"后果以直指巡闽。居三月，访史恶款，籍其家。时有中表为司理，逼纳爱妾，托言买婢寄署中。案既结，郎即日自劾，取妾而归。

异史氏曰："天下之物，积则招妒，好则生魔：女之妖，书之魔也。事近怪诞，治之未为不可；而祖龙之虐[9]，不已惨乎！其存心之私，更宜得怨毒之报也。呜呼！何怪哉！"

【注释】

[1] 彭城：郡名，汉置，治所在今江苏徐州。

[2]《劝学篇》：相传为宋真宗赵恒所作："富家不用买良田，书中自有千钟粟；安居不用架高堂，书中自有黄金屋；娶妻莫恨无良媒，书中有女颜如玉；出门莫恨无人随，书中车马多如簇。男儿欲遂平生志，五经勤向窗前读。"

[3] 文宗：犹如说"宗师"，对提督学政的尊称。

[4] 观察是道：意谓到彭城道任观察使。道是行政区划。观察使是一道的最高行政长官。

[5] 不知为人：指不知道男女之事。

[6] 春秋榜：进士考试在春天，举人考试在秋天，录取的榜示叫"春秋榜"。

[7] 樗蒲（chū pú）：亦作"樗蒱"。古代的一种博戏，后世常用作赌博的代称。

[8] 钻穴逾隙：亦作"钻穴逾墙"。谓男女偷情。（语本《孟子·滕文公下》）

[9] 祖龙：指秦始皇。祖，始。这里借秦始皇焚书坑儒喻邑宰的捕人烧书。

【题解】

郎玉柱爱书成痴，演绎出一个不可思议的故事，其超常之情、超常之状已超越了单纯的褒贬，上升为艺术审美对象。极富赏心娱目的情趣，使作品具有了诗的品格。

【集评】

　　[1] 合千钟粟、黄金屋、颜如玉三语，苦于书中求之，乌得不痴？即枕席功夫尚未晓，知其于书有所不通也。使非教之辍读，乌能中乡选、捷南宫哉？故知不汲汲于读，乃为真能善读书者。（三会本《聊斋志异》引何守奇语）

　　[2] 写书痴可云穷形尽态矣。而痴亦有本，痴亦有说，痴亦有趣，乃至痴亦各有验，痴亦何负于人哉？然痴于书则可，痴于他事则不可。且即所可者而论，亦有未见其可者。于金粟则信之，于车马则信之，于美人则又信之，所贵乎笃信好学者，岂谓是欤？积好成痴，积痴成魔，至美人果得，已行年三十余矣，而男女夫妇之道，尚未了悟，吾不知其所学居何等也？……若郎守父藏书，视同性命，本分之外，无所营求。其言钻穴逾墙，不可告人，天伦之乐，可不必讳，是天真烂漫，机械不存于胸中。史以俨然进士而邑侯者，以不可告人之隐，拘其人，火其书，虽曰数不可逃，而桎梏至于垂死，虐已甚矣。如玉有灵，仇家籍没，怨毒之于人甚矣哉！此亦可见吾人之居心处世，其黠也不如其痴也。（三会本《聊斋志异》引但明伦语）

【参考书】

　　[1]《全本新注聊斋志异》，朱其铠主编，人民文学出版社1989年版。

吴敬梓

　　吴敬梓（1701—1754），字敏轩，自号文木老人。全椒（今属安徽）人。出身于科举世家，曾祖父吴国对是顺治十五年（1658）殿试第三名，族祖父吴晟是康熙十五年（1676）进士，吴昺是康熙三十年（1691）殿试第二名。从父辈起科举成绩不佳，父亲吴霖起拔贡，吴敬梓始终未能博得一第，三十六岁时曾被推荐参加博学鸿词科考试，却以病辞，拒绝再走科举仕进之路。吴敬梓不善持家，挥霍施舍，家产卖尽，移家南京，直至五十三岁去世，一直生活清贫。除《儒林外史》外，还作有大量诗文，有《文木山房集》四卷传世。

儒林外史

范进中举

　　这周学道虽也请了几个看文章的相公，却自心里想道："我在这里面吃苦久了，如今自己当权，须要把卷子都要细细看过，不可听着幕客，屈了真才。"主意定了，到广州上了任。次日，行香挂牌。先考了两场生员。第三场是南海、番禺两县童生。周学道坐在堂上，见那些童生纷纷进来，也有小的，也有老的，仪表端正的，獐头鼠目的，衣冠齐楚的，蓝缕破烂的。落后点进一个童生来，面黄肌瘦，花白胡须，头上戴一顶破毡帽。广东虽是地气温暖，这时已是十二月上旬，那童生还穿着麻布直裰，冻得乞乞缩缩，接了卷子下去归号。周学道看在心里，封门进去。出来放头牌的时节，坐在上面，只见那穿麻布的童生上来交卷。那衣服因是朽烂了，在号里又扯破了几块。周学道看看自己身上，绯袍金带，何等辉煌！因翻一翻点名册，问那童生道："你就是范进？"范进跪下道："童生就是。"学道道："你今年多少年纪了？"范进道："童生册上，写的是三十岁，童生实年五十四岁。"学道道："你考过多少回数了？"范进道："童生二十岁应考，到今考过二十余次。"学道道："如何总不进学？"范进道："总因童生文字荒谬，所以各位大老爷不曾赏取。"周学道道："这也未必尽然。你且出去，卷子待本道细细看。"范进磕头下去了。

　　那时天色尚早，并无童生交卷。周学道将范进卷子用心用意看了一遍，心里不喜道："这样的文字，都说的是些什么话！怪不得不进学！"丢过一边不看了。又坐了一会，还不见一个人来交卷，心里又想道："何不把范进的卷子再看一遍？倘有一线之明，也可怜他苦志。"从头至尾，又看了一遍，觉得有些意思。正要再看看，却有一个童生来交卷。那童生跪下道："求大老爷面试。"学道和颜道："你的文字已在这里了，又面试些什么？"那童生道："童生诗词歌赋都会，求大老爷出题面试。"学道变了脸道："'当今天子重文章，足下何须讲汉唐！'像你做童生的人，只该用心做文章，那些杂览，学他做什么！况且本道奉旨到此衡文，难道是来此同你谈杂学的么？看你这样务名而不务实，那正务自然荒废，都是些粗心浮气的说话，看不得了。左右的，赶了出去！"一声吩咐过了，两傍走过几个如狼似虎的公人，把那童生叉着膊子，一路跟头，又到大门外。

　　周学道虽然赶他出去，却也把卷子取来看看。那童生叫做魏好古，文字也还清通。学道道："把他低低的进了学罢。"因取过笔来，在卷子尾上点了一点，做个记认。又取过范进卷子来看，看罢，不觉叹息道："这样文字，连我看一两遍也不能解，直到三遍之后，才晓得是天地间之至文！真乃一字一珠！可见世上糊涂试官，不知屈煞了多少英才！"忙取笔细细圈点，卷面上加了三圈，即填了第一名；又把魏好古的卷子取过来，填了第二十名。将各卷汇齐，带了进去。发出案来，范进是第一。谒见那日，着实赞扬了一回。点到二十名，魏好古上去，又勉励了几句"用心举业，休学杂览"的话，鼓吹送了出去。

次日起马，范进独自送在三十里之外，轿前打恭。周学道又叫到跟前，说道："龙头属老成。本道看你的文字，火候到了，即在此科，一定发达。我复命之后，在京专候。"范进又磕头谢了，起来立着。学道轿子，一拥而去。范进立着，直望见门枪影子抹过前山，看不见了，方才回到下处，谢了房主人。他家离城还有四十五里路，连夜回来，拜见母亲。家里住着一间草屋，一厦披子，门外是个茅草棚。正屋是母亲住着，妻子住在披房里。他妻子乃是集上胡屠户的女儿。

范进进学回家，母亲、妻子，俱各欢喜。正待烧锅做饭，只见他丈人胡屠户，手里拿着一副大肠和一瓶酒，走了进来。范进向他作揖，坐下。胡屠户道："我自倒运，把个女儿嫁与你这现世宝穷鬼，历年以来，不知累了我多少。如今不知因我积了什么德，带挈你中了个相公，我所以带个酒来贺你。"范进唯唯连声，叫浑家把肠子煮了，烫起酒来，在茅草棚下坐着。母亲自和媳妇在厨下造饭。胡屠户又吩咐女婿道："你如今即中了相公，凡事要立起体统来。比如我这行事里都是些正经有脸面的人，又是你的长亲，你怎敢在我们跟前装大？若是家门口这些做田的，扒粪的，不过是平头百姓，你若同他拱手作揖，平起平坐，这就是坏了学校规矩，连我脸上都无光了。你是个烂忠厚没用的人，所以这些话我不得不教导你，免得惹人笑话。"范进道："岳父见教的是。"胡屠户又道："亲家母也来这里坐着吃饭。老人家每日小菜饭，想也难过。我女孩儿也吃些，自从进了你家门，这十几年，不知猪油可曾吃过两三回哩！可怜！可怜！"说罢，婆媳两个都来坐着吃了饭。吃到日西时分，胡屠户吃的醺醺的。这里母子两个，千恩万谢。屠户横披了衣服，腆着肚子去了。

次日，范进少不得拜拜乡邻。魏好古又约了一班同案的朋友，彼此来往。因是乡试年，做了几个文会。不觉到了六月尽间，这些同案的人约范进去乡试。范进因没有盘费，走去同丈人商议，被胡屠户一口啐在脸上，骂了一个狗血喷头道："不要失了你的时了！你自己只觉得中了一个相公，就'癞虾蟆想吃起天鹅肉'来！我听见人说，就是中相公时，也不是你的文章，还是宗师看见你老，不过意，舍与你的。如今痴心就想中起老爷来！这些中老爷的都是天上的'文曲星'！你不看见城里张府上那些老爷，都有万贯家私，一个个方面大耳。像你这尖嘴猴腮，也该撒抛尿自己照照！不三不四，就想天鹅屁吃！趁早收了这心，明年在我们行事里替你寻一个馆，每年寻几两银子，养活你那老不死的老娘和你老婆是正经！你问我借盘缠，我一天杀一个猪还赚不得钱把银子，都把与你去丢在水里，叫我一家老小嗑西北风！"一顿夹七夹八，骂的范进摸门不着。辞了丈人回来，自心里想："宗师说我火候已到，自古无场外的举人，如不进去考他一考，如何甘心？"因向几个同案商议，瞒着丈人，到城里乡试。出了场，即便回家。家里已是饿了两三天。被胡屠户知道，又骂了一顿。

到出榜那日，家里没有早饭米，母亲吩咐范进道："我有一只生蛋的母鸡，你快拿集上去卖了，买几升米来煮餐粥吃，我已是饿的两眼都看不见了。"范进慌忙抱了鸡，走出门去。才去不到两个时候，只听得一片声的锣响，三匹马闯将来。那三个人下了马，把马拴在茅草棚上，一片声叫道："快请范老爷出来，恭喜高中了！"母亲不知是甚事，吓得躲在屋里；听见中了，方敢伸出头来说道："诸位请坐，小儿方才出去了。"那些报录人道："原来是老太太。"大家簇拥着要喜钱。正在吵闹，又是几匹马，二报、三报到了，挤了一屋的人，茅草棚地下都坐满了。邻居都来了，挤着看。老太太没奈何，只得央及一个邻居去寻她儿子。

那邻居飞奔到集上，一地里寻不见；直寻到集东头，见范进抱着鸡，手里插个草标，一步一踱的，东张西望，在那里寻人买。邻居道："范相公，快些回去。你恭喜中了举人，报喜人挤了一屋里。"范进道是哄他，只装不听见，低着头，往前走。邻居见他不理，走上来，就要夺他手里的鸡。范进道："你夺我的鸡怎的？你又不买。"邻居道："你中了举了，叫你家去打发报子哩。"范进道："高邻，你晓得我今日没有米，要卖这鸡去救命，为什么拿这话来混我？我又不同你顽，你自回去罢，莫误了我卖鸡。"邻居见他不信，劈手把鸡夺了，掼在地下，一把拉了回来。报录人见了道："好了，新贵人回来了。"正要拥着他说话。范进三两步走进屋里来，见中间报帖已经升挂起来，上写道："捷报贵府老爷范讳进高中广东乡试第七名亚元。京报连登黄甲。"

范进不看便罢，看了一遍，又念一遍，自己把两手拍了一下，笑了一声道："噫！好了！我中了！"说着，往后一交跌倒，牙关咬紧，不省人事。老太太慌了，慌将几口开水灌了过来，他爬将起来，又拍着手大笑道："噫！好！我中了！"笑着，不由分说，就往门外飞跑，把报录人和邻居都吓了一跳。走出大门不多路，一脚踹在塘里，挣起来，头发都跌散了，两手黄泥，淋淋漓漓一身的水，众人拉他不住，拍着笑着，一直走到集上去了。众人大眼望小眼，一齐道："原来新贵人欢喜疯了。"老太大哭道："怎生这样苦命的事！中了一个什么举人，就得了这个拙病！这一疯了，几时才得好？"娘子胡氏道："早上好好出去，怎的就得了这样的病！却是如何是好？"众邻居劝道："老太太不要心慌。我们而今且派两个人跟定了范老爷。这里众人家里拿些鸡蛋酒米，且管待了报子上的老爹们，再为商酌。"

当下众邻居有拿鸡蛋来的，有拿白酒来的，也有背了斗米来的，也有捉两只鸡来的。娘子哭哭啼啼，在厨下收拾齐了，拿在草棚下。邻居又搬些桌凳，请报录的坐着吃酒，商议："他这疯了，如何是好？"报录的内中有一个人道："在下倒有一个主意，不知可以行得行不得？"众人问："如何主意？"那人道："范老爷平日可有最怕的人？他只因欢喜狠了，痰涌上来，迷了心窍。如今只消他怕的这个人来打他一个嘴巴，说：'这报录的话都是哄你，你并不曾中。'他吃这一吓，把痰吐了出来，就明白了。"众邻都拍手道："这个主意好得紧，妙得紧！范老爷怕的，莫过于肉案子上胡老爹。好了！快寻胡老爹来。他想是还不知道，在集上卖肉哩。"又一个人道："在集上卖肉，他倒好知道了；他从五更鼓就往东头集上迎猪，还不曾回来，快些迎着去寻他。"

一个人飞奔去迎，走到半路，遇着胡屠户来，后面跟着一个烧汤的二汉，提着七八斤肉，四五千钱，正来贺喜。进门见了老太太，老太太大哭着告诉了一番。胡屠户诧异道："难道这等没福！"外边人一片声请胡老爹说话。胡屠户把肉和钱交与女儿，走了出来。众人如此这般，同他商议。胡屠户作难道："虽然是我女婿，如今却做了老爷，就是天上的星宿。天上的星宿是打不得的！我听得斋公们说：打了天上的星宿，阎王就要拿去打一百铁棍，发在十八层地狱，永不得翻身。我却是不敢做这样的事！"邻居内一个尖酸人说道："罢么！胡老爹！你每日杀猪的营生，白刀子进去，红刀子出来，阎王也不知叫判官的簿子上记了你几千条铁棍；就是添上这一百棍，也打什么要紧？只恐把铁棍子打完了，也算不到这笔帐上来。或者你救好了女婿的病，阎王叙功，从地狱里把你提上第十七层来，也不可知。"报录的人道："不要只管讲笑话。胡老爹，这个事须是这般，你没奈何，权变一权变。"屠户被众人局不过，只得连斟两碗酒喝了，壮一壮胆，把方才这些小心收起，将平日的凶恶样子拿出来，卷一卷那油晃晃的衣袖，走上集去。众邻居五六个都跟着走。老太太赶出来叫道："亲家，你只可吓他一吓，却不要把他打伤了！"众邻居道："这自然，何消吩咐！"说着，一直去了。

来到集上，见范进正在一个庙门口站着，散着头发，满脸污泥，鞋都跑掉了一只，兀自拍着掌，口里叫道："中了！中了！"胡屠户凶神似的走到跟前，说道："该死的畜生！你中了什么？"一个嘴巴打将去。众人和邻居见这模样，忍不住的笑。不想胡屠户虽然大着胆子打了一下，心里到底还是怕的，那手早颤起来，不敢打到第二下。范进因这一个嘴巴，却也打晕了，昏倒于地。众邻居一齐上前，替他抹胸口，捶背心，舞了半日，渐渐喘息过来，眼睛明亮，不疯了。众人扶起，借庙门口一个外科郎中"跳驼子"板凳上坐着。胡屠户站在一边，不觉那只手隐隐的疼将起来；自己看时，把个巴掌仰着，再也弯不过来。自己心里懊恼道："果然天上'文曲星'是打不得的，而今菩萨计较起来了。"想一想，更疼的狠了，连忙问郎中讨了个膏药贴着。

范进看了众人，说道："我怎么坐在这里？"又道："我这半日昏昏沉沉，如在梦里一般。"众邻居道："老爷，恭喜高中了。适才欢喜的有些引动了痰，方才吐出几口痰来，好了。快请回家去打发报录人。"范进说道："是了。我也记得是中的第七名。"范进一面自绾了头发，一面问郎中借了一盆水洗洗脸。一个邻居早把那一只鞋寻了来，替他穿上。见丈人在跟前，恐怕又要来骂。胡屠户上前道："贤婿老爷，方才不是我敢大胆，是你老太太的主意，央我来劝你。"邻居内一个人道："胡老爹方才这个嘴巴打的亲切，少顷范老爷洗脸，还要洗下半盆猪油来！"又一个道："老爹，你这手明日杀不得猪了。"胡屠户道："我那里还杀猪，有我这贤婿，还怕后半世靠不着也怎的？我每常说，我的这个贤婿，才学又高，品貌又好，就是城里头那张府、周府这些老爷，也没有我女婿这样一个体面的相貌！你们不知道，得罪你们说，我小老这一双眼睛，却是认得人的，想着先年，我小女在家里长到三十多岁，多少有钱的富户要和我结亲，我自己觉得女儿像有些福气的，毕竟要嫁与个老爷，今日果然不错！"说罢，哈哈大笑，众人都笑起来，看着范进洗了脸。郎中又拿茶来吃了，一同回家。范举人先走，屠户和邻居跟在后面。屠户见女婿衣裳后襟滚皱了许多，一路低着头替他扯了几十回。到了家门，屠户高声叫道："老爷回府了！"老太太迎着出来，见儿子不疯，喜从天降。众人问报录的，已是家里把屠户送来的几千钱打发他们去了。范进拜了母亲，也拜谢丈人。胡屠户再三不安道："些须几个钱，不够你赏人！"范进又谢了邻居。正待坐下，早看见一个体面的管家，手里拿着一个大红全帖，飞跑了进来："张老爷来拜新中的范老爷。"说毕，轿子已是到了门口。胡屠户忙躲进女儿房里，不敢出来。邻居各自散了。

范进迎了出去，只见那张乡绅下了轿进来，头戴纱帽，身穿葵花色圆领，金带、皂靴。他是举人出身，做过一任知县的，别号静斋，同范进让了进来，到堂屋内平磕了头，分宾主坐下。张乡绅先攀谈道："世先生同在桑梓，一向有失亲近。"范进道："晚生久仰老先生，只是无缘，不曾拜会。"张乡绅道："适才看见题名录，贵房师高要县汤公，就是先祖的门生，我和你是亲切的世弟兄。"范进道："晚生侥幸，实是有愧。却幸得出老先生门下，可为欣喜。"

张乡绅四面将眼睛望了一望,说道:"世先生果是清贫。"随在跟的家人手里拿过一封银子来,说道:"弟却也无以为敬,谨具贺仪五十两,世先生权且收着。这华居,其实住不得,将来当事拜往,俱不甚便。弟有空房一所,就在东门大街上,三进三间,虽不轩敞,也还干净,就送与世先生;搬到那里去住,早晚也好请教些。"范进再三推辞,张乡绅急了,道:"你我年谊世好,就如至亲骨肉一般,若要如此,就是见外了。"范进方才把银子收下,作揖谢了。又说了一会,打躬作别。胡屠户直等他上了轿,才敢走出堂屋来。

  范进即将这银子交与浑家打开看,一封一封雪白的细丝锭子,即便包了两锭,叫胡屠户进来,递与他道:"方才费老爹的心,拿了五千钱来。这六两多银子,老爹拿了去。"屠户把银子攥在手里紧紧的,把拳头舒过来,道:"这个,你且收着。我原是贺你的,怎好又拿了回去?"范进道:"眼见得我这里还有这几两银子,若用完了,再来问老爹讨来用。"屠户连忙把拳头缩了回去,往腰里揣,口里说道:"也罢,你而今相与了这个张老爷,何愁没有银子用?他家里的银子,说起来比皇帝家还多些哩!他家就是我卖肉的主顾,一年就是无事,肉也要用四五千斤,银子何足为奇!"又转回头来望着女儿说道:"我早上拿了钱来,你那该死行瘟的兄弟还不肯,我说:'姑老爷今非昔比,少不得有人把银子送上门来给他用,只怕姑老爷还不希罕。'今日果不其然!如今拿了银子家去骂这死砍头短命的奴才!"说了一会,千恩万谢,低着头,笑迷迷的去了。

  自此以后,果然有许多人来奉承他:有送田产的,有人送店房的,还有那些破落户,两口子来投身为仆图荫庇的。到两三个月,范进家奴仆、丫鬟都有了,钱、米是不消说了。张乡绅家又来催着搬家。搬到新房子里,唱戏、摆酒、请客,一连三日。到第四日上,老太太起来吃过点心,走到第三进房子内,见范进的娘子胡氏,家常戴着银丝鬏髻——此时是十月中旬,天气尚暖——穿着天青缎套,官绿的缎裙,督率着家人、媳妇、丫鬟,洗碗盏杯箸。老太太看了,说道:"你们嫂嫂、姑娘们要仔细些,这都是别人家的东西,不要弄坏了。"家人媳妇道:"老太太,那里是别人的,都是你老人家的。"老太太笑道:"我家怎的有这些东西?"丫鬟和媳妇一齐都说道:"怎么不是?岂但这个东西是,连我们这些人和这房子都是你老太太家的。"老太太听了,把细瓷碗盏和银镶的杯盘逐件看了一遍,哈哈大笑道:"这都是我的了!"大笑一声,往后便跌倒。忽然痰涌上来,不省人事。……

  话说老太太见这些家伙什物都是自己的,不觉欢喜,痰迷心窍,昏绝于地。家人、媳妇和丫鬟、娘子都慌了,快请老爷进来。范举人三步作一步走来看时,连叫母亲不应,忙将老太太抬放床上,请了医生来。医生说:"老太太这病是中了脏，不可治了。"连请了几个医生都是如此说，范举人越发慌了。夫妻两个守着哭泣，一面制备后事。挨到黄昏时分，老太太奄奄一息，归天去了。合家忙了一夜。次日，请将阴阳徐先生来写了七单，老太太是犯三七，到期该请僧人追荐。大门上挂了白布球，新贴的厅联都用白纸糊了。合城绅衿都来吊唁。请了同案的魏好古，穿着衣巾，在前厅陪客。胡老爹上不得台盘，只好在厨房里或女儿房里，帮着量白布，秤肉，乱窜。

（《儒林外史》，张慧剑校注，人民文学出版社1958年版）

【题解】

《儒林外史》是古代讽刺小说的代表，叙事时间从明宪宗成化（1465—1487）末年起，至神宗万历二十三年（1595）止，写了众多知识分子在科举制度下的生活状态和精神状态，表达了作者对科学制度的合理性和社会效果的怀疑。全书共五十六回，本节据第三、四回节选。以周进和范进的中举经历，展示科举的荒诞和对读书人的精神摧残，以及对社会人心的污染，或选取典型细节加以夸张，如范进考中发疯，或运用严冷笔调进行白描，如对胡屠户言行的刻画，无不是饱含着眼泪的笑，具有独特的喜剧效果。题目为编选者所加。

【集评】

[1] 周进之为人本无足取。胸中大概除了墨卷之外，了无所有。阅文如此之钝拙，则作文之钝拙可知。空中白描出晚遇之故，文笔心细如发。　于阅范进文时，即顺水夹出一个魏好古，文字始有波折。譬如古人作书，必求笔笔有致，不肯作蒜条巴子样式也。　轻轻点出一胡屠户，其人其事之妙一至于此，真令阅者叹赏叫绝。余友曰："慎毋读《儒林外史》，读竟乃觉日用酬酢之间，无往而非《儒林外史》。"（卧闲草堂本《儒林外史》回评）

[2] 夫曰"外史"，原不自居正史之列也；曰"儒林"，迥异元虚渺荒之谈也。其书以功名富贵为一篇之骨：有心艳功名富贵而媚人下人者，有倚仗功名富贵而骄人傲人者，有假托无意功名富贵而自以为高被人看破耻笑者，终乃以辞却功名富贵，品地最上一层，为中流砥柱，篇中所载之人，不可枚举，而其人之性情、心术，一一活现纸上。读之者，无论是何人品，无不可取以自镜。（卧闲草堂本《儒林外史序》）

[3] 寓讥弹于稗史中，晋唐已有，而明为盛，尤在人情小说……迨吴敬梓《儒林外史》出，乃秉持公心，指擿时弊，机锋所向，尤在士林；其文又戚而能谐，婉而多讽：于是说部中乃始有足称讽刺之书。　惟全书无主干，仅驱使各种人物，行列而来，事与其来俱起，亦与其去俱讫，虽云长篇，颇同短

制；但如集诸碎锦，合为帖子，虽非巨幅，而时见珍异，因亦娱心，使人刮目矣。（鲁迅《中国小说史略》第二十三篇）

【参考书】

[1]《儒林外史》，卧闲草堂本，人民文学出版社1975年影印。
[2]《儒林外史汇校汇评》，李汉秋辑校，上海古籍出版社1999年版。

曹雪芹

  曹雪芹（约1715—1763或1764），名霑，字梦阮，号雪芹，又号芹圃、芹溪。祖籍辽阳（今属辽宁），一说祖籍丰润（今属河北），出生于南京。祖先原是汉人，明末入满洲籍，属正白旗。高祖曹振彦于清初顺治年间任山西平阳府吉州知州，后升浙江盐法道。曾祖曹玺随清兵入关作战有功，成为顺治的亲信侍臣。曹玺的妻子是康熙的乳母，曹雪芹祖父曹寅少年时曾任康熙"伴读"，康熙即位后，就派曹玺任江宁织造，此后曹家祖孙三代四人继任此职，康熙大帝南巡数次多由曹家接待，因此成为"百年望族"。雍正年间，曹家被革职抄家，曹雪芹随全家迁回北京，曾在学堂做过掌管文墨的杂差，晚年移居北京西郊，家境贫寒，仍坚持创作，但他的巨著《红楼梦》仅完成前八十回，即因贫病而早逝。今通行一百二十回本的后四十回为同时人高鹗所续。

红楼梦
曲演红楼梦

  如今且说林黛玉自在荣府以来，贾母万般怜爱，寝食起居，一如宝玉，迎春、探春、惜春三个亲孙女倒且靠后；便是宝玉和黛玉二人之亲密友爱处，亦自较别个不同，日则同行同坐，夜则同息同止，真是言和意顺，略无参商。不想如今忽然来了一个薛宝钗，年岁虽大不多，然品格端方，容貌丰美，人多谓黛玉所不及。而且宝钗行为豁达，随分从时，不比黛玉孤高自许，目无下尘，故比黛玉大得下人之心。便是那些小丫头子们，亦多喜与宝钗去顽。因此黛玉心中便有些悒郁不忿之意，宝钗却浑然不觉。那宝玉亦在孩提之间，况自天性所禀来的一片愚拙偏僻，视姊妹弟兄皆出一意，并无亲疏远近之别。其中因与黛玉同随贾母一处坐卧，故略比别个姊妹熟惯些。既熟惯，则更觉亲密；既亲密，则不免一时有求全之毁，不虞之隙。这日不知为何，他二人言语有些不合起来，黛玉又气的独在房中垂泪，宝玉又自悔言语冒撞，前去俯就，那黛玉方渐渐的回转来。

因东边宁府中花园内梅花盛开，贾珍之妻尤氏乃治酒，请贾母、邢夫人、王夫人等赏花。是日先携了贾蓉之妻，二人来面请。贾母等于早饭后过来，就在会芳园游顽，先茶后酒，不过皆是宁荣二府女眷家宴小集，并无别样新文趣事可记。

一时宝玉倦怠，欲睡中觉，贾母命人好生哄着，歇一回再来。贾蓉之妻秦氏便忙笑回道："我们这里有给宝叔收拾下的屋子，老祖宗放心，只管交与我就是了。"又向宝玉的奶娘丫鬟等道："嬷嬷、姐姐们，请宝叔随我这里来。"贾母素知秦氏是个极妥当的人，生的袅娜纤巧，行事又温柔和平，乃重孙媳中第一个得意之人，见他去安置宝玉，自是安稳的。

当下秦氏引了一簇人来至上房内间。宝玉抬头看见一幅画贴在上面，画的人物固好，其故事乃是《燃藜图》，也不看系何人所画，心中便有些不快。又有一副对联，写的是：

世事洞明皆学问，人情练达即文章。

及看了这两句，纵然室宇精美，铺陈华丽，亦断断不肯在这里了，忙说："快出去，快出去！"秦氏听了笑道："这里还不好，可往那里去呢？不然往我屋里去吧。"宝玉点头微笑。有一个嬷嬷说道："那里有个叔叔往侄儿房里睡觉的理？"秦氏笑道："嗳哟哟，不怕他恼，他能多大呢，就忌讳这些个！上月你没看见我那个兄弟来了，虽然与宝叔同年，两个人若站在一处，只怕那个还高些呢。"宝玉道："我怎么没见过，你带他来我瞧瞧。"众人笑道："隔着二三十里，往那里带去，见的日子有呢。"说着大家来至秦氏房中。刚至房门，便有一股细细的甜香袭人而来。宝玉觉得眼饧骨软，连说"好香！"入房向壁上看时，有唐伯虎画的《海棠春睡图》，两边有宋学士秦太虚写的一副对联，其联云：

嫩寒锁梦因春冷，芳气笼人是酒香。

案上设着武则天当日镜室中设的宝镜，一边摆着飞燕立着舞过的金盘，盘内盛着安禄山掷过伤了太真乳的木瓜。上面设着寿昌公主于含章殿下卧的榻，悬的是同昌公主制的联珠帐。宝玉含笑连说："这里好！"秦氏笑道："我这屋子大约神仙也可以住得了。"说着亲自展开了西子浣过的纱衾，移了红娘抱过的鸳枕。于是众奶母伏侍宝玉卧好，款款散了，只留袭人、媚人、晴雯、麝月四个丫鬟为伴。秦氏便分咐小丫鬟们，好生在廊檐下看着猫儿狗儿打架。

那宝玉刚合上眼，便惚惚的睡去，犹似秦氏在前，遂悠悠荡荡，随了秦氏，至一所在。但见朱栏白石，绿树清溪，真是人迹希逢，飞尘不到。宝玉在梦中欢喜，想道："这个去处有趣，我就在这里过一生，纵然失了家也愿意，强如天天被父母师傅打呢。"正胡思之间，忽听山后有人作歌曰：

　　春梦随云散，飞花逐水流；
　　寄言众儿女，何必觅闲愁。

宝玉听了是女子的声音。歌音未息，早见那边走出一个人来，蹁跹袅娜，端的与人不同。有赋为证：

　　方离柳坞，乍出花房。但行处，鸟惊庭树；将到时，影度回廊。仙袂乍飘兮，闻麝兰之馥郁；荷衣欲动兮，听环佩之铿锵。靥笑春桃兮，云堆翠髻；唇绽樱颗兮，榴齿含香。纤腰之楚楚兮，回风舞雪；珠翠之辉辉兮，满额鹅黄。出没花间兮，宜嗔宜喜；徘徊池上兮，若飞若扬。蛾眉颦笑兮，将言而未语；莲步乍移兮，待止而欲行。羡彼之良质兮，冰清玉润；慕彼之华服兮，闪灼文章。爱彼之貌容兮，香培玉琢；美彼之态度兮，凤翥龙翔。其素若何，春梅绽雪。其洁若何，秋菊被霜。其静若何，松生空谷。其艳若何，霞映澄塘。其文若何，龙游曲沼。其神若何，月射寒江。应惭西子，实愧王嫱。奇矣哉，生于孰地，来自何方；信矣乎，瑶池不二，紫府无双。果何人哉？如斯之美也！

宝玉见是一个仙姑，喜的忙来作揖问道："神仙姐姐不知从那里来，如今要往那里去？也不知这是何处，望乞携带携带。"那仙姑笑道："吾居离恨天之上，灌愁海之中，乃放春山遣香洞太虚幻境警幻仙姑是也：司人间之风情月债，掌尘世之女怨男痴。因近来风流冤孽，缠绵于此处，是以前来访察机会，布散相思。今忽与尔相逢，亦非偶然。此离吾境不远，别无他物，仅有自采仙茗一盏，亲酿美酒一瓮，素练魔舞歌姬数人，新填《红楼梦》仙曲十二支，试随吾一游否？"宝玉听说，便忘了秦氏在何处，竟随了仙姑，至一所在，有石牌横建，上书"太虚幻境"四个大字，两边一副对联，乃是：

　　假作真时真亦假，无为有处有还无。

转过牌坊，便是一座宫门，上面横书四个大字，道是："孽海情天"。又有一副对联，大书云：

　　厚地高天，堪叹古今情不尽；
　　痴男怨女，可怜风月债难偿。

宝玉看了，心下自思道："原来如此。但不知何为'古今之情'，何为'风月之债'？从今倒要领略领略。"宝玉只顾如此一想，不料早把些邪魔招入膏肓了。当下随了仙姑进入二层门内，至两边配殿，皆有匾额对联，一时看不尽许多，惟见有几处写的是："痴情司"、"结怨司"、"朝啼司"、"夜怨司"、"春感司"、"秋悲司"。看了，因向仙姑道："敢烦仙姑引我到那各司中游玩游玩，不知可使得？"仙姑道："此各司中皆贮的是普天之下所有的女子过去未来的簿册，尔凡眼尘躯，未便先知的。"宝玉听了，那里肯依，复央之再四。仙姑无奈，说："也罢，就在此司内略随喜随喜罢了。"宝玉喜不自胜，抬头看这司的匾上，乃是"薄命司"三字，两边对联写的是：

春恨秋悲皆自惹，花容月貌为谁妍。

宝玉看了，便知感叹。进入门来，只见有十数个大厨，皆用封条封着。看那封条上，皆是各省的地名。宝玉一心只拣自己的家乡封条看，遂无心看别省的了。只见那边厨上封条上大书七字云："金陵十二钗正册"。宝玉问道："何为'金陵十二钗正册'？"警幻道："即贵省中十二冠首女子之册，故为'正册'。"宝玉道："常听人说，金陵极大，怎么只十二个女子？如今单我家里，上上下下，就有几百女孩子呢。"警幻冷笑道："贵省女子固多，不过择其紧要者录之。下边二厨则又次之。余者庸常之辈，则无册可录矣。"宝玉听说，再看下首二厨上，果然写着"金陵十二钗副册"，又一个写着"金陵十二钗又副册"。宝玉便伸手先将"又副册"厨开了，拿出一本册来，揭开一看，只见这首页上画着一幅画，又非人物，也无山水，不过是水墨滃染的满纸乌云浊雾而已。后有几行字迹，写的是：

霁月难逢，彩云易散。心比天高，身为下贱。风流灵巧招人怨。寿夭多因毁谤生，多情公子空牵念。

宝玉看了，又见后面画着一簇鲜花，一床破席，也有几句言词，写道是：

枉自温柔和顺，空云似桂如兰；

堪羡优伶有福，谁知公子无缘。

宝玉看了不解。遂掷下这个，又去开了副册厨门，拿起一本册来，揭开看时，只见画着一株桂花，下面有一池沼，其中水涸泥干，莲枯藕败，后面书云：

根并荷花一茎香，平生遭际实堪伤。

自从两地生孤木，致使香魂返故乡。

宝玉看了仍不解。便又掷了，再去取"正册"看，只见头一页上便画着两株枯木，木上悬着一围玉带；又有一堆雪，雪下一股金簪。也有四句言词，道是：

可叹停机德，堪怜咏絮才。

玉带林中挂，金簪雪里埋。

宝玉看了仍不解。待要问时，情知他必不肯泄漏；待要丢下，又不舍。遂又往后看时，只见画着一张弓，弓上挂着香橼。也有一首歌词云：

　　二十年来辨是非，榴花开处照宫闱。

　　三春争及初春景，虎兕相逢大梦归。

后面又画着两人放风筝，一片大海，一只大船，船中有一女子掩面泣涕之状。也有四句写云：

　　才自精明志自高，生于末世运偏消。

　　清明涕送江边望，千里东风一梦遥。

后面又画几缕飞云，一湾逝水。其词曰：

　　富贵又何为，襁褓之间父母违。

　　展眼吊斜晖，湘江水逝楚云飞。

后面又画着一块美玉，落在泥垢之中。其断语云：

　　欲洁何曾洁，云空未必空。

　　可怜金玉质，终陷淖泥中。

后面忽见画着个恶狼，追扑一美女，欲啖之意。其书云：

　　子系中山狼，得志便猖狂。

　　金闺花柳质，一载赴黄粱。

后面便是一所古庙，里面有一美人在内看经独坐。其判云：

　　勘破三春景不长，缁衣顿改昔年妆。

　　可怜绣户侯门女，独卧青灯古佛旁。

后面便是一片冰山，上面有一只雌凤。其判曰：

　　凡鸟偏从末世来，都知爱慕此生才。

　　一从二令三人木，哭向金陵事更哀。

后面又是一座荒村野店，有一美人在那里纺绩。其判云：

　　势败休云贵，家亡莫论亲。

　　偶因济刘氏，巧得遇恩人。

后面又画着一盆茂兰，旁有一位凤冠霞帔的美人。也有判云：

　　桃李春风结子完，到头谁似一盆兰。

　　如冰水好空相妒，枉与他人作笑谈。

后面又画着高楼大厦，有一美人悬梁自缢。其判云：

　　情天情海幻情身，情既相逢必主淫。

　　漫言不肖皆荣出，造衅开端实在宁。

　　宝玉还欲看时，那仙姑知他天分高明，性情颖慧，恐把仙机泄漏，遂掩了卷册，笑向宝玉道："且随我去游玩奇景，何必在此打这闷葫芦！"

　　宝玉恍恍惚惚，不觉弃了卷册，又随了警幻来至后面。但见珠帘绣幕，画栋雕檐，说不尽那光摇朱户金铺地，雪照琼窗玉作宫。更见仙花馥郁，异草芬芳，真好个所在。又听警幻笑道："你们快出来迎接贵客！"一语未了，只见房中又走出几个仙子来，皆是荷袂蹁跹，羽衣飘舞，姣若春花，媚如秋月。一见了宝玉，都怨谤警幻道："我们不知系何'贵客'，忙的接了出来！姐姐曾说今日今时必有绛珠妹子的生魂前来游玩，故我等久待。何故反引这浊物来污染这清净女儿之境？"

宝玉听如此说，便吓得欲退不能退，果觉自形污秽不堪。警幻忙携住宝玉的手，向众姊妹道："你等不知原委：今日原欲往荣府去接绛珠，适从宁府所过，偶遇宁荣二公之灵，嘱吾云：'吾家自国朝定鼎以来，功名奕世，富贵传流，虽历百年，奈运终数尽，不可挽回者。故遗之子孙虽多，竟无可以继业。其中惟嫡孙宝玉一人，禀性乖张，生情怪谲，虽聪明灵慧，略可望成，无奈吾家运数合终，恐无人规引入正。幸仙姑偶来，万望先以情欲声色等事警其痴顽，或能使彼跳出迷人圈子，然后入于正路，亦吾兄弟之幸矣。'如此嘱吾，故发慈心，引彼至此。先以彼家上中下三等女子之终身册籍，令彼熟玩，尚未觉悟；故引彼再至此处，令其再历饮馔声色之幻，或冀将来一悟，亦未可知也。"

说毕，携了宝玉入室。但闻一缕幽香，竟不知其所焚何物。宝玉遂不禁相问。警幻冷笑道："此香尘世中既无，尔何能知！此香乃系诸名山胜境内初生异卉之精，合各种宝林珠树之油所制，名'群芳髓'。"宝玉听了，自是羡慕而已。大家入座，小丫鬟捧上茶来。宝玉自觉清香异味，纯美非常，因又问何名。警幻道："此茶出在放春山遣香洞，又以仙花灵叶上所带之宿露而烹，此茶名曰'千红一窟'。"宝玉听了，点头称赏。因看房内，瑶琴、宝鼎、古画、新诗，无所不有；更喜窗下亦有唾绒，奁间时渍粉污。壁上也见悬着一副对联，书云：

　　幽微灵秀地，无可奈何天。

宝玉看毕，无不羡慕。因又请问众仙姑姓名：一名痴梦仙姑，一名钟情大士，一名引愁金女，一名度恨菩提，各各道号不一。少刻，有小丫鬟来调桌安椅，设摆酒馔。真是：琼浆满泛玻璃盏，玉液浓斟琥珀杯。更不用再说那肴馔之盛。宝玉因闻得此酒清香甘冽，异乎寻常，又不禁相问。警幻道："此酒乃以百花之蕊，万木之汁，加以麟髓之醅、凤乳之麴酿成，因名为'万艳同杯'。"宝玉称赏不迭。

饮酒间，又有十二个舞女上来，请问演何词曲。警幻道："就将新制《红楼梦》十二支演上来。"舞女们答应了，便轻敲檀板，款按银筝，听他歌道是：

　　开辟鸿蒙……

方歌了一句,警幻便说道:"此曲不比尘世中所填传奇之曲,必有生旦净末之则,又有南北九宫之限。此或咏叹一人,或感怀一事,偶成一曲,即可谱入管弦。若非个中人,不知其中之妙。料尔亦未必深明此调。若不先阅其稿,后听其歌,翻成嚼蜡矣。"说毕,回头命小丫鬟取了《红楼梦》原稿来,递与宝玉。宝玉接来,一面目视其文,一面耳聆其歌曰:

〔红楼梦引子〕开辟鸿蒙,谁为情种?都只为风月情浓。趁着这奈何天,伤怀日,寂寥时,试遣愚衷。因此上,演出这怀金悼玉的《红楼梦》。

〔终身误〕都道是金玉良姻,俺只念木石前盟。空对着,山中高士晶莹雪;终不忘,世外仙姝寂寞林。叹人间,美中不足今方信。纵然是齐眉举案,到底意难平。

〔枉凝眉〕一个是阆苑仙葩,一个是美玉无瑕。若说没奇缘,今生偏又遇着他;若说有奇缘,如何心事终虚化?一个枉自嗟呀,一个空劳牵挂。一个是水中月,一个是镜中花。想眼中能有多少泪珠儿,怎经得秋流到冬尽,春流到夏!

宝玉听了此曲,散漫无稽,不见得好处;但其声韵凄惋,竟能销魂醉魄。因此也不察原委,问其来历,就暂以此释闷而已。因又看下道:

〔恨无常〕喜荣华正好,恨无常又到。眼睁睁,把万事全抛。荡悠悠,把芳魂消耗。望家乡,路远山高。故向爹娘梦里相寻告:儿命已入黄泉,天伦呵,须要退步抽身早!

〔分骨肉〕一帆风雨路三千,把骨肉家园齐来抛闪。恐哭损残年,告爹娘,休把儿悬念。自古穷通皆有定,离合岂无缘?从今分两地,各自保平安。奴去也,莫牵连。

〔乐中悲〕襁褓中,父母叹双亡。纵居那绮罗丛,谁知娇养?幸生来,英豪阔大宽宏量,从未将儿女私情略萦心上。好一似,霁月光风耀玉堂。厮配得才貌仙郎,博得个地久天长,准折得幼年时坎坷形状。终久是云散高唐,水涸湘江。这是尘寰中消长数应当,何必枉悲伤!

〔世难容〕气质美如兰,才华阜比仙。天生成孤癖人皆罕。你道是啖肉食腥膻,视绮罗俗厌,却不知太高人愈妒,过洁世同嫌。可叹这,青灯古殿人将老;辜负了,红粉朱楼春色阑。到头来,依旧是风尘肮脏违心愿。好一似,无瑕白玉遭泥陷;又何须,王孙公子叹无缘。

〔喜冤家〕中山狼,无情兽,全不念当日根由。一味的骄奢淫荡贪还构。觑着那,侯门艳质同蒲柳;作践的,公府千金似下流。叹芳魂艳魄,一载荡悠悠。

〔虚花悟〕将那三春看破,桃红柳绿待如何?把这韶华打灭,觅那清淡天和。说什么，天上夭桃盛，云中杏蕊多。到头来，谁把秋捱过？则看那，白杨村里人呜咽，青枫林下鬼吟哦。更兼着，连天衰草遮坟墓。这的是，昨贫今富人劳碌，春荣秋谢花折磨。似这般，生关死劫谁能躲？闻说道，西方宝树唤婆娑，上结着长生果。

〔聪明累〕机关算尽太聪明，反算了卿卿性命。生前心已碎，死后性空灵。家富人宁，终有个家亡人散各奔腾。枉费了，意悬悬半世心；好一似，荡悠悠三更梦。忽喇喇似大厦倾，昏惨惨似灯将尽。呀！一场欢喜忽悲辛。叹人世，终难定！

〔留余庆〕留余庆，留余庆，忽遇恩人；幸娘亲，幸娘亲，积得阴功。劝人生，济困扶穷，休似俺那爱银钱忘骨肉的狠舅奸兄！正是乘除加减，上有苍穹。

〔晚韶华〕镜里恩情，更那堪梦里功名！那美韶华去之何迅！再休提绣帐鸳衾。只这带珠冠，披凤袄，也抵不了无常性命。虽说是，人生莫受老来贫，也须要阴骘积儿孙。气昂昂头戴簪缨，气昂昂头戴簪缨；光灿灿胸悬金印；威赫赫爵禄高登，威赫赫爵禄高登；昏惨惨黄泉路近。问古来将相可还存？也只是虚名儿与后人钦敬。

〔好事终〕画梁春尽落香尘。擅风情，秉月貌，便是败家的根本。箕裘颓堕皆从敬，家事消亡首罪宁。宿孽总因情。

〔收尾·飞鸟各投林〕为官的，家业凋零；富贵的，金银散尽；有恩的，死里逃生；无情的，分明报应。欠命的，命已还；欠泪的，泪已尽。冤冤相报实非轻，分离聚合皆前定。欲知命短问前生，老来富贵也真侥幸。看破的，遁入空门；痴迷的，枉送了性命。好一似食尽鸟投林，落了片白茫茫大地真干净！

歌毕，还要歌副曲。警幻见宝玉甚无趣味，因叹："痴儿竟尚未悟！"那宝玉忙止歌姬不必再唱，自觉朦胧恍惚，告醉求卧。警幻便命撤去残席，送宝玉至一香闺绣阁之中，其间铺陈之盛，乃素所未见之物。更可骇者，早有一位女子在内，其鲜艳妩媚，有似乎宝钗，风流袅娜，则又如黛玉。正不知何意，忽警幻道："尘世中多少富贵之家，那些绿窗风月，绣阁烟霞，皆被淫污纨袴与那些流荡女子悉皆玷辱。更可恨者，自古来多少轻薄浪子，皆以'好色不淫'为饰，又以'情而不淫'作案，此皆饰非掩丑之语也。好色即淫，知情更淫。是以巫山之会，云雨之欢，皆由既悦其色、复恋其情所致也。吾所爱汝者，乃天下古今第一淫人也。"

宝玉听了，唬的忙答道："仙姑差了。我因懒于读书，家父母尚每垂训饬，岂敢再冒'淫'字。况且年纪尚小，不知'淫'字为何物。"警幻道："非也。

淫虽一理，意则有别。如世之好淫者，不过悦容貌，喜歌舞，调笑无厌，云雨无时，恨不能尽天下之美女供我片时之趣兴，此皆皮肤淫滥之蠢物耳。如尔则天分中生成一段痴情，吾辈推之为'意淫'。'意淫'二字，惟心会而不可口传，可神通而不可语达。汝今独得此二字，在闺阁中，固可为良友，然于世道中未免迂阔怪诡，百口嘲谤，万目睚眦。今既遇令祖宁荣二公剖腹深嘱，吾不忍君独为我闺阁增光，见弃于世道，是以特引前来，醉以灵酒，沁以仙茗，警以妙曲，再将吾妹一人，乳名兼美字可卿者，许配于汝。今夕良时，即可成姻。不过令汝领略此仙闺幻境之风光尚如此，何况尘境之情景哉？而今后万万解释，改悟前情，留意于孔孟之间，委身于经济之道。"说毕便秘授以云雨之事，推宝玉入房，将门掩上自去。

那宝玉恍恍惚惚，依警幻所嘱之言，未免有儿女之事，难以尽述。至次日，便柔情缱绻，软语温存，与可卿难解难分。因二人携手出去游顽之时，忽至一个所在，但见荆榛遍地，狼虎同群，迎面一道黑溪阻路，并无桥梁可通。正在犹豫之间，忽见警幻后面追来，告道："快休前进，作速回头要紧！"宝玉忙止步问道："此系何处？"警幻道："此即迷津也。深有万丈，遥亘千里，中无舟楫可通，只有一个木筏，乃木居士掌舵，灰侍者撑篙，不受金银之谢，但遇有缘者渡之。尔今偶游至此，设如堕落其中，则深负我从前谆谆警戒之语矣。"话犹未了，只听迷津内水响如雷，竟有许多夜叉海鬼将宝玉拖将下去。吓得宝玉汗下如雨，一面失声喊叫："可卿救我！"吓得袭人辈众丫鬟忙上来搂住，叫："宝玉别怕，我们在这里！"

却说秦氏正在房外嘱咐小丫头们好生看着猫儿狗儿打架，忽听宝玉在梦中唤他的小名，因纳闷道："我的小名这里从没人知道的，他如何知道，在梦里叫出来？"正是：

　　一场幽梦同谁近，千古情人独我痴。

（《红楼梦》，中国艺术研究院红楼梦研究所整理，人民文学出版社1982年版）

【题解】

《红楼梦》是中国古代长篇小说的光辉典范，结构宏伟，博大精深。作者以自己的家世生平为素材，以封建大家族贾府由盛而衰的过程为典型环境，细致真实地抒写贾宝玉、林黛玉、薛宝钗等一群贵族少年男女的生活情感经历及其悲剧命运，反思社会与人生的种种不幸与无奈，流露出浓厚的"到头一梦，万境归空"的伤感主义情调。这里所选为第五回，借男主人公贾宝玉的梦游幻境，预示众多女性角色的命运结局，在全书中具有提纲挈领的作用，可以见出作者对全书情节与人物的总体构思和把握。题目为编选者所加。

【集评】

　　[1] 此回专演《红楼梦》矣。本曲文见"梦"字者四："引子"曲中作者点题，"恨无常"曲中点"孝"字，"聪明累"曲中点"财"字，"晚韶华"曲中点"留"字，仅是书中吃紧关头，故更明出之，不是可有可无。(《脂砚斋重评石头记》回评)

　　[2] 一回至四回，已将贾、王、史、薛亲戚家世，大略叙明。黛玉、宝钗，已与宝玉合并一处。入后应细叙居恒情事，然十二金钗尚未点明，若逐人另叙，文章便平芜琐碎，故以画册、歌曲将各人一生因果逐一暗暗点出，后来便都有根蒂。但又不便如贾氏宗支可借冷子兴口中细说，所以撰出一梦，在虚无缥缈之境。(王希廉《新评绣像红楼梦全传》)

　　[3] 从来传奇小说，多托言于梦。如《西厢》之草桥惊梦，《水浒》之英雄噩梦，则一梦而止，全部俱归梦境。《还魂》之因梦而死，死而复生，《紫钗》仿佛似之，而情事迥别。《南柯》、《邯郸》，功名事业，俱在梦中，各有不同，各有妙处。《红楼梦》也是说梦，而立意作法，另开生面。前后两大梦，皆游太虚幻境，而一是真梦，虽阅册听歌，茫然不解；一是神游，因缘定数，了然记得。……与别部小说传奇说梦不同，文人心思，不可思议。(王希廉《红楼梦总评》)

　　[4]《红楼梦》一书，与一切喜剧相反，彻头彻尾之悲剧也。……除主人公不计外，凡此书中之有与生活之欲相关系者，无不与苦痛相终始。……吾国之文学，以挟乐天的精神故，故往往说诗歌的正义，善人必令其终，而恶人必离其罚，此亦吾国戏曲、小说之特质也。《红楼梦》则不然。……故曰《红楼梦》一书，彻头彻尾的悲剧也。……而金玉以之合，木石以之离，又岂有蛇蝎之人物、非常之变故行于其间哉？不过通常之道德、通常之人情、通常之境遇为之而已。由此观之，《红楼梦》者，可谓悲剧中之悲剧也。(王国维《红楼梦评论》)

【参考书】

　　[1]《红楼梦校注本》，曹雪芹著，北京师范大学出版社1990年版。
　　[2]《八家评批红楼梦》，冯其庸纂校订定，文化艺术出版社1991年版。

近 代 部 分

张维屏

张维屏（1780—1859），字子树，又字南山，号松心子，广东番禺（今广州）人。道光二年（1822）进士，官至江西南康知府，道光十六年（1836）辞官乡居。后人辑有《张南山全集》。

三　元　里[1]

三元里前声若雷，千众万众同时来；因义生愤愤生勇，乡民合力强徒摧。家室田庐须保卫，不待鼓声群作气；妇女齐心亦健儿，犁锄在手皆兵器。乡分远近旗斑斓，什队百队沿溪山。众夷相视忽变色，黑旗死仗难生还[2]！夷兵所恃惟枪炮，人心合处天心到。晴空骤雨忽倾盆，凶夷无所施其暴。岂特火器无所施，夷足不惯行滑泥。下者田塍苦踯躅[3]，高者冈阜愁颠挤[4]。中有夷酋貌尤丑，象皮作甲裹身厚。一戈已舂长狄喉[5]，十日犹悬郅支首[6]。纷然欲遁无双翅，歼厥渠魁真易事。不解何由巨网开，枯鱼竟得攸然逝。魏绛和戎且解忧[7]，风人慷慨赋同仇[8]。如何全盛金瓯日[9]，却类金缯岁币谋[10]！

（《张南山全集》，广东高等教育出版社1993年版）

【注释】

[1] 三元里：地名，位于广州市北郊。1841年5月27日，清靖逆将军奕山与英国侵略者签订了屈辱的《广州条约》，激起民愤。29日，三元里和广州附近一百零三乡群众在农民韦绍光的率领下，聚集三元古庙，树起"平英团"旗号，誓师反抗侵略，在三元里附近与英军展开战斗，前后持续三天，围歼英军甚多。英军向奕山求救，奕山派广州知府余保纯出面，用欺骗威胁的手段驱散围困英军的民众，英军才得以脱险。

[2] "黑旗"句：此句下作者自注："夷打死仗则用黑旗，适有执神庙七星旗者，夷惊曰：'打死仗者至矣。'"

[3] 田塍（chéng）：即田埂，稻田间的界路。

[4] 冈阜：山冈。颠挤：跌落，摔落。

[5] "一戈"句：指三元里民众击杀英军首领伯麦、毕霞事。《左传·文公十一年》："获长狄侨如，富父终甥舂其喉以戈，杀之。"长狄，古北狄的一支，代指敌酋。

[6] "十日"句：汉代呼韩邪单于之兄屠吾斯，自立为郅支骨都侯单于，倨傲汉廷。汉元帝时，西域都护甘延寿、副校尉陈汤击杀郅支，悬其首于蛮夷邸门。车骑将军许嘉、右将军王商以为"宜悬十日"。（事见《汉书·陈汤传》）

[7] "魏绛"句：春秋时，山戎无终子向晋求和，晋悼公派力主和戎的大夫魏绛与诸戎签订盟约。（事见《左传·襄公四年》）这里借魏绛和戎事讽刺清政府与英人议和，也只是

聊解眼前之忧而已。

[8] 风人：古代太史陈诗以观民风，后遂称诗人为风人。同仇：本指共同的敌人。《诗经·秦风·无衣》："王于兴师，修我戈矛，与子同仇。"这里指同心协力抵御外侮。

[9] 金瓯：《南史·朱异传》载，齐武帝（萧衍）说："我国家犹若金瓯，无一伤缺。"后遂以金瓯比喻国家疆土完整稳固。瓯，小盆。

[10] 金缯：钱和帛，泛指财物。岁币：每年纳交的钱币。北宋时期，契丹、西夏、女真等屡犯边境，宋则每年输送大量绢、银以求和。此指奕山与英国侵略者签订赔款求和的《广州条约》事。

【题解】

三元里人民的抗英斗争，是近代中国人民第一次大规模自发性的反侵略斗争。诗人以饱满的热情歌颂了三元里人民团结御侮、不畏强横的精神，讥刺了侵略者外强中干的本质，结束的故作"不解"，隐蕴的是诗人对清廷官吏媚外求和卖国行径的愤慨。

【参考书】

[1]《张维屏诗文选》，黄刚选注，华东师范大学出版社1992年版。

龚自珍

龚自珍（1792—1841），字尔玉，又字璱人，号定庵，又名巩祚，复更名易简，字伯定，晚年自号羽琌山民，浙江仁和（今杭州）人。龚自珍生于仕宦之家，父、祖、母皆有著述，幼受家学熏染，文名日盛，二十三岁著《明良论》四篇，指斥时弊，言辞犀利，发人所未发，引起极大反响。然仕途坎坷，二十七岁（1818）中举，此后五次会试不第，直至38岁始中进士，历任内阁中书、宗人府主事、礼部主事等职，冷署闲曹，沉沦下僚。四十八岁（1839）辞官南归，五十岁暴卒于江苏丹阳书院。一生著述甚丰，《龚自珍全集》收罗甚为完备。

漫　感

绝域从军计惘然[1]，东南幽恨满词笺[2]。一箫一剑平生意，负尽狂名十五年[3]。

(《龚自珍全集》,上海古籍出版社1999年版。下同)

【注释】

[1]"绝域"句:意谓因从军边疆的计划不成而感到无限怅惘。绝域,极远之地,此指边疆。

[2]"东南"句:其时以英国为首的西方列强已开始从东南沿海地区对我国进行经济掠夺,故诗人有满腔幽恨。词笺,指诗词。

[3]"一箫"二句:意谓我一生的志向是用自己的文才武略报效国家,然却一事无成,愧有狂士之名十五年了。箫、剑,箫指幽情、忧思,剑指侠骨、壮志。龚自珍《湘月》词自注引洪子骏《金缕曲》云:"侠骨幽情箫与剑,问箫心剑态谁能画?"此处喻指文才武略。负,辜负,此作愧对解。十五年,龚自珍二十一岁时(1812,嘉庆十七年)所作《湘月》词有云:"怨去吹箫,狂来说剑。"由是"狂"名日盛。距作这首诗时刚十二年。此处所说"十五年"系约数,非实指。

【题解】

此诗系于龚自珍自编"编年诗"之癸未年(道光三年,1823)。诗中抒发了忧心国事,尤其是对东南沿海地区遭遇列强侵凌的深重忧患,表达了不畏宵小之徒的嘲笑,愿以文才武略报效国家的爱国情怀。

咏　　史

金粉东南十五州[1],万重恩怨属名流[2]。牢盆狎客操全算[3],团扇才人踞上游[4]。避席畏闻文字狱[5],著书都为稻粱谋[6]。田横五百人安在[7],难道归来尽列侯?

【注释】

[1]金粉:本指女子妆饰所用铅粉,此处喻指奢靡繁华。东南十五州:泛指长江下游的江浙地区。

[2]"万重"句:意谓名士们只是纠缠于个人的恩恩怨怨中。

[3]"牢盆"句:意谓掌管盐政的官僚们把持了整个江南的经济命脉。牢盆,本指煮盐工具。《史记·平准书》:"官与牢盆。"裴骃《集解》:"如淳曰:'牢,廪食也。古名廪为牢也。盆者,煮盐之盆也。'"此指掌管盐政的官员。狎客,本指帝王、权贵身边之陪游文士,此指盐官身边的帮闲文人。全算,全盘谋划,全权。

[4]团扇才人:又谓"团扇郎"。"团扇郎歌"为乐府吴声歌曲。(见《乐府诗集·清商曲辞二·吴声歌曲二》引)此指流连声色的轻薄文人。

[5] 避席：古人席地而坐，有所敬畏则起立离开座位，称避席。

[6] 稻粱谋：谋生。杜甫《同诸公登慈恩寺塔》："君看随阳雁，各有稻粱谋。"

[7] 田横：秦末狄县（今山东高青县东南）人，据齐地，自立为齐王。汉朝建立后，田横率部下五百人逃往海岛。刘邦派人招降，横与二从人往洛阳，因耻事刘邦，离都三十里时自杀。海岛五百壮士闻知，亦赴海而死。（事见《史记》卷九四《田儋列传》）

【题解】

此诗系于龚自珍自编"编年诗"之乙酉年（道光五年，1825）。前三联所写，均为作者所处时代的衰腐现实：名流阶层追欢买笑，帮闲文人身位煊赫，纨绔子弟窃据要津，怯懦文人埋头著书。尾联始论及史事，借用"田横五百士"这样一个充满壮烈情调和高扬着铮铮气骨的故事，同前三联构成鲜明对照，表达了作者对所处衰世的嘲讽和鞭挞。

西郊落花歌

出丰宜门一里[1]，海棠大十围者八九十本，花时车马太盛，未尝过也。三月二十六日大风，明日风少定，则偕金礼部（应城）、汪孝廉（潭）、朱上舍（祖毂）、家弟（自毂）出城饮而有此作[2]。

西郊落花天下奇，古来但赋伤春诗。西郊车马一朝尽，定庵先生沽酒来赏之。先生探春人不觉，先生送春人又嗤[3]。呼朋亦得三四子，出城失色神皆痴。如钱唐潮夜澎湃，如昆阳战晨披靡[4]；如八万四千天女洗脸罢，齐向此地倾胭脂。奇龙怪凤爱漂泊[5]，琴高之鲤何反欲上天为[6]？玉皇宫中空若洗，三十六界无一青蛾眉[7]。又如先生平生之忧患，恍惚怪诞百出难穷期。先生读书尽三藏[8]，最喜维摩卷里多清词[9]。又闻净土落花深四寸[10]，冥目观想尤神驰。西方净国未可到，下笔绮语何漓漓[11]？安得树有不尽之花更雨新好者[12]，三百六十日长是落花时。.

【注释】

[1] 丰宜门：金代京城（中都）南西三门之一，旧址在今北京右安门外西南。张祥河《关陇舆中偶忆》："京师丰宜门外三官庙，海棠最盛，花时为士大夫宴集之所。"故三官庙亦称花之寺。

[2] 金礼部（应城）：礼部官员金应城，钱塘（今杭州）人。汪孝廉（潭）：举人汪潭，钱塘（今杭州）人。孝廉，本为汉代拔士科目，明清时用为举人之别称。朱上舍（祖毂）：

生平籍里未详。上舍，清代称监生为上舍。家弟：作者弟弟龚自穀。

[3] 嗤（chī）：讥笑。

[4] 昆阳战：西汉末年王莽派大司空王邑、司徒王寻领兵四十二万围昆明（今河南叶县），刘秀发兵数千人往救，大败王莽军。"大风飞瓦，雨如注水，大众崩坏号呼，虎豹股栗"，是有名的以少胜多的战例。见《汉书·王莽传下》。

[5] 奇龙怪凤：喻花。

[6] 琴高：周末赵人，尝入涿水取龙子，乘鲤而出，复入水而去。见刘向《列仙传》卷上。后用为乘鲤升仙的典故。

[7] 三十六界：即三十六洞天，亦名三十六小洞天，乃神仙所居之洞天福地，"在诸名山之中，亦众仙统治之地也。"（《云笈七签》卷二十七《洞天福地》）。青蛾眉：此指仙女。

[8] 三藏（zàng）：佛教经典经藏、律藏论藏的总称，包含佛教全部教义。

[9] 维摩卷：指《维摩诘所说经》，简称《维摩经》。清词：超脱尘世的清净之词。

[10] 净土：大乘佛教所说佛所居住之地，亦称净国、佛国、净界、净刹，与世间所谓秽土、秽国相对。花四寸：风吹散花，遍满佛土，厚有四寸。见《无量寿经》。

[11] 漓漓：淋漓、充盛的样子。

[12] 更雨新好者：再落又新又好的花。《妙法莲花经》："香风吹萎华，更雨新好者。"雨，动词，像雨一样坠落。

【题解】

道光六年（1826），五次会试不第的龚自珍满怀忧愤，接连写有多首批判封建衰世扼杀人才的诗篇。此诗作于会试不第之次年（1827）。诗中以落花自况，寄寓的不仅有自己的怀才不遇之痛，更有对绮丽落花无人顾问的时代感伤。诗中对落花景况的描写，接连六个比喻，极尽壮观绮丽之致，给人以目不暇接之感。继而以"又如先生平生之忧患，恍惚怪诞百出难穷期"收束，汹涌澎湃的情感转而又倾入了无穷无尽的"忧患"之中，语极傲诡而意蕴沉悲。

己亥杂诗（其五）

浩荡离愁白日斜[1]，吟鞭东指即天涯[2]。落红不是无情物[3]，化作春泥更护花。

【注释】

[1] 浩荡：本指水势宽广，此喻离愁之深与广。

[2] 吟鞭：诗人系坐马车离京，于马车上吟诵诗章。

[3] 落红：落花。借喻自己的辞官归家。

【题解】

　　道光己亥十九年（1839）四月，龚自珍辞官南归，旋又北上接还家眷，《己亥杂诗》便是在这两次往返故乡与京城时期所作的七绝组诗。诗共三百一十五首，既各自独立，一时一地一事一歌，是诗人生命时空中的瞬间感悟和社会生活某一侧面的片断反映；又相互勾连，互补互见，共同构成诗人对其时社会现实的整体感受和全面表现。这种诗歌体制是龚自珍的独创，并引发了近代大型组诗创作的热潮，后之继起者如黄遵宪《日本杂事诗》，丘逢甲《澳门杂诗》、《离台诗》、《台湾竹枝词》四十首等等。这首诗写诗人出都时的别离心绪，然却不是一味感伤。"落红"句，既指时间，诗人离京时正当四月底，花落春残之际；又喻指诗人自己，花落归地，正如自己的辞官回家。落花零落成泥而能无悔无怨，是因为这种牺牲换来的是又一个明媚的春天。诗人借此表达为理想而奋斗的决心和对未来的乐观精神。

其一二三

　　不论盐铁不筹河[1]，独倚东南涕泪多。国赋三升民一斗，屠牛那不胜栽禾[2]？

【注释】

　　[1] "不论"句：意谓清统治者既不考虑盐铁之类的经济发展，也不规划治理黄河水患。筹，策划，筹划。
　　[2] "国赋"二句：国家赋税不过每亩收税粮三升，但农民最后交上的却是每亩一斗；这种情况下，杀掉耕牛怎会不比种田更好？言因赋税过重，不如杀牛不种田。那不，何不，怎么不。

【题解】

　　清政府的繁重赋税已远远超越了农民的负荷，以至屠牛弃耕，这其中显然隐含着诗人对当政者的警告，屠牛弃耕意味着农民已走投无路，则"乱亦竟不远矣"（龚自珍《乙丙之际箸议第九》）。

其一二五

　　九州生气恃风雷[1]，万马齐喑究可哀[2]！我劝天公重抖擞，不拘一格降人材。（过镇江，见赛玉皇及风神、雷神者，祷祠万数[3]。道士乞撰青词[4]。）

【注释】

[1]"九州"句：意谓要使中国大地生机勃勃，只有依靠疾风惊雷的震撼。九州，《尚书·禹贡》将中国分为冀、豫、雍、扬、荆、兖、徐、青、幽九州，后遂以九州指中国。

[2] 万马齐喑：比喻清王朝统治下整个社会死气沉沉毫无生气的局面。喑（yīn），哑，默不作声。

[3] 祷祠：指前来祭神祈祷的人。

[4] 青词：道士斋醮时用朱笔写在青藤纸上的祷文，亦称"绿章"。

【题解】

专制政府的高压，导致人才凋零，士林颓唐，要想改变这一切，唯有寄望于才俊之士的革故鼎新，于是诗人呼唤天公降下各种人才，以疗救这"万马齐喑"的死寂世界，创造出一个风雷激荡的崭新时代。

其一八七

云英未嫁损华年[1]，心绪曾凭阿母传。偿得三生幽怨否？许侬亲对玉棺眠。

【注释】

[1] 云英：仙女名。秀才裴航落第出游，在蓝桥遇云英，结为夫妇仙去。典出唐裴铏《传奇·裴航》。此喻指所恋慕女子。

【题解】

《己亥杂诗》中虽多"伤时之语，骂座之言"，然也有一些诗作，透露出诗人私密情感中的些许消息。本诗自注云："以下十有六首，杭州有所追悼而作。"所追悼者或谓为其表妹，即早逝之妻段美贞。然诗中既云"未嫁"，当另有所指。无论为谁，诗中所表露的对往昔那段真情的深深追恋，仍足令人感动。这种缠绵悱恻、清新艳丽的诗作，是龚自珍"狂来说剑"刚劲诗风之外的特异表现。

病梅馆记

江宁之龙蟠[1]，苏州之邓尉[2]，杭州之西溪[3]，皆产梅。或曰：梅以曲为美，直则无姿；以欹为美[4]，正则无景[5]；梅以疏为美，密则无态。固也。此文人画士，心知其意，未可明诏大号[6]，以绳天下之梅也[7]；又不可以使天下之民,斫直[8]、删密、锄正,以夭梅、病梅为业以求钱也。梅之欹、之疏、之曲,又非蠢蠢求钱之民,能以其智力为也。有以文人画士孤癖之隐[9],明告鬻梅者,斫其正,养其旁条;删其密,夭其稚枝;锄其直,遏其生气,以求重价。而江、浙之梅皆病。文人画士之祸之烈至此哉!

予购三百盆,皆病者,无一完者。既泣之三日,乃誓疗之,纵之、顺之,毁其盆,悉埋于地,解其棕缚。以五年为期。必复之全之。予本非文人画士,甘受诟厉[10],辟病梅之馆以贮之。呜呼!安得使予多暇日,又多闲田,以广贮江宁、杭州、苏州之病梅,穷予生之光阴以疗梅也哉!

【注释】

[1] 江宁:原江宁府,今江苏南京市。龙蟠:南京清凉山下的龙蟠里。
[2] 邓尉:山名,在江苏苏州市西南。
[3] 西溪:地名,位于杭州灵隐山西北。
[4] 欹(qī):歪斜。
[5] 景:音义同"影"。
[6] 明诏大号:公开宣告、号召。
[7] 绳:本指木匠求直所用之墨线,此引申为"衡量"解。
[8] 斫(zhuó):砍。
[9] 隐:隐衷,内心的想法。
[10] 诟厉:辱骂。

【题解】

《病梅馆记》是龚自珍晚年一篇精辟的政论杂文。文章一改前人咏叹梅花高洁品质的传统套路,痛心地叙说着本当正常生长的梅花因"文人画士孤癖之隐"而被"斫其正,养其旁条;删其密,夭其稚枝;锄其直,遏其生气",从而导致"江、浙之梅皆病"的惨痛现实,这里显然是借梅议政,以梅树为人才的象征,深刻揭露了衰世统治者提倡媚佞、抑制正直、扭曲人之本性、摧残人才的罪恶。尤其是篇末,作者竟顿发奇想,要疗救天下之病梅,疗救之法是"纵之,顺之,毁其盆,悉埋于地,解其棕缚",不仅批判封建统治者对人才发展的"束缚之病",也表现了作者追求个性解放的思想。

【集评】

[1] 全力改革文学,无论是教导诗文词,都能自成一家,思想亦奇警可喜,实是新文学的先驱者。(曾朴《译龚自珍〈病梅馆记〉题解》)

【参考书】

[1]《龚自珍编年诗注》,刘逸生、周锡馥笺注,浙江古籍出版社 1995 年版。

魏 源

魏源(1794—1857),字默深,湖南邵阳人。道光二十四年(1844)进士,曾在江苏东台、兴化、高邮等地为地方官。讲求经世之学,主张改革内政,尤其是提出"师夷长技以制夷"的改革方略,对近代社会影响甚大。因其与龚自珍同学于刘逢禄,思想、文风又多所相近,故学界常将两人并称为"龚魏"。所作诗颇多反映鸦片战争前后之衰腐现实,风格雄浑遒劲、气势奔放,然好用典故,不少诗作晦涩艰深。今人整理有《魏源集》。

寰海十章(其二)

千舶东南提举使[1],九边茶马驭戎韬[2]。但须重典惩群饮[3],那必奇淫杜旅獒[4]。周礼刑书周诰法[5],大宛苜蓿大秦艘[6]。欲师夷技收夷用,上策惟当选节旄[7]。

(《魏源集》,中华书局 1976 年版。下同)

【注释】

[1] 提举使:官名,此指提举市舶使,主管市舶司事务,掌管海外贸易。句谓东南沿海众多船只贸易事务,有提举使掌其事。

[2] 九边:本为明代设在北方的边防重镇,后为边境的泛称。茶马:在边境地区与少数民族以茶换马的交易。戎:古代对西北少数民族的称谓。句谓在边境地区以茶换马是制约外族的谋略。

[3] 重典:重法,严厉的法律。《周礼·秋官·大司寇》:"刑乱国用重典。"群饮:群聚饮酒。《尚书·周书·酒诰》:"群饮,汝勿佚,尽执拘以归于周,予其杀。"意谓群饮重典可治,群吸鸦片也可用重典。

[4] 那(nǎ)必:何必。奇淫:奇技淫巧,本指奇异技能、过度工巧。清保守派用以称西方先进科技,清管同《禁用洋货议》即称洋货为奇技淫巧。旅獒:西戎旅国把所产大犬獒献给周成王,太保召公以"不贵异物,贱用物"谏止。见《尚书·周书·旅獒》。句谓何必以奇淫为借口拒绝外来物品呢。

[5] 周礼：也称《周官》，记述周代行政法，包括政权结构及百官职事，涉及当时政治经济、立法司法制度，故诗中称刑书。周诰：指《尚书》（也称《书》、《书经》）之《周书》中的《大诰》、《康诰》、《酒诰》、《召诰》、《洛诰》，提出了"明德慎罚"的思想。《汉书·艺文志》："古之王者世有史官，君举必书，所以慎言行，昭法式也。左史记言，右史记事，事为《春秋》言为《尚书》。"诰者，告也，告上曰告，发下曰诰。诰有公告、告诫臣民之意，故诗中称"法"。

　　[6] 大宛：西域国名，国都贵山城。产名马，武汉帝遣张骞取马，引进饲料苜蓿草。参见《史记·大宛列传》。大秦：中国古代对罗马帝国的称呼。东汉桓帝时曾遣使来中国。参见《后汉书·西域传·大秦》。以上二句是说，古代法规都不禁止与外邦互通有无，故有大秦船艘的往来、苜蓿的引进。

　　[7] "欲师"二句：意谓要学习和利用西方科技，最好的办法是选好外事官员。节旄(máo)，古代朝廷派出使节手持的凭证。节为旌节，旄为旌节上所饰旄牛尾。

【题解】

　　魏源诗中涉及鸦片战争的作品逾七十首，《寰海十章》是其中的代表作。据《古微堂诗集》该诗题下自注作于"道光二十年"（1840），然诗中所写皆为鸦片战争时事，当作于战争结束后的道光二十一年（1841），是年诗人在两江总督裕谦幕府中，曾参与浙东抗英战役，对战争情况颇为了解。诗人对时局作了深刻的反思：鸦片输入固然有害，但因此而闭关锁国亦不可取，有效的办法应是一方面严惩吸食鸦片者，另一方面还应积极推进中西交流。这种对时局的冷静观照，与那些因战争失败或挥拳叫嚣或洒泪江亭者自是不同。

其　九

　　城上旌旗城下盟[1]，怒潮已作落潮声。阴疑阳战玄黄血[2]，电夹雷攻水火并。鼓角岂真天上降[3]，琛珠合向海王倾[4]。全凭宝气销兵气，此夕蛟宫万丈明[5]。

【注释】

　　[1] "城上"句：意谓正当全城团结御敌斗志方盛之时，却签订了屈辱的和约。城下盟，因敌军兵临城下而被迫签订的盟约。

　　[2] "阴疑"句：本指阴阳之气不相调和而相克相战，此指英帝国主义对中国侵略，逼得中国与之交战。语出《周易》坤卦上六爻辞："龙战于野，其血玄黄。"文言："阴疑于阳必战。"正义："阴疑于阳必战者，阴盛为阳所疑，阳乃发动，欲除去此阴。阴既强盛，不肯退避，故必战也。"玄黄，天玄地黄，天地之杂色。

　　[3] "鼓角"句：英军哪里是什么从天而降的天兵天将啊！

[4]"琛珠"句：讽刺清政府用金钱珠宝向侵略者求和。海王，本指海边靠煮盐业生存的地方。《管子·海王》："海王之国，谨正盐䇲。"此指掌握了海上霸权的大英帝国。

[5]蛟宫：即龙王宫。《说文》："蛟，龙之属也。"

【题解】

1841年（道光二十一年）5月21日，英军包围广州，奕山战败，向英军求和。27日，奕山以向英军缴纳赎城费六百万元和赔偿英商损失费三十万元的条件，签订了屈辱的中英《广州条约》。这首诗巧妙化用典实，讥刺清廷的腐败无能，指出真正可怕的不是侵略者的"电夹雷攻"，而是投降派的无耻卖国行径。

【参考书】

[1]《魏源诗文系年》，李瑚编著，中华书局1979年版。

[2]《魏源诗文选》，杨积庆选注，华东师范大学出版社1990年版。

郑　珍

郑珍（1806—1864），字子尹，号柴翁，别号五尺道人，贵州遵义人。与贵州诗坛新秀莫友芝齐名，人称"郑莫"。功名蹭蹬，五历乡试，直到道光十七年（1837）始中举人，此后三次会试不中。曾任本省厅县儒学训导，教授榕城诸书院。诗或悲吟其个人生命痛苦，或描摹贵州山水，清峭遒劲，是近代宋诗派诗人的代表作家。有《巢经巢全集》。

经　死　哀[1]

虎卒未去虎隶来，催纳捐欠声如雷。雷声不住哭声起，走报其翁已经死[2]。长官切齿目怒瞋："吾不要命只要银。若图作鬼即宽减，恐此一县无生人！"促呼捉子来[3]，且与杖一百："陷父不义罪何极[4]，欲解父悬速足陌[5]！"呜呼，北城卖屋虫出户[6]，南城又报缢三五！

（《巢经巢诗钞笺注》，白敦仁笺注，巴蜀书社1996年版）

【注释】

[1] 经死：上吊而死。

[2] 走：跑。

[3] 促：匆忙，急促。

[4] 陷父不义：刘向《说苑》载，"曾子（指曾参）芸瓜而误斩其根，曾晳怒，援大杖击之，曾子仆地有顷"。孔子听说后，告诫曾参说："舜之事父也，索而使之未尝不在侧，求而杀之未尝可得；小棰则待，大棰则走，以逃暴怒也。今子委身以待暴怒，立體而不去，杀身以陷父不义。不孝孰是大乎？"这里则是"长官"曲解孔子之意，指责子女不能为父缴租从而陷父于不义。

[5] 足陌：凑足银两。陌，百钱为陌，此泛指钱。

[6] 虫：此指人死后尸体腐烂的蛆虫。

【题解】

《经死哀》是郑珍晚年所写指斥官贪吏虐、忧怀民生艰难的乐府组诗《抽厘哀》、《南乡哀》、《僧尼哀》等"八哀"之一。诗作生动地反映了捐税的苛重和催捐官吏的暴虐，无告百姓即使死也换不来子女的安宁。诗末对"北城"、"南城"的叙述，高度概括了下层民众普遍的悲惨生活现实。

曾国藩

曾国藩（1811—1872），原名子城，字伯涵，号涤生，湖南湘乡人。出生于塾师家庭，早年随父亲读书，后入岳麓书院。道光十八年（1838）中进士，入翰林院，道光二十九年升至礼部右侍郎。此后四年中，遍兼兵、工、刑、吏各部侍郎。咸丰十年（1860）授两江总督、钦差大臣，同治三年（1864），以平太平军功，封一等毅勇侯，晋大学士，加太子太保，谥文正。有《曾文正公全集》。

满妹碑志[1]

满妹，吾父之第四女子也。吾父生子男女凡九人，妹班在末[2]，家中人称之满妹，取盈数也。生而善谑，旁出捷警，诸昆弟姊妹并坐，虽黠者不能相胜。然归于端静，笑罕至矧[3]。道光十九年正月晦日[4]，以痘殇[5]。明日，吾儿子祯第相继亡[6]。妹生于世十岁，儿三岁也。即日瘞诸居室之背[7]，高嵋山之麓。吾母伤弱女与家孙，哭之绝痛。间命诸子曰："二殇之葬也，无碑以识之[8]，即坟夷级隆[9]，谁复省顾者[10]？"国藩敬诺。亡何[11]，系官于朝。公有执[12]，私有濡[13]，久不得卒事。越八年，而适朱氏妹徂逝[14]。以其新悲，触其夙疚。怆然不自知何以为人也。于是粗述一二，遣家人植石墓北，且缀之辞，使有垂焉[15]。铭曰[16]：

去家不能三百武[17]，二殇相依宅兹土[18]，狐兔安敢侮！

（《曾国藩全集》，岳麓书社1989年版）

【注释】

[1] 碑志：碑文和墓志。

[2] 班：排列，排序。

[3] 笑罕至龂（shěn）：形容满妹谨守女子礼制，笑的时候有节制，很少露出牙龈。《礼记·曲礼》："笑不至龂，怒不至詈。"龂，牙龈。

[4] 道光十九年：1839年。正月晦日：正月三十日。晦，每月的最后一天称为晦。

[5] 殇：夭折。

[6] 第：紧跟着，紧接着。

[7] 瘗（yì）：埋葬，安葬。

[8] 识（zhì）：通"志"。标记。

[9] 夷：平。隆：凸起。

[10] 省（xǐng）顾：探视，照看。

[11] 亡何：不久。

[12] 执：本指凭单、凭据，此指公务。

[13] 濡：本指沾湿，湿润。此指私人之事。

[14] 适：逢，赶上。徂逝：死去，逝世。

[15] 垂：留传。

[16] 铭：此指刻在石碑上的铭文。

[17] 武：半步。古以六尺为步，半步为武。

[18] 宅兹土：以这块土为房宅。指其妹和子将永远安居于这块土地上。

【题解】

曾国藩的散文，今存约一百五十篇，其中颇多应酬官场之作，但一些碑记、序跋，或悼人怀旧，或讲说义理，笔意清奇，寄寓深远。这篇《满妹碑志》就是其中的代表作。妹亡子夭，家难频起，作者感伤不已，无尽悲情渗溢于字里行间，而文笔殊清冷。语言上，骈散相间，音韵铿锵，极富感染力，可谓是字字传神。

蒋春霖

蒋春霖(1818—1868),字鹿潭,江苏江阴人,寄籍大兴。幼时即才名远播,屡应科举而不第,仅为两淮盐曹等地方小官十余年。母去世后辞官,生活窘迫,忧时感世,自沉于吴江垂虹桥。春霖早年工诗,中年始致力于词,因慕纳兰性德《饮水词》及项鸿祚《忆云词》,晚年自定词集时,遂名为《水云楼词》。

卜 算 子

燕子不曾来,小院阴阴雨。一角阑干聚落花,此是春归处。　弹泪别东风,把酒浇飞絮。化了浮萍也是愁[1],莫向天涯去。

(《水云楼诗词辑校》,冯其镛辑校,齐鲁书社1986年版)

【注释】

[1]"化了"句:传说柳絮入水而化为浮萍见。见《本草纲目》,但不科学。

【题解】

词作即景写怀,新燕爽约,阴雨霏霏,衬以"落花"、"飞絮"、"浮萍"的飘洒零落,表现出词人零落天涯的身世孤哀。

【集评】

[1]鹿潭穷愁潦倒,抑郁以终,悲愤慷慨,一发于词。如《卜算子》云……何其凄怨若此!(陈廷焯《白雨斋词话》卷五)

【参考书】

[1]《水云楼诗词疏证》,周梦庄疏证,(台北)黎明文化事业公司1989年版。

薛福成

薛福成(1838—1894),字叔耘,号庸庵,江苏无锡人。光绪年间,先后参与曾国藩、李鸿章幕府,曾出使英、法、意、比等国。为文师法桐城，和张裕钊、黎庶昌、吴汝纶合称为"曾门四弟子"，是近代湘乡派散文重要作家之一。著有《庸庵全集》等。

观巴黎油画记

　　光绪十六年春闰二月甲子，余游巴黎蜡人馆。见所制蜡人，悉仿生人，形体态度，发肤颜色，长短丰瘠，无不毕肖。自王公卿相以至工艺杂流，凡有名者，往往留像于馆。或立或卧，或坐或俯，或笑或哭，或饮或博[1]，骤视之，无不惊为生人者，余亟叹其技之奇妙[2]。

　　译者称西人绝技，尤莫逾油画，盍驰往油画院[3]，一观《普法交战图》乎[4]？

　　其法为一大圜室[5]，以巨幅悬之四壁，由屋顶放光明入室。人在室中，极目四望，则见城堡、冈峦、溪涧、树林，森然布列，两军人马杂遝，驰者，伏者，奔者，追者，开枪者，燃炮者，搴大旗者[6]，挽炮车者，络绎相属。每一巨弹堕地，则火光迸裂，烟焰迷漫。其被轰击者，则断壁危楼，或黔其庐[7]，或赭其垣[8]，而军士之折臂断足、血流殷地[9]、偃仰僵仆者，令人目不忍睹。仰视天，则明月斜挂，云霞掩映；俯视地，则绿草如茵，川原无际。几自疑身外即战场，而忘其在一室中者。迨以手扪之[10]，始知其为壁也，画也，皆幻也。

　　余闻法人好胜，何以自绘败状，令人气丧若此？译者曰："所以昭炯戒[11]，激众愤，图报复也。"则其意深长矣！

　　夫普法之战，迄今虽为陈迹，而其事信而有征。然则此画果真邪？幻邪？幻者而同于真邪？真者而托于幻邪？斯二者盖皆有之。

（《庸庵海外文编》，光绪二十一年望龙学舍重刻本）

【注释】

[1] 博：博戏，本为中国古代的一种游戏，这里泛指游戏。也指赌博。

[2] 亟（qì）：屡屡，多次。

[3] 盍：何不。

[4] 普法交战图：巴黎油画院著名作品。普法交战，发生于1870—1871年，法国战败，向普鲁士割地赔款。

[5] 圜（yuán）：同"圆"。

[6] 搴（qiān）：拔取，此作擎、举解。

[7] 黔其庐：使房屋变成黑色。黔，黑色。

[8] 赭（zhě）其垣：使墙壁变成红色。赭，赤红色。垣，墙壁。

[9] 殷地（yān）：把土地染成红色。殷，黑红色。

[10] 迨（dài）：等到。扪（mén）：摸。

[11] 昭炯戒：昭示明显的鉴戒。昭，昭示。炯，鲜明。

【题解】

　　这是作者出使法国参观巴黎蜡人馆和油画院后所作的一篇游记。文章篇幅不长而内容丰富，叙次井然。写蜡人馆，寥寥数笔，传其风韵。写所见油画《普法交战图》，不厌细琐而主次分明。如详写两军交战惨状而略写战场周边风景，两军交战情状中又着重描写法军的失败而略写"两军人马杂遝"。正是经由作者视角的这种精心采择，引出作者也是读者的共同困惑："余闻法人好胜，何以自绘败状？"并进而得出"所以昭炯戒，激众愤，图报复也"的文章主旨。考虑到其时中华大地正惨遭西方列强瓜分的惨痛现实，这篇游记的深层寓意也就昭然自明了。

黄遵宪

　　黄遵宪（1848—1905），字公度，别号人境庐主人，广东嘉应州（今梅州）人。光绪二年（1876）顺天乡试举人。历任驻日使馆参赞、驻美国旧金山总领事、驻英使馆参赞、驻新加坡总领事等。光绪二十年（1894）回国，积极参与资产阶级改良派的政治活动，与梁启超同办《时务报》。光绪二十三年（1897）任湖南按察使，大力推行新政。戊戌政变后，被清廷放归乡里，卒于乡。黄遵宪是近代"诗界革命"中成就佼佼者，所作诗题材广泛，笔涉中外；又"多纪时事"，近代社会的重大历史事件都有反映，有"诗史"之誉。今人整理有《黄遵宪全集》。

哀　旅　顺

　　海水一泓烟九点[1]，壮哉此地实天险。炮台屹立如虎阚[2]，红衣大将威望严[3]。下有洼池列巨舰[4]，晴天雷轰夜电闪。最高峰头纵远览，龙旗百丈迎风飐[5]。长城万里此为堑，鲸鹏相摩图一啖[6]。昂头侧睨何眈眈[7]，伸手欲攫终不敢；谓海可填山易撼，万鬼聚谋无此胆。一朝瓦解成劫灰[8]，闻道敌军蹑背来[9]。

（《人境庐诗草笺注》，钱仲联笺注，上海古籍出版社1981年版。下同）

【注释】

[1]"海水"句：化用李贺《梦天》"遥望齐州九点烟，一泓海水杯中泻"诗意，形容旅顺口的形势，一湾海水和海中的岛屿。

[2] 虎𡘊（hǎn）：虎怒吼貌。𡘊，声大的样子。

[3] 红衣大将：指大炮。据《清朝文献通考》卷一九四载："太宗文皇帝天聪五年，红衣大炮成，钦定名镌曰：'天祐助威大将军。'"

[4] 洼池：指船坞。

[5] 龙旗：清朝国旗，上绣有龙。飐（zhǎn）：风吹物使其颤动。

[6] 鲸鹏：比喻虎视中国的帝国主义列强。唊：吃。

[7] 眈眈：垂目注视状。

[8] 劫灰：本为佛教所谓"劫火"之余灰，后多指战乱后留下的残迹，此指旅顺陷落。

[9] 蹈背来：从背面攻打过来。清政府于旅顺军港一直苦心经营，驻军甚众。日军估计正面进攻难于成功，遂由金州东面貔子窝登岸，占领大连，从后面攻打旅顺。其时旅顺驻军中惟徐邦道部奋起抗击，其他将领皆仓皇逃匿，徐军终因死伤惨重，寡不敌众而败退。旅顺失陷。（参见范文澜《中国近代史》上册）

【题解】

此诗为作者晚年手定，不见于原稿本，当是作者放归后补作。光绪二十年（1894）冬，日本侵略者攻打旅顺，尽管其时旅顺守军众多，军备优良，且有天险可恃，却因守军统帅的庸懦无能，导致旅顺失陷。这首诗便是作者对导致这次战败原因的沉痛追问。全诗共十六句，前十四句着力渲染旅顺港的天险可恃，最后两句点明战事结局。结构轻重形成的巨大反差，不仅引发人们对旅顺失陷的反思，也能感受到诗题中着一"哀"字的深沉内涵。

今 别 离（其三）

开函喜动色，分明是君容[1]。自君镜奁来[2]，入妾怀袖中。临行剪中衣[3]，是妾亲手缝。肥瘦妾自思，今昔得毋同[4]？自别思见君，情如春酒浓。今日见君面，仍觉心忡忡。揽镜妾自照，颜色桃花红。开箧持赠君，如与君相逢[5]。妾有钗插鬓，君有襟当胸。双悬可怜影[6]，汝我长相从。虽则长相从，别恨终无穷。对面不解语，若隔山万重。自非梦来往，密意何由通？

【注释】

[1]"开函"二句：写思妇打开信函，见到信中丈夫的照片。

[2] 镜奁（lián）：梳妆匣。

[3] 中衣：内衣，贴身之衣。
[4] 得毋：莫非。
[5] "开箧（qiè）"二句：打开小箱子把自己的照片寄给夫君。
[6] "双悬"句：谓挂起两人的照片。可怜，可爱。

【题解】

"今别离"本乐府古题，多传写男女相思。黄遵宪借用这一古题，叙写的却是西洋文明。全诗共四首，其他三首分别写的是轮船火车、电报以及东西半球昼夜相反的西洋科技文明。是黄遵宪所倡导的"以旧风格含新意境"的"新派诗"的代表作。这首诗咏西洋照相技术，诗人以男女相思之笔，写西洋照相技术之奇，妙在融汇传统的东方诗歌形式与新异的西方物质文明发为诗章，构思新奇，韵味别致。

【集评】

[1] 以至思而抒通情，以新事而合旧格，质古渊茂，隐恻缠绵，盖辟古人未曾有之境，为今人不可少之诗。（陈三立《人镜庐诗草手钞本》眉批）

日本杂事诗（其二三）

拔地摩天独立高，莲峰涌出海东涛。二千五百年前雪[1]，一白茫茫积未消[2]。

其一四一

六尺湘裙贴地拖，折腰相对舞回波。偶然风漾中单露[3]，酒晕无端上颊涡。

【注释】

[1] "二千"句：作者自注："（日本）一姓相承，自神武纪元至今岁乙卯明治十二年，为两千五百三十九年。"
[2] 诗末作者自注云："直立一万三千尺，下跨三州者，为富士山，又名莲峰，国中最高山也。峰顶积雪，皓皓凝白，盖终古不化。"
[3] 中单：外衣之内的黑衣。

【题解】

《日本杂事诗》定本凡二百首，"叙述风土，纪载方言，错综事迹，感慨古今；或一诗但记一事，或数事合为一诗"（王韬《日本杂事诗序》），分则可独立成篇，合则为有机整体，分国势、天文、地理、政治、文学、风俗、服饰、伎艺、物产等事类，全面纪写了日本国情。这里选其中两首，第二十三首以夸饰之笔，极写富士山雄姿神韵，形象生动，气势雄浑。第一百四十一首写日本女子之衣着、神态、风韵，确如狄葆贤所评："写物如绘，妙趣横生。"（《平等阁诗话》）

【参考书】

[1] 《黄遵宪全集》，陈铮编，中华书局2005年版。
[2] 《黄遵宪诗选》，曹旭选注，中华书局2008年版。

康有为

康有为（1858—1927），原名祖诒，字广厦，号长素，别署西樵山人，戊戌政变后，易名更生，广东南海人。早年受学于同县理学名儒朱次琦，后受龚、魏等"今文派"经学和西方资产阶级"新学"影响，力倡变法革新以自强，成为19世纪后二十年中国政治学术界特出的思想家和活动家。戊戌变法失败后，逃亡海外，思想上日趋保守，成为被革命派再三奚落的保皇党魁。康有为一生活动主要在政治与学术，写诗乃其余事。有《南海先生诗集》，凡十五卷，一千五百七十二首。

出都留别诸公五首（其一）

沧海惊波百怪横[1]，唐衢痛哭万人惊[2]。高峰突出诸山妒，上帝无言百鬼狞[3]。岂有汉庭思贾谊？拼教江夏杀祢衡[4]！陆沉预为中原叹[5]，他日应思鲁二生[6]。

（《康南海先生诗集》，沈云龙主编，《近代中国史料
丛刊续编》第4辑，台北文海出版社1974年版）

【注释】

[1] "沧海"句：形容社会动荡，奸佞之徒把持朝政。百怪，比喻朝廷上下的奸邪之人。

[2] "唐衢"句：借唐衢痛哭事指自己为国事忧心而上书言事。唐衢，唐朝诗人，一生郁郁不得志，"见人文章有所伤叹者，读讫必哭，涕泗不能已"，故世称"唐衢善哭"。（事见《旧唐书》卷一六〇本传）

[3] "高峰"二句：语本龚自珍《夜起》："一山突起丘陵妒，万籁无言帝座灵。""高峰"句比喻自己的超卓才华遭到宵小之徒的嫉妒。"上帝"句指皇帝不能掌握实权而奸佞之徒肆意妄为。

[4] "岂有"二句：借贾谊被召回朝、祢衡才高被杀二事表明自己的心志，虽然不能再得朝廷重用，但宁可被杀也不改报国之志。贾谊（前200—前168），汉文帝时曾任太中大夫，遭人谗毁，被贬为长沙王太傅。文帝后又想起他，便把他召回长安，在宣室向其求教。（事见《汉书》卷四八本传）祢衡，字正平，东汉末年辞赋家。性狷傲，曹操罚其为鼓吏，衡裸衣击鼓羞辱曹操。操将其送与刘表，刘表亦不能容，于是送与性情粗暴的江夏太守黄祖，终为祖所杀。（事见《后汉书》卷八〇本传）

[5] "陆沉"句：预感到中国将为列强瓜分，不胜唏嘘感叹。陆沉，比喻国家将要遭祸乱而沉沦。

[6] 鲁二生：汉初，博士叔孙通欲为汉高祖制定礼乐，于是征召鲁地诸生三十余人入朝，却有两个鲁地诸生不肯应召，并指责叔孙通"所事者且十主，皆面谀以得亲贵"。后遂以鲁二生为狷介高洁之士的象征。（见《史记》卷九〇《刘敬叔孙通列传》）

【题解】

此诗作于光绪十五年（1889）八月，时列强环伺，国势沉沦，诗人倡言变法，以图自强，但却遭守旧势力的强力打压，被迫离京。诗前有小序谓："吾以诸生上书请变法，开国未有，群疑交集，乃行。"诗中痛斥守旧势力嫉贤妒能，表达了自己甘受贾谊之屈、不畏祢衡之诛的报国热情。

【参考书】

[1]《康有为诗文选》，简夷之编注，人民文学出版社1963年版。

丘逢甲

丘逢甲（1864—1912），字仙根，号蛰仙、仲阏，别署仓海、沧海，台湾彰化县（今台中县）人。光绪十五年（1889）进士，授工部主事，因无意仕途，引见后即告假回台省亲。甲午战败，组织义军，在新竹一带与日军血战二十余昼夜，终因饷绝弹尽，死伤过重而失败。1895年举家内渡，定居于广东镇平（今蕉岭县）。辛亥革命后，赴南京，被举为临时参议院议员。丘逢甲诗多思台感旧之章，苍凉横莽，雄健勃发。著有《岭云海日楼诗钞》。

春　愁

春愁难遣强看山，往事惊心泪欲潸[1]。四百万人同一哭[2]，去年今日割台湾。

（《丘逢甲集》，岳麓书社2001年版）

【注释】

[1] 往事：指割让台湾及当年护台义军抗日失败事。潸，流泪。
[2] 四百万人：句后自注："四百万人，台湾人口合闽、粤籍，约四百万人也。"

【题解】

甲午之变，血战无功，丘逢甲洒泪痛别已沦敌手的故土台湾，迁居内地，炽烈的故土乡情，凝成了这首著名的诗篇。感时愤事，以血泪交融之笔，发抒故国梦遥的苍凉感叹，语语沉痛，情溢纸背。

谭嗣同

谭嗣同（1865—1898），字复生，号壮飞，湖南浏阳人。少倜傥有大志，好任侠，喜驰马舞剑，与义侠王五结下深挚友谊。光绪二十四年（1898）应征入京，"擢四品卿、军机章京"（《清史稿》本传），积极参预新政。不久发生政变，慷慨赴死。谭嗣同诗多抒发其救国济世之豪情，刚健沉雄。蔡尚思、方行编有《谭嗣同全集》。

狱中题壁

望门投止思张俭[1]，忍死须臾待杜根[2]。我自横刀向天笑，去留肝胆两昆仑[3]。

（《谭嗣同全集》，中华书局1988年版）

【注释】

[1]"望门"句：借张俭故事表达对已逃出京师的康有为的期盼。张俭，东汉人，于桓帝延熹八年（165）任东部督邮时，因举劾中常侍侯览及其家人罪恶而获罪。张俭逃亡在外，"困迫遁走，望门投止"，时人慕其名，莫不"破家相容"。（事见《后汉书》卷九七《张俭传》）望门投止，见到人家即往投宿。

[2]"忍死"句：借杜根故事表达对正准备"来京相助"的唐才常的期望。杜根，东汉安帝永初元年（107）时任郎中，因上书邓太后归政安帝，太后令当廷击杀之，幸行刑人不加力，杜根诈死三日后而得逃。直到十多年后邓太后被诛，杜根复官为侍御史。（事见《后汉书》卷八七《杜根传》）

[3]"去留"句：意谓维新志士，无论生死，均是肝胆相照的血气男儿。去，指为变法而牺牲者。留，指未死的维新志士。"两昆仑"，唐裴铏《传奇·昆仑奴》记昆仑奴磨勒计盗红绡事，昆仑奴后遂作为侠客之代名。在对"两昆仑"具体何所指上，学界看法不一。梁启超《戊戌六君子传》谓指康有为和大刀王五。今人李喜所《谭嗣同评传》（河南教育出版社1986年版）又列举两说，萧一山说是指大刀王五和通臂猿胡七，谭训聪认为是指谭嗣同的两个仆人胡理臣和罗升。郭延礼《中国近代文学发展史》则认为"两昆仑"即首二句之所思所待者康有为和唐才常，李泽厚《二十世纪初中国资产阶级革命思想论纲》（《历史研究》1980年第2期）又认为是指唐才常和大刀王五。卢健《谭嗣同〈狱中题壁〉之"昆仑"别解》（《徐州师范大学学报》1999年第2期）一文，引李炳之《良弼印象记》中良弼的看法，认为是指劝谭逃往日本的日本书记官和大刀王五，而卢文通过对该诗内涵的分析，认为"两昆仑"一指死者，即谭嗣同自己，一指生者，即大刀王五。

【题解】

戊戌政变失败，谭嗣同从容就逮。这首诗便是诗人于狱中待刑时所作。首二句写出了诗人期望维新志士将变法进行到底的坚定信念，末二句表现了诗人不畏牺牲、视死如归的英雄豪情。虽是临刑之笔，却不是楚囚之泣，慷慨激越，豪风扑面，堪称绝唱。

梁启超

梁启超（1873—1929），字卓如，一字任甫，号任公，别号饮冰室主人，广东新会人。梁启超出身于书香门第，十二岁进学，十七岁中举。甲午海战，北洋海军全军覆没，与康有为联合在京举人联名上书，陈请变法，是即近代历史上著名的"公车上书"。此后积极宣传维新变法思想，并得到光绪皇帝的召见，被赏六品官衔。戊戌变法失败后，逃亡日本，先后创办《清议报》、《新民丛报》、《新小说》杂志，广泛介绍和宣传西洋新思想、新学说，并倡导"诗界革命"、"文界革命"和"小说界革命"的文学改良运动，成为近代文化革新运动的主将。但在政治上却日趋保守，蜕变为保皇派。辛亥革命后回国，1913年曾出任袁世凯政府司法总长，但不久即与袁氏决裂。1914年后，潜心学术，晚年受聘为清华国学院导师。生平著述结集为《饮冰室合集》。

读陆放翁集（其一）

诗界千年靡靡风，兵魂销尽国魂空[1]。集中什九从军乐，亘古男儿一放翁。

（《梁启超全集》，北京出版社1999年版。下同）

【注释】

[1] 兵魂：勇于战斗不畏牺牲的精神。国魂：为国捐躯的精神。

【题解】

《读陆放翁集》共四首，此选其一。诗后自注曰："中国诗家无不言从军苦者，惟放翁则慕为国殇，至老不衰。"这首诗借对陆游诗作刚健豪放情怀的赞誉，既批判了中国诗界的靡靡之音，也表达了自己效仿先贤、兴国安邦的救世壮怀。

少年中国说

日本人之称我中国也，一则曰老大帝国，再则曰老大帝国。是语也，盖袭译欧西人之言也。呜呼！我中国其果老大矣乎？梁启超曰：恶[1]，是何言！是何言！吾心目中有一少年中国在。

欲言国之老少，请先言人之老少：老年人常思既往，少年人常思将来。惟思既往也，故生留恋心；惟思将来也，故生希望心。惟留恋也，故保守；惟希望也，故进取。惟保守也，故永旧；惟进取也，故日新。惟思既往也，事事皆其所已经者，故惟知照例；惟思将来也，事事皆其所未经者，故常敢破格。老年人常多忧虑，少年人常好行乐。惟多忧也，故灰心；惟行乐也，故盛气。惟灰心也，故怯懦；惟盛气也，故豪壮。惟怯懦也，故苟且；惟豪壮也，故冒险。惟苟且也，故能灭世界；惟冒险也，故能造世界。老年人常厌事，少年人常喜事。惟厌事也，故常觉一切事无可为者；惟好事也，故常觉一切事无不可为者。老年人如夕照，少年人如朝阳；老年人如瘠牛，少年人如乳虎；老年人如僧，少年人如侠；老年人如字典，少年人如戏文；老年人如鸦片烟，少年人如泼兰地酒；老年人如别行星之陨石，少年人如大洋海之珊瑚岛；老年人如埃及沙漠之金字塔，少年人如西伯利亚之铁路；老年人如秋后之柳，少年人如春前之草；老年人如死海之潴为泽[2]，少年人如长江之初发源。此老年与少年性格不同之大略也。梁启超曰：人固有之，国亦宜然。

梁启超曰：伤哉，老大也！浔阳江头琵琶妇，当明月绕船，枫叶瑟瑟，衾寒于铁，似梦非梦之时，追想洛阳尘中春花秋月之佳趣[3]。西宫南内[4]，白发宫娥[5]，一灯如穗，三五对坐，谈开元、天宝间遗事，谱霓裳羽衣曲[6]。青门种瓜人[7]，左对孺人，顾弄孺子，忆侯门似海，珠履杂遝之盛事[8]。拿破仑之流于厄蔑[9]，阿剌飞之幽于锡兰[10]，与三两监守吏，或过访之好事者，道当年短刀匹马，驰骋中原，席卷欧洲，血战海楼，一声叱咤，万国震恐之丰功伟烈，初而拍案，继而抚髀[11]，终而揽镜。呜呼！面皱齿尽，白发盈把，颓然老矣。若是者，舍幽郁之外无心事，舍悲惨之外无天地，舍颓唐之外无日月，舍叹息之外无音声，舍待死之外无事业，美人豪杰且然，而况于寻常碌碌者耶？生平亲友，皆在墟墓；起居饮食，待命于人。今日且过，遑知他日？今年且过，遑恤明年？普天下灰心短气之事，未有甚于老大者。于此人也，而欲望以拿云之手段[12]，回天之事功，挟山超海之意气[13]，能乎不能？

呜呼！我中国其果老大矣乎？立乎今日，以指畴昔，唐虞三代，若何之郅治[14]；秦皇汉武，若何之雄杰；汉唐来之文学，若何之隆盛；康乾间之武功，若何之烜赫；历史家所铺叙，词章家所讴歌，何一非我国民少年时代良辰美景赏心乐事之陈迹哉！而今颓然老矣，昨日割五城，明日割十城，处处雀鼠尽，夜夜鸡犬惊。十八省之土地财产，已为人怀中之肉，四百兆之父兄子弟，已为人注籍之奴，岂所谓"老大嫁作商人妇"者耶？呜呼！凭君莫话当年事，憔悴韶光不忍看！楚囚相对[15]，岌岌顾影，人命危浅，朝不虑夕。国为待死之国，一国之民为待死之民，万事付之奈何，一切凭人作弄，亦何足怪。

梁启超曰：我中国其果老大矣乎？是今日全地球之一大问题也。如其老大也，则是中国为过去之国，即地球上昔本有此国，而今渐渐灭[16]，他日之命运殆将尽也。如其非老大也，则是中国为未来之国，即地球上昔未现此国，而今渐发达，他日之前程且方长也。欲断今日之中国为老大耶？为少年耶？则不可不先明国字之意义。夫国也者何物也？有土地，有人民，以居于其土地之人民而治其所居之土地之事，自制法律而自守之；有主权，有服从，人人皆主权者，人人皆服从者。夫如是，斯谓之完全成立之国。地球上之有完全成立之国也，自百年以来也。完全成立者，壮年之事也；未能完全成立而渐进于完全成立者，少年之事也。故吾得一言以断之曰：欧洲列邦在今日为壮年国，而我中国在今日为少年国。

夫古昔之中国者，虽有国之名，而未成国之形也。或为家族之国[17]，或为酋长之国[18]，或为诸侯封建之国[19]，或为一王专制之国[20]。虽种类不一，要之其于国家之体质也，有其一部而缺其一部。正如婴儿自胚胎以迄成童，其身体之一二官支[21]，先行长成，此外则全体虽粗具，然未能得其用也。故唐虞以前为胚胎时代，殷周之际为乳哺时代，由孔子而来至于今为童子时代，逐渐发达，而今乃始将入成童以上少年之界焉。其长成所以若是之迟者，则历代之民贼有窒其生机者也。譬犹童年多病，转类老态，或且疑其死期之将至焉，而不知皆由未完全未成立也。非过去之谓，而未来之谓也。

且我中国畴昔，岂尝有国家哉！不过有朝廷耳。我黄帝子孙，聚族而居，立于此地球之上者既数千年，而问其国之为何名，则无有也。夫所谓唐、虞、夏、商、周、秦、汉、魏、晋、宋、齐、梁、陈、隋、唐、宋、元、明、清者，则皆朝名耳。朝也者，一家之私产也；国也者，人民之公产也。朝有朝之老少，国有国之老少，朝与国既异物，则不能以朝之老少而指为国之老少明矣。文、武、成、康[22]，周朝之少年时代也；幽、厉、桓、赧[23]，则其老年时代也。高、文、景、武[24]，汉朝之少年时代也；元、平、桓、灵[25]，则其老年时代也。自余历朝，莫不有之，凡此者，谓为一朝廷之老也则可，谓为一国之老也则不可。一朝廷之老且死，犹一人之老且死也，于吾所谓中国者何与焉。然则，吾中国者，前此尚未出现于世界，而今乃始萌芽云尔。天地大矣，前途辽矣，美哉，我少年中国乎！

玛志尼者[26]，意大利三杰之魁也。以国事被罪，逃窜异邦，乃创立一会，名曰少年意大利。举国志士，云涌雾集以应之，卒乃光复旧物，使意大利为欧洲之一雄邦。夫意大利者，欧洲第一之老大国也，自罗马亡后，土地隶于教皇，政权归于奥国，殆所谓老而濒于死者矣。而得一玛志尼，且能举全国而少年之，况我中国之实为少年时代者耶？堂堂四百余州之国土，凛凛四百余兆之国民，岂遂无一玛志尼其人者！

龚自珍氏之集有诗一章，题曰《能令公少年行》[27]，吾尝爱读之，而有味乎其用意之所存。我国民而自谓其国之老大也，斯果老大矣；我国民而自知其国之少年也，斯乃少年矣。西谚有之曰："有三岁之翁，有百岁之童。"然则国之老少，又无定形，而实随国民之心力以为消长者也。吾见乎玛志尼之能令国少年也，吾又见乎我国之官吏士民能令国老大也，吾为此惧！夫以如此壮丽浓郁翩翩绝世之少年中国,而使欧西、日本人谓我为老大者何也?则以握国权者皆老朽之人也。非哦几十年八股[28],非写几十年白折[29],非当几十年差,非捱几十年俸,非递几十年手本[30],非唱几十年诺[31],非磕几十年头,非请几十年安,则必不能得一官,进一职。其内任卿贰以上[32],外任监司以上者[33],百人之中,其五官不备者,殆九十六七人也。非眼盲,则耳聋,非手颤,则足跛,否则半身不遂也。彼其一身饮食步履视听言语,尚且不能自了,须三四人在左右扶之捉之,乃能度日,于此而乃欲责之以国事,是何异立无数木偶而使之治天下也。且彼辈者,自其少壮之时,既已不知亚细亚、欧罗为何处地方,汉祖、唐宗是那朝皇帝;犹嫌其顽钝腐败之未臻其极,又必搓磨之,陶冶之,待其脑髓已涸,血管已塞,气息奄奄,与鬼为邻之时,然后将我二万里山河,四万万人命,一举而畀于其手[34]。呜呼!老大帝国,诚哉其老大也!而彼辈者,积其数十年之八股、白折、当差、捱俸、手本、唱诺、磕头、请安,千辛万苦,千苦万辛,乃始得此红顶花翎之服色[35],中堂大人之名号[36],乃出其全副精神,竭其毕生力量,以保持之。如彼乞儿,拾金一锭,虽轰雷盘旋其顶上,而两手犹紧抱其荷包,他事非所顾也,非所知也,非所闻也。于此而告之以亡国也,瓜分也,彼乌从而听之,乌从而信之。即使果亡矣,果分矣,而吾今年既七十矣八十矣,但求其一两年内,洋人不来,强盗不起,我已快活过了一世矣。若不得已,则割三头两省之土地[37],奉申贺敬,以换我几个衙门;卖三几百万之人民作仆为奴,以赎我一条老命,有何不可?有何难办?呜呼!今之所谓老后、老臣、老将、老吏者,其修身、齐家、治国、平天下之手段,皆具于是矣。"西风一夜催人老,凋尽朱颜白尽头[38]。"使走无常当医生[39],携催命符以祝寿[40],嗟乎痛哉!以此为国,是安得不老且死,且吾恐其未及岁而殇也。

梁启超曰:造成今日之老大中国者,则中国老朽之冤业也;制出将来之少年中国者,则中国少年之责任也。彼老朽者何足道,彼与此世界作别之日不远矣,而我少年乃新来而与世界为缘。如僦屋者然[41],彼明日将迁居他方,而我今日始入此室处。将迁居者,不爱护其窗棂,不洁治其庭庑,俗人恒情,亦何足怪。若我少年者,前程浩浩,后顾茫茫,中国而为牛、为马、为奴、为隶,则烹脔鞭筻之惨酷,惟我少年当之;中国如称霸宇内,主盟地球,则指挥顾盼之尊荣,惟我少年享之;于彼气息奄奄,与鬼为邻者,何与焉?彼而漠然置之,犹可言也;我而漠然置之,不可言也。使举国之少年而果为少年也,则吾中国为未来之国,其进步未可量也;使举国之少年而亦为老大也,则吾中国为过去之国,其澌亡可翘足而待也。故今日之责任,不在他人,而全在我少年。少年智则国智,少年富则国富,少年强则国强,少年独立则国独立,少年自由则国自由，少年进步则国进步，少年胜于欧洲则国胜于欧洲，少年雄于地球则国雄于地球。红日初升，其道大光；河出伏流，一泻汪洋。潜龙腾渊，鳞爪飞扬；乳虎啸谷，百兽震惶；鹰隼试翼，风尘吸张；奇花初胎，矞矞皇皇[42]。干将发硎[43]，有作其芒。天戴其苍，地履其黄。纵有千古，横有八荒。前途似海，来日方长。美哉我少年中国，与天不老！壮哉我中国少年，与国无疆！

【注释】

[1] 恶（wū）：感叹词，表否定语气。

[2] 死海：西南亚著名的咸水湖。在约旦和以色列之间，因湖水含盐量高，鱼类及植物均难生存，故称死海。潴（zhū）：积水。

[3] "浔阳江头"六句：化用白居易《琵琶行》诗意。

[4] 西宫南内：西宫，唐太极宫，时称西内、西宫。南内，唐兴庆宫，在东内之南。白居易《长恨歌》："西宫南内多秋草，宫叶满阶红不扫。"

[5] 白发宫娥：化用元稹《行宫》诗意："寥落古行宫，宫花寂寞红。白头宫女在，闲坐说玄宗。"

[6] 霓裳羽衣曲：本为印度婆罗门曲，开元中传入中国，经唐玄宗润色，改名《霓裳羽衣曲》。

[7] 青门种瓜人：指汉初邵平，本为秦东陵侯，秦亡后种瓜于青门外。青门在长安城东最南头的霸城门，门为青色，故称青门。事见《三辅黄图》卷一。

[8] "忆侯门"句：此言邵平回忆当年做官时的繁盛热闹景象。侯门似海，王侯贵族家宅深广森严，一般人难于进出。杂遝（tà），纷繁云集状。

[9] 厄蔑：即厄尔巴岛，位于意大利半岛和法国科西嘉岛之间。1814年，拿破仑被放逐于此岛。

[10] 阿剌飞：一译阿拉比帕沙（1839—1911），埃及人，倡导民族解放，领导起义军抗击英军，战败后被流放于锡兰（今斯里兰卡）。

[11] 髀（bì）：大腿。

[12] 拿云：比喻志向高远。李贺《致酒行》："少年心事当拿云。"

[13] 挟山超海：比喻非凡的本领和志气。《孟子·梁惠王上》："挟泰山以超北海。"

[14] 郅（zhì）治：大治，意谓盛世。郅，大，极。

[15] 楚囚相对：《世说新语·言语》载，东晋诸名士于新亭饮宴，感慨晋室南渡，相视流泪。王导愀然变色曰："当共戮力王室，克复神州，何至作楚囚相对。"

[16] 澌灭：消灭，灭亡。澌，尽。

[17] 家族之国：指原始时代的氏族国家。

[18] 酋长之国：指远古时期的部落或部落联盟国家。

[19] 诸侯封建之国：指周代分封同姓或贵族的诸侯国。

[20] 一王专制之国：指秦汉以来的帝王专制国家。

[21] 官支：器官与肢体。支，同"肢"。

[22] 文、武、成、康：周代兴盛时期的几位君主。周朝文王、武王开基创业，成王、康王时期天下大治，史称"成康之治"。

[23] 幽、厉、桓、赧（nǎn）：周朝衰落时期的几个暴虐君主。厉王暴虐无道被流放，幽王宠褒姒戏诸侯，最终被杀，西周灭亡。东周桓王时，周王朝已沦落为诸侯王朝的附庸，赧王死后不久，周为秦所灭。

[24] 高、文、景、武：汉代兴盛时期的几个君主。西汉高祖刘邦灭秦败楚建立汉朝，文帝、景帝与民休息，国富民强，史称"文景之治"。武帝开疆拓土，国力强大，是汉朝极盛时期。

[25] 元、平、桓、灵：汉代衰落时期的四个君主。西汉元帝、平帝时，国势衰微，平帝死后，王莽篡汉，赤眉起义，西汉灭亡。东汉桓、灵时，外戚、宦官专权，灵帝末年黄巾起义，献帝时三国鼎立，汉室名存实亡。

[26] 玛志尼（1805—1872）：近代意大利独立运动之倡导者，与加里波的（1807—1882）、喀富尔（1810—1861）并称为"意大利三杰"。罗马帝国灭亡后，意大利沦为法、奥之附属国，玛志尼创办《少年意大利报》，创建"少年意大利同盟"，鼓吹革命，虽屡受挫折，最终完成意大利统一事业。

[27]《能令公少年行》：系龚自珍于道光元年（1821）参加会试失败后所作，收入《定庵全集》。诗中借能令公之不遇自喻，抒磊落不平之气。强调指出人不必因老而悲，而应纵酒高歌，顺乎自然，"不堕少年烦恼丛"，也就自然能"与年少争光风"。

[28] 八股：又名八比、制义、时文。明、清两代科举考试文体，由破题、承题、起讲、题比、虚比、中比、后比、大结八者组成，内容以程颐、朱熹对经义文的解释为准的，字数上也有一定限制。

[29] 白折：用白纸叠成的折叶。清代应试书之一种。殿试用大卷。进士在殿试后授任官职前，进行朝考，朝考及其他考试用白折。

[30] 手本：明清时期门生拜见老师或下级官员进见上级官员时所写的名帖。分红白两种，又称红禀、白禀。一般书写官衔（官衔手本）、履历（履历手本）或庆贺用红禀，白禀用于普通叙事。

[31] 唱几十年喏：古人相见作揖问好谓唱喏。喏，当作"喏"。

[32] 卿贰：旧时以六部尚书为六卿，少卿为卿之贰，即卿之辅官。合称卿贰。

[33] 监司：清时各省布政使、按察使及诸道道员的通称。

[34] 畀（bì）：给予，赋予。

[35] 红顶花翎：清代官员的官饰。红顶，以红绢所作的帽顶。花翎，缀于官帽后的孔雀翎，有一眼、双眼、三眼之别。清初唯有殊勋者方可佩带，咸丰后五品以上官员均可佩饰一眼花翎，双眼三眼只限于宗室亲王或大臣有殊勋而得特赐者。

[36] 中堂：唐代中书省设政事堂，作为宰相办公之所。后因称宰相为中堂。

[37] 三头两省：闽粤方言，即三两省的意思。

[38] "西风"二句：当为作者自拟诗。

[39] 无常：旧时称勾摄应死者魂魄的鬼为"无常"。阴司用活人为鬼役，勾摄应死者

鬼魂，充当鬼之差役者，叫走无常。

[40] 催命符：鬼差拘捕生人魂魄的文牒、牌票。

[41] 僦（jiù）：租赁。

[42] 裔（yù）裔皇皇：美丽堂皇。《太玄经·交》："物登明堂，裔裔皇皇。"

[43] 干将：相传春秋时吴人干将善铸剑，后遂以干将指宝剑。砺：磨刀石。

【题解】

　　1900年，忧心国事的梁启超，针对其时西洋殖民者称中国为"老大帝国"的讥笑，感愤而作《少年中国说》。文章运用拟人化的手法，广泛取譬，多方设喻，论证中国如何沦为老大中国和如何将老大中国改造为少年中国。文中熔比喻、对偶、排比于一炉，不仅增强了语言的节奏感和韵律美，而经由作者这种正反对比的生动描述，一个老态龙钟、枯朽衰老的老大中国和一个血气方刚、充满青春活力的少年中国，栩栩如生地站立在读者面前，使人们自然地扬弃前者而憧憬后者。这篇文章是当时号称"新文体"的代表作之一，报章文体的新颖体式，广博而不乏深刻的叙事说理，"纵笔所至不检束"，慷慨放谈天下事的磅礴气势，以及"笔锋常带感情"，"时杂以俚语、韵语及外国语法"，不仅超越了桐城古文的义法，而且较之此前的"策士之文"有了更大的进步，为中国散文从古典走向现代作出了有益的探索。

【参考书】

　　[1]《饮冰室合集点校》，吴松等点校，云南教育出版社2001年版。

秋　瑾

　　秋瑾（1877—1907），原名闺瑾，字璇（一作璿）卿，别署鉴湖女侠。东渡日本时易名瑾，字竞雄。浙江山阴（今绍兴）人。秋瑾生性豪强，慕朱家、郭解之侠风，常以花木兰、秦良玉自况。1904年，冲破重重阻力，只身东渡日本留学。次年加入光复会和同盟会。1905年归国，于上海创办《中国女报》，提倡女权，宣传革命。1907年，与徐锡麟策划武装起义失败，6月6日被害于绍兴古轩亭口。传世作品较完备的版本是上海古籍出版社1991年版《秋瑾集》。

黄海舟中日人索句并见日俄战争地图

万里乘风去复来[1],只身东海挟春雷。忍看图画移颜色[2]?肯使江山付劫灰!浊酒不销忧国泪,救时应仗出群才。拚将十万头颅血,须把乾坤力挽回。

（《秋瑾集》，上海古籍出版社1991年版）

【注释】

[1] 去复来：秋瑾1904年夏东渡日本，同年冬因事返国，1905年春又再次赴日，故云"去复来"。

[2] 图画：地图。移颜色：改变颜色，指大片国土被列强侵占。

【题解】

此诗原题"日人银澜使者索题，并见日俄战地，早见地图，有感"。1904年2月，日、俄帝国主义为重新分割朝鲜和中国东北，在中国东北境内爆发了战争，而腐败的清政府竟然宣布"中立"。诗人1905年春天再次赴日途中，面对已然"改颜色"的祖国地图，悲情难抑，写下这首慷慨激昂的诗篇。诗中体露的不只是忧怀家国，更有推翻清廷，再造乾坤的革命意识。在秋瑾后期诗作中具有代表性。

【参考书】

[1]《秋瑾诗文选》，郭延礼选注，人民文学出版社1982年版。

无名氏

打渔杀家

（旦内唱）

【倒板】太湖石上海水发，（末、旦同上，旦唱）

【西皮】江水照得满眼花。青山绿水难描画，那个渔翁得在家？（末唱）父女们打鱼在江下，贫穷那怕人笑咱。松篷忙把网来下，（白）嗳吓，（旦白）爹爹看仔细！（末唱）怎奈我年迈苍苍，气力不加。

（旦白）爹爹年迈了，河下生意难做了。（末白）是吓，为父年迈了，河下

生意也做不得了。儿吓,把那几尾鲜鱼收拾熟了,为父饮酒。(旦白)是。(生、付同上,生唱)

闲来无事江边走,(付唱)**海水滔滔往东流。**(生唱)**钓竿须得南山竹,**(付唱)**不钓鳌鱼誓不休。**

  (生白)来此已是河下了,知那是萧兄的船,待我叫他一声:萧兄!(旦白)爹爹,岸上有人叫你。(末白)吓,是那一个叫我吓?岸上可是李俊贤弟么?(生白)正是。(末白)莫非要到小舟上坐坐么?(生白)正是。(末白)少待,等我将船摇过来。搭上扶手,顺下跳板。(生白)有礼。(末白)还礼。(付白)这就是萧兄么?(生白)正是。(付白)久闻萧兄是好的,待我试他一试,试他的武艺如何。(末白)贤弟,这是何人?(生白)这就是卷毛虎倪荣。(末白)吓,这就是倪荣贤弟么!(付白)这就是萧兄,请来见礼。(末白)还礼。(付白)吓,招打!(末、付打介,末白)呔!(付白)哈,他的的的……(末白)儿吓,这是你二位叔公,上前见礼。(旦白)二位叔公,这厢有礼。(生、付同白)还礼。吓,萧兄,这是何人?(末白)这就是小女。(生、付同白)吓,原来就是令爱。(末白)不敢,就是小女。吓,二位贤弟来在小舟,无物可敬,只有小鱼美酒奉上。(生、付同白)吓,到此就要叨扰了。(旦白)爹爹,酒菜好了。(末白)看酒来!二位贤弟,在小舟上饮酒,比不得岸上,不许说"干旱"二字呢。如说"干旱"二字,是要罚酒一大杯。(生、付同白)使得呢。(末白)请!(生白)请!(末白)请!(付白)干!(末白)罚酒!(笑介)(丑上,唱)

昨日一梦到西霞,酒不酒来茶不茶。一步来到河崖下,船头上坐定一枝花。

  (白)吓,船头上坐着这个女子真好,待我仔细瞧瞧他。(瞧介)(付白)呔,作什么的?(丑白)我是问路的。(末白)问的那一家?(丑白)问的丁家。(末白)那厢就是。(付白)去罢。(丑白)嗳呀,这个人好威势吓。(付白)他是作怎么的?(末白)他是问路的。(付白)我的哥,他那里是问路的,分明是观他的。(末白)那是什么话!(丑上白)走吓,(唱)

离了家中到河下,急忙寻他把话答。

  (白)来此已是。呔,那可是萧恩的船吓?(末白)是那个吓?原来是丁府大叔。(丑白)不敢。(末白)做什么来了?(丑白)做什么?取渔税银子。(末白)吓,这几日天旱水浅,鱼不上网,等到河下有了生意,改日将银子送上府去。(丑白)你这个改日改得太多了,我来得有些不耐烦了。(末白)怎奈无有么,明日一准送去。(丑白)你要不送去,又待我来。(末白)有劳大叔的驾。(丑白)罢了。(生白)呔,走回来!(丑白)你瞧,叫我走过去走过来的，做什么？（生白）你是那里来的？（丑白）你问我么？丁府上来的。（生白）来做什么？（丑白）做什么？要渔税银子的么！（生白）回去拜上你家爷，说萧恩乃是我好友，将这渔税银子免了便罢。（丑白）如不免？（生白）如若不免，下次与他个大大的不便。（丑白）嗳呀，你说这话，吓了我一跳。你叫什么名字？（生白）你问我？我就是混江龙李俊。（丑白）那个混江龙李俊就是你！（付白）呔！滚回来！（丑白）又一个！（付白）你是那里来的？（丑白）你大叔是丁府上来的！（付白）呔！作什么的？（丑白）我是要渔税银子的么。（付白）你回去拜上那个扒山虎，说别人的渔税任他讨取，惟有萧兄是个好友，叫他将这渔税免了便罢。（丑白）要不免呢？（付白）要不免，挖他的眼，剥他的皮！（丑白）呵，好利害！你叫甚名字？（付白）我就是卷毛虎倪荣，是你爷爷！（丑白）你什么揍的！（付白）待我打这王八入的！（生、末拦介）（末白）贤弟，不要跟那小人一般见识。（付白）看在二位哥哥，饶了这个狗娘养的。（生、付同白）萧兄，令爱可曾许配人家无有？（末白）许配神箭手花荣之子，名叫花逢春。（生、付同白）吓，门户倒也相对。萧兄年纪迈了，河下的生意不做也罢。（末白）二位贤弟，不做河下生意，家中如何度日？（生白）小弟送来。（末白）何劳贤弟费心。（生、付同白）我等告辞了。（末白）奉送。（生、付同白）不敢。（生唱）

听说令爱许花家，（付唱）久闻此人也不差。（生唱）待到令爱来岳家，（白）萧兄，（唱）准备彩礼来送嫁。（生、付同下）（旦白）爹爹，他是何人？（末白）儿呀，你若问他们，听了：（唱）

【西皮】他本是水浒人豪杰，独擒方腊就是他；金带紫袍他不要，情愿江河做生涯。（白）儿吓，天色已晚，将船摇回去罢。（旦白）是。（末唱）摇往太湖不到家，（旦唱）打鱼父女做生涯；（末唱）恋醉不知红尘路，（旦唱）日出扶桑万里华。（同下）

（郭上，白）自己丢别事，专与人儿忙。来此已是。里边有人么？（众杂白）来了，是那个？吓，原来是先生到了。（郭白）劳烦通报。（杂白）郭先生，老爷有请。（净白）家有万石粮，前仓堆后仓。何事？（杂白）郭先生求见。（净白）请。（郭白）小弟有礼。（净白）请坐。（郭）告坐。（净白）到此何事？（郭）今有杭州太守催讨渔税。（净白）也曾差人去讨，想必就回。（丑白）走吓！参见老爷。（净白）回来了？（丑白）回来了。（净白）催讨渔税怎么样了？（丑白）小人前去催讨税银，萧恩说这几日天旱水浅，鱼不上网，再等几日差人送来。（净白）这还罢了。（丑白）然后又走两个人来，他问我："你是那里来的？"我说："丁府上的。"他说："回去拜上你家爷，说萧恩是他好友，将这渔税免了便罢。"我说："不免呢?"那一个就说："与你个大大的不便。"那一个就说："要挖你的眼，还要剥你的皮。"（净白）呀，他叫什么名字？（丑白）一个叫混江龙李俊，一个叫卷毛虎倪荣。（净白）吓，有这等事，待我前去会他。（郭白）些些小事，待小弟前去。（净白）怎敢劳动？（郭白）理当效劳。（净白）你们同郭先生前去打仗。（众白）是。（郭白）走罢。（众白）等等我邀教习哪。（郭白）请你师父。（众白）有请师父。（杂白）叫我怎么？（众白）郭先生请你。（杂白）郭先生在那里？（众白）先生，我师父来了。（郭白）吓，教习爷么？（杂白）吓，你是郭先生？有礼。（郭白）还礼。（杂白）请我做什么？（郭白）请教习爷打仗。（杂白）怎么，打仗也用我们么？（众白）打仗就是打架。（郭白）吓，就是打架。（众白）提起了打架，是我们的本事，一天不滚蛋，如同无吃饭的一般。（杂白）这个事须要托付你了。（郭白）是交给我了。（众白）走吓。（郭白）擒你们的，你们要上那里去？（众白）找萧恩去。（杂白）找萧恩你去罢，我不去。（众白）师父不去，我们也不敢去了。（郭白）吓，是了，你们不敢去，叫师父挨打去。（众白）师父去给我们大个胆子，也是好的。（郭白）那个自然。徒弟们，跟着师父走，找萧恩去。（众白）走吓。（同下）（末上唱）

【西皮】昨夜晚吃醉酒和衣而卧，架上鸡惊醒了梦里南柯。二贤弟在河下相劝于我，他劝我打鱼事一旦去却。我本当不打鱼在家中闲坐，怎奈是家贫寒无计奈何。清早起推柴扉乌鸦飞过，飞过来叫过去却是为何？将身儿来至在草堂闷坐，叫英儿端茶来为父解渴。（旦上，唱）我的母去了世丢儿难过，流落在江河上打鱼为活，见了人我只得藏藏躲躲，还是我女孩家对着谁说？我爹爹在草堂呼唤于我，急忙忙上前去问是为何？

　　（白）爹爹请茶。（末白）唔，为父的言过，不叫你渔家打扮，又是这样打扮。（旦白）孩儿生在渔家，长在渔家，怎么不叫孩儿渔家打扮？（末白）哦，你这不遵为父，就为不孝。（旦白）爹爹莫要生气，孩儿从今以后改过了。（末白）好，看茶来。（旦白）是。（众上白）走吓。吓，到了。（杂白）到了那里啦？（众白）到了萧恩这里。（杂白）这就是他家么？（众白）是他家。（杂白）前去叫门。（众白）谁去叫门？（杂白）你们去叫门。（众白）我们不敢去。（杂白）这块骨头石胎子么？你们都走开，瞧师父的。（叫介，小声）萧恩那，萧恩那。（众白）你那大声的叫。（杂白）大声的叫，他听见呢？（众白）为的是叫他听见呢。（杂白）徒弟们都拿起架子来，要大声叫。吓，萧恩师那！（末白）来了。（杂白）提防着，来了。（末白）你们是那里来的？（杂白）你问我们那？丁府上来的。（末白）到此作甚?(杂白)要渔税么,做什么!(末白)昨日言道,这几日天旱水浅,鱼不上网,再等几日有了生意,差人送上府去。怎么今日又来了。(杂白)我们来一趟说送去,来二趟说送去,左一趟右一趟,到底是有没有?(末白)没有。(杂白)我们今日要定了。(末白)且慢,我且问你,你们这要渔税,可有圣上的旨意?(杂白)无有。(末白)六部的公文?(杂白)无有。(末白)一无圣上旨意,二无六部公文,尔等凭着何来?(杂白)凭县太爷所断。(末白)那狗官俱是你们一党。(杂白)吓,萧恩那!你今日不给渔税银子,我们今要打架。(末白)幼年之间提起了打架,好有一比。(杂白)比作何来?(末白)好比小娃娃穿新鞋的一般。(杂白)怎么讲?(末白)越发的欢喜。(众白)如今呢?(末白)如今年迈了,是打不动架了。(杂白)徒弟们,把家伙拿出来!(拿锁介,白)吓,萧恩,你看这是什么东西?(末白)吓,这是什么吓?(杂白)这是你姥姥怕你活不长,给你打来的百家锁,要锁你!(末白)你要锁那个?(杂白)要锁你。(末白)当真的要锁?(杂白)当真的要锁。(末白)果然的要锁?(杂白)果然的要锁。(末白)来锁!(杂白)徒弟们,锁这东西!(打介,锁杂介。众拉介,白)锁上了,拉着走。(杂白)得啦,得啦。你们怎么把师父锁上了!(众白)如何把师父锁上了?快放开罢!(杂白)说不得,徒弟上手。一同闪开了。(末打杂介,唱)

提起来不由人七孔冒火。(众白)太爷八孔冒烟。(杂白)走开,瞧这一手!(打介,末唱)**你在那江河上打探于我,**(杂白)我亦早知道你。(末唱)**俺萧恩最不怕虎狼一窝。**(杂白)你也不认得太爷。(末唱)**你本是奴下奴敢来欺我!**(众白)师父,他骂咱们奴下奴。(杂白)咱们奴下奴是丁府上的,不是他萧恩的。(末白)呸!(唱)**休得要闹嚷嚷倚仗人多。怒起来我这里一拳一个,管叫你臭屎蛋命见阎罗!**(打介,众下。杂白)打了半天,也打不出了个名儿来。(末白)怎么叫名儿?(杂白)你瞧这几抱写。(旦上,打介,下)(末唱)**想不到遇见他们这是怎说?**

(白)儿吓,看为父的衣帽来!(旦上白)爹爹要上那里去?(末白)为父的要前去告他们。(旦白)爹爹,常言道:"贫不与富斗,民不与官斗",不去也罢。(末白)不要管为父,看衣帽过来。(旦白)吓,爹爹要小心了。(末白)好好看守门户。(末下)(众上,杂白)走吓。(众白)那里去?(杂白)回去养伤去。(众下)(旦上,唱)

恨只恨扒山虎势大皆犬,结交那狗赃官欺压黎民。我的父前去将他告,但不知那赃官怎样发落?(末上唱)**到公堂原被告一概不讲,责打我四十板推出衙门。想起了扒山虎令人痛恨,今夜晚过江去杀他满门。**(白)哎吓!

（旦白）爹爹回来了。（末白）回来了。（旦白）爹爹前去告他，怎么样了？（末白）哎呀，儿吓，为父上得堂去，那赃官不由分说，将为父责打四十。（旦白）哎呀，爹爹吓！（末白）儿吓，这还罢了，还叫为父过江赔罪。（旦白）吓，爹爹，还是去吓不去呢？（末白）为父的恨不能插翅飞过江去，我要刺……（旦白）吓，爹爹要刺什么？（末白）我要刺杀了丁家满门的！（旦白）孩儿也要前去。（末白）儿吓，只知闺中刺绣，如何知道杀人？不要前去。（旦白）儿虽不能杀人，与爹爹壮胆也是好的吓。（末白）儿，快收拾家伙，随为父前去。（旦白）是。（末白）儿吓，你将那婆家聘礼，还有那"庆顶珠"，一并带在身旁。（旦白）孩儿知道。爹爹，戒刀在此。（末白）儿吓，随为父走罢。（旦白）门还未关呢。（末白）那门关也罢，不关也罢。（旦白）还有家伙呢。（末白）那些家伙都不要了。（旦白）爹爹，孩儿还要回来呢。（末白）这不省事的冤家，他还要回来呢！儿吓，将铁锚倒上来。（旦白）是。（末白）儿吓，夜晚开船，比不得白天，儿要仔细了，随为父走。（旦白）孩儿知道。（末白）儿吓，那"庆顶珠"可曾带好了？（旦白）带好了。（末白）走！（唱）

扒山虎有银钱买官欺我，恨不能飞过江把他结果！船行在半江中因何不走，问桂英船不行却是为何？

（白）儿吓，船行半江之中，因何不走？（旦白）爹爹要刺杀丁家满门，还是真是假？（末白）为父恨不能飞过江去，杀了他的满门，方解我心头之恨，怎么问"真假"二字。（旦白）孩儿心中害怕，我不去了。（末白）吓，先前言道不叫你去，儿一定要去，如今行至半江之中，敢是又要回去吓？（旦白）孩儿也不回去。（末白）却是为何？（旦白）儿舍不得爹爹年迈了。（末白）哎吓！（唱）

听儿说这句话如同刀割，他说我年纪迈发鬓皆白。思量起为父的却犯的过，可叹他无娘儿无倚无托。

（白）到了。儿吓，将衣放在岸上。（旦白）是。（末白）儿吓，撒下铁锚，上岸来罢。那"庆顶珠"可曾带好了？（旦白）带好了。（末白）为父杀人，儿要是害怕，带着"庆顶珠"从水路逃往花家去罢。（旦白）爹爹呢？（末白）为父呢，哎，少要你管。到了，开门来。（杂上，唱）

萧恩的武艺真不错，揍的教习赔膏药。

（白）吓，萧么么，你又干什么来了？（末白）前来赔罪。（杂白）你还懂的赔罪呢！我说你不敢来。（末白）怎么不敢来？（杂白）既来了，我与你通报。（末白）你到容我进去。（杂白）随我进来，有请家主。（净上，唱）

昨夜一梦大不祥，有人请我见阎王。

（白）何事？（杂白）萧恩前来赔罪。（净白）传他进来。（杂白）老爷传你进去。（末白）儿随为父进去吓。（旦白）是。（末白）请了。（净白）萧恩，你是何等之人，敢与我拱手？（末白）我且问你，你要渔税，可有圣上旨意？（净白）无有。（末白）可有六部公文？（净白）无有。（末白）一无圣上旨意，二无六部公文，要渔税凭自何来？（净白）知州太爷所断。（末白）呵，就是那丁子地！（净白）你还不付？（末白）嗐！（唱）

丁子地他为官多有不正，把着那三江口欺压黎民。

　　（白）儿吓，你与我骂！（旦白）奸贼子吓，（唱）

骂一声贼子太欺心，为什么把我父要税银？你仗着官宦家行事霸道，全不想贫民人怎度光阴？

　　（末白）闪开了！（唱）

提起了扒山虎令人可恨，今夜晚管叫你命见阎君！

　　（净白）大胆的萧恩敢来骂我，来吓，将他父女捆起来！（众白）呀！（末白）且慢！我在江中捞得一物，我父女前来献宝。（净白）拿来我看！（末白）夫奴甚多，不敢献出。（净白）你等退下。（末白）儿，还不动手，更待何时！（旦白）是。（末白）你来看宝刀！（杀净，众上打介，杀众下介）（末白）儿吓，将贼杀死，你我逃回去罢！（旦白）走！（末白）这才消我心头之火吓！走！（同下）

　　　　　　　　　（以《中国戏曲选》为底本，王季思主编，人民文学出
　　　　　　　　　版社1985年版；以李少春、朱慕家整理本校改，《戏
　　　　　　　　　剧丛刊》第九集，新文艺出版社1953年版）

【题解】

　　本剧又名《庆顶珠》、《讨渔税》，本事见于清陈忱《水浒后传》之第九、十回。本剧继承了《水浒传》中"官逼民反"的思想。这是一部当行之作，文辞虽显粗拙，但很适合舞台演出，结构严谨，人物性格突出，戏剧冲突激烈；演员生、旦、净、丑搭配齐全，唱念做打，文武兼备，至今仍是活跃于戏曲舞台、深受人们喜爱的剧目。